KB099325

김이석문학전집 6

세월이여 시간이여

김이석 지음

동서문화사

세월이여 시간이여

차례

그 여자 부근

옛날의 비어홀이라면 맥주를 싸게 마시는 맛으로 찾아가는 곳이었다. 그러나 요즘은 십 팔구세의 귀여운 비어 걸을 보기 위해서 찾아가는 곳이 된 것 같다. 그렇다고 비어 걸의 서비스는 바의 여급처럼 결코 난잡한 것이 아니다. 그녀들의 서비스는 손님의 테이블에 함께 앉아 있으면서 맥주를 부어주거나 담배에 불을 붙여주는 정도다. 그래도 언제나 손님들이 들끓어댔다. 그것을 보면 지분지분한 서비스보다도 그런 서비스가 신선한 맛이 있어 오히려 손님들의 환심을 끄는 것 같기도 하다.

은주가 이런 비어홀에 나오기 시작한 것은 재작년 봄부터였다. 그러니 꽉 채워서 2년이 된 셈이다. 그동안 그녀는 다리를 저는 아버지와 올해 봄에 중학교 3학년이 된 동생을 부양하면서도 50만원이라는 적지 않은 돈을 예금하게 되었다. 그러나 그녀의 목표액은 100만원이다. 겨우 절반밖에 모으지 못했으므로 아직도 부지런히 벌어야 한다는 생각뿐이다.

그녀가 2년 동안에 그만한 저금을 할 수 있었다면 적어도 월급 수입이 3만 원 이상은 돼야 할 일이다. 그러나 아무리 날리는 비어 걸도 한 군데에서 벌어들이는 수입은 2만 원을 넘지를 못하는 모양이다. 그렇다면 나머지 수입은 어떻게 올리는 것인가? 그것도 궁금한 일의 하나이니 여기서 그녀의 수입에 대해 해명해 보기로 하자.

며칠 전의 일이었다. 은주가 나가는 비어홀에 무슨 바람이 불었는지 대일방직 사장 김병필이가 혼자서 나타났다. 오십 고개를 넘은 그는 이런 곳엔 좀처럼 들릴 사람이 아니었다. 그는 언젠가 술자리 모임 끝이라면서 젊은 사원들에게 끌려서 온 일이 한번 있었다. 그러므로 은주는 그를 기억하고 있었다.

은주는 김 사장 옆에 서서 비어를 부어주며 어디까지나 순진하고 얌전한 처녀로 보이려고 애썼다. 은주는 손님에 따라서 태도를 달리하는 데는 천재적인 재간이 있었다. 때로는 손님들을 웃기는 말괄량이도 될 수 있었고, 때로는 얌전한 아가씨도 될 수가 있었다. 또한 그것이 조금도 어색한 데가 없으므로 손님들도 그렇게 보기가 일쑤였다.

김 사장은 비어를 부어주는 은주를 가끔 쳐다보곤 했다. 결코 밉다고 할 수 없는 갸름한 얼굴—눈물방울이 반짝이는 듯한 애수에 젖은 눈—은 아무리 보아도 이런 곳에 나올 처녀 같지는 않다고 생각됐다. 어쩌면 그럴 수밖에 없는 무슨 사정이 있으리라고 생각했다. 그래서 물었다.

"너 같은 애가 어떻게 이런 델 나오게 됐니?"

"어떻게 되긴요, 하는 수 없으니 나온 거죠."

"하는 수 없다니?"

"그런 건 묻지 말아요."

은주는 더욱 서글퍼진 눈에 웃음을 띠며 말했다. 그러나 그러한 태도가 이 중년 신사의 흥미와 동정을 사게 하는 일인 것만은 틀림없었다.

"흐음……."

김 사장은 비어잔의 거품을 보며 조금 침울한 얼굴이 되었다. 그러자 은주는 그것이 자기 잘못이나 되는 듯 미안하다는 얼굴이 되

며,

"그런 생각보다는 어서 비어를 드세요."

"그래 들지. 너두 한잔 들렴."

"전 못해요."

"조금만."

"이곳의 규칙이 그럴 수 없게 돼 있는 걸요."

"그래두 예외라는 것이 있잖아."

"그것이 이곳에선 통하지가 않는답니다."

하고 은주는 웃고 나서,

"사장님은 참 좋은 분 같아요."

"어째서?"

"보면 알아요."

"그러나 나도 알고 보면 그와는 반대지. 나쁜 일을 적잖게 했으니."

"정말이세요?"

은주는 갑자기 놀란 눈으로 실망하는 얼굴이 되었다. 김 사장은 당황해서,

"그건 괜히 해본 소리구."

"그렇지요?"

"응, 그건 괜히 해본 소리야."

"저두 그렇게 생각했어요. 사장님 같은 분이 나쁜 사람이라면 어떻게 해요."

"참 이름이 뭐라구?"

"미스 박."

"미스 박두 마음씨가 착할 것만 같구만."

"고마워요."

김 사장은 맥주를 두병 비우고 일어서며 백원 짜리 다섯 장을 꺼

내 놓았다.
"이거면 되는가?"
"너무 많아요."
"남는 건 가져."
그러나 은주는 그 대답은 하지 않고 되물었다.
"사장님, 저를 위해서 내일 삼십분만 시간 내줄 수 없어요?"
"왜?"
"저에 대한 일을 의논하고 싶어서요. 그렇다고 사장님께 폐를 끼치겠다는 것은 아니에요. 전 그런 걸 제일 싫어하는 걸요."
"............"
김 사장은 말없이 은주의 귀여운 얼굴을 바라보며 잠시 생각했다. 내일 시간이 있는가를 생각해 보는 것이 아니라, 자신이 이 소녀의 상대가 될 수 있을만큼 자기가 호인인가를 생각해 본 것이었다.
"내일은 바쁘신 모양이군요. 그렇다면 좋아요. 언제구 기회가 있겠지요."
은주는 다시 서글픈 얼굴이 되었다. 그 얼굴을 보자 김 사장은 하는 수 없다는 듯이 말하였다.
"아무리 바빠두 삼십분이야 못 내겠나, 어디서 만나?"
"정말 만나 주시겠어요?"
은주는 눈을 반짝 뜨며 말했다.
"나올 테니 시간과 장소를 말해."
"광화문 네거리에 목마라는 다방 아시지요? 그곳에서 내일 다섯시에."
"목마라는 다방……."

은주는 다음날 약속한 시간보다 오분쯤 빠르게 다방으로 들어섰다. 김 사장은 보이지 않았다. 아직도 시간이 되기 전이니 보이지 않을 것도 당연한 일이었다. 빈자리에 가서 앉고 나서 커피를 청했다. 그러나 커피를 다 마시기까지도 김 사장은 나타나지 않았다. 물론 약속한 시간도 훨씬 넘었다. 은주는 공연히 헛걸음을 친 것 같은 불안한 생각이 들기 시작했다. 이런 일엔 헛걸음치는 일이 많았기 때문이다.

삼십분이 지나자 은주는 그만 단념하고 일어서려고 했다. 그러면서도 미련이 남는 대로 오분을 두 번씩이나 연장하고 있을 때 김 사장이 나타났다.

은주는 부러 못 본체하고 엽차물을 찍어 테이블 위에 그림만 그리고 있었다. 김 사장은 가만히 와서 은주의 어깨를 잡았다.

"어마!"

은주는 깜짝 놀란 눈을 들었다. 진주알이 반짝이는 것 같은 눈이었다. 그 눈을 그대로 뜬 채 손목시계를 김 사장 앞으로 보이며 방긋 웃었다.

"피치 못할 손님 때문에 좀 늦었어."

김 사장은 이마의 땀을 씻으며 어색한 변명을 했다.

"괜찮아요. 와주신 것만 해도 고마운데."

"그대신 맛나는 것 사주지. 차는 들었어?"

"네!"

"참, 이 다방은 조용해서 좋구만."

김 사장은 다방 안을 둘러봤다. 혹시 누가 보지 않나 하고 경계하는 모양이었다. 그리고 나서야 안심이 되는 듯 말을 꺼냈다.

"그래, 내게 하고 싶다는 이야기가 뭐야?"

그렇게 말하고 나서야 비로소 은주를 정시했다. 파란 스프링 색깔에 드러난 은주의 얼굴은 어젯밤 비어홀에서 볼 때보다도 더 귀여워

보였다.
"사장님, 이제 금방 들어가셔야 하나요?"
김 사장은 아니라는 듯이 머리를 흔들고 나서 말하였다.
"오늘은 미스 박을 만나기 위해서 일을 모두 내일로 미루었어."
"어마, 그러면 미안해서 어떡해요?"
"미안할 것 조금도 없어. 미안한 건 내가 늙은 사람이라서 미안하지."
허허 웃자,
"어마, 사장님은 로맨스 그레이가 유행인 걸 모르시나봐."
김 사장도 그 말이 결코 듣기에 싫지는 않았는지
"어디 가서 저녁이나 먹고 영화나 볼까?"
"그것도 좋지만……."
"왜? 비어홀에 나가야 하기 때문에?"
"그건 아니에요."
은주는 절레 머리를 흔들고 나서 말하였다.
"그보다는 오늘은 사장님과 같이 술을 마시고 어리광을 피워보고 싶은데, 안되나요?"
"안될 것도 없지."
김 사장은 내심으로는 놀라면서도 싫은 일은 아니었다.
"사장님은 카바레를 잘 가시나요?"
"난 그런 곳은 통 몰라."
"그런 곳을 모르신다면 사장님 자격 없어요."
"미스 박은 잘 알아?"
"옛날엔 몇 번 가본 적은 있어요."
"옛날이라면?"
"학생 때지요. 뭐, 그때 동무 오빠들을 따라 몇 번 가본 일이 있어요. 물론 그때는 아버지가 계셨을 때니까요."
이것은 은주가 전에는 잘 살았다는 것을 은연중 알려주기 위한 암시였다. 그 연극에 김 사장은 끌려들며
"그럼 나두 한번 구경삼아 가볼까."
다음날 아침 김 사장은 호텔 베드 위에서 은주와 같이 나란히 누워 있는 자기를 발견하게 되었다. 그러나 어떻게 이렇게까지 됐는지는 전혀 생각나지 않았다. 겨우 기억되는 것은 카바레에서 독한 술을 마시고 출줄 모르는 춤을 추며 돌아가던 생각뿐이다. 그것도 어렴풋이 기억에 남아 있을 뿐이었다.
김 사장은 은주에게 꼭 속은 것만 같은 생각이 들었다. 그러나 서른 살이나 나이 차이가 나는 어린 계집애에게 자기가 속았다는 것은 말이 되지가 않았다. 아니, 자기의 자존심을 생각해서라도 도저히 그렇게 생각할 수 없었다.
'술 때문이야. 그 독한 술을 맹물처럼 벌칵벌칵 마셨으니…….'
그는 어두운 천장을 멍청하니 바라보며 혼자 중얼거렸다. 그러나 일은 이미 이렇게 됐으니 어쨌든 그 대가만은 치러야 한다고 생각했다. 그러나 이런 일은 처음이므로 얼마를 줘야할지 몰라 그것을 생각하고 있는데 은주가 눈을 떴다.
"어마 깨어 있었어요?"
"응……."
"뭘 그렇게 생각하고 있었어요?"
"……."
"사모님에게 미안하다고 생각하고 있는 거죠?"
"뭐?"
"내가 나빴어요."
은주는 후회나 하듯이 김 사장 가슴에 얼굴을 묻었다.

"미스 박이 왜 나빠?"
"제가 나빴기 때문이에요. 그러나 사장님이 좋아진 걸 어떡해요. 그러면 안 되나요?"
"안되지."
"그건 저두 알아요. 그래서 단념할 생각이에요."
그러면서도 더욱 가슴을 파고들었다. 김 사장은 어이가 없는 채,
"갖고 싶은 것 있으면 말해봐, 그것 사줄 테니."
하고 달래듯이 말하였다.
"아무것도 갖고 싶은 것 없어요."
"그럼 용돈을 주기로 할까?"
"돈도 필요 없어요."
아무리 돈을 쥐어주려고 해도 은주는 받지 않다가 나중엔,
"저는 그런 여자 아니에요."
하고 어깨를 들먹거리며 울기 시작하였다.
김 사장은 약간 난처했으나 결국 은주에겐 아무 것도 주지 않고 그곳을 나오게 되고 말았다. 말하자면 귀엽고 신선한 처녀의 몸을 공짜로 건드린 셈이었다. 김 사장으로서는 아름다운 여자가 잘 따르는 그런 복이 결코 불쾌한 노릇은 아니었다. 자기는 아직도 젊다는 자신을 가질 수가 있었기 때문이었으리라.

그러나 그후 사오일 쯤 지나 은주가 회사로 찾아왔다.
"어떻게 왔어?"
김 사장은 당황했다.
"난처한 일이 생긴 걸요."
"무슨 일인데?"
"저를 못살게 따라다니는 사나이가 있어요. 깡패같은 사나이에요.

그 때문에 전 여태 숨어 살았는데 그것이 발각 됐어요. 전 그 사나이를 생각만 해도 치가 떨리는 걸요."

은주는 잔뜩 겁에 질린 얼굴로 말하였다.

"그럼 이사를 가면 돼잖아."

"그러자면 보증금이 문젠걸요."

"지금 든 집의 보증금은 찾을 수 없나?"

"그건 들어오는 사람이 정해져야 뽑아줄 수 있다니 난처하지 않아요."

이렇게 되고 보면 김 사장은 전날 저지른 약점이 있으므로 모른 체 할 수도 없었다.

"그럼 그동안 내가 돌려주기로 하지."

"정말이에요?"

은주는 금세 눈이 반짝 밝아졌다. 김 사장은 연극이 아닌가 하는 생각도 없잖아 있었으나 그 반면에 사실인지도 모른다는 생각도 들었다.

"은주가 딱해하는 데야……."

"정말 고마워요. 그 돈은 받는대로 틀림없이 갚겠어요."

"하여튼 집부터 빨리 얻은 다음에 알려."

"네."

다음날, 퇴사 시간이 거의 다 되어 은주한테서 전화가 왔다. 마포에 아파트 방이 하나 난 것이 있으니 같이 가보자는 전화였다.

김 사장은 가보고 놀랬다. 방 셋에 목욕탕까지 딸린 보증금이 육만원이나 되는 고급 아파트였기 때문이다.

"전망두 좋고 방이 깨끗한 게 아주 좋지요. 그렇지 않아두 이런 아파트에서 살아 볼 생각이었던 걸요."

은주는 꼭 마음에 든 모양으로 김 사장의 생각 같은 것은 아랑곳

하지 않고 혼자 좋아했다. 사장은 관리인이 있는 앞에서 쓴 얼굴을 할 수도 없었다.

"혼자서 방이 셋씩이나 무슨 필요가 있어?"

방 개수를 두고서 흠을 잡는다고 해보았으나 은주는 생글거리며 말하였다.

"하나는 침실, 하나는 서재 겸 응접실, 하나는 거실(居室), 뭐가 많아요. 그런 걱정 말고 어서 보증금이나 치러줘요."

김 사장은 다행히도 수표책을 가지고 있었으므로 망신은 면할 수가 있었다. 관리인이 나가자 은주는 급기야 김 사장에게 매달리며 입술을 쪽 빨았다.

"왜 이래."

김 사장은 의외에도 기분 상한 얼굴이 됐다. 은주는 그만 풀이 죽었다.

"기분 나쁘세요?"

"그런 건 아니지만."

"저 사장님, 이제부턴 아빠라고 부르고 싶어요. 그래도 되지요?"

"……."

김 사장이 대답 없이 묵묵히 서 있자 은주는 슬픈 눈으로 쳐다보며,

"그런 얼굴을 하면 전 정말 싫어요. 믿는 사람은 아빠밖에 없는 걸요. 그런 얼굴 말구 때때로 와줘요."

"그래 오지."

"그럼 온다는 약속으로 손가락 걸어요."

둘이서는 새끼손가락을 걸었다. 그러나 은주는 김 사장이 다시 올리는 없다고 생각했다. 일주일을 기다려 봤으나 생각대로 김 사장은 나타나지 않았다. 나타나는 대신에 보증금을 가급적 빨리 돌려달라

는 전화가 한번 왔을 뿐이다. 그렇게 되고 보면 이런 고급 아파트에 더 눌러 있을 필요가 없으므로 아파트 보증금을 빼어 다른 곳으로 옮겼다.

말하자면 은주가 이년 동안에 오십만 원을 저금할 수 있는 비결은 이런 것이었다. 그녀는 그 돈을 모두 아버지에게 맡겨 저금을 시켰다. 그것이 무엇보다도 안전하다고 생각했기 때문이다.

그녀의 아버지는 본시 미장이였다. 그는 이년 전에 기와 얹는 일을 하다 지붕에서 떨어져 다리를 저는 몸이 되고 보니 일을 할 수 없게 되었다. 그렇다고 벌어놓은 돈이 있을 리도 없는 그였지만 지금은 오히려 그때보다는 더 유복하게 살게 되었다. 매일 반주도 할 수 있는 팔자가 된 것이다. 물론 딸 덕이었다. 그럴수록 삼년 전에 고생만 하다 먼저 간 아내 생각이 간절해질 때가 많았다.

"마누라도 조금만 더 살았더라도 그 고생은 면했을 노릇을……."

그는 오늘도 술잔을 앞에 놓고 죽은 아내를 생각하고 있는데 방문이 벌컥 열렸다.

"아버지 있어?"

그렇게 말하며 들어선 것은 은주였다. 은주는 분명 올해 스물 세 살이었지만 그녀의 아버지가 보기에도 도저히 그런 나이로 볼 수는 없었다. 정말 비어 홀에서 통하는 대로 열아홉 살로 밖에는 볼 수가 없었다.

"그렇지 않아도 오늘쯤은 네가 올 것만 같더라."

딸의 덕으로 살다보니 말 한마디라도 자연스레 딸의 비위를 맞추게 마련이었다.

"아버진 술 없으면 못살겠군요."

"이것두 다 네 덕분이다. 한 잔 할래?"

"싫어요. 아버지, 제가 한 잔 부어 드리지요."

"그래 한잔 부어다오."
그는 기쁜 듯이 딸이 부어주는 술을 받아 마시고 나서 말하였다.
"뭐니 뭐니 해도 네가 부어주는 술이 제일 맛난다."
"그러면 누가 모르는 줄 알고? 아버지는 요즘두 그 빈대떡 아주만네 집에 자주 가시지요?"
"뭣하러 그 집엘……."
"그렇다면 왜 그렇게 놀래세요. 그렇다고 제가 그걸 나무라는 건 아니에요. 아버지는 아직도 젊은 걸요. 밖에선 아무 짓을 해도 좋지만 영선이두 있는 이 집에 끌고 들어와봐요. 그땐 용서 못해요."
"응, 그건 나두 알아."
"영선인 학교에서 아직 안 왔어요?"
"아까 왔는데 권투 장갑을 가지고 나가는 것이 아마도 클럽에 또 간 모양이다."
"아직두 그곳에 다니구 있어요?"
"아무리 말려두 내 말을 어디 듣니."
"저두 그 녀석만큼은 대학을 졸업시킬 생각인데 공부는 안하구 그 꼴이니……."
한숨을 짓자,
"그렇다구 너무 걱정마라. 신문을 보니 권투도 잘만하면 수만금을 버는 모양이더라."
무엇을 해서라도 돈만 잘 벌면 그뿐이라고 생각하는 아버지를 상대로 이야기 해봤자 쓸데없다는 생각이 들었는지 핸드백을 열어,
"이거나 받아요."
하고 수표를 꺼내 줬다.
"이건 오만원 보수로구나."
눈이 둥그레졌다.

"잊지 말구 내일 저금해요."

"잊을 리 있어. 그런데 저금두 좋지만, 요즘 남들은 증권으로 기만금씩 번다는데 우리두 그거나 한번 해볼까."

"증권요?"

은주는 갑자기 모밀 눈이 되며,

"그런 말은 누구한테 들었어요?"

"아까 네가 말하던 빈대떡 아주만두 그걸로 큰 요리집을 사게 됐다더라."

은주는 화가 나다 못해 질린 얼굴이 되었다.

"그런 미친 소리는 듣지도 말아요. 증권이란 사람을 못살게 만드는 거예요."

"증권이 그런 거니?"

"하여튼 아버지는 그 저금에 손댈 생각은 하지도 말아요. 그 대신 아버지를 언제구 호강시켜 줄테니."

"난 이 이상의 호강은 바라지도 않거니와 내가 그 저금에 손을 댈 리가 있니?"

그 후 한달쯤 지난 어느 날이었다. 은주는 S빌딩 접수대 앞에 서 있었다.

"한일 상사가 몇층인가요?"

"한일 상사요?"

접수원은 알 수 없다는 얼굴을 하고서,

"한일 상사가 아니라, 한국 상사를 한일 상사라고 잘못 들은 것 아닌가요?"

"분명 한일 상사라고 했어요. 사장이 최 창호라는 분인데."

"그러면 한국 상사두 아니구먼. 이 건물에는 그런 회사가 없습니다."

접수원은 딱 잘라 말하였다. 순간 은주는 속았구나 하는 생각에 앞이 아찔했다. 여태껏 남을 속여온 것은 생각하지 않고 처음으로 자기가 속은 것이 분하기만 했다. 그런 은주를 접수원은 웃기나 하듯이 보고 있었다.

그 눈길이 더욱 화가 나 은주는 분주히 그곳을 나왔다.

은주는 김 사장과 그런 관계가 있고 나서 다른 비어 홀로 옮겼다. 은주의 용모로서 그런 일쯤은 힘든 일이 아니었다.

최 창호는 그곳의 손님이었다. 귀공자같이 생긴 말쑥한 사나이였다. 그곳의 비어 걸들은 모두가 그를 사장이라고 불렀다. 그래서 은주도 그렇게 생각하였던 것이다.

그는 처음엔 은주에게 영화를 보러가자고 끌었다. 두번째는 춤을 추러가자고 끌었다. 그날 밤으로 그들은 호텔에서 잤다. 그러나 은주는 부러 돈을 받지 않았다. 호텔 값도 자기가 냈다. 반한 것처럼 보이기 위해서였다. 최창호도 은주가 자기에게 반했다고 생각하는 모양이었다.

둘이서는 몇번인가 그런 일을 계속했다.

"이제는 이 방이 우리의 살림방만 같아요."

은주의 입에서 이런 말까지 나오게 되었다. 최창호는 이 말에 웃기만 했다.

"그러나 숙박비가 대단해요. 공연한 낭비 아니에요?"

"그럼 다음부터 너의 하숙으로 가기로 하지."

"더러워요. 사장님을 모실 방이 못되는 걸요."

"난 그런데 별로 신경을 쓰지 않아."

"그래두 안돼요. 옆방의 말소리도 다 들려요."

"뭐가 어때서?"

"싫어요, 부끄러운 걸요."
은주는 얼굴이 빨개지며 웃었다. 그리고 정색해서,
"그러니까 마땅한 전셋집을 하나 얻자는 거에요."
"얻지."
"보증금 내주겠어요?"
"……."
"그대신 힘껏 서비스 해드릴테니까요, 당신이 하라는 대로……."
"어떻게?"
최창호는 싱긋이 웃었다. 은주는 더욱 빨개진 얼굴로 말하였다.
"그런 말 말구 어서 대답해 줘요. 난 당신 없이 못산다는 건 알잖아요."
"그건 나두 마찬가지야."
"그러니 말이에요. 전셋집을 얻어두 돼지요?"
"그래, 얻어."
"아이 좋아."
은주는 최 창호의 목을 쓸어안고 입을 마구 맞추었다.
은주는 아담한 전셋집을 얻을 생각을 했다. 그리하여 찾아낸 것이 보증금 사십 만원으로 얻을 수 있는 양옥 독채집이었다. 상대가 젊은 사장인만큼 그만한 것은 내주리라고 생각한 것이다. 뿐만 아니라 방의 가구도 사들일 생각이었다. 텔레비전, 전축, 냉장고, 응접세트 등이 갖추어진 호화스러운 방에서 공주처럼 살아보고 싶었다. 그러기 위해서 육체의 희생같은 것은 전혀 생각도 하지 않았다.
그러나 어떻게 된 일인지 그런 약속을 한 최 창호는 다음날부터 비어홀에 나타나지 않았다.
'갑자기 감기라도 들린 모양인가?'
은주는 그런 생각으로 매일 밤 기다렸다. 그러나 일주일이 지나도 나타나지 않았다.

'하루가 멀다하고 나타나던 사람이 어떻게 된 일이야. 나를 속인 것 아냐?'

이러한 의심이 은주의 머리에 번개쳤다. 그녀는 가슴이 설레는 대로 그에게 받았던 명함을 찾아 전화를 걸었다. 붕붕 울리기만 하다 겨우 걸린 곳은 어떤 신문사였다. 그러나 은주는 그때까지도 아주 속았다고는 생각지 않았다. 요즘엔 전화번호가 잘 뒤바뀌기 때문일 거라고. 그러나 자기가 직접 회사를 찾아가보고 나서는 속았다는 것을 더 의심할 수도 없게 되었다.

S빌딩을 나온 은주는 사십 만원을 하늘로 날려버린 것만 같이 생각됐다. 그러니 분하기도 하고 화도 날법한 일이었다. 그녀는 화가나 맥주집도 나가고 싶지가 않았다. 그저 발 가는대로 밤새도록 걷고 싶었다. 아니 술이라도 한껏 취해보고 싶었다.

그러나 생각해보면 지금까지 그런 일이 한번도 없었다는 것은 은주가 너무나도 운이 좋았기 때문이다. 그런 일은 앞으로도 얼마든지 있을 일이었다.

화가 난다고 무턱대고 걷던 은주는 술이라도 힘껏 먹고 취해보고 싶었다. 그러나 여자 혼자서는 그럴 수도 없었다. 하는 수 없이 영화나 볼 생각을 했다. 그러나 영화관엔 혼자 온 여자란 거의 없다시피 했다. 은주는 더욱 화가 난채 남산으로 올라가서 밤거리를 내려다 봤다. 밤에도 불이 꺼지지 않는 거리를 한참이나 보고 있자니 공연히 울고 싶어졌다. 그 어지러운 불빛 속에 자신이 자꾸만 끌려드는 것만 같은 생각이 들었다.

"어머니."

은주는 구해달란 듯이 소리치고서 혼자 놀랬다. 울고 싶을 정도로 어머니가 그리웠다.

어머니가 살아 있던 그때는 똥구멍이 찢어지게 가난하여 굶는 것은 흔한 일이었다. 술주정뱅이 아버지를 둔 덕분에 새벽이면 어머니와 함께 청량리역 부근으로 나가 석탄부스러기를 주워다 살았다.

'만일 어머니가 지금 살아 계신다면 호강도 시켜 줄 수 있었건만, 평생 소원이던 온천도 데리구 갈 수 있구…….'

이런 생각을 하고 있는 동안에 은주는 집이 그리워졌다. 어머니는 없었지만 역시 집이 제일이라고 생각됐다.

은주는 오늘 밤은 집에 가서 잘 생각을 하고 거리로 내려와 답십리행 버스를 탔다. 그녀의 집은 종점에서 고개 하나 너머에 있었다. 은주는 어두운 길을 지나 집에 이르렀을 때 이상스럽게도 대문이 열려 있었다. 그러나 은주는 별 생각 없이 대문으로 들어서는데 문득 뒤에서 어떤 사나이가 은주의 손목을 잡았다.

"누구에요?"

은주는 깜짝 놀라서 소리쳤다.

"누구긴, 왜 오늘은 비어 홀도 나가지 않고 숨어 다녀."

"네?"

"최 창호 알지? 그놈과 재미를 봤으면 너두 고생 좀 해야지."

"그 사람이 무슨 일을 했어요?"

"너한테는 오십 만원이나 줬으니 좋은 일 했지만 남에겐 그리 좋은 일을 못했어."

"그게 무슨 소리에요?"

"그렇게 새침 떼도 쓸데가 없어. 네 아버지란 사람이 다 사실대로 불었으니."

형사인 듯한 사나이는 은주의 손을 꼬아 앞으로 떠밀었다.

여배우

막이 내려졌다. 막에 가리워진 관중석에서 불시에 박수소리가 터지며 소란스러운 소리가 들려옴을 따라 은주는 그제야 풀어지는 긴장과 함께 오늘의 일도 이것으로 끝났다는 안도감을 느끼면서 무대 뒷방으로 들어갔다. 말이 좋아 무대 뒷방이지 거울 하나 걸려 있지 않은데다 너구리 소굴처럼 언제나 담배 연기와 냄새가 코를 찌르는 지하실이었다. 그 속에서 모두가 저마다 분장을 지우느라고 야단을 치는 그 틈에 은주도 끼어 앉아서 화장을 지우고 있었다.

그 때에 이 극단의 대표자격인 문수와 기획을 맡아보는 김영이와 그리고 옷매가 꽤나 세련된 여자 등 세 사람이 무슨 이야기인지 웃으면서 들어왔다.

"또 문수의 팬인 모양이구만."

은주는 별로 대수롭지 않게 생각하였다. 요즘에 와서 그의 인기는 대단한 것으로 암초에 부딪쳤던 신극을 구해낸 한국의 '싱그'라 하여 공연이 거듭될 때마다 각 신문에서 떠들어 주었기 때문에 한국영화나 창극밖에 모르던 관객들까지도 문수의 이름이 그들의 입에서 오르내리게끔 되었다.

'그러나 문수 씨는 어떤 유혹에도 눈을 돌릴 리는 없을 거야. 지금이 우리 극단으로서 가장 중요한 때라고 몇번이나 그 말을 나에게 되풀이했었지. 민중들 속에 뿌리를 내리기 위하여 우린 연극 이외에는 다른 것을 조금도 생각할 수 없다고'

은주는 그런 생각을 해 보고서는 역시 자기는 그런 팬들을 질투하기 때문에 이런 생각을 하는 것이 아닌가 싶어서 자기도 모르게 얼굴을 붉혔다.

사실로 문수는 자기가 수업과정에 있다는 것도 잘 알고 자기의 연기를 닦기 위해서는 모든 것을 희생했다. 영화회사들은 다른 주연배우가 받는 계약금의 배나 되는 계약금 지급이라는 좋은 조건으로 영화에 끌어내려고 애썼으나 끄덕이지 않았다. 인기배우 치고는 놀라울 만큼 품행도 단정했고 태도도 겸손했으며, 차림도 극히 검소했다. 그것이 또한 매력의 하나로서 그의 인기를 더 한층 돋구워주는 일이기도 했다.

그는 단원들에게 기회가 있을 때마다 말하였다.

"여기에서 우리가 만족해서는 안됩니다. 조금이라도 마음을 늦추었다가는 죽도 밥도 되지 않을 것입니다. 이대로 긴장을 풀지 말고 굳세게 나갑시다."

그러므로 은주는 자기에 대한 문수의 애정을 충분히 알고 있으면서도 그것을 드러낼 때는 아직도 아니라고만 생각하고 자기도 역시 연기공부에만 힘썼다.

"무슨 일이 있어두 은주는 나와 떨어지지 말아줘. 그리하여 우리들은 언제까지나 손을 맞잡고서 참다운 연극을 쌓아 올리기 위하여 싸워요. 우리들의 앞날엔 반드시 영광이 있을 날이 있을 것이라고 굳게 믿고 있어."

민중극단이란 이름 그대로 대중들의 생활 속으로 파고들어 그들이 즐길 수 있는 연극을 하면서도 결코 저속한 취미에 떨어지는 일이 없이 언제나 희망의 기쁨을 주는 건전한 연극. 그러한 목표를 눈앞에 두고서 나아가는 것이었다. 그리고 또한 그 희망은 언제든 이루어질 날이 있으리라고 굳게 믿고 있었다.

"그날까지 고생을 하면서 살아봐요."

이것이 민중극단에 대한 그의 정열인 동시에 또한 자기에 대한 애정의 표시라고 은주는 생각했다.

"제가 떠나긴 어딜 떠나요. 전 문 선생과 함께 언제까지나 민중극단을 지킬 결심이에요."

그 말에 대해서는 은주도 그 이상으로는 자기의 진심을 더 밝혀 말할 수가 없었다. 그러나 더 밝히지 않더라도 이미 서로 알고 있는 것만 같은 기분이었다.

극장측으로부터 오늘 초만원의 사례금이 있다고 알려주자 화장을 지우던 단원들 사이에서 환성이 터져 나왔다. 그 소리에 놀래듯이 문수와 이야기를 하고 있던 그 여자가 얼굴을 돌렸다. 그 순간 아무 생각없이 그 여자의 얼굴을 본 은주는 문득 '저게 누구야?'

하고 급기야 얼굴이 질려졌다.

'저건 분명히 언니를 죽음으로 몰아넣게 만든……'

잊으려야 잊을 수 없는 그 얼굴이었다. 다시 한번 더 분명히 보려고 눈을 돌렸으나 그들은 그쪽 사무실로 통한 문을 열고 나가고 있었다. 그러나 그 뒷모양으로도 그 여자라는 것만은 틀림없었다. 은주는 불시에 죽은 언니를 생각하니 복수심이 끓어 오르는대로 분장을 지우던 것도 잊고 멍하니 앉아 있었다.

'언니는 저 여자에게 연인을 빼앗긴 슬픔 속에 아이를 밴 몸으로 자살을 한 것이 아닌가. 그런 그 여자가 문수 씨를 따라 무대 뒷방까지 찾아 들어오는 이유란……."

그것은 더 깊이 생각지 않더라도 추잡한 희롱을 장난쳐보자는 것이라는 것은 짐작이 가는 일이었다.

'언니를 괴롭힌 그 여자가 이번엔 나까지…….'

거기까지 생각을 하고 난 은주는 분주히 생각을 구겨버렸다. 크림으로 분장을 지운 얼굴에 질린 표정이 거울 속에 비쳐지자 은주는 치를 떨었다.

'아무리 내가 믿고 있는 문수 씨라 해도 요염한 광채가 번득이는 그 여자 앞엔…… 더욱이 그 여자는 돈까지 많다는 것이 아닌가?'

은주는 불길한 인연을 갖고 있는 여자인만큼 불길한 예감이 떠오름을 막을 길이 없었다.

육이오 전쟁에 가족들을 모두 잃게 된 은주는 언니와 같이 숙부의 집에 더부살이를 하게 되었다. 그러나 그리 넉넉하지 못한 숙부의 집에 언제까지나 붙어 있을 수도 없어, 언니인 은숙이는 부산 피난 시절부터 어느 무역회사에 나갔고, 은주도 서울로 올라와서는 어느 영화배급회사에 나가면서 밤에는 야간대학을 다니고 있었다.

그때에 언니는 같은 직장에 있던 명덕이란 사람과 사랑을 하게 되었으나 그는 우리들의 경제가 아직 그런 단계에 이르지 못했다는 핑계로 은숙이와의 결혼을 미루기만 했다. 그러나 은숙이는 그의 말만 기다리고 있을 수 없는 몸의 이상이 생기게 되어 그것을 그에게 이야기하지 않을 수 없게 되었다. 그러자 명덕이는 그것이 은숙이의 잘못이나 되는 것처럼 꾸짖으면서 하루 빨리 처리해 버리라고 했다. 그 때에 이르러서야 알고 보니 그에게는 다른 여자가 생겼던 것이다.

그 여자가 바로 지금 무대 뒷방에 나타났던 혜란이었다.

혜란이는 그들이 있던 회사 사장의 막내딸로서 S대학 영문과를 나온 수재인 대단한 미인이었다. 명덕이와는 아버지 회사의 사원이라는 데서 알게 되어, 그가 때때로 문학잡지에 문학 평론을 번역한다는 데에 혜란이는 호감을 가지고 자주 만나는 동안에 마침내는 그를 잊을 수 없는 지경에까지 이르게 된 모양이었다. 칠남매나 되는 부산스러운 가정에서 날마다 살림 걱정만 들으면서 자라난 명덕이는 자기에게 굴러온 행복을 은숙이 때문에 주저해야 할 필요는 조금도 없다고 생각했다. 그리하여 그는 은숙이와의 문제도 끝을 맺지 못하고 어름어름해 버린 채 혜란이와 결혼하고 말았다. 한길밖에 모르던 은숙이의 슬픔은 말할 수 없는 것이었다. 하늘이 무너지는 것 같다는 형용으로는 부족한 것이고 울려면 끝이 없는 것이었다. 그러나 그때까지도 은주는 언니의 그런 슬픔을 모르고 있었다.

은주는 아침에 회사에 나갔다가 저녁에 중국호떡으로 배를 채우고는 야간대학에 나갔다가 늦게야 돌아오기에 잠자는 시간 외에는 언니를 따로 대할 시간도 없었지만 은주는 자기 하나만을 생각하기에도 급급한 때였으므로 언니의 그런 기색을 전혀 몰랐던 것이다. 언니의 모든 것을 알게 된 것은 감출 수 없게 드러나게 된 무거워진 몸이 부끄러워 집을 나가버리고 나서였다.

"겉으론 얌전한 척 하면서두 혼자서 무슨 짓을 하고 다녔는지 알게 뭐야!"

숙부와도 달라 공연히 흉을 못잡아서 악을 박박 쓰던 숙모는 시원스럽게 잘 됐다고 은주도 들으라는 듯이 말하였다. 그러나 누구보다도 언니를 믿고 있던 은주는 거기에는 반드시 그래야 할 만한 깊은 사정이 숨어 있으리라고 생각하며 거의 한 달이나 매일같이 불안한 날을 보내고 있었다. 그러던 어느 날 은주가 회사에서 돌아오는 준비를 하고 있을 때 낯선 할머니가 찾아와서 언니가 위독하니 빨리 자기와 같이 집에 가자고 했다. 은주는 놀랜 채 급하게 달려갔으나 언니의 목숨은 이미 끊어지고, 동생인 은주에게 쓴 유서만이 기다리고 있을 뿐이었다.

'못난 언니는 간다. 언니의 생활은 몹시도 비참한 것이었지만 너만은 다시금 그런 생활을 밟지 않기를 바란다. 이것으로 네게 할 이야기도 끝난 셈이니 세상에서 패배 당한 언니이면서도 안심하고 눈을 감겠다. 숙부와 숙모님에게도 네가 이야기를 잘 해 주기 바라며 또한 나를 끝까지 친절하게 보호해준 하숙집 할머니를 후일에도 잊지 말기를 바란다. 그러면 저 세상에 가서 네 행복을 힘껏 빌께'

대체로 이런 뜻이 씌어 있었다. 글씨를 보면 연필로 쓴 것이 꽤나 거칠어 보였으나 어딘지 모르게 오랜 고민을 청산하고 죽음의 결의를 보이는 것 같은 남음이 있었다. 은주는 언니를 묻고 돌아오는 날부터 언니를 죽음으로 몰고 간 그들을 찾았다.

'언니를 사랑하던 사나이는 도대체 어떤 사나이이며 그를 빼앗은 계집은 도대체 어떤 계집인가?'

은주의 가슴에는 그들에 대한 원한의 불길이 타오르는 대로 언니를 대신하여 그들에게 복수를 해주고야 말겠다던 결심이었다. 그러나 은주가 그들이 누구라는 것을 겨우 알아냈을 때에는 너무나도 잔인하게 그들은 부부동반으로 미국에 건너가서 언니의 불행 따위는 알 리도 없이 태평스럽게 지내고 있을 때였다. 그러니 은주는 가슴속에 타고 있는 복수심조차 털어놓을 데가 없었다. 바로 그 때에 은주가 있던 영화배급회사에서는 외국영화 수입이 제한되면서 방향을 바꾸어 영화를 하나 둘 만들기 시작하였던 것이다. 그러면서 제작하려는 어느 영화에 주연할 여배우가 마침한 사람이 없어 골치를 앓던 중에 우연히도 감독의 눈에 든 것이 은주의 얼굴이었다. 은주는 키도 큰 편이었고 굴곡이 있는 눈과 코와 얼굴의 윤곽도 분명하여 '카메라'로 찍게 되면 훌륭한 얼굴이 될 수 있다는 것을 쉽게 상상할 수 있었다.

"등잔 밑이 어둡다는 격으로 주연할 여배우는 옆에 두고서도 찾고 있지 않았나."

은주를 발견한 어느 감독이 한 말이었다.

"한국의 여자로서는 그만큼 표정의 폭을 가진 여자도 드물 거야. 명랑한 얼굴이면서도 이지(理智) 속에 가려진 고독이 그려져 있는 그 얼굴이 바로 내가 찾던 얼굴이었어."

모름지기 은주의 본시 갖고 있던 성격에다 언니를 잃은 타격이 그런 표정을 갖게 하였는지도 모르는 일이었다. 감독은 은주가 마음에 들어 배우가 되지 않겠느냐고 교섭을 했다. 그런 말을 듣게 된 은주는 당황했다. 그런 일은 아예 생각조차 하지 않았던 일이고, 또한 자기로서는 감당해 낼 수도 없는 일이라고 생각했기 때문이었다.

"제가 그런 일을 어떻게 해요. 영화에 대해선 책을 한번 펼쳐 본 일도 없는 걸요."

하고 움츠려 들었다. 그런 겸손한 태도에 더욱 호감을 갖게 된 감독은 자기의 눈으로 발견한 은주를 좀처럼 단념하고 싶지가 않은 모양으로,

"하여튼 해 봅시다. 이것이 은주 씨에게 출세의 길을 열어주는 좋은 기회가 될는지도 모르겠으니 눈을 꾹 감고 한번 해 봐요."

하고 어떻게서든지 승낙을 얻으려고 했다.

"연기란 학예회 때 연기도 해 본 일이 없는 걸요."

역시 사양을 하자

"글세, 그렇게 겁내지 않아도 좋다니까요. 지금의 당당한 영화배우란 사람들도 무슨 재주가 있어서 하는 줄 아세요. 더욱이 영화는 연극과도 달라서 머리만 조금 쓸 줄 알면 '카메라' 앞에서 금시금시 감독이 하라는 대로만 하면 되는 일이니까요. 그건 누구나가 할 수 있답니다."

하고 지금의 인기배우라는 사람들의 실례를 들어가며 설득하기에

급급했다. 그래도 듣지 않아 회사에서는 그녀의 집까지 찾아가서 숙모에게 승낙을 얻으려고 하였다. 그 이야기를 듣고 난 숙모는 평소에 흰 눈으로 돌리던 태도와는 딴판으로

"네가 정신이 나갔기에 말이지 굴러들어온 복을 왜 싫다는 거냐?"

하고 은주의 비위를 맞추려고 야단이었다. 알고 보니 숙모는 영화사에서 쥐어준 계약금 일부까지 벌써 받은 상태였다. 계약금은 은주가 회사에서 이년 동안이나 받아야 할 월급이었다. 은주는 자기 앞날을 생각해서도 그만한 보수라면 해 볼 용기를 갖게 되었다.

"선생님의 지도만 믿고서 해 보겠습니다만 숙모는 제 보호자가 되는 것도 아니니까 그 점은 미리 알아주기 바랍니다."

은주는 분명히 말했다. 은주는 숙모의 집에서 공밥을 얻어먹지도 않았지만 숙모는 은주의 보호자격으로 덕을 톡톡히 보려고 생각하였던 모양이다. 그래서 그 한마디를 해 둘 필요가 있었던 것이다. 그것을 알게 되자 숙모의 원한은 대단한 것이었다. 은혜를 모르는 년이라고 동네방네 돌아다니며 떠들어댔다. 물론 은주도 그 집에는 더 이상 있을 수가 없어서 언니가 죽은 돈암동 할머니 집으로 하숙을 옮겼다.

은주의 첫 작품의 예비 제목은 '아름다운 청춘'이라는 어떤 유행작가의 소설을 각색한 것이었다. 그것을 촬영하면서부터 은주는 문수를 알게 되었다. 문수는 본디 어느 신극단체에 적을 두고서 공부를 하고 있었다. 그 극단이 끝내 경영난에 빠져 해산하게 되자 밥을 먹기 위해서 일시 영화에 적을 두었던 것이다. 신극계에서는 앞날이 촉망되던 그였지만 영화계에서는 그만의 깊은 맛을 아는 사람도 없었기에 기껏해야 그리 대단한 역이 아닌 영감 역을 맡고 있었다. 그러나 그는 조금도 그것을 불만으로 생각지 않은 것은 다른 곳 – 말하자면 영화가 아닌 연극에서 자기의 포부를 드러낼 기회를 찾고 있었기 때문이었다. 그는 버릇처럼 이렇게 말하곤 하였다.

"신극은 지금과 같은 실험무대에서 하루바삐 벗어나야 합니다. 그렇다고 관객들의 비위나 맞추는 저속한 연극을 하겠다는 것은 물론

아닙니다. 그것도 아니면서 관객을 끌 수 있는 연극, 하여튼 연극도 관객이 있고서야 이야기가 되니까요."

하고 말하는 것이 그의 버릇과 같은 것이었다.

"그것을 위해서 언제나 공부가 필요한 것이지요. 저는 지금은 이런 생활을 하고 있지만 앞날을 위한 공부만은 꾸준히 계속하고 있습니다."

그렇게 말하는 그는 그저 연기에만 편중하는 지금까지의 연기자들과는 달리 독서로 식견을 넓히고, 다른 예술 부문에도 관심을 가짐으로써 자기의 교양을 높이려고 애썼다. 은주는 그의 이야기를 충분히 이해하지는 못하면서도 그가 걷고 있는 것이 바르다는 것만은 막연하나마 알 것 같았다. 그리하여 은주는 문수가 관계하고 있는 연극 연구단체에 가입하여 희곡 연구도 듣고 연기 연습을 하기도 했다. 그러면서 은주도 연극의 윤곽만은 어떻게 짐작할 수 있게 되었다. 말하자면 문수가 기초 단계부터의 친절한 지도와 은주 자신의 열심이 그만한 수준에까지 이를 수 있는 바탕이 되었던 것이다.

사실 그때부터 문수는 그 연구단체의 대표격이 되었던 것으로 그의 활동으로 어느 독지가의 도움을 받아 단기대학의 강당을 빌려 첫 시연회를 갖게 되었다. 그때 무대에 올린 '레퍼토리'는 '샤를 빌드라크'의 대표작인 《상선 테나시티》를 번안한 것이었다. 그러나 그 연극은 완전히 실패로 돌아가고 말았다. 그것이 그 연극에서 가장 중요한 역인 하녀 역을 맡았던 은주의 연기가 너무나도 서툰 때문이었다고도 할 수 있었다. 공연 비판회에서도 그런 점이 여지없이 지적되었다.

"우리들의 첫 공연 실패의 원인을 규명하자면 무엇보다도 배역 선정에 너무나도 경솔했다고 생각합니다."

멸시하는 시선을 은주에게 던지면서 이야기하는 단원들도 있었다.

"물론 그것도 큰 원인의 하나였다고 할 수 있지만……."

문수는 배역의 불공평한 데가 있었던가 하고 반성해 보면서도 그 잘못만은 인정하지 않을 수가 없었다.

"영화에 한 두번 나갔다고 대단한 배우라고 생각한다는 것은 상업극단이라면 또 모르지만 우리 극단으로서는 도저히 용납할 수 없는 일이라고 생각합니다."

비평회에서는 더욱 기운이 나서 계속했다. 그 말에는 영화계에서 스타급으로 알려져 있는 은주에 대한 질투와 반감이 내포되어 있었다. 동시에 극단 대표로서 자기의 지위를 지켜야 할 문수가 은주에게 치우치고 있다는 것을 핀잔하는 뜻도 섞여 있었다.

"그렇기에 이제부터 더 힘을 내서 공부를 해야 되는 것입니다. 여러분의 말대로 영화와 연극은 비슷한 것 같으면서도 파고들수록 아주 다른 것이니까."

문수는 해명해주기가 몹시 곤란했다. 자기가 그들에게 비난을 받아야 될 정도로 은주에게 지나친 호의를 품고 있었던가? 이미 어둠이 내린 돌아오는 길 위에서 은주가 사과를 하였다.

"문 선생에게 미안해요. 저 때문에 선생님은 여러 가지로 곤란한 처지에 있게 돼서……."

"그렇다고 그런 일에 신경을 쓸 필요는 없습니다. 이번 공연의 실패는 은주 씨만의 책임은 결코 아닙니다. 연극이라는 것은 언제나 한 단체의 움직임이니까 잘되고 못되는 것은 그 전체에 있는 것으로……."

문수가 말하고 있을 때 은주는 덧없이 슬퍼져 훌쩍거렸다.

"왜 그러시오?"

문수는 문득 은주의 얼굴을 보았다. 그러나 어두움에 가리운 그녀의 표정은 알 수가 없었다.

"저는 이 기회에 그만……."

극단 활동을 그만 두겠다는 말을 그렇게 꺼내었다.

"영화사에서 무슨 말이 있어요?"

문수는 은주가 그만 두겠다는 이유는 아까의 그 일 때문이라는 것을 잘 알고 있으면서도 그렇게 말을 돌렸다.

"그런 관계도 없는 것은 아니지만 그보다도……."

"그보다도……."

"문 선생에게 미안한 걸요. 저 때문에 부질없는 소문만 듣게 되시고……."
은주는 말끝을 맺지 못하고 얼버무렸다.
"그 일 때문입니까?"
문수는 억지로 쾌활하게 웃고 나서 말하였다.
"그런 일 하나하나에 신경을 쓴다면 이쪽 일 못합니다. 물론 그 때문에 은주 씨의 기분이 상하게 될 것이라는 것은 알고 있습니다만."
"아닙니다. 전 아무렇지도 않아요. 그렇지만……."
"그래요. 그렇다면 좀 더 꾹 참고 계속해 봅시다. 난 은주 씨의 소질이 훌륭하다는 것은 확신하고 있으니까요. 땅에 묻혀 있던 보석을 갈아 광채를 내듯, 은주 씨의 타고난 재질을 살려 광채를 내봅시다."
문수는 자기의 진심을 보이듯이 말했다. 그것이 자기를 위로해 주는 말이라고 생각하면서도 은주는 기뻤다.
"제게 그런 타고난 재질이 어디 있을라구요."
은주의 말은 기쁨이 부끄러움으로 바뀌었다.
"은주 씨는 제가 공연히 은주 씨를 추어주기 위해서 하는 말로 생각하는 모양이지만 결코 그런 것이 아닙니다. 아니, 그렇게 생각해도 좋아요. 어쨌든 해 봐요. 내 말에 한번 속아보란 말이에요."
문수는 어디까지나 성실한 태도로 설득하려고 애썼다. 그러자 은주는 그의 정열에 끌려들듯이 단 한번의 실패 때문에 자기가 생각했던 결심을 단념해 버린다는 것은 너무나도 의지가 박약한 것이 아닌가고 생각했다.
"자, 저에게 확답을 해 줘요. 극단을 버린다는 생각은 버리겠다고."
어느덧 그들이 헤어져야 할 길목도 거의 왔다. 그제야 은주는 웃는 말처럼
"그렇다면 선생님에게 속는 셈치고 다시 해보겠어요."
하고 자신의 새로운 결심을 내보였다. 그 말에 문수는 자기 일처

럼 기뻐서

"은주 씨는 꼭 성공할 것입니다. 그것은 누가 뭐라고 해도 내가 책임질 수 있는 일입니다."

하고 흥분된 어조로 말하였다.

그 뒤로 두 번 세 번 시연회가 거듭되면서 은주의 연기는 눈에 뜨일 정도로 나아졌다. 은주의 열성과 문수의 기탄없이 치는 채찍이 마침내 성과를 나타나게 된 것이었다. 첫 공연 때 은주의 연기를 두고서 혹평을 한 사람들도 어쩔 수 없다는 듯이 실토하듯이 말하였다.

“이번 은주 씨의 연기를 통해 우리는 처음으로 연기다운 연기를 보았다고 생각했습니다.”

그러면서 그 연구회는 연극팬들의 지지를 받게 되었고, 그것이 더욱 발전하여 오늘의 수많은 관중을 갖게 된 민중극단으로 다시 태어나게 된 것이었다.

“은주, 뭘 그렇게 생각하구 있는 거야? 멍하니 앉아서.”

그 여자와 함께 사무실에 들어갔던 기획부의 김영이는 어느 짬에 나왔는지 뒤에서 은주의 거울을 들여다보며 웃고 있었다.

“오늘 꽃다발을 그렇게 받고서도 그런 흐린 얼굴을 하고 있느냐고. 어서 분장을 지우고서 회식에 갈 준비나 해요.”

연극이 끝나는 날이면 단원 전원이 한잔 먹기로 되어 있었다. 물론 그것도 흥행 성적이 좋아진 최근에 와서 생긴 일이지만.

“김영이 오늘 오래간만에 나하구 밤을 새워 가면서 맞서 봐요.”

옆에서 노파역이 분장을 벗으면서 말했다. 김소랑 일파의 후신인 연극사 때부터 연극을 해온 그녀는, 요즘에 풍성풍성한 영화에나 따라다닌다면 상당한 수입도 있을 터인데 역시 그런 일엔 불만이 있는지, 아니면 문수의 뜻에 찬동하기 때문인지 알 수 없지만 그 나이에도 그들과 섞여서 힘든 일과 즐거운 일을 같이하고 있었다.

“그래 맞서 봅시다. 그래두 언제처럼 날 어쩌려고 하면 곤란한데.”

그런 말로 웃으면서 김영이는 그곳을 나가려고 했다.

“저 좀 봐요, 김 선생…….”

은주는 아까부터 가슴 속에서 뭉클거리고 있는 불쾌감을 삭힐 수가 없었던지 입을 열었다.

“왜 그렇게 무서운 눈으로 찾는 거야?”

전등불 아래라서 더 창백하게 보이기도 했겠지만 평소 은주의 얼굴이 아닌 것만은 사실이었다.

"그런 여잔 뭣하러 무대 뒷방까지 끌구 들어오는 거예요?"

"그런 여자라니?"

"어제 김 선생과 문 선생이랑 함께 사무실로 들어간 여자 있잖아요?"

"연연 씨 말인가?"

괜한 것을 묻는다는 얼굴이었다.

"그이가 연연이에요?"

이번에는 은주가 놀란 얼굴이 되지 않을 수가 없었다. 연연이라면 이번에 새로 들어오게 된, 좀 더 분명히 이야기한다면 미국까지 건너가서 연기를 공부하고 왔다는 김연연이었기 때문이다.

은주는 너무나도 뜻밖인 일에 앞이 아득해짐을 느꼈다.

"그러면 은주는 아직 연연 씨를 몰랐나?"

김영이는 그것이 오히려 이상하다는 듯이 고개를 돌리면서 나가버렸다.

은주는 한시라도 빨리 이 어지러운 무대 뒷방을 벗어나고 싶었다. 자기 물건을 대략 챙기고 나서 그곳을 나가려고 할 때 뒤에서 자신을 부르는 소리를 들었다.

"은주!"

그 목소리로 문수가 부르고 있다는 것을 알고 있으면서도 은주는 못들은 척 그대로 나가려고 할 때 다시금 찾는 소리가 들려왔다.

"은주 어디가?"

그 소리에 은주는 그만 주춤하고 서서 얼굴을 돌렸다.

"연연이와 아직 인사가 없지? 소개해 줄게."

그런 말에도 기쁨을 숨기지 못하는 문수를 보자 은주는 가슴이 메어지며 눈물이 막 나오려고 했다.

"다음에 하지요. 오늘은 기분이 이상해서."

은주는 급기야 그를 외면하고서 빠른 걸음으로 텅 빈 복도를 지나 밖으로 나왔다. 은주의 눈에 달려든 네온의 불빛이 분명치 않은 채 어른거렸다. 은주의 눈에는 어느덧 눈물이 담뿍 맺혀 있었으므로 어른거리지 않을 수가 없는 일이었다. 그러면서 다시금 얄미운 그 여자와 웃고 있는 문수의 얼굴이 어른거렸다. 지금까지 보지 못했던 문수의 비굴스러운 웃음이었다. 은주는 그만 흐느끼는 얼굴을 양손으로 감싸 쥔 채 어딘지도 모르는 거리를 밤늦게까지 돌아다녔다.

은주가 민중극단을 탈퇴하자 거기에 대한 억설은 구구하였다. 처음에 출발한 영화계로 돌아갈 의사라는 이야기도 있었고, 큰 극장을 가진 어느 실업가와 결혼하기 위해서라는 이야기도 있었고, 연연이와의 삼각관계로 문수에게 실연한 때문이라는 이야기도 있었다. 그러나 그 어느 하나도 은주가 극단을 그만 두게 된 사실의 이유는 될 수 없었지만 잡지들은 저마다 자기네들의 이야기가 옳다고 떠들어 대었다. 은주는 그런 것에는 별로 신경을 쓰려고 하지 않고 얼마동안 쉴 생각으로 한강 상류의 농가를 얻어 나가 있었다. 실상 그렇게 놀고만 있을 만큼 저축이 있었던 것도 아니었지만, 민중극단을 그만두었다는 것을 알게 된 영화회사에서 매일 찾아와서 성화를 시키는 것이 귀찮아 조용한 시골로 나와 그곳의 생활도 즐겨볼 겸 당분간 숨어 살 생각을 한 것이었다. 더욱이 한때는 한참 유행하던 국악단에서까지 찾아왔을 때는 먹먹해지지 않을 수 없었다.

'민중연극의 이상을 마침내 국악극에서 찾아내다'

라는 신문의 기사 제목 같은 문구를 외면서 혼자 웃기도 했다. 그러면서 은주는 모든 것을, 문수와의 애정까지도 잊을 생각이었다.

그러나 아무리 잊으려고 애써도 한번 몸에 밴 생활은 좀처럼 잊을 수 없었다. 하릴없는 시골에서는 저녁을 먹고 나면 곧이어 자리를 깔고 눕게 되지만, 문득 환한 달빛에 놀란 듯이 눈을 뜨게 되면 화려했던 무대생활의 생각이 괴로울 정도로 그리워지는 것이었다.

'뭐가 그리워서 그렇게도 야단인가? 그 생활은 자기가 싫다고 박차버리고 나온 것이 아닌가?'

몸을 뒤채면 뒤챌수록 달빛에 드러난 농촌의 밤 풍경이 무대의 아늑한 장면처럼 느껴지며 열의에 찬 김연연의 연기도 눈앞에 펼쳐졌다.

은주는 눈을 감고 귀를 막고 연극을 잊으려고 하였으나 김연연의 연기는 대단히 좋은 평가를 듣는 모양이었다. 뿐만 아니라 그 공연으로서 배우로서의 확고한 입지도 다질 수 있게 된 모양이었다.

'그랬으면 그것이 나와는 무슨 관계가 있단 말인가? 언니가 그 여자에게 진 것처럼 나도 졌는지는 모르지만 그러나 언니처럼 결코 약하게 살지는 않겠다는 내가 아닌가?'

그렇게 생각을 하면서도 은주는 덧없이 뺨 위에 흘러내리는 눈물을 어쩔 줄 몰랐다.

뜰의 은행나무의 잎들도 어느덧 누렇게 물들기 시작한 어느 날 오후였다. 빨래를 하고 있던 식모 아이가 비누거품을 묻힌 채 다가와서 알려줬다.

"아주머니, 손님이 오셨어요?"

"손님?"

은주는 심심풀이로 읽고 있던 소설책을 놓으면서 생각했다.

'마포의 하숙집 할머니라면 식모 아이가 손님이라고 알려 줄 리도

없을 것이고, 그렇다면 내가 여기 있는 것을 알고 찾아 올 사람이 누구라는 말인가?'

그런 생각과 함께 방문을 연 은주는 순식간에 온 몸이 굳어지고 말았다. 바로 창밖에 연연이가 서 있기 때문이었다. 연연이는 은주를 보자 공손하게 인사를 했다. 너무나도 뜻밖의 일이어서 은주는 먹먹해지고 말았다. 그러면서도 자기의 얼굴빛이 달라지고 있다는 것은 분명히 느낄 수가 있었다.

"제가 사과해야 할 일이 너무나도 많기에 이렇게 찾는다는 것이 실례라는 것을 알면서두……."

들고 온 과자상자를 마루 위에 놓으며 말하는 연연이의 얼굴에는 숨김없는 진정이 깃들어 있었다. 그러나 은주의 얼굴은 그와 반대로 독기를 품은 얼굴이었다.

"내게 사과해야 할 일은 없으리라고 생각해요."

은주는 눈까지 가로세워 그녀를 흘겨보았다.

"저를 보고 물론 노하실 줄은 잘 알아요. 그러나 잠시 참으시고 제 이야기를 들어 줘요."

은주는 그녀의 낯짝에 침이라도 뱉어주고 싶은 반발심을 입술로 눌러 참고 있었다.

"사실 지금엔 저도 명덕이란 그 사나이에게 속은 사람의 한 사람이지만 그와 결혼할 그때, 은주 씨 언니와 그런 관계가 있었다는 것은 전혀 몰랐던 일입니다. 그것만은 의심하지 말고 꼭 믿어 줘요."

고개를 돌렸던 은주는 정말 무슨 수작질을 하려는가 싶어 고개를 들었다.

"지금엔 모든 것을 다 알고 났으니 말입니다. 사실 제가 극단에 들어가자 갑자기 탈퇴하기에 내게 무슨 반감이 있기에 저러나 싶었지만, 모든 것을 알고 나니 결코 무리한 일이 아니었습니다. 아니 마땅히 그럴 일이었지요. 하나 밖에 없는 언니가 저 때문에 자살하게 된 셈이었으니……."

연연이는 말하기조차 괴로웠지만 이야기를 이어갔다.

"오늘 은주 씨를 여기까지 찾아 온 것도 사실 그 일을 서로 이야기하여 밝히고서 용서를 구하러 온 것입니다. 그리고 다른 한 가지는……."

하고 침이 마른 듯이 빈침을 삼키고 나서

"극단으로 다시 돌아와 달라는 것입니다. 민중극단의 수백만 관객, 아니 그 보다도 문수 선생이 기다리고 있답니다."

그 말에는 은주도 돌같이 앉아 있을 수 없는 듯 가쁜 숨을 내쉬었다. 그러나 곧이어 이런 생각이 들었다.

'내가 그런 말에 속을 줄 알고? 보나마나 나를 데려다 놓고 자기들의 애정을 자랑할 셈으로? 그래서 나를 조롱하자는 것이겠지…….'

"은주 씨는 어떻게 생각할는지는 모르지만 지금의 제 기분으로서는 이제는 서로 믿을 수 있는 형제도 될 수 있다는 자신이 생기는 걸요. 다시금 저와 손을 잡고서 수많은 관객들에게 희망과 기쁨을 주는 무대로 돌아가자는 거애요. 이렇게 제가 간곡히 애원하겠으니어서……."

그래도 은주는 입을 다물고 있었다. 아니 이미 진심을 털어 놓은 연연이에게 완전히 감동되어 있으면서도 무엇이라 자기도 모르게 입을 열 수가 없었다.

"그래두 대답할 수가 없는 것이지요?"

연연이는 그만 실망한 듯한 얼굴로 잠시 앉아 있다가 약간 어조를 고쳐 낮은 목소리로 다짐하듯이 말하였다.

"그러면 하는 수 없군요. 저도 연극을 그만두겠습니다. 사실 제가 해야 할 일은 연극이었고 또한 그건 저에게는 생명과도 같은 것이지만 은주 씨가 다시 무대로 돌아오지 않는다면 저도 그만 두겠다는 각오로 찾아 왔던 걸요."

"네?"

은주는 급기야 연연이를 쏘아 봤다.

"은주 씨가 무대로 돌아오지 않는다면 나는 무엇으로 용서해 준다는 것을 믿고서 무대에 설 수가 있어요?"

꾸짖듯이 마주 쏘아 보는 연연이 눈길에 부딪친 은주는 그만 견딜 수 없다는 듯이 그녀의 무릎에 안겨 몸부림쳤다.

"언니, 언니, 제가 몰랐어요. 저를 동생으로 불러 줘요."

흐느껴 우는 은주를 껴안은 연연이의 눈에서도 눈물이 뚝뚝 떨어졌다. 그것을 빨래하던 식모 아이가 무슨 일인지 몰라 멍청하니 선 채로 보고 있었다.

우정

바로 얼마 전 C마을에 우체국이 새로 생기게 되었습니다. 그곳은 본디 철로길에서 오십리나 떨어진 두메산골의 벽촌이었습니다. 그것이 지난해 봄부터 마을 뒷산에서 형석(螢石)이라는 희광석이 나기 시작하자 갑자기 많은 광부들이 모여들게 되었고, 광석을 나르는 트럭도 줄곧 그치지 않고 다니게 되었습니다. 이렇게 되고나니 장사꾼들도 자연스레 모여들어 닷새에 한 번씩 장도 서게 되었고, 학교와 지서도 생겼으며, 이번에는 우체국이 생기게 된 것입니다.

우체국은 마을 입구 앞에 있던 산당을 뜯어 고친 아주 훌륭한 건물이었습니다만 그곳에서 일을 보는 사람은 단 세 사람이었습니다. 국장 한 분과 사무원 한 분, 우편집배원 한 사람.

우편집배원은 본디 삼십년 동안이나 엿장사를 해 온 강편이라는 영감이었습니다. 그 영감이 우편집배원으로 직업을 바꾼 것은 하도 오랫동안 가위질을 해가며 엿 사라고 목청을 돋운 일에 싫증이 난 때문인지도 모르지요. 어쨌든 그는 그만큼이나 오랫동안 이 마을 저 마을로 엿을 팔려 다녔으므로 누가 어디서 산다는 것은 훤히 알고 있었습니다. 그러므로 우편집배원으로서는 아주 적임자였습니다.

그 곳은 워낙 사람이 드문 산골이고 또한 우체국을 개설한 지도 얼마 되지 않았기 때문에 우편물은 그리 많지가 않았습니다. 하루에 기껏 많다는 날도 오십통이 넘지를 못했습니다. 그것도 대개는 광산 사무소에 가는 것이 아니면 거기서 일하는 광부들에게 가는 우편물이었습니다. 그러므로 광산사무소에 들러 우편물을 뭉치로 던져주고 나서 학교와 지서에 가는 신문을 배달하면 그날의 일은 끝난 것이나 다름이 없었습니다.

이 집배원의 일에 비하면 국장과 사무원 자리는 더욱 한가한 편이었습니다. 우체국에는 온종일 있어도 전보나 환 같은 것을 하러 오는 사람은 없는 날이 많았습니다. 그러므로 가끔 우표나 파는 것이 사무원의 일이었습니다. 아니, 그는 코맹맹이 소리는 하나 자기 얼굴엔 대단한 자신을 갖고 있는 만큼 손거울을 꺼내놓고 여드름 짜는 일도 그에겐 큰 일이었습니다.

저금 업무를 맡아보는 국장의 일은 더욱이 한가했습니다. 개설 이래로 여태까지 저금하러 온 사람은 한 사람도 없었으니 말입니다. 그는 몸이 비대한 때문인지는 몰라도 회전의자에 앉아서 하품을 켜는 일이 무엇보다도 좋은 모양이었습니다.

'이렇게 저금이 없어서야 되겠냐구, 오늘은 권유를 조금 나가봐야겠군'

생각은 그렇게 하면서도 몸은 여전히 회전의자에 앉아서 하품만 켜고 앉아 있을 뿐으로 그것도 역시 우체국 개설 이래로 한 번도 엉덩이를 들어 본 일이 없었습니다. 이렇게도 한가한 때 우체국에 갑자기 난처한 문제가 생겼습니다. 그곳에서 이십 리나 더 들어가야 하는 산 속에서 짐승을 잡아가며 혼자 살고 있는 박편이라는 포수영감이 신문을 보기 시작하였기 때문입니다. 이야말로 우체국으로서는 큰일이라고 하지 않을 수 없었습니다. 그 박편 영감에게 매일 신문을 배달해 주자면 왕복 사십리 길을 걸어야 되니……. 그들은 이 문제로 긴급회의를 열고 신문을 날마다 배달할 수 있느냐 없느냐를 두고서 토의하게 되었습니다.

먼저 입을 연 것은 국장이었습니다. 그는 헛기침을 하고 나서 말하

였습니다. 우리가 나라의 우체사업의 사명을 맡은 이상 어떤 곤란을 무릅쓰고라도 국민의 요구를 들어야 할 의무가 있다고 역설하였습니다. 그러고는 그 신문은 응당 날마다 배달해 줘야 한다고 결론을 내렸습니다. 그러자 뒤이어 사무원이 일어나서 코맹맹이 소리로 국장의 말에 지지찬동을 한 후, 거기에 덧붙여 더욱이나 신문은 다른 우편물과 달라 그날그날 배달되지 않으면 의의가 없다는 것을 강조하였습니다. 모르긴 해도 국장이나 사무원 두 사람 모두 배달은 자기의 일이 아니므로 그들은 그런 말도 태연히 할 수 있었을 것입니다. 정작 그 신문을 배달해야 하는 강 영감으로서는……

그러나 당사자인 강 영감도 그 일엔 별로 불평이 없었습니다. 그것은 박 영감이 어렸을 때부터 같이 자라난 죽마지우이므로 누구의 우편물보다도 그의 것만은 꼭 배달해 주고 싶은 마음이 있기 때문이었습니다.

이리하여 결국 박 영감에게 가는 신문은 다음날부터 날마다 배달해 주기로 되었습니다. 그렇다 해도 신문 하나를 배달해 주기 위해서 비가 오나 눈이 오나 날마다 사십리 길을 걸어야 한다는 것은 말이 쉽지 결코 쉬운 노릇이 아니었습니다. 더욱이 그 길은 몹시도 사나운 산골길이었습니다.

강 영감은 얼마동안 그 길을 다니다 못해 하루는 박 영감을 붙잡고 사정을 했습니다.

"여보게 이 사람, 내 생각을 해서 제발 그 신문 좀 그만 두게나."

그러자 박 영감은 깜짝 놀라서 애원하듯이 말하였습니다.

"이 사람아, 자네가 제발 내 생각을 해서 다시는 그런 말 하지 말게."

강 영감이 그 말을 듣고 나서 다시 생각해 보니 그의 심정도 알 것 같았습니다.

'이런 산속에서 혼자 살려니 오죽 쓸쓸하겠어. 그런 사람에겐 신문이 오직 하나의 즐거움일 텐데 그것마저 보지 말라니, 그건 정말 내가 너무했어'

강 영감은 친구의 심정을 그렇게도 몰라준 것이 부끄럽기까지 했습니다. 그리고 나서 얼마동안은 아무 말 없이 박 영감에게 꼬박꼬박 신문을 배달해 줬습니다. 그러나 아무리 생각해도 신문 한부를 배달하려고 매일 매일 몇 십리를 걸어야 한다는 것은 생각해 보면 생각해 볼수록 어이가 없고 기가 막힌 일이었습니다.

며칠 뒤에 그는 다시 박 영감을 붙잡고 사정하다시피 말하였습니다.
"여보게 이 사람, 친구 사이에 어떻게 그렇게 사람을 혹사할 수 있어?"
"그건 또 갑자기 무슨 소리야?"
"이 사람아, 그게 혹사지 뭐야."
"내가 무슨 혹사를 시켰다고 그래?"
"신문 한 장 배달하기 위해서 매일 40리를 오르내리게 하는 것이 혹사가 아니구."
"아, 그 말인가? 그 말이라면 난 듣지도 않겠네."
박 영감은 애써 상대도 하지 않으려고 했습니다.
"이 사람아, 그러지 말구 제발 내 말을 좀 들어 주게나."
"글쎄, 들을 필요가 없다는데도."
"내 이야기는 자네가 신문을 보지 말라는 이야기는 아니야. 이런 산속에서 신문두 없이야 정말 어떻게 살겠나? 그러니 말인데, 신문을 모았다가 닷새만에 한 번씩 배달해 줄 테니 그렇게 합세나."
강 영감은 의논조로 말하였습니다. 그러나 박 영감은 여전히 천부당만부당하다는 얼굴로 말하였습니다.
"그런 쓸데없는 소린 말아요."
들을 생각도 없다는 듯이 대통에 담배만 담고 있었습니다.
"이 사람아, 닷새가 멀다면 그럼 사흘마다 한 번씩 배달하는 것으로 합세나."
"싫어."
"아니 사흘마다 배달해 준다는데두 싫다는 거야?"
"아, 싫다는데."
"자네가 그렇다면야 하는 수 없지, 그럼 이렇게 하지—이틀에 한 번씩 배달하는 것으로…… 자네는 이것도 물론 싫다고는 하지 않겠지?"

"그것두 싫어."

"뭐, 그것두 싫어?"

강 영감은 그만 기가 막혀 확 소리를 쳤습니다. 그러나 박 영감은 눈 하나 깜짝하지 않고서 대답하였습니다.

"응, 싫어."

여전히 그 한마디로 담배만 뻑뻑 빨고 있었습니다. 그 꼴을 보니 강 영감은 속이 막 뒤집어지는 것 같았지만 그래도 말만은 온순하게

"자네처럼 친구 사정도 몰라 줘서야 어떻게 살겠나?"

"그건 정말 내가 할 소리네. 자네처럼 인정머리가 없어서야."

"이 사람아, 내가 몰인정하다구? 그래, 자네는 내가 신문 한 장을 배달하기 위해서 얼마나 큰 고통을 겪고 있다는 것을 한번이나 생각해 보고서 그런 말을 하는가?"

"그래서 자네는 내가 얼마나 목을 길게 뽑구 신문을 기다리고 있는지를 한번이나 생각해 보고서 그런 소릴 마구 떠벌리는 거야?"

"물론 생각했지. 생각했기에 여태까지 그 고생을 하며 자네에게 날마다 꼬박꼬박 신문을 배달해 준 것 아닌가. 그런데 그걸 이틀에 한번씩 하자는데두 싫다구?"

"이 사람아, 자네가 그런 생각이었다면 여태까지 지켜온 우정을 왜 앞으로는 계속 할 수 없다는 거야? 제발 그런 소린 말어."

"그러니 자네 고집대루 신문은 날마다 배달해 줘야겠나?"

"물론이지."

"이틀에 한번두 정말 안되겠어?"

"물론."

"이 녀석아, 뭐가 물론이야. 네 녀석이 그런 배짱을 부린다면 나도

생각이 있어."

"이 사람아, 그건 또 갑자기 무슨 소린가?"

"무슨 소리긴, 우편집배원 일을 그만두는 한이 있어두 이런 산골 구석에는 다시는 올라오지 않을 테니, 네 녀석은 곰이나 멧돼지와 벗하구 살다 죽으라는 거지."

내뱉듯이 말하고서 다시는 이곳을 찾지 않을 결심으로 그 집을 나왔습니다. 그러나 다음날 강 영감이 배달을 다니다 보니 남은 것은 박 영감에게 가는 신문 한 장 뿐이었습니다. 그걸 보니 눈앞에는 신문을 기다리다 못해 토방마루에 시르멍하니 앉아 있을 박 영감의 얼굴이 자꾸만 그려졌습니다. 강 영감은 생각다 못해,

'이왕 배달해 주던 것이니 오늘 하루만 더 배달해 주기로 하지' 하고 매일 다니던 산길을 다시 터덜터덜 찾아갔습니다. 그러나 그날은 어떻게 된 일인지 신문을 갖고 가면 토방마루에 앉아서 기다리다 벌쭉거려 웃어주던 박 영감이 보이지가 않았습니다. 처음엔 뒷간이라도 갔나 생각해 보았지만 아무리 기다려도 나타나지 않으므로 무슨 일이라도 생겼구나 싶어서 신문만 넣어주고 돌아왔습니다.

다음날 강 영감은 어제 일이 궁금하기도 해서 '그래, 오늘 하루만 더!'하는 생각으로 그 집을 다시 찾아갔습니다. 그러나 박 영감은 여전히 보이지 않고 어제 배달한 신문만이 그대로 놓여 있었습니다. 강 영감은 급기야 가슴이 철렁하였습니다. 이 놈 두상이 사냥을 나갔다가 혹시나 짐승에게 잘못되지나 않았나, 하는 생각이 번개치듯이 문득 머리를 스쳐 지나갔기 때문이었습니다.

그 다음날은 아침부터 박 영감의 일이 걱정되어 배달이 끝나기가 무섭게 부랴부랴 그의 집으로 달려갔습니다. 그러나 박 영감은 그날도 보이지가 않았습니다. 그렇다면 이건 필시 짐승에게 잡혀 먹힌 것이 틀림없다고 생각되어 눈물이 마구 쏟아졌습니다.

'그래 그래, 내가 녀석에게 신문 배달을 못해 주겠다는 말만 꺼내지 않았어도 죽지 않았을지도 몰라'

그 생각을 하면 더욱 원통해 견딜 수가 없었습니다.

그러나 다음 날 그의 집을 다시 찾아가자 박 영감은 전날과 다름없이 토방에 걸터 앉아서 늘 웃는 그대로 벌쭉벌쭉 웃고 있었습니다. 강 영감은 반가운 생각보다는 화가 먼저 나서 쏘듯이 내뱉았습니다.

"이 사람아, 어딜 가면 간다고 말이나 하고 갈 일이지, 이렇게 사람 걱정시키는 법이 어디 있어?"

그러나 박 영감은 여전히 벌쭉거리는 웃음으로,

"자네가 안 온다기에 나는 저 너머 산으로 사냥을 갔었지."

하고는 줄에 잡아다 놓은 멧돼지를 가르키며,

"오늘은 저놈이나 져다먹게."

하고 말하였습니다. 보니 몸집이 굉장히 큰 놈이었습니다.

"그걸 내가 어떻게 지고 가겠나?"

"이 사람아, 멧돼지 하나를 못지겠나? 저기 있는 지게나 가져오게 내가 지워 줄테니까."

강 영감은 호되게 무거운 멧돼지를 지고 내려오면서 박 영감이 신문을 보지 않는다면 자기는 어떻게 될까 생각해 봤습니다. 그렇게 되면 철따라 산속에 피는 꽃도 볼 수 없으며 아름다운 멧새 소리도 들을 수 없다고 생각했습니다.

'그렇지, 산속의 꽃과 새는 나를 위해서 있는 거나 다름없고…….'

저 녀석의 벌쭉거리는 웃음도 볼 수 없다고 생각했습니다.

'그 녀석의 웃음을 보면 공연히 마음이 기뻐지니 말이야'

강 영감은 자기도 모르게 싱긋 웃고 나서 계속 생각하였습니다.

'정말 그 녀석이 신문을 안본다면 큰일이야. 그렇게 되면 나는 밤낮 사무실 구석에서 국장의 하품 켜는 꼴과 코맹맹이의 여드름 짜는 꼴만 봐야 할 것 아닌가. 그건 정말 생각만 해도 답답한 일이니, 그렇게 된다면 나는 무슨 재미로 살아야 해…….'

그런 생각을 하면서 산비탈길을 내려오는 동안에 지게에 진 멧돼지가 점점 더 무거워졌습니다. 그는 그만 화가 난 얼굴이 되어 투덜거렸습니다.

"그 놈의 두상, 어쩌자고 이런 호된 멧돼지를 잡아 갖고서 남을 또 땀을 빼게 하는 거야?"

아내의 슬픔

그날의 수업이 끝난 오 선생은 하루의 책임은 끝났구나 하는 해방감을 느껴가며 창밖을 내다보고 있다가

'옳지, 아내가 달리아 꽃뿌리를 얻어다 달래던 걸…….'

하는 생각이 난 오 선생은 식물선생을 찾아 뒷정원으로 나왔습니다. 식물선생은 벌써 온상을 다녀간 모양으로 물을 함빡 머금은 모종들이 땅 냄새에 취한 듯이 늘어져 있었다. 식물표본실에 가 보았다. 거기에는 보이지 않았다. 흑장미라고 아침저녁으로 기웃거리던 장미밭에도 역시 보이지 않았다. 오 선생은 교무실로 되돌아 갈 수밖에 없었다.

교무실에서는 또 백만 환짜리 계 이야기가 한창인 모양이었다.

"요새는 스물여덟 명이 사부계를 하고 있어요. 오부 이자를 받아도 어딥니까? 계주금을 붓고도 남는단 말이에요. 좀 지루하긴 해도 대신에 공짜나 다름없습니다. 오 선생도 한 번 해봐요."

설득이 시작되었다. 오 선생은 언제나처럼 웃을 뿐으로 그들 이야기를 귀담아 듣지 않았다.

"오 선생이야 뭣이 답답해서, 빌딩집 아들인데요."

"그렇지, 우리처럼 돈 한푼이라도 쥐어 보려는 사람들과는 또 다르니까."

교무실에도 없는 식물선생을 찾으러 오 선생이 다시금 밖으로 나가려던 때였다. 분주히 들어서는 급사 아이와 마주쳤다.

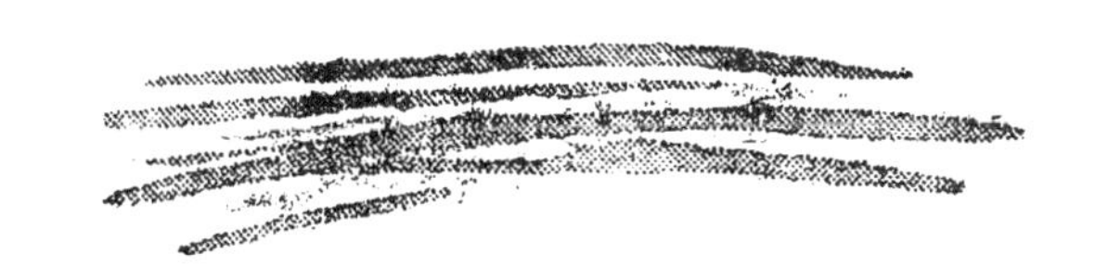

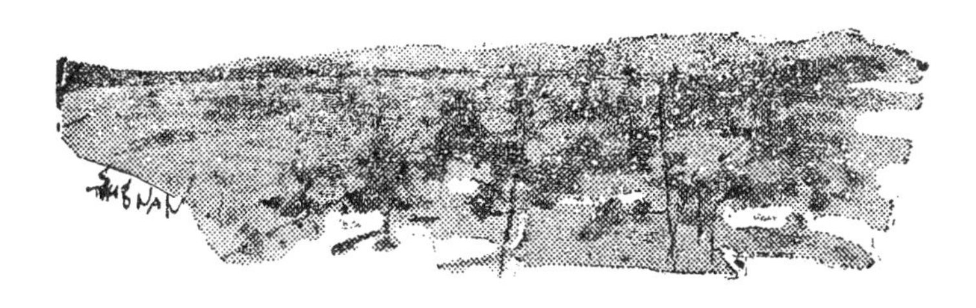

"교장선생님이 아까부터 찾고 계세요."

교장실에 늘 출입하는 선생이 있다면 오 선생은 교장실과 가장 관계가 먼 선생이었다. 그래서 무슨 일로 부르는지 궁금한 마음으로 교장실에 들어섰다.

"오 선생, 자 앉아요."

교장이 손수 걸상부터 권하는 것이었다.

"오 선생은 몇이던가요?"

이상한 것부터 물었다. 독신의 젊은 선생이라면 중매를 들려는가 가슴을 두근거릴 친절한 말투였다.

"서른셋입니다."

"흠, 한창 나이로구만."

교장이 무슨 말을 하려는 것일까? 오 선생도 교장이 말을 떼기에 거북해 하고 있는 것을 겨우 알아차렸다.

"무슨 일로 저를……."

"글쎄, 그거 말이에요. 그건 오 선생이 지나쳤어요."

"무슨 말씀입니까. 분명히 말해 주십시요."

"이사장 아들 건(件) 말이지요. 영어시험 점수로 삼점이 뭡니까?"

"네? 그거야 성적대로 점수를 매긴 게 아닙니까?"

"그건 그렇다 해도 이사장의 체면도 있지 않소."

"성적대로 점수를 매긴 게 잘못입니까?"

"글쎄, 오 선생도 그렇게만 생각하지 말고, 이 학교가 도대체 누구 덕으로 운영되고 있지요? 우리 학교야 모든 실권이 재정을 도맡아 보고 있는 이사장 손에 있지 않소."

"……."

"그 덕을 입고 있는 우리로서는 체면을 세워 드릴 때에는 세워 드려야지요. 아들이 얻어맞은 일도 있다고 오 선생을 아주 다른 눈으로 보는 게……."

"때리는 거야 사내놈들이라 가끔 말썽 많은 놈들을 한 두 대 때리는 일도 있지요."

"그런 것도 오 선생이 자기 아들에게 무슨 감정이나 있어서 하는 것 같이……."

"교장 선생님, 전 뛰어난 교사는 못됩니다만 자기 감정을 억제하지 못할 만큼 모자란 사람이라고는 생각하지 않습니다."

"아니 글쎄, 나야 그걸 모르는 바는 아니지만 문제는……."

"교장 선생님, 분명히 말씀해 주십시오. 그래서 이사장이 절더러 뭘 어떻게 하라는 겁니까?"

"노발대발해 가지고 당장 학교를 그만두게 해달라는 거지요. 그걸 내가 사정 사정 해서 당장에야 어떻게 취직문제도 있을 것이구 생활문제도 있을 것이구……."

오 선생의 얼굴에서 핏기가 걷히는 것을 알 수 있었다. 실직!

"선생처럼 실력 있는 분을 나가라는 것은 안 된 일입니다만 학교는 학교대로 사정이 있어서……. 그쯤 아시고 한 달 동안 다른 일자리를 알아보세요. 한 달 기한은 내가 억지로 주장했으니까."

"학교 사정, 학교 사정 하시지만 저는 수긍할 수 없습니다. 저에게 교육자로서 결점이 있다든가, 과목을 가르치는 실력이 부족하기 때문에 그만두라고 하신다면 알아들을 수 있습니다만 이사장 아들을 체벌하였다고……."

"그게 오 선생이 젊어서 그러는 것이지……."

"제가 이렇게 교편을 놓을 줄을 몰랐습니다."

생각해 보면 분하기 짝이 없었다. 이 혼탁한 세상에 그래도 올바른 교사가 되어 보려고 착실하게만 근무해온 자기가 아닌가.

"실망해서는 안돼요. 오 선생같이 실력 있는 교사가 취직이야 어려울 게 있어요."

"교장 선생님은 정말 요즘 세상에 취직이 쉽다고 생각하고 계신가요?"

"그렇기 때문에 당장 나가 주십사, 하는 게 아니고."

"알았습니다."

"아, 그리구 이 이야기는 우리 두 사람만 알고 있어요. 괜한 소문이라도 퍼져서……."

"혹시 교직원이나 학생들 간에 동요가 있을까 봐요? 그 점이라면 교장선생님 걱정할 것 없어요. 요새 세상은 학생들의 동맹휴학이나 교직원의 교권 옹호 같은 건 약으로 쓸래도 찾아 볼 수 없으니까요."

내뱉듯이 말하고 오 선생은 교무실로 돌아왔다. 오 선생의 심상치 않은 기색에 교원들의 눈이 일제히 오 선생에게로 쏠렸다.

'비겁한 놈들……, 비겁한 놈들…….'

염불처럼 외우며 오 선생은 책꾸러미를 안고 교무실을 뛰쳐나왔다.

'두고 봐라, 자식들! 언젠가는 네놈들을 깜짝 놀라게 해줄 것이니'

"달리아!"

불룩한 책가방을 보자 아내는 생긋 웃으며 손을 내밀었다.

"달리아?"

오 선생 입가에 쓴 웃음이 피었다.

"깜빡 잊었어. 내일 가져 오지."

"당신은 학교 일과 공부밖에 모르니까요."

아내는 사람 좋은 웃음을 지으며 부엌 쪽으로 가버렸다.

학교를 그만 두고 소설을 써볼까, 또 다시 선생자리를 찾아볼까, 오 선생은 졸업 당시의 갈림길에 다시금 선 느낌이었다. 대학을 졸업할 즈음에 어머니는 말씀하셨다.

"취직 걱정만 너무 하지 말고 네가 하고 싶은 일을 하거라."

대학 연구실에 남는 셈치고 아들의 뒷수발을 계속 봐주시겠다는 의사였다—남편을 여읜 어머니는 하나뿐인 아들 걱정을 끔찍히도 해 주셨던 것이다. 그러나 오 선생이 지금의 아내와 결혼하게 되자 어머니는 그만 돌아앉고 말았다. 어머니가 반대하는 결혼을 한 것이다. 그때부터 오 선생은 직업을 얻기에 쫓아 다녔고 겨우 이 K 고교에 영어선생 자리를 얻게 된 것이다.

그러나 사람의 욕망은 한이 없는 것이라, 막상 일자리를 얻고 보니 아직도 버리지 못한 소설에 대한 미련이 컸다. 더구나 친구들이 문단에서 두각을 나타내는 것을 보자 그 미련은 후회로 변해갔다. 직장을 가졌다고 경제적으로 안정이 된 것도 아니고, 직장생활 틈틈이 창작을 해 보겠다는 것도 마음처럼 그리 쉬운 노릇도 아니었다. 모친은 시장에 큰 포목상을 열고 있지만, 다급한 때도 모친에게 손을 내밀 마음은 생기지 않았다.

잠자리에 들어서도 오 선생은 내일부터 학교에 나갈 것인가, 안 나갈 것인가 끝없는 문답만 되풀이하고 있었다. 이사장 아들의 영어

시험에 삼점을 주었다고 쫓겨나는 것은 우스운 일이 아닌가. 다른 학생들은 궁둥이에 매 한 대 얻어맞아도 아무 소리 없는데 이사장 아들만 항의해 온다는 것은 앞뒤가 맞지 않는 일이 아닌가? 그렇다고 어디 흑백을 가릴 곳도 없는 일이 안타까웠다. 교장도 그 꼴이니 교사가 누굴 믿고 직장에 나갈 수 있다는 말인가?

오 선생은 아내에게도 의논해 볼까 몇 번이나 생각해 보았지만 아내의 어두워지는 얼굴을 상상하고는 그만 입을 다물고 말았다. 이런 어지러운 생각에 자연스레 늦잠을 자게 된 오 선생을 아내가 흔들어 깨웠다.

"시간 됐어요, 어서 일어나요."

아내는 언제나 다름없이 분주히 아침 준비를 하고 있었다. 오 선생은 평소 습관대로 양복을 줏어 입었다. 교장의 선고를 무시한 얼굴로 등교를 하면 교장이 얼마나 당황해 할 것인가, 좀 통쾌한 일이기도 했다. 그러면서도 교문이 가까워지자 오 선생은 한없이 우울해졌다. 거리에 나가 볼까 하는 생각도 스쳤으나 웃는 낯으로 아침인사를 하는 학생들과 마주치자 어느덧 선생다운 걸음걸이로 곧바로 등교하고 말았다.

그러고 나서 사오일 후 교장 부인이 오 선생 집에 들렀다.

"오 선생은 학교에는 가는가요?"

오 선생 부인은 종종걸음으로 달려나와 공손히 모셔 들이면서

"그 이는 눈만 뜨면 학교로 가는 걸요."

얌전하게 웃었다.

"어서 올라 오세요. 집안 꼴이 말이 아닙니다만."

"아니, 아니, 지나는 길에 잠깐 들린 거라우. 곧 가야지."

교장 부인은 마루에 걸터앉은 채 오 선생 부인의 얼굴빛을 살피면서 이야기를 꺼냈다.

"오 선생 무슨 말 없습디까?"

"무슨 말을요?"

"역시 말이 없었군요. 그래서 교장 선생두 그걸 걱정하면서 날보구 한번 들리라기에 들린 거에요."

그러고는 며칠 전에 오 선생이 교장에게서 들은 말과 똑같은 이야기를 했다. 오 선생 부인은 눈앞이 뱅뱅 돌아가는 것 같은 당황함을 느꼈다.

"그건 이미 결정된 일인가요, 사모님?"

"그런가 봐요. 교장 선생님두 오 선생같이 젊고 똑똑한 분을 내보내는 것은 참 안된 일이지만 오 선생은 너무 바르게만 살겠다는 게 탈이에요."

그러고 보니 마음에 집히는 일이 한 두가지가 아니었다.

"아무튼 젊은 분이 엉뚱한 생각이라도 할까봐 걱정이 되어서……."

일이 이미 결정된 뒤라면 남편의 체면을 위해서라도 오 선생 부인은 어엿한 태도를 취해야겠다고 생각했다.

"그이는 공부와 학교일 밖에 모르는 분이에요. 사모님이 걱정하시는 그런 일이 있을 리 있겠습니까?"

"나도 물론 그렇게 생각하지만 젊은 분들은 윗사람을 몰라보는 게 탈이라니까요. 교장선생님은 또 오 선생이라면 친 아우나 다름없이 생각하는 터라, 그래서 혹시 지나친 생각이라도 한다면 오 선생 장래를 위해서도 좋지 않을 것이라고 걱정을 하지요."

"……."

"요즘같은 세상에 너무 바르게만 살려는 것도 야단이지요. 안에서도 마음이 안 놓일 게 아니요."

"그러시다면 사모님께서 더 일찌감치 나쁜 일도 하고 남의 눈을 속이는 일도 하라고 왜 일러 주시지 않았나요?"

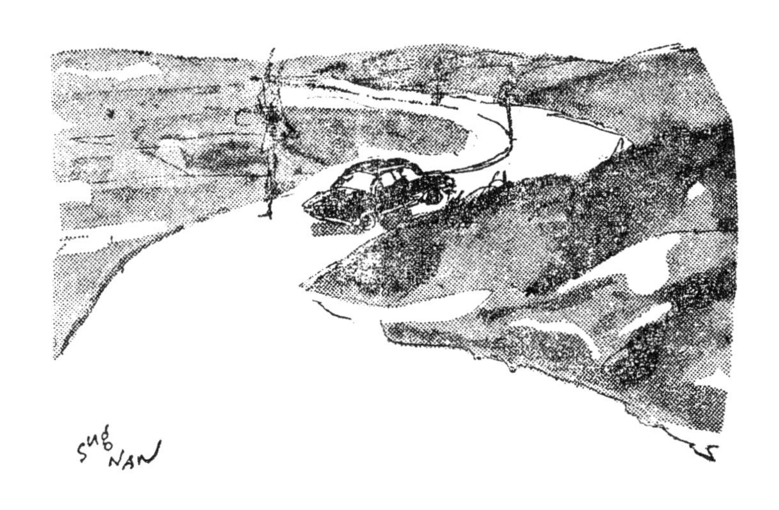

"지금은 글쎄 마음도 상하겠지만 오 선생이야 뭐 걱정이에요. 오 선생만한 실력이라면 모셔갈 학교가 많을 텐데."

"여기는 실력이 지나친 탓으로 쫓겨나는 거나 다름없다는 말씀이시군요. 저야 글쎄 학교 일을 압니까마는 교장선생님이나 사모님께서 제 남편 일이 걱정이라 하시는 것은, 일자리를 잃게 된 그 사람이 걱정되어서라기보다는 그런 부당한 처분을 하게 된 것에 대한 불안이시군요. 그러시다면 걱정하실 것 없어요. 절대 그런 부질없는 짓은 안 하도록 말하겠어요."

"그럼, 부인 말만 믿고 가겠어요. 내가 다녀갔다는 이야기는 오 선생께 하지 말아요."

"한집 식구끼리 무슨 그런……."

오 선생 부인은 더러운 물건이나 내버리듯이 교장부인을 돌려보냈다. 그러면서도 마루에 주저앉은대로 빗자루도 걸레도 들 생각이 없어지고 말았다. 어쩌면 눈물까지 글썽해졌다—남편이 일자리를 잃었기 때문에 슬픈 것일까, 남편은 직장 때문에 소설을 쓸 수 없다는 이야기를 탄식하듯이 말한다.

남편의 그 우울함은 부부생활에까지 그늘을 가져왔다. 남편이 자기하고만 결혼을 안 했더라도 자신이 하고 싶은 일을 했을 것이 아닌가, 때로는 그런 고까운 생각도 드는 아내였다. 그렇다면 이번 이 일을 기회로 직장에서 털고 나오는 것도 남편을 위해 좋은 일이 아닌가? 그렇게 생각하면서도 아내의 기분은 가라앉기만 하였다. 남편은 남편대로 얼마나 타격이 컸을 것인데…… 남편을 격려하여 쓰고 싶어 하는 소설이나 쓰게끔 하자, 종일 걸려서 겨우 이런 결론을 얻게 된 오 선생 부인은

"참 좋은 소식이 있어요."

직장에서 돌아온 남편 앞에서 일부러 명랑한 얼굴을 지어 보이면서 가방을 받아들었다.

"당신 동창인 문 수명 씨와 양 길동 씨가 또 작품을 발표했어요. 당신도 이제 훈장 노릇 집어치워요."

그러자 남편은 단번에 알아차린 모양이었다.

"누가 뭐라고 합디까?"

"글쎄, 누가 뭐라고 하는 게 문제가 아니라 당신에게 좋은 기회라는 아니에요."

"……."

"직장을 버린다는 것도 좀처럼 쉬운 일이 아니에요. 이런 일은 당하고 나서야 결심도 생기는 법이에요. 한번 굶는 한이 있더라도 써 본다는 정열로 깨끗이 털고 나와요."

"……."

"당신은 늘 살아 갈 일을 걱정하셔서 그렇지만, 경우에 따라서는 제가 어머님께 머리를 숙이고 시집살이도 해 볼 각오도 있어요."

"……응, 고마워."

"어마, 고마워가 뭐야? 새삼스럽게……."

"그렇지만 누가 도대체 당신에게 말했어?"
"누구면 어때요. 그보다 마지막 날까지 착실히 나가서 깨끗하게 끝마쳐요."
이런 억울한 일 처리에 이런 방법으로 반항해 본다는 것은 눈물겨운 일이지만 개인에게는 아무 힘도 없다는 것을 그들은 오늘까지 살아 온 경험으로 잘 알고 있었다.
"비관할 것도 없어요. 빨리 대작(大作)을 써서 보복을 해 주는 것뿐이에요."
"응……."
그래도 남편은 매양 힘이 없이 마당에 내려섰다. 그 뒷모습에는 이미 실업자의 어두운 그늘이 따라다니는 것만 같았다.

"어서 일어나요. 왜 늦잠이에요. 지각하겠어요."
"좋은 날씨로군. 쉬겠어."
햇빛을 가득 받은 마루 저편으로 푸른 하늘이 보였다. 흙내음이 향기롭게 흐르는 것을 알 수 있었다.
"남 싫으라고 학교에 나갈 필요두 없겠지."
"뭘 비굴한 생각을 하세요?"
"비굴한 생각이 아니라 오늘은 이제 앞으로 어떻게 할 것인가부터 생각하기로 해요."
"소설을 쓸 작정이 아니세요?"
"소설을 쓴다 해도 당장에 누가 알아주나?"
"그렇지만 해 봐야 할 게 아니겠어요? 그런 각오는 있어야 할 게 아니에요?"
"일자리를 구한다고 해도 워낙에 구하기가 힘이 드니……."
"이제부터 비관은 금지! 당신은 그저 소설만 쓰세요. 길은 또 생겨요."

그러나 오 선생은 문학을 한다는 것이 얼마나 어려운 일인지 알고 있느니만큼 지금에 와서는 자기 재능에도 자신이 서지 않았다.

"내가 그동안 모은 돈도 다 보태겠어요."

"당신이 모은 돈?"

"그래요, 잘만 운영하면 골목에 양장점쯤은 낼 수 있어요."

아무리 수선을 떨어도 남편은 웃을 뿐, 새 희망과 맞서 보겠다는 정열은 찾아 볼 수 없었다. 아내는 무엇인가 기대에 어긋나는 기분으로 남편의 얼굴을 새삼스레 쳐다보았다.

학교에서는 그래도 퇴직수당만큼은 뜻밖에도 많이 준 편이었다. 오 선생 부인은 더 망설일 것도 없이 '나의 재봉소'라고 써붙이고 재봉틀을 돌리기 시작하였다. 그녀는 시장 바닥에라도 나앉을 각오였다. 바르게 자기 길을 가는 사람들은 고달픈 법이라는 자기 위안(慰安)도 있었다. 그렇건만 남편은

"성진이에게 취직 부탁을 해 볼까?"

지금은 야당의원의 아들인 친구를 찾아가 볼 뜻을 비추었다.

"진정으로 그런 말을 하세요?"

"진정이 아니면?"

"당신이 그런 사람인 줄은 몰랐어요."

재봉틀을 돌리고 있는 아내의 눈에는 눈물이 고였다.

"내가 실직해서 슬퍼하는 거요? 훈장질하겠다는 것이 싫다는 거요?"

"선생이 싫다 싫다 한 것은 당신이 아니에요. 소설을 늘 쓰고 싶다고 한숨처럼 말해왔으면서."

"그거야 지금도 쓰고 싶지."

아내는 눈물을 훔치면서 '남편이 가정을 생각하기 때문에 직장에 대한 미련이 아직 남아 있다' 고 스스로를 타이르고 있었다.

세상은 바야흐로 시끄러워졌다. 마산(馬山)에서 시위가 일어나고, 그것이 대구, 서울로 번져 오고…… 그래도 아내는 밤잠도 자지 않고 재봉틀을 돌릴 뿐이었다.

그러한 어느 날, 밖에 나갔던 남편이 흥분으로 상기된 얼굴로 뛰어 들어왔다.

"여보, 여보, 밖에 좀 나가 봐! 지금이 어느 때라고 재봉틀만 돌리고 있어."

"대단하다지요."

"대세는 다 기울어졌어. 이승만 독재도 마지막일 걸."

"학생들의 희생이 대단하다는데."

"눈을 뜨곤 차마 볼 수 없어. 이놈의 세상, 벌써 이래야 했던 거야."

며칠 전에 학교를 쫓겨나온 남편으로서는 그 마음이 누구보다도 절실하리라는 것은 아내도 알 수 있었다.

"젊은 사람들은 역시 살아 있었구만. 학생들은 역시 움직이고 있었단 말야."

오 선생은 날마다 시위대 뒤를 따라다니는 모양이었다. 아내는 재봉틀을 돌리면서 이날의 감격이 남편 소설에 담겨질 것을 상상하곤 했다. 눈시울이 뜨거워졌다.

학생들의 시위로 시작된 4.19혁명은 마침내 이승만 정권을 무너뜨렸다. 어제의 야당이 오늘의 여당이 되고…… 세상이 온통 뒤집히는 것만 같았다. 그래도 오 선생 부인은 재봉틀을 돌릴 뿐이었다. 어떻게든 남편이 집안 일에 부담을 느끼지 않고 오로지 창작의 길에 매진할 수 있도록 뒷바라지를 해주고 싶었다.

그런 어느 날, 무슨 볼일 때문인지 매일같이 밖으로만 나돌아다니

던 남편이 기쁜 빛이 가득한 얼굴로 돌아오면서,

"여보, 우리도 이젠 살 것 같구려."

하고 영문 모를 소리를 하였다.

"살 것 같다니요, 별안간 무슨 말씀이에요?"

"성진이 부친께서 전력(電力)회사 사장이 되셨다는군."

"그게 나나 당신과 무슨 상관이에요?"

"부장 자리 하나쯤은 돌아오지 않겠소? 전부터 성진이에게 일자리를 부탁해오던 터라, 그거야 틀림없는 일이지. 그러구 보니 이번 4.19혁명은 나를 위해 있은 것 같구만."

남편은 정말로 마음이 놓이는지 연상 빼죽 빼죽 웃으면서 입을 다물 줄 몰랐다. 아내는 다만 그러한 남편의 얼굴을 믿지 못하겠다는 얼굴로 마주보고 있었다.

"당신도 이젠 그 궁상맞은 재봉일 그만 둬요. 전력회사 부장이면 고등학교 영어교사쯤이 문제가 되겠소."

아내는 대답할 말을 잃은 채 재봉틀만 분주히 돌리고 있었다.

"그러기에 모든 일에는 때가 있는 법이거든. 성진이 부친이 그렇게 중요한 자리에 앉을 줄이야."

아무리 생각해 보아도 남편은 유쾌한 모양이었다. 그럴수록 더 높아가는 재봉틀 돌리는 소리에 급기야 남편은 짜증을 내면서 소리쳤다.

"그만 두래두 그러네? 밥을 못 먹을까봐 그 짓이요? 내일이라도 성진군만 만나 보면 내 취직은 틀림없다고."

그러자 아내는 그런 남편이 한심하다 싶었는지 획 돌아앉으며 소리쳤다.

"4.19혁명이 당신 때문에 있었다구요? 어디서 그런 말이 나와요? 죽은 학생들이 들으면 통곡하겠어요. 어떤 세력에 등을 대고 그저 안전하게만 살겠다는 당신 같은 사람을 위해서 학생들이 그 귀한 피를 흘린 줄 아세요! 정말이지 난 당신이 그런 사람인 줄 여태 몰랐어요. 늘 소설을 쓰고 싶다고 하기에 못 쓰는 것이 꼭 내 책임인 것만 같아서……."

마침내 아내는 울음을 터뜨리고 말았다.

"그것이 다 괜한 소리였군요. 그저 나 듣기 싫으라고 한 괜한 소리……."

"무슨 소리야? 소설이야 지금도 쓰고 싶어."

"그렇다면 왜 안 쓰세요? 누가 당신더러 돈을 벌어 달랬어요? 그런 속 다르고 겉 다른 마음이라면 애써 소설 쓴다는 말은 다시는 하지 마세요."

"그러지 마, 나두 언젠가는 써."

"좋아요. 당신은 그런 사람이었어요. 그런 사람인줄 모른 내가 바보였지요."

다시는 재봉틀을 밟을 힘을 잃은 아내는 어두운 절망 속으로 굴러떨어지는 것이었다.

어느 초등학교 교원

정 선생 앞

선생에게 이런 글을 올리는 것이 실례가 되지 않을까 하고 몇번이나 망설이다가 붓을 듭니다.

전날은 제가 선생을 뵈러 댁에 찾아갔사오나 계시지 않기에 사모님만 뵈옵고 미미한 제 뜻을 아뢰옵고 돌아왔던 것입니다. 그러나 평소 요령이 없는 제가 한 일이라 그것이 도리어 선생의 오해를 산 듯싶습니다.

실상 제가 선생을 찾은 것은 연수의 성적 같은 것을 염두에 두고 갔던 것이 결코 아닙니다. 그것만은 먼저 알아주시옵기 바랍니다.

선생께서는 너무나도 잘 아시다시피 연수는 다른 애들과는 다르게 다리가 자유롭지 못할 뿐만 아니라, 아버지까지도 없는 아이입니다. 어머니인 저의 연수에 대한 애처로운 정이란, 이루 말할 수가 없습니다. 그럴수록 선생께서 연수 때문에 얼마나 마음을 쓰시리라는 것도 잘 알고 있습니다. 매일 있는 보건시간뿐만 아니라 소풍이나 운동회 같은 때에 선생을 괴롭힐 일을 생각하면……. 그러나 선생은 늘 한결같이 연수를 생각하여 주시는데 대해서는 무엇이라 감사의 말씀을 드려야 할지 모르겠습니다.

그러면서도 여태까지 선생을 한 번도 찾아뵙지 못한 것은 그날 그날 살아가는 생활 때문이었다고 밖에는 달리 할 말이 없습니다. 그러나 그것도 결국은 핑계에 지나지 않는다는 것도 잘 알고 있습니다. 그저 성의 없었음이 부끄러울 따름입니다.

그날은 마침 제 친정인 천안에서 사과를 좀 보내주었기에 빈손으로 선생을 뵈러 갈 수 없는 것만 같은 제 미련한 마음이 그것을 들고 가게 했던 것입니다. 그러나 저는 그것이 선생의 기분을 그렇게까지도 상하게 할 줄은 생각지도 못했던 일입니다.

물론 선생이 그 때문에 기분이 상하셨다는 것은 선생의 높으신 인격을 그대로 나타낸다는 것도 잘 알고 있습니다.

그러면서도 선생에게 꼭 한마디 하고 싶은 것은 저로서도 결코 제 아이의 성적 같은 것을 도와달라는 그런 야박스러운 마음이 아니었다는 것만은 꼭 알아주십사, 하는 겁니다.

그러면 지금까지 연수를 사랑하여 주신데 대하여 감사를 드리는 동시에 앞으로도 더욱 힘이 되어주시기 바라며 두서없는 글을 이만 그치겠습니다.

연수 어머니 올림

편지를 읽고 난 성덕이는 얼굴이 확확 달아오름을 느꼈다. 글자를 꼬박꼬박 눌러서 쓴 서투른 글씨 속에 스며 있는 연수어머니의 진심을 몰라 준 자기가 부끄러웠기 때문이었다.

'그렇던가? 그런 것두 나는 모르고서…….'하고 생각하면 할수록 모든 것이 이해되는 그대로 깊이 생각해보지도 않고 야단친 자기의 경솔이 부끄러워 견딜 수가 없었다. 사실 그로서는 이런 부질없는 감정을 털어 놓아 진정으로 호소하는 편지보다는 차라리 가슴을 찔러주는 핀잔의 편지였더라면 마음이 한결 가벼울 것만 같았다.

그러나 성덕이는 옆에서 아내인 선희가 뜨개질을 하던 손을 멈춘 채 지켜보고 있었으므로 아무렇지도 않은 듯이 편지를 외투 주머니에 구겨넣고 자기 방이 있는 이층으로 올라갔다. 그러자 아내는 털실 꾸러미를 떨치며 분주히 뒤따라 올라왔다. 성덕이는 굳이 뒤돌아다보지 않아도 아내가 얼굴 표정이 어떻다는 것은 알 수 있었다. 며칠 전에 아내를 꾸짖은 생각은 하지 않는다 하더라도 지금의 구름다리를 뒤따라 올라오는 거친 발소리를 들어도 알 수 있는 일이었다.

방에 들어가서도 그는 책상에 가방을 놓고서는 모자를 벗을 생각도 않고 의자에 풀석 앉고서는 멍청하니 창밖만 내다보고 있었다.

이런 때엔 이어 들어와서 외투도 벗겨주던 아내였다. 그러나 오늘은 방안으로 들어서서도 남편의 기색만 살피고 있었다. 그렇게 한참이나 있다가 그의 감정을 충분히 알고 나서야 조심스럽게 입을 열었다.

"편지에 뭐라고 했어요?"

아내의 물음에 성덕이는 무엇이라 대답해야 할지를 몰랐다. 입이 떨어지지 않는대로 여전히 저물어가는 창밖만 바라보고 있었다. 선희는 그런 남편을 지질스럽게 보고 서 있다가 다시금 입을 열었다.

"뭐라고 썼는지 저도 좀 알고 싶어요."

"그보다두 성남이네 집에선 편지 안 왔어?"

성덕이는 이런 물음으로 대답을 피하려고 했다.

"거기선 아직 안 왔어요. 그런데 연수 어머니가 뭐라고 했는지 내게두 좀 알려줘요."

역시 선희는 남편의 등뒤에서 시선을 돌리지 않았다.

"그렇게 알고 싶으면 읽어보구려."

성덕이는 편지를 꺼내 던져주고 나서 불쑥 일어섰다. 아내가 편지를 읽는 그 자리에 그대로 멍청하니 앉아 있을 수 없는 초조감에 밀려서 나가서 산책이나 하고 들어 올 생각을 한 것이다.

여섯시가 지난 늦가을에 하늘은 벌써 어두워지기 시작하여 먼 시내의 등불들은 안개에 싸여서 반짝거렸다. 그는 자기 주위에 어지러운 일이 생기면 뒷산에 올라가기가 일쑤였다. 그곳에서는 서울 거리가 한눈에 내려다 보였다. 지붕 지붕이 끝없이 이어진 그 속에 군데군데 높다란 건물들이 우뚝우뚝 서 있는 혼잡한 서울 풍경을 이렇게도 멀리서 바라보고 있으면 피곤해진 머리가 이상스럽게도 정돈되는 것 같기도 하였다. 그러므로 머리가 아플 때나 귀찮은 일이 생겼을 때에는 그 산을 찾아 올라가는 버릇이 생겨 오늘도 그는 그곳을 찾아올라간 것이다.

서울 시내 도심지에 있는 어느 초등학교 교원인 성덕이는 올해 새 학기에 들어서서 육학년 담임선생을 맡게 되었다. 이학기를 맞으며 수학여행이니 운동회니 그런 일들이 끝나자 아이들보다도 학부형들이 중학교 입학문제에 신경을 쓰기 시작했다. 성덕이는 작년까지만 해도 아랫 학년을 맡아왔으므로 육학년 입시대비반을 맡은 것은 이번이 처음이었다. 그러나 벌써 육칠년이나 교원생활을 해 왔으므로 그런 공기가 어떻다는 것쯤은 짐작 못할 리도 없는 일이었다.

그가 육학년 담임을 맡게 되자 동료들은 아주 부러워하는 얼굴을 그대로 드러내어 '한턱 하게나' 하고 조롱대는 것이 무엇을 뜻하는지도 잘 알고 있었다. 어떤 친절한 교원은 아이들의 성적에는 반드시 순수하지 못한 것이 섞이게 되므로 물질적인 것으로 꾀어내는 경우와 힘을 앞세워 꾀어내는 경우가 있다면서, 그 실례까지 들어가며 친절히 이야기까지 해줬다. 성덕이는 그런 이야기엔 별로 신경을 쓸 필요도 없다고 생각했지만 그러나 자기 주위에서 어떤 무서운 일이 벌어지고 있다는 것만큼은 사실이라고 생각하고 거기에 대한 방비를 무시하지 않았다. 그러므로 그는 누가 무엇을 가져온다고 해도 절대로 받아서는 안 된다는 것을 아내한테까지도 단단히 이야기해두었던 것이다.

그것이 바로 며칠 전에 아내가 그렇게도 일러둔 그의 말을 어긴데서 마침내 언쟁이 일어나게 되었다.

그날은 학교 선생들과 오래간만에 영화를 보고 좀 늦게 집에 들어가자 금년 초등학교 이학년인 은숙이가 여느 날과 달리 기쁜 얼굴로 달려나왔다.

"어디 우리 은숙이 얼마나 무거워졌나 들어볼까."

성덕이는 딸을 안아 두서너 번 쳐들어 주고 나서 속삭였다.

"아주 무거워졌구나. 아버지가 오늘은 과자 사왔는데 은숙이 혼자 많이 먹겠다면 뚱보되겠다. 오빠와 꼭 같이 먹어야지."

그러나 실은 조금도 무거워질 줄 모르는 은숙이 몸무게에 허수한 감을 느끼며 가방을 열어 과자봉지를 꺼내줬다. 그러자 은숙이는 기뻐서 어쩔줄 몰라 하며.

"아버지가 또 과자를 사왔어. 오늘 참 수지 맞는 날이야. 아깐 누가 사과두 가져오구, 그리구 또 엄마가 나 재킷 사주는 표가 두 장이나 생겼다잖아."

그렇게 말하고는 과자를 하나 꺼내 입에 물었다. 그 소리에 성덕이는 은숙이를 뒤따라 나와서 가방을 받는 아내를 노려봤다.

아내는 불시에 고개를 숙였다.

"사과는 누가 가져왔구, 재킷 사준다는 표는 도대체 무슨 소리야?"

"……"

"왜 말이 없어?"

진득스럽게 서 있는 아내를 보니 성덕이는 속에서 불덩이가 치솟아 오르는 것 같았다.

"그건 어느 집에서 보냈어?"

그제야 아내는 머뭇거리며 입을 열었다.

"저, 연수 어머니가 당신을 찾아뵙는다면서 사과 한보자기 싸 갖고 왔더군요."

"그리고 또?"

"한일 무역회사라는 데서 상품권을 보낸 모양인데 그건 뜯어보지도 않았어요."

"받구서 뜯어보지 않았다는 것이 무슨 자랑으로 내게 말하는 거야? 내가 뭐라구 했어? 그런 것 받으면 안된다구 한두번 이야기한 말이야?"

"저두 받을 수 없다구 거절했지만 부득부득 놓구 가는 걸 어떻게 해요?"
"마지못해서 한마디 하는 걸 저편에서 모를 줄 알구, 그래 그런 소리하구 있었냐 말이야?"
"한마디가 뭐에요. 몇번이나 거절해두……."
"글쎄, 백마디를 해서 무슨 소용이냐 말야? 손을 내밀면서 거절하는 것이……."
그 소리에 아내는 얼굴색이 달라지며
"그래, 그까짓 사과 한 보자기가 뭐가 그렇게 욕심이 나서 내가 받았다고 야단이세요?"
"사과 한 보자기라두 불유쾌한 것은 마찬가지야."
선희는 마침내 속에 담아 두었던 마음을 꺼내 보였다.
"난 당신이 정말 양심껏 사는 사람이라면 사과 한보자기 받았다구 그렇게 마음에 꺼릴 것이 없다구 생각해요. 자기 마음만 옳다면야 왜 그런데까지 일일이 신경을 쓰게되냐 말이에요."
그러니만큼 성덕이도 그 말에 대해선 선뜻 대답을 할 수 없었다. 그럴수록 더욱 화가 나서 눈알이 튀어나오는 것 같은 기분이었다. 은숙이는 아버지와 어머니가 주고 받는 이야기에 겁을 먹었는지 어느 사이에 도망쳐 버리고 말았다. 선희는 우뚝 서서 자기를 흘겨보는 남편에게 이번엔 대들 듯이, 그리고 되묻듯이 따지고 들었다.
"세상엔 인정이란 것두 있는 거예요. 자기 아들을 맡긴 선생에게 감사의 뜻을 보인다는 것이 그렇게두 잘못된 일인가요? 그렇게도 남의 호의를 무시할 수 있냐 말이에요."
성덕이는 그제야 겨우 자기 할 말을 생각해봤다.
"그래 한일 무역회사에서 보냈다는 그 상품권을 받은 이유는 어디 있단 말야?"
"그건 백화점 배달 담당 직원이 갖고 온 거예요. 받을 생각이 없었지만 내가 받지 않으면 담당 직원이 자기가 책임을 진다면서 받아달라고 애원하는 것을 어떻게 해요. 그래서 어쨌든 받아 놓고서 당신에게 이야기하고 나서 돌려보낼 생각을 한 것이지요."

아내로서 자기의 잘못은 없다는 듯이 설명하는 얼굴을 본 성덕이도 거짓이 없다고 생각했고, 지금까지의 흥분도 어느 정도는 가라앉는 것 같았다.

"어쨌든 내일 아침으로 모두 돌려보내도록 해요."

"그럽시다. 당신 명령인데 어디라구 거역하겠어요."

확실히 불만의 어조였다. 그 소리에 가라앉던 흥분이 불시에 되살아나며

"그게 무슨 말 버릇이야!"

하고 벼락 같이 고함을 질렀던 것이다.

성덕이는 뒷산에 올라가서 그가 늘 앉는 바위로 가서 앉았다. 서울 거리는 어두운 안개 속에 잠긴 채 수많은 희뿌연한 등불들이 벌써 조는 듯이 깜박거렸다. 그 속을 자동차의 불빛이 헤엄쳐 나가듯 달리는 것도 보였다.

그는 그런 풍경을 멍하니 바라보면서 무엇인가 절박한 것이 자기를 싸고돌며 호흡을 어렵게 하는 것만 같았다. 생각해 보면 그것은 연수 어머니에게서 받은 부끄러운 충격보다도 좀 더 근본적인 문제로서 아내에 대한 불만에서 오는 것이었다.— 어째서 아내는 양심껏 살겠다는 나를 알아주려고 하지 않고, 이해타산을 따지는 도회적(都會的)인 여자로 자꾸 변해가고 있는가? 물론 그것은 가난 때문이다. 어머니로서는 아이들에게 옷도 남처럼 해서 입히고 싶을 것이고 맛있는 것을 먹이고 싶을 것도 사실이다. 그렇지만 그것을 못해준다고 조금도 부끄러워 할 일은 없는 것이 아닌가? 물론 아이들에게 남처럼 못해주는 게 자랑거리는 아니지만 그러나 옳은 정신 속에서

산다는 자부심이 있는 한 자기의 양심을 잃게 되면 아무것도 아니라는 것을 왜 모르냐 말이다. 오늘도 아내는 편지를 내 줄 때부터 확실히 도전적이었다. 받아먹어도 될 것을 왜 받아먹지 못하고 돌려보냈느냐는 그런 얼굴이었다. 만일 나를 충분히 이해할 수 있는 아내라면 이런 일쯤은 웃음으로도 넘겨버릴 수 있는 일이 아닌가.

성덕이는 이런 생각으로 덧없는 한숨을 쉬고 있는데 누가 헐떡이며 올라오는 발소리가 났다. 어두워서 잘 보이지는 않았으나 선희가 올라오고 있다는 것을 대뜸 알 수 있었다. 그는 기다리다 못해서 여까지 따라 온 아내의 거친 숨소리를 들으니 더욱 가슴이 답답해지는 것 같았다.

"집을 비워놓구 여기까지는 뭣하러 허덕이며 올라오는 거요?"

가슴 속에 부푼 감정을 그대로 쏟아놓듯이 자연히 세차게 나왔다. 선희는 그 말에 대답이나 하듯이 문득 섰다. 어둠에 가리워 있어도 아내가 만만치 않은 눈길을 던지고 있다는 것이 훤히 보이는 것 같았다.

"당신은 그 편지를 받고서도 부끄럽지도 않아요?"

산 아래에서 기차가 기적을 울리며 달려갔다. 성덕이는 대답 없이 어둠만이 달리는 것 같은 긴 화물차의 바퀴소리만 듣고 있었다.

"당신이 고지식해서 아내인 나까지 망신시키는 것은 뭐에요? 내가 얼마나 바보천치 같으면 남의 말 하나두 변변히 전하지 못했다구 생각할 것 아니에요."

"그걸 여기까지 와서 야단칠 건 없잖아?"

"야단치는 게 아니라 제가 잘못한 것을 당신 입으로 좀 분명히 이야기 해 달라는 거에요."

"이제 와서 지난 일 가지고 왈가불가할 것도 없구, 앞으로 잘하란 말이야."

성덕이는 어두운 마음이면서도 아내와 더 말다툼을 하고 싶지는 않았다.

"그래두 그 일루 창피를 당한 건 나인 걸요."

"글쎄, 그런 소리 그만하구 어서 내려가기나 해."

그래도 선희는 숨을 고르지 못하고 그대로 버티고 서 있었다.

"그렇게 서 있으려면 내가 먼저 내려가지."

성덕이가 일어섰다.

"당신이 내려간다면 나두 가지요."

선희가 획 돌아서서 앞서 걸었다. 그러고는 몇발자국 걸어가다가 다시금 돌아서서 성덕이를 치떠보며 먼저 보냈다. 그러고는 서너 너댓 발자국 뒤떨어져 따라오며 따지고 들었다.

"나두 당신이 양심껏 살겠다는 것이 나쁘다는 것두 아니구 싫다는 것두 아니에요. 그러나 아이들이 불쌍해서지요. 옷은 그렇다 치더라도 지금껏 사과 한 알 마음 놓고 먹여 본 적이 있어요? 그리고서두 뭣이 도도해서 전번에 그런 자리도 싫다구 하구서!"

"또 그 소린가!"

성덕이는 화를 참다못해 고함을 치고야 말았다. 그래도 선희는 할 말을 해서 시원하다는 듯이 앞서서 우썩 우썩 내려갔다.

그것은 몇 달 전에 선희의 형부가 어느 제약회사에 들어가라는 것을 성덕이가 거절해버린 이야기였다. 가족은 초등학교 4학년인 은섭이까지 4명이었지만 그의 월급이란 뻔한 것이었다. 그것을 지난 봄에 무리를 해서 지금 살고 있는 '부흥주택'을 한 채 장만해 놓고 보니 부금(賦金)이니 뭐니 해서 매달 수입과는 셈이 맞지 않았다. 그렇다고 공중에서 눈먼 돈이 떨어질 리도 없는 일이므로 여름방학에 아이들을 몇명 모아놓고 수험공부 시키는 일도 해보았다. 그러나 그것도 해서는 안 된다는 말이 있자 숨어서 하고 싶은 마음은 없어 그만두고 말았다. 그런데다 그동안 밀린 주택부금을 내지 않으면 법적 절차를 밟겠다는 통지서도 받고서는 하는 수 없이 선희 언니의 집에서 돈을 얼마 돌려왔다. 선희의 형부는 제약회사 사원으로 있다가 지금은 종로에서 약품 도매업으로 큰돈을 벌어 남부럽지 않게 살고 있었다.

선희가 부흥주택의 월부를 물 돈을 주려 그 집에 갔을 때 형부가 자기가 있던 제약회사에 좋은 자리가 났으니 성덕이가 들어갈 의사가 있으면 이야기해 주겠다고 했다. 그곳에는 월급만도 매달 10만 환이나 되며, 부수입도 짭짤하다고 했다. 그 말에 선희는 귀가 솔깃해서 돌아와 성덕이에게 이야기했지만 듣지를 않았다. 물론 돈이 싫어서 싫다는 것은 아니었다. 그보다도 지금 가르치고 있는 아이들을 중도에 내버리고 다른 직장을 잡을 수는 없다는 것이었다. 그 일 때문에 형부가 일부러 찾아와서 성덕에게 권해도 보았으나 그의 대답은 마찬가지였다. 선희의 형부는 어이가 없다는 듯이 허허 웃고 나서

"책상 물림은 별 수 없다더니 자네두 교원생활하는 동안에 세상이 무엇인지 영 모르는 사람이 되었네그려. 도대체 무슨 이유로 자기 생활을 희생까지 해가며 학생들을 생각해야 한단 말인가그래. 그 애들이 이제 커서 훌륭해지면 자네를 모셔다가 늘그막에 호강이라두 시켜줄 줄 알구 그런 소리를 하는가. 이러니저러니 더 이야기할 것 없이 자네 아이와 남의 아이 가운데 누가 더 중요한가 생각해 보게나."

하고 조롱하듯 걸걸 웃어대며 말하였다.

그러나 성덕이는 그 웃음과는 아주 반대되는 태도로 입을 열었다.

"물론 자기 아이가 귀여운 것을 모르는 것이 아닙니다. 그렇다고 자기 생각만 하는 사람이 못된 걸 어떻게 하겠습니까? 실은 저는

교육가라고 자칭하는 일부 사람들처럼 쥐꼬리만한 봉급을 받아가면서 도의적인 교육을 위하여 자기를 희생한다는 그런 것을 흉내내기 위해서는 아닙니다. 그저 지금까지 아이들과 맺어진 정도 있고, 아이들에 대한 책임 때문에 중도에 딴 직업을 가질 수가 없다는 것뿐입니다."

이 소리를 듣자 선희 형부는 더욱 어이가 없다는 듯이 웃어대며

"모르겠네, 난 정말 그 소리가 무슨 소린지 듣구 있으면서두 모르겠어."

하고 몇 번이나 되풀이하고 나서

"아무리 좋은 평안감사 자리두 제 싫으면 그만이라고들 하지."

라는 말로 아깝다는 듯이 혀를 차고는 돌아가고 말았다.

성덕이는 앞에서 총총이 내려가고 있는 선희의 뒷모습을 바라보며 그때의 일을 다시 생각해 봤다. 그러나 별로 후회하는 마음도 일어나지 않았다. 산밑으로 내려와서 포플러 나무 앞을 지날 때에는 아내는 이미 보이지 않았다. 싸늘한 바람이 나뭇가지를 흔들었다. 그 가지 사이로 별이 몇개인가 반짝거렸다. 성덕이는 별을 쳐다보면서 이제 며칠만 지나면 자기 나이도 서른 세살이라는 이상한 감상에 젖어들었다.

십일월 두번째 월요일이었다. 성덕이는 방과 후 교무실에서 아이들의 시험지를 채점하고 있었는데, 심부름하는 처녀애가 명함을 갖고 와서는 말하였다.

"김 선생, 이런 분이 좀 뵙겠다고 찾아왔어요."

성덕이는 생각했다.

'드디어 왔구나!'

그 명함의 주인공은 남편이 종로에서 외과병원을 경영하고 있다

는 조 여사였다. 그 부인은 학교 행사 때마다 빠짐없이 나타났으므로 성덕이와는 처음 만나는 처지도 아니었다. 그런데도 일부러 명함까지 내대는 것이, 더욱이 여자로서 그런 짓을 한다는 것이 비위에 거슬렸으나 지금은 그런 감정에 잡혀 있을 때는 아니었다.

"이리로 들어오시라고 하여라."

심부름하는 아이와는 엇바뀌어 눈이 부실만큼 잘 차려입은 조 여사가 들어왔다. 분내음이 물신 풍겨왔다.

"선생님을 진작에 한번 찾아뵙는다면서 공연히 늘 바쁘다보니 이제야 찾아뵙는군요."

조 여사는 형식적인 인사를 하고 나서 방안을 한번 둘러보고 나서 성덕이가 권하는 의자를 기다리고 있었다. 성덕이는 채점하던 시험용지를 덮어 놓으면서 의자를 내어 앉으라고 했다.

"채점하시는데 방해를 해서……."

그러나 말만 그러했을 뿐 자기와 같은 훌륭한 부인이 찾아온 것을 영광으로 생각하라는 듯한 얼굴에는 정말로 미안하다는 기색은 조금도 없는데다 거북하고 어색한 미소가 흘렀다.

"괜찮습니다."

성덕이는 비로소 조 여사에게 눈을 돌리며 그녀가 입은 옷이 정말 요란스럽다고 생각했다.

"우리 아이 시험지도 있지요?"

"물론 있지요."

"어떻게나 쳤어요?"

"지금은 알려드릴 수가 없습니다."

"선생님은 또 공연히 그러시네. 저 좀 보여줘요."

조 여사는 일어서서 시험지 뭉치를 끌어다 보려고 했다. 성덕이와는 아주 허물이 없는 듯한 태도로써 자기 아이의 채점을 견제해 보려는 심사인 모양이었다.

"보여줄 게 따로 있지, 이것은 정말 곤란합니다."

성덕이는 분주히 시험뭉치를 서랍 속에 넣었다.

"선생님은 다른 선생님들보다도 그렇게 늘 규칙에 엄해서 싫어요. 그래두 세상에는 예외란 것두 있잖아요."

조 여사는 의미 있게 웃었다. 자신만만한 웃음이었다. 그 웃음만을 생각하자면 마치 희롱을 치자고 찾아 온 것만 같았다.

"조 여사가 아이의 시험 점수를 일부러 보시러 온 것도 아니실 텐데, 찾아오신 목적부터 먼저 듣기로 합시다."

성덕이는 이 귀찮은 손님을 빨리 돌려보낼 생각으로 말을 돌렸다.

"그건 여기서 이야기하기가 좀 곤란한데요."

조 여사는 주위를 살펴가며 말했다.

"조 여사께서 특별히 제게 장소까지 따져가며 이야기할 말은 없으리라고 생각하는데요."

"그야 들어보면 알 일이겠지요. 채점은 그렇게 바쁘지 않지요?"

"오늘 안으로 끝내야 합니다."

"그러면 잠깐만 밖에 나가서 이야기하시지요. 바쁘시다니까 십분만……."

"이제 곧 직원 모임도 있어서……."

"그러니까 십분만이 아니래요?"

조 여사는 좀처럼 물러설 기세가 아니었다. 등 뒤에서 동료들이 이상스레 보는 것 같았다.

"이야기가 무엇입니까?"

성덕이는 그만 견딜 수 없어서 조 여사를 따라 직원실을 나오며 그것부터 물었다.

"하여튼 어디 조용한 데 가서 앉아요."

"정말 그럴 시간이 없습니다."
"그렇기 때문에 십분만이라니까요. 십분을 약속해 주시구두……."
교문을 나서자 조 여사는 성덕이를 그 부근 어느 찻집으로 데리고 갔다. 차를 시키고 나서 조 여사는 비로소 찾아온 뜻을 밝혔다.
"선생님, 사실은 덕수의 지원학교 문제로 의논하러 온 거에요."
"그러세요, 그러나 그건 삼학기에 들어가서도 그렇게 늦지는 않으리라고 생각합니다만……."
"그래두 시 교육위원인 제 외숙되는 분이……."
하고 아주 심각한 얼굴이 되어 말을 이어갔다.
"덕수를 K중학에 책임을 져 주겠다는 문제도 있고 해서 먼저 선생님과 의논을 해볼까 해서……."
조 여사의 외숙이 그런 직위에 있다는 것은 벌써 전에도 몇 번인가 들은 이야기였다. 성덕이는 더러운 무엇이 얼굴에 뿌려지는 것 같아 불쾌해 견딜 수가 없었다.
"그런 분이 책임을 져 주신다면 집에선 안심되겠구먼요."
성덕이는 비꼬는 어조로 말했다. 그러나 조 여사는 그것을 느끼지 못하는 표정으로 말을 이어갔다.
"그렇지만 그래두 그분의 체면두 있지 않아요?"
"체면이라니요?"
"말하자면 공부를 너무 못하는 애를 이야기하긴 어렵다는 것이지요. 그래서 말인데 덕수를 20등 안으로만 들게 하라는 거예요. 그러면 자기가 책임을 질 수 있다는 거지요. 어떨까요, 덕수가 그 안으로 들 수 있겠지요?"
"글쎄요, 그건 시험 결과를 봐야 확실히 알 일이지만 지금 같아서는 좀 곤란할 것 같습니다."
"그래요!"

하고 조여사는 약간 실망의 빛을 드러내고서는

"그러나 선생님이 힘써 주신다면야 안될 것도 없겠지요."

애원하는 듯한 표정이면서도 자신 있는듯한 웃음이 피워졌다.

"그건 생각도 할 수 없는 일입니다. 잘하는 애를 젖혀놓고 못하는 애를 어떻게 끌어올릴 수가 있어요. 설사 제가 끌어올린다 해두 K중학에는 모두 우등생이 지원할 것인데 교육위원의 이름 때문에 그 학교에서 잘 하는 애를 젖혀놓고 못하는 애를 넣을 수는 없습니다. 누구보다 교육의 신성함을 지켜야 할 사람이 어떻게 그런 일을 할 수 있습니까? 도대체 전 모든 일이 믿어지지가 않을 뿐입니다."

이야기하는 중에 자기가 어느덧 흥분되어 있음을 느꼈다. 생각 같아서는 좀더 지독한 말을 해주고 싶은 마음이었지만 말에만 이기고 기분엔 지는 것도 그리 자랑할 일이 아니다 싶어 입을 다물고 말았다.

조 여사는 이런 때는 수그러지는 척하는 것이 유리하다고 생각하는 모양이었다.

"그렇기도 하겠지요. 선생의 말은 잘 알았습니다."

그러고는 보자기에 싼 것을 풀기 시작했다. 그 속에 무엇이 들어 있다는 것쯤은 보지 않아도 알 수 있는데도 성덕이는 자리를 뜨기 위해서 일어나는 것으로 받지 않겠다는 뜻을 밝혔다.

"직원 모임 시간이 되어서 이만……."

그러나 조 여사는 성덕이를 바쁘게 붙잡으면서 말하였다.

"실상 이건 지금 말씀드린 그것과는 무관한 것입니다. 부끄럽지만 받아주시기 바랍니다."

백화점 상품권이었다. 성덕이는 그것에 눈도 두지 않고

"그런 것은 제겐 필요 없습니다."

"집의 아이들 셔츠 사는데 쓰시기 바랍니다."

성덕이는 그 순간 아이들의 얼굴이 떠올랐다. 그러면서 다음 순간엔 자기의 비굴스러운 얼굴이 떠올랐다. 성덕이는 마침내 그것을 지워버리기나 하듯 말했다.

"그런 것을 갖고 오지 않아도 덕수의 성적엔 절대로 잘잘못이 있을 리 없습니다."

"그런 의미가 아니라고 하지 않았습니까?"

"어쨌든 난 그런 건 받을 수 없습니다."

"그렇다면 그건 선생님이 제가 그런 비열한 생각으로 가져왔다고 생각하시는 모양이군요. 그렇지 않구 뭐에요?"

"그건 아닙니다."

"아니라면 받아두 되지 않아요."

성덕이는 더 대답도 하지 않고 그대로 나오려고 했다. 그러자 조

여사도 극도로 화가 난 모양으로
"참 대단하신 분이시군."
하고는 꺼냈던 상품권을 도로 보자기에 아무렇게나 싸며 빈정대듯이 말했다.
"그렇다면 집으로 보내기로 하지요. 성남이네 집에서도 집으로 보내니까 받더라고 하던데요."
나가던 성덕이는 문득 걸음을 멈춰 돌아섰다. 그와 동시에
'그러면 아내는 상품권을 보냈다면서도 실상은 보내지 않았던가?'
무서운 의아함 속에서 온몸이 떨려옴을 느꼈다.

빚 받은 산간

길용이는 밭에서 누구보다도 늦게 돌아왔다. 다른 사람들은 집에 다 돌아가고, 밭에는 이미 어둠이 깃들어 있었다. 서쪽으로 뻗은 산의 능선만이 아직 눈을 뜨고 있는 듯 지평선이 희끄러미 보였고, 까치가 두, 세 마리 지평선 쪽으로 날개를 퍼덕이며 날아갔다.

산골짜기의 사이사이에는 초가집들이 다소곳이 자리잡고 그 굴뚝에서는 약속이나 한 듯이 한 가닥 연기가 바람 한점 없는 하늘로 곧장 올라갔다. 그런 연기가 서른 개로 촛불을 세운 것처럼 셀 수 있었고, 이 삼십 호의 마을 이름은 '앞골'이라 하였다.

남들보다 하루에 삼십분을 더 일하자는 것이 길용이의 본뜻이었으나, 그런 말은 누구한테 해 본 일은 한번도 없다. 그것은 다른 이유가 있어서가 아니라, 삼년, 군에 가 있는 동안의 공백을 메우고자 하는 마음에서였다.

길용이네 집은, 동네 복판의 아름드리 느티나무가 서 있는, 바로 그 곳이었다. 그 나무 그늘만 보아도 그 집이 이 동네에서 어떤 위치에 있냐 하는 것은 짐작할 수가 있었다. 하기는 전에는 그랬으나, 지금은 그렇지가 않다.

고등학교를 마친 길용이가 군에 갔다가 돌아와 보니 밭도 논도 산림도 반 넘게 남의 손에 넘어 간 뒤였다. 아버지는 아들을 보자 안심이 되었던지 고질이던 기침이 도지면서 죽고 말았다. 뒤에 남은 것은 부채뿐, 그것을 한꺼번에 정리하고 나니 남은 것은 길용이네 식구

가 먹으나 마나 한 메마른 밭 얼마뿐이었다. 그것도 경사진 산비탈의 밭들이었다.

지금 그 밭에서 내려오는 길용이는 그것을 두더지처럼 파먹어야 산다는 생각을 하고 있었다. 부친이 전답을 잃은 사연은 참으로 어처구니가 없었다. 면장 선거에 출마했다가 실패한 것이 원인이었다. 그 부친이 덕망이 있었다고 할까, 늘 농민들의 추대로 내리 면장을 지내 왔다. 그러면서 면이나 자기 마을을 위해서 일한 것이 한두 가지가 아니었다. 그러기에 군청에라도 가면 거물 면장이라는 이름으로 통했다.

그러나 마침내 산간벽지의 면이라는 대수롭지 않은 조직에까지 자유당 정부의 손이 뻗쳤다. 길용이가 군에 가 있을 동안에 치른 면장선거에서 자유당 후보와 맞붙게 된 것이다. 그렇게 되자 길용이 아버지로서도 밸이 꼴리는 일이라, 끝까지 맞서볼 생각으로 이른바 선거운동이라는 것을 벌렸다. 그 운동에는 앞골 청년들이 앞장섰다.

그러나 자유당이라는 큰 빽을 가진 상대의 선거공작에 따를 수는 도저히 없는 노릇이었다. 선거함을 열고 보니 길용이 아버지는 두말할 것도 없이 낙선이었고, 뒤에 남은 것은 빚뿐, 정말 어리석은 싸움을 했다고 할 수 밖에 없었다.

그러나 길용이는 지금에 와서 아버지가 어리석은 짓을 했다고만 생각하지는 않는다. 비록 전답은 다 잃었을망정, 그것도 좋았다고 생각한다. 아니 그 때문에 내 고장에 더 애착을 느끼는지도 몰랐다.

새 면장은 서울 출입이 잦다는 소문이었다. 이번에는 무슨 감투를 쓰려는지, 그러나 농민들은 좀처럼 새 면장의 혜택을 입을 것 같지가 않았다. 자유당이라는 금송아지에 귀한 한 표를 던진 농민들은 보기좋게 이용을 당한 것뿐이다.

'결국 농민은 농민의 힘으로 하는 데까지 해보는 것이다'

길용이는 분연히 치미는 어떤 투지 같은 것에 흥분되어

"송아지 송아지 얼룩송아지……."

노래도 아닌 소리를 지르면서 닭의 창자같은 오솔길을 더듬어 동네길로 들어섰다. 그때 신발을 질질 끌며 달려오는 발소리가 들렸다. 그러나 어둠 속에서는 누군지 알 수 없었다. 여자 같다는 생각이 겨우 들었을 그 순간에

"여보!"

다급히 부르는 소리가 들렸다. 아내 복실이 목소리였기에 길용이도 마주 달려갔다.

"분이가, 여보, 분이가……."

아내는 줄곧 달려왔던지 딸아이 이름만 거듭 부르고는 숨이 차서 뒷말을 잇지 못하였다.

"분이가 왜?"

"빨리 와요. 몸이 펄펄 끓으면서 막 헛소리를 해요."

아내는 겨우 그 말만 하고는 되돌아서 다시 뛰기 시작했다. 아내의 그 태도만으로도 사태를 충분히 짐작한 길용이는 금시 아내를 앞질러서 달렸다.

돌멩이 투성이의 마을길은 화가 나리만치 꼬불꼬불했다. 길용이는 남의 밭속을 그냥 내질렀다.

딸아이 분이는 네 살이다. 말도 잘 재잘거리고 한참 귀여운 때다. 며칠 전부터 열이 있었다. 코를 흘리고 기침으로 쿵쿵했으나, 그저 감기려니 무심하게 생각했었다.

집에 들어선 길용이는 신도 벗지 못하고 흙투성인 발 그대로 기어올라가 보니 아이 이마는 꼭 불덩어리 같았다. 쌕쌕하는 숨소리는 어린 가슴을 긁어내듯 요란스러웠고, 숨 쉴 때마다 가슴팍이 들먹거렸다. 눈은 무겁게 감고 사람이 와도 떠볼 염도 없었다. 손을 들어 맥을 짚었을 때, 뚝닥 뚝닥 소리를 내며 뛰었다.

'어떡해야 하나?'

길용이는 다시 마당에 뛰어 내렸다. 그로서는 어떻게 해야할지 몰랐고, 다만 한시라도 바삐 의사를 불러와야겠다는 생각뿐이었다.

그는 자전거에 올라탔다. 돌멩이 투성이의 꼬부랑길은 신작로에 나가기까지 오리나 되었다. 그것도 자동차는커녕 소달구지도 다닐 수 없는 길이다. 이곳에서는 비료며 곡식 운반도 사람들의 잔등이 아니면 지게로 져서 날라야 했다. 자전거도 내리막인 길에나 탈 수 있었고, 따라서 마을로 들어올 때는 오리나 되는 길을 자전거를 끌고서 와야 했다. 겨우 신작로로 나오더라도 거기서 의사가 있는 읍에까지는 십리 길, 그래도 그 십리 길은 편편하기 때문에 지금 막 달려온 돌멩이 투성이 마을길 오리보다 달리기가 더 수월하다고 할 수 있었다.

길용이와 안면이 있는 남양병원 김 선생은 공교롭게도 집에 없었다. 그러나 일각을 다투는 급한 때이므로 남양병원에서 소개를 받아 또 한명의 다른 의사 집을 가서 두들겼다. 앞골에서 왔다는 말을 듣자

"앞골이라구요?"

길용이는 의사가 양미간을 찌푸린 것을 얼른 알아차리고

"산속의 불편한 곳이라 대단이 죄송합니다만."

"아니, 난 보다시피 이렇게 뚱뚱해서 오르막길은 힘이 들어서요……."

주저하는 의사에게 겨우 부탁을 해서 둘이 같이 자전거에 올랐다.

그러나 나중에 길용이가 생각해 보니 그 뚱보 의사는 마을로 들어오는 오리 길을 두 시간이나 걸려서야 집에 도착한 듯했다.

그렇게 해서 의사를 모셔오긴 했으나, 그러나 때는 이미 늦은 뒤였다. 감기가 도져 폐렴이 된 걸 모르고서 때를 놓친 것이었다. 뚱보 의사가 땀을 뻘뻘 흘리면서 주사도 놓고 약도 먹여 보았으나 다음날 새벽에 분이는 마침내 숨을 거두고 말았던 것이다. 틀림없이 때를 놓친 것이었다.

의사는 말했었다.

"한 시간만 더 빨랐더라도……."

그러나 때를 놓쳤다는 것은 길이 나빴던 탓만은 아니었다. 그 때문에 시간도 물론 지체되었겠지만, 설혹 의사가 집앞에까지 곧장 자전거로 달려왔다고 해도 이미 어쩔 수 없었을 것이라고 의사는 덧붙였다. 말하자면 때를 놓쳤다는 것은 의사가 오기까지 아무 손도 쓰지 못한 것을 두고 말하는 것이었다.

폐렴을 예방하기 위해서는 페니실린 주사 한 대, 아니 다이아진 한 알을 먹였더라면 아이는 죽지 않았을 것이라고 했다. 바꾸어 말하면 다이아진 한 알이라도 먹이고 의사를 기다렸다면 죽지는 않았

을 어린 것을, 그런 의학지식 하나 없는 무지가 아이를 죽였다는 것이었다. 첫 아이를, 그것도 한참 재재거리고 귀엽게 노는 네 살 난 딸을 잃은 길용이 부부는 그 비통 속에서 좀체 일어설 줄을 몰랐다. 밥도 제대로 먹지 못하고, 분이가 입었던 옷이 눈에 뜨여도 부둥켜안고 울었고, 장난감을 보고도 소리 내어 우는 판이었다. 그러나 길용이는 그 비탄 속에서 아무런 의미 없이 울고 있을 수만은 없었다.

어느 날 저녁, 그는 오래간만에 새 옷으로 바꾸어 입고 읍으로 나왔다. 읍으로 나온 그는 남양병원의 김의사를 찾아갔다. 김의사는 길용이 아버지와도 친했다.

"전번에는 내가 집에 없어서 그만, 참 안 됐네……."

길용이와 마주앉은 김의사는 진정으로 위로의 말을 건넸다.

"아니 선생님이 와 주셨다 해도 역시 안 됐을 것입니다. 이제는 다 단념하고 이 일을 기회로 새 결심을 한 가지 했답니다."

"결심? 어떤 결심?"

"공부를 좀 해야겠어요."

"무슨 공부?"

"의학공부 말입니다. 그래서 오늘밤은 선생님을 찾아뵌 것이랍니다."

"의학공부?"

"네, 하지만 지금부터 제가 의사가 돼보겠다는 것은 아니에요. 그저 공부를 해서 상식적인 의학지식이나마 얻어 보자는 겁니다. 삼년이고 오년이고 공부를 해서 우리 동네 의사 노릇이나마 해 보자는 거지요."

"응, 알겠네. 동네 의사라…… 더 적절하게 말하자면, 의사가 오기까지 의사 노릇을 할 수 있는 사람을 말하는 거지?"

"네, 그래요. 저희 동네처럼 의사가 없는 마을에 의사가 오기까지

의사 노릇을 할 수 있는, 열심히 공부하면 그런 의사는 될 수 있잖아요."

여기까지 말한 길용이는 더욱 이야기에 힘을 주어서 말하였다.

"저희 동네는 마치 바다 속 외딴섬이나 다름없는 존재지요. 오리길만 걸으면 신작로가 나옵니다만, 이 오리길이 마치 바다나 다름이 없이 자동차는커녕 손수레도 다니지 못하는 길이 아닙니까? 급한 환자가 생겼다 해도 의사들은 이 핑계 저 핑계로 와주지 않아요. 그러니 동네 사람들도 자연스레 의사라는 것을 부를 생각을 안 합니다. 그 때문에 살릴 수 있는 병자도 죽이고 말지요."

"그래, 사실로 그렇단 말이야. 우리 의사들 사이에서도 앞골로 불려갈 때는 사망진단서를 가지고 가야한다는 이야길하게 됐으니."

"결국 무식이 사람을 죽이는 것입니다. 저도 이제부터나마 공부를 해서 관장이며 주사쯤은 놓을 수 있게 되려는 겁니다. 그리고 무엇보다도 예방이라는 것을 공부하렵니다. 이번에 딸아이를 잃고 깊이 느끼게 된 것이 그것이지요."

"좋은 생각이야, 정말 잘 생각했어. 자네가 그런 마음이라면, 내 힘이 자라는 데까지 도와주지."

김의사는 대단히 감사하여 우선 필요한 책 이름 같은 것을 알려주고 나서 문득 생각났다는 듯이 물었다.

"그것은 그렇다 하고, 자네가 사는 마을로 가는 그 길, 어떻게 안 되겠나? 그것도 이번 기회에 결단을 내리면 어떤가?"

"글쎄, 그것도 급한 이야깁니다만 제가 이번에 이런 일을 당했다고 해서 말을 꺼내기가 참……."

"바보 같은 소리 말게. 자네 아인 이미 죽었다네. 자네 아이를 살려 보겠다는 것은 아니잖은가? 그러니 일은 더 하기가 쉬울 텐데……. 도로 문제도 이번에 성사를 시키게, 역시 박석 영감이 움직이지를 않는가?"

"그건 그렇습니다만, 아무튼 그 문제도 생각해 보겠습니다."

그리고서 길용이는 남양병원을 물러 나왔다. 앞골로 들어가는 그 꼬불탕 오리길의 폭을 넓혀서 자동차며 달구지가 다닐 수 있게 하자는 이야기는 벌써부터 마을에서 있었다. 그러나 예전처럼 길용이네가 마을 대표자의 지위에 있다면 어떻게 됐을지도 모를 일이지만, 지금의 길용이네 형편으로는 동네사람들을 이끌고 나갈 처지가 못 되었다. 특히 박석 영감이라는 그 동네 제일의 땅임자가 그 길가 양쪽으로 자기네 땅이 있기 때문에, 그 땅을 잃기가 아까워서 도로 확장계획에는 크게 반대를 하고 있었다. 길용이네가 동네에서 발언권이 없어진 뒤로는 이 박석 영감을 움직이지 않고는 동네일이 한 가지도 되지 않았다.

이리하여 길용이의 의학공부가 시작되었다. 아내도 그 공부는 이해하게 되었다. 그뿐 아니라 바느질을 하거나 감자 껍질을 벗길 때 틈틈이 의학책을 들여다보았다. 길용이는 낮에는 땀으로 멱을 감을 정도로 일을 했지만, 밤에는 또 밤대로 책에 달라붙어 공부를 했다. 산골짜기에는 이슥고 여름이 오고, 평지에서보다 가을은 더 일찍 다가왔다. 그동안에 길용이는 마을 아이 두세 명의 뱃병을 보아 주었다. 체온계로 열을 재고, 부모들의 이야기를 들어 보면서 약을 먹이자 병은 그대로 나았다. 더욱이 환자에 대한 길용이의 열성은 대단하여 아침 저녁 밭으로 나가면서, 또는 돌아오면서 환자가 있는 집에 들렀다. 그 열성은 곧 부모들에게 느껴지는 모양으로 어느덧 길용이에 대한 마을 사람들의 신뢰감은 두터워졌다.

그러한 어느 날, 그것도 한밤중에 길용이네 문을 요란스럽게 두드리는 소리가 들렸다. 그것은 마치도 방망이로 내려치는 것 같은 소리였기 때문에 길용이와 복실이는 기겁을 하고 일어났다.

"길용이, 길용이, 일어나게! 좀 일어나 주게!"
박석 영감네 바로 이웃에 사는 홍섭이 목소리였다.
"홍섭이 아닌가, 뭔 일이야?"
"빨리 일어나게, 빨리!"
홍섭이 목소리는 점점 더 다급해졌다.
"박석 영감네 원칠이가 갑자기 눈을 까뒤집고 정신이 없어, 빨리 빨리!"
홍섭이가 두서도 없이 소리치는 말을 끝까지 듣지도 않고, 길용이는 옆방으로 뛰어가서 손가방 하나를 집어들고는 그냥 문을 박차고 나갔다.
그 손가방은 길용이의 구급함(救急函)으로써 그 속에는 진찰에 우선 필요한 물건들이 들어 있었다.
"빨리, 빨리, 난 이 길로 읍내로 의사를 데리러 가겠네, 남양병원으로!"
홍섭이가 그냥 달아나려는 길용이를 불러 세웠다.
"덤비지 말어!"
"왜 그러나?"
"내가 편지를 써 줄테니, 그걸 가지고 가게."
"언제 쓸려구?"
"원칠이를 먼저 보고 나서, 아무튼 덤비지 말어."
그들은 밭 사잇길을 뛰어가면서 큰소리로 이런 대화를 주고받았다.
원칠이는 박석 영감의 막둥이이자 외아들이기도 했다. 박석 영감도 그 마나님도 열일곱 살짜리 큰딸도 모두가 눈을 까집고 정신이 없는 원칠이를 둘러싸고 소리치고 부르며 어떻게 할 바를 모르고 쩔쩔 매는 판이었다.

"길용이!"

길용이가 들어서자 그들은 일제히 매어 달렸다. 그러면서 홍섭이에게 큰소리로 나무랐다.

"자넨 의사에게 가라고 하지 않았나?"

"아닙니다. 일단 원칠이를 먼저 보고 나서 홍섭이를 보내려구요."

길용이는 곧 진찰을 했다. 무서운 열로 사십 도나 되었다. 심장 박동도 약했으며 의식은 전연 없었다.

경과를 들어보자 틀림없이 급성폐렴이었다. 분이가 앓던 때와 꼭 같은 증세였다. 길용이는 손끝이 벌벌 떨렸다. 이미 때를 놓치지 않았나 하는 무서운 마음부터 앞섰던 것이다. 길용이의 낯빛이 달라지자 박석영감과 마나님은 울부짖듯 물었다.

"길용이, 살겠나? 어, 길용이?"

길용이는 입을 꾹 다문 채 잠자코 주사기를 꺼냈다. 항생물질의 피하주사 두 대를 놓았다.

"괜찮겠나, 길용이?"

"워낙 늦어 놔서요……."

"역시?"

박석 영감은 뒤를 잊지 못했다.

"네, 분이처럼 감기가 더쳐서 폐렴이 됐어요."

"역시 폐렴인가!"

그 병으로 어떤 아이가 죽으면 그것만으로도 불길해 하는 촌사람들이다. 그러므로 폐렴이라는 선언에는 모두들 절망적으로 쥐어짜는 듯한 소리를 질렀다.

"어떻게 안 되겠나?"

그러는 동안에도 길용이는 가방 속에서 또 다른 도구를 꺼냈다.

"그건 뭐하는 건가?"

"포도당이라는 주삽니다. 기운을 좀 차리게 해야겠어요. 심장이 이렇게 쇠약해진 아이를 의사가 올 때까지 그냥 내버려 둘 수는 없잖아요."

원칠이의 넙적다리에다 포도당 주사 삼백 그램을 놓았다. 그때만은 원칠이도 아픈 것을 알았던지, 소리를 질렀으나 주사도 무사히 끝났다.

그러고 나니 길용이도 일단 할일은 다 했다는 생각에서 도구를 가방에 도로 걷어 놓았다. 그러자 큰일을 치른 사람같이 저절로 한숨이 나왔다.

한편 읍으로 의사를 모시러 갔던 홍섭이가 돌아왔다. 큰길에서 마을로 들어오는 오리 길을 그냥 달려온 모양으로, 금방 입을 열어 말을 하지도 못했다.

"병원 선생은 곧 와 준댔나?"

박석 영감이 다급히 물었다.

"곧 온댔어요. 그렇지만 그 선생은 급한 게 있어야죠. 이웃에 불이 났다해도 담배부터 붙여 무는 분이라."

"아주 급하다고 했겠지?"

"그러문요. 길용이 편지도 보았구요."

그런 이야기를 하고 있는 동안에도 박석 영감은 밖의 소리에만 귀를 기울이고 있었다. 그러나 바람소리만 들려올 뿐 의사는 좀처럼 나타나지 않았다.

"의사들은 왜 다들 그렇게 뚱뚱한지 꼭 오리걸음들이라니까."

홍섭이의 그 말에 길용이는 박석 영감을 돌아다보았다. 영감의 얼굴은 경련이 인 것 같이 실룩거렸다. 길용이는 그런 박석 영감의 모습이 하도 보기가 딱해서 홍섭이에게 다그쳤다.

"홍섭이, 미안하네만 큰길에까지 다시 나가 봐주게. 그래서 의사

선생이 오거든 뒤를 떠밀면서 같이 모시구 오게."
"성발 그렇게라도 해야겠어."
"나두 같이 가겠네."
박석 영감도 벌떡 따라 일어섰다. 홍섭이와 박석 영감은 밖으로 뛰어 나갔다. 큰길에까지 달려 간 그들은 헐떡거리면서 자전거에서 내린 의사 김씨를 마치 짐짝처럼 떠밀면서 셋이 하나같이 숨이 턱에 닿아서 집에 들어섰다.
"이건 나부터 강심제를 맞아야겠는 걸."
의사는 길용이 옆에 와서 앉으면서 땀을 훔쳤다. 그러는 동안에도 박석 영감과 마나님과 홍섭이는 원철이와 의사를 번갈아 쳐다보았다. 어서 빨리 봐주었으면 하는 눈길로.
그러나 의사는 땀을 훔치고 나서는 천천히 담배를 피워 물었다. 하기는 그러는 동안에도 날카로운 눈으로 환자를 살피는 일은 잊지 않았으나 박석 영감은 초조한 나머지 워낙이 급한 성미라
"선생님, 어서 좀!"
참지 못하여 재촉을 하였다.
그러나 의사는 여전히 움직이는 빛은 없이 호주머니를 뒤적여 종이쪽지를 꺼냈다. 그것은 길용이가 홍섭이에게 주어 보낸 병세에 관한 보고서였다.
"길용이, 그 뒤로는 별 이상이 없나?"
"네, 없는 것 같은데요."
의사는 그제야 겨우 진찰을 시작했다. 그러나 그것은 아주 간단한 것으로써, 보고 있는 사람들의 눈에는 아주 성의가 없어 보였다.
"선생님, 어떤가요? 괜찮을까요?"
하고 박석 영감이 다급하게 물으면 그 마나님도 몸을 비틀면서 재촉하였다.

"선생님, 어떻게 빨리 좀 해 주세요? 네, 선생님!"

그러나 의사는 그들을 조용히 둘러보면서 말하였다.

"이제 다 됐어요."

그 한마디에 박석 영감과 마나님은 보기에도 딱한 정도로 와들 떨었다. 그러자 의사가 당황해서 다시 말하였다.

"아니, 제 말은 가망이 없다는 게 아니라 길용이가 이미 손을 다 썼다는 것입니다. 아무 치료도 안하고 그냥 내버려 두었더라면 큰일 날 뻔했습니다. 제가 와도 별수 없었겠지요. 길용이가 한 처치는 완전했습니다."

"선생님, 그럼 이 자식은 살겠습니까?"

"아마 괜찮을 겁니다. 이 병은 시간을 따지는 무서운 병이라 때만 놓치지 않고 손을 쓰면 돼요. 정말 길용이 덕분입니다."

그러고 나서 의사가 길용이에게 말하였다.

"길용이 그 사이에 공부를 열심히 했구먼. 환자는 선불리 손댈 것이 아니지만 그러나 이곳처럼 의사가 없는 마을에서는 의학 지식이 조금만 있으면 충분히 살릴 수 있는 사람도 뭘 몰라서 죽게 하는 경우가 많단 말야. 이번에두 자네가 아니었다면 이 아이두 자네 딸처럼 죽지 않았겠나? 자네는 자식 하나를 잃었지만 그 대신에 이 마을의 모든 아이들의 의사가 돼 주게."

길용이도 그 말에는 눈물이 나왔다.

박영감도 감격해서 말했다.

"이 놈의 자식은 정말 길용이가 살려 줬어요."

의사는 가방을 펼치면서 말하였다.

"길용이가 써보낸 편지를 보고서 이렇게 약까지 준비해 갖고 왔습니다. 예전 같았으면 읍에까지 약을 가지러 또 갈 뻔했군요."

그러고는 홍섭이를 돌아보며 웃었다.

원칠이는 다음 날에는 벌써 열이 내리기 시작했고 보기에도 병에서 회복되는 것을 느낄 수 있었다. 그러자 의식도 분명해지면서 벌써부터 먹을 것을 졸라댔다. 길용이는 하루에 두세 번씩 박 영감네에 들러 뒷탈이 생기지 않도록 세세하게 주의를 주는 일을 잊지 않았다. 아침 저녁으로 선뜻한 바람을 쐬게 하여서는 안 되고, 회복기에 든 아이가 먹을 것을 조른다고 해서 아무 거나 막 먹여서는 안 된다고 거듭 주의를 주었다. 박 영감이나 마나님도 이제는 길용이 말이라면 그대로 지켰다. 원칠이는 하루가 다르게 건강을 되찾아갔다. 의사가 말한 것처럼 분이는 죽었지만 원칠이가 회복되자 길용이는 그것으로 퍽 마음의 위안을 얻은 듯이 마음이 뿌듯해지는 만족이라 할까. 한편 박 영감이며 그 마나님이 고마워하는 마음도 하루 이틀이 아니었다.

"우리 원칠인 그저 길용이가 살려 놓은 거라네."

박 영감은 아무나 붙잡고 입버릇처럼 그 말만 되풀이했다. 그리고는 원칠이가 또 코를 흘린다고 보고, 자다가 기침을 하더라고 보고, 내년이면 학교에 간다는 원칠이도

"아저씨, 미역을 감는다고 감기 드는 건 아니죠?"

제발 아니라고 말해 줬으면 하는 얼굴로 길용이를 쳐다봤다. 그러면서 동네에서 길용이를 보는 눈이 달라졌다. 길용이가 원칠이를 살렸다는 말이 퍼지면서부터는 그가 고등학교를 나왔다는 것까지 새삼스레 생각해 내고서는 농사에 대해서도 하나하나 길용이와 의논을 했다. 또한 젊은 아이들이 농촌을 버리고 도시로 나가려는 경향이 있는데, 그걸 붙잡아 달라는 등의 부탁도 들어왔다.

"우리 큰놈이 공장엘 가겠다지 않아. 길용이 자네가 그걸 좀 붙잡아 주게. 자네같이 높은 학교를 나오고도 농사를 그냥 하고 있는 착실한 젊은 사람도 있는데, 요새 젊은 것들은 까딱하면 서울로만 가

겠다니……."
"서울에요……."
길용이는 그만 깊은 생각에 잠기고 말았다. 서울로 가는 꿈은 젊은 남자들만의 것이 아니었다. 젊은 여자들도 서울로, 서울로, 반반한 옷이라도 입고 싶으면 다 서울로 가겠다는 것이었다. 힘들게 올라가더라도 남의 집 식모살이를 하게 되는 서울로…… 결국 농촌이 가난하기 때문이었다.
그러던 어느 날, 박 영감은 손수 시루떡 한 목판을 들고 길용이를 찾아 왔다.
"오늘이 우리 원칠이 생일이라네. 그 놈두 내년이면 학교엘 가잖아."
입이 쩍 벌어져 기쁨을 참지 못했다.
"그러게 말이에요. 얼마나 대견하시겠어요."
복실이도 나와서 공손히 인사말을 했다.
"그게 다 누구 덕택이겠나. 우리 원칠이는 그저 이집 길용이가 살렸다니까."
박 영감은 진정 그렇게 생각하고 있는 모양이었다. 그러고는 마루에 걸터앉아 이 말 저 말 끝에 찾아온 목적을 밝혔다.
"그건 그렇다 치고, 이번 추수가 끝나고는 길을 어떻게 좀 해 보게나."
"어떻게 해 보다니요?"
"길을 넓히자는 말일세."
"그거야 영감님만 좋다고 하시면 곧 시작해야 할 일이지요."
길용이는 어디까지나 박 영감의 의사를 존중하는 듯이 말하였다.
"그 일을 자네에게 모두 맡기겠네."
"정말입니까?"

"아 정말이구 말구."

"고맙습니다. 그렇다면 곧 동네분들과 의논하지요. 길만 넓혀 놓으면 내년부터는 농사에도 얼마나 도움이 될지 몰라요."

길용이는 감격해서 몇번이나 고맙다는 말올 되풀이했다. 도로공사는 땅임자인 박 영감의 승낙을 얻어 추수가 끝나면서 곧 착수되었다. 어느 곳의 도움도 받지 않고 마을 사람들만의 힘으로 성취시켜 보자는 것이었다.

일은 시작이 절반이라는 말 그대로 높은 곳을 깎아 내린 땅은 비탈진 곳을 메우는데 썼고, 꼬불꼬불 닭창자처럼 굽은 길을 똑바로 고치고 보면 뜻밖의 땅이 생기게 되는 곳도 있었다. 언덕을 깎아 내릴 때만은 불도저라도 한 대 있었으면 하는 생각이 간절했기에 동네 젊은이들이 군청에 교섭도 해보았으나 다 허사였다. 결국 앞골 사람들은 자기네 힘으로 그 일을 완성해내야 한다는 것을 새삼스럽게 알게 되었다.

"젠장, 나라는 있으나 마나, 면장은 뽑으나 마나……."

그런대로 박 영감이 땅을 무상으로 제공한 사실에 마을 사람들은 감격하여 그해 겨울은 내내 도로 공사로 날을 보냈다. 보람이 있어서 봄이 되자 마침내 새길에는 자갈까지 깔려졌다. 동네 사람들의 고생도 컸지만 뒤에 오는 기쁨도 이만 저만한 것이 아니었다. 아이들은 자갈이 깔린 새길을 마라톤으로 날마다 신작로까지 달려갔다 오는 놈들도 있었다. 그러나 마을 앞 길이 넓어지자 개복이네 큰놈 윤석이가 정말로 서울에 간다는 소문이 퍼졌다. 윤석이도 이 마을에서는 고등학교까지 나온 이른바 높은 학교를 나온 농사꾼이다. 그럴수록 윤석이가 서울로 간다는 소식은 길용이로서는 깊이 생각해야 하는 것이 아닐 수 없었다.

'이 일은 역시 본인과 직접 의견을 교환해 보는 수 밖에……'

이렇게 마음을 정한 길용이는 그 길로 윤석이를 찾아 갔다. 윤석이는 마침 집에 있었다.

"자네 서울로 간다지?"

길용이는 대뜸 그 말부터 꺼냈다.

"뭐, 그렇게 꼭 정한 건 아니고……."

"어쨌든 서울엔 왜 가겠다는 건가?"

"우리야 아버지 혼자서두 농사를 충분히 해 나갈 수 있으니 말이야."

"윤석이, 그런 바보 같은 소리는 그만두게. 자네 아버지가 이 고장을 잘 살 수 있게 만들 수 있겠나? 자네같이 좀 알만한 청년들이 다 농촌을 버리고 도시로만 내달으니 농촌은 언제까지나 비참한 꼴에서 벗어날 수 없지. 이러다가는 이 농촌이 어떻게 되겠나?"

길용이가 분개해서 말문을 열자 윤석이도 정색하면서 말하였다.

"나두 자네 말을 모르는 건 아니야. 그렇지만 요새 세상은 돈 노름이 아니던가. 그 생각을 하면 난 도저히 시골에서 가만히 있을 수 없어."

"윤석이, 난 요즘에 돈, 돈하는 소리를 많이 듣는데, 우리 같은 젊은 놈들이 돈 돈하는 것이 과연 옳은 일일까? 과거나 미래도 없이, 나라도 내 고장도 모르고 돈이나 쫓아다니는 것이 과연 청년다운 일일까? 그래두 우리에겐, 젊은 우리에겐 이상이 있지 않은가. 인류니, 사랑이니, 희생이니, 봉사니, 이런 이상과 꿈을 우리만은 갖자는 말이야. 그것만이 이 농촌을 살릴 수 있는 길이라네. 지난 겨울에는 길을 넓혔지. 그건 남이 해 준 일이 아니라 우리끼리 한 일이 아니던가. 제발 농촌을 버릴 생각을 말고, 농촌을 살릴 연구를 해보자는 말이야!"

"그렇다 해도 실제 문제로 어떡하자는 건가? 나도 오래 두고 생각해 봤지만 길이 있어야지."

윤석이가 볼멘 소리로 대답했다.

"응, 결국 문제는 그거야. 이 동네처럼 한정된 농토에서 똑같은 방법으로 농사를 지어 먹다가는 언제까지나 그날이 그날이지. 그래서 나도 많이 연구해봤지만 농사에다 축산을 겸하자는 말이야. 그러는 한편 약초 재배나 특산물 재배같은 특수농장을 해보자는 말이야. 물론 어렵고 힘든 점은 많겠지만 그것을 우리들의 젊은 힘으로 뚫고 나가야지."

길용이의 말에는 열이 점점 더해 갔다. 그러나 길용이 또한 자신의 그런 말만으로 윤석이가 일어섰던 궁둥이를 도로 내려 놓을 것이라고는 생각하지 않았다. 그렇지만 길용이가 윤석이의 서울행을 말린 덕분에 윤석이가 주춤해진 것만은 사실이었다. 그것은 시골이 살기 어렵다고 서울에 가 보아야 먹고 살 일거리가 기다리고 있는 것은 아니기 때문이다.

신념에 일관하는 자가 결국 이긴다고나 할까, 마침내 농촌에도 진정한 봄은 오고야 말았다. 지금 농협에서 돌아 오는 앞골 사람들의 얼굴들은 환희에 가득 찼다. 오월 군사정변이 있은 뒤로 앞골은 모범마을로 선정되었다. 그 마을 사람들이 자력으로 도로공사를 해치운 일이 크게 평가되었던 것이다. 그 덕분에 농협을 통한 농어촌 대부에서는 앞골 사람들이 특혜를 받았다. 그 결과 거의 집집마다 삼만환, 오 만환씩 배정됐다. 마을 사람들의 기쁨은 이루 말할 수 없었다. 돈을 받아들고 마을로 돌아온 그들은 한 사람 두 사람이 모여들어 금세 막걸리 파티가 벌어졌다.

"길용이, 난 이 돈으로 자네가 늘 권하던대로 양돼지 새끼를 사겠네. 종자는 자네가 봐 주게."

이렇게 한 사람이 입을 열면 길용이에게 새삼스레 앞으로 뭘 할 것인지를 물어보는 어른도 있었다. 그 물음에 길용이가 대답하였다.

"염소를 사겠어요."

"염소? 그건 왜? 염소가 더 잇속이 있나?"

"그런 건 아니지만……."

"그럼 왜?"

"그건 제가 이 마을의 유아 사망률을 조사해 봤어요. 한 해에 열한 명이 태어나는데 그들 가운데 네 명이 죽어요. 좀 큰 아이들 가운데에서도 건강한 몸이라고 할 수 있는 아이들은 거의 없어요. 겉보기에는 아무 탈이 없는 것 같지만 영양부족이 많아요. 이건 어른들도 다 마찬가지 일겁니다. 도대체 우리들의 이 농촌생활에서는 영양을 취하려고 해도 취할 방법이 없잖아요. 그래서 생각한 것이 염소를 길러보자는 거지요. 게다가 염소는 사료값이 아예 들지 않아요. 여름에는 물론 풀을 먹이지만, 겨울에도 그 풀을 말려 두었다가 주면 그만이에요."

"응, 그래서 그 염소젖을 짜 먹이자는 거로구만."

"네 그렇습니다. 이놈의 염소젖이 영양이 아주 만점이랍니다."

그러자 박 영감은 몇번이고 고개를 끄덕이고 나서 말을 꺼냈다.

"그 말을 듣고 보니, 내 자신부터 참 우습다는 생각이 드는 걸. 우린 집에서 기르는 닭이나 돼지는 뭘 먹이면 살이 좀 더 찔까, 알을 많이 낳을까 하고 머리를 많이 써 봤지만 마누라나 자식새끼들의 영양이라는 걸 생각이나 해 봤나? 아니, 도대체 우리 농사꾼이란 무식해서 여편네 배가 남산만해지건, 애새끼가 말라 비틀어지건 밥만 먹으면 그저 그만인 줄 알고 있잖아? 모르는 게 그래서 탈이 아닌가? 길용이, 자네 말을 듣고 보니 가슴에 짚이는 일이 한두 가지가 아닐세. 나두 당장 염소 한마리 사려네."

그러자 옳다느니, 저마다 한 마디씩 한 뒤에 성급한 사람들은 벌써 예약을 해 두는 사람도 나올 지경이었다.

"박 영감, 영감네 염소가 새끼를 치면 우리에게 한 마리 주소."

다음 날엔 앞골 여인네들은 종종걸음으로 읍에 내달았다. 돈을 보자 늘 입어 보고 싶던 나일론 옷 생각이 간절해졌던 것이다. 남자들의 막걸리 파티도 또 열릴 눈치였다. 이러다가 보면 모범마을이라고 특혜를 받아서 얻은 모처럼의 영농자금을 다 날려 보낼 판이었다.

그날 밤에 길용이를 중심으로 한 동네의 몇몇 청년이 모였다. 그리하여 융자금 유용 방지책으로 집집마다 대문에다가 융자금 액수를 써 붙이기로 했다. 그것은 결국 우리들에게는 이만한 빚이 있다는 자각을 갖게 하자는 방법이었다. 그렇다, 융자금도 분명한 빚이고, 그 빚을 다 갚을 때까지는 모든 욕망을 억눌러야 한다! 이런 의논은 곧 실행되었다.

'그렇지, 세상에 공짜가 어디 있나? 이건 우리 집의 빚이지'

사람들은 그 대문짝을 볼 때마다 이렇게 중얼거렸다. 그러면서

'언제나 되면 이놈의 삼만 환, 하고 써 붙인 종이를 떼버릴 수 있을까? 그 돈을 갚을 자신이 생겼을 때 종이를 떼라고 했지'라고 스스로에게 다짐을 하면서 정신을 차려야 한다는 생각이 들었다.

길용이네 대문짝에도 오만 환이라는 종이딱지가 붙어 있다. 길용이는 동네 앞을 지나다니면서 이집 저집에 나붙은 그런 종이를 보고는 늘 혼자서 웃었다. 그러나 하루는 놀랍게도 윤석이네 대문짝에서는 벌써 그 종이가 종적을 감추어 버리지 않았는가. 뭔 일인가, 갚을 자신이 생겼단 말인가, 이상한 생각에서 그 앞을 그대로 지나가 버리지 못하고 윤석이를 불렀다. 뛰어 나오면서

"밭으로 가는 길인가?"

하고 묻는 윤석이의 얼굴은 서울로 가겠다던 그때와는 딴판으로 밝았다.

"뭔 일이야, 이거?"

길용이가 눈이 둥그레져서 대문짝을 가르키자 윤석이는 이내 알아채고서 말하였다.

"아니, 그거 참……."

난처한 얼굴로 웃으며 머리를 썩썩 긁었다. 그때에 윤석이 여동생 연순이가 방문을 빼곰히 열어 본 것을 길용이는 미처 알아보지 못하였다.

"돈이 벌써 준비됐단 말야?"

"그런 게 아니구……."

윤석이는 목소리를 한층 낮추어 속삭이듯이 말하였다.

"연순이 선보러 온다고 해서……."

"뭐?"

"우리 연순이 말야, 검바위골에서 오늘 선보러 온다네."

"그래?"

"응, 그래서. 좀 창피하지 않나…… 우린 이만한 빚이 있어요, 하고 광고하는 것 같아서."

"연순이 선은 오늘 처음 듣는데……."

"선을 보고 가면 또 써붙이겠네."

"도대체 검바위골 누군가?"

"선태."

"뭐, 선태?"

그 소리와 함께 길용이가 웃어대자 윤석이도 그만 따라 웃었다.

길용이는 선보러 온다고 대문짝에서 그 종이쪽지가 자취를 감춘 것도 우스웠지만 그보다도 검바위골 선태라면 웃지 않을 수 없는 사건 때문이었다. 바루 이태 전 이야기다. 앞골과 검바위골 사이에 물싸움이 벌어졌다. 가뭄이 이어지자 두 동네 사이를 흐르는 개울을 막고, 서로 내 동네로 물을 돌린다느니, 네 동네로 돌린다느니 하여 싸움이 벌어진 것이다. 두 동네 청년들은 밤낮없이 번갈아가며 개울둑에 와서 지키고 앉아 있었다. 그렇게 하여 시간제로 물을 끌었지만, 그래도 싸움은 어떻게든지 붙기 마련이었다. 시계 바늘까지 늦추어 놓고는 네 시계가 맞느니, 내 시계가 맞느니 하다가 나중에는 피를 보고야 마는 싸움으로 끝나기 일쑤였다.

그러자 두 동네 사이에 묘한 소문이 퍼졌다. 간밤에 개울로 나갔던 양쪽 청년이 모두 혼비백산해서 도망쳤다는 것이다. 개울을 막은 둑 아래로 내려서자 개울가 숲속에서 미끌미끌한 것이 얼굴에 와 닿았다. 그것을 손으로 치자 키가 9척 같은 괴물이 나타났다. 두 동네 청년이 평소에 늘 싸웠던 것도 잊고서 앞골로 함께 도망쳐 왔다. 그 이야기를 듣고 다른 두 사람이 또 갔다. 그들은 돌아와서 숫제 이불을 뒤집어 쓰고서 누워 버렸다. 그토록 그 괴물에 놀랐던 것이다. 다음에 간 사람들은 아무 것도 보지 못했다. 그러자 역시 헛것을 본 것이라는 주장이 힘을 더 얻게 되었다. 게다가 '옛날에는 귀신이며 도깨비가 나온다는 이야기도 많이 들었지만 지금 세상에 무슨 도깨비냐?' 노인들도 그렇게 말하였다.

날이 밝은 후에 괴물이 나왔다는 곳을 조사해 보았으나 아무 이상도 없었다. 그날 밤엔 양쪽 동네에서 세 명씩 나왔다. 삽이며 곡괭이 같은 무기까지 들고 나왔으나, 거짓말 같은 이야기가 그들도 괴물에 놀라 무기를 휘둘러보기는커녕 낯빛이 변해서 도망쳐 왔다. 그렇게 되자 아무도 둑으로 나가려고 하지 않았다. 사람마다 귀신이다 도깨비다 하며 들끓어댔고 학교에 가는 아이들도 혼자서는 대낮에도 둑을 다니려 하지 않았다. 양쪽 청년들이 긴급 소집되었다. 어떤 놈의 짓일까?
"곰이나 호랑이라면 알 수 있지만 도깨비일까, 귀신일까?"
"그래두 얼굴이 가마니만 하다던 걸. 눈은 퉁사발만 하고 입이 쭉 째진 게 하여튼 누구의 장난이라고는 볼 수 없어."
한참 떠들어대고 나서 오늘 밤에 괴물을 잡으러 갈 사람을 자원케 했다. 그러나 혈기왕성한 청년들도 선뜻 나서려 하지 않아서 모임과 의논은 흐지부지가 됐다.
그러나 이것은 앞골 청년들의 하나의 계략으로써, 검바위골 청년들이 보는데서는 흐지부지된 것 같았지만, 사실은 그렇지가 않았다. 비밀리에 그날 밤은 앞골 청년들만으로서 괴물을 잡으러 가기로 했던 것이다.
그날 밤에 출동한 앞골 청년들은 비장한 각오까지 갖추고서 나섰다. 윤석이도 그때는 식칼을 허리에 차고 나갔으므로 청년들의 기분을 넉넉히 짐작할 수 있었다. 일행은 저마다 무장을 갖추고는 현장에 다다랐다. 달밤이었으나 달은 뒷산에 숨어버려서 둑밑 숲속은 어두컴컴했다.
숲속에 한발을 디밀자 부수수 소리가 나면서, 정말 소문대로의 구척 같은 괴물이 앞을 막고 서 있었다.
괴물이 지금 세상에 어디 있냐고 큰 소리를 치고 따라 나왔던 청년들도 집채만한 괴물이 흔들 흔들 마주 서는데는 놀라지 않을 수 없었다. 소문대로 퉁사발만한 눈은 시퍼런 불을 뿜었고, 귀밑까지 째진 입, 그런 것이 덮쳐 오려고 하자 앞장섰던 두 청년이 뛰기 시작했다. 한 사람이 뛰면 다 뛰기 마련이다. 십여 명의 앞골 청년들이 출발하던 때의 기개와는 딴판으로 다 뛰기 시작했으니 아마 괴물도 그 꼴들이 우스웠을 것이다.
"아하하……."

하고 그놈의 괴물이 웃어댔던 것이다. 괴물의 웃음소리를 들은 청년들은 그 소리에 그만 뛰던 걸음을 멈추었다. 괴물이 웃을 수는 없다고 생각한 것이다.

"그 놈 잡아라!"

한 사람이 호령을 하자 그들은 되돌아와서 한꺼번에 괴물에게 덤볐다. 괴물은 실로 순했다. 대들기는커녕 풀숲에 풀썩 쓰러지면서 비명을 지르고 빌기 시작하였다.

"미안하네, 미안하네."

들쓰고 있던 삼베 홑이불을 벗기고 보니 선태였다. 자초지종을 들어보니 역시 물때문이었다. 지금까지도 앞골과 검바위골이 물을 꼭 같이 나누어 썼지만, 검바위골은 사실상 앞골보다 전답이 많았다. 그러므로 앞골보다 물 기근의 훨씬 더 심각했다. 그렇지만 앞골 청년들은 개울물을 시간제로 정하고, 검바위골에 전답이 더 많거나 말거나 그런 것은 아예 참작하려 하지 않았다. 이에 분개한 검바위골 청년 몇 명이 공모하여 둑 밑으로 괴물을 내보냈던 것이다. 그러면 그것이 무서워서 앞골 청년들이 둑 아래로 내려오지 못하는 밤 사이에만은 개울물이 검바위골로 넘어가게 되는 것이다.

선태는 그 괴물이 되기를 자원하여 높은 나무다리에 올라타고 동네에서 가장 큰 바가지에다가 끔직한 눈, 코, 입을 그려서 쓰고, 그 위에다가 삼베 홑이불을 들썼다는 것이다. 맨 첫날에 미끌미끌한 것이 얼굴에 와 닿았다는 것은 작대기에다 가지를 매달아 내밀었다고 고백하였다.

물 때문에 이런 사건이 있었던만큼 서로 다 이해가 가는 일이라 선태가 사과를 하고 그 괴물사건은 끝이 났지만, 사람들은 선태를 볼 때마다 그때 일을 생각하고 웃었다. 명물남아가 됐던 것이다.

"선태라면 새삼스레 선을 보구 말구가 있나? 다 아는 처진데."

"그래두 그쪽 어른들이 한번 다녀간다지 않나, 그래서……."
"알았네, 알았어."
"내일은 또 써 붙이겠네."
그 말끝에 윤석이와 길용이는 다시 한번 웃었다.
윤석이와 헤어진 길용이는 한층 더 유쾌해진 기분으로 산비탈의 자기 밭에 들어서면서 아침 햇빛쪽으로 두손을 높이 쳐들었다.
한참 고구마순을 심고 있던 길용이는 뒤에서 나는 가쁜 숨결에 문득 뒤돌아 보았다. 점심 때도 아닌데 아내 복실이가 숨이 턱에 닿아서 비탈길을 올라오고 있었다.
길용이는 가슴이 선뜻해지는 것을 느끼며 아내를 보고 큰소리를 쳤다.
"웬일이야?"
지난해 분이가 아프다고 어둠을 뚫고 아내가 달려오던 때 일이 생각났던 것이다.
"빨리 와요, 빨리요."
아내는 한숨 돌리고 나서 말을 이어갔다.
"새댁이 애기를 낳아요."
"애기를 낳았으면 낳았지, 왜 나를 부르면서 야단이야?"
길용이는 자기가 의사 공부를 했다고 아이 낳는 데까지 부르러 오리라고는 생각지 못했기에 알 수 없다는 얼굴을 했다. 그러나 아내는 더욱 당황해서 소리쳤다.
"아이가 거꾸로 나오니 말이에요."
"뭐, 거꾸로 나와?"
길용이는 그제야 눈이 둥그레지더니 심던 고구마 순과 광주리를 모두 집어던지고는 급기야 뛰기 시작했다.
"여보, 여보!"

뒤에서 아내가 분주히 따라오면서 소리치고 있었다. 그 소리에 걸음을 멈추고 생각해 보니 자기는 뉘집 새댁이 아이를 낳는다는 것도 모르고 뛰고 있었다.

잔화(殘火)

1

선부는 여관업이라고 할 수도 없는 그 업을 시작하고 나서부터는 한 번도 잠을 깊이 들어본 일이 없었다. 무슨 바싹거리는 소리만 들어도 눈이 또렷해지곤 했다. 문단속을 비롯해 모든 일을 혼자서 맡아보는 동안에 자연 그렇게 되고만 모양이다.

"아주머니, 저 가요."

새벽 세 시에 구공탄을 갈아 넣고 들어와서 잠이 부시시 들려고 할 즈음에 들리는 이런 소리에 선부는 눈을 떴다.

"벌써 가니? 손님은 그대루 있구?"

"그 양반은 이제부터 한잠 더 자구 간다는 거에요. 난 가두 좋다구 했어요."

자기 말로서는 금년 들어 스물한 살이라는 은주는 자기 손으로 현관문을 열고 나가다가 문득 생각난 듯이

"아주머니, 어젯밤에 드리려다가 깜박 잊었는데……."

하고 손가방을 열고는 극장표를 한 장 꺼내 주었다.

"늘 이렇게 표를 갖다 준 덕분에 구경은 잘한다만……."

"뭘요, 저두 거저 얻는 건데요."

"그래두 자기가 줄 사람은 많을 텐데 나를 갖다주니 고맙지."

낮에는 어느 영화배급 회사에 나가서 타이프를 치고 있는 은주가

이런 곳에 나오기 시작한 것은 벌써 석달이나 되었다. 그동안에 선부와는 허물없는 사이가 되었지만 그래도 은주가 극장표가 생길 때마다 꼬박꼬박 갖다 주는 것은 되도록이면 좋은 손님으로 가려 달라는 마음에서였다. 물론 선부도 그런 눈치를 모를 리는 없었다.

"오늘밤 손님은 점잖지?"

"뭐가 점잖아요. 대머리가 되어가지고 주책없게두……."

웃는 눈웃음이면서 징그럽다는 듯이 어깨를 추겨 뵈였다.

"하긴 은주는 지금이 한참 꽃이니까 그런 늙은 것이 좋을 리 없지. 그래두 동대문에서 큰 나사점(羅紗店)을 하는 주인이란다."

"아주만두. 그러면 내가 그 영감한테 시집가겠수?"

은주의 어이없다는 웃음에 선부는 그만 무안해지는 것 같은 기분을 어쩔 줄 모르다가 얼버무리듯 물었다.

"참, 내일두 그 서양사람하구 오기루 했니?"

오늘 낮에 받은 십 달러짜리 지폐가 싫지 않았기 때문이었다. 그것은 시장에서 흔히 볼 수 있는 '지아이'가 아니고 선부로선 처음 보는 시퍼런 미국 본토의 돈이었다.

"그분하군 날마다 런치 타임 때 만나기로 했어요."

"뭐라구, 런치 타임?"

"런치 타임은 점심 때를 말하는 거에요. 그 서양사람을 날마다 그 시간에 여기서 만나 회화를 배우기로 했어요."

"그럼 넌 말도 배우고 돈도 버는 셈이 되는구나."

"아주만두. 말 배우는 대신에 그거야 '서비스'해야 하는 거지요."

"자기가 그러구 싶은 마음이니까 그런 거지."

선부도 '서비스'라는 말의 뜻은 알고 있었다. 아니, 옛날에는 그렇게 하고 싶은 사나이도 몇 명 있었다.

"그러니까 아주만두 우리가 '런치 타임'에 쓰는 방은 좀 '서비스'해요."

"그러자꾸나."

"그럼 부탁해요."

현관문을 열고 나선 은주의 얼룩진 얼굴이 새벽 외등 밑에 드러났다. 또각거리며 걸어가는 은주의 뒷모습을 한참 서서 보고 있던 선부는 현관문을 닫았다. 식모가 눈을 비비면서 쌀을 씻으러 나온 것을 보고 오늘 아침 밥상을 몇 상을 차려야 하는가를 알려 주고서는 자기네 방으로 가 다시 이불 속으로 들어갔다.

"무슨 이야길 그렇게 새벽부터 떠들면서 야단이야, 손님들 잠두 못 자게."

선부보다는 스물한 살이나 위인 덕구 영감은 자리에 엎대여 담배를 붙여 물고서 말했다. 선부는 귀찮다는 듯이 돌아누우면서

"당신이 알 필요는 없는 이야기에요. 난 좀 자야겠소."
"뭐 어쨌다구?"
"자야겠다는데 왜 이래요?"
"이건 내가 묻는 말에 대답두 않겠다는 거가?"
덕구 영감은 불시에 담배를 비벼 끄면서 윗몸을 일으켰다. 그 순간에 선부가 덮은 이불이 덜덜 말리며 굳게 몸이 감싸졌다.
그 말없는 반항 때문에 오히려 덕구 영감은 뼈만 남은 팔뚝에 악이 받히고야 만 것이다.
"이년아, 무슨 버르장머리가 그 모양이가."
선부가 덮고 있는 이불을 획 걷어챘다. 고이 자락으로 된 선부의 아랫도리가 드러나자 선부는 다급히 이불을 빼앗으며 소리쳤다.
"갑자기 노망을 했나? 왜 이러는 거야, 어서 이불 놔요."
"내가 노망이 들었다구? 이제는 못하는 소리두 없구나 이년."
이불을 당겨 쥐었던 덕구의 손이 그대로 선부의 얼굴로 달려들더니
"응 이년 응 이년……."
하며 미친 듯이 선부를 쥐어박았다.
젊었을 때도 그렇게 골격이 좋은 편은 아니었으나 주색에 시들어 질대로 시든 지금은 찢어진 북처럼 처량해진 처지에 악을 박박 쓰는 것이었다.
"정말 이제는 아무데두 쓸데가 없는 사람이 됐군요. 당신이란 사람……."
때리는 대로 맞구만 있던 선부는 이불을 다시 둘러쓰고 돌아누우면서 쿨쩍거렸다. 매를 맞으면서도 맞서고 싶다는 반응조차도 일어나지 않는 것이 슬펐다. 아니, 그 보다도 남편의 메마른 주먹이 가슴팍에 와닿을 때마다 아직도 마흔인 자기의 피둥피둥한 살집이 새삼

스럽게도 느껴지는 것이 더 안타깝고도 슬펐다.

덕구 영감이 잠자리를 즐기는 그 힘을 아주 잃기 시작한 것은 작년부터였다. 그 후부터 덕구 영감은 마작판에만 정신이 팔려 있었다. 물론 자기네 여관방을 빌려주면서 노는 노릇이니 꼰이야 떨어지지만 잃는 돈에 비하면 떨어지는 꼰이 언제나 셈이 맞지를 않았다. 맞지 않는 정도가 아니라 선부가 푼푼이 모아 둔 돈까지 내다 없이하기가 일쑤였다. 그러나 선부는 그런 일에 대해서도 낯빛을 바꾼 적이 한 번도 없었지만, 전날엔 남이 맡겨 놓고 간 곗돈까지 손을 대어 잃은 것을 알고서는 더 참을 수가 없어서 마작 패를 아궁이에 처넣고 말았다. 덕구 영감이 지금 없는 트집을 잡는 것은 그 일에 대한 앙갚음이었다. 선부는 어이가 없다기보다도 그런 사나이를 사나이라고 명분을 세워 사는 자신이 슬펐다.

선부가 울기 시작하자 씨걱씨걱 가쁜 숨만 내쉬고 있던 덕구 영감은 다시 담배를 찾아 물고서는 아무렇게나 또 누워서 천장을 멀거니 쳐다보고 있었다. 비누 거품처럼 지나가버린 자기의 지난 일을 생각이나 해 보고 있는지—덕구는 평양에서 아전을 살아 큰 지주가 된 사람의 외아들로 태어나 그 재산을 탕진하다 못해 괴뢰의 토지개혁으로 무일푼이 되다시피 한 신세가 되어 월남했던 것이다. 그러나 몸에 밴 방탕의 버릇은 어쩔 수 없는 듯이 여자의 살결이란 한갓 남자의 그거나 만족시키기 위해서 있는 것이라고 밖에는 더 생각할 줄을 몰랐다. 더욱이 선부는 기생이던 18살 때 그녀의 부모에게 10칸짜리 집을 한 채 사주고서 데려온 몸이다 보니 그로서는 그런 생각을 갖는 것이 당연하다고 생각하는 모양이었다. 그러니 남자의 살결 또한 여자의 청춘을 위해서 필요하다는 그런 생각은 한 번도 해 볼 수 없는 일이었다. 그러므로 덧없이 울고 있는 선부의 슬픔을 그로서는 이해될 리가 만무했다.

2

선부가 잠이 들었다가 깨자 덕구 영감은 보이지 않고 맞은 편 방에서 은주와 밤을 지낸 대머리 영감의 코고는 소리가 들렸다. 그 영감은 덕구 영감보다도 나이가 모름지기 대여섯 살은 위일 것이다. 그러나 선부에게 처음으로 이런 구석자리에 있는 여관은 영업방침을 달리해야 한다는 것을 알려준 것이 이 영감이었다.

선부가 남이 하던 이 여관을 맡은 것은 재작년이었다. 여관이 있는 곳이 남산 밑인데다 구석 자리여서 선부도 그 점이 꺼리지 않은 것은 아니지만 그래도 옛날 기생으로 손님을 대하던 자신을 갖고서 시작했던 것이다.

선부는 페인트칠도 새로 하고 화장실엔 '타일'도 깔고 뜰에는 나무도 심어 아담한 여관으로 꾸며 놓았다. 없던 전화도 끌어 놓고 침구엔 모두 '깔개'를 씌워 깨끗하게 했다. 그러나 구석진 장소는 어쩔 수 없다보니 같은 고향 사람들이나 일부러 찾아와서 묵고 갈뿐, 늘 비는 방이 많았다. 그러니 그것도 있는 돈으로 처음부터 시작한 것이 아니라, 집을 300만환의 전세로 얻으면서 반은 남의 돈을 돌려 한 일이므로 여관에서 들어오는 돈으로는 빌려 쓴 돈의 이자도 감당해 나갈 도리가 없었다. 선부는 상가에서 장사를 하는 옛 손님들을 찾아다니며 선전도 해 봤다.

"손님이 올라오면 정말 잊지 말구 보내줘요. 침구 깨끗하겠다. 반찬 잘해주겠다. 그리구두 호텔보다는 절반값두 못되니 누가 싫다구 할 테요."

때로서는 선부가 몸소 서울역까지 손님을 받으러 나가 보기도 했다.

"좋은 여관 있으니 같이 가요. 아주 조용하구 침구 깨끗하고 음식

좋고…….”

그러나 그런 방법으로서는 기울어가는 영업을 바로 잡을 수는 없었다. 선부는 환도 이래 빈대떡 장수로 간신이 번 밑천을 한꺼번에 하늘로 날리는 것만 같아 좀처럼 잠도 이룰 수가 없었다. 선부가 이런 곤궁에 빠져 있을 때 나타난 것이 그 대머리 영감이었다. 그날도 그는 젊은 여자를 데리고 와서 자고 나서 선부에게 말하였다.

"영업하는 여관이 이렇게두 절간 같아서야 되겠어요? 이런 구석이니 별 수가 없을 것입니다. 그런 방향으로 영업방침을 돌려야지."

선부는 그 말을 듣고 나서 여태까지 자기는 왜 그런 생각을 못했나 생각했다. 그런 길이라면 동무들이 경영하는 술집도 있으므로 쉽게 열어놓을 수도 있는 일이었다. 선부는 그런 말이 부끄러운 줄도 미처 생각지 못하고 젊은 애들을 붙잡고서 애원하다시피 했다.

"너희들이 언니 좀 살게 해다오. 너희들이 오는 데야 어련히 안와주겠니?"

이런 세계의 동정은 또한 헤프기도 한 것이므로 부탁받은 애들은 꺼리는 일도 없이 곧잘 손님들을 끌고 왔다. 그리하여 이제는 겨우 숨을 쉬게 되었지만 영감은 펴져가는 살림이 좋다고 옆에서 보고만 있으면서 마작에나 미쳐버리는 그 꼴이었다. 생각하면 생각할수록 기가 막히는 일이었지만 그것도 자기의 팔자라고 체념하는 선부였다. 그 대머리 영감도 그 뒤로는 한 달에 두서너 번씩은 으레 젊은 계집을 데리고 와서 자는 단골손님이 되었는데, 며칠 전에는 어쩐 일인지 혼자서 차를 타고 왔다.

선부는 마침 목욕을 하고 있었으므로 덕구 영감이 그 대머리를 맞이하게 되었다. 덕구 영감도 마작 밑천을 얻기 위해서는 그런 일도 해야 한다고 생각한 모양이었다.

"오늘은 어떻게 혼자요?"

"늙었다구 싫다는 걸 어떻게 하겠어…… 영감두 그 심정은 알아 주겠지요. 그러니 내 속을 풀 수 있는 근사한 걸루 하나 하하……."

그 호탕한 웃음에 덕구 영감은 그만 옛날의 자기 과거도 잊고

"어디 하나 데려와 보지요."

하고 비졸한 웃음을 헤쳐 놓았다.

방을 나오자 부엌으로 가서 그 방에 들어 보낼 술상을 차리게 하고서는 자기는 분주히 목욕탕으로 가서 쩌렁하고 밀장문을 열었다.

수증기가 자욱한 속에 문득 하얀 물고기가 펄떡 뛰는 것처럼 보인 선부가 쏘아붙였다.

"아이 깜짝이야, 여긴 왜 들어오는 거에요?"

"귀찮게두 대머리가 와서 하나 데려다 달라니 말이야. 어떤 애가 좋을까, 방앗간 뒷집에 있다는 애나 데려다 줘야겠다. 대머리가 오늘은 계집에게 차였다구 대단히 분하게 생각하는 모양이던데?"

덕구 영감은 처음으로 여자의 집으로 달려가게 되었다. 여자는 부르러 올만한 시간엔 벌써 준비하고 기다리고 있었고, 덕구 영감을 따라나섰다.

옛날에 힘껏 놀고 싶은 대로 놀았던 덕구 영감은 요즘의 오입질이란 참으로 너절하다고 혼자 생각해가며 호텔 앞을 지나다가 그곳에서 흩어지는 등불에 드러난, 뒤에서 따라오는 여자를 돌아다보기도 했다. 여자 나이는 이십칠팔세로 보였다. 예쁘다기 보다는 어딘지 쓸쓸해 보이는 얼굴이었다. 어딘지 모르게 풋내기 냄새가 나는 것이 딱한 신세타령 한마디쯤은 있음직한 여자였다.

이만하면 그 대머리가 늘 끌고오는 푸석푸석한 호박 갈보 같은 것들과는 비할 바가 아니라고 생각했다. 그러나 그 여자가 그 방으로 들어간지 얼마 되지 않아 대머리 영감은 수건을 어깨에 걸고 혼자 목욕을 하러 나왔다. 경대 앞에서, 목욕을 하고 난 얼굴에 크림을

바르고 있던 선부는 당황해서 목욕탕으로 들어가는 대머리 영감에게 달려갔다.

"왜 혼자서 목욕을 하려는 거예요?"

"같이 목욕하기가 싫다는 걸 어떻게 해? 제발 다음부터는 쓸만한 걸 골라서 들어 보내줘요. 그래두 난 이집의 단골손님 아니야."

대단한 불만이었다. 그리고서 또 일주일쯤 지나서 대머리가 또 혼자서 왔다. 이번두 또 잘못했다가는 손님 하나 잃는 판이라고 생각하며 선부는 이런 색시 저런 색시를 생각해보다 술집에 나가다가 며칠째 노는 애를 하나 데려다 줬다. 이 여자는 대머리와 함께 용감하게 목욕탕에도 들어갔다. 그만 했으면 만족한 모양이라고 선부는 안심하고 있었는데 다음날 아침 밥상을 들고 들어가자

"난 손톱에 물들인 애는 질색이야."

"그래두 그게 시대유행이에요. 영감두 시대유행을 따라야지."

"그런 걸 데려다 주고 기껏 그 소리야?"

그러면서도 그날따라 대머리는 가게에 나갈 생각도 없이 여관에서 여기 저기 전화를 몇통 걸고 나서는 술상을 차려오라고 해서 혼자 마셨다. 밤이 되자 선부는 그 대머리 영감을 위하여 또 다른 여자를 데리러 가지 않을 수가 없게 되었다.

그 여자가 바로 오늘 새벽녘에 돌아간 은주였다. 대머리 영감도 이번만은 아주 만족한 모양이었다. 그렁그렁 코를 골아대는 것을 보면 어젯밤은 있는 기운도 마음껏 써 본 모양이다.

선부는 그 코고는 소리를 들으며

"머리가 대머리 주제에 주책없게두……."

하고, 마치 징그러운 물건을 보는 듯하던 얼굴의 은주를 다시 혼자 생각하며 자기 주위는 텅 빈 것 같은 허전한 마음을 금할 수가 없었다.

3

오락이라고는 영화밖에 없는 선부는 그날도 은주가 준 극장표로 구경을 가기 위하여 한국은행 앞에서 전차를 탔다. 문득 보니 어디서 본듯한 키가 길쭉한 사나이가 운전석 옆에 서 있었다. 선부는 눈을 깜짝거렸다. 그것은 옛날의 단정한 모습이 아니고 철 지난 외투를 입은 후줄근한 차림이었지만 틀림없이 상훈이었기 때문이다.

"틀림없이 그 분이야."

선부는 가슴 속에서 뜨거운 무엇이 달떠오름을 느꼈다. 그러면서도 지금엔 그의 앞에 가서 아는 척을 할 수도 없는 것만 같은 서먹서먹한 기분이었다. 생각하면 이십 여 년이나 되는 옛날 일이지만 선부에게는 바로 어제 있었던 일처럼 분명히 기억되는 일이었다.

그것은 어느 여름이었다. 방학이 되어 고향으로 돌아온 대학생들이 노는 자리에 나갔던 선부는 돌아오는 길에 이상스럽게도 상훈이와 둘이서만이 동행이 되었다. 하기는 그때는 선부로서도 상훈이가 소설을 쓴다는데 어떤 호감을 느꼈는지도 모르는 일이었다.

그들은 말없이 어두운 강변길을 내려왔다. 이제는 밝은 거리로 나서야 할 때 문득 상훈이가 선부의 손을 잡아끌었다. 그 순간에 '이 사람두 결국 이런 남자였던가?'라고 생각을 하면서도 생각과는 달리 선부는 그의 가슴에 순순히 묻히고 말았다.

그 뒤로 그들은 몇 번인가 만났다. 그들이 만나는 장소는 대체로 중국요리 집이었다. 양장피 잡채를 하나 시켜 놓고 두근거리는 가슴으로 서로 얼굴만 쳐다보고 앉아 있는 날이 많았다. 그런 순정 속에서 선부는 상훈이의 손이 의외로 부드럽고 따뜻하다는 것도 알게 되었다.

'그 기억은 지금도 남아 있는데…….'

선부는 그의 뒷 모습을 한번 더 살피고서 종로 삼가에서 내렸다. 무엇을 잃은 것만 같은 그런 기분에 밀린 듯이 분주히 걸어서 D극장으로 들어갔다.

'황혼'이라는 영화는 이미 시작한 모양이었다. 선부는 영화의 줄거리를 알아보려고도 했으나 도무지 갈피를 잡을 수 없는대로 그저 사람들만이 눈앞에 어른거릴 뿐이었다. 그것은 마치도 자기가 살아온 무의미한 과거처럼 무의미하게 자꾸만 흘러가는 것 같기도 했다.

"그래두 그이와 만나던 그때만은 사는 보람이 있었던 것 같았는데, 무엇인지 모르면서두 그래두 그때만은……."

선부가 혼자서 이런 말을 중얼거리고 있을 때, 문득 누가 뒤에서 어깨를 툭 쳤다. 얼굴을 돌린 선부는 "어머나!"하고 소리를 치고 말았다. 코를 실룩거려 "어쩐 일인가?"하고 묻고 있는 상훈이의 웃는 얼굴이 눈에 들어왔기 때문이다. 선부는 뛰는 가슴을 진정시키며 겨우 입을 열었다.

"저를 어떻게 알아 봤어요?"

"아까부터 뒤에서 비슷한 사람두 있다 싶어 보구 있었는데 역시 선부 씨군요."

"선생님 용하세요. 이렇게도 늙은 나를 어두운데서두 알아보시니……."

"선부 씨는 통 늙지를 않았습니다. 늙은 건 내가 늙었지요. 머리카락이 이렇게 빠지구……."

"선생님은 머리를 많이 써서 머리카락이 빠지는 거예요. 전 선생님 소설 읽구 있답니다."

"그래요. 선부 씨가 내 이름을 아직도 잊지 않구 소설을 읽어준다니 고맙습니다. 그래 거기서는 어떻게나 지내시오?"

"천일여관이라구 남산 밑에서 조그마한 여관을 하고 있어요."

"그러면 아직도 그 영감하구?"

"그런 건 묻지 말구 전화를 한번 걸어줘요. '런치타임'으로 우리두 한번 놀아 봐요."

"뭐라구요?"

상훈이가 그 말을 묻는데 안내 담당이 그들을 안내하려고 손전등으로 발밑을 비추면서 왔다. 그 때문에 선부는 상훈이와 헤어지게 되었다.

선부는 의자에 앉으면서 상훈이가 '런치타임'이라는 말의 뜻을 아마도 모르는 모양이라고 생각하며 그가 앉은 쪽을 돌아다 보았다. 상훈이는 아무 생각도 없는 듯이 영화만 보고 있었다.

"역시 그는 전화도 걸어 줄 리가 없는 거야."

선부는 그런 소리를 또 한번 중얼거려보면서 뭔지 알 수 없는 뜨거운 것과 허전한 것이 한꺼번에 가슴 속에서 끌어 올라왔다.

금붕어

험상궂게 생긴 두꺼비나 거미, 송충이 같은 징그러운 벌레를 싫어하는 여자들은 많다. 남자들 중에도 뱀이나 고양이를 싫어하는 사람도 많다. 그러나 금붕어를 싫어하는 사람은 좀처럼 없다. 금붕어라면 철모르는 어린아이들까지 좋아하는 물고기가 아닌가.

그러나 한 사람, 은주에게는 금붕어를 싫어하는 이상스러운 성미가 있었다. 그것은 거의 병적이라고 할 수 있었다. 길을 걸으면서도 금붕어 파는 집 앞은 피해 다녔으며, 친구들과 만나기로 약속하는 다방도 금붕어가 있으면 피했다.

그러나 금붕어라는 것은 늘 일정한 장소에서만 보게 되는 것은 아니었다. 금붕어 장수란 노점이 많기 때문이다. 어제는 종로 네거리 종각 앞에서 보이는가 하면 오늘은 광화문 뒷길 어귀에서도 보였다. 더욱이 광주리에 어항을 담아 메고 다니며 파는 금붕어 행상은 언제 어디서 부딪칠지 모르는 일이다. 그러니만큼 길을 걸으면서 늘 마음을 놓고 다닐 수가 없었다. 생각해 보는 자기로서도 어처구니없는 일이었다.

'금붕어가 뭐가 그렇게도 무섭다고 벌벌 떨면서 야단이야…… 바보 같은 그런 생각 제발 그만 둬'

은주는 이런 생각으로 무슨 반발이나 하듯이 금붕어 행상을 만나면 일부러 따라가서 금붕어를 보는 일도 있었다. 그러나 이런 날일수록 반드시 어떤 불길한 일이 생겼다. 생각해보면 '버스'에서 손가

방이 찢긴 날도, 그녀의 다섯 살짜리 딸인 선희가 이층 구름다리에서 굴러 떨어져 다친 날도 모두 금붕어 행상을 만난 날이었다. 말하자면 은주가 금붕어를 싫어하는 것은 금붕어 행상을 만나는 날에는 꼭 그런 불길한 일이 생기다보니 자기도 모르는 사이에 공포증의 하나로 고질적인 것이 된 셈이다. 이런 그녀의 괴이한 버릇 때문에 나중에는 금붕어를 그린 그림까지 싫어하게 되었다.

언젠가는 남편과 일식 음식점에 들어갔다가 음식을 담은 접시에 금붕어가 그려진 것을 보고 젓가락도 대지 않고 그대로 두고 나온 일도 있었다. 백화점에서 아이의 옷을 고르다가도 금붕어를 수놓은 것이나 무늬를 보고서 질겁하고 돌아선 일도 한두 번이 아니었다. 아내가 이렇게도 금붕어를 싫어한다면 그녀의 남편된 사람도 무관심할 수는 없는 노릇이었다.

일요일 아침같은 날에 금붕어 사라는 소리에 질겁하는 아내를 보

며
"당신 머리가 아무래도 좀 어떻게 된 모양이오. 그렇지 않구서야 금붕어를 그렇게 싫어할 수 있어?"
라며 어이없는 얼굴을 하면
"정말 그런가 봐요. 금붕어라는 소리만 들어도 오싹해지는 걸요."
하고 눈쌀을 찌푸렸다.
"그렇다면 병을 고쳐야지."
"어떻게요?"
"오늘 저녁엔 금붕어를 사다 국을 끓여요. 그걸 먹으면 대번에 나을 테니."
농담만도 아닌 이런 말을 하면
"그만 둬요."
하고 새파랗게 질린 얼굴로 양손으로 귀를 막았다. 그것을 보면 공연한 수선만도 아니었다.
은주는 얼굴이 동그스럼한 것이 애티가 있는 귀여운 얼굴이었다. 그 얼굴이 징그럽다고 떨어대면 더욱 귀엽게 보였다.
그녀의 남편인 덕수는 평소엔 볼 수 없는 아내의 그런 얼굴을 보고나면 자기의 행복이 새삼스럽게도 느껴졌다.
하기는 은주가 금붕어를 싫어하는 것도 지금의 생활이 너무나 행복하기 때문에 생긴 괴이한 버릇인지도 모른다. 만족에 차 있으면 무엇인가 반드시 싫어지는 것이 생기는 것처럼…….
광산과를 나온 그의 남편은 어느 광업회사에 나가고 있었다. 그는 아직 평사원이었지만 목포에 있는 그의 부친은 어선을 대여섯 척이나 갖고 있었으므로 다달이 얼마씩 보조도 받을 수가 있었다. 그러나 그의 월급으로서도 어린 딸까지해서 세 식구가 살기엔 부자유를 느낄 정도는 아니었다. 그러므로 굳이 보조를 받을 필요도 없었다.

아이가 태어난 뒤로 그들은 좀 더 생활비를 줄여서 살 생각을 했다. 그 집의 가계부는 은주가 남편에게 배워가며 손수 썼다. 무엇이나 깨끗하게 하는 것이 그녀의 성격인만큼 글자도 단정히 썼다.

가계부 잔고는 다달이 늘어갔다. 그것은 그 집의 행복을 단적으로 증명하는 것이나 다름이 없었다. 저축을 시작한지 이년 동안에 근 이십 만원의 돈이 남게 되었다. 그 돈과 집의 도움을 받아 자하문 골짜기 넘어 세검정으로 가는 골짜기에 집을 한 채 마련했다. 현관 앞에는 감이 주렁주렁 달리는 감나무도 한 그루 서 있는 아담한 양옥이었다. 마루까지 합해서 방이 넷이었으므로 식구가 단출한 그들에게는 오히려 넓은 편이었다. 집 앞에는 개울이 흘러 밤이면 물소리가 그치지 않았다. 마루에 앉으면 눈 앞이 바로 산이라 계절이 바뀌는 것도 분명히 보였다.

말이 서울이지 실제론 깊은 산속에 있는 산장에서 사는 것만 같았다. 게다가 요즘은 버스 편까지 좋아져서 나무랄 데가 없었다. 지난 가을에 이곳으로 이사 온 뒤로도 그들은 계속 저축을 했다. 그것으로 그들은 이번 여름엔 대천 해수욕장으로 갈 계획을 세웠던 것인데, 막상 저금을 찾을 생각을 하니 아까웠다.

옆집에 텔레비전 안테나가 올라간 것을 보고 나서는 생각이 달라진 것이다. 그러나 여태까지도 그의 집에 텔레비전 안테나가 올라가지 않는 것을 보면 생각이 또 달라진 모양이다. 그렇다면 새나라 택시라도 한 대 사서 돈을 벌 생각이라도 한 모양인지.

남편은 회사일이 바빠 늦는 날이 많았지만 그녀는 별로 갑갑한 것을 느껴본 일이 없었다. 빨래도 즐거운 모양으로 노래를 불러가며 했고, 여름에 입는 원피스나 아이옷 같은 것도 여성잡지를 펼쳐 놓고 손수 자기가 떠서 만들곤 했다. 또한 신문이나 라디오 같은데서 배운 괜히 손이 많이 가는 이상야릇한 요리를 만들어 남편을 즐겁게 하려고도 했다.

그녀는 날마다 라디오 드라마를 듣고서 남편이 돌아오면 그 이야기를 해줬다. 그러나 그런데에 별로 흥미가 없는 남편은 듣던 도중에 코를 골기가 일쑤였다. 이런 땐 남편이 밉기도 했지만 피곤한 때문이라고 마음을 돌려가며 이불을 내려 덮어줬다.

이런 아내니 남편으로서도 불만이 있을 리가 없었다. 더욱이 남편으로서 마음 편한 것은 아내가 무엇을 하고 싶다고 조르는 일이 없다는 것이었다. 남처럼 패물을 탐내는 일도 없고 옷을 잘 입겠다고 하는 일도 없었다. 어쨌든 다른 여자들이 기를 쓰고 하고 싶어 하는 일을 은주는 하고 싶어 해본 적이 별로 없었다.

"당신을 보고 있으면 이상한 생각이 들어."

별로 말이 없는 남편이 이런 말을 했다.

"무슨 생각?"

"사는 것이 너무나 즐겁기만 한 것 같으니 깜짝 놀라게 해주고 싶은 생각."

"그럴라구…… 나에겐 불만이 없는 줄 아세요?"

"무슨 불만?"

"당신이 닭장을 지어준다고 한 게 언젠데 여태까지 안 지어주니, 그 때문에 난 선희에게 거짓말만 하게 돼요."

은주는 약간 화가 난 얼굴이 되었다. 은주는 얼마 전부터 닭을 칠 생각을 한 것이다. 그렇다고 욕심을 부려 몇십마리를 칠 생각을 한 것은 아니었다. 집에서 달걀이나 받아먹을 생각으로 대여섯마리 쳐볼 생각을 한 것이다.

그래서 맞은 편에 있는 양계장에서 닭도 가져오기로 약속해 놓고 남편에게 닭장을 지어달라고 말했던 것이다. 그러나 회사 일로 늘 바쁜 덕수는 틈이 없어 여태까지 미루어 왔고, 은주는 그것을 나무라는 것이었다. 덕수는 아내의 불만이 그런 일이라는데 그만 웃음이 터졌다.

"그것이 그렇게 한이라면 내일이라두 목수를 불러다 닭장을 짓구려."

"싫어요. 당신이 지어준다는 약속을 했으면 지어줘요."

은주는 목수에게 줘야 할 품삯이 아까운 모양이었다.

"그렇다면 오는 일요일에 짓기로 하지."

그러나 그 일요일도 닭장을 지을 수 없게 되었다. 일본으로 광석을 실어보낼 배편[船便] 관계로 그날도 회사에 나가지 않을 수 없었기 때문이다.

그날 덕수는 일이 끝나자 전무에게 알려야 했기 때문에 그의 집에 전화를 걸었다. 사무적인 통화가 끝나자 전무는 꽤나 갑갑했던지

"별 일 없으면 집에나 오게. 난 집을 지키구 있는 판인데 바둑이나 두게."

하고 끌었다.

덕수는 집에 가서 닭장을 지을 생각을 하지 않은 것도 아니었으나 전무의 말이니 거절할 수도 없었다.

박 전무의 바둑에 비하여 덕수는 약한 편이 아니었으나 그날은 어떻게 된 셈인지 세판을 두었는데 모두 졌다. 박 전무는 아주 기분이 좋아서

"집사람도 없으니 오늘은 저녁 대접도 못하겠구만. 거리에 나가서 맥주나 마실까?"

이렇게 말하면서 옷을 껴입었다.

덕수는 그런 말이 별로 반갑지는 않았다. 윗사람과 같이 술을 마시러 가는 일이니 영광이라고 할 수 있을는지 모르지만 그대신 그만큼 괴롭고 재미도 없는 일이었기 때문이다.

전무는 그를 어느 바로 데리고 갔다. 마담과 여급들을 잘 아는 것을 보니 단골집인 모양이었다.

"오늘은 이분이 손님이니 너희들, 술 공세를 좀 해봐."

전무가 이런 농담을 하게 된 바람에 덕수는 연거푸 술을 받아 마시게 되었다. 어지간히 취했을 때 옆에 앉았던 귀여운 여급이 귓속말처럼 가만히 물었다.

"선생님, 김덕수 씨지요?"

이런 곳을 별로 다니지 않는 덕수는 자기를 아는 것이 이상해서 되물었다.

"나를 어떻게 아시우?"

그러자 그 종업원은

"선생님이 저를 모르는 것이 이상하지요."

하고 미소를 지었다.

그 미소로써 문득 생각난 덕수는 더욱 놀란 얼굴이 되어 물었다.

"미란이 아냐?"

그러자 그 여급은 눈웃음을 띠며 말하였다.

"꽤나 달라졌지요?"

"정말 몰라 보겠는데."

덕수는 어지러운 얼굴이 되었다.

덕수가 대학을 다닐 때의 일이다.

그는 하숙에서 가까운 코스모스란 다방에 잘 나갔다. 그 다방에는 금붕어라는 별명을 가진, 차 심부름을 하는 아이가 있었다. 언제나 빨간 스웨터를 입고 있었기 때문에 그런 별명이 붙은 것이었다.

육이오 때 고아가 되어 먼 친척이 되는 이 다방에 와서 있게 되었다는 말을 듣고 덕수는 그녀를 동정하는 눈으로 보게 됐다.

공연히 웃기를 잘 하는 그녀는 그때 벌써 열아홉이었지만 스웨터를 입고 차를 나르는 걸 보면 아직은 어린아이라고 밖에 볼 수가 없었다. 그러므로 누구나가 어린아이를 대하듯이 조롱댔다. 덕수도 미란이를 붙잡고서 곧잘 조롱댔다. 언젠가는 동무들과 같이 앉은 자리에서 미란이에게 물었다.

"나중에 크면 어떤 사람과 결혼할래?"

이런 농담은 한두 번 들었던 게 아닌 모양으로 대뜸 이렇게 대답하였다.

"커봐야 알지요."

"그럴 것 없이 나와 결혼한다구 약속해."

"누가 김 선생 같은 분과 결혼해요. 다방에 와서도 어린아이처럼 우유만 먹는 사람과."

이 말에 둘러 앉았던 친구들의 웃음이 터졌다. 그러니 덕수도 얼굴만 붉히고 있을 수가 없었다.

"이제부턴 커피를 마실 테니 약속할래?"

"싫어요."

"왜?"

"좋은 데두 데리구 가줘야지요."

"좋은 데라니 창경원 연못 금붕어 보러?"

"누가 그런데 말인가?"

그런 일이 있은 뒤로 친구들은 미란이를 덕수의 아내라고 놀려 댔다. 그렇다고 덕수는 그것을 별로 싫어하지도 않았다. 덕수는 기회 있는 대로 미란이를 영화관에도 데리고 갔다. 언젠가 둘이서 '행복에의 초대'라는 프랑스 영화를 본 일이 있었다. 미란이는 아주 감격한 모양으로 운전사와 미용사가 춤을 추는 마지막 장면을 볼 때는 덕수의 손을 꼭 잡고 있었다.

"나두 연애하려면 그런 연애 하고 싶어요."

영화관을 나오면서도 미란이는 그 꿈속에 취해있는 듯한 얼굴이었다.

"그렇다면 우리 둘이서 해 보지."

덕수는 역시 농담처럼 말했다.

"그래두 김 선생은 날 어린아이로만 보는 걸."

미란이는 덕수의 하숙에도 놀러왔다.

언젠가는 덕수가 학년말 시험으로 이불을 둘러쓰고 공부를 하고 있는데 미란이가 찾아 왔다. 웃기 잘하는 그녀였지만 그날은 이상스럽게도 시무룩한 얼굴이었다.

"이런 곳에 와 있으면 다방 마담이 야단치지 않아?"

"야단치라지요."

미란이는 눈을 내려뜬 채 단추만 만지작거리고 있다가 뜻밖의 말을 꺼냈다.

"나 결혼하고 싶어졌어요."

덕수가 어이가 없다는 듯이 멍히 쳐다보자 미란이가 신세 한탄하듯이 말하였다.

"그런 다방에 아무리 있으면 뭣해요. 월급도 안주는 걸요. 그렇다구 어디 갈 곳도 없으니……."

"결혼을 하다니 누구와?"

"누구긴요? 내가 싫어졌어요? 언제는 좋다더니."

덕수는 그제야 옷같은 것을 싼 보자기를 들고 온 것을 보고 코스모스다방을 뛰쳐나온 것을 알았다.

"너 마담하구 싸운 모양이구나?"

미란이는 대답없이 고개만 끄덕였다.

"그렇다구 마담에게 이야기도 않고 나한테 오는 건 좋은 일이 아냐."

덕수는 그녀가 알 수 있게끔 차근차근히 이야기를 해 줬다. 그러나 그녀는 오히려 초조한 빛을 드러내고 있다가

"사람이 왜 그렇게도 비겁해요. 언제는 결혼하자더니, 그럼 그건 괜히 해본 소린가요?"

하고 대들 듯이 말했다. 덕수는 난처한 얼굴로

"나두 그건 거짓말로만 한건 아니지만, 결혼이라는 게 그렇게 간단히 되는 것도 아냐."

하고 어물쩍거리듯 대답을 하였다. 그러자 미란이는 빨개진 얼굴로 말하였다.

"내가 싫어졌으면 싫어졌다고 솔직히 말하세요."

"그런 건 아니야."

"그런데 왜 딴청을 부려요?"

"무슨 딴청?"

"결혼하는데 무슨 복잡한 수속이나 있는 것처럼……."

"그건 미란이가 몰라서 하는 소리야."

"뭐를 몰라요. 결혼이란 둘이서 자면 되잖아요."

덕수는 그만 말이 막혀버렸다. 그것이 사실이라고도 생각됐기 때문이었다. 그 대신에 뜨거운 숨결이 높아갔다. 미란이도 마찬가지였다.

"내가 좋다는 건 정말인가요?"

이윽고 미란이가 덕수를 말끔히 쳐다보던 눈 그대로 입을 열었다.

"응!"

"그렇다면 나를 안아줘도 되잖아요."

미란이는 불쑥 일어나 덕수가 쓰고 있던 이불 속으로 기어들어갔다. 그러나 다음날 덕수가 학교에 가서 시험을 치고 돌아와보니 미

란이는 보이지 않고 책상 위에 글발이 한 장 놓여 있었다. 펼쳐보니 서툰 글씨로 다음과 같은 사연이 씌어 있었다.

곰곰히 생각을 해 보니 역시 저는 선생님과 결혼을 못할 신세인가 봐요. 어디 가서 식모살이라도 하는 것이 마음 편할 것 같아요.

선생님을 잊지 못할 미란

그 미란이를 십년이나 지난 지금에 이런 바에서 다시 만나게 됐으니 덕수도 꽤나 놀라지 않을 수 없었다. 아니 감개무량하기도 했으니 미란이도 마찬가지인 모양이다.

"선생님은 그때 창경원 연못의 금붕어 구경을 시켜준다고 저를 놀려댄 일이 있지요?"

"그랬던가?"

"그래두 전 분명히 기억하고 있어요."

"……."

"그땐 창경원의 금붕어를 구경 시켜준다는 소리에 화를 냈지요. 그러나 지금은 다를 거에요. 나도 달라졌지요?"

"변한 건 나도 마찬가집니다."

"언제구 둘이서 창경원에 금붕어 보러 가요."

"그럽시다."

"정말 약속해 주겠어요?"

"그게 무슨 힘든 일이오."

"그러면 오는 일요일 열시에 창경원 연못가에서 만나기로 해요."

덕수는 돌아오던 길에 문득 아내가 금붕어를 싫어하는 것은 그때 일을 누구에게 들어서 알고 있는 때문이 아닌가, 하는 생각도 해 보았다. 동창들의 입에서 그런 말이 나올 수도 있다고 생각됐기 때문이다. 그러나 미란이와의 약속이 즐거운 건 사실이었다.

그날 덕수는 회사 핑계로 닭장 지어주는 일을 다 미루고 창경원으로 찾아갔다. 그곳에 이른 것은 약속시간보다도 십분 전이었다.

연못가에는 잎이 무성한 벚꽃나무 여남은 그루가 서 있었다. 벚꽃이 필 때면 앉을 자리가 없이 혼잡하던 곳이지만 지금은 아주 조용했다. 덕수는 그곳에 있는 벤치에 자리잡고 앉았다. 다시 시계를 보니 약속시간보다 십분이 지났다. 그러나 미란이는 나타나지 않았다.

덕수는 초조한 마음으로 연못을 바라보고 있었다. 그곳에는 팔뚝보다도 더 큰 금붕어들이 떼를 지어 밀려다니는 것이 보였다. 사람들이 과자를 던져주면 저마다 먹겠다고 뛰어 올랐다. 덕수는 아내처럼 금붕어를 싫어하는 편이 아니면서도 징그러웠다. '아내가 저걸 보면 기절할 거야. 아니, 저런 금붕어를 보면서 어떤 여자를 기다리고 있는 것을 안다면 어떤 얼굴을 할까?' 이런 생각도 해봤다. 그러면서 몇번인가 시계를 꺼내봤지만 여전히 미란이는 나타나지 않았다.

그의 주위에는 자기처럼 누구를 기다리는 사람이 대여섯 사람 되었다. 주의해 보니 여자가 셋 남자가 둘이었다. 얼마큼 시간이 지나자 그들은 모두 만날 사람을 만나 없어졌다. 덕수는 징그러운 금붕어만 보고 있었다. 그러는 동안에 그는 미란이가 와주지 않았으면 하는 생각이 들었다. 그곳으로 오는 여자가 있으면 혹시 미란이가 아닌가, 하는 생각과 함께 거기에서 달아나고만 싶었다. 자기로서도 알 수 없는 이상한 심리였다.

약속한 시간이 삼십분이나 지났다. 이제는 자기의 책임이 아니라며 그는 분주히 자리에서 일어섰다.

덕수는 그 뒤 며칠동안은 미란이가 편지나 전화 같은 것이 회사로 올지도 모른다고 생각했다. 그것이 불안하기도 했고 기대되기도 했다. 그러나 미란이에게서는 아무 소식도 없었다. 그녀는 덕수를 만나지 않는 것이 좋다고 생각한 모양이다.

무더운 여름 어느 날 저녁이었다.

저녁을 먹고 난 덕수는 오래간만에 선희를 데리고 집을 나섰다. 초등학교 마당에서 해병대 군악대의 연주가 있다는 말을 듣고 산책 삼아 나선 것이었다. 아내는 식모 아이가 집에 갔기 때문에 집이 비어 같이 갈 수가 없었다. 옆집에 부탁하면 갈 수도 있었지만 그렇게까지 해서 가고 싶은 연주회가 아니었다.

연주회가 있는 학교 입구에는 '칸델라'로 불을 밝힌 노점들과 구경꾼들로 혼잡을 이루고 있었다. 마치 옛날 밤시장 같은 기분이었다. 운동장에선 벌써 연주가 시작되어 군악소리가 들려왔다. 그러나 선희는 그런 군악소리보다도 노점에서 팔고 있는 물건들에 더 흥미가 있는 모양이었다. 그 앞에 서서 좀처럼 발을 떼려고 하지 않았다.

선희는 풍선장수를 보자 그것을 사달라고 떼를 썼다. 덕수는 긴 것과 둥근 것을 함께 엮은 풍선을 하나 사줬다. 선희는 아이스크림과 솜사탕에도 대단한 매력을 느꼈다. 그러나 풍선을 샀기 때문에 참는 모양이었다. 그렇지만 학교 문앞에서 파는 금붕어를 보고 나서는 움직이려고 하지 않았다.

어항 속에는 붉은 금붕어와 검은 금붕어가 해초가 깔려 있는 사이로 오락가락 헤엄을 치고 있었다. 그것을 열심히 보고 있던 선희가 고개를 들어 물었다.

"엄마는 금붕어를 왜 싫어해?"

"왜 싫어하는지 나두 모른다."

"엄마가 금붕어를 좋아하면 좋겠는데."

혼잣말처럼 말하면서 선희는 다시 금붕어에 눈을 뒀다. 꽤나 갖고 싶은 얼굴이다. 그때 선희만한 계집애가 어머니와 같이 와서 금붕어를 두 마리 샀다. 꽤나 기쁜 모양으로 비닐 주머니에 든 금붕어를 어머니에게 들어 보였다.

뒤이어 원피스를 입은 젊은 부인이 금붕어를 샀다. 얌전한 부인이라고 생각하던 순간 덕수는 깜짝 놀랐다. 미란이었기 때문이다. 금붕어를 사들고 돌아서던 미란이도 눈이 둥그래졌다.

"김 선생 웬일이세요?"

"미란 씨를 이런데서 만나는군요."

둘이는 선희를 가운데 두고 무슨 약속이나 한 것처럼 걷기 시작했다.

"그날은 미안해요."

그 말에 미란이는 사과하듯이 미소를 짓고 나서 말하였다.

"그때 제가 약속을 어겼다구 몹시 노하신 것 아니에요?"

"그야 누구나 노할 일이지."

"그렇지만 만나지 않은 것이 지금은 잘 했다고 생각해요."

"왜?"

"만나야 제 불행한 신세타령이나 들려드렸을 일이었으니."

"그건 내게두 책임이 있잖아요?"

"선생님께 책임이 있는 것 아니에요. 모두 내 잘못이지."

"그래서 지금은 어떻게 지내?"

"좋은 분이 생겼어요."

쓸쓸히 웃었다.

"어떤 분?"

"내 생활비 일체를 돌봐주는 분, 그렇다고 귀찮게 날마다 붙어 있는 것도 아니고 일주일에 한두 번 생각나면 찾아오는 분인 걸요."

그러고는 그런 이야기가 싫은 모양으로 선희에게 눈을 돌렸다.

"엄마가 예쁜 분이라니까 너두 참 예쁘게 생겼구나. 이름이 뭐야?"

선희는 몸을 비꼬다가 겨우 입을 열어 대답했다.
"선희에요."
"선희, 뭐 맛나는 것 사줄까?"
선희는 갑자기 눈을 반짝이고 있다가 고개를 흔들었다.
"그럼 이 금붕어를 줄까?"
미란이는 들었던 금붕어 봉지를 주었다. 선희는 갖고 싶었던 만큼 냉큼 받고나서 아버지를 쳐다봤다. 덕수는 받아서는 안 된다고 꾸짖을 수도 없었다. 미란이와 헤어져 돌아오면서도 선희는 비닐 봉지 속에 든 금붕어만 보고 있었다. 그럴수록 덕수는 선희를 달래어 금붕어를 버릴 일이 큰 걱정이었다.
그러나 선희는 집 앞 개울에 이르자 문득 걸음을 멈추더니 아쉬운 듯이 말하였다.
"아버지, 금붕어를 집에 들고 들어가면 어머니가 크게 야단치지?"
"그렇지, 야단치지."
"그럼 여기서 놔 줘야잖아."
꽤나 아까운 모양이면서도 쥐고 있던 비닐봉지를 개울에 던졌다. 어둠에 가려 보이지는 않았지만 그 속에 들었던 금붕어가 꼬리를 치고 달아나는 것만 같았다. 다음날 덕수가 회사에서 돌아오자 선희가 기다리고나 있었다는 듯이 달려나오며 기쁘게 말하였다.
"엄마가 오늘 굉장히 큰 어항에 금붕어를 10마리나 사왔어."
선희에게 끌려 들어가보니 은주가 쓰고 있는 경대 옆에 어항이 놓여 있었다.
"당신이 어떻게 이렇게도 갑자기 용기가 생겼어?"
덕수가 놀란 얼굴로 묻자 은주가 조용히 말하였다.
"어젯밤 선희가 당신과 산책 나갔던 이야기를 듣구 용기가 생긴 거에요."

덕수는 뚱해진 채 물었다.

"무슨 이야길?"

"금붕어 버린 이야기 말이죠."

"그래?"

덕수가 불안스러운 얼굴이 되자 그 얼굴이 우스운 듯 은주는 생글생글 웃고 나서 말하였다.

"사실 제가 금붕어를 싫어한 건 이유가 없지 않아 있었답니다. 저도 당신을 알기 전에 사랑 비슷한 것을 한 일이 있어요. 의대를 나온 오빠의 친구였어요. 그분이 군의관이 되어 일선에 가면서 제게 금붕어를 두마리 사주고 갔답니다. 저는 그걸 일년이나 열심히 길렀어요. 그 금붕어가 하루 아침 깨보니 죽었어요. 무슨 일인지 알 수 없게 말이에요. 그런데 더 이상한 일은 그날이 바로 그가 전사한 날이라는 것을 나중에 알게 됐답니다."

"그래서?"

"이쯤 말하면 내가 금붕어를 싫어한 이유는 충분히 알 수 있지 않아요. 그러니 이제는 당신이 이야기할 차례예요. 어젯밤에 만났던 여자는 누구에요?"

은주는 밝은 얼굴에 미소를 지으며 물었다.

《여상(女像)》(1964.8, 신태양사)

리리 양장점

명동에는 양장점이 셀 수 없이 많다. 그러나 그 중에서도 리리 양장점이라면 젊은 아가씨 치고서 모르는 사람이 없으리라.

그것은 날마다 아침 저녁으로 나오는 신문이나 방송의 선전 때문만도 아니다. 첫째로 맵시있고, 둘째로 값이 싸고 실속 있는 옷을 지어주기 때문이다.

그렇다면 이 양장점의 마담인 명애가 양재에 특출난 기술이라도 있는 모양이라고 생각할 사람이 많을 게다. 그러나 그녀의 양재기술이란 정말 자랑할 것이 못된다. 전쟁 미망인을 위한 양재강습회에 한달 쯤 다니는 동안에 배운 지식 밖에 없었고, 장사 경험이 많아서 손님을 잘 끄는 남다른 수완이 있었던 것도 아니었다.

하기는 그녀도 못해 본 장사가 없다. 유산이라곤 세 살난 딸 성희 하나를 남겨 놓고 남편이 죽은 후로 메리야스 행상, 달라 장사, 양키 장사, 하다못해 시장터에 앉아서 막고기를 팔아 끼니를 이어나간 때도 있었다. 그러나 그것은 어디까지나 하루살이 같은 쓴 경험이지 지금과 같은 성공에 별로 토대가 됐다고는 말할 수가 없는 일이다. 그렇다면 도대체 어떻게 이렇게도 성공할 수 있었던가.

명애가 이태원에서 처음으로 어느 조그마한 양장점에 몸을 담게 된 것도 지금 생각해보면 10년 전의 일이다. 그때 이태원은 지금처럼 조용하지가 않았다. 텍사스의 한 구석쯤 되는 것처럼 미군들이 길이 메어지게 다녔고 그 덕으로 사는 양공주와 장사치들로 부산스러

웠다.

명애는 이것 저것 장사라고 해보던 동안에 이렇다할 실패도 없이 밑천을 까먹고 다시 단칸방 전셋집을 줄여 양키장사를 하고 있었다. 그 때문에 하루에도 몇 번씩 이곳에 있는 양장점과 미장원에 드나들게 되었다. 양공주들이 들고나온 물건은 대체로 이런 곳에서 흥정이 되었기 때문이다.

간판에 백합을 그린 리리양장점도 명애가 다니던 그런 집의 하나였다. 명애는 그 집에 한두 달 드나드는 사이에 이 점포의 내막도 알게 되었다. 이 점포의 마담인 젊은 재단사가 주인이 아니고 어쩌다가 보이는 쉰살쯤 먹은, 배가 조롱박처럼 나온 사나이가 진짜 주인이라는 것도 알게 된 것이다. 그러면서 명애는 그 사나이와 이야기도 하게 되었다. 물론 이야기라야 고작 아는 척 하는 인사 정도였지만…….

최성구라는 그 사나이가 명애에게 양장점을 맡아서 관리해 볼 뜻이 없냐고 물었다. 비용은 빼고 이익은 3 · 7제라는 아주 좋은 조건이었다. 이 뜻하지 않은 말에 명애는 놀라면서도 한편으로는 의아스러운 생각도 들었다.

'무슨 생각으로 나같은 사람에게 그렇게도 좋은 조건으로 점포를 맡기려고 할까?'

명애는 분에 넘치는 일에는 반드시 경계해야 할 그 무엇이 있다는 것을 경험을 통해 알고 있었다. 남편을 여윈 뒤로 줄곧 고생으로 살아온 그녀는 자기가 젊고 예쁘기 때문에 그것을 더욱 절실히 알게 된 것이다. 그렇다고 해도 이런 기회를 놓치기엔 너무나도 아까웠다. 헌병(MP)의 눈을 피해가며 깡통을 싸갖고 다니는 지금의 처지에 비하면 양장점 마담이라면 꿈같은 이야기였기 때문이다.

그래도 명애는 선뜻 대답을 못하고 이삼일만 기다려 달라고 했다. 나이 쉰 줄에 들어선 최성구는 배 나온 것을 자랑이나 하듯이 툭 내밀면서

"맡을 사람이 없어 맡기겠다는 것이 아니오. 그야 많지요. 그러나 아주머니에게 이런 말을 꺼낸 건 어쩐지 우리 둘이서 손을 잡으면 사업이 잘 될 것 같은 생각이 들기 때문인데, 잘 생각해 보우."

유들스러운 웃음을 헤쳐 놓았다. 그 웃음이 뜻하는 바도 명애는 짐작이 갔다. 그러나 명애는 결국 성희를 데리고 다음 날 양장점으로 이사를 왔다. 가게 뒤에는 살림방도 하나 달려 있었던 것이다.

명애는 이사 온 첫날 자기 손으로 솥을 걸고 밥을 지었다. 그러나 잘 넘어가지를 않았다. 어두운 구름 같은 것이 가슴 속에 깔려 있었기 때문이었다. 그런 마음을 자기의 지나친 생각이라고 스스로 달래본 적도 있었고, '살기 위해선 용기가 있어야 한다'고 혼자서 속으로 소리쳐 본 적도 있었다.

명애는 다음 날부터 모든 것을 잊기로 했다. 그러고는 가게에만 열

중했다. 처음에는 잘 해나갈 수 있을까 하는 불안한 생각도 없잖아 있었지만 막상 맡아서 하고 보니 못할 노릇도 아니었다. 자신이 붙으면서 장사 속도 알게 되고 손님을 다루는 솜씨도 익혔다.

첫달 수입을 계산할 때 성구는 결산을 보고 난 뒤에 명애를 근처에 있는 중국요리집으로 데리고 갔다. 남이 맡아 하던 전달보다도 이(利)가 더 낫다며 열심히 해준 그 사례로 한턱 낸다는 것이었다. 그러니 모질게 거절할 수도 없는 노릇이었다. 그녀에게는 특별히 맥주를 청해 부어주면서

"마담이 아주 예뻐졌어. 하긴 본디가 예쁜 사람이니 당연한 일이지."

하고 흐뭇하니 웃으며 명애의 손을 만졌다. 그전의 명애라면 눈쌀을 찌푸리며 매섭게 손을 뿌리쳤을 일이었다. 그러나 명애는 자기로서도 놀랍게

"사람 잘 놀리시네요. 저 같은 거야 이제 할머니가 다 된 걸요."

하고 상대편의 비위를 별로 거슬리는 일 없이 손을 빼냈다.

그것은 이태원이라는 이 특수지대에 와서 명애가 첫번으로 배운 처세술이라고도 할 수 있었다.

리리 양장점의 손님은 대부분이 양공주들이었다. 명애는 처음 와서 놀란 것은 무엇보다도 그들의 노골적인 말투였다. 그것은 낯을 붉혀야 하는 그런 정도가 아니었다.

"어젯밤엔 별 녀석 다 봤다. 자기 생일이라며 러키 세븐을 꼭 채워야 한다잖아."

"복두 많지 뭐야."

자기끼리만도 아닌 남 앞에서도 이런 말을 예사로이 했다. 뿐만 아니라 다른 세상에서는 통할 수 없는 상식 밖의 말도 아무 꺼리낌

없이 툭툭 잘 했다.

명애가 새로 왔을 때 처음 보는 아가씨가 문을 쑥 열고 들어와서

"마담 갈렸슈?"

하고 쳐다보며

"마담이 시골뜨기 같군요. 이런 곳에 있자면 옷을 좀 잘 입어야 해요."

수수한 차림을 나무라며 친절히 가르쳐주는 아가씨도 있었다. 그리고 처음 보는 아가씨인데도

"선금 없이 옷을 지어줄 수 있어요?"

라고 묻는 경우도 있었다.

명애는 몇 푼 되지 않는 돈으로 일수놀이를 한 경험이 있었다. 산비탈에 다닥다닥 붙은 가난한 사람들에게 돈을 주었을 땐 여간 불안한 것이 아니었다. 그것은 도박과 다를 바가 없는 것이었으나 명애는 별로 손해를 본 일이 없었다. 살림이 궁할수록 돈을 취해주는 고마움을 아는 모양이었다. 명애는 이런 경험이 있기에 이 아가씨도 틀림 없으리라고 생각하고 선뜻 대답하였다.

"해 드리지요, 돈은 찾아가실 때 받지요."

이런 도박은 손님을 끄는데 대단한 효과가 있는 모양이었다. 그때 그 아가씨 줄리—물론 그녀의 부모가 지어준 금녀라는 이름이 있었지만 이곳에서는 누구 하나 그렇게 불러주는 사람은 없었다, 아니 그런 이름을 아는 사람이 없었다—는 다음에 옷을 찾아갈 때 동무들을 한 소대나 끌고 왔다. 물론 그녀들도 미군 병사를 상대하는 아가씨들이었다.

그녀들은 대개가 농촌에서 집을 뛰쳐나온 아가씨들이었다. 그래서 옷값도 제대로 모르는 일이 많았다. 대단치 않은 물건을 좋다고 속여도 그만이요, 바느질을 실속 없이 해도 겉으로 보기에 그럴듯하

면 좋아라고 입고 나섰다. 그럴수록 명애는 그들에게 옷값도 속이지 않고 바느질도 허술하게 하지 않았다. 그러면 그들도 입어보면 아는 모양으로 마담은 믿을 수 있다면서 리리양장점을 다시 찾는 것이었다.

그들은 몸판 값으로 받은 화장품이니 술 같은 군부대 내 매점의 물건을 들고 와서 팔아달라고 맡겼다. 이것은 명애가 이곳으로 오기 전까지 해온 장사라 남보다는 한닢이라도 더 붙여 신용 있게—어느 정도 이익은 보는 수준에서—해 줬다.

명애는 이런데서 얻은 이익은 양장점 종업원끼리 나누기로 했다.

양장점에는 명애 외에 재단담당 미스 신과 수습 일꾼인 미스 리가 있었다. 명애는 양장점 경영을 잘하려면 종업원들 간의 협동이 잘 이루어져야 한다고 생각했다. 금전출납은 명애가 맡아서 했지만 미스 신이나 미스 리가 속이려고 마음만 먹으면 얼마든지 속일 수도 있었기에 그런 불신을 없애려면 자기가 먼저 그들에게 비밀을 없애야 한다고 생각했다.

이런 배려가 효과가 있었던지, 그렇지 않으면 어린애가 달린, 전쟁으로 남편을 먼저 떠나보낸 부인들이라는데 동정이 간 탓인지 그들도 명애를 마담으로 잘 내세워 줬다. 시장으로 옷감을 사러 갈 때도 그렇거니와 때론 유행을 살필 목적으로 명동같은 거리를 한 바퀴 돌아오는 일도 있어 가게를 비울 때가 많았다. 그런 때도 미스 신이나 미스 리는 믿을 수 있게끔 일을 보아주었고 이제는 부업같이 된 양키 물건의 처분도 명애에게 하나하나 보고했다. 그러므로 명애도 그들을 동생 같이 생각하여 최성구를 따라 중국집에 갔던 일도 숨기는 일없이 이야기했다.

그러자 미스 신은 의미있는 웃음을 짓더니 경고하듯이

"마담 조심하세요. 그 아저씨 품행이 그렇게 좋은 편이 아니랍니다."

라고 말하고는 미스 리와 둘이서 어깨를 흔들어가며 호호 웃어댔다.

명애는 이야기가 난 김에 최성구에 대한 일을 알 수 있는 껏 알아두는 것이 좋으리라고 생각하고서 말머리를 꺼내 물었다.

"그렇지 않아도 한번 묻고 싶던 말인데 예전 마담은 왜 그만뒀어?"

"그것이 말이지요."

그들은 다시 키들키들 웃어댔다.

"뭐 재미있는 이야기가 있는 모양이구나. 웃지만 말구 어서 이야기 좀 해."

"아저씨가 그런 사람이라고 했잖아요. 자기 머리 까진 것도 모르고 그 마담에게 뭐라고 했다던가?"

영리한 미스 신은 그런 말을 옮기기가 싫은 듯이 미스 리에게 물었다.

"누군 알아, 남이 이야기한 것!"

그리고는 명애에게

"하여튼 이상한 이야기를 한 모양이에요. 그 때문에 화를 내고 그만뒀답니다. 정말 우스워요."

둘이서는 통하는 모양으로 또 한바탕 웃었다. 그녀들은 자는 아이 이마에 파리가 붙어도 웃는 나이므로 웃기도 잘했지만 그 웃음만으로도 충분히 알 수 있었다. 명애는 더 캐어물으려고 하지 않았다. 마름질한 옷감을 갖고 그녀가 재봉틀 앞으로 갔을 때 미스 신이 물었다.

"마담두 달라 장사를 해 봤다지요."

"그래 좀 해 봤지, 그건 왜?"

"재미 좀 보셨나요?"

"재미봤으면 무엇 하자구 여기 와서 이 고생하겠니?"
"그래두 남들은 다 재비를 보던가 보던데요."
"그것두 밑천이 있어야지, 밑천 없이는 괜히 남의 심부름으로 뛰어다니는 것 밖에 없어요."
"그래요? 그렇지만 여기 아저씬 맨손으로 이곳에 와서 달라 장사로 이 집도 산 걸요."
"달라 장사로?"
그것은 명애도 처음 듣는 이야기였다.
"전 이 가게가 생기기 전부터 이곳에 와 있어서 잘 알아요. 아저씨는 양키 장사들에게 물건을 사준다고 돈을 받아 갖고서는 양공주집을 찾아다니며 달라를 사서 팔았어요. 그러면서 밑천이 좀 생기자 이번엔 양공주를 상대로 변놀이(돈놀이)를 했지요. 양공주들이야 돈이 떨어졌을 땐 변(이자) 같은 걸 무서운 줄이나 알고 써요! 그러다가 벌이가 있으면 달라로 갚는 것이지요. 그러니 이자로 벌고 달라를 팔아 벌고 하니 돈을 모으지 않겠어요."
그 말을 받아 미스 리도 한마디 거들었다.
"아저씬 이 밑의 세탁소니 사진관이니 가게만도 세 개를 가지고 있지만 그게 다 그렇게 생긴 거라지 뭐에요. 이제 명동에 극장도 하나 지을지 몰라요. 어쨌든 무서운 사람인 걸요."
최성구는 세탁소, 양장점, 사진관 등으로 세 개나 있는 점포에 저마다 명애 같은 관리인을 하나씩 두어서 경영을 하게 했다. 그러나 그 감독만은 철저히 했다. 리리에도 사흘에 한번씩 오기로 되어 있었지만 때를 정하지 않고 불쑥 나타날 때도 많았다. 재고를 조사하고 전표와 수입을 맞추다 보면 밤이 늦기 마련이었다. 미스 신과 미스 리가 돌아가 버리고 명애와 최성구 둘이 마주 앉아서 이런 사무적인 일은 자연 하게 되었다.

이런 때면 그는 수입이 조금씩 늘어가는 것을 명애의 수완으로 돌렸다. 명애는 그런 말올 들으면서도 꺼림칙했다. 그의 버릇이 좋지 못하다는 것을 들은 때문만도 아니었다. 언젠가 중국집에서 명애의 손을 잡은 그 버릇을 잊지 않고 경계해 왔기 때문이다.

혹시 그로서는 나이의 차이가 스무 살도 더 되는 명애를 딸처럼 귀여워해서 그런지도 알 수 없다. 그러나 명애는 그 이야기는 미스 신이나 미스 리에게도 털어놓고 할 수도 없었다. 그것은 명애 자신이 이성에 대한 반응이 누구보다도 더 예민했던 탓인지도 몰랐다.

그녀는 남편을 잃고 오년이 되었지만 이성이라는 것을 모르고 살아왔고, 알려고도 하지 않았다. 아니 알 짬도 없었다. 그러나 그녀 자신은 모르고 있었다고 해도 스물 아홉이라는 나이는 역시 이성의 자극을 그리워하고 있은 것만은 사실이었다. 그것은 무엇보다도 생활의 안정을 얻게 된 요즘 그녀 얼굴에 피어오른 정감으로써 충분히 알 수 있는 일이었다.

최성구가 명애에게 점포를 맡긴 것은 소털을 뽑아 제 구멍에 꽂을 것만 같은 명애의 고지식한 성미와 성실성을 본 데도 있었지만 그뿐만은 아니었다. 역시 그녀의 미모에 마음이 끌렸던 것이다. 명애는 남편을 여읜 뒤로는 분을 바르기도 귀찮아 거멓게 탄 얼굴로 다녔지만 천성으로 타고난 미모는 숨길 수 없었다. 그 아름다움이 요즘엔 화사한 얼굴로 드러나자 최성구의 태도는 더욱 노골스러워졌다.

"얌전한 줄만 알았더니 그렇지도 않은가 본데."

이런 말로 최성구는 명애의 엉덩이를 예사로이 치게 된 것이다. 명애는 아무리 친한 미스 신이라고 해도 이런 말까지 알려 줄 수는 없었다. 무엇보다도 낯이 확 달아오르기 때문이었다.

"벌써 일곱 시가 넘었네."

벽시계를 쳐다보며 중얼거리던 명애는 문득 오늘쯤 최성구가 올지도 모른다고 생각했다. 명애는 낯이 뜨거워지던 지금까지의 생각과는 달리 야릇한 기분으로 가슴이 두근거림을 느꼈다.

그때에 드르륵 하고 유리문이 열렸다. 명애는 무슨 비밀이라도 드러난 듯이 놀라며 그쪽을 보니 쥬리가 뛰어들었다.

"마담, 나 이 옷 좀 빌려요."

하고는 다짜고짜로 마네킹에 입혀놓은 빨간 원피스를 벗겼다. 아무 저항이 없는 마네킹은 눈 깜짝하는 동안에 훌락 전신을 드러내놓았다.

"어마, 망칙해라!"

미스 리가 수선을 떨며 마네킹에 옷감을 둘렀다. 문소리에 뒤이어 이번에는 애나가 들어섰다. 그녀도 리리양장점 단골손님이었다. 그녀는 쥬리와 시선이 마주치자 홍, 하니 턱을 쳐들고서 거울 앞으로 갔다.

쥬리도 금새 험악한 얼굴이 되었다. 그들은 며칠 전에 길위에서 난투극을 크게 벌린 일이 있었다. 손님을 빼앗았다느니 빼앗겼다느니 하며 서로 머리채를 쥐어뜯고 옷을 찢는 등 요란한 싸움 끝에 지서에까지 끌려갔던 것이다. 그러나 왜 싸웠냐는 순경의 질문에는 둘이 다 끝까지 묵비권을 썼다. 그들의 직업의식도 그만큼 철저한 것이 있었다.

명애는 그들의 싸움을 알고 있는 만큼 또 한바탕 붙을 것 같은 겁이 앞서며 며칠 전에 맡겼던 애나의 잠옷을 분주히 찾아 내놓았다. 애나는 거울 앞에서 푸른 빛깔의 잠옷을 몸에 갖다 대어보며 어깨까지 내려온 긴 머리를 부러 흔들어 보았다. 아닌 게 아니라 갈색이 도는 그녀의 긴 머리는 아름다웠다. 공처럼 불룩한 앞가슴도 탄력이 있었고 살결도 백인 못지않게 희다.

"머리 웨이브가 참 훌륭해요."

명애가 칭찬을 해주자, 애나는 껌을 씹는 채 웃고 옷값을 치렀다.
애나를 보내고 난 명애는 다시 쥬리에게 달려 왔다.
"이 옷이 필요하다지?"
쥬리는 애나의 뒷모습을 지켜보던 험악한 눈을 그대로 들어
"톰이 막 온다고 했어요. 그 애는 빨간 옷이라야 기분이 난대요."
그녀다운 사정을 털어 놓았다. 그 옷은 딴 손님이 맞춘 옷이었지만 명애는 그녀에게 빌려주기로 했다. 아니 아주 주어도 좋다고 생각했다. 찾아갈 날짜가 아직도 며칠 남아 있으므로 새로 지어 놓을 수가 있었기 때문이다.
"그렇다면 여기서 아주 입구 가요. 몸에두 잘 맞나 보구."
"그럴까?"
쥬리는 대번에 기분이 좋아지며 재빨리 옷을 바꿔 입었다. 남의 옷 같지 않게 잘 맞았다. 쥬리는 아주 마음에 든 모양이었다.
거울 앞에서 뒷 스타일을 보고 있다가 말하였다.
"마담 그럴 것 없이 이 옷 내게 팔아요. 언제구 돈 생기는대로 옷값은 달라는 대로 드릴께."
"그러세요."
명애는 화사한 웃음으로 대답했다. 쥬리는 자기가 벗어놓은 옷 같은 것은 생각지도 않고 그대로 뛰어나갔다. 명애는 그 옷을 개키려다 문득 생각나는대로 뒤쫓아 나가 물어보았다.
"쥬리, 혜란이 만날 수 있지?"
"그럼요."
"그럼 편지 좀 전해줘요."
"무슨 편진데?"
"리처드라는 사람이 보낸 편지야."
"어마, 리처드가 편지를?"

쥬리는 껑충 뛰어 되돌아와서 물어보았다.

"뭐라고 했어요?"

"내가 알리 있어, 남의 편지인데."

"뭐라고 했을까, 리처드가……."

"혜란이가 기다리던 사람인가?"

"그럼요. 마담은 아직 그 이야기 몰라요?"

"몰라."

마담이 모른다는 듯이 고개를 흔들자 쥬리가 말하였다.

"리처드라는 그 새끼는 파일로튼데 굉장한 녀석이에요. 하여튼 애들을 너무나 시달리게 해서 누구 하나 상대하려고 하지 않았으니까요. 그걸 혜란이가 용케두 구슬려 놓았지 뭐에요. 그 새낀 혜란이에게 아주 녹아 떨어져 오키나와로 떠나면서 돌아오면 천불을 줄테니 온리로 기다려 달라구 했대요."

"천불?"

명애는 마치 '그 많은 돈을?'이라는 듯한 표정이 되더니 눈이 커졌다. 그러자 쥬리는 머리를 크게 끄덕이고 나서

"그 새끼가 정말 오기는 오는 모양이야. 하여튼 편지는 마담이 그냥 맡아둬요. 갖다줘야 자기가 읽지두 못할 걸, 만나는대루 혜란이를 곧 보낼게요."

하고 다시 껑충 껑충 뛰어갔다. 그들은 대개가 '헬로' 한 마디는 멋지게 하면서도 정작 글은 읽지 못했다. 혜란이 이외에도 양장점 주소로 편지를 주고받는 아가씨들은 많았지만 모두가 명애에게 읽어 달라고 했다. 명애도 여학교를 나온 실력밖에 없는 영어였으니 그것도 뻔한 영어였지만, 그래도 이곳에 와서 사전을 찾아가며 읽는 동안에 편지 사연만은 어렴풋이 짐작할 수가 있었다. 그 편지는 대개가 본국으로 돌아간 G·I한테서 오는 것으로 사연도 거의 비슷비슷

했다. '너를 잊을 수 없어 잠을 자지 못했다'느니, '나를 영원히 잊지 말아달라'느니, '네가 웃는 사진을 오늘도 하루 종일 들여다보고 있었다'는 등으로 웃음부터 나오는 사연들이었다. 그러나 이런 편지를 받고선 몹시 흥분되어 눈이 퉁퉁 부을 정도로 우는 아가씨, 며칠씩 잠도 자지 못하는 아가씨도 있었다. 명애는 그런 아가씨들을 볼 때마다 순정은 그들의 가슴 속에만 있는 것 같은 생각이 들었다. 편지 속에 10달러, 5달러, 때로는 1달러짜리 한 장을 넣어 보내는 G·I들도 있었다. 물론 물건을 사서 부쳐 보내는 G·I들도 많았다. 그러나 천불은 처음 듣는 금액이며, 큰 집도 살 수 있는 한 밑천이 아닌가.

쥬리의 연락을 받은 모양으로 얼마 뒤에 혜란이가 뛰어왔다. 흥분으로 충혈된 얼굴이었다. 명애는 손님이 있었지만 미스 신에게 맡기고 혜란이를 자기 방으로 데리고 가서 편지를 읽어 줬다.

〈너와 헤어진지도 벌써 두 달이나 되었다. 그동안 네가 온리로 있다는 말을 이곳을 오고가는 친구들을 통해서 듣고 과연 너는 믿을 만한 여성이라고 생각했다. 나는 이곳의 직무를 끝냈으므로 너와의 약속대로 어느 날 다시 서울로 돌아가게 되었다. 너와 다시 만날 그 날을 위해서 호텔 방을 예약해 놓겠으니 그날 몇시에 만나기로 하자. 그날 밤엔 너와 약속한 것도 주고 또한 좋은 선물도 준비해 갖고 가겠으니 그 선물이 무엇인가를 생각하며 기다려주기 바란다.〉

대체로 이런 뜻의 편지였다. 명애가 편지를 다 읽어 줬어도 혜란이는 뛰는 가슴을 달래듯이 얼마동안 멍청하니 앉아 있다가 정신이 번쩍 든 듯 일어나며 말하였다.

"옷을 맞춰야겠어요."

"그래요, 빛깔도 찬란한 것으로 호화스럽게, 그 군인이 아찔하게 말이에요."

명애도 곁따라 흥분해서 소리쳤다.

"그럼 마담에게 모든 걸 맡길 테니 정말 멋지게 해 줘요."

"그럽시다. 우리 리리양장점의 기술을 모두 동원해서 만들어 드릴게요."

그것은 장사꾼으로서의 말이 아닌 명애의 진심에서 나온 말이었다. 그들에게는 옷이 절대적인 무기이다. 쥬리가 아니라도 하루에 서너 번씩 옷을 갈아입고 그들의 생활전선으로 나서는 아가씨들을 명애는 알고 있었다. 존을 대할 때는 하늘색 옷을, 후랑크와 춤을 추러 갈 때는 분홍색 이브닝드레스를 입어야 그들이 신이 났다. 바이올렛만 보면 '오, 원더풀!'이라고 소리를 치는 카롤의 주머니를 긁어내자면 바이올렛으로 단장하는 것이 가장 빠른 방법이었다. 그들은 본국을 떠날 때 자기를 배웅한 여자가 바이올렛 드레스라도 입고 있었으면 그 빛깔은 절대적인 인상으로 그 머릿속에 굳어지는 모양이었다.

아가씨들이 손꼽아 기다리는 G·I들의 월급날이 되면 그들은 명애네 가게에 옷을 맡겨두고, 걸리는 상대자를 따라 옷을 바꿔 입고 줄달음쳤다. 그것은 매춘(賣春)이란 타성적인 어휘와는 너무나도 거리가 있는 치열한 생존전선이었다.

빨간 원피스를 입은 값으로 쥬리는 그런 옷을 두 벌이나 지어 입을 수 있는 오천환을 내 놓았다. 그들은 문자 그대로 몸을 팔아 얻는 돈이면서도 쓰는 걸 보면 딱하리만큼 헤펐다.

"이건 너무 많아요. 이천 환이면 충분해요."

명애는 나머지 돈을 내 주었다.

"그렇지만 저 옷은 나 때문에 또 지은 것 아니에요."

쥬리는 벽에 걸려 있는 옷을 가리키며 말했다. 그 옷은 처음 맞추었던 손님이 아직도 찾아가지 않았기 때문에 남아있었던 것이다.

"그 옷은 이제 찾아갈 옷인데 쥬리가 상관할 게 뭐예요."

"나 때문에 묵히게 된 것 아니에요. 날짜를 어겼다구."

"아니야, 페이데이에 찾는다구 옷 맞춘 사람이 아까두 들렀다 갔어요."

"그건 괜한 거짓말이야, 마담이 손해 볼 것 없이 다 받아요."

천환 하나를 더 꺼내서 삼천환을 놓고 가겠다고 우겼다. 명애가 진짜 주인이 아니라는 걸 알기 때문에 더 마음이 걸리는 모양이었다.

"내가 아무리 고용살이를 한다고 해도 그만한 자유는 있어요. 아무 걱정 말구 어서 돈을 집어 넣구 돌아가시우."

명애는 싫다는 걸 억지로 손가방 안에 넣어 주었다.

그러나 다음날 쥬리는 사탕이니 초콜릿이니 파인애플 같은 것을 한 보자기 싸 갖고 왔다. 돈으로 치자면 삼 천환 어치가 더 되었다.

쥬리 같은 아가씨들이 자기의 처지를 동정해 주는 것을 생각해서도 명애는 이런 양장점이나마 자기 것으로 갖고 싶은 생각이 간절했다. 가게가 한가할 땐 양지바른 진열장 옆에 멍청하니 앉아서 얼마나 있으면 이만큼 꾸밀 수 있을지를 생각하는 것이 버릇처럼 되었다. 집세를 오십 만환 잡는다고 해도, 아니 이곳은 위치가 좋아 백 만환은 내야 할지 몰라, 옷감 같은 건 이제는 낯도 있으니 어느 정도 외상으로 가져올 수도 있지만 그래도 재봉침이니 뭐니 눈에 보이지 않는 비용이 적잖게 들 거야. 그러니 오십 만환은 또 있어야 할 것이 아냐, 아니 큰 거 한 장이 있어야 할지도 모르지…… 그런데 지금 묶어 둔 건 겨우 십만 환이 되나마나 하니, 어느 세월이나 가면 양장점 주인이 되어보는가. 그땐 성희도 초등학교 6학년쯤 될지도 모르지, 아니 중학교에 다닐지도…….

그날도 명애가 이런 공상으로 정신없이 앉아 있는데 그 공상을 깨어주 듯 유리문이 드르륵 열리며 혜란이가 들어섰다. 그 순간 미스 신과 미스 리가 약속이나 한 것처럼 동시에 외쳤다.

"어마, 예뻐라!"

그녀의 오드리 헵번 스타일의 머리를 칭찬해 주고 나서

"벌써부터 기다리고 있었어요."

라고 말하고 나서 리리양장점의 명예와 기술을 걸고 옷감과 스타일을 골라서 특별 솜씨로 지어놓은 서머드레스를 내 놓았다. 하늘색에 둥근 흰 무늬가 비눗방울처럼 떠도는 것이 호화스럽기가 이를 데 없었다.

가슴 앞을 반달 모양으로 파내는 대신 거즈를 충분히 넣어서 부채가 펼쳐진 듯한 모양이었다.

"어마 어쩌면!"

"정말 근사해요."

혜란이에게 옷을 입혀주고 나서 세 사람은 모두 입을 모아 칭찬했다. 그건 결코 지나친 찬사만이 아니었다. 천불이 아니라 천만불 신부로서도 손색이 없는 화려한 차림이었다.

"이만하면 S호텔이 아니라 뉴욕엘 가두 일류예요."

미스 리가 또 수선을 떨어댔다. 그러나 혜란이는 별로 달뜬 얼굴도 아닌 얼빠진 사람처럼 멍멍하니 거울 앞에 서 있었다. 그녀는 흥분과 긴장이 지나칠대로 지나친 나머지 무감각해진 상태로 돌아온 것이었다. 그녀는 옷값을 치르고 나서 백환짜리 뭉치 하나를 따로 꺼내 명애 주머니에 넣어 주었다.

"이건 뭐야?"

무슨 돈인지 모를 리 없으면서도 명애가 깜짝 놀라자

"그동안 신세진 값이에요. 저녁두 한번 같이 못하구 떠나게 된 걸요."

혜란이는 눈물이 그렁해서 말했다. 평소엔 볼 수 없던 얼굴이었다.
"그렇지만 이럴 수 있어, 우리가 되려 축하를 해줘야 할 판인데."
"그런 말 말구요. 난 오늘로서 이 짓을 그만 두기로 했어요. 천불을 받으면 집이나 마련하구 시골서 어머니 데려다 구멍가게나 벌리겠어요."

늑대 같은 계집이라고만 보아오던 혜란이도 이렇게 보니 양보다 더 온순한 처녀였다. 명애는 목이 잠겨 대답을 못하고 눈만 섬벅거리고 있었다. 그녀는 플레어 스커트를 공작새 모양 펼쳐들고서 차에 올라 손을 흔들어 이별을 고했다. 차는 1930년형 낡은 포드였지만 그것은 그녀의 일생을 통해서 최고로 행복한 순간이었으리라.

혜란이가 이태원을 떠난 다음 날 해지는 무렵에 최성구가 왔다. 페이 데이 바로 뒤였으므로 수입은 여느 때 보다도 더 많았다. 혜란이가 주고 간 만환은 미스 신과 미스 리와 셋이서 나눠 가졌지만 그런 것까지 최성구에게 하나하나 보고할 필요는 없었다.

"여긴 역시 장소가 좋아."

셈을 마친 최성구는 흐뭇한 듯이 일어섰다. 그는 돈을 가방에 넣고 나서

"어디 가서 저녁이나 먹어요. 이렇게 잘 벌어 주는데 맛있는 것두 사줘야지."

하고 말했다. 그의 어투가 반은 명령조였다.

명애는 입은 옷 채로 최성구를 따라 나섰다.

"이 집 음식이 좀 낫다는군."

하며 앞장서서 들어선 곳은 지금까지 다니던 중국요리집보다 한 층 위인 주로 양키들만 상대로 하는 역시 중국집이었다.

그들은 이층방으로 안내되었다. 요리를 시키고 나서 최성구는

"마담이 온 후로 양장점이 참 명랑해졌어. 전의 사람은 마담보다도 나이가 다섯 살이나 더 많으면서 철없게도 있는 아이들과 날마다 싸웠어. 내가 미스 신이나 미스 리하구 이야길해두 야단이란 말이야, 그걸 보면 그거이 나한테 다른 생각을 갖고 있었던 모양이지."

유들스러운 웃음을 웃어댔다. 명애도 그의 웃음을 따라 웃었지만 속으로는 미스 신과 하던 말을 생각하고 정말 웃음이 나온다고 생각했다.

"전번에도 말했지만 내가 사람만은 잘 봤지. 마담이라면 틀림없이 잘 해 나가리라는 걸 알았으니 말이야. 마담은 양색시들한테 인기가 대단한 모양이던데."

"미스 신이나 미스 리가 잘해준 덕택이지요. 저야 심부름 아니에요."

명애는 농담같이 받았다.

"그 애들이 잘해 주게끔 만든 게 누구야, 나두 장사를 많이 했으니 알지만 장사엔 첫째로 자본이구 다음엔 결국 사람이야."

최성구는 상업철학을 털어 놓으며 혼자 자신의 잔에도 술을 부어서 마시다가

"술은 혼자 마시는 것이 아니니 마담도 한 잔 들어요."

하고 명애 앞에 놓인 잔을 채워 줬다.

명애는 무슨 말을 들어도 별로 놀라지 않을 자신을 가지고 있었다. 쥬리, 혜란이 같은 아가씨들을 보아온 때문도 있었지만 성희를 혼자 손으로 키우면서 남자들이 어떤 것인지를 알대로 알고 있었다. 명애는 독한 배갈을 약 먹듯이 단숨에 죽 들이켰다. 생각보다도 더 썼다. 목구멍이 따끔한 것이 불이 일어나는 것 같기도 했다.

뒤이어 밸까지 타는 것 같았으나 참았다. 이를 악물고 참아야 한다고 생각했기 때문에 참았다.

"자 드세요, 제가 부어드릴 테니."
"이거 마담이…… 이건 영광인데."
최성구는 익살을 부려가며 자세를 바로 하고 양손으로 받았다. 그리고는 술을 받아 반쯤 마시고 나서 갑자기 심각한 얼굴이 되어 말을 꺼냈다.
"혹시 마담이 이런 말을 들으면 어떻게 생각할지 모르지만 그러나 난 전부터 생각해온 일이야, 마담의 뒤를 봐 줄 생각을. 그렇게 되면 마담에게 그 가겐 맡겨버리구 난 한시름 놀 수 있게 되는 것이구, 또 마담두 그만큼 상종해 왔으니 나라는 놈이 그리 나쁜 놈이 아니라는 것도 알았겠다. 언제까지 혼자 외롭게 살 필요는 없잖아, 그래 마담의 의사는 어때?"
최성구의 말에 명애는 웃고만 있었다. 그녀는 최성구를 남들이 말하는 것처럼 특별히 나쁜 남자라고 생각하고 있지는 않았다. 가게에 물건을 대주는 어떤 브로커는 양갈보들은 짐승이나 다를 게 없다고 했지만 사나이들도 별반 다를 게 없는 것이 아닌가. 명애의 웃음을 마음이 있는 것으로 본 모양이었다. 최성구는 긴장했던 얼굴에서 안도의 웃음을 헤쳐 놓으며 말하였다.
"마담같이 예쁜 사람이 이제 더 고생할 필요가 없지. 나도 전쟁통에 집까지 날리고 무척 고생이었지만 그걸 생각하면 진저리가 나요. 이제는 우리도 즐기고 살아야 할 것 아냐."
명애는 머릿속에서 아물거리던 남편의 추억도 희미해졌다. 그 대신에 천불이라는 행운을 안고 이곳을 떠난 혜란이의 모습이 떠올랐다. 명애는 그날, 차에 오르는 혜란이의 뒷모습을 보면서 생각했던 것이다.
'이곳으로 들어온 아가씨들은 모두가 몸을 망치기 마련이지만 저렇게도 행운을 잡고 나가는 아가씨도 있지 않은가……. 최성구는 나의 행운의 열쇠인지도 모른다. 그에게 늘어붙어 울거 낼대로 울거 내는 것이 행운을 찾는 가장 빠른 길이야…….'

명애는 그때의 생각을 지금에 다시 되풀이하고 있었지만 최성구는 명애가 그런 생각을 하고 있는 줄은 꿈에도 모르고 노는 날 타령을 하면서 한 달에 두 번 있는 공휴일 계산에 빠져 있었다.

"그믐날이니 이번 금요일이군. 그 날은 온양이나 가지. 성희도 데리고 셋이서 말야."

"그러면 아직도 닷새나 있지 않아요."

생각지 못했던 달뜬 음성이 튀어나왔다. 그 음성은 다시금 메아리처럼 더욱 크게 가슴 속에 들려왔다. 좋은 아내와 좋은 어머니가 되는 꿈은 성희가 이룰 수 있도록 해주자, 성희는 이 어미를 잡년이라고 멸시할는지도 모르지만, 그래두 언제구 뉘우칠 때가 있겠지'

취기가 돌기 시작한 명애는 달뜬 웃음을 지어

"한 잔만 더 먹을래요."

그의 앞으로 술잔을 내밀었다.

《여상(女像)》 (1964.8)

꽃은 말이 없어도

분명한 남편의 사연(邪戀)! 자기 아닌 딴 여성과 나란히 찍은……

부부의 애정이 성숙하려면

딸에게 오래간만에 저녁을 사 준 성수는 '레스토랑'을 나오면서

"어디 좋은 영화하는데 있으면 그거나 보러갈까?"

하고 뒤에서 따라나오는 숙희에게 얼굴을 돌렸다.

별로 영화를 좋아하지도 않는 아버지의 입에서 그런 말이 나오는 것이 대견스러워서

"글쎄요."

하고 숙희는 굳어졌던 얼굴에 미소를 띄웠다.

"오래간만에 아버지 구실을 하겠으니 앞서 봐."

"그래두 가볼 데 있는 것 아니에요?"

"가볼 데라야 술이나 먹자는 곳인 걸, 그건 가도 좋고 안가도 좋아."

성수는 인도에 나서서 차를 잡으려고 했다. 그러나 저녁의 한참 바쁜 때이라 차는 좀처럼 잡아지지가 않았다. 숙희는 시계를 보았다. 이제부터 영화를 본다면 아홉시는 돼야 나올 것이고 그러면 집에 돌아갈 것이 걱정이었다. 교외의 영단주택에서 살고 있는 숙희는 '버스'에서 내려 십분이나 걸어들어 가야 하는 어두운 길이 떠오른 것이었다.

"영화는 훗날 보지요. 전 그만 들어가겠어요."
"그래 그것이 좋겠다. 어서 들어가 봐."
성수는 불시에 안심하는 빛을 들어내면서 안주머니에 손을 넣어 천환짜리 몇 장을 꺼냈다.
"저 쓰라구 주는 거예요?"
"영화값 대신이야. 그걸루 차 타구가."
"고맙습니다."
이제부터 술친구들을 찾아가는 아버지와 조선호텔 앞에서 헤어진 숙희는 차를 탈 생각도 없이 광화문 쪽을 향해 걸었다. 어두운 거리를 혼자 걷는 때문인지 숙희의 마음은 어쩐지 허전한 것만 같았다.
실상 숙희는 오늘 집에서 나올 때 다시는 집에 들어가지 않겠다는 그런 결심을 하고 나온 것은 아니었다. 아니 그보다도 아버지에게 들릴 생각도 없었던 것이다. 그저 마음이 울적한대로 불쑥 집을 뛰쳐나왔던 것이다.
그러나 막상 혼자서 거리를 나와 보니 어디라고 찾아갈 곳도 없었다. 찾고 싶은 친구의 얼굴도 한 둘 떠오르지 않는 것은 아니었으나 이런 울적한 마음으로서는 찾고 싶지가 않았고, 그렇다고 찻집 같은 곳에 혼자 들어가서 멍하니 앉아 있을 수도 없는 노릇이었다.
영화관도 역시 여자 혼자서 들어갈 곳이 못 되는 것만 같았다. 숙희는 하잘것없이 남대문 시장으로 가서 한 바퀴 돌았다. 길바닥에 놓고 파는 구호물자 누더기에도 기웃거려 보았고, 김과 멸치 값도 알아봤다.
사지 않아도 좋을 화장품도 두어 개 샀다. 그러고 나니 다리의 맥도 풀릴 대로 풀렸다. 이제는 아버지의 회사 밖에 들릴 곳이 없는 것만 같이 생각되었다.
그러나 그때까지도 숙희는 아버지에게 그 이야기를 꺼내놓을 생각은 없었던 것이다. 숙희가 회사 문을 열고 들어서자 근 이십명이나 되는 사원들이 일제히 엉덩이를 들며 인사를 했다. 전에도 으레 이런 일은 있은 일이었지만, 숙희는 오늘따라 자기가 사장의 딸이라는 것을 처음 느끼는 것만 같은 기분이었다.

바로 문 옆의 책상에서 '타이프'를 치던 미스 서가 다정한 동무처럼 생긋이 웃고 나서

"손님이 계신가 봐요."

하고 아버지 방에 누가 와 있다는 것을 알려 줬다.

숙희는 소파에 앉아서 기다리며, 아버지라는 사람을 생각해 보았다.

일사 후퇴 때, 이북에서 나오다가 가족들을 잃고 자기 혼자만을 데리고 나온 아버지. 그리고도 여태까지 울적한 기색이란 한 번도 보인 일 없이 자기 사업에만 열중해온 아버지. 자기 언니뻘이 되는 기생을 어머니로 맞아들이면서도 주저하는 일이 없는 아버지.

그리고 보면 자기 일엔 무엇이나 자신을 가지면서도 남의 일엔 전혀 무관심한 아버지라는 것이 느껴졌다. 사실 숙희의 결혼에 대해서도 그랬다.

'난 네 상대자를 찾을 자신이 없으니 그건 네가 어떻게 하도록 해라'

하고 조롱도 아닌 정색한 얼굴로 말하곤 했다.

사촌 오빠인 진화가 나서주지 않았다면 일생 혼자서 살게 되었을는지도 모를 일이었다. 그러한 아버지를 자기는 좋아하는지 싫어하는지 그것도 분명히 알 수가 없는 일이었다. 좋아한다면 남의 일엔 무관심하려는 점이랄까.

성수는 손님을 바래다주러 나오다가 숙희를 보자 반갑다기보다는 놀랍다는 듯이 약간 눈을 치떴을 뿐이었다. 자기 방으로 들어가서

둘이 마주앉고 나서야 한 마디 물었다.

"별일 없지?"

그러고는 어디가 저녁이나 먹자면서 '스프링'을 껴입으려고 했다. 숙희는 아버지와 둘이서 살던 때처럼 분주히 그것을 도와주었다. 그러면서 숙희는 그만 아버지에게 눈물을 보이고 말았다.

'싫어진 걸 억지로 참고서 살 필요는 없어. 그런 때는 언제구 돌아와'

하고 말하던 아버지의 말이 무심결에 생각났기 때문이었다. 그러자 성수도 눈물 방울을 흘린 딸을 모른 척 만도 할 수 없는 모양으로

"무슨 일이 생겼니?"

하고 숙희의 얼굴을 들여다봤다. 그 바람에 숙희는 그 이야기를 해야 될 것 같은 생각이 들었다. 아니, 아버지에게 이야기하면 무슨 도움이 있을 것만 같은 생각이 들었기 때문이었다. 그러나 아버지는 그 이야기를 듣고 나자, 별로 대단스럽게 생각하지도 않는 얼굴이었다.

"그런 일이란……?"

하고 아버지는 입을 열고 나서는

"부부의 애정이 성숙하자면 몇번이구 그런 고비가 있어야 하는데, 뭘 그렇게 걱정하냐. 내버려 두면 자연스레 해결될 일을 가지고."

의심(疑心)의 꽃무늬

숙희도 처음엔 그렇게 생각하지 않은 것은 아니었지만, 그러나 지금에는 그렇게만 생각하고 있기엔 너무나도 시간이 경과된 것만 같은 마음이었다.

숙희가 남편인 하영이를 의심하기 시작한 것은 지난 여름부터

였다.

어느 날, 하영이는 대학에서 강의를 끝내고 돌아와 책상 위에 놓여 있는 편지를 보고서 몹시도 당황한 얼굴이 되었다.

"이 편지 어디서 나왔어?"

"누런 나일론 양복을 빨려고 주머니에서 꺼내 놓았어요."

하고 숙희가 대답하자 그는 분주히 변명하듯이

"친구 부인에게서 온 편지야."

하고 묻지도 않는 말을 어색하게 말하였다.

실상 숙희는 그 편지가 여자에게서 온 편지인지도 모르고 주머니에 들었던 다른 물건들과 함께 책상 위에 내 놓았던 것이다. 그 편지를 감추기나 하듯이 분주히 주머니에 집어넣는 남편의 태도가 이상해서

"친구 부인이라니?"

하고 물었다.

"지난 겨울에 부산 친구가 죽었다지 않아? 바로 그 친구의 부인이야."

하고 역시 어색한 얼굴빛을 감추지 못한 채

"그 부인이 서울에 올라오겠다구 취직자리를 부탁하는데 어디 요즘에 그런 자리가 쉬워?"

하고 말했다.

"그런 분이라면 제가 한번 아버지에게 이야기 해볼까요?"

그러자 그는 갑자기 밝은 얼굴이 되며

"그것 참 좋은 이야기요. 당신 아버지 덕분에 나도 한번 생색을 내봅시다."

하고 조롱 섞인 말로 좋아했다. 그 얼굴엔 아내인 숙희가 그 편지를 읽지 않았다는 것을 알고 나서 안심하는 빛이 역연히 나타나 있

었다.

그리고 십여 일이 지나 숙희가 아버지 회사에 들렀다가 그 이야기가 생각나는대로 물었더니 '타이프' 친다면 쓸 수도 있다는 대답이었다. 숙희는 그날 밤 늦게 들어온 남편에게 그 이야기부터 꺼냈다. 그러나 하영이는 별로 반갑지도 않다는 듯이,

"선영인 벌써 취직이 되었어. S신문사에서 마침 여기자를 구한다기에 소개했더니 그 다음날부터 나가기로 되었다더구만."

"그러면 벌써 서울에 와 있었나요?"

"그렇지, 편지를 보내고 곧바로 올라 온 모양이지."

"그렇다면 잘 되었군요."

숙희는 어쩐지 남편의 이야기가 좀 이상하다고는 생각했지만, 그 이상 더 캐서 알려고는 하지 않았다. 무엇보다도 남편을 의심하는 것이 자기로서 잘못하는 것만 같았기 때문이었다.

"선영이란 사람 몇살이나 된 사람이에요?"

"우리가 대학 졸업반 때에 들어 온 학생이니까."

"그러면 아직도 삼십 전이겠구만요?"

"그렇지 그녀가 학교를 나온 것도 사오년밖에 되지않으니까."

"예뻐요?"

"글쎄, 예쁘다면 예쁘다고도 할 수 있는 얼굴이라고나 할까?"

"한번 만나게 해줘요."

"그래 언제구 기회 있으면."

자기로서는 별로 흥미가 없는 대상이란 듯이 말했다. 그러고 나서는 선영이에 대한 이야기는 둘이서 모두 잊어버리기나 한 듯이 아무도 꺼내지 않았다.

하영이는 여름방학이 끝나고, 학기말 시험이 시작되면서부터 그때문에 바쁘다면서 매일 밤 늦게 들어왔다. 그것이 끝나자 연구 보고

서를 쓴다면서 역시 매일 밤 늦게 들어왔다. 그럴수록 남편이 매일 밤늦게 들어오는 것이 다만 일 때문만이 아니라는 것을 숙희도 짐작하지 못할 리가 없었다. 그러면서도 숙희는 남편에게 대들어 이야기할 수가 없었다. 이야기한다면 둘이서는 헤어질 수밖에 없다는 두려움이 앞섰기 때문이었다. 숙희는 그 심란한 자기의 감정을 남편 앞에 감추기 위해서 무척 애썼다. 저녁도 먹지 않고 남편의 구두 소리를 기다리면서 혼자 운 적도 몇번인지 모르는 일이었다.

그러면서 겨울방학이 되었다. 남편은 학회(學會)에 낼 논문을 정리해야 한다면서 동래 온천에 갔을 때였다. 숙희는 그가 없는 틈을 타 책장의 먼지를 털어낸다고 청소를 하다가 그 뒤에서 선영이에게서 온 편지를 대여섯통 발견하게 되었다.

'이것 봐라!'

하고 처음엔 혀를 내밀어 웃고 싶은 심정이었지만, 그러나 점점 마음이 굳어지는 것은 어쩔 수가 없었다. 그럴수록 숙희는 그 속에 든 편지를 보고 싶다는 유혹이 강렬했다.

그러나 그것도 보지 않기로 하고 있던대로 두어 뒀다. 읽었댔자 질투심만이 불타오를 것이 뻔하기 때문이었다.

숙희는 그 편지를 발견한 덕분에 지금까지 불안스럽고 심란스러운 마음이 이상스럽게도 잔잔해지는 것도 사실이었다. 지금까지 자기가 남편에 대하여 너무나도 무관심했다는 것을 비로소 느낀 때문인지도 몰랐다.

그 후부터 숙희는 지금보다도 몇 곱절이나 남편에 대한 정성을 보이려고 애썼다. 남편이 아무리 늦어도 먼저 자는 일이 없었고, 저녁도 기다렸다가 같이 먹곤 했다. '와이셔츠'도 하루 건너 갈아 주었고, 머리도 자주 깎으라고 재촉했다. 그럴수록 하영이는 물론 미안해 하는 기색이었으나, 그렇다고 늦게 들어오는 버릇을 고치려고 하지 않았다. 그래도 숙희는 언제든지 남편이 마음을 돌릴 때가 있으리라고 생각하며 남편에 대한 정성을 게을리하지 않았다.

그러던 차에 오늘 이런 일이 생긴 것이다. 숙희가 방을 치우고 나서 신문소설을 읽고 있는데 우편배달부가 부산 어느 친구가 보낸 소포를 갖고 와서 도장을 달라고 했다. 소포 용지로 네모나게 싼 것을 보니 책이었다. 숙희는 무슨 책이 왔나하고 별다른 생각없이 그것을 풀어 보았다. 남편이 다달이 받는 영문잡지가 한권 나오며 그 책갈피 속에는 원고지에 쓴 편지와 함께 남편이 어떤 여자와 찍은 사진이 끼워 있었다. 숙희는 무엇이 예감되는대로 그 편지를 읽었다.

편지 첫머리에는 전번 부산에 내려왔을 때는 아무런 대접도 못해서 미안하다는 인사가 있고, 학회잡지에서 형의 주소를 알았기에 전번 빌렸던 잡지와 그때 부인과 같이 찍은 기념사진을 같이 보낸다는 사연이 간단히 씌어 있었다.

이 편지로서 숙희는 전번에 남편이 동래 온천을 간 것은 논문을 쓰기 때문이 아니었고, 그것이 또한 혼자만이 아니고 선영이와 같이 갔다는 것도 분명히 알 수가 있게 되었다. 숙희는 소포로 받은 잡지와 사진, 편지를 남편 책상 위에 가지런히 놓았다. 그것을 보면 하영이도 마음의 가책을 느끼리라고 생각하고 숙희는 집을 나와버렸던 것이다.

조용한 복수(復讐)

광화문에서 탄 합승이 점점 집에 가까워지면서 숙희는 불안했다. 그의 책상 위에 그 사진과 편지를 놓고 나온 것이 너무나도 지나친 자기의 경솔한 짓이었다고 생각되었기 때문이었다. 오늘따라 하영이가 먼저 들어와서 그 사진과 편지를 보게 된다면, 그렇게 된다면 서로 헤어진다는 무서운 길밖에 없는 노릇이었다.

숙희는 지난 날에 남편이 격정적으로 자기를 애무해주던 갖가지 기억이 머리에 떠올랐다. 그럴수록 아버지의 말대로 남편과 선영이의 관계가 대단한 것이 아닌 것같이도 생각되었다. 그것은 누구나가 있을 수 있는 단순한 우정 관계에 지나지 않는 것을 헛되이 오해하고만 있는 것 같았다. 그 사진도 별달리 생각하지 않으려면 조금도 이상하지 않다고 생각할 수도 있는 것이었다. 선영이의 고향이 부산이므로 이번 여행에 동행할 수도 있는 일이었고, 사진을 찍어 준 친구가 부인으로 오해할 수 있는 노릇이었다. 그것을 가지고서 혼자의 쓸데없는 상상으로…….

그렇게 생각될수록 숙희는 아버지와 저녁을 먹은 것이 후회됐다. 저녁을 먹었기 때문에 이렇게도 늦게 된 것이, 아니 그보다도 오지도 않는 합승을 이십 분 동안이나 기다리고 서 있었던 자신이 미워 견딜 수가 없었다. 아버지가 차를 타고 가라는 돈까지 받아 가지고서 그것을 아끼려다가 결국 자기 일생을 망치는 것과 같았다. 아버지와 헤어져 곧 택시를 잡아탔다면 집에는 벌써 들어갔을 게 아닌가. 숙희는 자기가 무슨 죄를 지은 것만 같이 가슴을 설레며 제발 오늘만은 하영이가 늦게 들어오기를 바랐다.

합승에서 내려 십분이나 걸어야 하는 어두운 길을 뛰다시피 와보니 집에는 불이 켜져 있지 않았다. 숙희는 살았다는 기분으로 겨우 한숨을 내쉴 수가 있었다. 그러나 하영이는 오늘 밤도 자정이 거의 되어서야 뚜벅뚜벅 구두소리를 내며 들어왔다.

그 후로 숙희는 그 사진 때문에 매일처럼 번민을 하다못해 선영이를 만나기로 결심했다. 선영이를 만나 남편의 애정이 그녀에게 온전히 옮겨간 것을 알게 되면 빈 껍데기만 남은 것 같은 이 집을 굳이 자기가 지키고 있을 필요도 없다는 데까지 생각이 미쳤기 때문이었다. 숙희는 남편에게 들어 두었던 기억대로 S신문사 편집실로 찾아

갔다. 편집실에는 편집 마감시간인 모양으로 꽤나 바빴다. 그러나 여기자는 한명도 보이지가 않았다. 숙희는 바로 문옆에 있는 안내 접수실에 앉아 있는 소녀에게

"박 선영씨 안 나오셨니?"

하고 물었다.

"방금 계셨는데……, 가만 계세요."

하고 소녀는 분주히 문선실에 가보고 와서는

"지금까지 계셨는데 어디 잠깐 나가신 모양이에요. 앉아서 기다려 보세요."

하고 의자를 내 주었다. 숙희는 그녀가 없는 것이 오히려 다행이라

고 생각하며 돌아서 나오려고 하자 밖에서 문이 열리며 진한 잿빛 플란넬로 만든 투피스를 입은 여자가 들어왔다.

"어머나 박선생 들어오시네."

소녀가 말해주는 그 소리와 함께 숙희는 당황했다. 사진에서 기억해 두었던 그 맑은 얼굴이 자기에게 달려드는 것 같았기 때문이었다.

"박선생 찾아오신 분이에요."

다시금 소녀가 고맙게도 말해 주었다.

"누구신데요?"

선영이는 이상스럽다는 듯이 그 맑은 얼굴이 약간 흐려지면서 물

었다.

"저 김숙희랍니다."

얼굴을 붉히면서 되도록이면 다정스럽게 말하였다. 그러나 그 순간 선영이는 눈을 크게 떠 두려움과 같은 놀라운 빛을 드러내었다.

"마침 이 앞을 지나다가 한번 뵙고 싶은 생각이 나서 약속도 없이 찾아왔습니다. 제 남편은 늘 선영 씨의 이야기인걸요."

처음 만나는 여자 사이에 흔히 있을 수 있는 인사였지만 여기서는 이 말이 그녀의 가슴을 찌르는 말인 모양이었다.

"선생에겐 제가 공연히 괴로움을 끼치지요."

선영이는 고개를 들지 못한 채 이런 말을 겨우 했을 뿐이었다.

"한번 만나게 해달라고 벌써 전부터 이야기 했는데두 바쁘다면서 어디 그런 기회를 만들어 줘야 말이지요."

숙희는 찾아 온 까닭을 이야기하기 위해서 한 말이었지만 그것도 그녀는 그렇게 들을 수가 없는 모양이었다. 그녀는 이 자리를 무사히 피할 방법만을 생각하는 모양이었다. 그런 선영이를 미소를 흘릴 수 있는 여유를 갖고서 보고 있는 동안에 숙희는 지금까지 생각하지 못했던 무서운 생각이 문득 머리에 떠올랐다. 남편과 같이 찍은 사진을 그녀에게 내밀 기회는 지금이라고.

숙희는 한 손에 들었던 '핸드백'에 다른 한 손을 갖다 대었다. 그 사진은 '핸드백'속에 있기 때문이었다. 그러나 숙희는 그 '핸드백'을 열 힘이 없는 듯이 그만 웃는 얼굴을 선영이에게 돌렸다.

"바쁘신데 제가 공연히 들려서. 언제구 짬나는대로 집에 하번 놀러 와요."

"이렇게 찾아왔는데 차두 한잔……."

선영이는 그제야 숨을 모아 쉬듯이 웃으며 말끝을 흐리었다. 그러나 그녀가 웃는다는 얼굴은 오히려 우는 얼굴만 같았다.

한밤의 시정(詩情)

그리고 삼사일이 지나서였다. 그날은 뜻밖에도 하영이가 일찍 들어오면서 숙희가 좋아하는 '케이크'를 사갖고 들어왔다.

"오늘은 웬일이에요? 케이크를 다 사갖고 들어오다니."

숙희가 어린애처럼 좋아했다. 그러나 하영이는 얼굴을 숙인 채 울적한 얼굴을 하고 있었다.

"왜 그러고 있어요. 학교에서 무슨 기분 나쁜 일이라도 있었어요?"

그러나 하영이는 대답이 없이 역시 그대로 머리를 숙이고 있었다.

"오래간만에 일찍 들어와서 그런 울적한 얼굴을 보이면 전 싫어요."

하고 숙희도 약간 울적한 얼굴이 되며 차를 끓이러 나가려고 했다.

그때 하영이가 문득 얼굴을 들며 입을 열었다.

"당신 선영이를 찾아 갔다지?"

그 말에 숙희의 가슴은 부글부글 끓었다. 밀리다가 밀리다가 막다른 골목에 온 것 같은 기분이기도 했다. 그런 기분을 억지로 눌러가며

"당신이 소개해 준다면서 말뿐인 걸요. 그래 만나서 잘못된 것 있어요?"

"그런 것이 아니고."

"그럼 뭐요?"

숙희는 되도록 부드러운 눈으로 하영이를 바라보았다.

"난 숙희에게 진 죄가 많어."

하영이는 단숨에 말했다.

"제게요? 무슨 죄를?"

숙희는 일부러 놀래 보이었다.

"사실 난 그동안 선영이와……."

하고 말을 꺼내는 것을 숙희가 불시에 가로막아

“아 그 이야길 가지고 지금 와서 무슨 심각한 이야기처럼 쑥스럽게.”

하고 ‘커피’통을 찾아들고 부엌으로 나갔다. 구공탄에 올려놓은 주전자의 물이 술렁술렁 끓고 있었다. 숙희는 그 소리를 들으면서 이제야 비로소 자기 가슴 속에서 끓고 있던 울렁거리는 소리가 잦아드는 것 같은 기분이었다.

오전 11시

언제나 아침부터 부산스러운 S대학 부속병원도 요즘엔 무더운 때문인지 오후에는 대여섯명의 환자밖에 없었다.

병원의 내과 과장인 성훈이는 오늘도 진찰을 일찍 끝내고 손을 씻고 있었다.

아직 위생복을 입은 채이었지만, 이때가 되면 언제나 그날 하루 직무를 끝냈다는 쾌감이 손끝에서부터 전신에 느껴지는 것이었다. 그것이 오늘은 유별나게도 느껴지는 것은 오늘 아침에 가족들을 모두 대천으로 보냈으므로 이제부터는 가정에서도 완전히 해방되었다는 그런 즐거움에서 오는 것이었다.

그때에

"박선생님 전화에요."

하고 카르테(診察簿)를 정리하던 간호사가 전화를 받고 알려줬다.

"어디서야?"

"천이라면 아신다는 걸요. 여자 분인데."

약간 조롱이 섞인 말이었다. 그러나 성훈이는 그런 말에 신경을 쓸 필요는 없었다. 손을 닦던 수건을 던지고 나서 전화통 앞으로 갔다.

"웬일이시오. 저한테 전화 걸 생각이 다 나고……."

아주 익숙스러운 말투였다.

"김여사랑…… 마작을요. 그 말을 들으니 당장에 달려가고 싶은 마음입니다만 오늘은 그럴 수 없는 일이 있구만요."

그러고는 무슨 말에 웃는지는 몰라도 성훈이는 웃고 나서

"정말 오늘은 못 가겠어요. 그렇다고 숨길 일은 아닙니다. 제 친구의 출판 기념회인걸요."

하고는 또 몇번 웃고 나서

"네, 잘 기억해 두겠습니다. 기억해 두었다가 다음날 천 여사 초대의 영광을 갖기로 하지요."

하고 그제야 전화를 끊었다. 옆에서 전화 이야기에 생글생글 웃고 있던 간호사가

"선생님 참 좋은 전화신가봐."

하고 끝내 조롱의 말을 꺼내 놓았다.

"왜?"

"왜라니 보다도 선생님 좋으신 얼굴루 벌죽벌죽 웃는 걸 보면 알지요."

"좋은 곳이라면 안 가겠다구 거절할 리도 없잖아?"

"그거야 그보다도 더 좋은 곳을 갈 데가 있기 때문이겠지요."

"그럴가!"

성훈이는 간호사들의 조롱치는 눈웃음을 등뒤에 남겨논 채, 병원을 나와 차를 잡았다.

"소공동으로 가요."

하고 그는 방향을 가리키고서는 몸을 '쿠션'에 묻고, 오늘 같이 한가한 날, 친구의 출판기념회만 없다면 전화가 걸려온 그 천여사들과 맥주나 마셔가며 허물없는 농담을 주고받으면서 마작을 하는 것도 결코 싫은 일은 아니라고 생각했다.

천여사는 성훈이가 환자 관계로 알게 된 여사였지만 요즘엔 가끔 만나서 마작도 하고 맥주도 마시는 사이가 된 것이었다.

청공빌딩 오층에 있는 '레스토랑'에서 갖게 된 그의 친구인 현수의 출판기념회에는 백여명이나 모인 대단한 성황이었다. 그것도 그가 비교적 양심적인 작품을 써온 때문인지 대부분이 학생이었고 그 중에는 그의 작품의 일면을 보여주는 듯한 젊은 여자들도 많았다.

그 중에서도 특히 눈에 띄는 것은 성훈이의 바로 옆에 앉았던 여자였다. 검은 색의 둥글 둥글한 커다란 무늬가 흰 바탕에 그려진 산듯한 원피스에 파란 '베레'를 갸웃둥하게 쓴 그녀의 구슬처럼 맑은 눈이며 연지칠을 하지 않은 입술이며, 엷은 살가죽이 싸늘한 인상이면서도 어쩐 일인지 모르게 그의 얼굴에서는 미소가 흘러나오는 것 같았다.

역시 그녀도 혼자 온 모양으로, 아무하고도 이야기하는 일이 없이 혼자서 무료하니 앉아 있다가 어느 선배 작가의 축사가 끝나자, '핸드백'에서 담배를 꺼냈다. 그러고는 피워야할지 안 피워야할지 주위가 약간 거리끼는 모양으로 망설이고 있었다.

성훈은 자기 앞에 성냥이 있었으므로 집어 주었다. 그녀는 고맙다는 대답 대신에 속눈썹 속에 웃음을 피웠다. 그 순간에 눈이 부딪친 성훈이는 알 수 없게도 가슴이 뛰며 어떤 여자인가 알고 싶은 호기심이 불쑥 느껴졌다.

이윽고 정식 식순은 끝나고, 흩어진 자리에서 자기 소개 정도의 '테이블 스피치'가 시작되었다. 그 여자 차례가 되자 얌전스럽게 일어나서

"백영옥이라고 합니다."

하고 한마디로 사뿐이 앉았다. 그러나 사회자가 뒤이어 일어나

"백영옥 양은 여러분도 다 아시다시피 여류 화가로서 이번 현수 선생의 책을 아주 예쁘장스럽게 장정해 주신 분입니다. 여러분들이 보시다 시피 예쁜 분이니까 역시 아이디어도 예쁜 모양으로……."

하고 자기는 재담을 하는 모양으로 장황하게도 늘어놓았다.

거기에 뒤이어 성훈이가 일어섰다. 별로 그런 자리에서 이야기를 해 본 일이 없는 그는 약간 얼굴이 붉어진 채 자기는 이런 자리에는 어울리지 않는 의사라는 것을 말하고 나서

"그러나 저도 중학시절에는 문학을 합네 하고 현수군과는 대단한 논전을 한 때도 있습니다. 그런 것을 지금 이 자리에서 생각하니 다만 감개무량할 뿐으로, 그때부터 오늘까지의 꾸준한 노력으로 오늘과 같은 성과를 거두게 된 그를 진심으로 축하하는 동시에 한편 부럽기가 끝이 없습니다."

하고 겨우 끝을 맺고 앉았다. 그 흥분이 아직도 가라앉지 않아 그것을 잊으려고 잔에 남은 차를 마저 마시려고 들었을 때

"선생 의사님이신가요?"

하고 생각지도 않았던 옆에 여자가 물었다. 성훈이는 가슴이 더 한번 뛰는 것을 억지로 참고

"그래요."

하고 미소를 띄우는 여유를 찾아 봤다.

"실례지만 전문이 뭐신데요?"

"그건 왜 묻습니까?"

하고 좀더 여유있게 말했다.

"사실 제가 여학교 시절에 폐를 앓은 일이 있어요. 그래서 혹시 선생이 그런데 전문이라면……."

"그런 병이라면 저두 볼 수 있겠지요."

"그러세요? 그러면 오늘 선생을 잘 만났어요. 언제든 찾아 갈 테니 한번 봐줘요."

영옥이는 벌써 전부터 아는 사람에게 이야기하는 투로 말했다.

"그건 언제든지 좋습니다. 내 직업이 환자를 봐주는 일인 걸요."

"선생님 계신 데가 어디신지, 명함 있으면 한장 줘요."

성훈이는 안주머니를 뒤져보다가 근무처인 학교 연구실과 병원 진찰실이 인쇄된 명함을 한 장 꺼내 주면서

"난 별로 명함을 쓰는 일이 없어 이렇게 구겨진 것밖에 없군요, 대체로 오전엔 학교에 있고 오후엔 병원에 있으니 언제든지 오시구려."

하고 말했다.

영옥이는 명함을 받아 쥔 채 보고 있으면서

"이어 언제구 한번 가겠어요. 그러나 또 안 가게 될지도 모르지요. 그러다가 그럴 마음이 없어질지두 모르니까요."

하고 웃었다. 그러한 웃음이 처음으로 느껴보는 매력이라고 생각되며 성훈이는 아주 마음이 끌려버리고 말았다.

회가 끝나 모두가 일어나자 여러 손님들에게 악수를 해 가며 인

사를 하던 현수가 그들 앞에 나타냈다.

"바쁜데 나와줘서 고맙네, 그런데 정말 자네 이번에 학위를 얻게 되었다구?"

그들은 직업이 서로 다르므로 친한 사이이면서도 그렇게 자주 만나지는 못하는 모양이었다.

"오늘은 그런 말은 하지 않고 자기 축하만 받는 날이야."

"하여튼 기쁘네. 그러면 이제부터는 자네 학위 축하로 마셔 보세나."

하고는 영옥이를 보면서

"참 인사하게나, 이번에 내 책을 위해서 몹시 수고해준 백영옥이라구……."

하고 성훈이에게 소개하려고 하자

"그런 소갠 아까두 벌써 다 한걸요."

하고 영옥이가 그런 건 필요가 없다는 듯이 익숙스럽게 웃었다.

"그렇지, 그러면 영옥이도 여기서 잠깐 기다렸다가 우리와 같이 나가."

하고 현수가 말했다. 그런 말을 하는 것을 보면 현수와 영옥이는 꽤 친밀한 사이인 것 같기도 했다.

"기다렸다가 어딜 간다구요?"

영옥이가 역시 웃는 얼굴로 물었다.

"어딜 가긴, 영옥에게 어른들의 밤의 세상을 보여 주겠다는 것이지."

"그런 세상 제가 뭐 필요해서 따라 다니기까지 하면서 봐야 해요. 전 여기서 그만 돌아가지요."

하고 핀잔을 주듯 말하고서는 그대로 대여섯 발자국 걸어가다가 다시 돌아다보며 웃고서는 가버리고 말았다.

그리고 사오일이 지난 어느 날 오후였다. 그날은 오후까지도 환자가 많아 규정한 진찰을 끝내고 현미경으로 검사해 본 환자들의 증상을 '카르테'에 적고 있는데 간호사가 들어와서

"진찰 시간이 넘었다니까, 그러면 이것만이라도 선생에게 전해 달라는 걸요."

하고 스케치북을 찢은 듯한 두꺼운 종이에 쓴 편지를 주었다. 그 편지에 백영옥이란 이름이 이어 눈에 띄었다. 역시 그림 그리는 연필로 쓴 것이었다. 성훈이는 그 순간에 '아 그 여자가 왔구나!' 하고 갸름한 얼굴에 베레모를 올려 놓은 영옥의 모습이 떠올랐다. 그러나 영옥이가 정작 찾아 오리라고는 생각지도 않고 있었으므로 그만큼 기쁘기도 한 일이었다.

"이리로 들어 오래지."

하고 그는 태연스럽게 보던 현미경에 다시 눈을 두었다. 그러나 내심으로는 이상스럽게도 가슴이 뛰는 것이 평온하다고 할 수가 없는 일이었다.

이어 문이 열리며 간호원의 안내로 영옥이가 들어왔다. 빨간 장미꽃이 그려진 화려한 옷이 갑자기 방안을 밝게 하는 것 같았다.

"전 진찰 시간이 네시까지인 줄은 몰랐어요. 다른 덴 대개 다섯시니까 여기두 그저 그런 줄만 알았지요."

영옥이는 자기가 늦게 온 것을 이런 말로 사과했다.

"괜찮습니다. 특히 아름다운 환자는 언제나 환영이니까요."

"어머나! 선생님두 사람을 곧잘 놀리시네요."

영옥이는 원피스 앞자락을 무릎까지 끌어 덮으며 성훈이의 앞으로 가 앉았다.

성훈이는 진찰을 할 준비로서 겨드랑이에 체온계를 끼우게 하고서

"그래 이번 여름에는 어디 놀러 가지 않습니까?"

하고 그런 말을 꺼냈다. 그러나 영옥이는

"그것도 같이 가 줄 사람이나 있어야 말이지요."

하고는 약간 눈을 갸름하게 뜨면서 웃었다.

"그래두 내가 생각하기엔 그런 사람이 너무 많아 걱정일 것 같은데……."

그런 말을 하면서 체온계를 뽑아 보았다. 체온은 평온이나 다름없었다. 성훈이는 '카르테'를 꺼내 놓고 쓰기 시작하면서

"연령은 몇이신가요?"

하고 물었다.

"몇이냐구요? 몇이라구 생각돼요?"

"의사가 묻는 말엔 환자는 대답만 해야 하는 것이랍니다."

"그렇다면 대답만 하기로 하지요."

하고 웃고 나서

"스물 여덟이랍니다."

하고 말했다.

성훈이는 그녀의 연령보다는 너무나도 젊어 보이는데 놀라지 않을 수가 없었다.

"결혼은? 아직……?"

그것도 환자의 진찰을 위해서는 물어봐야 하는 말이었다.

"글쎄, 어떻게 이야기해야 할까요. 선생은 물론 의학상의 결혼을 이야기하는 것이겠지요?"

"그렇지요."

"결혼과 같은 경험은 있습니다."

"그렇다면 동거생활을?"

성훈이는 '카르테'에 눈을 떨어뜨리며 물었다.

"그래요. 그러나 단 한달 살은, 실험적인 결혼과도 같은 것이었지요."

하고 영옥이는 자기 말을 변명하듯 말하면서 역시 귀밑이 빨개지었다. 성훈이는 그런 영옥이가 귀엽다고 생각하며 다시 물었다.

"요즘엔 병에 관한 무슨 증상이 없읍니까? 열이 오른다거나……?"

"별로 그런 것 같지는 않지만 남보다 감기 같은 것을 잘 앓는 것 같아요."

성훈이는 알겠다고 고개를 끄덕이고서

"그러면 좀 볼까요?"

하고 웃을 벗으라고 했다.

"선생님, 이 지퍼 좀……."

하고 영옥이는 미안스러운 웃음으로 몸을 돌려 잔등을 가리켰다.

지퍼를 쑥 내리자 속옷 밑의 흰 살이 비쳤다. 성훈이는 진찰을 하면서 이런 일은 예사로운 일이었으나 이상스럽게도 마음이 안정치가 않고 그녀의 가슴에 청진기를 대는 끝이 약간 떨렸다. 청진기를 통해 그녀의 심장이 뛰는 소리와 폐로 숨을 쉬는 소리도 들렸고, 따뜻한 피가 맴돌고 있는 소리도 들렸다.

"숨을 크게 쉬어봐요."

알맞게 불룩한 젖 밑에 청진기를 대면서 성훈이가 말했다. 숨을 길게 들이쉴 때마다 젖의 탄력이 손끝에 느껴졌다. 청진기를 떼고 다시 타진을 했다. 그러나 '랏셀'도 들리지 않았고, 진찰만으로는 이렇다 할 증세를 잡을 수가 없었다.

"지금 보아선 이렇다 할 병이 없는 것 같은데 전에 앓은 일도 있다니 언제구 '렌도겐'을 찍어 보도록 합시다."

"감기에 자주 걸리는 것두 결국 몸이 약해진 때문이겠지요?"

영옥이는 옷을 껴입고 나서 '바이슬로이'를 꺼내어 성훈에게도 권했다.

"무리한 일은 없습니까? 밤에 잠을 잘 자지 않거나?"

"그림에 열중하게 되면 간혹 새우는 일도 있지요."

"그건 나쁘지. 담배도 될 수 있는대로 끊는 것이 좋구."

하고 말하자 영옥이는 웃으면서 성냥을 꺼내 먼저 성훈이에게 붙이게 했다.

"그래서 난 진찰을 받기가 싫다는 거예요. 의사들이란 똑같이 이것도 그만 둬라, 저것두 그만 둬라……."

"자기 병을 고치려면 별 수 없는 노릇이지요. 하여튼 산보 삼아 늘 들리곤 해요. 와서 주사도 좀 맞고……. 그러나 무엇보다도 규칙적인 생활을 해야지 그렇지 않고서는 치료를 받는다고 해도 필요 없는 일이니까."

"제 성미로 규칙적인 생활은 안되는 걸요."

하고 또다시 웃고서는 위생복을 벗는 성훈이를 보고 물었다.

"지금 나가세요?"

"예, 시골에서 올라온 친구를 명동에서 만나기로 해서……."

"그렇다면 잘 됐어요. 저도 명동에 나갈 일이 있으니 함께 차를 타고 가시지요."

이윽고 차가 명동에 이르자 영옥이는 함께 저녁식사를 하자고 했다.

"친구 만나러 가니까."

하고 성훈이가 사양하자

"그러면 차라도 한잔 하고 가세요."

하고 말했다. 성훈이는 친구와의 약속은 아직도 시간이 좀 있으므로 차에서 내렸다.

그러나 차를 마시고 나서도 영옥이는 성훈이를 놓아 주지 않았다.

"그 친구 되는 분은 내일로 가는 것은 아니지요?"

"학회 참석차 올라 왔으니까 며칠 더 있겠지."

"그러면 그 때 만날 수도 있지 않아요. 오늘은 저와 영화 구경 가요."

그리하여 그날 성훈이는 친구와의 약속을 그만 어기고 영옥이와 영화도 보고 저녁도 같이 먹었다. 집으로 돌아오다가 헤어지면서 영옥이가 물었다.

"내일 병원으로 전화 걸어두 좋지요?"
하고 성훈이를 말끔히 쳐다보며 대답을 기다렸다. 성훈이는 이것이 자기 가정의 불화를 일으키는 실마리라는 것을 느끼면서도
"그래 그래, 내일 전화 기다리고 있을 테야."
하고 어쩔 수 없다는 듯이 그런 대답을 하고야 말았다.
다음날 성훈이는 온종일 전화에만 신경을 쓰고 있었으나 영옥이가 걸어 주겠다는 전화는 오지를 않았다.
성훈이는 기다리다 못해 그것이 다행이라고 생각하고 있을 때
"안녕하세요?"
하고 진찰실에 영옥이가 홀연히 나타났다.
"이 부근 친구네 집에 왔던 길에, 전화 걸기두 귀찮아서 그냥 들렀어요."
그렇게 그날두 역시 영옥이와 밤거리를 늦게까지 쏘다녔다. 그러면서 성훈이는 매일 전화를 기다리게 되었고, 또한 전화가 오는 것이 무섭기도한 초조스러운 마음으로 날을 보내게 되었다.
이렇게도 일주일이 지난 어느 날, 성훈이가 그녀의 '아파트'까지 바래다 주었을 때 드디어 영옥이는 성훈이의 잡은 손을 놓아주질 않고서
"제가 선생을 괴롭히는 것은 사랑하기 때문이지만 그렇다고 뭐 겁낼 것은 뭐에요?"
이런 말이 문득 영옥이의 입에서 나왔다.
"물론 그건 선생이 너무나도 순진한 때문이지요. 여자를 사랑하는데 무슨 순서가 있듯이……."
"그럼 어떻게 해야 하는가?"
"그건 사실 제가 할 소리는 아니지만 좀 더 적극적으로…… 그렇잖아요?"

하고 말하면서 아파트의 문을 열었다. 성훈이는 사실 방에까지는 들어가지 않을 생각이었으나 그런 말에는 끌려 들어가지 않을 수가 없는 일로 결국은 화구들을 어지럽게 벌여놓은 옆에 앉아서 차를 끓이는 그녀를 멍청하니 보고 있었다.

이튿날 아침 그날이 바로 토요일이었으므로 성훈이는 영옥이와의 이틀 동안의 여행을 약속하고, 그 준비로 집에 와보니 아내와 아이들이 와 있었다.

"좀 더 있다가 올 생각이었지만 영이가 아버지가 너무 보고 싶다고 해서요. 그런데 집에 와보니 당신이 없잖아요. 얼마나 쓸쓸한지 몰랐어요."

아무것도 모르는 아내는 그런 말을 하고서는

"또 박선생 집에 가서 마작을 했어요?"

하고 물었다. 성훈이는

"응."

하고 대답하고서도 그렇게 밖에 생각하지 못하는 아내에게 너무나도 미안스러웠다.

아내는 바다에서 놀던 아이들의 이야기를 웃어가며 이야기하기 시작했다. 그러나 성훈이는 그런 소리가 들리지 않고 빨리 열한 시가 지나가기를 바랄 뿐이었다—영옥이와 서울역에서 만나기로 약속한 시간이 열한 시이기 때문이었다.

이러한 사랑

내가 금년 봄에 삼촌을 따라 서울로 올라와서 이 집이 벌써 세 번째 식모살이를 하는 집이랍니다.

서울로 올라와서 처음 있은 집은 먼 일가가 된다는 세탁소였습니다. 그 집은 실상 나를 야간 미용학교에 보내준다는 약속을 하고 데리고 왔던 것입니다. 그러나 막상 와보니, 그런 약속 같은 것은 아주 잊어버린 듯이 매일 밀려들어오는 세탁물 빨래만 온종일 시키는 것이 아니겠어요. 그러니 아무리 든든한 몸인들 견데낼 수가 있겠어요. 사실 나는 시골에서 호강이란 모르고 자라난 몸이라, 서울에서 자라난 처녀와도 달리 절구통 같은 허리라해도 무방한 몸이지요. 그러나 아침에 눈을 떠 가지고서는 저녁에 해 질 때까지 그 비누거품 속에서 손이 말라 볼 수가 없이 빨래를 해내야 하니 어떻게 견뎌낼 수가 있겠어요. 허리가 시큰거리는대로 자리에 누우면 그저 돌처럼 잠이 들어버리는 지경이었으니 실상 야간 미용학교에 보내준다 해도 다닐 수도 없는 일이었지요.

이처럼 그 집에 두 달을 있다 못해 더 견딜 수가 없어서 나는 그 집에 단골로 참기름을 팔러 오는 아주머니와 내통을 하여 도망치다시피 나온 것이었지요.

참기름 장수가 소개해준 집은 어느 관청에 다닌다는 아주 높은 사람네 집이었답니다. 아침 저녁으로 자동차로 모셔가고 모셔오는 것을 봐도 대단히 높은 지위에 있는 분이라는 것을 알 수 있었지요.

그러나 그 분과 나와는 별로 관계는 없었어요. 그 분은 아침 출근해서는 대개 저녁도 밖에서 먹고 밤늦게야 들어 왔으므로 실상 대할 틈도 없었지만, 그 분에 대한 일은 일체 주인 아주머니가 도맡아서 한걸요. 나 같은 것은 세숫물 하나도 못 떠 드리게 했으니까요. 그러니 나야 싫달 것 없는 일이었지만 그러나 너무나도 남편을 위하는 꼴은 정말 옆에서 못 볼 노릇이었답니다. 얼굴을 씻으러 나온 남편의 칫솔질까지 해주었으니까요. 그 꼴은 참말 가관이었답니다. 그 훌륭한 주인이란 사람이 입을 쩍 벌리고 버티고 서 있으면 주인 아주머니가 치솔에 치약도 제일 고급이라는 뭔가 하는 것을 묻혀서 남편의 입에 대고 칫솔질을 해주는 것이 아닙니까. 그 훌륭한 주인이란 사람은 칫솔질을 할 힘도 없는지요. 아니 손이 썩었는지요. 그 꼴을 보면 밖에서는 얼마나 훌륭한 지위를 갖고 있는지는 모르지만 바보 같고 천치 같이만 보이는 걸요.

주인 아주머니가 남편에 대해서는, 이, 지랄이면서도 나에 대한 호령이란 지독한 것이었지요. 그 집의 식구는 열한 명이나 되었습니다. 그러나 일하는 사람은 나 하나 뿐이었지요. 그러니 그 많은 사람들의 시중을 떠받쳐 주기만 할래도 얼마나 바빴으리라는 것은 생각할 수 있지 않아요. 그러나 내가 하는 일은 그것만도 아니었지요. 밝기도 전인 새벽에 일어나 밥을 지어야 했고 그러고는 그 넓으나 넓은 집을 혼자 소제해야 했고, 더욱이 요즘의 유행이라는 삼십 쌍이나 되는 새장의 소제란 귀찮은 일이었지요. 그러고서도 그 많은 식구들이 퍼쓰는 물을 길어 올려야 했으니, 참 그이의 집은 왜 그렇게도 잿등에 올려다가 지었는지 수도가 통 나오지를 않았답니다. 그러므로 내가 몇 지게구 져 올려야 했었읍니다. 그러니 세탁소에서 살던 것보다 편할 일이 뭐 있었겠어요.

그러나 지금 생각해 보면 물지게를 지고 나갈 때가 그 집에서 살면서는 그래도 제일 즐거운 일이었던 걸요. 물을 길러 나가면 수도가에서 나같은 또래의 동무들을 만날 수가 있어 시시닥거릴 수도 있었고, 주인 아주머니의 흉을 보아가며 가슴 속 울분도 털어 놓을 수가 있었으니까요. 그들은 내 말을 들을 때마다 '그런 고생을 하면서 뭐하자고 있는 거야? 나와 버리면 있을 데 없을까봐 그래?'하고 모두 내 편을 들어 주었지만 그렇다 해도 무턱대고 나올 수도 없는 일이었지요.

그러면서 그 집에서 석 달이나 살다가 결국 어느 동무의 소개로 지금 있는 이 집으로 오게 된 것이지만, 그 집을 나올 때의 그 주인 아주머니의 욕은 일생 잊을 수가 없는 일이랍니다. 글쎄 들어봐요, 한다는 소리가, '저년이 저런 소리하는 것 보니까 바람이 날 모양이지, 밑구멍을 벌겋게 벌리고 다니는 암캐 모양으로……. 그래, 우리 집에서 나가면 잘될 것 같아서 그런 소리냐? 기껏 갈보년 밖에 될

것이 없는 년이' 그런 말이 아니겠어요.

그래 교양이 있다는 훌륭한 부인에 입에서 어떻게 그런 말이 나올 수가 있겠어요? 나를 그렇게 죽도록 부려 먹으면서도 솥에 붙은 누룽지 먹이기도 아까워 일부러 보리쌀을 사다가 앉혀 먹이는 주제에 내가 자기 집에서 나가면 어떻게 갈보가 된다고 단정할 수 있냐 말이에요.

그 집에 비하면 지금 있는 이 집이야말로 천국과 같은 집이랍니다. 집도 그리 크지 않아서 방치우기도 편했고 가족은 단출하게도 내외뿐으로 그것도 늘 외출을 하기 때문에 나는 한종일 집이나 지키면서 발뻗고 낮잠도 잘 수 있으니 말이지요.

처음 내가 이 집에 왔을 때에는 사실 너무나도 어지럽고 널어놓아 어디서부터 손을 대야할지 알 수가 없었답니다. 정리되어 있는 방이란 주인의 서재뿐이었고, 다른 방들은 언제나 쓸어 보았는지 휴지와 사과 껍질 같은 것이 그대로 있었고 옷들도 방바닥에 벗어 놓은 채로 주부란 없는 집과도 같았지요. 마루에는 양말짝과 내의들의 빨랫감이 산처럼 쌓여 있었고, 장지문을 열자 그곳에도 이름 모를 비단과 나일론 치마들이 썩고 있었으며, 더욱이 부엌의 어지러움이란 이루 말할 수가 없었지요. 부엌 바닥엔 깨진 구공탄과 재 천지였으며 부시지도 않은 그릇들이 여기 저기 덧놓여 있었으며 찬장에서는 언제 무엇을 넣어 두었는지 썩는 냄새가 코를 찔렀답니다.

나는 그 집에 가서 거의 한 주일 동안을 매일 빨래를 해치웠습니다만 빨랫감은 이 구석 저 구석에서 계속 나오는 걸요. 처음에 나는 식모가 없는 동안에 무슨 일이 생겨서 치우지를 못한 모양이라고 생각했지만 차차 알고 보니 그것이 주부의 성격 탓으로 그런 것 같더군요.

주인의 서재는 책이 가득 차 있는 책장과 참고서류를 넣어 두는 장과 책상으로 앉을자리가 없으리만큼 가득 차 있었지만 언제 들어가 보나 코푼 종이 하나 널려져 있는 일 없이 깨끗이 정리되어 있었답니다. 머리가 약간 벗어지기 시작한 키가 훌쭉한 그 주인은 S대학 선생이라고 하지만 학교는 한 주일에 이틀쯤 나갈 뿐으로 대개는 그 속에 들어앉아서 무엇을 쓰고 있었답니다.

주인이 무엇을 쓰고 있을 때를 문틈으로 가만히 들여다보면 참말로 무섭지요. 미친 사람처럼 멍하니 앉아서 담배만 뻑뻑 빨면서 혼자 벌쭉벌쭉 웃기도 하고 때로는 아주 심각한 얼굴도 하는 것이지요. 그 얼굴을 보면 세상일은 완전히 잊어버린 것만 같은 걸요. 그러면서도 주인은 무슨 생각인지 갑자기 '여보 여보'하고 부인을 부를 때가 있지요. 그러나 주인 아주머니의 대답은 대체로 없는 것이 보통이므로 주인은 화가 나서 주인 아주머니 방으로 들어가 자리도 개키지 않은 채 널어놓은 것을 보고서는 '이 꼴을 해 놓고서 어딜 간 거야'하고 눈살을 찌푸리지요. 그럴 때에 벽문 밖에서 빨래를 하던 내가 뛰쳐가면,

"이 사람 어디 갔니?"

하고 마치 화풀이를 내게다 하듯 묻는 것이지요.

"글쎄요. 영희네 집에 갔을 거에요."

"거긴 뭐하러?"

"글쎄요……."

"이건 집에는 통 붙어 있질 않으니……."

사실 주인아주머니는 집에서 자는 시간을 내여 놓고서는 잠시도 집에 붙어 있지를 않았습니다. 무슨 부인회니, 무슨 동창회니, 무슨 곗날이니, 누구네 생일이니, 그 밖에도 또 무슨 날이니 해가지고서 매일 같이 외출이었지만, 어쩌다가 집에 있는 날도 동네집을 빙빙 도는 것이었습니다.

아침에 일어나는 것도 물론 주인이 언제나 먼저 일어났지요. 주인은 아침 일찍 일어나 매일 뒷산에 산보를 하였는데 그곳에서 돌아와도 주인 아주머니는 그대로 자리에 있기가 일쑤였습니다.

"지금 해가 어떻게 됐는데 아직 자구 있는 거야, 그만 자구 일어나요."

평소엔 부인에 대해 대단한 불평을 품고 있는 모양이면서도 사람이 좋은 주인은 막상 부인 앞에서는 그렇게 화를 내는 소리는 아니었습니다.

"어서 일어나 아침을 먹읍시다."

"아침은 먼저 드세요. 감기가 또 걸린 모양이에요. 골치가 띵해서 못 일어나겠는 걸요."

"일년 내내 감기라니, 그런 놈의 감기가 어디 있어?"

그 한마디로서 주인은 혼자서 밥을 달라고 해서 먹기가 일쑤였지만 감기로 못 일어나겠다던 사람도 열두 시가 가까워지면 부랴부랴 일어나 외출준비로 몸을 닦기에 부산을 피우는 것이지요.

그것을 보면 남의 식모살이로 아무 것도 모르는 나의 생각으로도 세상엔 대단한 부인도 있다고 생각되며 주인의 심정을 동정해 주고 싶은 마음이 생기는 것도 사실이었습니다. 아니, 그보다도 주인 아주머니가 밤낮으로 집을 비우고 다녀서 이 집 살림은 내가 통 맡아서 할뿐만 아니라, 주인 시중까지도 주인 아주머니 대신에 내가 일체 맡아 가지고 하는 동안에 주인과 나는 한 편이 되었다는 것이 옳을 것입니다.

바로 며칠 전의 일이었지만, 주인은 밤을 새우고 학교에 나갔던 날인데 주인 아주머니는 그 날도 역시 무슨 일 때문에 나가고 없었습니다.

"그 사람은 무슨 일로 그렇게 바쁘게두 매일 돌아 다닌다던?"

하고 주인은 언제나 마찬가지로 내가 대답할 수 없는 말을 묻고 나서

"너 이 옷 좀 털어서 옷장에 걸어다오."

하고 저고리를 벗어 주겠지요. 나는 그 옷을 솔로 먼지를 쓸어 내면서 문득 지금 내가 하고 있는 일이 부인이 하는 일이라는 것을 깨닫고 이상한 충동을 느꼈답니다.

주인은 자기 손으로 이불을 끌어당겨 깔고서는 넥타이를 풀어 던지고 누우려다가,

"어깨가 쑤셔 견딜 수가 없구나. 너 잔등 좀 두들겨 주겠니?"

하고 어제 잠을 못자 충혈된 눈을 내게로 돌리지를 않겠어요. 그 얼굴에는 몹시 피곤한 빛이 서려 있었습니다. 나는 주인 등뒤에 가

앉고서도 처음엔 어떻게 해야 할지를 몰랐지요. 남의 등을 두들겨 주는 일은 처음인걸요.

"힘껏 힘껏, 마음 놓고서 힘껏 두들겨 줘."

나는 하라는 대로 주먹에 힘을 주어 두들겨 대었더니 주인은 불시에 놀란 듯이 흠칫하며 몸을 꼬면서 부드러운 웃음을 웃는 것이 아니겠어요.

"역시 선희는 일을 하니까 힘도 대단하구만. 예쁜 얼굴을 보면 그런 힘이 없을 것 같은데두……."

하고 나를 조롱대며 정말로 피곤이 풀리는 듯한 얼굴이 아니겠어요. 물론 나도 그런 조롱이야 싫을 리 없는 것이었지만,

"그렇게 놀리면 두들겨 주지 않을 테야요."

하고 못나게도 찌뿌듯한 얼굴을 해 보았지요. 그러자 주인은

"예쁘니까 예쁘다는데 뭘 놀린다구."

하고 시침을 뗀 얼굴로 나를 다시 한번 돌아다보고는 갑자기 정색한 어조로,

"선희가 집에 와서 고생이 많지? 그러니 어떻게 하겠나, 집사람은 천성이 그런 사람인 걸……. 그래두 선희가 맡아서 모두 잘 해주니 말이지."

하고 말하지 않겠어요.

나는 그 말에 아주 감격해 버리고 말았답니다. 어쩌면 그렇게도 마음이 선량해서 남의 마음을 그렇게도 잘 알아 줄 수 있느냐고. 나는 주인의 일이라면 무슨 일이고 힘들다고 할 수가 없으리라고 생각해서 한 걸음 움쳐 앉으면서 계속해서 잔등을 뚜들겨 댔습니다.

그리고 며칠 뒤에 뒷뜰에서 빨래를 널다가 문득 주인과 부인이 주고 받는 뜻하지 않았던 말을 듣게 되었답니다.

그날도 열두 시가 되어서 일어난 주인아주머니는 화장대 앞에서

크림으로 얼굴을 닦고 있는 모양으로

"당신, 우리 선희가 식모애로는 좀 지나치게 예쁘다고 생각지 않아요?"

"글쎄!"

"글쎄가 뭐에요. 그렇게 생각하면 그렇게 생각한다고 솔직히 이야기 할 것이지."

"하긴 시굴애 치구선 두문 얼굴이라구두 할 수 있겠지."

"당신, 그 애한테 너무 친절하게 군다고 생각되지 않아요?"

"뭐가?"

"뭐긴 모든 것이 말이에요. 밥 같은 것두 부엌에 있는 애가 어련이 알아서 퍼먹지 않겠어요? 그걸 가지고 너 밥 먹었니 말었니 하고, 오늘 아침에도 몇번이나 야단을 치는 거에요."

"그래, 집에서 일하는 애 밥을 찾아 먹으래는데, 그게 뭐 잘못이야?"

"내게두 그런 친절을 좀 베풀어 봐요."

"그래, 열두 시까지 나자빠져 있다가 일어나서 한다는 소리가 그런 소리야?"

그 말을 듣고 나니 한편으로 분하기가 짝이 없으면서 주인 아주머니라는 사람은 어쩌면 자기 남편을 그렇게밖에 생각할 수 없느냐고 생각되지 않겠어요.

자기는 살림은 통 돌보지도 않고 밤낮으로 나가 돌아다니며 무슨 짓을 하고 들어오는지 알 수가 없으면서 천하 얌전하고도 점잖은 주인에게 그런 말을 하니 말이에요. 그야말로 똥 묻은 개가 겨도 묻지 않은 깨끗한 개를 흉보는 것과 마찬가지였지요. 그러니 나로서 주인의 불행을 동정하지 않을 수가 있겠어요. 아니, 주인 아주머니가 참으로 못 됐다고 생각하지 않을 수가 있겠어요.

그러나 어느 날 아침, 주인의 가슴 속에 쌓이고 쌓였던 울분이 마침내 터져 나오고 말았답니다. 주인의 주머니에서 여자가 보낸 편지가 나온 것이 부부싸움의 발화점이 된 것이지요.

그날 아침 나는 부엌에서 아침을 먹은 그릇들을 부시고 있는데 서재로 들어갔던 주인이 갑자기 화가 난 얼굴로 나오면서,

"당신 내 주머니에서 돈을 또 꺼낸 거요?"

하고 소리를 치는 것이 아니겠어요. 그러나 주인 아주머니는 자기 책상 앞에서 라디오를 튼 채 얼굴도 돌리지 않고

"몰라요."

하고 한마디 대답할 뿐이었지요,

"모르긴 왜 모른다는 거야?"

"모르니까 모른다는 것이지요."

"모른다구? 그럼 돈을 꺼낸 것이 누구의 짓이란 말이야."

평소엔 그렇게도 부드럽던 분이 한 번 성이 나니 어디서 그렇게 큰소리가 나며, 어쩌면 그렇게도 무서운 얼굴이 되겠어요? 그러나 주인 아주머니는 그런 소린 들리지도 않는다는 태평스러운 얼굴로서 천천히 서랍을 열어 편지를 꺼내 놓지를 않겠어요. 그러고 나서는,

"이건 도대체 뭐에요?"

하고 그제야 주인을 힐끗 쳐다보며 묻는 것이지요. 그 순간에 주인은 분명히 당황해 하는 얼굴이었습니다만, 이어 처음의 노한 얼굴로 다시 돌아가서는

"남의 주머니는 왜 이렇게 함부로 뒤지는 거야?"

하고 한번 더 고함을 치면서 그 편지를 집으려고 하자 주인 아주머니가 재빨리 집어들고서는,

"내가 묻는 것을 좀 대답해 봐요. 남숙이란 년은 도대체 누구냐

말이에요?"

하고 주인 아주머니도 평소와는 달리 새파란 얼굴로 돌변하는 것이 아니겠어요.

"누구긴, 학교 졸업생이야."

"학교 졸업생이라구요? 감출 것 없이 말은 바른대로 해봐요."

"그래 내 말을 그렇게 못 믿겠어?"

"믿을래도 어떻게 믿을 수 있어요."

"못 믿겠다니 그 편지를 읽어보면 알 수 있지 않아."

"무슨 내용인지 알게 뭐에요. 나두 모르게 그런 돈을 주머니에 감춰 두는 것을 보면 밖에 나가서 무슨 짓을 하는지 알게 뭐에요?"

"그래, 난 그만한 돈두 넣구 다닐 자격이 없는가."

"없다는 것이 아니고, 무슨 필요가 있어서 그렇게 많은 돈을 넣어 두었냐 말이에요."

"언제부터 영어사전을 사야 한다고 하지 않았어? 이번 학교에서 준 상여금에서 그걸 살려고 떼어 두었던 돈이야."

사실 주인이 무슨 사전을 사야겠다고 걱정하던 것은 전에 나도 들은 말입니다. 그러므로 그 사전을 사려고 돈을 떼어 두었던 것은 틀림없는 사실일 것입니다. 그러나 주인 아주머니는 그런 말을 들어줄라고는 하지 않고

"누가 그런 말 한다고 속을 줄 알고서요! 어떤 년과 재미를 보면서 그년에게 무슨 좋은 것을 해주려고."

"그래, 그렇게 생각하는 것이 마음 편하면 아무렇게나 생각하고 싶은 대로 생각해. 그러나 그 돈은 이리 내놔."

하고 주인은 어이가 없는 듯이 어느 정도로 성도 풀어진 말이었지요. 그러나 주인 아주머니는 볼멘 얼굴로서,

"몰라요."

하고 퉁기는 것이었어요.

"정말 민하게 그러지 말구 어서 내놓으라는데두."

"그 돈은 죽어두 못 내 놓겠어요. 당신이 필요할 리가 없는 돈인걸요."

그러자 주인은 지금에 풀어지려던 성이 다시금 와락 나며,

"뭐 어쨌다구 그래. 자긴 해마다 십여 만환짜리 '오버'를 해 입으면서, 난 그래 단돈 삼만 환이 쓸데가 없다는 소리야."

"없다구 생각해요. 그 돈 내다가 결국은 계집이나 줄 것을요."

"무슨 미친 수작을 그렇게 하는 거야? 돈을 물쓰듯 하는 년이……."

"난 돈 문제만이 아니에요."

"난 돈을 이야기하는 거야. 어서 꺼내 놔."

"꺼내 놓으라구요? 그걸 왜 꺼내 놔요?"
"정말 못 꺼내 놓겠어?"
"못 꺼내 놓겠어요."
잔뜩 몸을 도사리고 있는 주인 아주머니는 눈의 흰 자위만을 보이는 채 흥하고 코웃음을 치지 않겠어요. 철석 하는 소리와 함께 주인의 손이 주인 아주머니의 뺨에 날아 든 것이 바로 그때였지요.
"그래, 날 이 집에서 나가라는 소리군요. 나가라면 곱게나 나가래지 왜 사람을 치며 야단이에요?"
주인 아주머니는 얼음같이 차가운 얼굴로 일부러 태연한 척하려고 하더니
"뭐 이 집에서 나가면 누가 무서워 할 것 같아서."
하고는 옷장문을 모조리 와락 와락 열기 시작했지요. 그러고는 평소보다도 더 요란스러운 옷차림으로,
"선희야, 신 닦아 놓은 것 빨리 가져와."
하고 집이 떠나 갈듯이 나에게 호령을 치고서는 흔들거리며 나가버렸지요.
그러자 부엌에서 떨고만 있던 나도 주인 아주머니가 뺨을 맞는 것이 시원하다고 생각되며, 그녀가 버리고 나간 옷들을 간집하고 있었지요. 그때에 자기 방으로 들어갔던 주인이 언제 내 뒤에 와 있었는지,
"참 어이가 없는 사람이다. 저러구 나갔으니 필경 이삼일 후에야 들어올 테니 네가 좀 집의 일을 잘 해다오. 참 나는 네겐 늘 미안하고 고맙게 생각한다."
하고 나의 볼을 두드려 주는 것이 아니겠어요. 나는 그것이 싫은 기분이 아니면서도 주인 아주머니가 나간 집이라고 생각하니 갑자기 가슴이 울렁거리며 옷을 개키던 손도 움직여지질 않던 걸요. 그

러나 주인은 그 한 마디를 하고서는 그대로 자기 방으로 들어가 버리고 말았답니다.

주인도 그렇게 생각했거니와 나도 이삼일 후에야 들어오리라고 생각했던 주인 아주머니가 의외에도 그날 밤으로 들어 왔답니다. 그러나 그날부터 사오일 동안은 서로 한마디 말도 하지 않았습니다. 이를테면 냉전상태로 들어간 것이라고 할까요? 십오 년이나 같이 살았다는 부부이면서도 그동안에 참아 오던 불만과 실망과 증오가 바야흐로 폭발되려는 위기에 처한 것이라 하겠지요.

그러던 어느 날이었습니다. 학교에서 나온 배급미를 타려 주인이 나가는 대학 근처 쌀전에 갔다 오자 방 안은 어즈럽기가 짝이 없는 채 삼면경이 다 부서져 있지 않았겠어요? 나는 어떻게 된 영문인지 몰라 눈이 둥그레지자 그 어지러운 방 한가운데서 혼자 양주를 부어 마시던 주인이,

"너 빨리 시장에 가서 손쉽게 될 것으로 무엇 좀 사 오너라."

하고 천환짜리 한 장을 꺼내 주는 것이 아니겠어요. 나는 무슨 일이 있었다는 것은 이어 알 수 있었지만

"아주머닌 어디 갔어요?"

하고 물었지요.

"응, 그 사람은 오늘로 아주 이 집을 나가 버렸어."

하고 울적한 얼굴이 아니라 오히려 지금까지 볼 수 없던 화색에 찬 얼굴이 되더군요.

내가 시장에 갔다오자 주인은 전에도 없는 일로서 구공탄에 물을 올려 놓고 기다리고 있는 것이 아니겠어요.

"자, 물이 끓는데 어서 고기를 썰어 넣어요. 이제부터는 언제나 너와 둘이서 식사를 하게 된 걸. 선희두 혼자 먹는 것보다 나하구 같이 먹는 것이 좋지."

하고 기뻐서 어쩔 줄 모르는 태도였지요.

주인이 고기찌게가 끓기 전에 혼자서 마시던 술을 또 마시고 있을 때 마침 근처에 사는 소설을 쓴다는 박 선생이 찾아 왔지요.

"어떻게 혼자 집에서 술을 마시고 있어?"

"마침 잘 왔네. 오늘은 좀 마셔야 할 일이 생겨서. 우선 한잔 받게나."

하고 주인이 술잔을 내 주자 박 선생은 싱글싱글 웃으면서 술을 받고 나서는,

"또 심심했던 모양이구만. 격투가 있은 모양이니."

"그래, 그렇지만 이번만은 좀 달라. 사실 자네에게두 이번 일을 좀 의논할 생각이었는데."

"그런 맹랑한 소린 집어치고, 술이나 붓게."

"정말 이번은 그렇게 간단한 문제가 아니야."

"뭐가 또, 자네는 싸움을 하고 나선 언제나 그 소리 아닌가?"

"글쎄 그렇지가 않다니까, 정말 그 채신머리 없는데는 이젠 아주 정이 딱 떨어졌다니까."

"그래 그 사람이 그렇다는 것은 자네 지금에 새삼스럽게 느낀 것은 아니겠지?"

"그거야 그렇지만 그런 짓을 하는 것은 그대로 둘 수가 없어."

"무슨 짓을 했기에?"

"자기 돈을 만들고 있었으니 말이야. 나두 모르게 100만환이라는 돈을 저금했으니 말이야."

"그거야 잘 된 일 아닌가? 우리도 저금을 못하는데 집에 저금을 해 주어 고마운 일이지."

"그게 말이야, 자기는 해마다 새로 오바를 해 입으면서도, 난 사전 하나를 못 사서 쩔쩔 매는 것을 보면서도 모르는 척하니 말이야."

"그렇다면 좀 생각할 문제이군."

그러나 그 박 선생이란 분은 별로 걱정하는 얼굴도 아닌 채 술만 받아 마시다가,

"그말은 하여튼 자네 술이 깨고 나서 잘 이야기 해 보게나."

하고 돌아갔지요.

박 선생이 돌아가자 주인은 쓸쓸한 얼굴로 잠시 앉아 있다가 자리를 펴놓은 서재로 들어갔지요. 그리고 한참이나 있다가,

"선희, 거기 있는 담배 좀 갖다 줘."

하고 소리를 치지 않겠어요. 내가 그것을 갖고 들어가자 자리에서 일어나 앉아 있던 주인이 바로 앉으면서,

"선희, 난 선희에게 할 이야기가 좀 있는데."

하고 문득 내 얼굴을 향하여 더운 김을 품는 것이었어요. 그러고는 이상스럽게도 눈에서 불을 뿜으며

"선희는 언제나 이 집에 있어 주겠지? 응 있어주지?"

하고 나의 손을 잡아끄는 것이 아니겠습니까. 그 순간에 지금까지 주인을 존경하던 마음이 무너지는 것 같으면서 손을 뽑아내려고 하자 더욱 힘있게 긁어 잡으면서,

"이제는 그 사람도 나가고 우리 둘 뿐이야. 선희 나를 사랑해 주지?"

하고 내 손을 잡았던 손이 나를 끌어 앉는 것이 아니겠어요. 나는 그것을 뿌리칠 생각도 못하고 '사랑이 뭐에요' 하고 내뱉고 싶던 그 순간에,

"사랑이란 나이를 넘어설 수 있는 거야. 선희와 나와 같이. 그래서 그 사람도 내보낸 것 아니냐, 자식도 못 낳는 그런 것."

그 소리에 나는 그저 울고 싶은 마음뿐으로 뭣이 뭐인지 분간할 수 없는 채 그의 품속으로 말려들고 말았지요.

그런 일이 있은지도 지금엔 벌써 한 달이 지났어요. 물론 그 주인 아주머니는 다시 집에 들어오고 전과 같은 생활이 계속되고 있어요.

그러나 주인 아주머니가 왜 이렇게도 무서울까요. 아니 그보다도 주인이 무서운 것은 어떻게 하고요. 주인이 늦게 들어오는 날이면 기다리고 있다가 나더러 꼭 열어 달라는 것이지요. 이것이 사랑인가요. 이런 사랑도 있는가요. 그러나 나는 무서운 걸요. 정말 이 집을 어서 옮겨야겠어요.

진실일로(眞實一路)

퇴근시간도 거의 되었을 때였다. 성일이는 내일 은행에 내야 할 DP관계 서류를 갖고서 전무의 방으로 들어갔다. 사장의 처조카라는 박 전무는 그 넓은 방을 혼자 차지하고서 언제나 에로소설이나 읽고 있는 것이 보통이었지만 그때만은 무슨 서류에 눈을 둔 채 성일이를 거들떠 보는 일도 없이 기다리라고 했다. 그리고 보니 박 전무는 무슨 일에 약간 화가 난 모양이었다. 성일이는 문 앞에 선 채 기다리고 있었다.

그 때에 박 전무는 보던 서류를 집어 던지듯이 놓고서 초인종을 찍…하고 눌렀다. 그 동작이나 얼굴에는 골이 잔뜩 난 빛이 역연했다.

그 초인종 신호에 뛰어들어온 것이 미스 홍이었다.

"이거 미스 홍이 쳤어?"

박 전무의 첫마디에 기가 꺾이고만 미스 홍은 입술이 바르르 떨다시피 하면서

"뭐 잘못된 데가 있나요?"

하고 간신히 한마디를 했다.

"그래, 내가 초안을 잡아준 본문과 대조나 해보고 가져온 거야?"

하고 박 전무는 지금까지 화가 난 것을 미스 홍 앞에 배앝듯이 말했다.

"저는 보느라고 보았는데요."

"보느라고 본 것이 뭐야. 보구서두 이런 '미스'를 낸 거야?"
"뭐가 틀렸어요?"
"숫자를 좀 봐. 칠백 불이 구백 불로 되었으니 우리 회사 망칠 생각인가?"
"앞으로 주의하겠어요."
"앞으로 주의한다구 이 서류의 잘못이 고쳐지는 줄 알아?"
그 말에 미스 홍은 어떻게 해야 할지 모르고 망설이고 있다가
"그럼 다시 칠까요?"
하고 물었다. 그러나 그 말이 오히려 박 전무의 화를 더 돋구어 주는 말이 되었다.
"그럼 자기는 어떻게 할 생각이었어? 연필로 지우고 말 생각이었던가? 이걸 외국 상사에 보낸다는 것두 좀 생각하구 일을 해요."
박 전무가 그 서류를 던져주는 바람에 책상에서 떨어지려는 것을 은숙이는 분주히 잡으려다가 책상 위 꽃병이 소매에 걸려 자빠졌다. 그 바람에 그곳에 있던 서류를 적시며 박 전무의 무릎으로 물이 흘러졌다.
"어머나!"
하고 소리친 은숙이는 놀랜 손을 든 채 어쩔 줄을 몰랐다.
"어떻게 해요—"
박 전무는 은숙이를 힐끗 쳐다보고 나서는 일부러 자기 윗주머니의 수건을 꺼내 옷을 닦기 시작하였다. 은숙이는 꽃병을 바로 세우고 나서 젖은 서류첩의 물을 수건으로 닦으려고 하자
"놔 둬."
박 전무가 또다시 소리를 쳤다.
"그건 비밀서류첩이 되서 미스 홍이 손 댈 것이 아니야."
하고 요란스러운 소리와 함께 은숙이가 쥐고 있는 서류첩을 다그

쳤다. 은숙이는 눈물이 새어나올 듯한 얼굴로 멍하니 박 전무를 보고 있었다.

"도대체 어쩌라구 그러는 거야? 간밤에 잠을 잘 못 잤어?"

뒤에 서 있는 성일이와 같이 웃자는 투로 말했다.

"네?"

"어제 잘 잤느냐구 묻는 거야."

조롱치는 웃음이면서도 그것은 조롱으로만 들을 수 없는 웃음이었다.

"정말 미안해요. 제가 정신없이—"

"뭐 꽃병을 엎질렀다구 내가 야단을 치는 건 아니야. 쓸데없이 돌아다닐 생각만 하지 말구 일에 열성을 좀 내란 말이야."

"……."

"말하자면 그 뭣 같은 사나이들과 명동 찻집이나 쏘다니는 일은 일요일 하루만으로 하고서."

그 말에는 은숙이도 낯빛이 달라지지 않을 수 없었다. 그러나 박 전무는 그런 것은 개의치 않는대로

"알겠으면 가분가분 대답이 있어야 할 것 아닌가?"

하고 은숙이 얼굴을 한번 더 쳐다보고서는

"그래, 미스 홍은 스탠드 바니 댄스홀이니 밤이면 나가는, 요즘 말로 뭐래드라, '밤바이트'래든가 그런데 나가는 것 아니야?"

하고 말하였다. 그러고는 자기의 말이 약간 지나쳤다고 생각하는 모양으로 눈둘 곳을 찾지 못하고 천장을 한번 둘러보았다.

은숙이는 새파랗게 질린 얼굴로 뒤에 서 있는 성일이를 획하니 고개를 돌려 살피고서는 참을 수 없다는 듯이 입을 열었다.

"그건 무슨 말씀인가요?"

"어제 밤에두 미스 홍을 명동거리에서 보았으니 말이야."

"어제 밤에, 사실 저두 명동거리에 나갔어요. 그러나 그건 제 동생과 함께 영화를 보고 명동을 지나온 것이에요. 그걸 가지고서 '밤바이트'니 그런 말씀은……."

은숙이는 울먹해진 얼굴로 말했다.

"동생? 그건 더 야릇한 취미로구먼. 그것이 깊어지면 더 곤란한 거야."

회전의자를 좌우로 돌리면서 조롱치는 말에 은숙이는 마침내 눈물 어린 말을 꺼내놓고야 말았다.

"그건 너무해요. 어떤 의미로서 절……."

박 전무도 은숙이의 눈물을 보고서는 약간 당황한 표정이었다.

"됐어 됐어. 어서 그거나 가지고 나가서 빨리 쳐와."

그러나 온숙이는 어느덧 눈물을 거둔 얼굴이었다.

"그건 무슨 뜻으로 저에게 한 말이에요. 그러면 전 동생과 길을 걸을 자유도 없는가요?"

달려드는 듯한 은숙이의 태도에 박 전무는 급기야 언성을 높여

"그만큼 이야길 해 주는데 무슨 입버릇이야."

하고 고함을 쳤다.

뒤에서 잠자코 보고 있던 성일이가 나선 것은 그때였다.

"전무님, 그건 제가 듣기에 좀 지나친 말씀이라고 생각합니다."

그 소리에 박 전무는 급기야 성일에게 눈을 돌렸다.

"뭐가 지나치다는 거야?"

"그렇지 않습니까?"

성일이는 되도록 자기의 감정을 누르는 투로 말하였다.

"미스 홍이 설혹 늦은 밤에 명동거리를 걸었다 해도 전무님이 관계할 문제는 아니라고 생각합니다."

"뭐 뭐, 어쨌다구?"
박 전무는 고개를 바짝 들며 반문했다.
"그날 밤은 동생과 함께 있었다구 하지 않았습니까."
어디까지나 침착한 성일이 말에 박 전무는 성이 독 같이 받힌 채
"도대체 자넨 무슨 간섭인가?"
하고 마른침을 꿀꺽 삼켰다.
"제가 뭐 간섭하는 것이 아니라……."
"그래 내게 설교하는 셈인가?"
"그런 말은— 그거야 공연히 저를 트집잡는 말씀이지요."
"뭐? 트집을 잡는다구? 뭐가 트집을 잡는 거야?"
"그렇지 않습니까. 아무하고나 명동을 걷던 간에 미스 홍의 자유가 아닙니까."
"그건 자유인지 모르지만 그 동생이란 작자하구 밤 늦게 거리를 쏘다니기 때문에 일을 제대루 못하니 말이지."
"그건 너무나도 억설입니다. 사람에겐 누구나 실수가 있는 일인데 그걸 가지고서 지금과 같은 모욕적인 말에 결부시켜 말씀하신다는 것은……."
성일이는 자기의 말이 좀 지나쳤다고 생각할 때 박 전무의 감정이 터져 나와, 빽 소리를 쳤다.
"누구보구 하는 소리야? 요즘 젊은 놈들은 버르장머리가 없어!"
성일이는 자기도 모르게 앞으로 한걸음 더 나섰다.
"제가 무엇을 잘못했기에 그런 말씀을 하십니까. 그 이유를 좀 분명히 말해 주십시오."
성일이의 심각한 얼굴에 박 전무는 약간 겁을 먹는 태도였지만 그렇다고 지금까지의 어조가 수그러질 턱은 없는 일이었다.
"뭐 어쨌다구? 다시 한번 말해봐."

그런 말이 오고 가는 동안에 문 하나 사이에 있는 사원들도 어수선해진 모양으로 부장이 문을 열면서 뛰쳐 들어왔다.

"이군, 이군, 뭘 그러나!"

부장은 성일이를 붙잡고서 끌고 나가려고 했다. 그때 박 전무 입에서

"그래 자네는 미스 홍과 어떤 관계가 있기에 그 꼴인가?"

부장에게 끌려나가던 성일이는 그 말을 듣고서는 참을 수 없는 듯 부장의 손을 뿌리쳤다.

"미스 홍이 곤란해 할 그런 말은 제발 그만 두십시오. 같은 사원이라는 것 말고는 아무런 관계도 없습니다."

그러나 그 어조는 오히려 조금 전보다도 침착한 편이었다.

"그렇다면 여자를 홀리는 재간은 아직 서툰 모양이구만."

하고 또다시 박 전무가 조롱댔다.

그 말엔 부장도 박 전무의 말이 지나쳤다고 생각한 모양이었으나,

"자네 전무님 앞에 무슨 꼴인가?"

하고 성일이를 열심히 끌고 나가려고 했다. 어떻게 해야 할지 망설이고 있던 미스 홍도 성일이에게 어서 나가자고 떠밀었다.

그러나 성일이는 역시 그들을 뿌리치고 나서 유유히 입을 열었다.

"당신이 이 직장의 책임자일지는 모르지만, 그렇다고 사원에게 무슨 권리로써 그런 발광적인 모욕을 할 수 있습니까."

"뭐, 내가 발광적이라구?"

"도저히 바른 정신이라고는 생각할 수가 없습니다. 도대체 왜 사리에 맞지 않는 말씀을 하십니까. 설령 당신 손아래 사람이 어떤 실수를 했다고 그렇다고 해서 자기가 다른 곳에서 느낀 불쾌감을 거기에 씌우자는 것은—."

"뭐가 어째?"

그 순간에 박 전무는 비밀서류첩이라는 것을 집어들어 선일의 면상을 향해 던졌다. 박 전무도 성일이의 그 말에는 양심에 찔리는 데가 있었던 모양이다. 서류첩을 피하고 난 성일이는 태연한 웃음을 짓고 나서 말하였다.

"폭력은 좀 곤란합니다."

그 말이 떨어지기 전에 다시금

"뭣이?"

그 소리와 함께 잉크병이 날아들었다. 그러나 학생 때 운동선수였던 성일이는 그 잉크병도 용케 피해 버려 잉크병은 벽에 부딪혀 요란스럽게 깨지면서 잉크를 뿌려 놨다. 그 소리에 다른 사원들도 뛰쳐 들어와서 성일이를 끌고 나갔기 때문에 싸움은 그것으로 일단락된 셈이었다.

사원들은 대개가 박 전무에게 반감을 갖고 있었고, 또한 그것은 어디까지나 성일이가 정당했다고 생각했기 때문에 모두가 통쾌한 일이었다고 생각했다. 그러면서도 사원들은 그 일에 대해서는 무관심하려고 했고, 성일이와도 되도록 이야기도 하지 않으려고 했다. 성일이가 회사에서 쫓겨날 것은 결정적이라고 모두 생각했고, 그러므로 그와 가까이 하는 것이 불리하다고 생각하는 모양이었다.

그러나 그런 일이 있은 뒤 십 여일이 지나서도 성일이는 종전대로 출근을 하면서도 아무 이야기도 듣지 않았다. 성일이도 자기의 실직은 각오하고 있었으므로 오히려 그것이 이상하다고 생각됐고 한편 불안스럽기도 했다.

그러던 어느 날이었다. 그 날도 퇴근시간이 거진 다 되어서 옆에 앉은 최군이 사무를 끝난 서류를 정리하면서 물었다.

"박 전무가 뉴욕 출장소로 가게 되었다는 이야기 들었나?"

성일이는 처음 듣는 이야기였다.

"어쨌든 그 덕분에 자네 파면 문제는 어떻게 무사하게 되는 모양일세."

최군의 말이 사실이라면 성일이도 그럴 수 있으리라고 생각되었지만,

"그래도 그 사람이 떠나기 전에야 알 수 없는 일이지."

하고 말했다.

"뭐 이어 떠난다는데, 떠나는 사람이 아무리 그런 짓이야 하구 떠나겠나? 그러고 보면 자네는 전무와 싸워서 연인만 생기게 된 셈이 되었으니 오늘 저녁 한 턱 내야겠네."

하고 조롱댔다.

"자넨 언제나 모든 문제를 술에 결부시키는구먼."

"술이 제일이야. 자네두 너무 바르게 살겠다는 생각은 집어 치우구 좀 마셔요."

성일이가 최군과 이런 이야기를 하면서 웃고 있을 때 급사 아이가 와서

"이선생, 지금 막 부장님한테서 전화가 왔는데요, 명동 호수그릴로 지금 나와 달래요."

하고 전화 받은 것을 알려 주었다. 그러나 성일이는 부장이 자기를 갑자기 부를 이유가 떠오르지 않았기에

"왜 또 갑자기 호출인가?"

하고 찌뿌듯한 얼굴로 일어섰다. 그 말을 듣고 있던 최군이 끼어들면서 입을 열었다.

"좋은 일이야, 좋은 일. 부장님이 전무로 승급하게 되고, 자네를 부장 자리에 앉히려는 의논인 모양일세."

그러나 성일이는 자기에게 그런 행운이 올 리가 만무하다고 생각

되는대로

"그런 소린 좀 작작하게나."

하고 당치도 않다는 웃음을 웃었다. 그러나 최군은 자기의 생각이 틀림없다는 듯이

"그건 분명하다니까. 부장은 누구보다도 자네의 실력을 잘 알아주는 사람이 아닌가?"

하고 부러워하기까지 하는 얼굴을 했다.

식사시간이 아닌 호수그릴은 텅 비어 있었다. 부장은 그곳 구석자리에서 혼자 맥주를 마시고 있다가 성일이가 들어오는 것을 보고서는 분주히 손을 들어 불렀다. 성일이가 그 앞으로 가 앉자 종업원을 불러 컵을 가져오라고 하고 나서

"자네 뭣하나 달라고 하게나."

하고 음식을 청하라고 했다.

성일이가 그것을 사양하자 부장은

"닭고기 싫어하지 않지?"

하고 '치킨 프라이'를 하나 청하고서는

"먼저 한잔 하게나."

하고 성일에게 맥주를 부어 주었다. 부장은 별로 술을 좋아하지 않는 편이라는 것을 잘 알고 있는 성일이는 부장이 혼자 맥주를 마시고 있는 일부터가 이상한대로

"술을 별로 좋아하지도 않는 부장님이 오늘은 어떻게 된 일이십니까."

하고 물었다.

"때로는 나도 마시고 싶을 때가 있지. 말하자면 오늘 같은 날……."

하고 웃지도 않는 정색한 얼굴로 말했다.

"뭐, 부장님 무슨 기분 나쁜 일이라두 있었습니까."

"응, 사실은 내 일보다도 자네 일 때문에."
라고 말하는 부장의 얼굴이 흐려졌다.
"저 때문이에요?"
"우물 우물할 것 없이 까놓고 이야기하구 마세. 자네는 내일부터 나오지 말아야 하는가 보네."
부장은 말하고 싶은 말이 아닌 듯 가벼운 한숨을 쉬었다.
"그래요?"
성일이는 지금 최군에게 조롱 받고 나온 말이 문득 생각나며, 그런 행운을 행여나 하고 생각해 본 자기가 몹시도 어리석다고 생각하였다.
"실상 자네 파면만은 어떻게 면하게 할라구 나두 말마디나 해 봤네만 내 힘으로서는 어떻게 할 수가 없었는 걸."
성일이를 동정해서 말하는 것이었으나 결국 실직은 면할 수 없다는 말이었다.
"파면은 저 혼자 뿐이겠지요?"
고개를 숙이고 듣고 있던 성일이가 문득 고개를 쳐들며 물었다.
"그거야 체면상으로도 자네 혼자만을 파면시킬 수 없는 노릇이 아닌가? 싸움의 시초가 미스 홍 때문이었으니까 미스 홍두 자네와 마찬가지루……."
"미스 홍까지요? 그렇다면 미스 홍은 당장에 생활이 곤란할 텐데."
성일이는 '그 일'이 있은 후에 은숙이는 육이오 사변으로 가족을 모두 잃고, 올해 대학에 들어간 남동생과 둘이서 그녀의 월급으로 겨우 살고 있다는 것을 알게 된 것이다.
"목 자르는 사람들이 누가 남의 딱한 사정을 생각하겠나?"
"그렇지만 미스 홍이 무슨 잘못이 있어요? 일은 내가 나서서 그렇게 된 일인데."

"글쎄, 그걸 그 사람들이 왜 귀찮게 생각하겠냐는 거야."
"그렇게 되면 결국 미스 홍은 제가 실직시킨 것이나 마찬가지가 되지 않습니까. 그러니 그 사람만은 어떻게 말씀드려서 그대로 있게 해 주셨으면……."
성일이는 애걸하다시피 말했다. 그러나 부장은 자기도 어쩔 수 없다는 말만 반복하다가
"자네들의 일에 대해서는 내가 힘에 미치는 데까지는 해줄 생각이야. 다른 곳의 일자리두 내가 나서서 찾으면 그렇게 없지도 않을 테니 어쨌든 오늘은 자네와 맥주나 실컷 마셔 보세."
부장은 동정한다느니 보다는 자기 일처럼 화가 난 말씨로 말했다.

그리고 두어달이 지난 어느 날이었다. 성일이는 취직 때문에 어느 통신사의 사장을 만나고 나오는 길에
"이 선생님!"
하고 여자의 목소리로 누가 뒤에서 찾았다. 불시에 돌아다 보니 은숙이가 웃고 서 있었다.
"어떻게 된 일입니까? 한번 찾아 간다면서두."
"저두 정말 선생님한테 한번 찾아 간다면서 실례될 것만 같아서요."
"실례가 무슨 실례요. 저 혼자 있는 집에…… 그런데 취직은 어떻게 됐어요?"
성일이는 그것부터가 걱정된다는 듯이 물었다.
"아직 막연한 걸요. 선생님은 어떻게 됐어요?"
은숙이도 그것이 걱정되는 모양이었다.
"실상 전 그동안에 한번 취직을 했다가 또 실직을 당했답니다."
하고 웃었다. 은숙이는 그 말이 알 수 없기도 하고 놀랍기도 한 얼

굴로
"어떻게요?"
하고 물었다.
성일이는 역시 웃는 얼굴로서
"그 이야기를 하자면 좀 길어지는데요. 어디 들어가 차나 한잔 합시다."
하고 은숙이를 가까운 찻집으로 끌었다.
성일이가 커피를 시키고 나서
"인정을 갖고 안 갖는 것도 제각기의 자유니까 할 수 없는 일이지만."
하고 자기가 새로 실직 당한 이야기를 꺼내 놓았다.
그것은 부장의 소개로 어느 조그마한 회사에 취직이 되었던 것을 미국을 간다고 소문만 내놓고 아직 가지 않은 박 전무의 방해로서 일주일 만에 다시 실직자 신세가 되었다는 것이었다.
그 말을 듣고 난 은숙이는
"그런 법이 어디 있어요. 다른 회사에까지 간 사람을……."
하고 분개했다.
"저도 말할 수 없이 분했습니다만 돌이켜 생각해 보면 그것이 세상의 전부가 그런 사람은 아닐걸요. 그러니까 분개한다면 결국 그런 사람에게 지는 것 밖에 없는 것이지요. 그래서 저는 별로 울적할 필요는 없다고 생각했답니다."
하고 오히려 명랑한 얼굴을 했다.
"그렇지만 세상이 그렇게두 인정이 없을 수가 있어요?"
"너무 화를 내지 마십시오. 취직이야 또 어떻게 되겠지요. 그런데 요즘은 어떻게 지내요?"
하고 그런 말로 말을 돌렸다.

"저도 정말 어떻게 지나는지도 모르지요. 그러나 죽으란 법은 없는 모양이어요."

"그렇다 해도 수입이 있을 데가 없을 터인데?"

"정말 전번엔 동생 등록금으로 곤란했어요. 그러니 어떻게 해요? 어머니가 물려주신 물건까지 다 팔았지요."

그 말을 잠자코 듣고 있던 성일이는 주머니에서 저금통장을 꺼내 은숙이 앞에 놓아 주었다.

"저, 이건 제가 찾아 쓰던 저금통장입니다. 얼마 되지 않지만 급한 데 있으면 찾아 써요."

그러나 은숙이는 질겁이나 하듯

"제가 이걸 어떻게 받아요. 선생도 곤란하실 텐데."

하고 도루 밀쳤다. 그럴수록 성일이는 한사코 주려고 하고, 은숙이는 한사코 안 받겠다고 하다가 찻잔이 쏟아지면서 성일이의 옷을 적셨다.

"어머나 어떻게 해, 옷을 버려서……."

은숙이가 분주히 수건을 꺼내자

"괜찮습니다, 괜찮아요. 전 전무가 아니니까요."

그 소리에 둘이서는 눈이 마주친대로 웃었다.

그 후로 성일이는 어느 통신사에 취직이 되었고, 은숙이와도 자주 만나는 모양이었다. 그리고 은숙의 취직도 성일이와의 결혼으로 해결이 되는 모양이었다.

약혼

토요일 오후 숙희는 동무들과 영화구경을 가기로 약속한대로 경대 앞에서 화장을 하고 있을 때였다.

"숙희, 외출이야 잠깐만 잠깐만, 내가 오늘은 숙희의 좋은 일로 우진 온 걸, 무슨 일인지 알겠어?"

선천적으로 낙천가인 고모는 들어서기가 바쁘게 의미 있는 웃음을 헤쳐 놓았다. 고모가 말하는 '좋은 일'은 분명 혼담 이야기일 것은 틀림없는 일이었다. 그렇다면 고모님이 혼담을 갖고 온 것도 이것으로 벌써 세 번째가 아닌가.

숙희는 또 그 소린가 싶어 약간 귀찮은 얼굴을 짓자 옆에 앉아 있던 어머니가 눈살을 찌뿌려 꾸짖었다. 그래도 고모는 자신 있는 어조로 말하였다.

"이번만은 숙희도 고개를 못 돌릴걸. 더군다나 저편에서 숙희를 잘 알기까지 한다니까."

실상 숙희는 고모의 혼담 이야기를 어머니에게 맡기고 그대로 나가버릴 생각이었다. 그렇던 그것이 문득 저편에서 자기를 안다는 말을 듣고서는 갑자기 가슴이 설레지 않을 수가 없었다.

'……나를 안다는 사람이라면 도대체 누구일까.'

숙희는 고모가 무슨 귀한 것이나 되는 것처럼 조심스럽게 핸드빽에서 꺼내놓는 사진을 분주히 집어 보았다. 맷돌짝같은 얼굴에 입을 꾹 닫은 채 이글이글한 눈을 굴리고 있는 듯싶은 그 얼굴은 도시 기억에 없는 사나이였다.

"S대학 화학과를 나왔고 이번에 새로 생긴 질소공장의 기사로 있는 젊은 엔지니어인데 독실한 가톨릭 신자라니까 사진만 보아도 얼마나 믿음직한 얼굴일까. 나이는 갓 서른, 이름은 정대성."

정대성, 그 이름도 숙희로서는 처음 듣는 이름이었다.

"생각이 나지 않는 모양이지. 그렇다면 숙희가 너무 박정하구나. 남은 한번 보고도 그렇게 잊지 못하고 있는데……."

고모는 숙희를 조롱해가며 밉지 않은 웃음을 지어 나무랐다.

"글쎄, 나는 전혀 생각에 없는 걸요."

"그렇다면 내 암시를 주지. 형부의 생일날 그의 동무들이 몇 분 왔던 것은 생각나겠지? 그 중에 분명히 대성씨두 있었던걸."

그 소리엔 숙희는 그만 어이가 없어지고 말았다.

"어머나, 그래서 저를 안다구요? 내가 그분들의 얼굴을 어떻게 하나하나 기억할 수 있어요?"

"그렇지만 대성 씨의 얼굴만은 기억할만한 일이 있었다는 걸."

"어째서요?"

"네가 그에게 차를 부어주다 넘어지면서 그의 옷을 버려주었다면서?"

숙희는 그제야 그날 저녁 언니의 일손을 도우러 갔던 일이 생각났다. 사실 그날 저녁 숙희는 그의 새 양복에 차를 엎지르고 나서 너무나도 무안스럽고 부끄러워서 낯을 들어 그에게 변변히 사과도 못하였던 것이다. 그런 일이 있은 바로 그 사나이가 지금에 자기의 약혼 상대로 나타났다고 하니 그것도 무슨 인연이라는 생각이 들었다.

숙희는 흥미가 솟는데로 빨죽빨죽 웃음까지 웃어가며 다시 사진을 들여다보았다. 미남자랄 수 있는 얼굴은 아니지만 그렇다고 나쁜

인상을 주는 얼굴은 결코 아니었다.

그렇다면 도대채 고모님은 어떻게 그이를 알 수 있었을까.

그것에 대해서 숙희가 묻기 전에 다시금 다음과 같은 고모님의 설명이 있었다.

"대성 씨의 어머님과 나는 피난살이루 대구에 가서 같은 성당에 다니며 알게 된 동무라니까 그런 관계로 서울 와서두 서로 친하게 지내는 중에, 하루는 우연히 대성 씨의 앨범을 들치다 너의 형부 사진을 보지 않았겠니. 그래 이 분을 어떻게 아느냐고 물었더니 자기를 퍽 사랑해주는 선배라면서 그러고는 그날 네 형부 생일 이야기를 꺼내 놓고서는 약간 낯을 붉히며 처제분은 아직 미혼이라지요, 하고 묻더구나. 그 소리에 나는 옳지 알겠다, 했지 뭐. 숙희야 어떻게 할텐가 그래도 한턱 안할 텐가?"

변덕이 수다스러운 고모의 말에 숙희도 따라 웃지 않을 수가 없었다. 그러면서도 또 한편 스물 다섯이라는 숙희의 감정이 자기도 모르게 이상스럽게 긴장되며 인간의 운명이라는 것은 모름지기 이렇게도 우연히 되는 것인지도 모른다고 생각되었다.

"사람에 대해선 내가 어떻다니보다 네 형부에게 물으면 잘 알걸. 내 삼사일 후에 다시 오마. 아이구, 숙희 얼굴을 봐두 이번만은 싫지 않은 모양이라니까, 참 초득삼이라니 안될라구."

늘 무사분주로 바삐 돌아다니는 고모님은 암시를 던지고 자리에서 일어섰다. 어머님이 고모님을 바래주고 들어오며 딸의 뜻을 물어보았다.

"네 생각은 어떻니? 내 생각엔 좋을상도 싶은데 이야기를 진행시켜 보자꾸나. 너두 정말이지 이제는 진짜로 네 장래를 생각해야할 나이가 아니니. 아버지가 안 계신 집이라고 이렇게 집안에서 모두 나서 힘을 써줄 때 마음을 결정해야지 그러다가 기회를 모두 놓쳐버리고 나면……."

어머니는 확실히 형부인 관철이와 잘 아는 사이라는 것에 호감을 갖는 모양이었다.

"글쎄, 그럼 형부를 한번 만나 볼까?"

"그래라. 오늘 저녁이라두 어서 가서!"

"어머님두 참, 오늘 저녁으로 뭐이 그렇게 바빠서."

하고 숙희는 어머니의 말을 꺾었다.

그러나 그날 저녁 숙희는 동무들과 '인생유전'이라는 영화를 보고 나서 헤어져 그대로 집으로 돌아오자니 어쩐지 마음이 허전했다. 숙희는 버스 정류소에 선 채 잠시 망설이다 그만 신당동 형부의 집으로 가는 버스에 오르고야 말았다.

큰놈이 초등학교 일학년생이고, 둘째가 다섯 살 난 계집애로 언제가나 행복스러워 보이는 형부의 집에서는 바로 저녁이 시작되려는 참이었다.

숙희는 오다 골목 어귀에서 사은 과일봉지를 꺼내 놓았다.

"누가 널 보고 밤낮 이런 걸 사가지고 다니래?"

언니인 명희가 숙희의 용돈을 걱정해가며 나무랐다. 그러자 숙희도 지지 않고

"언니두 참, 내가 뭐 언니 먹으라구 사온 줄 아는 가보지? 우리 영숙이 먹으라구 그리고 영재두 먹고."

하고 아이들에게 커다란 과일을 한알씩 집어 주었다.

식사가 끝나자 형부가 라디오를 틀었다. 라디오에서는 쇼팽의 원무곡이 흘려지는대로 숙희는 마치 온실에 쌓여 있는 듯한 감이었다. 그러면서도 자기가 찾아온 용건을 생각하니 부끄러움이 앞서 얼굴이 막 달아왔다.

언니가 영숙이를 재우고 나서 홍차를 끓여오자 숙희는 그 틈을 타서 용기를 내어 입을 열었다.

"실상 오늘 저녁은 형부에게 물어볼 이야기가 있어 온 걸요. 정대성이라고 잘 아세요?"

형부인 관철이는 너무나 솔직한 물음에 놀랍다는 얼굴이 되며

"알다 뿐이겠나? 지금 질소공장에 있는 우리나라에선 이만저만한 화학자가 아니지."

"그 사람의 일을 좀 더 자세히 알고 싶어요."

"그건 왜 갑자기 무슨 일로?"

"혼담 이야기가 있어서요."

"누가?"

"누구긴, 나지요."

그러자 형부는 무슨 생각나는 것이 있다는 듯이 갑작스레 웃음을 헤쳐놓으며 무르팍을 탁 쳤다.

"알겠다, 알겠어…… 그 혼담은 고모님이 가져왔지?"

하고는 마치 대단한 문제나 맞힌 것처럼 장한 듯이 명희를 돌아다 보았다. 그러고는 다시 계속해서 이야기를 이어 나갔다.

"지난 일요일인가 우연히 내가 어느 찻집에서 대성군을 만났을 때, 재동 고모님이 내게 어떻게 되느냐고 묻지 않겠나. 그래서 처가쪽으로 한 집안이 된다니까, 그분이 자기 집에 늘 오신다면서 다시 무엇을 물으려다 웃고 말아서 좀 이상하다고만 생각했지 누가 이런 일 때문으로, 하하……."

"그분이 어떤 분인데?"

동생의 혼담 이야기라니 명희도 얼굴에 부드러운 기색을 띠며 당황스럽게 한 걸음 다가앉았다.

"어떤 분이긴 이렇게도 달콤한 이야기에 홍차가 이렇게 심심해서야 쓰겠냐구. 설탕을 한 숟갈 더 듬뿍 쳐."

이렇게 형부는 아내를 조롱하고 나서 갑자기 정색이 되어 말하였다.

"숙희가 그에 대해서 물을 게 있으면 무엇이든지 물어. 모름지기 나만큼 그 사람을 잘 아는 사람도 없을 거야."

그 이야기라면 팔을 걷고라도 나설 듯한 형부의 말에 숙희는 무슨 역습을 당하는 듯한 느낌이 들어 잠잠히 웃고만 있자

"물을 게 없니? 그러면 내가 그를 설명해주지. 그도 학생때부터 수재라고 하는 사람이었지만 수재라고 반드시 사람이 좋은 법은 아니라는 것을 우리가 알아야해. 말하자면 사람에겐 진짜가 있고, 가짜가 있는 법이야. 내가 생각하긴 그는 진짜의 한사람이지. 그렇다고 내가 생각하는 진짜가 그렇게 흔한 것은 아니야. 드물지. 그것을 이해할 수 있다면 그에 대한 설명은 더 필요 없을 거야. 그리고 또, 그가 과학자라고 해서 숙희의 피아노를 이해하지 못할 사람도 결코 아니고 오히려 음악이나 예술에 대한 관심은 숙희보다는 급이 훨씬 높을 걸. 그러니까 그것도 안심되겠지."

숙희는 무엇보다도 음악을 이해해 줄 수 있다는 것이 반가운대로

자기의 운명이 순조롭게 열리는 것만 같이 느껴졌다. 그럴수록 더욱 더 파고들어 묻고 싶은 것이 한두 가지가 아니었지만 자기의 본심을 드러내 보이는 것 같아 입을 열지를 못하였다.

"하여튼 서로 만나 이야기해 보는 것이 제일이라니까. 그 기회는 내가 책임을 지지. 그러면 대성군은 이미 숙희에게 반했으니까 이번엔 숙희가 그에게 반할 차례구만."

하고 웃어대었다. 과일을 깎던 명희도 따라 웃으며 말하였다.

"너두 대단하구나. 혼자 이렇게 자기 혼담 이야기를 형부에게 따지는 것을 보니."

그러자 숙희는 일부러 시치미를 딱 떼고

"그럼 뭐 내 일생에 중대한 일인 걸."

하고 조롱치는 말이면서도 멋쩍어 천장을 향해 웃었다.

"그렇지 그렇지, 그래야지. 그것에 비하면 너의 언니라는 사람은 혼담 이야기가 나고서 석달 만에야 선을 뵈었으니까. 그래두 내가 잘 참아 주었지."

"쓸데없는 소리 그만 둬요. 오버 한 벌두 못해주는 주제에 뭐 그렇게 잘났다구."

"또 오번가? 참 숙희는 결혼생활을 해두 남편에게 그런 불평은 안 할 꺼야."

하고 형부는 숙희에게 시선을 돌려 웃었다. 그러고는 다시

"숙희가 오늘 저녁은 그렇게 생각해서 그런지 유달리 예쁜데."

그 소리에 숙희는 그만 부끄러워 어쩔 줄 모르다 양손에 얼굴을 묻고 말았다. 그 순간에 문득 어머니가 옷장 속에 대성이의 사진을 넣던 것을 떠올리며 어서 가서 한 번 더 보고 싶은 마음이었다.

대성이와 숙희의 혼담은 이루어졌다. 두달 동안의 약혼 기간을 두고 결혼식은 신록이 무르익는 오월 초순에 하기로 했다.

어느 날 숙희는 경대 앞에 혼자 앉아서 무심코 자기 얼굴을 뜯어보며 스물다섯 살의 운명의 시간이 바야흐로 익어가는 듯한 감을 느끼고 있었다. 바로 그때 미닫이 문이 열리며 동생인 성규가 들어섰다.

"무얼 그렇게 생각해? 그렇지 참, 누나두 이젠 생각하는 사람이 생긴 걸."

성규는 의과대학 이년생으로 그들 사이는 서로 얼굴을 대하기가 무섭게 조롱치기를 일삼았다.

"내 대단한 사람 좀 생각하면 어때."

숙희도 질리가 없이 수선을 피워가며 대들었다.

"그것이 나로서는 알 수가 없다니까. 사진 한 장을 계기로 애정이 생긴다는 것은 참말 이십세기 후반의 마술이 아니고 무엇이야?"

숙희는 성규의 그 소리에 칵 골이 났다. 물론 동생에게 나쁜 뜻이 있었던 것은 아니지만, 자기들의 결혼을 경멸하려는 것이 불유쾌했다.

"그래서 넌 도대체 무슨 소리를 하려는 거냐?"

"물론 나는 누나의 중매결혼을 경멸하는 것이지. 자기의 일생의 중대사를 어떻게 한두 번의 우연으로 결정 지을 수 있느냐 말이야."

"그래서 중매결혼은 불행하다는 말인가?"

"아니 아니, 그 결과의 성공과 실패를 말하자는 것이 아니야. 첫째로 그 출발이 맹목적일 수 있다는 말이지. 중매결혼이라는 것은 당사자의 이성적인 판단보다는 오히려 그 주위 사람들의 힘으로 움직여지는 걸. 그러므로 말하자면 그것은 봉건적인 도락(道樂) 근성일지도 몰라. 누나는 그런 어이없는 세계에 자기를 맡기고도 태연할 수 있으니 이상하잖아."

"그래, 그것이 네 연애 지상주의 이론의 전부가?"

숙희는 버릇 없는 동생에게 털끝만치도 양보하고 싶은 마음은 없었다. 그럴수록 흥분이 고조되며 다음 말이 먹먹해졌다. 그때 문득 약혼기간을 두 달로 제의하던 형부의 말이 떠올랐다.

'약혼기간을 길게 잡는 것은 이유가 있어서야. 말하자면 이 두 달 동안에 중매결혼의 출발을 연애로 지향하려는 뜻이지. 이제부터 너희들은 서로서로 이해하는 단계로 들어가야 하는 거고. 두 사람의 총명한 지혜로 서로서로의 장점과 단점을 결혼이라는 숭고한 목표를 위해서 메꿔 나가야지. 노력은 참으로 귀한 것이야. 그곳에서 서로 믿는 마음도 생기며 희망도 생기는 것이고. 그럼으로써 드디어 결혼식을 맞이할 수 있는 감정이 성숙될 수 있는 것이지'

이 말에 숙희는 그때까지 자신의 약혼에 대한 알지 못할 불안과 주저하던 마음이 일소되고 자신과 희망을 갖게 되었던 것이다. 숙희는 동생에 대한 흥분이 어느덧 사라지고 누님답게 입을 열었다.

"그것은 너의 지나친 비약인걸. 물론 나도 중매결혼을 고집하는 것도 아니고 따라서 연애결혼을 반대하는 것도 아니야. 그보다도 중요한 것은 결혼을 앞두고 서로 상대를 이해할 수 있는 마음의 준비가 필요한 거야. 실상 우리 현실에서 보자면 중매결혼이나 연애결혼이 다른 점이 뭐야? 하나는 일정한 장소에서, 다른 하나는 버스간에서 우연히 만났다는 그것밖에 없잖아. 그런 점에서 생각하면 오히려 중매결혼이 더욱 순조로울 수 있는 거야."

"그러면 누나는 약혼기간을 두고 이제부터 연애를 한다는 말이지?"

"그걸 연애라고 해도 좋고 아무래도 좋아. 어쨌든 이제부터 그를 이해하려고 노력하다 보면 애정은 자연스레 생겨지리라고 믿고 있는걸."

"만일에 애정이 생겨나지 않을 때면?"

"응 지금 그런 걸 생각할 필요는 없다고 생각해."

숙희의 자신 있는 그 말엔 성규도 그만 물러서고 말았다.

그런 희망과 자신을 갖게 된 숙희는 전과도 달리 어머니 옆에서 바느질을 배우는 것이 훨씬 신이 났다. 때로는 온종일 피아노로 날을 보내는 날도 있었다. 무심결에 치던 쇼팽의 곡도 지금은 희망이 넘치는 감정 속으로 흘러짐을 느꼈다. 건반 위에 손을 멈추고서 문득 그의 얼굴을 생각할 때면 공연히 가슴이 스멀거리며 얼굴이 화끈 달아오르는 것도 어쩔 수 없는 일이었다.

약혼한지도 벌써 열흘이 지난 어느 토요일 오후였다. 그날도 역시 숙희는 어머니와 같이 수를 놓고 있을 때 형부의 회사에서 잔심부름을 맡아서 하고 있는 아이가 형부의 편지를 가지고 왔다. 뜯어보니 저녁이라도 같이 먹자며 명동으로 나오라는 편지였다. 숙희는 그 순간에 어떤 예감이 떠올랐다.

'꼭 그럴 것 같더라니…….'

그럴수록 온몸이 간지럽게 달떠오름을 느꼈다. 숙희는 어머니에게 이야기하고 나서 옷을 무엇으로 할까 몇 번이나 생각하고 생각한 끝에 결국 한복을 입고 나섰다. 약속된 다방에 들어서자 형부는 벌써 와 있었다. 그러나 형부뿐으로 숙희가 생각했던 사람은 보이지가 않았다. 숙희는 마음이 비어지는 듯한 허전한 감이 스쳐졌다.

"숙희도 한복을 입고 나니 제법 신부꼴이 나는데."

형부는 첫마디부터 숙희를 조롱대었다. 숙희는 주위의 시선이 자기에게 집중되는 것이 송구스러운대로

"그런 소린 그만하고 정말 제겐 한복이 어울리지 않지요."

"글쎄, 그걸 물어볼 사람이 따로 있잖아."

그리고는 시간을 살피고 나서

"뭘 들래? 참 숙희는 커피당이지."

형부가 차를 막 시키려고 할 때였다. '도어'가 벌컥 열리며 대성이가 들어서기가 무섭게 눈을 두리번거렸다. 그 순간에 숙희는 부끄러움보다도 기쁨에 막 고개가 숙여지고 말았다.

"대성군 어서 앉게나. 그 나이에 뭐 얼굴이 붉어가지구."

얼굴이 빨개진 것은 물론 대성이 뿐만 아니다. 숙희는 목덜미까지 빨개진 것이었다.

"형부두 너무해요. 남 알지도 못하게."

간신히 고개를 든 숙희는 형부를 나무라면서 실상은 더없이 고마웠다.

"참말입니다. 저에게두 전화를 걸어주지 않았겠어요. 같이 저녁을 먹자고. 그래 부랴부랴 와보았더니 누가 숙희 씨가 와 있을 줄 알았어요?"

대성이 얼굴에도 감사의 표정이 배어 있었다.

"그렇다면 내가 잘못한 셈이 되지."

하고 형부가 웃고 나서

"그건 사과하라면 얼마든지 사과하지. 그런데 도대체 너희들은 어떻게 된 셈이냐? 약혼한지 열흘이나 돼서두 서루 편지 한 장 없다니, 실상은 매일 보고 싶은 심정인건 내가 잘 아는 걸. 둘이 다 좀 더 솔직해두 좋잖나."

대성이는 자기의 약점이 드러난 듯 머리를 긁고 말았다.

"그렇게 말하는데 할 말이 없는 걸요. 이제부터 솔직하겠습니다. 숙희 씨, 그럽시다."

부끄러움 속에서 대성이의 눈은 숙희에게 향해졌다.

"숙희는 싫은 모양인가, 왜 대답이 없지?"

형부는 대답을 재촉했다.

"저도 솔직하겠어요."

하고 숙희도 그만 얼굴을 들자 형부가 크게 웃으며
"그래야지 그래야지, 자 그럼 어디 가서 저녁이나 먹자구."
하고 일어섰다.
형부는 그들을 조용한 '그릴'로 데리고 갔다. 유달리 즐거운 식사가 끝난 뒤 '그릴'을 나오자
"이젠 내가 할 일은 다 했으니 물러가겠네. 그러나 대성군, 숙희는 저녁 아홉시까지는 보내줘야 하네."
그러고는 뒤도 돌아보지 않고 골목을 돌아 홀연히 사라졌다.
"참 좋은 분이라니까요. 저는 늘 대할 때마다 형님을 대하는 것 같아요."
대성이가 감격한 말에 숙희도 잠잠히 고개를 끄덕였다. 번잡한 거리로 나섰을 때 처음으로 그들은 서로 만났다는 친밀감을 느꼈다.
"사실 전 매일처럼 당신을 만나고 싶었답니다. 그러면서도…… 그러나 이제부터는 정말 솔직하겠습니다."
"저도 그랬는 걸요. 솔직하겠어요."
그들은 다시 솔직이라는 말을 외이며 웃는 눈이 서로 부딪쳤다.
"그렇지만 공장 일은 아주 분주하지요?"
"그렇다고 당신을 만날 시간이 없을라고요?"
"그래두 그 공장은 우리나라에서 대단히 중요한 공장인 걸요."
"몰랐는데 대단한 애국자였군요."
그들은 또 다시 웃었다.
어느덧 아홉시가 되었다. 헤어지는 순간에 그들은 또다시 이상스러운 눈길이 부딪쳤다. 그러나 그들은 경솔한 행동은 피하였다. 이성은 정열을 아름답게 장식할 수 있기 때문이었다.
숙희는 달빛에 뚜렷히 드러난 먼 성당의 십자가를 바라보며 혼자 걸어오면서 애정의 상징이 무엇인지를 비로소 느꼈다.

진정

'역시 이집엔 오는 것이 아니었어……'

희경이는 아랫입술을 지긋이 깨물었다. 루즈는 바르지 않았지만 불그스름하게 청결하고도 고운 입술이었다. 마주앉은 영숙이는 그와 아주 대조적인 화장을 하고 있었다.

"그래서 희경이가 살림을 맡아보고 있어?"

이런 영숙이의 물음에

"그런 것도 아니지만……"

희경이는 힘없이 말끝을 우물거리는 것이었다.

"그럼 같이 버는 게구나. 그래도 참 고되지?"

영숙이는 어디까지나 동정적이었다. 이 집의 풍족한 모든 살림에 비하면 희경이는 정말로 동정을 받아야 할 궁한 살림이었다. 희경의 남편은 한때 신진 작가로 화려하게 문단에서 활약한 적도 있었지만 그것도 잠깐 동안의 일로, 지금은 그 자신의 슬럼프로 아무 것도 쓰지 못하고 있다. 그러므로

"그분은 왜 요새도 통 발표를 안하셔?"

이런 말을 듣는 것이 희경이로서는 가장 마음 괴로운 것이었다. 지금도 영숙이는

"요새는 신문 광고에도 너의 주인 이름은 통 볼 수 없으니 어쩐 일이야?"

역시나 이렇게 묻는 것이었다.

본시 영숙이는 여학교때부터 자기 생각은 그대로 말해 버리는 성미였다. 그러므로 지금도 악의가 있어서 그런 말을 한 것은 결코 아니었다.

"너의 주인은 좀 이상하긴 해요. 아내에게 밥벌이 시키는 법이 어딨어?"

"……."

"이런 말을 하면 네가 싫어할지는 모르겠다마는 아내를 부양하지 못해서야 남편으로서의 자격이 있어?"

영숙이다운 분개를 해가며

"네가 너무나도 암전하기 때문이에요. 네 책임도 있어. 아무 군소리 없이 벌어오기 때문에 버릇이 된 거야."

"그럴 리야……."

남편을 위해 변명하려고도 했지만

'그렇게 생각하면 그렇다고 할 수도 있어'

이런 생각도 문득 드는 것이었다.

"그렇게 되면 어느새 남자들은 가정에 대한 책임을 잊고 말아요. 내가 보기엔 너의 남편도 그런 데가 많이 있는 분이야."

'정말 그런 점도 있어'

처음에는 영숙의 말에 반발을 느끼고 있었건만 점점 그 말이 옳다고 긍정하는 마음이 되었다.

"원고도 쓸 가망이 없다면 다른 길로 나가셔야 하지 않겠어."

"아니야."

그제야 희경이는 분주히 목을 흔들었다.

"나 때문에 그렇게 하랄 수는 없어."

"그러게 넌 틀렸다는 거야."

영숙이도 지지 않고 자기 주장을 내세웠다.

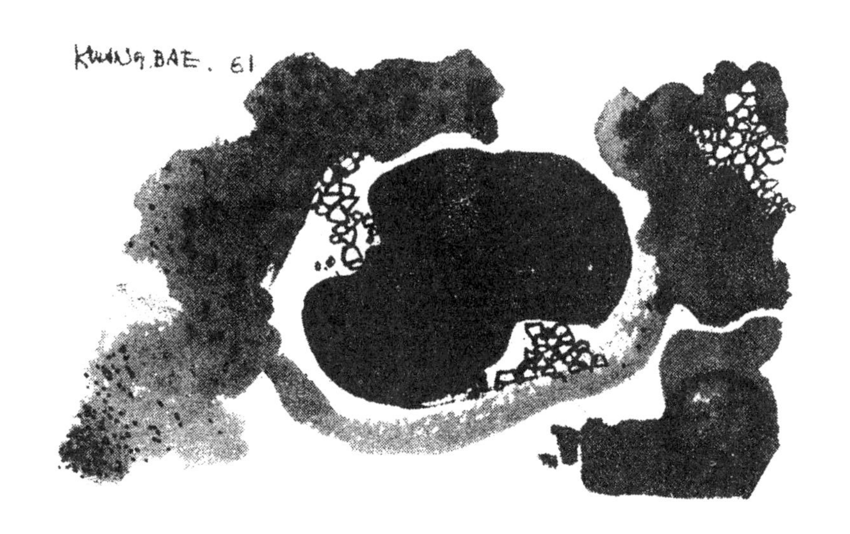

“네가 그렇기 때문에 네 남편이 점점 더 무기력해지는 거에요.”

무기력하다면 요사이의 남편은 그런 점도 있었다. 한 푼 수입이 없는 달도 있었다. 견디다 못해 희경이는 직장을 얻어 생활을 꾸려나가게 되었던 것이다. 이번에는 세들어 있는 집의 방세를 올린다고 하기에 그 돈을 좀 변통해 보려고 영숙이를 찾아 왔던 것이다.

‘역시 오는 것이 아니었다’

희경이와 영숙이 남편은 둘이다 문학을 한다던 사람들이다. 그러나 영숙이 남편은 붓으로는 도저히 살 수 없다는 것을 깨닫고는 일찌감치 장사로 코스를 바꿔버리고 말았다. 희경이 남편은 그러한 영리만 찾는 그를 몹시 경멸하고 있었다. 그러나 영숙이네는 장사운이 터졌던지 지금은 호화로운 생활을 하고 있었다. 그리고 그 돈 자랑이 또한 대단했다. 그러므로 희경이가 돈 5만 환을 얻어갔다는 소문도 순식간에 퍼져 희경이 남편 귀에까지 들어오게 되었다.

“그 집에 가서 부탁하지 않아도 되지 않아?”

남편이 이렇게 기분이 상해 있을 때 희경이로서는 할 말이 없을 수밖에 없었다. 더욱이나 남편에게는 의논도 없이 그 집에 갔던 것이다.

"하필이면 거기 갈게 뭐야!"

희경이가 잠자코 있는 것이 남편의 화를 더 돋운 모양이었다.

"머리를 숙이구 돈 좀 돌려 주십사고……."

"그렇지만……."

"그렇지만, 뭐야?"

다른 때 같으면 남편의 기분이 수그러졌을 때 차근차근히 이야기를 하는 희경이었다. 그러나 지금은 영숙이가 했던 말도 마음속에 남아 있던 터라,

"당신은 그렇게 말하지만……."

볼멘 소리를 했다.

"우리도 여기 저기에다 빚을 지고 이달엔 또 당장 방세를 올린대지 않아요."

남편도 그 말에는 대꾸할 말이 없는대로

"그것과 이것은 문제가 달라. 내 말은, 하필이면 왜 그런 놈의 집에 돈을 빌리러 갔냐 그 말이야."

"문제가 다를 게 뭐에요. 그 집에 가야 돈을 얻을 수가 있겠기에 간 거지요. 가서 부탁만 하면 그만 돈은 돌려주리라고 생각해서 간 거지요. 나도 그 집에 가는 것은 싫어요. 정말 싫어요. 영숙이하고 나는 여학교 동무가 아닌가요. 그런데도 가서 돈을 꾸어달라는 말이 하기가 좋았겠어요?"

"그렇다면 더더욱 안 갔어야 할 것 아니야."

"안 가면 된다구요?"

남편이 홧김에 하는 말인 줄은 알면서도 오늘의 희경이는 도저히 잠자코 있을 수가 없었다.

"그야 그렇지요. 당신이 수입만 좋다면야 영숙이한테 가라면 내가 가겠어요?"

"청탁이 안 오는 걸 내가 어떻게 하란 거야!"

그 자포자기한 어조가 희경이 신경을 건드렸다.

"그건 그렇다 해도……."

남편을 똑바로 쳐다보면서

"설혹 청탁은 없다 해도 당신이 글을 쓰고만 있다면, 공부만 하고 있다면야 난 이런 고생을 하더라도 달게 참겠어요. 그렇지만 요새 당신은 청탁이 없다구 공부를 하나요, 글을 쓰나요. 그저 신경만 날카로워 가지구."

평소에 생각하던 바를 이야기 하려고 하자

"그만 둬. 그런 말은 신물이 나도록 들었어."

남편은 역정을 그대로 드러내 놓으면서

"말이 났으니 분명히 말해두지만 난 쓰지 않는 게 아냐. 쓸 수 없는 거야. 쓸래도 쓸 수가 없는 난 이제 가망이 없는 놈이야."

"그것도 말이라고 해요?"

"당신은 지금 내가 공부만 한다면 어떤 고생이라도 참겠다고 했지? 말하자면 나한테도 이제 때가 오겠지, 그런 말이지? 그러나 미안하지만 내 재능이란 것은 그만 바닥이 드러나고 말았어. 두 번 다시는 일어설 수 없게 된 거야."

남편은 자기의 말에 흥분을 하여 마침내는 이런 말까지 했다.

"때가 오리라고 생각하는 것부터가 잘못 생각이지. 그러다가 평생 고생을 면치 못할 걸. 어때, 헤어지려면 일찌감치 헤어져야지? 하루라도 빠른 게 낫잖아? 헤어지자면 언제든지 헤어질테야. 오늘이라도, 아니 지금 당장에라도 좋아."

그렇게 말하고는 문소리도 요란스럽게 밖으로 나가 버리는 것이었다.

"여보!"

뒤따라 가는 희경이를 난폭하게 밀치고는 나는 듯이 달아나 버렸다.

그날 오후 희경이는 직장에서 돌아오면서

'헤어질까.'

남편에게 환멸을 느껴서가 아니었다. 남편을 사랑하기 때문에—남편을 분발시키기 위해서 '이대로 가다가는 그인 정말 아무 것도 못할지 몰라'

희경이는 남편의 재능을 믿고 있었다. 재능은 있으면서 불운(不運) 때문에 기력을 잃어버리고 말았다. 그리고는 영숙이가 말하다시피 아내를 은근히 의지하여 그 불운과 싸울 기력도 잃고 만 것이다. 이대로 가다가는 정말 그 재능마저 말라 비틀어질지도 몰랐다.

'그이를 갱생시키기 위해 나 하나가 희생이 되어 그만 헤어지고 말까.'

속이 텅 빈 채로 걷고 있노라니까

"아이 언니."

"어마, 남순이 아니야."

남순이란 여자는 남자들같이 희경이 어깨를 툭 치면서

"왜 그렇게 멍한 얼굴로 다녀요."

몸집도 큰데다 야단스러운 양장을 하고 있기 때문에 오가는 사람들이 힐끔거렸다. 레코드 가수인 남순이는 그것이 또 기분이 좋은 모양으로

"참 오래간만이네요."

아주 자신만만한 태도였다.

이 남순이 역시 희경이에게는 여학교 때 후배다. 그것이 지금은 자

기가 선배나 되는 것 같은 태도다.

희경이는 여학교 때 얼굴이 예뻤던 탓으로 따르는 하급생이 많았다. 남순이도 그 당시는 그러한 귀여운 하급생의 하나였지만

"주인어른은 어때요? 요새 별로 쓰지 않는 모양이던데?"

어딘지 경멸하는 빛이 보이는 말투였다.

'또 이런 소리…….'

희경이가 눈 둘 곳을 찾고 있자

"차나 한잔 마셔요."

바로 다방 앞이었다.

"여기서 만나기로 한 사람이 있어서, 지금 막 들어가려던 참이에요."

그리고는 희경이 대답 같은 것은 무시한 태도로 안으로 쑥 들어가면서

"난 도무지 바빠서."

묻지도 않는 그런 말을 하는 것이었다.

향수

조용한 주택가의 한 모퉁이에 낸 약국은 예상 외로 매상이 올랐다. 영숙이는 이곳에 약국을 낸지도 이미 3년이나 된다. 가게는 세들어 있다고는 하지만 자기집이나 다름없이 자유롭게 쓰고 있다.

그것은 주인집 사람들이 좋아서라고도 할 수 있겠지만, 그보다 실상은 주인집에서 영숙이 힘을 빌리고 있기 때문이라고도 할 수 있었다.

주인집 식구라야 셋—척수염으로 오래 전부터 병석에 누워 있는 마나님과 군의관으로 있는 아들, 그리고 어린 식모 계집아이의 세식구다. 그러므로 아들이 병원에 나가고 보면 안집에는 운신을 할 수 없는 마나님과 아직도 철부지인 식모아이만이 남게 된다. 철없는 식모아이는 갑갑하면 훌쩍 밖으로 뛰어나가서 멋대로 돌아다니다 슬며시 들어오기가 일쑤였다. 그러면 마나님은 계집아이를 찾다 못해 혀를 끌끌 차며

"내가 이대로 죽는대두 알 사람도 없겠다."

후 한숨을 내쉬는 것이었다. 영숙이는 그것이 하도 딱해서 안집과 약국 사이에 초인종을 달아두게 하고, 필요할 땐 누르게 했다. 따르릉 하는 벨소리에 안으로 뛰어들어가 보면

"색시 미안하지만, 우리 순이 거기 없수?"

"무슨 일이신데요?"

"내가 목이 너무 말라서……."

영숙이는 마나님께 물을 떠다 드리면서

"아주머니, 순이, 제가 야단을 좀 쳐 줄까요?"

"그래, 이놈 애가 너무 말을 안 듣는구려."

이런 일이 몇번 거듭되면서 영숙이는 그만 주인집 관리인까지 되고만 셈이었다. 식모 아이 감독에서부터 병자 시중, 땔거리 걱정, 반찬 걱정…… 그러다 보니, 어느 때부터인가 식사도 한집 식구처럼 함께 해 먹게 되었다.

"영숙이, 이 은혜를 어떻게 갚는담?"

마나님은 늘 입버릇처럼 이런 말이었다.

"은혜가 무슨 은혜에요. 아주머니두 그런 말씀 제발 마세요."

"땔감 걱정까지 시켜서 이런 미안할 데가 어데 있겠수?"

"세들어 있는 제가 마치 집주인 행세를 하고 있는데, 아주머니가 자꾸 그러심 제가 민망하잖아요."

"말만이라두 그렇게 해 주니……."

영숙이는 딸기를 설탕에 잰 것을 마나님께 권하고는 이내 약국으로 도로 나왔다. 이제 곧 아들인 인섭이가 돌아올 시간이 되었기 때문이다.

식모 아이가 시장에서 돌아오자 영숙이는 자기 방에 앉아서 오이도 썰고, 나물도 무치면서 가게를 내다보고 있었다.

그때에 안으로 통하는 쪽문이 열리면서 인섭이가 가게로 들어섰다. 그는 군복 윗도리만 벗은 모습으로, 영숙이의 칼질하는 모습을 재미나듯 보고 있다가 가게에 손님이 들어서자,

"네, 열이 좀 있구요, 보챈다구요? 그렇다면 이거 갖다 먹이세요. 그래도 열이 내리지 않거든 다시 한 번 오세요."

아주 익숙한 솜씨로 조제실에 들어가서 약을 지어다 주었다. 그도 그럴 것이 그의 본업이 의사니…….

손님이 나간 뒤에 영숙이는 그를 쳐다보고 웃으며
"고맙습니다, 선생님."
"처방료는 받아야겠는데요."
"드리지요, 어서 들어가 계세요. 곧 채소 샐러드로 처방료를 대신할 테니까요."
"오늘은 또 양식(洋食)이군요."
인섭이는 대번에 입이 헤벌어졌다. 그러면서,
"너무 폐가 많아서 정말 죄송해요. 어머니두 말할 수 없이 고맙다는군요. 그래서 오늘은 사실, 영숙씨한테 감사의 뜻을 표하려고 이걸 하나 사 왔는데요,"
하고 바지 주머니에 두 손을 넣고 분주히 뒤적거리다가
'윗도리에 넣었나? 어디에 넣었더라? 확실히 여기 넣은 것 같은데'
머리를 기웃거리며 생각하고 있었다.
영숙이는 그 모양이 우스워서
"지금 주시지 않아도 좋아요. 나중에 천천히 생각해 보세요."
하고 가볍게 웃었다.
인섭이도
"글쎄……."
하고는 다시 한번 바지 주머니부터 뒤지기 시작했다.
그때에 가게문이 또 열리면서 젊은 여자가 들어섰다. 그 여자가 가게에 들어서는 순간에, 방안에 있는 영숙이까지 눈을 크게 떠볼 지경이었다. 그토록 그 여성은 산뜻한 여름 차림을 하고 있었다. 그리고 인섭이와 시선이 마주치면서 그 여성은
"어마, 선생님."
혈색이 좋은 얼굴이 더욱 불그레 물들면서 인섭이에게 허리를 굽혔다.

"이거 최양 아닙니까, 어떻게 약국엘?"

인섭이도 가볍게 인사를 받으며 최양이라고 부르는 그 여자에게 되물었다.

"약국 앞을 지나치다가 문득 동생이 회충약을 사오라던 생각이 나서요."

하며, 약국 안을 한번 휘둘러 보고나서

"병원에서도 그렇게 분주하신데, 댁에 나오셔서도 가게를 보시다니, 정말 용하세요."

정색한 얼굴로 칭찬을 했기 때문에 인섭이는 약간 당황도 하면서

"아니, 뭐……."

하고 웃다가

"그래서, 오빠는 별고 없지요?"

"네, 선생님 덕택으로 다 잘됐어요. 저도 지금 병원에 다녀오는 길이지만 곧 퇴원을 해도 될 모양이에요."

그 여성은 자기 얼굴에 가볍게 손을 얹으면서 대답했다.

"그렇다면 저도 마음이 놓입니다. 그럼 회충약은 이것이 좋을 겁니다."

그 여성은 약값을 치르고

"고맙습니다."

"그건 파는 사람이 사가시는 손님한테 해야 하는 인사말인데요."

하고는 둘이서 함께 소리를 내어 웃었다.

"그럼, 안녕히 계셔요."

인섭이는 뒷모습까지 아름다운 그 여성을 보내고 나서 천천히 담배를 붙여 물었다. 영숙이는 아까부터 채소를 썰고 있었지만, 몇 번이나 자기 손가락을 벨듯이 정신을 판 칼질이었다.

"지금 그분, 누구시죠?"

마침내 그녀는 인섭이에게 물었다.
"네, 제가 수술을 한 어떤 군인의 여동생이에요."
"참 예쁜 분이에요."
"네……."
인섭이는 대답하고 나서, 담배연기로 공중에다 동그라미를 만들었다.
"어머, 그 진열장 위의 지갑, 그분이 잊고 가셨나 봐요."
하고 영숙이는 방에서 얼굴을 내밀었다.
"그런가 본데요."
인섭이는 진열장 위에 놓인 구슬로 짠 조그마한 지갑을 주워 들었다.
"얼마나 들었나?"
지갑을 열어 보려고 했다.
"남의 지갑 함부로 열지 마세요. 그보다 돌려드릴 수는 있나요?"
"그렇지요, 오빠되는 사람의 병실에 가져다주면 다음번에 와서 가져갈 테지요."
인섭이는 허리를 길게 피며
"배 고픈데."
하고 일어섰을 때 세 번째로 가게문이 열리면서 늘 전화를 빌려 쓰는 윗병원에서 영숙에게 전화 온 것을 알려 주었다.
"약국집 아줌마, 전화 왔어요."
병원에 쫓아가서 수화기를 들자
"영숙이냐? 나야 나 백……."
백부의 굵은 목소리가 전화줄을 타고 들려왔다.
"오늘 밤은 따로 갈 데가 없지?"
"네, 별로요……."

영숙이는 모호한 대답을 했다.

일찍이 부모를 여의고 고아나 다름없는 영숙이는 백부가 음식점을 경영하고 있는 관계로 학생 때부터 죽 기숙사 생활만 해왔다. 그러면서도 이 백부는 결국 영숙이에게는 부모나 다름없는 고마운 분들이었다.

"다른 볼일이 없거든 저녁에 여길 좀 다녀가라. 좋은 이야기가 있다. 네가 들으면 좋아할 얘긴데 말이다."

백부는 아주 유쾌한 듯이 말하였다.

"네, 그렇다면 저녁에 가겠어요."

하고 나서 그녀는 전화를 끊었다.

가게에 식모아이를 내보내고 나서 영숙이는 언제나처럼 마나님에게 우선 죽을 갖다 드렸다.

"오늘은 바쁜 모양이던데, 참 애쓰는구먼."

인사가 밝은 마나님은 열 번이면 열 번 잊지 않고 번번이 치사를 하였다. 이 마나님은 긴 병에 누운 자답지도 않게 언제나 말씨가 고왔다. 영숙이는 그 마나님 머리맡에 앉아서 숟갈로 죽을 떠 넣었다.

"오늘은 붕대를 가는 일이 저녁보다 늦어져서 미안해요."

영숙이는 사과하면서, 그릇 위에다 거즈와 솜, 소독약 등을 담아 가져왔다. 하루에 한번씩, 척수염에서 오는 화농처(化膿處)를 닦아내어 붕대를 가는 일이 영숙이의 또한 큰 일거리였다.

"오늘은 인섭이가 와 있으니, 그 애더러 해달라고 해두 되는데."

하고 마나님은 안 된 얼굴을 했다.

"군의관 어른보다 이것만은 제가 더 익숙하니까요."

영숙이는 웃으며 가위로 거즈를 잘라 냈다. 이윽고 소독약 냄새와 섞인 고름 냄새가 방안에 퍼졌다.

영숙이는 붕대를 새로 감고 나서, 더러워진 물건들을 들고 밖으로 나왔다. 그녀는 대야에다 펄펄 끓는 물을 담아가지고 와서 피고름이 묻은 거즈를 헹구기 시작했다.

"어머니꺼군요, 참 애 쓰십니다."

저녁을 먹고 나온 인섭이는 대야 옆에 허리를 굽히고 서서, 비눗방울을 내고 있는 영숙이 손끝을 보고 있었다.

"제가 짜지요."

하고 그는 손을 내밀었다. 영숙이는 웃으며 머리를 흔들었다.

"그보다 저 작대기를 이쪽에다 고여 주세요."

젊은 그들은 흰 헝겊을 줄에다 널었다. 그것들은 초여름 약한 바람에 살랑 살랑 흔들렸다.

"정말 영숙씨 수고를 뭣으로 갚아야 할지, 이런 더러운 빨래까지 해 주시니, 순이 계집애두 이것만은 더럽다고 손을 안 댈라 하잖아요."

하면서 인섭이는 손수건으로 젖은 손을 닦았다. 그 말에는 말뿐이 아닌 깊은 감사의 뜨거운 마음이 숨어 있었다.

영숙이는

"그렇게 새삼스럽게 인사 안 하셔두 좋아요."

얼굴을 들어 화사하게 웃었다.

"정말, 아까 뭘 주신다고 했지 않았어요?"

그 웃는 얼굴을 그냥 갸웃했다.

"아, 정말."

인섭이는 다시금 호주머니를 분주히 뒤져서

"이겁니다. 향수, 영숙씨한테 뭘 드렸으면 좋을까 하다가 문득 향수 생각이 나서 그만 이걸 하나 사 갖고 왔지요. 언젠가 제가 얼핏 들은 이야긴데, 영숙씨는 미용 방면에두 솜씨가 있다지요? 그런 이야기를 들은지라 순간적으로 향수 생각이 났던지 모르겠어요. 아무튼 소용에 닿거든 써 보세요."

"어마, 참 귀엽게 생긴 병이네."

영숙이는 그 보라색의 조그만 병을 눈높이에까지 올렸다. 그렇게 하고 그 향수병을 보고 있는 동안에 무한한 기쁨이 솟아났다. 평소에 대범한 인섭이가 이런 선물을 생각해낸 그 진실이 고마웠던 것이다. 진정으로 영숙이를 기쁘게 하려고 마음을 쓴 그 조그만 선물이 영숙이는 눈물겹도록 고마웠던 것이다.

"고맙습니다. 전 이걸 기쁜 일이 있는 날에만 쓰기로 하겠어요."

영숙이는 낮은 목소리로 말했다. 그것은 그녀의 깊은 감동에서 우러나온 말소리였다.

"그렇다면 영숙씨가 결혼하는 날이라든가 또 대단한 발전을 하실 때 쓰세요."

하고 인섭이는 웃었다.

백부는 마침 반주를 하고 있는 중이었다.

"오 영숙이 왔니, 너두 한잔 들렴."

하고 백부는 술잔을 내밀었다.

영숙이는 웃고만 있었다.

"어때, 요새두 재미 있냐?"

아주머니도 상 옆에 와서 앉았다.

얼근히 취한 큰아버지는 기분이 대단히 좋았다. 그가 아까 조카에게 '좋은 이야기'라고 한 것은, 온양온천의 K호텔에서 큰아버지의 친지(親知)가 경영하던 미장원을 판다는 것이다. 모든 설비를 그냥 두고서 일정한 손님이 붙은 미장원을 급히 팔게 되었다는 것이다. 따라서 가격도 많지 않을 것이니, 조건이라면 이보다 더 좋을 데가 없다고 했다. 그것을 영숙이가 모은 돈으로 사서 결혼할 때까지 착실히 영업을 해보면 어떠냐는 것이다. 영숙이 돈만으로 부족하면, 그 부족한 액수만큼 큰아버지가 빌려 주겠다는 이야기였다. 그래서 다달의 수입에서 얼마씩 갚으면 된다는 것이다.

"나두 너의 애비에게는 신세 많이 졌고, 그만한 변통이야 못봐주겠니?"

하고 백부가 기분이 좋았다.

그 따뜻한 정은 역시 영숙이 마음에 고맙지 않을 리 없었다. 그러면서도 그녀의 대답은 이어 나오지 않았다. 백부는 좋아라고 덤비지 않는 조카를 보자 점점 이맛살이 찌푸려졌다.

"그래 약방 재미가 그렇게도 좋으냐?"

"재미가 좋다는 것도 없지만, 그렇다고 방향을 훌쩍 바꾸기에도 힘들잖아요. 약방 정리도 그렇고 미장원 경영에도 경험이 있는 것이 아니고……."

"그래……."

큰아버지는 손바닥으로 얼굴을 쓸었다.

"그렇지만, 넌 거 뭐야, 장차는 그 집 며느리가 될 맘으로 있는 건 아니냐?"

큰아버지의 그 한마디에 영숙이 얼굴은 붉어졌지만 침착하게 대답하였다.

"그런 마음이라니, 그건 큰아버지도 두고 보시면 아실 거예요, 그런 마음으로 미장원 개업을 망설이는 건 절대 아니에요."

영숙이의 대답은 오히려 침착했다.

"정말이지 그 댁의 아드님을 말이다, 전번에 만났었지."

말없이 듣고 있던 아주머니는 입을 열었다.

"그래요, 어디서요?"

"저 뒷산에서 채석장을 하는 최씨 영감네가 있잖냐? 그 돌담을 한 큰 집 말이다. 그 집 아드님두 군에 가 있는데 지금 군병원에 들어 있다는구나. 그래서 저번에 그댁 마님하고 병원에 가봤더니 너의 주인집 아드님이 병실에 회진을 왔더라. 그래서 인사를 했단다."

"그러세요."

영숙이는 아무 내색이 없이 듣고 있었지만, 그러구 보니 짐작이 가는 이야기였다.

"그분이 나간 뒤에 최씨 마나님은 그 분을 꽤 칭찬하더구나. 그러면서 저런 사위라면 당장에 딸을 주겠다는 둥. 하기야, 좋은 사람은 누구 눈에나 좋아보이게 마련이지. 최씨댁에 막내딸 말이다. 희경인가, 그 딸두 인물 좋구, 싹싹하구, 이 동네서두 다 탐내는 색시감이다."

영숙이는 대꾸없이 이야기를 듣고 있었으나. 그 눈에는 어느덧 눈물이 고여 있었다.

그와 때를 같이 해서 인섭이 집에서는

"어머니, 요즘은 좀 어떠세요?"

활짝 열어젖힌 마루문에서는 저녁바람이 시원스레 불어왔다.

"응, 그저 그렇다. 그런데 영숙인 꽤 늦는구나."

모친도 베개에서 머리를 돌렸다.

"오래간만에 큰댁에서 이야기 판이 벌어졌겠지요."

하고 인섭이는 좁은 앞들을 내다보았다.

모자간의 이야기는 끝없이 벌어졌다.

그래도 모친은 역시 피곤한 듯 가끔 가다 눈을 감아 버렸다. 아들은 그 모친의 얼굴을 마음 아프듯 지켜보았다. 그는 부채바람을 모친 얼굴에 보냈다. 이야기는 흔히 있듯이 결혼 이야기로 넘어갔다.

"너두 이젠 장가 가려무나."

하고 모친은 웃었다.

"근데 어머니, 저두 요새는 장가 갈까 하는데요."
아들은 농담하듯이 대답했다.
"그럼 맘에 든 색시라두 나타났단 말이냐?"
모친은 신이 나서 말을 받았다.
"그런 것두 아니지만, 제가 보고 있는 환자에 최소위라고 있어요. 그 누이동생을 가끔 만나는데요. 그런 여자라면 장가 가두 괜찮겠다는 맘이 들더군요."
"응, 그래……."
모친은 끄덕이면서
"그래서, 우리 집에 와 줄만한 사람이냐?"
"글쎄요, 그건 잘 모르겠지만……."
인섭이는 머리를 기웃거리다가
"그 오빠한테 이야길 해보면 혹시 이야기가 될지도 모르겠지요."
"그래."
모친은 눈을 감고 있다가,
"네가 꼭 그 색시라야 된다면 나두 할 말이 없다만, 어미에겐 이 색시면, 하는 아이가 있단다."
"그래요, 누군데요?"
"영숙이 말이다."
하고 모친은 깊은 숨을 들이마셨다.
"그 애가 우리 집 일을 이렇게 잘 봐주는 한 가지 이윤, 내가 네 어미이기 때문일께다, 아닐까……."
모친은 잠시 말을 끊었다가
"그 아이가 내 고름낀 물건의 빨래를 안 하는 날이라고 없으니 말이다."
인섭이는 잠자코 있었다. 오늘 낮에 대야 속에 담겼던 하얀 두 손이 눈앞에 떠올랐다. 그는 그때에, 그 손을 젖은 그대로 꼭 잡아 쥐고 싶도록 감사의 마음을 느꼈다. 그러나 그것을 그대로 행하기엔 마음속에 인상진 다른 영상을 씻어버려야 했다. 약국에 조그만 돈지갑을 두고 간 또 하나의 흰 손이 떠올랐다.

"너는 영숙이에게 늘 신세를 진다고 하지만."

하고 모친은 말에 힘을 주었다.

"말만으로야, 이건 내가 잘못 생각하는 것인지 모르겠다만, 또 너한테도 네 생각이 있겠지만, 될 수만 있다면 맘을 돌려 보려무나. 그 아이를 우리 집 며느리로 데려와서, 한평생 행복하게 해 주고 싶다. 또 이 어미로서는 너한테 부탁해서 그 아이의 은혜를 갚자면 그렇게 밖에 할 길이 없구나."

모친은 자애롭게 말했다. 인섭이는 대답이 없었다.

어떤 소년이 부는 하모니카 소리인지, 밤공기에 흘러 왔다.

"그럼 어머니, 이 이야기는 어머니에게 일임하겠어요. 어머니 좋도록 처리해 주세요."

인섭이는 분명히 대답했다.

"그래?"

모친은 아들 얼굴을 주의깊게 살피고 나서

"고맙다……."

낮은 소리로 말하였다. 따뜻한 어머니의 애정이 그대로 담긴 말소리였다.

'책이나 좀 읽을까?'

인섭이는 일어났다.

"어머니, 일이 있으면 부르세요."

그는 모친의 머리맡 미닫이를 닫고는 나갔다. 모친은 마루를 건너가는 그 발소리에 귀를 기울였다. 영숙이는 밤 10시가 넘어서 돌아왔다.
"이제 돌아 왔어요."
급히 온 모양으로 가슴이 불룩거렸다.
"버스마다 만원이라, 겨우 잡아타고 왔어요. 오다가 철이른 참외가 났기에 몇 개 사 왔어요."
그녀는 보자기를 끌렀다. 노란 참외가 굴러 나왔다.
"벌써 철이 이렇게 되었나, 참 입맛이 도는구만."
병자는 그것을 한 알 만져 보며 영숙이에게 가볍게 물었다.
"큰댁에선 무슨 일로?"
"별 일이 아니었어요."
영숙이는 간단하게 대답했다.
"그래, 난 또 혼삿말이라두 난줄 알고……."
아주머니는 웃고 나서
"나두 사실은, 일간 큰아버지 만나 뵙고 부탁드릴 일이 있는데,"
영숙이 얼굴에 부드러운 웃음을 던지면서
"인섭이두 오래서 같이 먹자."
"그럴까요."
그러면서두 영숙이 대답에는 어쩐지 힘이 없었다.
"그래두 선생님은 참월 별 좋아하시지 않는 모양이던데요."
"좋아하지 않구 어쩌구가 있어? 영숙이가 모처럼 사 온 건데, 먹으래야지."
영숙이도 웃으며 인섭이를 부르러 일어섰으나, 그 웃음은 어딘지 슬퍼 보이는 웃음이었다.
인섭이 방은 어두웠다. 영숙이는 여자들이 흔히 하는 습관대로 인섭이를 부르기 전에 문밖에서 잠깐 방안을 기웃거렸다.
스탠드 밑에서 인섭이는 아까의 그 돈지갑을 만지작거리고 있었다. 최씨댁 막내딸인 희경이란 아가씨의 그 조그만 지갑을, 영숙이는 이어 말이 나오지 않았다. 그녀는 상대방에서 알아채고 얼굴을 돌릴 때까지, 가만히 눈길을 돌린 채 그 자리에 그냥 서 있었다.

"어마, 매미 울어요."

하고 희경이는 남편을 쳐다보았다.

"응."

인섭이는 머리를 끄덕이며 웃었다.

정원의 나무들은 바람에 살랑대고 있었다. 그 속에서 매미가 울고 있었던 것이다.

오늘 인섭이와 결혼식을 올린 희경이는 남편이 분주한 몸이기 때문에 간소하게 신혼여행을 서울에서 가까운 이 온천장엘 오기로 했다.

때마침 방에 들어온 보이에게 희경이가 물었다.

"호텔에 미장원이 있어요?"

곱고 또 곱게 보이고 싶은 신부의 마음인 것이다.

"네, 있습니다. 바루 밑의 홀 옆입니다."

"잠깐 혼자 계세요."

희경이는 남편을 돌아보며 웃었다.

"응, 아주 예쁘게 하고 와요."

그는 희경이를 내보내고 담배에 불을 붙여 물었다.

"어머, 영숙 씨 아니세요?"

미장원에 들어선 희경이는 깜짝 놀랐다. 거기의 마담이 바로 영숙이었던 것이다.

"축하합니다. 모처럼 청첩장을 보내 주셨는데, 가 뵙지도 못하고 죄송하던 참인데 그래두 만나 뵙는군요."

하고 영숙이는 웃으면서
"여기 앉으세요."
라고 하며 거울 앞으로 희경이를 안내했다.
희경이는 영숙이가 머리를 만지고 있는 동안에 그 여인의 일을 생각해 보았다. 오래도록 그 집에 세들어 있은 이 여성을, 남편의 어머니, 그러니까 시어머니도 착한 색시라고 며느리를 삼고자 했다는 것이다. 남편도 모친의 의사를 좇기로 했다는데, 그녀는 웬일인지 그것을 거절하고 미장원을 연다면서 그 집에서 이사하고 말았다는 것이다. 자기와 남편 사이의 혼담이 순조롭게 진행된 것도 영숙이가 그 집에서 이사 간 뒤였고, 여기에 와서 미장원을 하고 있는 줄은 통 몰랐다.
"어마?"
희경이는 위를 쳐다 보았다. 발 끝에 무엇이 한방울 떨어진 것을 보았기 때문이다.
"미안합니다, 감기 들어서 그만……."
영숙이는 콧물을 들이마시는 척하면서 웃는 얼굴이 되었다.
"여긴 잘 되나요?"
희경이가 물었다.
"네, 그저 그만해요."
영숙이는 가볍게 머리를 만지면서
"화장두 해 드릴까요, 주인어른께서 놀라시게 힘껏 해 드리겠어요."
희경이는 그 말도 장사하는 사람들의 치사로만 들었다. 이윽고 영숙이는 신부에게 향수를 뿌리면서 말하였다.
"이 향수는 행복의 마술이 숨어있는 특별한 향수랍니다. 그래서 이렇게 이쁜 신부에게 첨으로 열어서 쳐드렸어요."
"참 좋은 향기네요."

“네, 그래서 특별한 향수라는 거지요.”

영숙이는 곱게 단장이 된 신부의 얼굴을 거울 속으로 그윽히 들여다보았다. 그것은 황홀하리만큼 아름다운 큰 모란꽃과도 같았다.

“저녁에 저의 방에 놀러 오세요.”

희경이는 자리에서 일어나면서 말했다.

“네, 고맙습니다만 저녁차로 큰댁에 다녀올 일이 있어서요.”

하면서 영숙이는 손님을 전송했다. 미장원 창가에는 어느덧 저녁빛이 깃들기 시작했다.

“이제 저무는구나…….”

그녀는 창에 기대어 불이 켜지기 시작하는 호텔의 방들을 두루 쳐다보았다. 그 불밑의 다정한 한 쌍의 신혼부부의 모습이 떠올랐다.

그녀의 마음에는 애수가 가득했으나, 그러면서도 평화롭고 만족

된 마음이었다. 우연히도 자기 손으로 단장한 신부가 이 밤을 새면 그이의 아내가 된다. 말하자면 인섭이의 행복을 자기 손으로 맺어준 것만 같은 만족된 마음이었던 것이다.

"그 향수는 참 보람있게 쓴 거야……."

하고 그녀는 생각했다. 그러면서 미용실에는 불을 켜고는 레이스로 짠 커튼을 창문에 내려덮기 시작하였다.

전화위복(轉禍爲福)

젊은 남자가 여자를 싫어한다는 것은 지금엔 거의 국보(國寶)적인 존재라고도 할 수 있는 일이다. 그러나 순배의 경우에는 그럴만한 이유가 아주 없었다고도 할 수 없었다.

환도하고 얼마 가서 순배는 결혼하게 되었다. 아니 정확하게 말하자면 하게 된 거나 다름 없었다. 신부는 같은 서무과의 애경 양이었다. 그들은 책상을 잇대어 일을 보고 있는 동안에 그만 사랑하게 되었다.

그들은 결혼자금을 마련하기 위해서 일년전부터 오십만 환짜리 계를 부어 왔다. 곗돈이 무사히 떨어지자 그들은 드디어 결혼에 골인하게 되었다. 두 사람의 돈을 합쳐 백 만환이면 어찌어찌 신접살림도 꾸려나갈 수 있으리라. 과장님도 쾌히 주례를 맡아주마고 나섰다. 돈이 준비되자 일은 일사천리격으로 그 며칠 뒤에는 S예식장에서 식을 올리게끔 만반의 준비가 갖춰졌다.

신랑인 순배는 예식장으로 먼저 와서 신부를 기다리고 있었다. 손님은 얼마 안되었지만 그래도 올 사람은 다 왔다. 그렇건만 정각이 되어도 신부가 나타나지 않았다. 일생에 한번인 결혼식이다. 이것저것 여자다운 준비도 많으리라. 이렇게 생각하고 처음에는 별로 초조해 하지도 않았다.

정각이 한 시간이 넘어도 오지 않았다. 예식장에는 다음 순번의 손님들이 기다리고 있었다. 어떻게 된 일이냐고 식장 사람들이 재촉을 했다. 그런 판에 신부쪽 사람이 땀을 뻘뻘 흘리며 달려왔다, 그 사람이 땀을 닦으며 손을 부벼대며 하는 말은 이러했다.

'신부는 만반의 준비가 다 되어 마침내 자동차에 오르려고 했다. 들러리 아가씨가 손을 잡고 자동차에 한발을 올려놨을 때였다. 난데없이 구경꾼 속에서 남루한 차림의 젊은 청년이 뛰쳐나오면서 신부와 들러리 사이로 뛰어들었다. 순간 신부의 얼굴은 새파랗게 질렸다. 청년은 다짜고짜 신부차림의 애경이를 꼭 껴안으면서 신부의 귀에 대고 가물거리는 기억을 필사적으로 되살리려는 듯이 이렇게 소리쳤다는 것이다. "애경이, 나야. 날 잊었어?"

잊은 것이 아니었다. 그 사나이는 6.25때 전사한 줄만 알았던 것이다. 그렇지 않았다면 애경이도 결혼할 결심이 나지 않았을 것이었다. 그 '살아 있은 유령'이 공교롭게도 이같은 인생의 중대기로에 뛰어든 것이다. 신부는 너무나도 놀란 나머지 그 청년 품속에서 거의 실신 상태가 되었다.

야단이 벌어졌다. 아무튼 신부로 하여금 정신을 좀 가라앉게 한 뒤 그녀의 의향을 다시 물어보기로 했다. 낯선 청년도 흥분해 있었고 신부도 흥분해 있었다. 한편 식장에서 목이 빠지게 기다리고 있을 사람들의 일을 생각하면 정신이 아찔할 지경이었다. 이 당장에 가부를 결정하여 일을 처리해 버리지 않을 수 없게 되었다.

그 결과 애경이는 순배와의 결혼을 취소하겠다고 말했다. 순배의 체면은 형편없게 되었지만 하는 수 없었다. 과장님은 동정하듯이 말했다.

"일이 자네한텐 참 딱하게 되었네만 이 결혼식은 일단 중지하는 수밖에 없지. 나중의 일은 그때 타합하기로 하고."

화를 내본들 별수 없는 일 아닌가. 순배에게도 사나이로서의 자부심은 있었다. 이렇게 된 바엔 그녀와 결혼을 못하게 되면 죽어버리

겠다고 소동을 벌려봐야 사나이 못났다는 소리나 듣기 십상이었다.

"하는 수 없지요. 그러면 취소하겠습니다."

하고 깨끗하게 물러섰지만 마음속은 막 뒤집혔다.

신부 쪽에서 사과의 뜻이라면서 신부쪽 결혼자금 오십 만환을 과장님을 통해서 보내왔다. 과장님도 사양할 것 없이 받아두라는 통에 받아두기로 했다. 덕택에 순배는 호주머니가 두툼해졌지만 조금도 마음이 즐겁지 않았다.

이런 일을 당하고 보면 어떤 남자라 해도 조금은 여자가 싫어질 것이었다. 무리도 아니다. 순배는 여자라는 것을 믿을 수 없게 되었다. 여자의 얼굴만 보아도 구역질이 났다.

부산에 있는 아저씨한테 결혼 청첩장을 낸지 겨우 이삼일 만에 순배는 다시 결혼취소 통지를 냈다. 그 편지가 비관적이 된 것은 어쩔 수 없는 일이라 아니 할 수 없었다. 아저씨한테서 결혼 축하금이 송금환으로 왔다. 뒤미처 파혼 위로의 편지도 왔다.

— 그런 줏대 없는 여자 같은 것은 곧 잊어라. 지금 세상에 남아도는 것이 여자인데 조금도 비관할 것 없다. 그보다 이곳에 좋은 규수 하나가 있다. 나이는 스물 셋. 단 한분인 부친이 돌아가시고 꼭 혼자 남았다. 전서부터 잘 알고 있는 사이라 인물은 틀림이 없다. 그런데 이 처녀가 대단한 부자다. 부친이 벼락부자로 2억쯤 되는 유산을 고스란히 물려받았다. 지금 내가 그 처녀의 재산을 돌보고 있지만 네가 그 처녀와 결혼을 하게 되면 그것은 그날부터 너희들의 것이 된다.

여기까지 읽고 나서 순배는 머리를 꼬았다. 너무나도 분에 넘치는 이야기가 아닌가. 충분히 경계할 요소가 있는 이야기다. 그 여자가 굉장한 바람둥이가 아니면 애꾸이거나 심통이 사나운 불독같은 여자일지도 모른다. 한번 혼이 난 개는 먹이를 주어도 잘 집어들지 않는 것처럼 그는 신중을 기하여 분별없이 좋아하지는 않으리라고 마음먹었다. 그런데 끝까지 읽고 나니 이번에는 겁마저 겹쳤다.

'그런데 네 이야기를 했더니 대단히 동정을 하기에 그렇다면 차라리 결혼해 줄 마음은 없느냐고 물었다. 경솔한 말은 할 수 없다마는 마음이 없는 것은 아니었다. 아무튼 한번 만나 보겠다는 이야기다. 요즘 처녀들은 성급해진 탓인지 곧 너를 만나 보러 가겠다는 것이다. 그러므로 내가 동반하고 가야 옳은 일이지만 이곳을 떠날 수 없는 사정을 말하니 그렇다면 자기 혼자서 가도 좋다고 한다. 그래서 네 주소와 약도를 그려 주었다. 어쩌면 수일 내로 찾아 갈는지도 모른다. 아마 꼭 갈 것이다. 한번 만나 보아라. 앞서 보낸 돈은 어차피 곧 있을 너의 결혼에 그냥 두었다가 보태 쓰도록 하여라…….'

편지를 읽고 있는 순배의 손이 떨리기 시작했다. 이 편지대로라면

이 아가씨는 언제 뛰어들지도 모를 일이었다. 온다고 겁날 것은 하나도 없었지만 이런 호박이 넝쿨채 굴러 떨어진 것 같은 이야기가 수상했다. 이것을 고지식하게 믿었다가는 다신 얼굴을 들 수 없게 코를 깰 것만 같았다.

지난번 사건 이후로 그는 여자에 대해서 일종의 피해망상증에 걸려 있었다. 이런 불행의 불씨를 걸머지고 올 듯한 아가씨와는 숫제 만나지 않는 것이 상책이리라. 한시바삐 이곳을 떠나 피신을 해야겠다, 우물쭈물 할 일이 아니었다.

첫째로 서울에서 도망쳐 버리자. 직장 같은 것은 아무래도 좋았다. 결혼자금이 백만 환이나 있으므로 보름이고 한달이고 이 돈을 다 써버릴 때까지 온천장에라도 가서 실컷 놀고 오자. 그 돈을 다 써 버리면 마음속 찌꺼기 같은 것도 씻겨 내리겠지. 열흘 이상이나 집에 돌아오지 않으면 아무리 배짱이 센 아가씨라고 해도 단념을 하고 부산으로 돌아갈 노릇이었다.

순배는 부리나케 여행가방을 꺼내 갖고 분주히 짐을 챙겼다. 해운대 호텔로 오긴 왔지만 순배의 마음은 조금도 밝아지질 않았다. 그는 오는 도중에서 보아서는 안될 것을 보고 온 것이다.

열차가 천안에 머무를 때였다. 홈을 천천히 횡단하여 온양행 열차로 발을 옮기는 신혼부부의 모습이 눈에 띄었다. 신부는 애경이었다.

순배는 유리창에 코를 맞붙이고 파랗게 질리면서 그들의 옆 모습을 쏘아보고 있었다. 그들과 서울서부터 같은 열차에 오른 것이다. 애경이와 나란히 걷고 있는 그 신랑이 문제의 청년인지 아닌지는 알 수 없지만 그들의 모습은 실로 행복스러워 보였다.

그들은 둘, 자기는 하나—더욱이 서울에서 도망쳐 온 순배다. 덧없는 괴로움이 가슴을 적시며 행복에 취해 있는 그들의 모습이 언제까지나 눈앞에서 떠나지 않았다.

이삼일이 지나자 그는 호텔에 혼자 있는 일이 싱거워졌다. 말하자면 말상대가 필요해진 것이다. 그렇다면 되도록 젊고 아름다운 여자가 좋았다. 여자가 싫어졌다는 그의 마음도 이것을 보면 순간적인 그저 그런 것이었다는 것을 알 수가 있다.

그는 서울로 되돌아가서 자기를 찾아올 그 아가씨를 만나볼까 하고 문득 생각해 보기도 했다. 사실로 닷새째에는 참다못해 짐을 챙기기 시작했다. 그러한 순배를 이곳에 다시 주저앉게 한 사건이 생긴 것은 그날 저녁이었다. 저녁 식사 후 로비에서 신문을 읽다가 문득 얼굴을 들었을 때 바로 앞자리에 젊은 여자가 앉아서 잡지를 뒤적거리고 있는 것이 보였다.

스물은 좀 넘었으리라. 탄력 있는 몸매에 싱싱한 눈길이었다. 그런 것들이 그들 둘이만이 있는 로비에서 단연코 빛을 발휘했다.

그는 첫눈에 마음이 두근거렸다. 그녀와 이야기를 나누고 싶었다. 젊은 남자의 마음이란 아무리 여자를 피해 본다고 한들 고작 이런 것이다. 순배는 이런 마음이었지만 상대에게는 동반자가 있을지도 알 수 없는 일이었다.

순배는 담배를 다섯 개피나 피워가며 말할 기회를 기다렸다. 이윽고 아가씨는 잡지를 덮고 자리에서 일어났다.

그는 아가씨의 뒤를 밟았다. 남의 뒤를 밟는 것이 신사적인 행동이라고는 할 수 없었지만 지금은 그런 것을 따지고 있을 여유가 없었다.

이미터쯤 사이를 두고 뒤쫓아가자 아가씨는 어느 방문 앞에 이르러 지체없이 문을 열고 안으로 들어가 버렸다. 말을 걸 기회 같은 것이 전연 없었다. 그의 코 앞에서 문을 쾅하고 닫아버렸다. 그 문에는 19호라는 번호가 붙어 있었다. 순배는 바보처럼 문밖에 멍청하게 서 있었다.

그는 서무에서 회계일을 맡아보고 있었다. 그러므로 숫자에 대해서는 남달리 머리를 잘 썼다. 그의 머리에 영감 같은 것이 떠올랐다. 그는 급히 호텔 사무실로 뛰어갔다. 마침 61호실이 비어있는 것을 알고 그리로 방을 옮겨 앉았다.

다음 날 아침 그는 누구보다도 먼저 식당으로 나갔다. 19호 식탁을 점령하고 번호표를 남몰래 거꾸로 바꿔놓고는 모른 체 신문을 읽고 있었다. 얼마 안가서 문제의 아가씨도 나타났다. 자기가 예약해 놓은 식당에 낯도 모를 청년이 앉아 있는 것을 보자 서슴치 않고 다가와서

"미안합니다만 자리를 잘못 잡으신 것은 아닌지요?"

순배는 일부러 천천히 머리를 들고 아가씨를 쳐다보았다. 그리고는 웃는 얼굴로 번호표를 가리켰다.

"잘못 앉은 것 같지는 않습니다만…… 여기 61호이지요?"

"어마 그렇지만 그건 번호표가 거꾸로 끼었어요. 보세요 이렇게 하면 19호가 되지요?"

"아 그렇습니까. 이거 실례했습니다……."

그때야 비로소 안 것처럼 미안한 표정을 지어 보이고는

"이거 참, 댁에서 주문하신 식사에까지 손을 대버렸으니 대단히 죄송합니다만 제 식탁의 것을 드실 수 없을까요?"

"……하는 수 없구만요."

정말 하는 수 없어 아가씨는 순배가 예약해 놓은 테이블에 가 앉았다. 그 테이블에는 순배가 주문해 놓은 최상급 고급요리가 준비되어 있었다.

"어마나……."

눈이 둥그레진 아가씨 옆을 그는

"실례했습니다."

하고 머리를 약간 굽혀 보이고는 로비로 가서 아가씨가 나오기를 기다리고 있었다.

식사를 마치고 그녀는 곧 나타났다. 순배가 담배를 피워물고 있는 것을 본 듯 했으나 모른 체하고 인사도 없이 그냥 지나쳐 버렸다. 거만한 아가씨였다. 순배는 그만 실망했다. 어지간해서는 택도 없을 것 같았다. 그는 우울해졌다.

점심 때 식당으로 가 보자, 그가 주문한 일이 없는 고급요리가 기다리고 있었다. '옳지…….'하고 그는 생각했다. 슬그머니 아가씨한테 눈길을 돌리자, 그녀는 열심히 포크를 놀리고 있었다.

호텔 앞에 이곳 손님을 상대로 하는 고급양과자점이 있었다. 순배는 식사를 끝마치고 그리로 가서 묵직한 케이크 한 상자를 샀다. 그것을 호텔 19호실로 보내 달라고 이르고는 61호실 자기 방으로 돌아와 귀를 모으고 기다리고 있었다.

얼마 안 있어 노크소리가 났다. '왔구나!'하고 그는 생각했다. 두근거리는 가슴을 쓰다듬으며 아무렇지 않은 얼굴로 문을 열자, 그녀가 케이크 상자를 안고 서 있었다.

"이것 댁에서 주문하신 것 아닙니까. 호텔 보이가 가져 왔습니다만 전 주문한 일이 없는 걸요. 방을 잘못 안 것이 아니냐고 물어도 틀림없이 61호실이라는 거예요. 그래서 할 수 없이 이렇게 제 손으로 가져 왔어요. 댁의 것이지요?"

"주문한 것은 틀림없이 접니다만 받으실 분은 댁입니다. 호텔 보이가 잘못 전한 것은 아니지요."

"그렇지만 이걸 왜 제가 받아요?"

"오늘 성찬을 베풀어 주신 인사로……."

"그건 아침 식사 대신으로 제가 드린 것인데 그걸로써 서로 밸런스가 맞는다고 생각해요."

"아니지요. 테이블을 잘못 앉은 것은 역시 내 잘못이니까요."
"참 까다롭게 생각하시네요. 그리고 이 케이크는 왜 절 주시지요?"
"아가씨가 좋아서—그래서는 안됩니까."
"안 되지요. 아무튼 이건 도루 받아 주세요."
"하는 수 없군요. 그렇다면 둘이서 먹어버립시다. 그것도 안됩니까."
"정 그러시다면 실례합니다."
그녀는 방으로 들어왔다.
"유감입니다. 모처럼의 호의가 그만……."
순배는 케이크 상자를 열면서 말했다.
"돈을 그렇게 허비하는 것이 아니랍니다. 월급이 얼마나 되시는지는 알 수 없지만."
"충고, 고맙습니다."
"제가 그걸 받아 보세요. 또 무엇인가 되보내야 하잖아요. 그런 허비가 어디 있어요. 오늘 아침부터 서로가 많이 허비한 걸요. 저는 돈은 가지고 있어요. 그렇다고 그렇게 허비하고 싶진 않아요. 더욱이 댁에선—실례의 말씀인지는 모릅니다만 월급쟁이가 그렇게 무리를 하다가는 어떤 연애고 오래 가진 못할 걸요."
아닌 게 아니라 그 말엔 할 말이 없었다. 용서 없는 아가씨이다.
"그렇지도 않으면 무슨 모리배? 하긴 월급쟁이가 이런 호텔에서 며칠씩 할 일 없이 지낼 수는 없잖아요?"
"아니 그럴만한 이유가 있어서…… 사실은—"
모조리 털어놓고 말해버릴까 하다가 역시 그럴 수는 없었다. 아무리 이유가 있다고는 해도 결혼식 도중에 신부가 도망쳤다고는 차마 할 수 없는 일이었다. 그만 거짓말이 나오고 말았다.
"실연을 하고 거진 자포자깁니다."
"그러세요? 비슷한 이야기구만요. 저도 말하자면 실연을 했어요.

얼굴도 본 일이 없는 사람에게 말입니다."
"정말입니까. 참 통쾌한 이야긴데."
"통쾌할 것 조금도 없어요. 그렇지만 전 자포자긴 되지 않아요. 실연을 하고 자포자기가 되는 것처럼 바보가 어딨어요."
"아니 그것이, 이렇게 와 있는 이유의 전부는 아닙니다. 후일담이 또 있지요."
이번에는 사실대로 그 이억 환짜리 아가씨 이야기를 했다.
상대방은 말없이 듣고 있었다. 가끔 순배의 얼굴빛을 살피면서.
"그렇다면 그 여자에겐 도무지 호감을 느끼지 못하셨구만요."
"호의고 뭐고 있습니까. 얼굴도 본 일이 없는데."
"어마 제 경우와 정말 비슷해요. 그렇다면 왜 도망은 쳤을까요?"
"여자라는 것을 통 믿을 수가 없어서지요. 여자라는 여잔 다 싫어졌습니다. 그 판에 여자가 찾아온다니 겁도 나지 않겠습니까."
"실례의 말씀을 하시네요. 여자라는 여자가 다 싫어졌다니, 그렇다면 저도 그중의 하나겠구만요."
"아니……."
이건 실수했다고 입을 꽉 잡아 보았지만 이미 엎지른 물은 되담을 수가 없었다. 순배는 당황해서 취소를 했다.
"아가씨만은 예윕니다. 특별입니다."
"이상해요. 그렇다면 그 여자가 혹시 저라면 어떻게 하시겠어요?"
"뭐 아가씨라구?"
"네, 이야기가 너무나도 비슷하니 말입니다. 저도 이억환의 유산을 막 받은 참인 걸요."
"당신도……."
"그렇답니다. 그뿐이 아니라 얼굴도 본 일이 없는 사람과 결혼할 생각으로 서울 갔어요. 결혼하게 될지 안될지는 만나 본 뒤에 결정할 참이었어요. 그랬더니 상대방은 내가 가는 것을 알고 있으면서 뺑소니를 쳤더군요. 화가 났어요. 그 사람을 사랑하고 있은 것은 아니지만 그래도 그렇게 되면 누구든지 화날 일이지요. 어이가 없어서 기분 전환으로 이곳에 온거랍니다."

—이쯤 되면 독자 여러분은 순배가 지금 바로 누구와 이야기를 하고 있다는 것을 알아차릴 것이다. 운명은 때로 이런 우연도 만들어 내는 것이다. 사실은 소설보다 더 묘하다는 것도 이 때문이다.

이 뜻밖의 우연에 순배는 말도 할 수 없었다. 무슨 말을 어떻게 해야 할지를 몰랐다.

"그랬습니까. 당신이었구만요, 바로 당신……."

뒷말을 이을 수가 없었다.

"그런 줄 알았더라면 서울에서 도망칠 필요가 조금도 없는 것을, 아가씨 오시기를 기다렸어야 했지요."

"그렇지만 댁에선 여자라는 여잔 다 싫어졌다고 하시지 않았어요. 그건 어떻게 된 거에요?"

"그 말은 취소합니다."

"사나이 대장부가 한번 입 밖에 낸 말을 그렇게 쉽사리 취소할 수 있을까요?"

"그렇게 자꾸 따지면 곤란합니다."

"그렇지만 전 그 말이 마음에 걸리는 걸요. 저에게 돈이 있다는 것을 알고 갑자기 좋아졌다면 불쾌해요. 저야말로 남자라는 것을 믿을 수 없게 되지요."

"그건 억측입니다. 난 돈 같은 것은 한푼도 소용없어요. 오로지 당신이 좋아진 것뿐입니다."

"그걸 어떻게 믿어요?"

"그렇다면 어떻게 해야 믿겠습니까."

"그걸 저한테 물으면 어떡해요. 자기 자신에게 물을 일이지."

"좋습니다. 그렇다면 저에게 가장 귀중한 것을 당신에게 바치지요. 저의 진정이 통하지 않으면 목숨을 바칠 뿐입니다."

"어리석은 소리 마세요."

"아니지요. 죽음으로써 저의 사랑을 입증하겠습니다."

"죽음으로써 입증을 하면 뭘 해요. 죽은 뒤에 뭐가 남는다구요? 그런 사랑, 저는 조금도 원하지 않아요."

"어차피 희망이 없는 일이 아닙니까. 사랑 앞에 두려움 같은 것은 추호도 없습니다."

순배는 흥분한 채 호텔을 뛰쳐나왔다.

의식을 되찾고 보니 그는 병실 베드에 누워 있었다. 온 몸이 조각이 난 듯이 아팠다.

"정신이 들었나?"

귀에 익은 소리에 눈을 떠보았다. 부산 아저씨였다. 무슨 영문인지 알 수 없었다. 어떻게 이런 곳으로 와 있을까. 더구나 자기는 죽은 줄만 알았는데 살아 있으니…….

"숙경이의 전보를 받고 혼비백산해서 뛰어 왔다. 이야긴 다 들었다마는 너는 어째서 그렇게도 바보냐."

"저도 이럴 줄은 정말 몰랐어요."

혹시나 싶어서 순배는 소리가 나는 쪽으로 머리를 돌렸다. 그 이억 환짜리 숙경이 아가씨가 청초한 모습으로 서있는 것이 아닌가.

"얼마나 걱정을 했다구. 정말 놀랐어요."

"아무튼 생명에는 이상이 없다니 천만다행이다. 그렇게도 목숨을 소홀히 하는 녀석이 어딨냐?"

그제사 순배도 모든 기억이 되살아났다. 술을 진탕 마시고 해변가 바위 끝에서 실족(失足)한 것이었는데, 그것을 고지식하게 사실대로 밝힐 필요는 조금도 없을 것 같았다. 그후의 일은 누누하게 더 쓸 필요도 없으리라.

순배는 퇴원하자 동시에 서울에서 결혼식을 올렸다. 식장도 전의 그 식장, 손님도 그때의 그 얼굴이 빠짐없이 다시 모였다. 그리고 이번에는 정각을 조금도 어기지 않고 순조롭게 식을 마쳤다. 식장을 나와 신랑 신부가 현관 앞에서 대기하고 있는 자동차에 막 오르려는 그때였다. 구경꾼 속에서 남루한 차림의 청년이 하나 뛰어 나왔다. 순배는 아찔해졌다. '이번에도 또…….'하고 생각했다.

"여보, 여보 어딜 가요?"

아저씨가 분주히 청년을 쫓아가서 잡았다.

"네, 접수부의 공중전화를 좀 쓸려구요."

"아, 그렇습니까."

아저씨는 이마의 땀을 쓱 닦으며

"운전수 양반, 차 빨리 몰아요!"

하고 소리쳤다.

달리기 시작한 자동차 안에서 순배는 겨우 가슴을 진정시키고 아름다운 신부 차림의 숙경이를 눈부신 듯이 바라보았다.

결혼을 앞두고

시월 달에 들어서며 하늘은 한껏 높아졌다. 유리처럼 치면 깨어질 것만 같은 푸른 하늘을 한참 바라보고 있으면 눈이 핑 돌면서도 전신에 정기가 차지는 것 같다. 뜰에 주렁주렁 달린 포도도 이제는 익을대로 익은 모양이다.

문주는 툇마루에 앉아서 만지기만 해도 터질 것 같은 포도송이를 바라보며 약혼자인 원섭이를 생각하고 있었다.

"한 주일에 한 번씩은 꼭 올라오도록 하지요."

충주 질소공장의 기사인 원섭이는 자기가 약속한 그대로, 일요일마다 명동 다방에서도 만났고, 종로 레스토랑에서도 만났다.

이 약속을 처음 한 일요일에는 원섭이가 문주의 집을 찾았고 다음 일요일에는 문주가 원섭이의 집을 찾았다. 문주는 원섭이의 부모도 만났고 누나도 만났다. 그리하여 그 집 가족들의 호의도 느낄 수가 있었다. 문주는 그들의 숨김없는 호의로 앞으로의 생활이 순조로우리라는 확신도 가질 수가 있게 되었다.

그런 행복에 차 있는 문주는 아침 화장을 하다가 거울 속의 자기 얼굴에 눈웃음으로 장난을 쳐 보기도 했다. 이런 때에는 한결 분도 잘 퍼지는 것 같고, 눈에도 생기가 돌고 입에 칠한 연지빛도 밝아져서 자기로서도 귀엽다고 하리만큼 예쁜 얼굴이 되었다.

그러나 이렇게도 혼자서 장난치다가는 남동생인 문수에게 들키기도 했다. 지금 S대학 이학년인 그는 그렇지 않아도 누나를 놀려 주지 못해 안타까워하는 판이라, 모르는 척할 리가 없었다.

"왜 이렇게두 오늘은 내 눈이 부신가 했더니, 누나가 미스코리아 자격을 잃게 된다는 것은 참말로 유감천만인데."

"그래, 그렇다구 너한테 돈 대부는 일절 사절키로 했으니 쓸데없어요."

"그런 생각은 말아요. 나두 누나의 저금통장을 보고서는 부정대부는 않기로 했어요. 내가 아무런들 누나의 행복의 설계까지 파괴할 수가 있어?"

문주는 그만 얼굴이 붉어졌다. 원섭이와 약혼한 후로 혼자서 몰래 저금을 시작한 것을 어느 사이에 동생이 알고 있는 모양이었다. 물론 그것이 대단한 돈은 아니었다. 이천 환, 삼천 환, 어머니에게서 탄 용돈을 쓰지 않고 저금통장에 올렸던 것이다. "그렇다고 얼굴을 붉힐 것 까진 없겠지. 지금부터 화학기사 김원섭 씨 부인의 연습인데."

"아무렇게나 말해 봐. 이젠 너하곤 상대를 하지 않겠으니."

"아니 이건 누나를 조롱하는 말이 아니고, 진심으로 말하는 거야. 내 누나인 만큼 역시 훌륭한 데가 있다구."

문수는 싱글싱글 웃으면서 누나 방을 나가려다가 문득 무엇을 생각한 듯이

"누나에게 언제구 한번 이야기하려던 말이 있었는데, 그러나 이야기하는 편이 좋을는지, 역시 안하는 편이 좋을는지?"

하고 지금까지와는 달리 정색한 얼굴이 되었다. 그러나 문주는 무슨 말을 가지고 그러는지 짐작도 가지가 않았다.

"나에 대한 말이야?"

"좀 관계가 있는 말이지."

"무슨 말인데?"

"누난 요즘 성룡이가 통 집에 오지 않는다는 것을 생각해 본 일 있어?"

"성룡이, 참 그래."

동생에게 듣고 보니 사실 그렇게도 느껴졌다. 문수와 한반인 성룡이는 문수의 가장 친한 친구로 전에는, 아니 문주가 약혼 전까지는 늘 집에 놀러 왔다. 문주와 문수, 성룡이 셋이서는 모두가 음악을 좋아하는 같은 취미에서 '뮤직홀'도 찾아 다녔고 때로는 영화도 같이 보려 다녔던 것이다.

"요즘 성룡이 태도가 정말 알 수가 없어. 누나가 약혼한 것을 안 후로는 나와 별로 말두 하지 않으려고 하고, 공연히 피하려고만 하거든. 그래, 거기에 대해서 누나에게 한번 물어 볼까 해서……."

문주는 전혀 생각지도 못했던 말을 들었다.

"그렇다면 참 이상하구나. 왜 그럴까?"

"정말 우스운 일이지. 그러나 누나두 왜 그런지 짐작은 할 수 있는

일 아니야?"

문수는 거북한 눈으로 누나의 얼굴을 살폈다.

"글쎄, 왜 그런 거야?"

"누나가 마음에 생각되는 일이 없다면 더 생각할 필요 없는 거야. 그 자식이 좀 철부지랄까, 너무나도 순진해서……."

어떤 의미가 감추어진 말이었다. 문주는 그 말을 그대로 듣기에는 불쾌한대로 가슴이 설레었다. 물론 성룡이와 한두 번 밤늦게까지 다방에 앉아서 레코드를 들은 일은 있다 해도 동생의 친구라는 것을 넘어서서 어떤 특별한 친밀을 보인 일이 있었던가?

"이왕 말을 꺼낸 바에는 분명히 이야기해 버리고 말지. 성룡이는 누나에게 실연이나 한 것처럼 생각하고 있는 모양이야."

문주는 끝내 동생으로부터 그 말까지 듣고 나니 행복으로 차 있던 마음이 어지러워지며 성룡이가 원망스러웠다. 그런 말을 꺼내 놓은 동생도 밉살스러웠다.

"물론 그건 성룡이의 혼자 생각인걸. 누나가 책임 있는 일은 아니지만 그러나 편지래도 한번 해 줘요. 요즘은 시리멍덩해서 학교에두 잘 나오지 않는 걸."

문주는 이 이야기를 듣지 않은 것으로 생각하기로 했다.

'혹시 내가 어떤 순간에 이상한 눈길을 성룡이에게 던졌을는지도 모른다. 그러나 그것은 음악에 흥분된 감동이었지, 그에 대한 애정의 표시는 털끝만치도 없는 일이었다. 성룡이의 그런 감동을 나도 느낀 일은 있다. 이런 의미에서 죄는 쇼팽에게 있다고도 할 수 있다. 쇼팽의 〈야상곡(夜想曲)〉은 유부녀의 유혹이란 말을 한 사람도 있지 않은가'

문주는 냉정한 마음으로 자기 자신의 감정을 가려보면서 자기보다도 어린 순진한 성룡의 오해를 풀어주고 싶은 마음이었다. 그런 생각이 동생의 말대로 그에게 편지라도 해 줄 생각을 해보았다. 그러나 어쩐지 그것도 불결한 것만 같았다. 문주는 어디까지나 자기의 정절을 지키고 싶었다.

일요일, 문주는 원섭이와 약속한대로 종로 어느 다방에서 만났다.

"오늘은 어디로 가기로 할까요? 두 개의 계획을 갖고 왔는데, 하나는 미술관에서 하는 국전, 다른 하나는 N극장에서 하는 동물 기록 영화인데 당신 좋은 곳에 가기로 합시다."

원섭이는 차를 시키기도 전에 먼저 그 말부터 꺼내었다.

"오늘은 저두 계획을 하나 생각한 것이 있어요."

원섭이 의향에 따르기만 하던 문주가 이런 말을 하였다.

"그래요? 그렇다면 그 계획두 듣기로 합시다."

"전 어디구 교외로 좀 나가고 싶어요."

"하이킹을요?"

"하이킹이라기보다도 기차가 타고 싶어요."

"기차가요?"

원섭이는 뜻밖인 말에 놀란 얼굴을 했다. 문주의 본심은 쿠션이 깊은 이등차에 둘이 마주 앉아서 말없이 서로 얼굴을 바라보며 서울을 떠나보는 그런 기분을 즐겨보고 싶었던 것이다. 그런 순간에 원섭이를 믿고 있는 자기의 애정은 어떤 기분으로 움직이는 것을 분명히 알고 싶었다.

'인형처럼 무감각으로 방심상태에 빠져버리는가, 그렇지도 않다면 정열에 쌓인 애정이 그대로 생물처럼 느껴질 수 있는가?'

문주는 전혀 상반되는 두개의 감정을 확인해보고 싶었다.

"기차들 타자는 것은 참 명안입니다. 나두 늘 회사의 자동차로 다니기 때문에 기차를 타본지는 오랜 걸요."

원섭이도 문주의 플랜에 동의를 했다. 그들은 서울역으로 나가 차

를 탔다.

“이왕이면 타 본지 오래된 경의선을 탑시다.”

하고 말하는 원섭이의 의견을 들어, 지금의 종착역으로 되어 있는 금천까지 가기로 했다. 그 거리라면 언제든지 돌아오려면 돌아올 수가 있었다. 문주가 생각했던 것처럼 그 차는 이등차도 아니고 푹신한 쿠션의 의자도 아니었지만, 차안은 텅텅 비어 마음 편해 좋았다.

기차는 구르기 시작했다. 들창 밖에는 신촌을 지나며 높다란 학교들이 보이다가 벌판이 벌어진 평범한 풍경이 되어 버리고 말았다. 그러나 둘의 마음은 기차바퀴가 점점 더욱 요란스럽게 소리를 내어 달리는 것과 마찬가지로 확실히 회전되고 있었다. 원섭이가 문득 입을 열었다

"집에서 무슨 좋지 않은 일이라도 있었습니까?"
"아니요, 별로……."
"그런데 왜 그렇게도……."
"제 얼굴이 이상해요?"
"이상하다니 보다도, 그렇게 봐서 그런지 안색이 좋지 않은 것 같은 것이……."
"그래요?"
문주는 역시 성룡이 일 때문에 오는 타격인지도 모른다고 생각하며 가만히 웃었다. 수색을 지나자 벌이 넓어지며 둑 너머 한강도 보였다.
"시장하면 그것 풀어 먹읍시다."
원섭이는 오면서 사 갖고 온 과자봉지를 풀려고 했다. 문주가 그것을 분주히 달래서 풀었다. 그러나 둘이서는 그것을 집으려고 하지는 않고 서로 얼굴만 쳐다보고 있을 뿐이었다.
"왜 과자두 들지 않고 이야기두 없어요?"
"아무 이야기두 없는 걸요. 그저 이렇게 있는 것이 좋아요."
사실은 '이렇게 있는 것이 행복해요'라고 말하고 싶었다.
원섭이 얼굴에는 창밖에 흩어지는 푸른 풍경이 반사되고 있다. 언제나 건강체인 그의 얼굴이 오늘은 너무나도 섬세한 신경이 보여지는 것만 같다.
"자기는 왜 이야기가 없어요? 내년 봄부터는 그 비료공장에서 비료가 쏟아져 나와 이 벌에두 뿌리게 된다지요?"
"그렇지요. 그러기 위해서 지금 공장에선 모두가 매일 철야를 하다시피 일을 하고 있지요."
"그렇게두 바쁜 당신이 일요일마다 올라오는 것은 미안해요. 더군다나 오늘은 쓸데없이 기차를 타자고 떼를 쓰고……."

"그런 걱정은 말아요. 한주일에 한번의 휴식은 능률을 위해서 필요한 휴식인 걸요. 저는 이렇게 당신만 보고 있어도 행복합니다."

문주가 못한 말을 원섭이가 결국은 말해 준 셈이었다.

'도대체 오늘 나의 이런 무모한 계획은 무슨 생각이었던가? 원섭에 대한 애정을 의심해서인가? 아니, 그보다는 그에 대한 신뢰와 애정이 지나치게도 성숙한 때문인가? 그렇지도 않다면 성룡이의 일로 동요되었던 자기의 마음을 분명히 알기 위해서인가?'

문주는 창밖을 내다보며 문득 그것을 생각해 보았다. 그러나 그 어느 하나를 캐어 생각해 본다는 것도 자연 얼굴이 붉어지리만큼 부끄러운 일이었다.

'어째서 나는 조금이라도 나의 애정을 의심해 보려던 것인가? 내 앞에는 언제나 내가 믿을 수 있는 원섭 씨가 앉아 있지 않은가. 그 믿을 수 있는 기둥을 세우기 위하여 석달 동안의 귀중한 시간을 보내 온 셈이다. 이제는 조금이라도 동요될 아무런 이유도 없는 것이다'

"여러 사람에게 부탁은 해 놓았습니다만……."

원섭이가 문득 이런 말을 했다.

"그건 무슨 말이에요?"

"우리가 살 집 말입니다."

"집이요?"

"지금부터 얻어 놓아야지 그때 가서는 좀처럼 얻을 수 없는 노릇이니까요. 다음 주일엔 우리 둘이서 찾아봅시다."

"그건 걱정하지 않아도 어떻게 해결될 것 같아요. 제 형부가 자기 집 근처에 마침한 집이 있다고 했어요."

"정말 박 선생은 이번 우리 일에 너무나도 열심입니다. 그러나 우리 일을 남에게 맡길 수만도 없잖아요."

그러고 나서는 무엇을 생각하는 듯 입술을 깨물고 있다가

"당신 용처는 대체로 얼마나 가졌으면 쓸 수가 있어요?"

하고 정색한 얼굴이 되었다.

자기의 월급으로서 생활의 설계를 세워보고 있는 모양이었다.

"제 용처요? 이래뵈두 전 아주 깍쟁이랍니다."

문주는 그렇게만 말하고서는 웃었다.

"그래 내 박봉으로서도 우리의 살림을 꾸려 나갈 자신을 갖고 있습니까."

"자신이 있다고 생각해요."

문주는 분명히 대답했다.

"그렇다면 나도 안심이 됩니다. 사실 난 솔직히 이야기해서 그런 것이 좀 불안스러웠답니다."

"어떤 이유에서요? 전 값비싼 치마나 두르고 다닐 줄 밖에 모르는 그런 여자라고만 생각하셨나요?"

"아니, 그런 의미에서가 아니라 지금까지 당신의 생활 환경이 너무나도 좋았기 때문에……."

"그렇게 생각하는 것도 역시 저를 경멸하는 것이지요."

"그렇다면 내 잘못 생각이라고 사과하기로 하고, 하여튼 지금에 불만이 있더라도 잠시 참고 견뎌줘요. 그러면 내 훌륭해져서 당신을 반드시 행복하게 해 줄터이니, 이왕이면 돈두 좀 벌어서 잘 살아 봅시다."

원섭이의 말을 행복한 감정 속에서 듣고 있던 문주는 문득 돈이라는 말에 불만이 느껴졌다.

"전 그렇게 부자까지 되는 것 원하지 않아요."

그 말에 원섭이는 웃었다.

"비속한 의미로 말한 것이 아니라 돈도 자연히 굴러들어 오게 되

면 말입니다. 그런 의미라면 괜찮겠지요? 말하자면 우리들은 지금 아무리 큰 이상이라도 가질 수가 있는 것입니다. 어째서 그럴 수 있느냐 하면 우린 지금 인생의 출발점에 서있는 것이 아닙니까. 우리들은 힘껏 달려서 상도 힘껏 타보자는 것이지요."

원섭이의 어린아이처럼 말하는 투가 그대로 문주의 감정 속에 전해질 수가 있었다. 둘이서는 서로 눈이 마주치는대로 웃었다. 남이 보지 않는다면 둘이서는 서로 안고서 뜨거운 키스를 했을는지도 모른다.

그리고 보면 이 기차 속의 왕복 세 시간은 어떤 다방의 으슥한 자리보다도 애정의 온실이었다고도 할 수가 있었다.

드디어 그들의 결혼식도 앞으로 며칠 남지 않은 어느 일요일이었다. 그날도 문주는 결혼준비로 M백화점에서 물건을 사 갖고 나오면서 시계를 보니 아직도 원섭이와 만나기로 약속한 시간은 한 시간이나 남아 있었다.

그러나 그 시간으로서는 영화도 볼 수가 없었고 그렇다고 혼자서 찻집에 들어가 멍하니 앉아 있기도 싫어서, 어떻게 할까하고 그 앞에서 잠시 서성거리고 있었다. 바로 그 때에 그 앞으로 성룡이가 지나가는 것이 문득 눈에 띄었다. 문주는 자기도 모르게

"성룡이!"

하고 소리치고서는 후회되는 것 같은 마음이 꾸물거렸다.

그 소리에 얼굴을 돌린 성룡이는 분명히 당황한 얼굴이었다.

"웬일이세요?"

하고 한마디 하고서는 우두커니 서 있는 그를 보니 문주의 가슴은 더욱 떨려고 했다. 그러나 그 순간에 문주는 침착해야 한다고 생각했다. 그를 만난 이 우연한 기회에 오해로 얽혀진 감정을 깨끗이

풀어야겠다고 생각했다.

"어쩐 일이지? 요즘은 통 집에두 놀러 오질 않더군?"

그 말에 성룡이는 더욱 당황해서 문주를 피할 말을 찾는 모양이었다. 문주는 재빠르게 그것을 알아차리고

"그리 급한 일 없으면 어디가 차나 해요. 그렇지 않아도 나두 이젠 유부녀 딱지가 붙게 되었는데."

그런 조롱섞인 말로 성룡이를 끌었다.

"그럴까요."

성룡이는 내키지 않는 걸음인듯 싶으면서도 결국은 그런 말로 따라왔다. 그들은 그 부근의 비교적 조용한 지하실 다방으로 들어갔다.

문주는 차를 시키고 나서 이야기를 어떻게 꺼내야 할까 하고 생각했다.

"성룡이 너무 하다고 생각해요. 그 후로는 한 번도 나타나지를 않는 걸요. 여자가 결혼하게 된다면 그렇게도 인기가 없어지는 것인가요?"

의외에도 말이 부드럽고 순조롭게 나왔다.

성룡이는 잠시 입을 다문 채 머리를 숙이고 있다가 드디어 결심을 한 듯이 냉정한 얼굴을 들었다.

"사실 그런 것은 아니고, 그동안 저로서도 좀 설명하기 곤란한 복잡한 감정에 빠져 있었던 것이랍니다."

"어떤 일로서요? 혹시 나에 대한 감정은 아니었어요?"

"그렇게 말씀하시니 하는 수 없이 고백하기로 하지요. 그렇다고 노하진 마시고 웃고 들어줘요. 사실 난 문주 누나가 약혼을 하였다는 말을 들었을 때 갑자기 무슨 꿈에서 깨어난 것과 같은 기분이었답니다. 그때까지 전혀 의식하지 못하고 있던 감정을 발견하고 나 스스

로 놀랐던 것이지요. 말하자면 문주 누나를 친구의 누나가 아닌 어떤 다른 감정을 무의식 중에 갖고 있던 모양이지요. 그것이 그럴 수 있는지 없는지는 지금도 저는 알 수가 없습니다만, 정당한 질서가 아니라는 것만은 알고 있지요. 우선 나이 문제만을 생각하더라도 문주 누나는 나보다도 위고……. 그런 무리한 감정을 내가 숨기고 있었다는 것을 느꼈을 때 갑자기 부끄러운 생각이 들은 걸요. 그리하여 자연 문주 누나를 피하게 되고 문수까지도 피하게 되었던 것이지요. 이것도 일종의 실연이라고 할는지 모르겠습니다만……. 그러나 오늘 우연히도 문주 누나를 만나게 된 것이 제겐 정말 잘 됐습니다. 지금 이렇게도 문주 누나에게 말할 수 있는 것만으로서도 그런 바보같은 생각에서 벗어난 셈이니까요. 지금은 문주 누나의 행복을 진심으로 빌 마음의 여유까지도 생겼습니다."

문주는 그의 말에 감격하지 않을 수가 없는 체, 그의 아름다운 마음에 감사를 드리고 싶었다.

"정말 성룡이가 그렇게 이야기해 줘서 고마워요. 실상 난, 문수가 그와 비슷한 이야기를 내게 들려주었을 때 나는 마음에 무엇이 남는 것만 같아 아주 불안스러웠던걸요. 그것을 이렇게 시원히 이야기를 해주니, 내가 고맙다라고 절을 하는 수 밖에……."

문주는 마음이 밝아지는대로 조롱을 피워 절을 했다.

"아닙니다. 그건 제가 해야 할 절이지요. 첫째로 사과하는 의미로, 둘째로는 문주 누나의 결혼을 축하하는 의미로……."

그런 조롱으로 지금까지 심각했던 그들의 얼굴이 풀어지고 말았다. 그들의 밝아진 웃음 소리를 따라 계산대에서는 명랑한 음악 소리가 들려 왔다.

문주의 결혼 날짜는 닥쳐올 대로 닥쳐와 내일로 임박했다. 그날 저녁 문주는 내일 입을 예복을 찾아다 놓고 언니와 함께 입어보고 있을 때, 문수가 종이에 싼 납작한 것을 들고 들어왔다.

"성룡이가 다방에서 만나자고 하기에 나갔더니 누나 결혼 축하 선물로 이걸 주더라구. 싼 것을 보면 역시 그가 좋아하는 레코드판인 모양이야."

싸개지를 펼쳐보자 그것은 무슨 곡보다도 문주가 가장 좋아하는 쇼팽의 협주곡이었다.

도금

아까부터 의사의 손나기를 기다리고 있던 엿장수 덕구는 선술집 여종업원 같은 여자가 치료를 마치고 나오는 것을 보자 얼른 자리에서 일어났다.

"다음 손님 들어 오십시오."

하는 의사의 말이 끝나기도 전에 덕구는 치료실로 들어섰다. 그러고는 동그란 눈동자를 빙글빙글 굴리면서

"선생님 전 치료 받으러 온 것이 아니굽쇼. 이걸 보시구서 사 주십사구요."

허리춤에서 헝겊에 둘둘 만 것을 끄집어냈다. 그것은 금을 입힌 틀니였다. 하얀 의사복을 입은 뚱뚱보 치과 의사는 금이 꽤 많이 쓰인 물건이라는 것을 빤히 알면서도 시치미를 떼고 물었다.

"이런 걸 다 가져왔소?"

"좀 팔아 주십사구요."

"나더러 사란 말이요?"

"네, 선생님네서 소용 닿는 물건 아닙니까."

"그야 사두 좋지만 금니도 금 나름이지."

의사는 아주 뜨악한 얼굴로 치료기구들을 소독하기 시작했다.

"물건만큼은 틀림이 없을 텐데요."

"당신네 눈에야 누런 거면 다 금 같겠지만 멕기도 보기에는 금 같지요."

"멕기라니요, 선생님. 당치도 않은 말씀 마시고 물건을 좀 자세히 봐주세요."

덕구는 멕기라는 소리에 가슴이 철렁하면서도 여전히 동그란 눈알을 빙글 빙글 굴렸다.

그러나 의사는 덕구의 말에는 아랑곳도 않고 허름한 덕구의 차림새를 보며 물었다.

"이 이가 대체 어디서 나온 거요?"

덕구는 약간 찔금했으나

"어디서 나오긴요. 이건 바루 저의 조부님 틀니랍니다. 집안 형편이 기울다 못해 이제는 이거라도 팔아 애들 책이나 사줄려고 들고 나왔습지요. 저는 이 꼴이 되어 버렸습니다만 그래도 할아버님이 행세하실 적에는 서울 장안에서두 첫 손가락 꼽히는 의사 선생님이 해주신 틀니라더구만요. 그 솜씨야 그 방면의 선생님이 보시면 어련하실테지요, 정말 물건만큼은 틀림없다구 들었어요."

이렇게 길게 늘어놓는 푸념 중에서 애들의 책을 사줘야 한다는 말만은 사실이었다.

그저께 일이었다. 대문간에서 넝마며 쇠붙이를 골라내고 있는데

"아버지!"

하고 순이가 불렀다. 덕구가 못 들은 척 하고 있자

"아버지, 책값!"

순이는 더 크게 소리쳤다. 그래도 덕구가 모르는 척 하고 있자

"아버지, 책값, 책값!"

순이는 연방 졸라댔다. 그러자 영식이까지 쫓아나와

"아버지 나두 책값 줘. 뒷집 병태두 또 명성이두 다들 샀는데."

곁에 딱 붙어서 떨어지질 않았다. 아무 날까지 돈을 가져가지 못

하면 교과서를 못 산다는 등 두 아이가 연방 졸라댔으나 덕구는 도무지 신통한 생각이 떠오르지 않았다.

위의 큰 아이 둘은 학기 초마다 이웃 누군가의 헌책을 얻어 쓰곤 했지만 요즘은 헌책도 잘 내주려고 하지 않았다. 아이들도 이제는 헌책은 헌책방에 가져가서 팔줄 알았고 덕구 자신도 헌책을 한관에 얼마씩 돈을 주고 사가는 주제에 남의 책을 공으로 얻어 쓰겠다고 할 수도 없는 일이었다.

아니, 그보다도 덕구가 엿장사를 하면서 어느덧 동네 인심에 팔린 흔적이 없지 않아 있었다. 동네사람들 것을 똥값으로 사서 몇 곱이나 남겨먹는 것 같이 보고들 있는 모양이었다.

그야 무릎이 나간 즈봉이라도 잘 기워서만 입으면 요긴하게 쓸 수 있는 물건도 엿장사한테 넝마로 팔면 똥값 밖에 받을 수 없는 것은 뻔한 일이었지만 동네사람들은 그렇게 생각하는 것이 아니었다. 덕구가 어려운 사람들의 물건이면 값을 후리친다는 것이다. 그 대신 돈푼께나 있는 집의 물건을 사갈 때는 괜히 굽신거리며 값까지 후하게 놓는다고들 입을 삐죽거리고 있었지만 사실 값을 놓을만한 물건은 돈푼깨나 있는 집에서라야 나온다는 것을 모르고 하는 소리들이었다. 그러므로 그런 집에서 나오는 고물 같은 것을 한푼이라도 싸게 살려면 그만큼 굽신거리지 않을 수 없는 일이었다. 그리고 가난한 사람들 상대로 흥정을 할 때 는 값을 후려치지 않고는 끝장이 나지 않는다는 것도 덕구는 갈 알고 있었다. 그러므로 인심에 팔린다는 것을 알면서도 장사를 해나가려면 그러는 수밖에 없었다.

"내일 사 주께, 내일."

하고 덕구는 귀찮은 듯이 대답했지만

"내일이 뭐야, 밤낮 내일…… 빨리 책을 사야 학교 가기 전에 한번 읽어보지."

하고 이번에 6학년으로 울라가는 순이는 온몸을 흔들어대면서 징징거렸다.

"내일 사준다는데두 이년이!"

넝마를 가르고 있던 덕구는 그거 한뭉치를 들어 순이에게 던졌다. 그 순간에 무엇이 데굴데굴 굴러서 흩어진 종잇장 위에 떨어졌다.

"이게 뭐야?"

"이빨이야, 이빨."

어린 두 남매가 눈이 휘둥그래지며 소리쳤다.

순이는 재빨리 그것을 집어들고

"아버지, 금니빨이야."

지금까지의 울상이 환히 피어 웃음이 만면이었다.

"어디 봐."

덕구도 손을 내밀어 틀니를 들고 밝은 곳으로 자리를 옮겼다. 앞니 네 개만은 보통 하얀 이, 나머지 굵직한 것은 모두 누런 이였다.

'이것이 정말 금니빨일까?'

그런 생각을 하는 순간 덕구의 가슴에는 찬란한 광명이 비치고 몸은 가벼이 둥실 떠오르는 것 같았다.

"아버지, 이거 웬 거야?"

순이가 물었으나

"너 금니빨 소린 아무한테두 하면 못쓴다."

남매는 철없는대로 부친의 말뜻을 알아들었는지 머리를 끄덕였다.

"아버지 이걸 팔면 우리 책 살 수 있지?"

영식이는 그것만이 궁금한 듯이 물었다.

"그래 그래."

덕구는 아이들을 밖으로 떠밀어 내고 금니를 자세히 들여다보았다. 몇돈쭝이나 쓰였을까, 아니 몇냥쭝쯤 쓰인 금니빨일지도 모른다.

그렇다면 아이들의 책값쯤은 문제될 것도 아니다. 두서너 달은 누워서도 먹을 수 있는 팔자가 되는 것이 아닌가. 하긴 이런 것을 주웠을 때는 지서에 갖다 바쳐야 할 일이었다. 그것을 모르는 바는 아니다. 그러나 온 시내를 돌아다니면서 어느 집에서 샀는지도 모르는 물건이 아닌가. 그것이 이웃간에서 산 넝마 속에서 나왔다면 마땅히 돌려 보내야 할 일이지만.

덕구는 그것을 처분할 생각을 해 보았다. 그러나 그것도 서두를 것은 없다고 생각했다. 가지고 있다고 해서 닳아 없어지는 물건은 아니니까. 그렇다고 처분하는 일이 걱정이 아닌 것도 아니었다.

다음 날도 덕구는 그것을 처분할 궁리만 골몰히 하고 있는데

"아저씨 헌 잡지 같은 것은 없어요?

반장집 아들이 대문 안으로 들어섰다.

S대학에 다닌다는 그 대학생은 전에도 뒤떨어진 잡지책 같은 것을 얻어가곤 했었다.

"그보다도 저……."

덕구는 그 대학생을 보자 문득 마음이 달라졌다. 금니빨을 주웠다는 이야기는 아무한테고 절대 하지 않으려고 마음먹고 있었음에도 그만 입이 헤프게 놀려지고 만 것이다.

"이거 말인데, 어딜 가져가면 그래도 가장 제금을 쳐 주겠나?"

"금니빨이 아닙니까."

"그렇기 말이야."

"웬 금니빨입니까."

"집에 있던 물건이야."

"그래요?"

대학생은 그렇게 대답하면서도 그 말이 잘 믿어지지 않는 얼굴이었다.

"증권이며, 금니빨, 헌 라디오를 삽니다 하고 소리치며 다니는 그런 장사치한테 물어볼까?"

"그런 사람들이 제금을 놔 줄게 뭡니까?"

대학생은 한마디로 마다구했다.

그러고는

"아저씨가 늘 거래하는 고물상으로 가져가는 게 제일 낫지 않을까요?"

그러나 이번에는 덕구가 머리를 내둘렀다.

"아니야, 아니야. 아는 처지가 더 기막힌 거야. 전번에두 말이지, 헌 병풍이 하나 손에 들었기에 나무 값도 안 되는 단돈 이백원으로 고물상에 넘기지 않았나? 그랬더니 그 병풍의 그림이 뭐라나, 유명 짜가 붙은 사람의 그림이었다나. 작자를 만나 금방 이만 원으로 팔렸다잖아. 그런데 나한테야 말 한마디 있겠나? 고스란히 저 혼자 횡재를 했지. 그러니 이런 분한 짓이 어디 있겠어? 아침 저녁으로 낯을 맞대구 살면서 정말이지 이젠 다시는 고물상놈을 상대 안하겠어."

그러자 덕구 이야기에 대학생은 무슨 짐작이 갔던지

"그럼 이 금니빨두 넝마 속에서 나온 게로군요."

보고나 있었던 것처럼 꼭 알아 맞추었다.

"넝마 속에서라니, 집에 있던 거야."

"나까지 속이려구 하세요?"

"속이긴 뭘?"

"그러지 마시구 아저씨, 그건 역시 금을 다루는 금방에 가서 파시는 게 제일 낫겠어요. 그럼 다녀와 한턱 내셔야 해요."

대학생은 괜히 히죽거리며 돌아가 버렸다.

'금방이라…….'

그러나 덕구는 그것도 역시 탐탁치 않았다. 금만 밤낮으로 만지고 앉아 있는 그들이 넝마 속에서 줏은 금니빨을 놓고 이러니 저러니 여러 말을 하면 자기 같은 어수룩한 사람이 뭐라고 할 것인가?

결국 덕구는 틀니는 틀니를 취급하는 칫과로 가져가는 것이 제일 좋을 것이라고 결론을 짓게 되었다. 그러는데 꼬박 이틀이 걸렸다. 그 이틀 동안에 아이들한테는 또 책값 시련을 얼마나 받았더란 말인가.

"금니라구!"

기구를 소독하다 말고 의사는 다시 한번 와서 금니를 들어보고는 어이없다는 얼굴로 또 가버렸다.

그 뚱뚱한 뒷모습은 덕구같은 것은 상대도 안해 주는 것같아 보였다.

"선생님 그러지 마시구 물건을 잘 봐 주세요. 이것이 금이 아니라니 말이 됩니까?"

"그런 물건이야 내가 잘 알겠소, 댁이 잘 알겠소?"

"그야 글쎄……."

"누렇기만 하면 다 금인 줄 아니 답답하군."

의사는 덕구가 들고 있던 틀니를 채 가듯 빼앗아 가지고는

"이것두 팔아 먹겠다구 가지고 다니니……."

화가 났는지 쓰레기통에 처넣어 버렸다. 그러고는 대기실 쪽으로 통하는 문을 열고는 소리쳤다.

"다음 분 들어오세요."

대기실에서 기다리고 있던 어느 부인이 어린애를 안고 들어왔다.

의사가 무뚝뚝한 얼굴로 치료를 하고 있는 동안에 덕구는 자기로서는 도저히 그 의사를 당하지 못 할 것을 깨달았다. 그 치과 의사는 장사 수단 좋기로 이름난, 덕구의 거래처인 그 고물상 주인과 같

은 류(類)는 저리가라는 사람 같았다. 그러는 한편에서는

'정말 금을 입힌 게 아닐까?'

하는 불안이 치솟았다. 그러는 동안 의사는 덕구 쪽을 한 번도 돌아보지 않았다. 부인의 치료가 다 끝나서 손님이 나가 버린 후에야 덕구더러 아직도 가지 않고 있었느냐는 듯이 얼굴을 찡그렸다.

덕구는 분하고 창피한 나머지 그곳을 그냥 뛰쳐나올까도 생각해 보았다. 그러나 역시 아이들의 책값이 쳇기처럼 걸리는대로 의사가 쓰레기통에 처넣은 틀니를 다시 주워 들고는 원망하듯 중얼거렸다.

"선생님 너무 하시는군요. 이것이 금이 아니고 금을 입힌 것이라도 그렇지요. 남의 것을 그렇게 막 버리는 법이 어디 있습니까?"

"그야 나도 답답하니 안 그렇소. 은도 아닌 것을 금이라고 우겨대니……."

"그래두 조부님께서 분명 금니빨이라 하셨던 걸요."

"아 이 사람 봐라. 그렇다면 금방장이를 불러다가 감정을 시켜 볼까?"

의사는 금시 금방장이를 불러올 듯이 테이블 위의 수화기를 손에 들었다.

"그만 둡시오, 선생님."

"한 사람두 아닌 두 사람을 불러다 감정을 시켜 봅시다."

의사는 다이얼을 돌렸다.

"그만 두세요, 선생님!"

덕구는 낯빛이 달라지며 전화통을 가 잡았다. 금방장이가 한 사람도 아닌 두 사람이나 와서 입을 모아 금을 입힌 것이라고 하면 그때는 어떻게 된다는 말인가? 스테인리스 제품이라고 파는 숟갈도 사실 쇠붙이에다 녹이 슬지 않게 처리를 한 것이 아니던가. 알마이트도 멕기였겠다. 금니빨이 금멕기라는 생각을 왜 진작 못했을까. 그러

고 보니 그 생각을 못한 자기가 어리석기 한량없는 것 같았다.

덕구의 빙글빙글 잘 도는 눈동자가 완전히 생기를 잃어버리자 의사는 비로소 딱하다는 표정이 되며

"그까짓 것 가지고 다니면 뭘 하겠소. 괜히 웃음거리나 되게."

덕구 손의 틀니를 다시 뺏아들고는

"다른데서야 이런 거 징그럽다고 들여다보지도 않을 거요. 그렇지만 우리가 뜯어 쓰면 일 이백원 값어치야 못 쓰겠소?"

인정상 그냥 보낼 수가 없다는 듯이 돈 이백원을 꺼내 주었다.

덕구는 그 돈으로 아이들의 책값만은 이럭저럭 때울 수 있겠다고 생각하면서도 돌아오는 길 내내 아무래도 그놈의 치과의사에게 속은 것만 같았다.

동네로 들어서자 순이 아버지가 온다면서 집집마다 부인네들이 달려 나왔다. 반장아들인 대학생의 입을 통해서 덕구가 금니빨을 주워 횡재했다는 소문이 쫙 퍼졌으므로 가난한 동네 부인들이 부럽고도 시기하는 얼굴로 뛰쳐나온 것이다.

"순이 아버지, 금니빨 그래 얼마나 받았어요?"

덕구가 기가 차서 말도 안하자

"순이 아비진 복이 터졌네."

젊은 아낙네들까지 새실새실 웃으며 놀려댔다.

덕구는 부아가 터지는대로 반장집을 찾아갔다. 마침 대학생이 있었다.

"금니빨에두 멕기라는 게 있나?"

"멕기라니요?"

"그 틀니 말이야, 그게 순금이 아니고 멕기라더군."

"누가 그런 말을 해요? 금니빨에 멕기가 뭐야?"

"그럼 금니빨엔 멕기가 없다는 말인가?"

"어딜 가니 그런 소릴해요? 금니빨이 멕기라고?"

"그렇지만 요새 멕기가 흔하지 않던가. 그릇도 그렇고 은술잔만 해두 금을 올린……."

그러자 대학생은 어이가 없다는 듯이

"아저씨, 어디 가서 속으셨구만. 금을 입힌 이빨이 세상 어디 있어요?"

어떤 녀석한테 넘어갔냐구 자꾸 캐물었지만 덕구는 더 무어라 이야기하고 싶지도 않았다. 집에 돌아온 덕구는 갑자기 신경통이라도 일어난 듯이 이불을 뒤집어쓰고 끙끙거렸다.

그것이 진짜 금이라면 돈 얼마를 팽개치고 온 셈이 되는가. 지금이라도 가서 도로 물러달라고 할까? 어림도 없는 소리. 그렇게도 지능적인 녀석이 그러냐고 곱다랗게 물러 줄 리는 만무하지 않는가. 그러면 멱살이라도 잡고 화풀이라도 한바탕 해볼까. 그렇지만 일단 남의 손으로 넘어간 물건을 가지고 시비하는 것은 이쪽의 어리석음을 광고하는 것 밖에 안되니……. 그렇게 하고서도 물건만 내 손으로 도로 돌아온다면 또 모를까, 그럴 가망도 없는 것을 가지고…….

덕구는 그 금니빨 때문에 며칠을 두고 입맛까지 잃고 말았으나 다시 마음을 다잡고 장사를 돌아다니는 수밖에 없었다.

그러나 뚱뚱보 칫과 의사에게 속아 넘어간 덕구 자신은 알 까닭이 없지만 며칠 전 아침 신문에서 [엉터리 치과의사 구속되다]는 제목의 기사를 읽은 사람은 알고 있으리라. 그 뚱뚱보 치과의사 이 민재는 본시 가축병원 사환이던 것이 가짜 수의(獸醫) 노릇을 하다가 벌이가 잘 되지 않았든지 치과 간판까지 내걸게 되었는데 마침내 꼬리가 잡히고 말았다는 것이다.

그러고 보니 순금을 금을 입힌 것으로 보는 그야말로 금을 입힌 사람이다.

모정(母情)

여자 교도소의 의무실장인 영애는 요즘 와서도 피곤하면 반드시 악몽을 꾸게 된다. 그것은 아마 6.25때 남편이 북쪽으로 끌려가던 그 때의 기억이 지금도 잊을 수 없기 때문인지도 몰랐다.

"오늘도 무서운 꿈을 꾸고야 말았구나. 괴뢰군들이 달려들어 어찌 혼이 났는지!"

영애는 의무실 침대 속에서 몸을 뒤채며 중얼거렸다. 온몸에는 땀까지 흥건히 배어 있지 않은가.

"또 좋지 못한 꿈을 꾸셨어요? 숙직하실 때면 으레 그런 꿈을 꾸시는구만요? 아무래도 의무실 침대 잠자리가 나쁘신 모양이에요."

옆 침대에서 자던 젊은 간호원이 벌써 일어나서 잠옷을 어깨 위로 벗어 든 채 말했다. 그녀의 피어오른 가슴이 아직도 채 밝지 않은 아침의 어두운 방안에 흐드러지게 강한 자극을 영애에게 느끼게 했다. 그러나 영애는 아침부터 또 부질없는 생각은 않으리라는 마음으로 간호사에게 물었다.

"몇 시야?"

"네시 반이 좀 넘었어요."

"벌써 그런 시간이야? 그럼 나도 어서 일어나야겠구만."

이곳에는 다섯 시만 되면 기상 종소리가 울린다. 간호원은 옷을 갈아입고 나서 석유 풍로에 주사통부터 올려놓았다. 그러고는 대야를 들고 나갔다. 얼굴을 씻으러 세면장으로 가는 모양이었다.

영애도 침대에서 훌쩍 뛰어 내리며 남쪽 들창을 열어젖혀 신선한 공기를 받아들이면서 심호흡을 했다. 어둠 속에 잠긴 신록이 그대로 눈에 달려들어 온몸에 산뜻한 기분을 한껏 돋워주는 것 같았다.

영애가 오고부터 이곳은 아주 딴판으로 달라져서 교도소의 독특한 그 어두운 기색이 점차 없어지고 있었다. 첫째 간호원들의 옷부터 사치에 흐르지 않을 정도로 깨끗해졌고 의무실 기구들도 언제나 차근히 정돈이 되어 있었다. 그에 따라 간호원들도 계절 계절에 피는 이름 없는 꽃포기나마 한 가지씩 꺾어서는 들창에 꽂게 되는 마음의 여유도 지니게 되었다.

이런 청결과 명랑한 분위기가 수형자 교화에는 무엇보다도 중요하다는 것을 영애는 잘 알고 있었다.

쩔렁 쩔렁……. 기상 종소리가 감방 복도에서 흘렀다. 갑자기 이곳 저곳에서 어수선스런 수형자들의 소리가 들려왔다.

아침의 달콤한 꿈에서 깨어난 재소자들이 떨어지지 않는 눈을 부비며 일어나는 모양이었다.

영애는 벽에 걸린 흰 가운을 내리어 입었다. 그것을 몸에 걸치기만 하면 의무장으로서 이곳에 있는 재소자들의 병을 일체 자기가 책임을 져야하는 것이었다. 아니 그들의 건강까지도 책임을 져야하는 것이었다.

그는 이런 생활을 벌써 삼년이나 계속해 왔다. 물론 그는 교도소인 이런 곳이 아니라도 직장을 구하려면 구할 수도 있는 노릇이었다. 그러나 그가 일부러 이런 곳에 있는 것은 이유가 없는 것도 아니었다.

남편이 납치되어 간 뒤로 혼자서 고독하게 살게 된 그는 이런 곳일수록 자기에게 맞는 직장이라고 생각했기 때문이었다.

그는 처음으로 이곳에 와서 놀란 것은 여자 죄수들 중에는 의외로 무시무시한 극악의 살인범이 많다는 것이었다.

이들 살인범은 남자와도 달라서 역시 힘이 약한 그대로 자기가 직접 폭력을 쓰거나 흉기로 사람을 죽이는 일은 거의 없다시피 하였지만 독약을 쓴다든지 다른 사람을 내세운다든지 하여 목적을 달성한 것은 많았다. 그렇다 해도 사람을 죽인다는 일은 정말 생각만 해도 끔찍한 일이 아닐 수 없었다.

그런 악독한 사람들을 매일 대하며 살아야 할 생각을 하니 처음엔 영애는 도저히 견뎌낼 성 싶지가 않았다. 그러나 하루하루 지나면서 막상 그들을 대하고 보니 대해 보면 대해 볼수록 그들은 선량하기가 짝이 없을 뿐더러 그들이 어찌하여 이렇게도 악독한 짓을 저지르게 되었는가 하고 의아스럽게 생각될 뿐이었다.

그러면서 영애는 그들이 그런 일을 저지르게 된 것이 그들 자신의 죄라기보다도 그들 뒤에 있는 남자들의 죄라는 것도 알게 되었다. 다시 말하면 그들의 죄가 대개 남자들에게 속고 나서 물불을 못가리고 발악을 쳤다는 죄밖에 없는 것이었다.

그러나 그들은 그 순간적 발악 때문에 몇년이라는 긴 동안의 자유를 빼앗기고 불행한 나날을 보내야 하는 것이었다.

그것을 생각한다면 그들은 말할 수 없이 불쌍한 사람들이라 아니할 수 없었다.

더군다나 같은 여자라는 처지에서 영애는 그것을 뼈아프게 느꼈던 것이다. 그러므로 그들과 함께 생활하는 날이 길어지면 길어질수록 그들을 이해하면 이해할수록 그들에게 조금이라도 도움이 되는 일이라면 자기의 노력 같은 것은 조금도 아끼려고 하지 않았다.

환자들을 성의껏 봐 주는 것은 물론이었고 기회가 있을 때마다 식사에 대해서도 과학적으로 '칼로리'를 따졌고 문화시설에도 극력 노력했다. 지금 식당에 설치되어 있는 라디오도, 강당에서 때때로 영화를 보여 주게 되어 있는 영사기도 그의 노력으로 된 것이다.

그렇다 해도 오랫동안 지니고 온 전통과 습관의 때자국은 좀처럼 쉽게 털어버릴 수 없는 일은 비단 이곳뿐만이 아닐 것이다. 이곳도 역시 밝은 것이 어두운 것으로 눌리기 쉬운 것으로 오랜 인습과 함께 음침한 공기가 아직도 흐르고 있는 것도 사실이었다.

그러나 영애는 그런 것까지도 어떻게 고쳐 볼려고 애썼다. 그는 외부 참관자가 있을 때도 수감자들의 심리를 생각하여 아주 사소한 데까지 신경을 써가며

"참관을 하셔도 죄수들에게 절대로 모욕적인 태도는 모두가 주의하도록 해줘요. 손가락질을 한다든지 속삭인다든지 그런 일은 절대 삼가주세요. 그들은 그런 일을 보아도 마음 상할 뿐만 아니라 자기 자신을 비관하게 된답니다."

하고 주의를 시켰다.

그리고 또한 수감자들에게도

"오늘 무슨 부인회에서 이곳에 오는 모양인데 설혹 그 속에 경솔

한 사람이 있다 해도 우리들은 그런 일엔 태연합시다. 만일 그런 일에 우리가 낯빛을 달리한다면 그들에게 지는 일밖에 안된 답니다. 그러나 우리들은 우리들의 할 일을 계속함으로써 수감생활을 하는 사람들은 으레 좋지 못한 사람들이라고만 생각하는 그들의 그릇된 생각을 고쳐 주기로 합시다."

하고 친절히 타이르는 것을 잊지 않았다.

이렇게 하여 그는 지질스러운 경계와 위험의 눈을 최대의 무기로 삼던 교도소의 공기를 사랑과 성실한 마음으로써 고쳐보려고 전력을 다해 온 것이었다.

다행히도 이런 노력들이 효과를 얻어 죄수를 비롯하여 교도관들도 날이 갈수록 그녀를 더욱 존경하게끔 되었다.

어느 날 방화죄로 들어 온 105호 수감자가 입소 다섯 달 만에 아이를 낳게 되었다. 이곳에서 해산하다가 만일의 일이라도 생긴다면 그것은 의무실장인 영애의 책임이 아닐 수 없었다.

그는 산부인과를 전문(專門)한 동창인 동무를 데려다 105호 수감자를 보이자 오늘밤 중으로 아이를 낳으리라는 것이었다. 그러자 아직 아이를 한 번도 길러보지 못한 영애는 몹시 불안한 채로 그 동무를 붙잡고서 산모 옆을 떠나지를 못하였다.

"아무 걱정 말아요. 이제 곧 힘들지 않고 아기를 잘 낳아 어머니가 될 거에요."

영애는 산모의 머리가 헝클어지지 않게 땋아 주면서 이렇게 격려했다.

"고마워요 정말 선생님, 고마워요."

105호 수감자는 눈물이 서린 눈으로 영애를 쳐다보고 있었다. 그는 아직도 소녀의 애티를 벗지 못한 귀여운 얼굴이었다. 어느 다방의 '레지'로 있던 중에 어떤 남자의 꾀임을 받아 이리 저리로 끌려다니다가 결국은 헌 신짝처럼 버림을 받았다는 것이다. 그때는 이미 배 속에 아이까지 가졌을 때였다고 한다. 그는 분을 참지 못해 휘발유병을 들고 가서 그 남자의 집에 불을 질러 놓았다. 이를테면 그도 남자 때문에 희생된 여자의 하나였다.

해산은 산부인과 의사의 예측과는 약간 어그러져 이튿날 아침에야 낳게 되었다. 초산인데다 더욱이 갇힌 몸으로 겪는 산고라 옆 사람의 숨이 넘어가듯이 힘을 다 쓴 끝의 해산이었다. 그래도 영아는 우렁찬 울음소리를 울렸다. 아들이었다. 빨간 몸뚱아리에 콧날이 성큼한 아이였다.

"귀여운 옥동자를 낳았어요. 참 수고했어요."

영애는 자기 일처럼 기뻐했다.

105호 수감자는 가만히 눈을 감은 채 숨소리만 높이고 있었다. 이윽고 눈꼬리에서 눈물이 줄을 긋고 베개 위로 떨어졌다.

영애는 가만히 그 눈물을 닦아 주었다. 산고에 새파랗게 질린 것 같으면서도 산모 얼굴은 말할 수 없이 아름답게 보였다.

'어린애도 귀엽지만 산모도 참 예쁘구나. 이렇게 보고 있으니'

영애는 마음속에서 이렇게 중얼거리고 있었다. 산부인과 의사인 동무는 이제 자기 할 일은 다 했다는 듯이 손을 씻고 나서 산모의 얼굴을 들여다보며 말했다.

"참 예쁘지? 어머니가 된 위대한 순간이야."

그러고 보니 지금의 이 느낌은 산부인과 의사인 이 동무나 영애나 꼭 같은 모양이었다. 영애는 그 동무의 말을 받으며 일부러 산모의 기분도 돋워줄 량으로 명랑하게 조롱댔다.

"이곳에 들어오게 되면 누구나가 다 예뻐진단다. 남편의 시중도 없어지고 시어머니의 미운 꼴도 보지 않고……."

"그래서 너두 아주 예뻐졌구나, 어쩐 일인가 했더니……."

"그런지도. 모르지."

영애와 그 동무는 괜히 또 웃어댔다. 말하자면 새로운 생명을 하나 태어나게 한 기쁨 속에서 서로가 커다란 흥분을 이기지 못하고 있는 것이었다. 그러면서도 영애는 산부인과 의사인 이 동무가 오늘처럼 고마워 보이기는 처음이었다.

교도소에서 낳은 애를 바깥에서 기를 사람이 없을 때에는 당분간 그곳에서 기르다가 육아원에 보내기로 되어 있었다. 105호 수감자가 낳은 아이도 밖에서 누가 맡아 길러 줄 사람이라고는 없었다. 산모는 별일없이 회복되어 병감에서 감방으로 돌아갔으나 아이의 젖만은 시간을 맞추어 의무실에 와서 먹이기로 되었다.

아이도 별일 없이 무럭무럭 자랐다.

아이를 받아 준 때문인지 영애는 그 아이가 견딜 수 없이 귀여웠다. 틈만 있으면 자꾸만 아이 옆으로 가서 들여다보고 싶고 얼러 주고도 싶었다.

"……나도 이런 아이나 하나 있었더라면……."

어느 날 그는 자기도 모르게 그런 말을 중얼거리고 있었다.

옆에 있던 여간수가

"그렇다면 어서 결혼이나 하시지. 뭐 오지도 못할 사람을 기다리고 있을 일이 뭐람."

하고 말하였다.

그 소리에 영애는 불시에 낯을 붉혔다. 그러면서 새삼스레 납치되어 간 남편을 잊을 수 없다는 마음에 더욱 가슴이 울렁거림을 느꼈다.

"아가, 넌 참 예쁘구나!"

마침내 영애는 아기의 손을 쥐고 흔들면서 커다란 소리로 말하고 있었다. 그것은 교도관의 불쾌한 소리를 잊기 위해서인지도 몰랐다.

그러는 동안에 이상스럽게도 그 사람의 눈이 떠오르며
'그 사람의 눈도 어렸을 때에는 분명 이렇게도 크고 검었을 거야'
하고 그것을 연상해 보는 꿈꾸는 듯한 눈매가 되어 버리고 만 것이었다. 어린애는 쌔근쌔근 숨소리를 내가며 벌써 무엇이 보이는 듯이 유심히 영애 쪽을 쳐다보고 있었다. 다시 영애가 손을 흔들어 보이자 벌써 무엇을 볼 줄이나 아는지 눈을 깜박였다. 그리고 며칠 뒤에 영애는 그 어린애를 자기가 맡아서 기르기로 했다.
"선생님이 맡아서 길러 주신다니 이렇게도 고마운 데가 어디 있겠어요."
105호 수감자는 그 말을 듣고서 몹시도 기뻐했다.
"육아법은 나두 남만큼은 알고 있으니 아기 걱정은 너무 하지 말아요."
"의사선생님인데 그야 너무나 잘 아시겠지요. 이런 못난 어미의 아들을 선생님같이 훌륭한 분이 맡아서 길러 주신다니……."
어린 것을 영애에게 맡기게 된 105호 수감자는 한편 마음이 놓이면서도 한편 마음이 그지없이 쓰린 모양이었다.
"그러면 젖도 오늘이 마지막인데 많이 먹여요."
"고맙습니다."
영애의 살뜰한 말에 이윽고 105호 수감자는 어린 것을 안고 몸부림을 쳐 가며 울어댔다. 영애도 따라 눈물을 흘리며 일단 자기가 맡는 이상에는 남에게 조금도 모자라지 않는 훌륭한 아이를 만들어 본다는 굳은 결심을 하는 것이었다.
이 이야기가 이튿날로 교도소 안에 퍼지게 되자 교도관들을 비롯해 모든 재소자에 이르기까지 감격하지 않는 사람이 없었다.
"참으로 김 선생은 마음이 아름다운 분이야. 이것으로 그는 결혼 같은 것은 생각지도 않고 언제까지나 돌아올 남편을 기다릴 생각인 모양이지."

모두가 이런 말로써 더 한층 그를 존경하게 되었다. 그리고 그것은 영애의 생활에도 또한 새로운 활기를 가져오게 하였다. 곧 어린애를 기르는 그날부터 그녀는 전에 없던 신성한 흥분에 빠지게 되었다. 산다는 것에 커다란 의의가 생겨난 것이었다. 어린애도 갈수록 튼튼하게 자랐다.

그러던 어느 날, 영애는 목욕을 하고 나오는 105호 수감자를 보고 깜짝 놀랐다. 그것은 105호 수감자가 전과는 비할 수 없게 빼빼 마른 몸이 되었기 때문이다. 그러자 영애는 남편이 납치되어 가던 그 때의 기억이 되살아나며 지금의 그의 심정을 너무나도 잘 알 것만 같았다. 그럴수록 그는 지금까지 느끼지 못했던 불안스러움이 몸에 끓어올랐다.

'이번에 내가 그 아이를 맡아 기르게 된 일은 남들을 감동시키고 또한 어린애의 어머니도 진심으로 잘된 일이라고 내게 고맙다고 생각할는지 모른다. 그렇다 해도 그것은 그에게서 애정을 빼앗은 것밖에 또 무엇이랴? 그것은 결국 내가 미담과 같은 것에 도취해 버린 것 밖에 아무것도 아닐는지 모른다. 그러면 나는 어떻게 해야 하는 것인가? 아이를 훌륭히 길러 줌으로써 저 불쌍한 어머니의 괴로운 마음을 덜어 줄 수 있다는 것인가?'

불시에 영애도 앞이 아뜩해졌다. 이북에 간 남편을 내가 잊을 수 없는 것처럼, 아니, 저 어머니에겐 그보다도 더 할는지도 모른다. 그렇다면…….

그러자 문득 영애 눈앞에 또 다른 한 장면이 떠올랐다. 105호 수감자가 여기 입소하기 전의 일이었다. '줄리'라는 살인미수의 여인이 들어왔다. 그녀도 6.25라는 뜻하지 않은 물결에 휩쓸려 마침내는 양공주에까지 전락된 모양이었다. 그러는 중에 미군과 국제결혼을 하게 되었다. 그 복잡한 수속 때문에 고향엘 다녀와야 했다. 국제결혼이긴 하나 그래도 정식 결혼이라는 떳떳한 길을 걷게 된 줄리는 희망에 부풀어서 서울에 돌아왔다.

그러나 일생을 의탁하려던 그 미군은 줄리가 없었던 며칠 사이에 벌써 그들이 부리던 식모 계집아이에게 손을 댔던 것이다. 앞이 아득해진 줄리는 단순한대로 과일 깎는 칼을 들고 미군 병사와 식모 계집아이에게 달려들었다.

살인미수범으로 수감되었을 때 그녀는 갓난아이를 안고 오들 오들 떨고 있었다. 혼혈아 시설에서 어린 것은 곧 데리고 갔다. 그리고 또 얼마 만에 그 아이를 미국으로 양자로 보내게 되었다는 통지가 왔다.

어린 것이 떠나기 전에 부모 품에 안겨 마지막으로 모자 이별이 교도소 면회실에서 이루어졌다. 그동안 어린 것에 대한 아무런 희망도 말할 줄 모르던 줄리는 그날도 역시 무표정한 얼굴로 면회실로 나왔다.

물론 구제품이긴 하겠지만 그래도 성한 것으로만 곱게 차리고 온 어린 것은 누구나 탐나리만큼 귀여웠다. 불쌍한 어머니 품에 안겨서도 장난감만 신이 난다고 흔들어댔다. 정말로 눈물 없이는 볼 수 없는 광경이었다. 아기를 안고 줄창 눈물만 흘리고 있던 줄리가

"내가 이런데 갇혀 있지만 않았던들 절대로 너를 미국에 보내지 않는다."

하고 모든 것을 저주하듯이 몸부림쳤다.

입소 이후 얌전한 모범수였던 줄리가 말할 수 없는 개차반이 된 것이 이때부터였다. 영애도 어떻게나 그녀의 마음을 돌려보려고 남몰래 힘도 써보았지만 자식을 뺏긴 모정(母情)이라는 것은 그렇게도 쉽사리 가라앉는 것은 아닌 모양이었다.

이번에 이 아기를 맡으면서 줄리의 일을 깜박 잊고 있었다는 것은 영애로서 참으로 생각없는 일이라 아니 할 수 없었다. 그것도 한때는 자기 앞에 사람이 없다는 듯이 마구 굴던 줄리가 그런 기운도 잃고 제풀에 풀이 죽어 버렸으니 영애도 잊는 줄을 모르게 그녀의 일을 잊은 모양이었다.

105호 수감자의 빼빼 마른 몸매에 놀란 영애는 급기야 그녀를 불렀다.

"저 이봐요!"

그러나 105호 수감자는 무서운 무엇이나 피하려는 듯 영애의 부르는 소리도 못들은 척 감방 쪽으로 달려가는 것이었다.

'내가 저 여자를 불러서 어쩌자는 것인가? 아기를 돌려라도 주겠다는 것인가…….'

영애는 죄의식이라고도 할 수 없는 무엇이 가슴에서 무럭무럭 북받쳐 오름을 느꼈다.

행복은 오다

아직도 열두 시가 되기에는 이십분이나 남아 있다.
'오늘은 왜 이렇게도 시간이 가지 않는가?'
시계가 원망스러운 듯이 쳐다보던 억만이는 다시금 눈을 돌려 옆에서 열심히 타이프라이터를 치고 있는 은주를 바라보았다.
진한 감색의 투피스를 입은 은주가 오늘따라 더욱 예뻐 보이며 그의 가슴에 달린 브로치가 불시에 눈에 띄었다.
'은주가 그것을 사주었을 때 얼마나 좋아했던가'
그러나 그것은 단돈 천환짜리도 못되는 값싼 것인 걸, 지금은 그보다도 더 좋은 것을 얼마든지 사줄 수 있지 않은가?
그렇게 생각할수록 지금까지 결혼비용이 없어서 여태까지 미루어 온 생각을 하면 어이없기도 하고 한심하기도 했다.
'사람의 운이란 알 수 없는 거야…… 이렇게도 하룻밤 사이에 행운이 돌아올 줄은 누가 알았겠어'
그는 혼자서 싱글 싱글 웃으며 다시금 시계를 쳐다보았다. 큰 바늘과 작은 바늘이 열두 시에서 합치기가 왜 그렇게도 힘든지, 그 자리에 꼭 들어붙어서 움직일 줄 모르는 것만 같았다.
'은주가 이 이야기를 들으면 얼마나 눈이 둥그레질까, 그렇지 않아도 그 커다란 눈이…….'
웃음이 그대로 펼쳐진 눈을 다시금 은주에게 돌렸다. 은주는 여전히 타이프라이터를 치는데 밖에 정신이 없다. 마치도 은어가 뛰어 노는 듯한 길다란 손가락—그의 타이프라이터는 회사 내에서 누구보다도 잘 쳤다. 억만이가 한 시간에 치는 것도 그는 단 십분에 쳐버리고 만다. 그러면서도 '스펠' 하나 틀리는 법이 없다. 그런 점에서 억만이가 따를 바가 못 되지만 그렇다고 S상대를 나와 영어가 능숙한 억만이가 전혀 못 치는 것은 아니었다. 그가 타이프라이터 기술이 언제까지나 늘지 않는 이유는 옆에 앉은 은주가 보기에도 갑갑하다는 듯이

"어서 이리 줘요, 내가 쳐 드릴 테니."

하고 언제나 타자기를 자기 앞으로 끌어가기 때문이었다. 그렇다고 잠잠히 쳐 주는 것만도 아니었다.

"우리가 결혼해서 내가 회사를 그만두게 되면 당신은 어떻게 할 생각이에요?"

이런 소리로 뽐내가며 벌써부터 그를 걱정해 주는 것이었다. 그렇다고 억만이는 억만이대로 그것을 진정으로 걱정해 본 일은 한 번도 없었다.

"그때가 되면 그때지 무슨 걱정이야."

태연한 말이면서도 내심으론 어서 그때가 오기를 바랄 뿐이었다. 그러나 그것을 생각하면 아득한 일이었다. 은주와 결혼을 하자면 우선 남보기에도 부끄럽지 않은 약혼반지도 하나 해 줘야 할 테고, 전세집도 하나 얻어 놓아야 할 테고, 둘이서 옷도 한 벌씩 해야 할 테고, 결혼식을 아주 간단히 한다 해도 몇 만환의 비용은 들어야 할 테고, 일생에 한번밖에 없는 결혼식이라, 물론 신혼여행도 가야겠고, 그리구 솥이니 냄비니 침구니 그런 살림도구도 이만저만 들어야 하지 않겠으니 적게 잡아서두 육십만환은 있어야 하지 않겠는가. 그는 지금도 결혼준비를 위해서 월급에서 다달이 만환씩을 떼어 저금을 해 나가고 있지만 육십만환을 만들자면 아직도 요원하다. 아……그

때까지 은주가 기다려나 줄까?

언제나 여기까지 생각한 억만이는 그만 우울해지지 않을 수가 없는 일이었다. 그럴 때면 옆에서 분주히 타이프를 치던 은주가 문득 손을 멈추고

"제 말에 노하셨어요?"

하고 불안스러운 표정이면서도 웃음을 띠워 묻는다. 그 말이 또한 억만에겐 얼마나 반가운 말인지 모른다. 그러나 억만이는 시무룩한 얼굴로 그저 고개만 흔들어 보인다.

"그럼 왜 갑자기 그런 얼굴을 하세요?"

"아무 일도 아니야."

하고 억만이는 그제야 간신히 입을 열어 본다. 그러면 그 얼굴에서 자기들의 결혼비용 걱정이라는 것을 재빨리 알아차린 은주는 분주히 타이프용지에다가 굵은 연필로 커다랗게

'그때는 그때지 무슨 걱정이에요'

하고 억만이가 하던 말을 그대로 적어서 그의 앞에다 던져준다. 그러고는 타이프 뒤에 숨어서 웃음을 죽여가며 그를 바라보았다. 억만에게는 그 편지가 또한 무엇보다도 반가운 것이었지만 그럴수록 그의 마음은 더욱 설레며 답답해지는 것도 어떻게 할 수 없는 일이었다.

그러나 지금은 다르다. 그것은 어제까지의 답답한 마음이요, 클클한 걱정이었다. 지금은 모든 것이 해결할 수 있게 되어 있지 않은가? 그것을 생각하며 혼자 좋아서 벙실 벙실 웃고 있던 억만이는 열두 시를 치는 소리에 문득 잠에서 깨어나듯

"미스 김, 열두 시야!"

하고 소리를 쳤다.

그러나 은주는 여전히 타이프를 치기에 정신이 없다.

"열두 시가 됐어, 어서 일어나!"

억만이는 다시금 소리쳤다.

"치던 것 마저 끝내고요."

고개도 돌리지 않는다. 억만이는 잠시 기다리다가 견딜 수가 없어 또 소리쳤다.

"아주 중대한 이야기야. 어서 같이 나갑시다!"

그제야 은주는

"중대한 이야기요?"

타이프를 멈추고 억만이를 잠시 살펴보다가 갑자기 얼굴을 붉혔다. 그러고는 무엇인지 가슴에 오는 것이 있는 듯 입술을 깨물고 있다가

"그래요."

하고 먼저 일어섰다. 그의 뒤를 따라가는 억만이는 은주도 이 행

운의 이야기를 알게 될 순간이 왔다고 생각하니 흥분에 밀려 다리가 후들후들 떨리는 것 같았다. 복도로 나서자 은주가 홱 돌아서며

"무슨 이야기에요?"

하고 일부러 새침을 떼는 얼굴을 지어보였다. 억만이는 일부러 침착해지려하며 목소리를 낮추어

"맞았어."

하고는 은주의 얼굴부터 살피는 것이었다.

"맞았다니요?"

"맞았다니까."

덮어놓고 맞았다는 소리에 어리둥절했던 은주는 그제야 알아차렸는지

"언제 맞았어요?"

하고 은주는 그것을 알려주지 못해서 큰일이나 난 것처럼 자기를 불러낸 억만이의 얼굴을 보니 그만 어이가 없어졌다.

"어제야."

"어제라니, 그러면 어제 저하구 헤어지구 가서 술을 자신 모양이군요."

"그것이 아니구……."

그러나 은주는 억만이의 말을 가로채며

"아니라두 뻔한 일이지요. 술을 안 자시구야 왜 싸웠겠어요."

"글쎄, 그것이 아니라……."

"그러게 내가 뭐라구 해요. 술을 작작 하시라구."

"싸워서 맞은 것이 아니구……."

"그러면 싸우지도 않고 공연히 맞았어요?"

은주는 골이 난듯하면서도 점점 더 조롱치는 말투였다.

"그것이 아니라 복권에 맞았어."

"네! 복권이 맞았어요?"

갑자기 얼굴이 밝아지던 은주는 불시에 웃음을 내뿜으며

"작년에 나처럼 아이스크림권 한 장 주는 등외나 맞아 가지구서 날 놀라게 하느라구 야단치는 건 아니에요, 그렇지요?"

하고 웃어대었다.

"원 천만에. 내가 D은행에 예금에서 탄 행운권이 맞았어."

"그럼 기껏 천환짜리나 맞았겠군요. 그것 찾아서 우리 영화구경이나 가요."

"천환짜리나 맞았다면 맞았으나 안 맞았으나 마찬가진 걸. 미스김에게 일일이 보고할 일도 못되잖아."

"그러면 만환짜리가 맞았어요? 그렇다면 우리에게두 무슨 행운이 돌아올 성싶은 징조예요."

"만환짜리도 아니고 만환씩을 한참 세야하는……."

"어머나 그럼, 십만 환짜리에요? 그러면 우리 결혼식 비용은 문제가 없군요."
"그래 기껏 십만 환짜리 밖에 생각지 못하겠어? 이왕 맞을 바에야……."
"그렇다면 백만 환짜리요?"
은주는 놀랍다는 듯이 눈이 둥그래졌다.
"그보다도 좀 더……."
"네?"
"천만환이야."
천만환이란 소리에 눈이 커질대로 힘껏 커진 은주는 입도 찢어질 듯이 벌린 그대로 먹먹히 억만이의 얼굴만 쳐다보고 있었다. 그렇게 한참이나 있다가 겨우 속소리를 내어
"그게 정말이에요?"
하고 믿어지지 않는다는 듯이 반문했다. 그러자 억만은 가슴 속에 간직했던 기쁨을 드디어 은주에게도 알려줬다는 마음에선지 그것을 또한 뽐내고 싶은 심정에선지 불시에 냉정한 얼굴이 되며
"물론이지."
하고 고개를 끄떡해 보였다.
"그러면 졸지간에 억만씨가 억만장자가 되었군요."
"그렇지, 내 이름대로 된 것이지."
역시 고개를 끄덕였다.
"그 많은 돈을 이제부터 어떻게 쓸 작정이에요? 큰일 났군요."
은주는 돈이 많이 생겼다는 것도 걱정이 되는 모양이었다.
"그러니까 그것을 어떻게 할 것을 이제부터 당신과 의논하자는 것 아니요."
"저하구요?"
순간에 은주의 얼굴은 기쁨을 감추지 못하는 표정이었다. 천만환

부자의 부인으로서 화려하게 차린 자기를 상상해 보았는지도 모르는 일이었다.

"천만환이라면 백환짜리루 몇장이에요?"

"십만장이지."

억만이는 아주 태연스럽게 대답했다.

"십환 짜리는요?"

"그거야 백만장이 될 것 아니야."

"그렇게 많은 돈이 억만씨에게 생기게 되었어요?"

"그렇지, 그것두 세금을 한푼 내는 일두 없이 우리 손에 들어온 돈이야."

"그 돈만 있으면 못할 노릇이 없겠군요. 이런 중대한 일은 이런 곳에서 이야기 할 게 아니예요. 어디로 나가 점심이라두 먹으면서 천천히 이야기해요."

그들은 거리로 나왔다. 그러나 그들이 가진 돈을 합해 보니 겨우 삼백 칠십환밖에 되지 않았다. 그것으로서는 둘이서 냉면 한 그릇씩도 먹을 수가 없었다. 하는 수 없이 회사 지정식당에 가서 외상으로 가락국수를 달래놓고 그것으로서 우선 천만환의 행운을 축하하는 수밖에 없었다. 지정식당에는 모두가 사원으로 차 있었다. 그러므로 섣불리 그 천만 환 이야기를 입밖에 낼 수가 없었다. 만일에 사원들이 그 일을 알게 된다면 한턱을 써라, 돈을 좀 꿔달라 그런 일도 시끄럽거니와 그 소문이 밖에까지 퍼지게 되어 여기저기서 기부금을 받으러 올 염려도 있고 또한 불량배에게 강탈을 당할 위험성도 없지 않아 있는 일이다. 그러므로 둘이서는 그런 기색은 전혀 보이지 않기로 한 것이다.

가락국수를 먹고 난 그들은 다방 같은데 가서 그 이야기를 해도 옆사람이 듣고 이야기가 새어나갈 염려가 있으므로 그들의 회사에서 그리 멀지 않은 덕수궁에 들어가 벤치에 자리를 잡고 앉았다. 아직도 쌀쌀한 이른 봄이라 덕수궁 안에는 부부동반으로 산책하는 사람들이 가끔 보일뿐이었다.

"그래서 천만환의 돈을 어디다 건사하구 왔어요?"

은주는 무엇보다도 그것이 걱정되는 모양으로 덕수궁으로 들어서며 첫마디로 물었다. 억만이는 본시 깐깐하지 못한 사람이라 천만환의 돈을 싸지도 않고 그대로 책상 위에 그냥 쌓아 놓고 나왔을지도 모른다고 생각되었기 때문이다. 월급을 받아 가지고도 이 주머니 저 주머니에 아무렇게나 꿍쳐 넣었다가 소매치기를 맞았다는 이야기도 한두 번 들은 것이 아니다. 만일에 돈을 그대로 책상 위에 놓고 나왔다면 지금에 당장 차를 잡아 타구서 하숙으로 달려가지 않으면 위험하기가 짝이 없는 일이었다. 그가 출근 후에 방을 치우려고 하숙집 부인이 들어 왔다가 그 돈을 보고 깜짝 놀라 심장마비가 되어 죽을는지도 모를 일이었다. 아니 그보다도 억만씨가 어디 가서 절도라도 한 줄 알고 경찰에 알릴지도 모르는 일이다. 하여튼 돈을 보면 누구나가 탐나는 법이다. 그 중에서 십만환 쯤 떼어쓰고 시침을 떼고 잠잠히 있을는지도 모르는 일이다. 십만환이라면 억만이와 자기의 한달 월급을 합해도 더 되는 돈이 아닌가. 그 돈이라면 옷도 한 벌씩 해 입을 수 있는 돈이다. 아니 십만환뿐만 아니라 그 돈을 몽땅 다 차지하고 행운권은 자기가 맞았다고 능청스럽게 말할지도 모르는 일이다. 그러면 억만 씨는 어디 가서 이야기도 할 데가 없지 않은가. 여기까지 생각한 은주는 불시에 가슴이 활랑 활랑 뛰었다. 그러나 억만이의 대답은 아주 간단했다.

"복권의 지불이 내일부터야."

그 소리에 은주는 안심의 한숨을 내쉴 수가 있었다. 그러나 뒤이어 걱정되는 것은 그 행운권을 어떻게 건사했을까가 문제였다. 그의 차근차근하지 못한 성미론 행운권을 쇠도 채우지 않은 책상 서랍에 아무렇게나 넣어두고 나왔을는지도 모르는 일이다. 하숙집 아이들이 그의 방에 놀러 들어왔다가 꽃종이라고 들고 나가 없이하는지도 모르는 일이다. 그렇지도 않으면 자기 딴으로는 잘 건사한다고 '패스지갑'에 넣었다가 소매치기를 맞을는지도 모를 일이 아닌가. 그렇지 않아도 언젠가 '패스지갑'을 소매치기 당하고 시민증을 다시 내려고 며칠동안이나 끙끙거리며 다닌 그인데…… 은주는 불안스러운대로 다시금 입을 열었다.

"그래서 그 행운권을 잘 건사했어요?"

"물론이지, 그래 미스 김 천만환짜리 행운권 구경할래?"

하고 억만이는 은주의 추측대로 '패스지갑'의 행운권을 꺼내 보였다.

"역시 실수해서 잃기나 하면 어떻게 할라구 그런 곳에 넣고 다녀요?"

은주는 나무라듯이 걱정하며 억만이가 주는 행운권을 받아 보았다. 천만환짜리 행운권이라 해도 누구나가 은행에서 저금으로 얻은 행운권과 조금도 다를 리가 없었다. 다른 점이 있다면, 붉은 잉크로 찍은 번호가 다른 것 뿐이다.

"일만사천오백 구십구번, 일사이에 짓구땡이야. 번호가 참 좋았다니까."

억만이는 천만환이 맞은 것은 지당한 일인 것처럼 말했다. 그러나 '짓구땡'을 모르는 은주는 그의 말보다도 그 번호가 그저 신비스럽게만 보였다. 은주는 그 번호를 한참이나 들여다보고 있다가 문득 의심스러운 눈으로 억만이를 바라보았다. 그것은 억만이가 정신이상이 생기지 않은가를 확인해 보는 눈짓이었다. 지금까지 그것에 생각이 미치지 못했던 것은 우둔스러운 일이었다. 생각하면 억만이의 행운권이 맞았다는 것은 그의 말을 제한다면 믿을 근거가 전혀 없는 것이다. 뒷집에 사는 미친 할아버지도 억만이와 같은 이야기를 한 종일 중얼거리고 있지 않은가. 그렇게 생각해 보면 억만이가 오늘따라 혼자서 벌죽 벌죽 웃는 그 웃음도 그 할아버지의 웃음과 비슷한 데가 없지 않아 있다. 은주는 부인잡지에서 발음하기 힘든 말을 빨리 외일 수 있으면 정신이 온전한 사람이라는 것을 읽은 일이 생각났다.

"억만 씨!"

"응."

"건너집 콩깍대기가 깐 콩깍대긴가 안 깐 콩깍대긴가 해 봐요."

"그건 왜 갑자기?"

억만이는 어이가 없다는 듯이 은주를 쳐다보았다.

"글쎄 해 봐요. 그래야만 좋은 일이 있어요."

억만이는 어안이 벙벙해졌다. 좋은 일이 있다면 천만 환짜리 행운권이 맞은 것보다 더 좋은 일이 있을 수 있는가? 그러나 그것은 그것이고, 또 좋은 일이 있다면 해로울 것은 없는 일이다. 억만이는 은주가 하라는대로 그것을 대여섯 번 줄줄 외었다. 그만하면 뇌에 이상이 없는 것도 확증할 수 있었다. 그래도 은주는 그 종이 조박지 하나가 천만 환짜리라는 것이 도시 믿어지질 않았다. 무슨 일이나 덤벼대는 그가 다시 번호숫자 하나쯤 잘못 보았을는지도 모르는 일이다. 그러므로 자기 눈으로 발표된 번호와 대조해 보기 전엔 믿어지질 않았다. 은주는 불쑥 일어서며

"우리 가서 다시 한번 더 번호를 보고 옵시다."

그 말에 억만이는 갑자기 시무룩해지며

"내 말을 그렇게도 믿을 수 없단 말이야?"

하고 안주머니에서 어제 행운권 추첨이 발표된 신문을 꺼내 주었

다. 일사오 구구, 바른편으로 보나 왼편으로 보나 한자도 틀림이 없었다. 은주는 자기가 억만이를 못믿었던 것이 부끄럽기도 하고 불안스럽기도 한대로 한자쯤 틀렸었더라면, 하는 생각이 불쑥 들었다. 그러나 이어 정말 한자라도 틀렸다면 그야말로 결단나는 일이 아닌가 하고 자기의 경솔을 꾸짖었다.

거기서 드디어 그들은 돈을 어떻게 써야 할 것을 의논하기 시작했다. 그러나 곰탕을 할까 비프스테이크로 할까 하는 그런 것과는 이야기가 전혀 다르므로 좀처럼 이야기의 결말이 지어지질 않았다. 절반은 우리나라의 빈약한 문화사업에 써보고 싶은 마음이라 하면서 나머지에서 약간 낭비도 해 보고 싶다는 생각도 있다는 것이 억만이의 의견이었다. 그러나 은주의 의견은 우선 저금을 해 놓고 천천히 생각하는 것이 좋을 것이라고 했다. 실상 은주는 무엇보다도 억만이가 행복의 보금자리에 대하여 이야기해 주기를 기대하고 있었지만 어쩐 일인지 오늘은 그가 그런 이야기를 내비치지도 않았다. 그것이 몹시 서운했지만 그렇다 해도 자기가 먼저 그 이야기를 꺼낸다면 돈에 끌려서 그런 이야기나 하는 것 같이 오해할는지도 모른다고 생각했다. 물론 그런 것엔 은주의 자존심이 허락하지가 않았다. 그렇다고 지금에 그를 다른 여자에게 내어줄 생각은 털끝만치도 없는 일이었지만.

행운권을 도로 받아든 억만이는 윗주머니에 아무렇게나 집어넣었다. 그것을 보고 은주는 깜짝 놀라서

"천만환짜릴 그렇게 아무렇게나 넣었다가 어떻게 해요?"

하고 은주는 참견을 하며 다시 꺼내라고 해서 바지 시계주머니에 넣어 주고는 자기가 갖고 다니던 실과 바늘을 꺼내어 주머니를 홀가매어 줬다. 억만이는 주머니를 홀가매는 은주의 머리 냄새를 맡고, 콧살을 찌푸려 보았다. 그러나 그 냄새가 싫어서 그런 것은 결코 아

니었다. 주머니를 다 홀가매고 난 은주는

"사람이 실수하려면 어떻게 실수할는지도 모르는 일이니까요, 오늘 밤만은 이 바지를 꼭 입고 자요."

"염려 말아요."

하고 억만이는 싱긋 웃고 나서 문득 시계를 보고는

"벌써 점심시간 다 됐어요. 부장이 또 야단을 칠 테니 빨리 갑시다."

하고 분주히 일어섰다. 은주는 지금에 그의 그러한 태도가 우습기만 했다.

"천만환의 부자가 되어가지고서도 그것이 걱정이에요?"

그러나 억만이는

"천만환은 천만환이고 직장은 직장이니까."

하는 것이 아닌가. 은주는 그 말에 놀랍다는 듯이
"그러면 억만 씨는 역시 회사는 그만두지 않을 생각이군요?"
하고 물었다.
"물론이지."
"천만환이면 오부이자라 해도 오십만환인데 한달에 오십만환이 거저 굴러들어 온다고 해도?"
"물론이라니까."
은주가 그만 어안이 벙벙해 있자, 억만이는 자기로서도 한마디 덧붙이지 않을 수 없다는 듯 말하였다.
"자기가 노력하지도 않고 갑자기 돈이 생겼다고 사람까지 갑자기 달라질 수 있어서 만일 달라진다면 그것처럼 우스운 노릇이 없지."
그 말엔 은주도 감탄하지 않을 수가 없었다.
"훌륭해요, 정말 훌륭한 생각이세요."
은주는 빛나는 눈을 들어 억만이를 바라보며 훌륭하다는 말에 더욱 힘을 주었다. 그것은 자기와의 사랑도 역시 변치 않을 것을 증명하였기 때문이다. 그날 퇴근시간이 거의 가까워졌을 때 억만이가 타이프를 치고 있는 은주에게로 와서
"그만 집어치고 거리로 나갑시다."
하고 새 지폐 오백환권으로 선불한 것을 보이었다. 그것으로 오늘 저녁 둘이서 자축을 하자는 뜻인 모양이었다. 은주는 그 돈을 보고 약간 미안스러웠다.
'오늘 같은 날은 내가 선불했어도 좋았을 것을'
"저도 얼마 전채해 갖고 나가요."
"그럴 필요 없어. 만환이 있으니까."
"제가 미안해서요."
"미안이란 무슨 말이야, 우리 사이에……."

그말에 은주는 감격해 버리고 말았다.

'역시 억만 씨는 나만을 생각한다니까'

"그러면 잠깐만 기다려요."

은주는 분주히 핸드백에서 콤팩트를 꺼내 들었다.

"또 두드려야 해? 그냥도 예쁜데 뭘."

"싫어요."

화장실에 들어가 분첩을 치고 있는 은주는 오늘따라 신이 나며 문득 억만이의 부인이라는데 기쁨을 느껴보며 '오늘밤은 그에게 키스를 허락해도 좋다, 아니 그 이상의 것도…….'하고 생각했다.

그들은 택시로 명동거리로 나왔다.

"이렇게 사람들이 많이 나와 다니지만……."

하고 은주는 혼잡한 거리를 바라보며

"천만 환을 넣고 다니는 사람은 좀처럼 없을 거예요."

"엄정히 따지자면 천일만 환이야."

하고 억만이가 어깨를 추키자 은주는 그의 옆으로 바싹 달려붙으며

"명동거리를 걸어도 오늘 같이 신이 나서 걸어 보긴 처음이야."

하고 억만이에게 달뜬 눈을 돌려 대었다.

그들은 서울에서도 제일 고급인 그릴로 들어갔다. 어제만 해도 그들의 제일 고급요리란 기껏 울면이나 짜장면이었다는 것도 잊어버린 듯이.

"때때로 우리도 이런 곳에 올 필요가 있구만. 의자도 좋고 음악도 좋고."

은주는 무엇보다도 '우리'란 말이 마음에 들었다. 그럴수록 아까의 그 결심을 잊게해서는 안되겠다고 생각했다.

"그렇지만 우리가 월급쟁이로서 자기의 신분을 잊어서는 안되지

요."

"거야 물론이지. 돈이 있다고 무위도식배가 된다는 것은 인생의 타락이지. 나는 자기 땀으로 산다는데 언제나 의의를 가졌어."

"그렇지요. 그렇구말구요. 그래서 난 억만 씨를 좋아하는 거예요."

"나두 미스 김이 그것을 잘 알아주니까 미스 김을 좋아하는 것이지."

순간 둘의 눈이 부딪힌 채 갑자기 호흡이 굳어졌다. 그러면서 그들의 얼굴이 맞닿아지려 할 때 보이가 음식을 갖고 왔다. 그들은 어색해진대로 굳어졌던 호흡이 그만 풀어지고 말았다.

식사가 끝나고 과일이 나오자 은주가 그것을 깎던 손을 멈추고

"그런데 참,"

"뭐?"

"저, 억만 씨 양복이 월급쟁이치고는 너무나 초라해요."

"내 옷이, 그러나 난 괜찮아요. 사실상 난 미스 김에게 아주 좋은 옷으로 한 벌을 해 주려고 생각하고 있었소."

"전 이것두 훌륭해요."

"그런 생각 말구."

"억만 씨부터 먼저 해요."

"난 괜찮대두."

"그러면 난 억만 씨 싫어할 테야."

"그렇다면 듣는 수밖에 없지만."

"그래요, 어서 나가 옷을 맞춥시다."

그들은 그릴에서 나와 어느 고급양복점으로 들어갔다. 그 집은 부인복도 겸해 하는 집이었다. 그러나 옷을 맞추려니까 선금을 청구하므로 우선 천만 골라놓고 나왔다. 억만이는 국산인 진한 감색을 한 벌 골랐고, 은주도 역시 국산인 연한 회색을 한 벌 골랐다. 양복점

을 나오자 바로 다음집이 양품점이었다. 양품점 진열장엔 억만이에게도 좋아 보이는 핸드백이 있었다. 물론 은주가 갖고 있는 '레자'와는 비할 바가 아니었다.

"저 핸드백 어때, 마음에 들어?"

"마음에 들지만 비쌀 거에요."

"비싸면 얼마나 할테야?"

억만이는 양품점의 문을 열고 들어가 그것이 얼마냐고 물었다. 삼만 환이란 소리에 입이 딱 벌어지고 말았다. 그러나 나와서 다시 생각해 보니 삼만 환이라야 천만환의 천분의 삼밖에 되지 않는다.

"내일 그 핸드백도 사기로 합시다."

"싫어요."

은주는 갑자기 울상을 지었다.

"왜 싫다는 거야?"

"저를 위해서 그렇게 돈을 낭비하는 것 싫구요. 그보다도 당신의 구두나 사서 신을 생각해요. 뒷축이 저렇게도 무너져 앉았는데……."

"그래, 당신의 구두두 마추구 그럽시다."

"글쎄 내 생각은 말라니까요."

"천만환이 생겼는데 그렇게 인색하게 굴 것 없잖아."

"그래두……."

"그래두, 할 것이 없다니까."

"그래요, 가요."

은주도 마음에 당기는대로 찬성했다. 그러나 역시 양화점에서도 구두를 맞추자면 선금이 필요했다. 그들은 불유쾌한대로 양화점을 나와 기분을 전향시키기 위하여 차라도 먹으려고 찻집을 찾다가 문득 맞은편에 꽃방이 있는 것을 보고 억만이는 은주에게 꽃을 사주고 싶은 생각이 났다. 그것만은 자기 주머니에 있는 현금으로도 할 수 있는 노릇이다.

"미스 김은 장미를 좋아했지?"

"장미 중에서도 진한 자줏빛 장미를 좋아해요."

"그 진한 자줏빛 장미를 내가 사줄래."

"그래두 장미꽃은 비싼 걸요."

"또 그런 이야기 한다."

"그래, 사 줘요."

은주는 길거리라는 것도 잊고 기뻐했다. 그러나 꽃집에 들어가서 막상 꽃을 사려고 하니까 어쩐 일인지 은주가 그만두자고 했다.

"왜 그래, 꽃이 갑자기 싫어졌소?"

"그런 것두 아니구."

"그럼 왜요?"

"꽃을 갖고 가서 나 혼자만 본다는 것이 싫어요."

"그러면 나두 꽃을 사 갖고 가란 말요?"

"그런 것이 아니구 같은 꽃을 둘이서 같이 보기 전엔……."

억만이는 무슨 말인지 못 알아차리고 잠시 먹먹하니 있다가 문득 알겠다는 듯이 벌죽 웃으며

"아…… 무엇보다도 결혼식이 바쁘단 말이군요."

"오브 코스."

은주는 약간 침울해졌던 얼굴이 불시에 밝아져 벌쭉 웃었다.

"그건 이제야 문제없지 않소, 내일이라두 모레라두. 그러자면 우선 우리가 있을 집을 준비해야 하지 않나?"

"그렇기 말이에요."

"그러고 보니, 우리가 제일 중요한 것을 여태 잊고 있었지. 그것을 보면 우리가 역시 좀 흥분한 모양이야."

그러나 은주는 아까부터 그것을 잊고 있었던 것은 아니다.

그들은 그 길로 충무로에 새로 지은 아파트를 보러 갔다. 우선 아파트 생활로부터 시작하여 천천히 집을 짓고 옮기자는데 서로 의견이 맞았기 때문이다. 아파트 설비는 그들을 충분히 만족시켜 줄 수가 있었다.

그날 밤, 그들은 찻집을 몇 곳 더 돌아다니다가 밤이 늦어 헤어지려할 때

"그 바지 오늘 꼭 입고 자요."

하고 은주는 그 말을 다시금 당부했다.

억만이는

"염려 말라니까."

하고 벌쭉 웃어 안심하라는 듯이 은주에게 손을 흔들어 보였다.

이튿날 그들은 의기양양하니 행운권을 찾으러 간 것은 말할 것도 없는 일이다. 그러나 그것이 이번 것이 아니고 이미 지나간 작년 치라는데는 그들은 그만 아연해지지 않을 수 없었다. 억만이의 덤비는 그 성격은 역시 드러나고야 만 것이다. 행운권 번호에만 열중해서 발행 연도에 대해서는 전혀 생각지 못하였던 것이다. 그러니 그들의 실망이란, 아니 그보다도 당장에 창피했을 그들의 마음이란 독자도 가히 짐작할 수 있는 일이다.

그러나 그런 일이 있었기 때문에 그들의 사이가 나빠졌다거나 불행하게 된 것은 아니고 그와 반대로 그들의 애정은 더욱 굳어져 이어 결혼을 하게 되었다고 한다. 물론 그때의 생각대로 값비싼 양복과 구두를 사고 찬란한 아파트 생활은 할 수 없게 되었다 해도 그들이 결혼준비로 다달이 저금해 나가던 것을 서로 찾아서 홍제동에 후생주택도 하나 장만하고 들에 꽃도 가꾸며 아담한 살림을 꾸려나가고 있다고 한다. 남이 보아도 결코 불행하게 산다고는 보지 않는 모양이었다.

그러나 그때의 행운권 때문에 간간히 부부싸움이 있는 모양이다.

"그때 행운권만 맞았더라면 당신을 좀더 행복하게 할 수가 있었는데."

"그래두 난 그렇게 생각지 않아요. 그때 나는 얼마나 불안했는지 아세요?"

"그래 내가 돈이 생기면 당신을 버린다구 생각했어?"

"알 게 뭐에요."

"알 게 뭐라니, 그래 날 그렇게 믿고 살아왔어?"

"그런 게 아니라 돈이 생기면 마음도 그렇게 되기가 쉽다는 걸요."

"그렇지만 난 그렇지 않아"

"당해 봤어야 알지 누가 알아요."

"그래두 난 그렇지 않다니까."

"글쎄, 누가 알아요."

"콱 돈을 벌어 볼까 보다."

"어디 돈을 벌어 봐요."

이런 말이 결국 발화점이 돼서 부부싸움이 되는 모양이다.

결혼상담소 소동

취재차 결혼상담소에 찾아간 멋쟁이 기자 성규!
오색찬란한 '상들리에' 아래서 뽕도 따고 임도 보고 춤도 추어 보니 즐겁지 뭐유!
어느 소설가의 원고를 받아가지고 돌아오는 길이었다. 퇴근시간은 벌써 지났지만, 그래도 사에는 한 번 들려야 했으므로 성규는 편집실이 있는 삼층으로 올라가고 있었다.
이층까지 올라왔을 때, 위에서 누가 내려오기에 쳐다보니 같은 편집실에서 교정을 보고 있는 두 여기자였다. 그들은 퇴근을 하는 모양으로 성규를 보자 급기야 웃음이 터질듯한 얼굴이 되며 서로 쳐다봤다.
상규는 무슨 영문인지 모르는 채 그들을 지나쳐 버리고, 다시 삼층으로 올라가려고 하자, 그들은 손을 잡고서 대굴대굴 굴러 내려가듯 구름다리를 내려가서 이제는 더 참을 수가 없는 듯이 간들거리며 웃음을 마구 쏟아놨다.
"왜 나보구 갑자기 웃어대는 거야. 내 얼굴에 뭐가 묻기라두 했어?"
성규는 그들을 돌아다보며 얼굴을 손잔등으로 빡 문질러 보았다. 그들은 그것이 더욱 우스운 모양으로 웃어대며 밖으로 뛰어나갔다.
편집실에는 아직도 대여섯명의 사원이 남아 있었다. 성규가 들어서자 역시 그들도 웃음이 보여질듯한 얼굴이었다.
"여보게 오늘 자네에게 좋은 일이 생겼다네."

술 좋아하는 병일이가 먼저 조롱대는 웃음으로 입을 열었다. 그러자 원고를 정리하고 있던 '미쓰 리'가 그 말을 받았다.

"정말 좋은 일이에요. 홍 선생이 그 일 아시면 얼마나 좋아하실까?"

그 수수께끼 같은 말에

"그렇다면 술이라두 한 상자 생겼나?"

하고 성규는 병일이에게 눈을 꿈뻑해 봤다.

"그건 아니지만 하여튼 한턱 낼만한 일이야."

"그래요. 먼저 축배를 가질만한 일이지요."

하고 '미쓰 리'가 또 받았다.

"도대체 무슨 일인데, 싱글거리면서 야단이야."

성규는 어리벙벙해진 얼굴인 채 자기 책상으로 가서 앉았지만 역사 알 수 없는 일에 마음이 안정되질 않아 창밖을 내다 봤다.

이 '빌딩'은 요즘 새로 넓힌 남대문에서 시청으로 나가는 그 어간에 있었다. 바깥은 벌써 어둡기 시작하여 자동차의 불빛이 홍수처럼 밀려다녔다. 성규는 얼마 전까지만 해도 일선에 있었던 제대 군인이었다. 일선에서 늘 고즈넉한 풍경만 봐 오던 그는 서울의 생활이 활기가 있다고 생각하면서도 일종의 강박감이 느껴지는 것 같은 어지러운 것이었다.

"성규 군!"

무엇을 쓰고 있던 편집부장은 그제야 얼굴을 성규 쪽으로 돌렸다.

"원고 받아 왔어?"

"네."

성규는 받아 온 원고를 읽고 보다가 그대로 갖고 가서 그의 책상 앞에 놓았다.

"하여튼 성규 군이 가서 못 받아 오는 원고가 없으니 됐어."

편집부장은 입사 이래로 누구보다도 열심히 일하는 성규를 칭찬하면서 웃었다.

"그런데 내일두 좀 또 수고해 줘야겠어."

"수고랄 게 뭐에요. 제가 해야 할 일을 하는데."

"거야 그렇다고도 하겠지만……."

하고 편집부장은 다음 말을 이으려다 갑자기 튀어 나오려는 웃음을 억지로 참는 얼굴이 되며

"그게 내일은 누구한테 원고를 받아오는 일이 아니라, 군이 가서 실제로 보고 체험한 것을 쓰라는 것일세. 이번 미화백화점에 결혼상담소가 생긴 건 자네두 아는지 모르겠지만 그걸 우리 잡지에서 기사로 실으려는 거야. 그래서 누굴 보낼까 하는 문제가 났는데 결국 자네가 제일 적임자라구 선출되었네."

성규는 자기가 선출되었다는 말에 기뻐서 얼굴이 붉어졌다. 지금까지는 남의 원고나 받으려 다녔을 뿐이었지 이렇다 할 원고를 자기가 써 본 일은 한 번도 없었기 때문이었다. 그는 그런 기사라면 남보다도 잘 쓸 자신도 갖고 있었던 것이다. 그러나 겸손한 태도로

"글쎄요, 제가 잘 쓸런지는 모르겠읍니다만 하여튼 해 보지요."

"그런데 이건 다른 기사와 마찬가지로 취재해선 그렇게 재미나는 기사를 얻기가 힘들 거야. 그러니까 자네가 직접 구혼자가 돼 가지고서 어떤 여자와 선을 본 그 이야기를 쓰란 말야."

이 말을 듣고 난 성규는 그만 당황하지 않을 수가 없었다.

"제가 구혼자가 돼 가지고요?"

"그렇지! 잡지 기자라는 기색은 조금도 보여서는 안되는 것이구, 지금까지 장가를 못 들어 고민하던 끝에 그런 곳이라두 한번 찾아가 본다는 그런 청년의 심정으로 가야한다는 말이야."

편집부장은 이런 주의까지 말해줬다. 그러나 성규는 그 말을 듣고

있으면서도 결코 달갑지가 않은 모양이었다. 그저 떫은 감을 한 알 먹은 것 같은 얼굴을 하고 있었다. 그러자 미쓰 리가 또 조롱했다.

"그렇게두 좋은 일이 어디 있어요. 그곳에서 좋은 사람만 만나게 되면 그대루 결혼할 수도 있는 일인데, 어머나 그러면 난 또 부조를 해야겠네."

"그 땐 내가 부조해 줄테니 미쓰 리가 내 대신에 가 보지."

"물론 나두 가보구 싶은 마음이죠. 그러나 난 첫째루 자격이 없는 걸요. 우리 잡지는 남자 독자가 많은만큼 그곳에 어떤 여자가 오는가를 알고 싶어하니 말이에요."

'미쓰 리'는 여기자로서 세련된만큼 그런 대꾸에 궁할 리가 없었다. 그러자 병일이가 또 입을 열었다.

"사에서 비용까지 대 주면서 선을 보라는데 무슨 군소린가? 나 같은 사람은 아내나 있으니 혹시 그런 일을 꺼리게 될는지도 모르겠지만, 자네야 독신잔데 꺼릴 일이 뭐냐 말이야? 사실 연극처럼 아무것두 꾸밀 필요가 없는 것이고 장가를 들기 위해서는 이런 곳두 한 번 가본다는 마음으로 가보면 될 것 아닌가."

"그렇지, 그런 마음으로 간다면 아무렇지도 않은 거야. 사를 위한다는 생각으로 용기를 내게나."

편집부장은 병일이가 은근히 조롱대는 말을 순순히 받아 넘기고서는

"결혼상담소라고 하면 지금까지 우리 관습으로서는 웃음거리로 생각하기가 쉬운 것이지만, 거기에는 그만큼 심각한 문제가 내포되어 있는 것이고 또한 부모 친척들에게만 맡겨두던 재래의 중매 결혼에 비하면 비약적인 진보라고 볼 수 있거든. 이런 의미에서 우리 잡지에선 이번에 크게 다루어 볼 생각인데, 그래 정말 가기가 거북한가?"

“거북한 일이 아니라구야 할 수 없겠지요.”
“이 사람아, 그래 가지구 무슨 잡지기자 노릇하겠나? 그러지 말구 용기를 내서 가 보게나.”
편집부장은 서랍에서 지폐가 두툼히 든 봉투를 꺼내 그의 앞에 던져줬다. 내일 쓰라는 비용이었다. 뒤통수만 긁고 서있던 성규도 결국 그 일을 맡는 수밖에 없었다.

좋지 뭐유!

여느 때면 아무렇지도 않게 드나들던 백화점이면서도 오늘은 문을 열고 들어서는 순간부터 얼굴이 벌개지는 것만 같았다. 그 수많은 사람이 자기가 결혼상담소를 찾아오는 것을 알고, 한꺼번에 보는 것 같기도 했다.
‘……역시 이런 일은 맡지 않는 것인데…….’
성규는 후회라고도 할 수 없는 이상야릇한 기분인 채, 결혼상담소가 있다는 삼층으로 올라갔다. 그러나 아무리 둘러보아도 그런 곳이라고 써 붙인 글자가 보이지 않았다. 그는 사층을 삼층이라고 잘못 듣지 않았는가 하고 한층 더 올라가 보았으나, 그곳은 영화관과 ‘땐스홀’이 있을 뿐이었다. 그는 다시 삼층으로 내려와서 둘러봤다. 역시 보이지가 않았다. 그는 약간 계면쩍은 일이지만 결국 여점원에게 묻는 수밖에 없다고 생각했다.
“저 여기 결혼상담소가 생겼다는데 왜 보이지가 않습니까?”
성규가 묻는 말에 여점원은 생긋 웃기부터 했다. 아침에 손님도 없는데 잘 됐다는 듯이
“선생님 장가 드실라구요?”
여점원이 그렇게 못생긴 얼굴도 아니었으므로, 성규는 그런 조롱

이 싫지는 않았지만 생각하면 생각할수록 부끄러운 노릇이었다. 여점원은 여전히 생글생글 웃는 얼굴로

"그러시다면 친절히 가리켜 드려야겠구먼요. 며칠 전에 지하실 다방 옆으로 옮겼어요."

"그래요?"

"어서 내려가셔서 좋은 성과 거두세요."

성규는 지하실로 찾아 내려가면서도 밤낮 이런 일만 시킨다면 잡지기자도 못해 먹을 노릇이라고 생각했다. 지하실로 내려가자, 그 여점원이 가리켜 준대로 다방 옆에 결혼상담소라고 써 붙인 것이 이내 눈에 띄었다. 성규는 약간 가슴이 두근거림을 느껴가며 문을 열었다.

"구혼 신청은 여기서 합니까?"

"네 그래요."

그리 넓지 않은 방에는 여사무원 혼자서 부인잡지를 읽고 있다 고개를 돌렸다. 웃는 일 하나 없는 극히 사무적인 얼굴이었다.

"그 절차는 어떻게 합니까?"

"여기 쓰라는대로 써주세요."

책상 서랍에서 인쇄한 종이를 한 장 꺼내 줬다.

"지금 여기서 써야 합니까?"

"그거야 선생 마음대로 댁에 가서 써도 좋지만, 지금 쓰면 오늘 오후 다섯 시엔 상대자를 상면할 수가 있어요."

"그렇다면야 여기서 지금 쓰고 가지요."

성규는 여사무원이 의자를 내주는대로 책상 앞에 앉아서 만년필을 꺼냈다. 그 신청서에는 '자기 사항'과 '상대편에 대한 희망 조건', 이렇게 두 난(欄)으로 나뉘어 있었다.

자기 사항란에는 '귀하께서는 신사인만큼 물론 없는 말을 쓰지

않을 줄로 믿습니다'라고 주의를 밝힌 것도 있었다. 성명·연령·신장·체중·건강상태·학력·가족수·직업…… 이것은 다른 서류와도 비슷한 것이므로 쉽게 쓸 수 있는 것이었다. 다음엔 재산 항목으로 '부동산란'과 '동산란'으로 나뉘어져 있고 월수입을 기입하는 난도 따로 있었다.

성규는 잠시 생각해보고 있다가 월수입을 기입하는 난에만 지금 잡지사에서 받는 금액을 그대로 써넣었다.

종교란에는 '무', 취미란에는 '독서'라고 써넣었다. 실상 요즘은 책을 읽을 틈도 없어서 못 읽고 있지만 옛날 학생시절에 있은 일을 생각하고 써 넣었다. 초혼인가 재혼, 여기에는 물론 초혼이란 곳에 표시를 했다.

성규는 자기 사항란을 다 쓰고서 상대편에 대한 희망 조건란을 보았다. 이것은 자기 사항란을 쓰던 것처럼 슬슬 써지지를 않았다. 성규는 이제 자기가 결혼을 한다면 이런 여자와 하겠다는 생각을 해보지 않은 것도 아니지만 이렇게도 구체적으로 생각해 보긴 처음이었다. 첫째로 연령만 하더라도 몇 살이 적당하다고 해야 할지 생각이 잘 들지 않았다. 성질도 무턱대고 온순한 사람만 좋다고도 할 수 없는 것 같고, 그렇다고 너무 쾌활한 사람도 곤란할 것 같았다. 그것을 지금 이 자리에서 당장에 써야 한다니 그것도 그렇게 쉬운 일이 아니었다.

그는 머리를 기웃거리며 그것을 생각하기에 끙끙거리다가 다시 생각해보니 그렇게까지 신경을 쓰고 있는 자기가 우스워졌다. 다만 자기가 맡은 책임만 완수하면 되는 일이었기 때문이다.

그는 연령난에 스물 둘이라고 썼다. 그러나 막상 써 놓고 보니 신경을 쓰지 않겠다면서도 역시 스물 둘이라면 너무 어린 것 같다. 그는 두 이(二) 자 위에다 일(一) 자를 하나 더 그어서 스물 세살로 고쳤다.

성격란에는 슬픔을 모르는 씩씩하고도 명랑한 여성, 그렇다고 '아프레'한 여성을 희망하는 것은 아니라고 밝혔다. 성규가 다 쓴 신청서를 내자 여사무원은 소정의 수수료를 받고서 '오후 다섯 시쯤에 다시 오라'고 했다. 여자들의 신청자들도 그 때 오기로 되어있으니 그중에서 적당한 사람을 골라 상면하게 해 주겠다는 것이다.

성규는 오늘 하루를 이런 일을 맡아 가지고 나왔으므로 조롱 대상이나 되자고 일부러 사에 들릴 필요도 없었다.

그는 다섯 시까지의 비는 시간을 영화와 당구로 보냈다. 그러고 나서 다시 결혼상담소를 찾아가자 아침과도 달리 사무실 안에는 구혼 신청을 하러 온 사나이가 서넛 되었다. 그들은 모두가 부끄러움을 감추고 있는 그런 얼굴이었다. 그러나 정작 그들의 상대자가 될 여자는 한 명도 보이지 않았다.

"선생님이 강성규씨였지요?"

아침의 그 여사무원이 성규가 들어서기가 무섭게 물었다.

"네."

성규는 자기의 본명만은 쓸 수가 없어서 다른 성을 썼던 것이다.

"이런 분이 선생에게 신청을 해왔어요. 이 신청서를 보시고 만나 보실 의사가 있으시면 말씀하세요. 그러면 당사자끼리 만나도록 소개해 드릴 테니까요."

여사무원은 여자의 신청서를 성규에게 내 주었다.

"이것을 읽고서 대답하라는 것이지요?"

"그렇지요. 상대편에서 선생의 신청서를 보고서 만나고 싶다는 의사를 표시했어요."

그 말에 성규는 불시에 가슴이 들떠오르는 듯한 기분이었다. 삼십이 나면서도 여태까지 자기를 만나고 싶다는 여성은 이것이 처음이었기 때문이다.

"이것을 보고서도 만나지 않으려면 만나지 않을 수도 있겠지요?"

"거야 물론이지요. 신청서에 나타난 것이 불만이라면 하는 수 없는 일 아니에요."

성규는 그 신청서를 훑어보았다. 어떤 여성인지는 모르지만 연령은 자기가 희망한대로 스물 셋, 여대 영문과를 중퇴하고서 지금은 모회사에 근무하고 있다고 씌어 있었다. 글씨—여자 글씨치고선 달필이었다. 성규는 아까보다도 더 가슴이 들떠 오르며 얼굴까지가 홧홧거렸다. 자기가 평소에 언제나 생각하던 여자와 어느 정도로 들어가 맞았기 때문이다. 그는 다음에 '상대자의 희망란'을 보았다. 이것은 다른 사람의 일이 아니고 자기를 말하는 것이다. 자기가 상대자의 희망을 만족시킬 수 있을는지 없을는지?

그러나 성규는 그것을 보고 나서도 안심할 수가 있었다. 직업란에는 '건전한 직업이라면 무엇이나 좋다', 월수입란에는 '생활할 수만 있다면 만족, 재산은 필요없다', 부양가족란에는 '무', 종교란에도 '무', 취미란에는 '영화라고나 할까'하고 씌어 있었다.

이 신청서에 나타난 것을 보아도 요즘의 경박한 여성과는 달리 머리 속에 무엇 좀 들어간 성실한 여성이라는 것이 짐작되었다. 성규는 자기도 모르게 웃음이 피어오르면서 이 여자와 만날 생각을 했다. 이 여자라면 자기가 잡지기자로서 취재를 하러 왔다는 것을 실토한다 해도 그런 것쯤 이해해줄 것 같고, 또한 오늘의 젊은 여성들에 대한 문제 같은 것도 들을만한 이야기가 있을 것 같았다. 아니, 만나 봐서 얼굴만 그리 못생긴 편이 아니면 결혼을 해도 무방할 것도 같은 생각이 들었다.

"저두 만날 생각이 있습니다."

성규는 약간 더듬는 말로 자기 의사를 표시했다.

"그러시다면 옆의 다방에 가서 좀 기다려 주세요. 그 분도 다섯시엔 오기로 했으니까 곧 올 거에요. 그러면 제가 연락해 드릴테니까요."

성규는 여사무원의 말대로 옆의 다방으로 가서 빈자리를 차지하고 앉았다. 그러고 나서 성규는 결혼상담소 사무실을 삼층에서 이곳으로 옮긴 이유도 알 수가 있게 되었다.

성규가 차를 시키고 나서 얼마 되지 않아 상담소 여사무원이 어떤 여자를 하나 데리고 들어왔다. 그 순간 성규는 놀랐다. 이런 결혼상담소나 이용할 여자라고는 생각되지 않는 용모의 여자였기 때문이었다.

입은 옷이 결코 화려한 것은 아니었다. 진회색 '플란넬 원피스'에 누런 '하프 코트'를 걸친, 완전히 때를 벗은 '인텔리'다운 데가 있는 여성이었다. 이렇게 되고 보니, 성규는 사에서 조롱대던'미쓰 리'의 말이 그대로 실현되기를 바라고 싶은 마음뿐이었다.

"아까 만날 의사를 표시한 선생이랍니다."

여사무원은 그 여자를 데리고 와서 성규에게 소개를 해줬다.

"처음 뵙습니다. 제 이름은 문영옥이……."

문영옥이라는 그 여자는 수줍은 미소로 말끝을 흐렸다.

"그럼 재미난 이야기 많이 하세요."

상담소 사무원은 성규가 권하는 차도 바쁘다면서 사양하고 나가버렸다. 둘이서 마주 앉게 되자, 성규는 무슨 말을 먼저 꺼내기보다도 웃음이 나서 견딜 수가 없었다. 그 순간에 둘이서는 웃음의 눈결이 마주치고 말았다. 영옥이도 그런 심정이었던 모양이다. 이 틈을 타서 성규가 입을 열었다.

"여긴 너무 분주하니, 어디 조용한데로 가볼까요?"

"그래요. 여긴 남이 보는 것 같기도 하고!"

영옥이는 역시 미소를 흘리면서 따라 일어섰다.
"정말 놀랬는데요."
벌써 어둡기 시작한 거리로 나서자 성규는 혼잣말처럼 말했다.
"뭐가 말이에요?"
영옥이는 그의 옆으로 바짝 다가서면서 물었다.
"뭐라니 보다도 하여튼 놀랬지요. 교양 있고 아름다운 당신 같은 분을 이런 곳에서 만날 줄은 생각 못했기 때문입니다.
"처음부터 그런 말씀이니, 나중엔 할 말이 없어지고 말잖아요."
말을 받는 투가 벌써 보통 여자가 아니었다. 그 한마디로서도 성규는 자기가 취재를 하기 위해서 결혼상담소를 찾은 것과는 또 다른 뜻에서 이 여자가 그 곳을 찾아 왔다는 것을 알 수가 있었다. 그것을 알고 싶은대로 성규는
"그런데 무슨 목적으로 그 결혼상담소엔 나타난 것입니까?"
하고 넘겨잡아 물었다.
"어머나 선생님이 그걸 몰라서 물어요?"
영옥이는 급기야 놀란 얼굴이 되었다.
"물론 몰라서 묻는 것이지요."
"그럼 선생님은 결혼할 그런 마음이 애초부터 아니시구 그저 장난으로 이곳을 찾으신 모양이군요?"
"그건 제가 묻고 싶던 말을 먼저 하시는 군요."
"하긴 저두 그렇게 생각했어요."
"무엇을요?"
"선생님이 그런데 오실 분은 아니라구요."
이렇게도 성규가 하고 싶은 말을 앞질러 말하는 데는 견뎌낼 도리가 없었다. 성규는 그만 자기의 본색을 드러내 듯 싱긋 웃었다. 그러고 나서는

"하여튼 난 영옥씨가 나 같은 사람을 조롱하기 위해서 그곳을 찾아왔대도 좋습니다. 그 덕으로 이렇게 당신과 같은 아름다운 분과 걸을 수 있는 것만으로도 만족하고 있으니까요."

"그건 제가 말하고 싶은 말을 선생이 또 앞질러 말하시는군요."

영옥이는 '쇼윈도' 불빛에 드러난 눈웃음으로 흘겨봤다.

성규는 물론 이런 여자와 그대로 헤어지고 싶지는 않았다. 아니 이런 경우를 생각해서 비용을 듬뿍하니 준 편집부장이 고마울 뿐이었다.

"하여튼 우리가 이런 인연으로라두 만났으니 오늘 밤만은 힘껏 즐겁게 놉시다."

"선생님이 그런 생각이라면 저도 하는 수 없지요. 그래요, 좋은 데로 안내하세요."

성규는 차를 잡아 언젠가 사장이 한 턱 내서 갔던 일이 있는 '구포루'로 갔다. 아직 이른 모양으로 대여섯패 밖에 되지 않았으나 그래도 '밴드' 연주만은 시작되어 있었다.

"이런 곳은 전 처음인데요."

'테이블'을 잡고 앉자 그녀는 미군의 '나이트 클럽' 비슷하게 꾸민 실내를 둘러보면서 말했다.

"이렇게 앉아 있으니, 어느 외국이라두 온것 같아요."

'보이'가 와서 커다란 '메뉴'를 내놓았다.

"영옥 씨는 무엇을 하겠소? 자기 좋은 것을 마음대로 정해요."

"그런데 왜 이렇게도 비싸요?"

"그런 걱정은 마시고……."

"그래두……."

영옥이는 미안스러운 얼굴이 되었다. 성규는 그런 영옥이의 얼굴을 보는 것이 결코 싫은 기분이 아니었다.

그들이 식사하는 도중에 손님들도 하나 하나 늘어 갔다. 쉬고 있던 '밴드'가 다시 울려지자 성규는 '진피스'를 마저 들고 나서

"우리도 한번 겨누어 볼까요?"

하고 영옥이에게 춤을 청했다.

춤을 추어 보니 이만 저만한 춤이 아니었다. 성규도 춤엔 자신이 있어 이리저리로 '리드'해 보았으나 얼음 위에 밀려오듯 영옥이는 가볍게 따라왔다.

"속은 것이 분해요!"

하고 성규가 말했다.

"뭐가요?"

"그렇게 새침을 따는 것이 밉단 말이에요."

성규는 결단을 내려 '스텝'을 밟으면서 영옥이를 힘껏 안았다.

"이래두 골을 내지 않으세요?"

"왜요?"

"이렇게 끌어 안는데두."

"그야 댄슨걸 어쩌겠어요."

생긋 웃는 영옥이의 '진피스'로 취한 눈이 빨갛게 피어졌다. 성규는 견딜 수 없는대로 다시금 힘껏 안았다.

그들은 이렇게 마지막 곡이 나올 때까지 춤을 계속했다.

"정말 분해 죽겠어요."

성규가 역시 영옥이를 안고 춤을 추면서 말했다.

"뭐가요?"

"당신이 누군지도 모르고 이대로 헤어진다는 것이."

"당신이 정말 누구에요? 이름만이라도 가르쳐줄 수 없어요?"

"난……."

그 순간에 성규는 구혼 청구서에 쓴 가짜 성이 갑자기 생각나지

않아서 머뭇거리다가
"홍성규."
하고 그만 본명이 나와버리고 말았다.
"어머나, 그럼 별천지 잡지에 계신?"
하고 영옥이가 갑자기 놀랜 얼굴이 되었다. 성규는 자기를 알고 있는 영옥이가 더욱 놀라운대로
"나를 어떻게 알구 있어?"
하고 물었다.
"홍선생이 원고 잘 받아 오는 것은 우리 사에서도 유명하니까요."
"그러면 영옥씨두, 아니 당신두 잡지사에 있군요?"
"그러고 보니 나두 모르게 실토하구 말았군요."
"실토를 하려면 나처럼 이름도 실토를 해야지요."
"문영옥이라고 하지 않았어요."
"그것은 가짜 이름이고……."
"그것을 믿을 수가 없다면……."
영옥이는 성규의 어깨에 올려 놨던 왼손을 잠시 떼어 명함 한장을 꺼내 보였다. 《부인화보》에서도 날리는 노영숙이의 명함이었다.

연인과 소년들

「돈까스」 집의 딸과 화장품을 연구하는 청년이
어느 날 어느 때 사랑을 속삭였다.

1

아이들은 뛰기를 좋아한다. 거리에 나서기만 하면 달음박질이다. 동호는 '돈가쯔 이화장'이란 간판이 나붙은 집 앞까지 뛰어와서 발을 멈추었다.

"돈가쯔야, 빨리 나와."

'돈가쯔'는 이집 아이인 영길이의 별명이었다. 안에서 대답이 없자 동호는 다시 소리쳐 "돈가쯔!"하고 부르는데 문이 열리면서 영길이 누나가 얼굴을 내밀었다. 미장원을 다녀온 말쑥한 얼굴이다. 그 얼굴을 부러 무섭게 해 갖고서 동호를 노려봤다. 동호는 그만 목이 움츠려졌다.

"너 또 돈가쯔라구 했지, 누가 그런 별명 지었니?"

"몰라요."

"네가 지은 모양이구나?"

"……."

동호는 자기가 지은 별명인만큼 얼굴이 붉어졌다.

"영길인 영길이란 이름 있잖아, 왜 동호 같은 착한 아이가 그런 못

된 이름을 불러요?"

영길이 누나가 타이르는데 어느덧 영길이가 입을 우물거리면서 나왔다.

"동호 왔네, 가자, 가자."

오늘은 토요일이라 초등학교 오학년인 그들은 점심을 먹고 남산에 케이블카를 타러 갈 약속을 했던 것이다.

둘은 뛰기 시작했다. 십미터쯤 가서 영길이가 자기 누나에게 혀를 내밀어 보였다. 동호는 약간 망설여졌으나, 영길이가 한대로 자기도 혓바닥을 내밀었다. 영길이 누나 영자는 입술을 삐죽이 내밀어 응수했으나, 그때는 영길이와 동호는 이미 골목길로 사라진 뒤였다.

이 영길이네는 어머니가 안 계시다. 스물 두 살 난 누나 영자와 쉰이 안 된 아버지, 그리고 가족이나 다름없는 운대라는 고용인과 넷이서 돈가쯔 음식점을 경영하고 있다. 부친이 기름솥을 맡아보고 운대는 거기의 잔 일, 그리고 손님은 영자가 도맡아 보다시피 하고 있었다. 영자는 단골손님들에게 대단히 인기가 있었다. 눈밑에 주근깨는 좀 있었지만 매력 있는 얼굴이었다. 부친은 양요리점의 이름난 쿡이었다. 젊어서는 꽤 바람잡이라 일년 동안이나 처자를 내버려 두고 배를 타고 다닌 일도 있었다. 그러나 서울에 되돌아오자 그 행실이 얌전해졌다. 그리하여 그곳에 돈가쯔 식당을 냈다. 마침 그런 평온한 상태가 시작됐을 때, 장남인 영길이를 낳고 일년도 못가서 어머니가 죽고 만 것이다. 그러므로 영길이는 어머니의 얼굴을 모른다. 재혼을 권하는 사람도 있었지만, 부친은 그때부터 죽 혼자 지내왔다. 젊었을 때의 바람잡이가 이제는 그냥 굳어 버리고는 아름다운 성격을 지니게 됐던 것이다.

지금은 돈도 조금은 모았다. 아이들에게도 까다롭지 않은 부친이었다. 더구나 영자에게는 감사의 마음도 가지고 있었다. 영길이를 모

친 대신 길러 온 수고를 생각하면 참으로 과분한 자식이라고 할 수 있었다. 그 영자가 금년에는 벌써 스물 둘인 것이다.

2

동호와 영길이는 골목길을 빠지자 큰 길로 튀어 나왔다. 토요일 오후의 시가지는 대단한 사람들이었으나 그들은 마치 다람쥐 같이 날쌔게 점잖은 신사곁을 빠져 나가고 야단스럽게 차려 입고 나온 아가씨들의 팔꿈치 밑을 스쳐서 마침내는 커다란 진열장이 놓여진 양품점 앞으로 왔다. 동호네 집인 것이다. 안에서 동호의 형 동식이가 나왔다. 영길이를 보자

"영길아, 누나 있던?"

영길이는 창피한 것을 묻는다고 생각했다.

"있어."

하고 퉁명스럽게 대답했다. 동식이는 영길이 머리를 쓰윽 쓰다듬고 나서는 빙긋 웃으며 가버렸다. 영길이가

"체, 기분 나쁘게."

"뭐이 기분 나빠?"

"네 형 말이야."

"형이 왜?"

"우리 누나한테 자꾸 놀러오는 거 몰라?"

"가서 돈가쯔 자꾸 팔아줘도 기분 나빠?"

"이 자식은 그런 것 밖에 몰라."

그들은 다시 뛰기 시작했다. 을지로 입구로 해서 명동을 한바퀴 뺑 돌자는 것이었다.

도중에서 영길이가 발을 늦추었다.

"마라톤이다, 마라톤이야!"

"그래두 너무 먼 걸."

"마라톤이란 건 먼데를 달리는 거야."

"그래두 숨이 차서 더는 못 뛰겠는 걸."

숨이 차긴 동호도 역시 마찬가지라

"넌 악을 쓸 줄 몰라 틀렸어."

제법 그럴듯한 소리를 해 놓고는 자기도 영길이에게 걸음을 맞추며

"넌 마라톤이란 게 어떤 건지 알지?"

으스대며 물었다.

"어떤 거라니, 그야 멀리 뛰는 거 아냐?"

"그야 그렇지만, 왜 마라톤이라 하는지 그걸 아냐 말이야."

"그런 걸 알게 뭐야."
"가르쳐 줄까?"
"필요 없어."
"가르쳐 주께."
"필요 없대두."
"가르쳐 준다는데두."
"그럼 가르쳐 줘봐."
"그건 말이야, 마라톤이란 건 말이야, 옛날의 그리스의 거리 이름이야."
"옛날이라니 언제야?"
"아주 옛날."
"그러기 언제, 몇년이냐 말이야."
"그거 내가 알게 뭐냐."
"그것두 모르면서 뭘 안다는 거야?"
"그래 넌 알아?"
"내가 언제 안다구 했어?"
"그런데 뭐?"
그들은 사람들이 법석대는 당구장을 잠시 기웃거리다가
"마라톤이다, 마라톤이야."
"그래, 마라톤이다."
하고 다시 뛰기 시작했다. 명동 입구에서 영길이가 걸음을 멈추며
"동호야, 너의 형 저기 간다."
미도파 쪽을 가리켰다.
"돈가쯔 누나하구 같이 가는구나."
동호도 소리쳤다. 동식이와 영자가 나란히 걸어가는 뒷모습이 보였던 것이다.

"누나아!"
영길이가 큰소리를 쳤다. 두 사람은 깜짝 놀라 뒤를 돌아보았다. 동호와 영길이는 교통신호를 기다리고 있다가 재빨리 길을 건너 동식이와 영자를 따라갔다.
"어딜 가는 거야?"
영길이는 다시금 큰소리를 치면서 누나가 좋은 옷을 입고 있다고 생각했다. 그들이 가까히 오는 것을 기다리고 있다가 영자는
"길바닥에서 그렇게 큰 소리 치는 게 아니야. 남부끄럽잖아."
"어디 가는 거야?"
동호도 형한테 물었다. 그들은 대답에 궁한 얼굴로 서로 마주보고 있다가
"가긴 어딜 가, 너희야 말로 어딜 가는 거야?"
"남산까지 마라톤이야."
"새로 생긴 케이블카 타러가요."
영길이도 한마디 했다. 그러고 나서 영길이는 누나 얼굴을 빤히 쳐다봤다.
"넌 왜 그래?"
"십원만 줘, 뭐 살 것 있어."
"애는 길에서 뭐야."
영길이는 누나한테서 십원을 얻었다
동호도 형한테 삼십원을 얻었다. 동식이는 선심을 좀 썼던 것이다.
"영길이와 둘이서 꼭 같이 써야한다."
"응."
둘이서는 신이 나서 다시 뛰기 시작했다. 뛰면서 돈을 쥔 손을 높이 쳐들었다.

3

동식이와 영자는 얼굴을 맞보고 그만 웃었다.

"저놈들한테 들켜 버렸군."

"그러기 내가 뭐래요. 이리 오지 말재두."

그들은 샛길로 빠져 버렸다.

"오늘은 정말 영화 볼 시간이 없어요. 너무 늦으면 안 돼요."

"알겠어, 글쎄."

동식이는 좀 화난 목소리였다. 모처럼 이렇게 만나도 언제나 빨리 돌아가려는 영자가 냉정하다고 생각하는 것이다.

"영잔 조금 더 젊어 보이도록 해야겠어."

"왜요, 내가 그렇게 늙어 보여요?"

"얼굴을 말하는 게 아냐, 기분을 말이야. 꼭 어른 같거든. 영잔 도대체 몇살인데 그래, 겨우 스물 둘 아냐?"

"내가 그래요? 그건 아마 가게 탓일 거에요. 가게 일을 보고 있으면, 다른 건 생각해 볼 짬도 없다니까요. 밤엔 피곤해서 꿈도 안 꿔요."

"난 영자가 너무나도 바쁘게 일하고 있는 걸 보면 왠지 마음이 언짢아."

"거야 할 수 없잖아요. 그것이 생활인 걸요. 일하는 기분이란 참 좋아요. 그런 기분을 동식씬 아마 모를 거예요. 동식씬 팔자가 늘어진 분이니까요."

동식이는 영자가 너무 지나치게 살림꾼 같다고 생각하는 것이다.

"내가 그렇게 할 일 없는 사람같애 뵈?"

"그럼요, 나이가 몇인데 아직 부모한테 용돈을 타 쓰고, 그야 동식씨 댁은 이름난 양품점이라 돈이야 많겠지만, 그래도 동식씨두 그

나이면 자기 밥벌이는 해야 할 게 아니에요."

동식이는 대답이 막혔다. 그러면서

"너무 그렇게 깔보지 말아요. 내가 아직 돈은 못 벌지만, 대학 연구실에서 놀구만 있는 건 아니야."

"그 화장순가 뭔가 그 연구를 하신다는 거죠?"

"지금은 아무리 이야기 해야 영자가 인정을 안해 줄테니까. 어쨌든 어디에 가서 차나 마셔요."

가까운 다방으로 들어갔다. 전축이 돌고 있는 어두운 홀 안엔 손님도 별로 없었다. 그들은 구석진 자리에 가서 마주앉아 차가운 쥬스를 주문했다. 이런 순간은 왠지 눈부시다. 영자 얼굴이 눈부신 것이다.

동식이는 영자에게 값진 옷을 한번 입혀 보구 싶은 생각이 났다.

"영자네는 어머니가 안 계셨지?"

"어머니가 안 계셔서 어떻단 말이에요?"

"어머니가 안 계시기 때문에 영자가 살림꾼이 돼버렸다는 거지."

"그야 그렇죠, 살림꾼 냄새가 풍길 테죠."

영자는 새침해서 얼굴을 돌려 버렸다.

동식이는 자기 심정을 잘 표현할 수 없는 일이 안타까웠다. 오늘은 영자와 둘이서 즐거운 하루를 갖고 싶었던 것이다. 그런데도 영자는 자기 마음을 알아주려고 하지 않는다. 세상의 연애하는 남녀란 이렇지가 않을 것이다. 영자에게 화가 났다. 싫은 소리라도 해주고 싶었다.

"영자 집에 있는 운대란 그 사람, 그 사람이 장차 영자 남편 되는 사람 아냐?"

그러자 영자는 화를 냈다.

"바보같은 소리 하지도 말아요. 어서 그런 말을 들었어요?"

동식이는 영자를 점점 더 화나게 했다는 생각을 하면서, 그러나 영자가 그렇게 화내는 것은 그 말이 당치 않은 소리라는 것을 증명해 주는 말 같아서 반가웠다.

"그렇게 화낼 건 뭐야, 어서 들은 게 아니고 어쩐지 그래 봤다는 것 뿐이야."

"할일 없는 사람이 생각하는 일이란 고작 그런 거겠죠."

"그렇다면 영자에게 프로포즈할 자격이 있구만."

영자는 불시에 얼굴이 확 타올랐으나 재빨리 그 빛을 감추고서

"동식 씨가 저한테 프로포즈한다구요? 그런 자신이 언제 생겼어요?"

"일 년쯤 될까."

"이걸 그냥……."

영자는 잔을 들어 장난친다는 것이 그만 엽차를 끼얹고 말았다. 부끄러움을 억제할 수 없었던 것이다.

"왜 이래?"

동식이는 손수건으로 양복 앞자락을 훔쳤다.

"동식 씨가 건방진 소릴 했기 때문이죠."

영자는 더욱 부끄러워진 채 커다란 눈을 해가지고 동식이를 노려보았다. 동식이는 그 눈을 아름답다고 생각했다.

"지금 한 말, 농담이 아니야."

"몰라요."

영자는 급기야 머리를 숙여버리고 말았다. 동식이는 자기가 생각하고 있는 꿈이 그리 곤란한 공상은 아니라고 생각했다. 영자가 늘 미덥잖게 생각하고 있는 동식이의 연구실의 결과도 오늘이나 내일이면 결판이 날 것이었다. 그것이 좋은 성적을 나타내는 날이면 동식이는 그 시험실을 곧 화장품 회사로 옮길 작정이었다. 그가 오래 두

고 제조해 온 그 화장품을 그 회사 공장에서 대량으로 제조할 단계가 되어 있는 것이다.

"이제 영화나 볼까?"

동식이가 다시 제안했으나

"안 돼요, 그럴 시간이 없어요."

영자는 역시 응하지 않았다.

"그럼 이렇게 조금만 더 앉아 있다가 갈까? 그건 괜찮겠지?"

"네……."

두 사람은 얼굴을 마주 보았다.

"나두 이번 시험이 좋지 않으면 영자 아버지하구 같이 돈가쓰나 구울까?"

농담만도 아니었다.

"말같지도 않은 소리 하네."

"태평스러운 게 얼마나 좋을 테야."

"어림도 없는 말씀, 댁의 일은 누가 보구……."

영자는 야단치듯 말했다. 그러면서도 마음 한구석에서는 동식이네에 비한다면 모든 것이 너무도 기울어지는 자기네 형편이 불안스럽기도 했다.

4

동호가 남산에서 돌아오자 집에선 형인 동식이를 찾느라고 법석이었다. 형이 만든 화장품을 A화장품 회사에서 대량생산하겠다고 기별이 온 모양이었다. 아버지가 형을 못찾아 걱정하는 것을 보자 동호는

"염려 말아요, 내 찾아올게."

그러고는 쏜살같이 다시 밖으로 뛰어 나왔다. 동호가 뛰어온 곳은 물론 '돈가쯔·이화장'이었다.

"돈가쯔, 돈가쯔."

하자 영길이가 얼굴을 내밀었다.

"왜 또 왔어?"

동호는 헐떡거리며

"너의 누나 없어?"

"아직 안 왔어."

"야단 났는 걸, 우리 형 말이야, 큰 발견을 했대, 그래서 아버지가 찾는데 너의 누나하고 같이 나가선 안 돌아오잖아."

"무슨 발견인데?"

"여자들 얼굴 희게하는 거래."

동호는 이런 말이 부끄러운 듯이 약간 얼굴을 붉히고 나서 말했다.

"아마 너희 누나가 얼굴에 주근깨가 있으니까 그걸 없이 해주려고 연구했는지도 몰라요."

"그래?"

영길이는 심각한 얼굴이 되며

"그럼 우리 마라톤으로 찾으러 가자."

"응."

동호와 영길이는 마라톤으로 다시 거리로 뛰어 나갔다. 그들은 을지로 입구까지 단숨에 뛰어와서는 '가시오'라는 파란 불이 나오기를 기다리고 있었다. 급할수록 그 놈의 불은 좀처럼 켜지지 않는다.

"그런데 둘이서 어딜 갔을까?"영길이는 그제야 그런 생각을 한 모양이다.

"우리가 아까 만났던 곳은 미도파앞 아니야, 하여튼 거길 가봐요."

"그렇지만 거기에 아직 있을 린 없잖아."
"그렇지."
그때에 '가시오'라는 신호등이 켜졌다.
그들은 길을 건너 서서도 이제는 뛸 생각을 하지 않고 둘이서는 생각에 젖었다. 무엇보다도 그들이 간 곳을 알아내야겠다고 생각한 모양이다. 하기는 그들도 탐정만화책으로 추리력을 키워왔으니 이만한 일을 못 알아낼 그들도 아니었다.
"어딜 갔을까?"
"글쎄, 영화 구경 간 것 아닐까?"
둘의 표정은 제법 꼬마탐정 같은 얼굴이다.
"영화구경은 안 갔어요?"
"어째서?"
"우리 형은 좀 건방진 사람이거든, 그래서 극장도 일류가 아니면 안가요. 그런데 이 부근엔 그런 극장 없잖아."
"그렇지만 우리 누난 그 반대야. 깍쟁이가 돼서 말이야, 이류극장이 아니면 안 간지도 몰라요."
"그래두 극장값은 남자가 내는 법인데 너희 누나야 싫다구 할 것 없잖아."
그 말엔 영길이도 그만 할 말이 없어지고 말았다. 그렇다고 잠자코만 있고 싶지 않은대로
"그렇다면 다방에 있을지도 모르겠구만."
"맞았어, 다방에 있을 거야."
그들은 그 부근의 다방을 모두 뒤지기 시작했다. 그러나 명동만해도 수십집이나 되는 다방에서 그들의 형과 누나를 손쉽게 찾아 낼 수는 없는 일이었다. 그들은 그만 실망하고 돌아오려고 하는데 명동에서 소공동으로 건너가는 횡단로에 두 젊은 남녀가 서 있는 것이

눈에 띄었다. 그 순간에 둘이서 거의 동시에

"형님!"

"누나!"

하고 소리쳤다. 그 소리에 둘이서는 깜짝 놀래여 돌아섰다.

"너희들 아직 안 돌아가구 여기서 우물거리고 있었구나."

"아니, 그게 아니구 화장품 회사에서 형님 빨리 만나자구 전화 왔어요."

"뭐, 화장품 회사에서?"

동식이는 기쁨을 드러낸 얼굴로 영자에게

"나두 이제는 영자에게 밥벌이 못한다는 수모는 면하게 되었소."

그러고 나서는 차도로 내려서며 지나가는 차를 세웠다.

'파일럿'의 연인들

"고모두 그렇게 앉아만 있지 말구 아랠 좀 내려다 봐요. 바루 한강 위를 나르고 있어요. 어마나, 저 백사장의 미역 감는 사람들……."

아래를 내려다 보기에 정신이 팔렸던 은희가 고모의 무릎을 흔들면서 권했다.

"정말 그렇구만. 앉아 있으려면 뭐하자구 비행기를 탄 것이에요. 탈 때부터 눈을 잔뜩 감은 채 꼼짝 않고 있으니…… 어머닌 그러구서두 비행기 탔다구 하겠어요?"

앞 자리에 앉은 은희의 사촌 동생인 성수가 중학생다운 말로 어머니를 조롱댔다.

"그래두 나같이 심장이 나쁜 사람이 이렇게두 높은 데서 내려다 보다가 또 어지럼증이나 나면 어쩌겠니."

어머니는 역시 고정된 몸으로 앞만 볼뿐 허리에 채운 「안전벨트」를 꽉 끌어잡고 있었다. 성수는 그것이 더욱 우습다는 듯이,

"또 어머닌 심장 걱정이 나오기 시작했다. 벌써 심장이 아주 굳어진 것 아니에요? 저렇게두 꼼짝을 못하고 있는 것을 보니."

하고 웃어댔다.

K신문사에서는 이번에 사오게 된 소형 여객기를 이용하여 매 일요일마다 사원 가족들의 위안으로 탑승을 시켰다. 남편이 그 신문사의 업무부장인 성수 어머니는 이런 기회에 자기도 한번 비행기를 타보고 싶은 마음이면서도 이삼년 전에 심장에 관련된 병을 앓은 일

韓奉德 畫

이 있기 때문에 마음을 내지 못했던 것이 부산에서 교편을 잡고 있던 조카딸이 방학으로 올라 온 기회에 용기를 얻게 된 것이었다. 그리하여 그들을 태운 비행기가 팔월의 푸른 하늘을 지금 막 날고 있는 것이다.

"그래두 고모님은 정말 훌륭해요. 난 비행기를 탄다기에 공연한 소리인 줄만 알았지 이렇게 정말 타실 줄은 생각 못했어요."

"남들은 달나라 간다구들 야단인대 이런 세월에 비행기를 한번 못 타봐서야 되겠니."

"그러니까 서울의 거리두 좀 내려다보라는 것이에요. 기억에 남도록……."

그 때에 성수가

"어머니, 어머니, 어머니가 늘 가는 저 성당이 보여요."

하고 소리쳤다. 그러나 어머니는 역시 그대로 앉은 채

"내릴 때 보지."

하고 말했다. 성수는 그만 어이가 없는 얼굴을 하고 있다가

"하긴 우리학교 교장보다는 그래두 난 편이지요. 자기가 스무살 때 처음으로 비행기를 타 봤는데 내릴 때 보니 바지가 축축하더래요."

"왜?"

"왜긴요? 급해서 오줌을 싼 것이지요."

"아무리 그럴라구, 그건 또 너희 놈들이 지어 낸 소리지."

어머니는 성수 말에 끌려들면서도 믿지 않았다.

"지어 낸 소리라니, 정말이에요. 아주 유명한 이야긴데 누나두 그런 이야기 들은 일 있지요?"

"그거야 시대가 다르지, 옛날엔 혹시 그런 일이 있었을는지 모르지만 지금은 이렇게두 편한데."

하고 은희가 그 말을 고쳤다.

"하여튼 좋은 세월이야, 비행기가 기차 탄 것이나 마찬가지가 되었으니."

그런 말을 하고 있는 동안에 어느덧 비행기는 관악산을 지나 멀리 해안선이 눈에 뜨이며 바다가 바라보였다. 바다가 점점 더욱 분명하게 보여질 때,

"누나, 인천이 보여."

하고 성수가 소리쳤다.

"어디?"

인천 거리도 비행기를 타고 바라보니 성냥갑으로 지어 놓은 것 같은 장난감의 거리였다.

바다로 나오자 비행기는 아주 저공으로 날기 시작했다. 월미도도

그 맞은편 송도도 손에 잡힐 듯하면서 그 위를 스쳐 지나갔다. 그 앞으로 터진 먼 바다에는 기선 두 척이 한 줄로 서서 아물거리며 가는 것이 바라 보였다. 그러나 그것도 순식간에 뒤따라 버리고 말았다.

이제는 뜨겁고도 밝은 햇빛이 가득 찬 검푸른 바다가 보일 뿐이고 그리고 보이는 것은 엷은 구름이 끼어 있는 푸른 하늘뿐이었다. 비행기는 커다란 원을 그어 위로 선회하며 다시 육지로 향하였다. 비행기로는 서울과 인천도 옆집인 듯, 어느덧 서울거리가 다시 보이기 시작했다.

그때에 문득 은희가

"저것 봐, 제트기야."

하고 소리쳤다.

"제트기야? 어디 어디……."

하고 성수 어머니까지 불시에 창밖을 내다 봤다.

손을 내밀면 잡힐 듯한 가까운 곳에서 두 대의 '제트'기가 나란히 날아가는 것이 보였다. 성수가 분주히 모자를 벗어서 흔들었다. '제트'기의 '파일럿'이 이어 그것을 안 모양으로 손을 들어 답례를 했다.

"제트기라면 난 무섭게 빨리만 나는 줄 알았더니 저렇게 천천히두 나는구나."

성수 어머니는 아주 감격한 얼굴이었다.

"아까 우리가 탈 때 정비하던 제트기 아니야."

"그런가봐."

이런 말을 주고받는 사이에 천천히 날던 '제트'기는 어느덧 속력을 내어 까마득한 앞에서 햇빛에 반사된 날개만이 반짝이고 있었다.

그때에 그들의 비행기는 방향을 다시 잡으며 앞머리가 숙여지기 시작했다. 그리고 반짝이던 '제트'기도 없어진 그 대신에 푸른 비행장이 덮여지듯 창가에 달려들었다.

"아, 저 '제트'기두 내리려는 모양이구나. 다시 돌아오는 것을 보니."
비행기에서 내린 그들은 그대로 비행장 기슭에 서서 비행장 풍경을 보고 있었다. 비행장에는 빨간 지프차가 무슨 연락 때문인지 분주히 달리고 있는 것도 보였고, 커다란 수송기, '제트'기들 옆에서 정비하고 있는 군인들도 보였다.

그들이 내린 비행기는 다른 가족들을 태우고 다시금 뜨려고 활주로를 달리고 있었다.

"제트기를 보니 그것두 타보고 싶구나."

더운 것도 잊은 듯이 양산을 젖히고 '제트'기가 날고 있는 하늘만 쳐다보고 있던 성수 어머니가 말하자

"그래 어머니, 그럴만한 심장 있어요? 그건 콘크리트 심장이 아니면 어림도 없습니다."

하고 성수가 또 조롱했다.

"그래, 넌 콘크리트 심장이냐?"

하고 성수 어머니도 해 본다는 것이 그런 말을 하고서는 어쩔 수 없는 모양으로 웃고야 말았다.

착륙의 태세를 갖춘 '제트'기는 요란스러운 소리와 함께 날개를 번쩍이면서 활주로를 굴러 내리자 뒤이어 또 한대가 연달아서 내렸다.

'제트'기들은 활주로를 돌아 무슨 괴물처럼 스름스름 그들 앞으로 굴러왔다. 급기야 기다리고 있던 정비원들이 지프차로 그 앞까지 달려갔다.

먼저 내린 '제트'기의 젊은 '파일럿'이 그 사람들과 무슨 말을 잠시 하고 서 있다가 뒤에서 내린 '파일럿'과 함께 은희들이 서 있는 곳으로 걸어 나왔다.

"저 사람 동규가 아니야?"

성수 어머니는 놀란 얼굴로 '파일럿'들을 보고 있다가 분주히 그들 앞으로 가서

"동규 아니냐?"

하고 반가운 얼굴을 하자

"어떻게 이런 곳엘 다 나왔습니까."

하고 처음 내린 '파일럿'도 놀라운 얼굴을 했다.

"나두 비행기를 타러 왔던 것이란다. 우리 주인 신문사에서 비행기를 태워줘 지금 막 나린 참이지."

"그래요. 그런 용기가 있었어요?"

"아까 비행기에서 모자 흔든 것 보았어? 그거 우리가 흔든 것이란다."

"그렇구만요. 난 어떤 분들인가 했더니."

그 '파일럿'은 미소를 흘리며 그제야 처음으로 성수 어머니의 뒤에서 있는 은희와 성수를 곁눈질쳐 슬쩍 넘겨다 보았다.

파란 '파라솔'에 반사된 은희의 얼굴은 바람에 흩어진 머리카락과 함께 한층 아름답게 보였다.

"저 있는데로 갑시다. 그리로 가서 땀도 씻고 다리도 좀 쉬어 가요."

'파일럿'이 다시 성수 어머니에게 눈을 돌리며 말했다.

"그럴까? 은희야 우리 김 선생한테로 가서 쉬어 가."

은희가 무슨 대답이 있기 전에

"같이 어서들 갑시다."

하고서는 기다리고 있던 친구와 앞서서 걸었다. 그들은 그 '파일럿'에게 끌려가듯 자연 따라가게 되고 말았다.

비행장 입구에서 왼쪽으로 '콘세트'가 그들이 있는 곳인 모양이었

다. 그러나 그는 그들을 입구에 있는 휴게실로 데리고 가서
"여기서 잠깐 기다리고 계세요. 곧 손을 씻고 올게요."
하고 밖으로 나왔다. 거기서 기다리고 있던 친구가
"누구야?"
하고 물었다.
"집의 어머니의 옛날 동창이야."
하고 아무런 것도 아니란 듯 대답하자
"누가 그 늙은이 말인가, 젊은 여자 말이지."
하고 휴게실 쪽으로 한번 돌아다 보면서
"예쁜데 내게두 소개 좀 시켜 주게나."
하고 웃으며 조롱댔다. 그러나 성수 어머니가 아는 '파일럿'은 그저 못들은 척하고 자기 있는 곳으로 쑤적쑤적 걸어갔다.

휴게실 앞쪽에는 전면이 유리창으로 되어 있어 앞이 터진 비행장이 환히 내다 보였다.
그 '파일럿'이 시키고 간 모양으로 아이가 '레몬 쥬스'를 그들 앞에 갖다 놓았다. 은희는 그것을 마시다가 문득 얼굴을 들어
"고모님 이제 그분 어떻게 아세요?"
하고 물었다.
"응 나와는 여학교 때부터 아주 친하던 동창의 아드님이야. 김동규라고……."
그 순간 은희는 가슴에 무엇이 안겨지는 듯한 감을 느끼지 않을 수가 없었다. 김 동규라면 자기도 몇 번인가 들은 일이 있는, 아니 그보다도 미국에 유학중에 객사를 한 애인의 친구가 아니었던가.
"바로 그이가 김 동규란 분이에요?"
은희는 자기도 모르게 놀라는 말이 나오게 되고 말았다. 그러나

은희의 마음을 알 리가 없는 성수 어머니는 자기만의 생각대로

"그 사람이 이번에 '제트'기로 최장거리 기록을 낸 사람이라나. 하긴 접때 신문에두 났댔으니까 너두 읽었겠지."

하고 말했다. 그러자 성수가 불시에 끼어들어

"아, 그 사람이었구나. 글쎄 어디서 본 듯한 사람이라고 생각했더니, 이번 '학생'이란 잡지에두 커다랗게 소개된 걸요."

하고 그것을 이제야 생각하게 된 것이 큰 잘못이나 한 것 같은 얼굴을 했다.

그러나 은희의 마음은 그리 단순한 것만이 아니었다. 그 이름이 반가운 반면에, 죽은 애인이 그리운 마음이 서로 둘레치면서 설움이 북받쳐 오름은 또한 어쩔 수 없는 일이었다.

은희는 가슴에 맺혀진 눈물을 참느라고 창밖을 멍하니 보고 있을 때에 군복으로 갈아입은 동규가 나타났다.

"오래 기다리게 해서 미안합니다."

하고 나서는 아이에게 자기에게도 마실 것을 청하고 나서

"정말 전 이런 곳에서 어머님을 뵈리라고는 생각지 못했습니다. 그런데 제가 듣기에는 언젠가, 심장에 관련된 병 때문에 입원했다던 말을 들었던 일이 있었던 것 같기도 한데……."

그 말이 나오자, 성수가 벌쭉벌쭉 웃어댔다. 기분이 흐려졌던 은희도 그 말엔 그만 웃음이 나와, 참느라고 애쓰자 성수 어머니도 하는 수 없이

"참 이번 일을 어떻게 축하해야 하나? 사실 우리 동창들이 동규를 축하하기 위해서 한번 모이기론 했지만."

하고 말을 돌렸다. 그러자 동규는 대답에 곤란한 듯한 얼굴로 웃으며

"그런 이야긴 이런 자리에서 그만두기로 합시다."

하고 말을 피하면서 담배를 꺼내 물었다.

담배를 문 하얀 이가 잠깐 눈에 띄었다.

성수 어머니는 그제야 생각난 듯이

"정말 내가 인사시킬 걸 잊구 있었구나."

하고 인사를 시켰다.

동규가 담배를 문 채 주머니를 찾고 있는 모양이, 인사 때문에 못 붙인 담배에 불을 붙이려고 성냥을 찾는 모양이다.

은희는 옆 책상에 성냥이 있는 것을 보자, 책상 밑으로 몰래 그 성냥을 고모에게 집어줬다.

성수 어머니는 그런 줄도 모르고

"이건 왜 주니?"

하고 알 수 없다는 얼굴을 했다.

"저 분께 드려요."

은희가 가만히 말했다.

"아, 성냥을 찾는구만."

성수 어머니가 분주히 켜 주었다.

'버스'가 떠나려는 것을 보고 그들은 그만 일어나려고 하자, 동규가 자기도 시내에 갈 일이 있다면서 자기 차가 올 때까지 잠깐 기다려 같이 가자고 했다. 그동안에 성수가 얼굴을 씻고 온다고 일어서자 성수 어머니도

"나두 좀 씻고 오겠다."

하고 따라 일어섰다. 둘이 되자 잠시 동안은 서로 할 말이 없는 듯이 서로 침묵을 지키고 있었다.

밝은 광선 속에 잠잠히 앉아있는 은희가 밖에서 보던 것과는 또 다른 아름다움이 있었다. 흰 바탕에 커다란 파란 무늬가 드문드문 있는 '원피스'가 그녀의 얼굴을 더 한층 밝게 하여 주는 것 같았다.

은희는 입을 다물고 있으면서도 물론 그의 가슴 속에는 그의 친구이며 자기의 연인이었던 허섭의 이야기를 어떻게 꺼낼까 하고 생각하고 있었다.

"비행기를 타본 감상이 어때요? 무섭지 않아요?"

갑자기 동규가 은희를 정시하며 물었다.

"어디 그걸 느낄만큼 타 봤어요. 단 십오분 동안인 걸요."

은희는 긴 눈섭 속에 웃음을 띠었다.

"그렇다면 이야기가 되지 않겠구만요."

"사실은 저도 전에 부산까지 한번 타 본 일이 있답니다. 제가 지금 부산에 가있기 때문에."

"그래요, 그렇다면 이번이 처음이 아니구만요. 추풍령을 넘을 땐 대단히 흔들리지요?"

"글쎄요, 전 별로 그렇게 느낀 생각이 나지 않는 것 같은데요."

"그래두 그 부근은 기후가 좀 나쁠 때면 대단하지요. 언제구 기회 있는대로 고등 비행을 체험하도록 해 드리지요."

"고맙습니다. 그러나 그 고등비행이란 건 우리 같은 생사람을 공연히 정신 빠지게 하는 것 아니에요?"

"정신을 뺀다구요? 허허……."

이런 평범한 말로 서로 웃고 있으면서도 은희는 좀더 중요한 말이 있을 것만 같은 기분이었다. 그러나 그것은 좀처럼 쉽게 입에 담아지지를 않았다. 어찌 된 일인지 그저 가슴 속에서 망설이게만 했다.

그러는 동안에 얼굴을 씻으러 갔던 성수들도 오고 차도 왔다.

"그러면 가볼까요?"

하고 동규가 일어섰다.

은희는 무엇을 놓친 것만 같은 기분이면서도 따라 일어나지 않을 수가 없었다.

동규는 그들을 시청 앞까지 바래다 주고서는
"전 일요일을 빼놓고는 대체로 그 곳에 있습니다. 언제구 다시 한 번 놀러들 와요. 은희씨에게 고등비행의 약속도 있으니."
하고 흰 이를 드러내어 웃고서는 소공동 쪽으로 차를 달렸다.
성수도 그곳에서 자기 동무의 집을 간다고 떨어지고, 은희와 성수 어머니 둘이서 서대문으로 가는 '버스'를 기다리고 있었다.
그 때에 성수어머니가 문득
"은희, 너 이제 그 사람 어떠니?"
하고 물었다.
"네? 그 사람이라니요?"
은희가 놀라면서 말했다.
"동규 그 사람 말이다."
"……."
은희의 귀밑이 갑자기 빨개졌다.
"가령 그런 사람이라면 어떠냐 말이다."
"어떻다니…… 저한테 갑자기 그런 말을 물으니 뭐라고 대답을 해요."
은희는 분명히 대답을 했다.
"그러나 은희, 네가 그런 사람을 좋아한다던지 싫어한다던지 그런 거야 있을 것이 아닌가?"
"좋다던지 싫다던지 그런 걸 그렇게두 간단히 대답할 수는 전 없다고 생각해요."
"그렇게 힘들게 생각지 말고서 말이야, 네가 좋아하는 '타입'이 있지 않겠니, 그것을 알고 싶다는 기야."
성수 어머니가 자꾸만 캐어 은희의 마음을 알고 싶은 모양이었지만 은희는 우습기만 했다.

"그건 왜 갑자기 알고 싶어하는 거예요?"

"왜라니, 너의 어머니가 네 신랑감을 부탁했으니 그런 거지, 네가 좋아하는 사람이 나두 어떤 사람인지 알아야 고를 수 있는 것 아니야."

은희는 새삼스럽게도 동규라는 그 청년의 얼굴이 눈앞에 떠올랐다. 그는 자기가 싫어하는 '타입'의 청년은 아니었지만, 그러나 다만 그런 인상만으로서 자기 일생에 관계되는 그런 말을 그렇게도 경솔하게 대답하고 싶지는 않았다.

"은희두 역시 연애결혼이 아니라면 안 되는 건가?"

"뭐 그런 것만도 아니지요."

"그러면 그 사람하구 이야기 한번 내볼까?"

"고모님 참……."

은희는 어이가 없는 채 할 말이 없어지고 말았다.

"그래두 네 얼굴은 싫다는 표정이 아닌데 뭐……."

하고 성수 어머니는 알겠다는 듯이 조롱대는 웃음을 웃고 있었다.

그런 일이 있은 그 후부터 은희의 가슴 속에는 무엇을 은근히 기다리는 것이 있게 되었다. 그것이 무엇이라는 것이 분명하게 느껴질수록, 그것은 결코 죽은 그를 저버리는 마음이 아니라는 것을 혼자서 우겨도 보았다.

그날부터 은희는 고모에 대한 행동의 감시도 분명히 예민해졌다. 고모님이 조금만 어디 나갔다 들어와도 어디를 갔더냐고 물었다. 또한 그날부터 비행기에 대한 말도 많이 꺼내었다. 그렇게 긴 거리의 탑승 기록을 가지려면 몇번이나 탑승해야 하는가라는 말도 해보았다. 그러나 고모님은 한 번도 은희에게 만족한 대답을 주는 일이 없었다. 아니 그 '버스' 정류소에서 그런 말을 꺼낸 이후로는 아주 그 말을 잊어버린 듯한 얼굴이었다.

'그럴거면 무엇하려고 남에게 그런 말을 꺼내 놓고……'

은희는 그 젊은 '파일럿'의 얼굴이 눈앞에 선해질 때마다 자기의 마음을 몰라주는 고모가 원망스럽다 못해 밉기까지 했다. 그러던 어느 날 오후였다. 혼자서 영화를 보러 나갔던 길에 명동 책가게에서 책을 보고 서 있는데

"은희 아니야!"

하고 누가 갑자기 손을 잡았다. 놀라서 보니 대학 동창인 정숙이었다.

"어머나 웬 일이야?"

그들은 약속이나 한듯이 맞은편 다방으로 들어가 창옆을 찾아서 마주 앉았다.

"정말 오래간만이야. 부산에 있다지?"

은희의 귀에 너무나도 귀에 익은 정숙이의 그리운 목소리였다.

"벌써 우리가 졸업한지가 삼년이 된다."

"글쎄 말이야, 엊그제 같은 일인데."

은희의 목소리에도 반가워 어쩔 줄 모르는 억양이 흘러 있었다.

그러고는 가슴 속에서 뜨거운 것이 올라와 가슴이 막힌 채 무슨 말부터 시작해야 할지 몰라, 그대로 잠시 서로 얼굴만 쳐다보면서 웃고만 있었다.

은희와 정숙이의 우정은 이상한데서부터 시작되었던 것이었다. 은희는 N여고, 정숙이는 D여고로 서로 학교가 달랐지만 둘이 모두 테니스 선수로서 경기 때마다 얼굴을 대하게 되었던 것이 대학에서 만나게 되어 아주 가까운 사이가 되었던 것이다.

소녀가 커피를 갖다놓자 은희가 입을 열어

"그러나 난 늘 너를 잊은 일이 없단다. 편지두 세 번씩이나 했는

걸."

하고 다정스럽게 말했다.

"그런데 어쩐 일인지 그 편지가 모두 돌아오지 않겠니?"

"그랬다면 정말 은희 미안해, 난 사실 그 동안 여러 가지 일이 있었단다."

정숙이의 얼굴이 갑자기 어두워졌다.

"졸업하고 나서 이어 집을 나와 혼자 살 생각을 하게 된 걸. 그래서 아무에게두 나 있는 곳을 알리지 않고 살았어."

"그래서 편지두 돌아온 모양이구나?"

"그렇겠지, 그런데 은희야, 너한테 정말 미안한 말이지만 난 이제 어디 좀 가봐야겠어. 다섯 시에 누구와 약속이 있는 걸, 그렇지 않다면 너하구 하루 종일이라두 이야기하고 싶지만, 지금 만나야 한다는 약속이 내겐 대단히 중요하니 말이다."

정숙이는 애원하는 듯한 말이면서 대단히 초조한 얼굴이었다.

"그렇다면 빨리 가 봐야지, 우린 이제부터 늘 만날 수 있을 텐데."

"그래 다음 기회 만나서 우리 이야기 실컷 해. 참 너 있는 주소를 써 줘."

하고 정숙이가 '핸드백'에서 종이와 연필을 꺼내 은희의 주소를 적어 넣었다.

"그래, 내 며칠 내로 꼭 찾아 갈게."

"그럼 그렇게 약속하지, 꼭 와야한다."

그들은 다방을 나와 은희는 반대 방향으로 걸어가면서 반가운 동무를 만난 기쁨이 아직도 가슴에 남아 있음을 느꼈다. 삼년간 부산에서 여학교 교원 생활을 하면서 아주 잊다시피 했던 학생시절의 발랄한 감정이 가슴 속에서 다시 피어오르는 듯한 마음이었다.

'오늘 같이 즐거운 날은 또한 집에서도 무슨 좋은 일이 있을는지도 모른다니까…….'

은희는 문득 그런 생각도 해보며 과자점에 들러 과자를 사들고서는 시청 앞에 가서 '버스'를 탈 생각으로 소공동으로 빠져나오고 있었다. 그때 조선 '호텔' 앞으로 어떤 청년과 다정스럽게 이야기를 하면서 걸어가는 정숙이의 뒷모양이 얼핏 눈에 띄었다.

'어머나 정숙이, 뭐 급한 일이 있다더니 저 사람하구 만나는 일이었구나'

그들은 뒤에서 누가 보고 있는 줄도 모르고 어깨를 나란히 한 채 덕수궁 앞 넓은 길을 건너고 있었다.

그 청년은 바로 '파일럿' 김 동규였다. 은희는 자기도 모르게 눈물이 핑 돌았다.

다음날 아침 은희가 갑자기 부산으로 내려가겠다는 말을 듣고 성수 어머니는 당황해서

"왜 갑자기 간다는 건가? 그 집과는 이야기도 있었는데 무슨 말이 있는지 듣구나 가려무나."

하고 말했다. 그 말에는 은희는 짐을 싸던 손을 멈추고

"네?"

하고 성수 어머니를 쳐다봤다. 그러나 다음 순간에 그 집에서 어떠한 말이 있다고 해도 자기가 관계할 일이 아니라고 생각했다.

은희는 차를 타고 한강 철교를 건너면서 비행기를 타고 보던 한강을 생각했다. 한강 백사장엔 그날도 미역 감는 사람으로 하얗게 깔려 있었다.

동창생의 약혼

흐려진 사회의 모럴 속에 핀 한떨기 우정의 꽃!

수원에서 어느 중학교의 교편을 잡고 있는 연수는 무슨 일로 서울에 올라오게 되면 으레 종로에서 양복점을 경영하고 있는 성원이를 찾곤 했다. 그곳에 들리면 동창들의 소식도 알 수 있었고 또한 성원이와 한잔 들면서 옛이야기로 취하는 재미도 무던했기 때문이었다. 그때마다 성원이는 서울에 있는 동창들이 한번 모여보자는 제안을 했다. 그러나 그것은 해를 두고 말 뿐이었지, 여태까지 실현을 보지 못하였다. 그렇다고 동창이 많아서 모이지 못하는 것도 아니었다. 불과 대여섯 되나마나한 그런 수였다.

어느 날 연수가 성원이와 술을 마시던 끝에

"임자는 밤낮 모인다고 말뿐이니 그게 그렇게도 힘든 노릇이야. 동창들에게 어느 날 어느 시에 어디서 모이자고 엽서만 한 장씩 띄우면 친구 그리운 놈들은 자연 찾아 올 게고 싫은 놈은 안 올 것 아닌가?"

하고 이제는 그 말을 듣는 것조차가 역정이 난다는 듯 약간 짜증을 내자,

"그것이 그렇게 쉽게 되지 않는다니까. 모두 제 입에 풀칠을 하기에 바빠놔서."

하고 사람이 좋게 생긴 성원이는 자기의 잘못이나 되는 것처럼 변

명삼아 웃었다.

"아무리 살기에 바쁘대도 그렇지, 하구 많은 날 그 하루 몇 시간, 시간을 못낸다면 말이 되겠나?"

"그러게 말이네, 더군다나 두일이 녀석이 밤낮으로 대구로 부산으로 뛰어다녀서 그렇다니까."

"그까짓 모리나 하느라고 뛰어다니는 놈 빼어 놓고 합세나."

하고 연수는 술의 흥분으로 친구에 대한 지나친 어구까지 꺼내놓게 되자

"그래서야 되겠나, 늘 모이는 것도 아니고 오래간만에 처음으로 만나는 것인데, 그리구 그녀석두 날 만나기만 하면 꼭 한번 만나자구 하는데."

하고 성원이는 역시 동무의 변명을 해주고 나서

"하여튼 근일내로 꼭 모이기로 하자."

하고 약속을 했다.

그리고 헤어져서도 한달이 지나고 두달이 지나서도 연수는 아무런 통지도 받지 못하였다.

그렇던 그것이 연수는 비로소 어제야 그 통지장을 받고 나서 한편 놀랍다고까지 생각하게 되었다.

모임 장소는 종로 뒤의 '유경'이라는 전골 전문집이었다. 통지장에다 장소를 '유경'에다 택한 이유는 우리가 자라난 평양의 옛 이름이 그리워서라는 그다운 해설도 쓰여 있었다. 그러나 그 집은 모르는 사람도 있으므로 일단 성원네 가게로 모이기로 되어 있었다.

연수는 오후 다섯 시라는 약속된 시간보다 두 시간을 앞두고 수원을 떠났다. 학교 일로 다른 곳도 좀 들릴 일이 있었기 때문이었다. 연수가 성원네 양복점 점포 문을 열고 들어서자 손님의 주문을 받고 있던 성원이가

"역시 연수가 제일 열성인데."

하고 웃었다.

"이런 땐 언제나 제일 먼 곳에 있는 사람이 제일 먼저 오게 마련인 걸."

"하여튼 오기에 수고했네, 좀 앉게나."

하고 의자를 내어주고 나서는 다시 주문을 받기 시작했다.

손님이 돌아가자 성원이는 자기 사무 책상 위에 놓여 있는 편지들을 가져왔다.

"두일이 녀석은 또 부산 내려가야 할 일이 생겨서 참석하지 못하겠다네. 그 밖에 다른 친구들은 다 온데."

하고 말하고 나서는

"이 글씨 누구의 글씬지 알겠나? 난 이걸 보구 가슴이 찡한 걸 느겼네."

성원이가 보여주는 엽서에는 글줄이 고르지 못한 채 박아 쓴 글씨로 다음과 같이 쓰여 있었다.

동창들이 모인다니 반갑기가 끝이 없군요. 우리들이 교문을 나온 것을 생각해 보면 벌써 근 이십년이 아닙니까. 저는 그것을 생각해 보고 한참동안 감개무량했습니다. 물론 그날 참석하다 뿐이겠습니까. 그러면 우선 이런 모임을 가질 기회를 만들어 주신 형께 감사를 드리면서, 모든 이야기는 그 때 하기로 하고 오늘은 이만 하겠습니다.

병직 올림

이번 1.4후퇴 때 북에서 나온 병직이가 지게부대에 갔다가 바른 팔에 관통상을 입었다는 이야기는 연수도 듣고 알고 있었지만 이렇게도 그의 글발을 대하고 보니 한층 절실하게 가슴을 찔러주는 데가 있었다.

"이것이 병직의 글씨라면 놀라운 일인데, 그는 우리 반에선 제일 달필이 아니었던가?"

"글쎄 말일세, 이걸 보면 그의 다친 팔이 바른 팔인 걸 알 수 있지. 부자유스러운 왼팔로 쓴 것이 분명하지 않은가."

"참 안된 일이라니까, 우리나라에선 섬유제 공업엔 권위자라고 할 수 있는 그런 사람이 지게부대에 끌려가서 그런 부상을 입었다는 건."

"그때는 모두가 혼란시대였던 걸, 그래서도 그랬거니와 또한 그 사람이 너무 솔직한 때문도 있지."

"병직이가 아직 하숙생활을 못 면하고 있지?"

"혼자 나온 녀석이 장가를 들기 전에야 어떻게 면할 수 있겠나. 나두 만날 때마다 장가를 들라고 권해 보지만 그런 마음은 통 없는 듯 쓸쓸히 웃고만 있는 걸."

"그러니 팔까지 부자유스러운 놈이 혼자서 지내려니 오죽 쓸쓸하겠나?"

이런 이야기를 하고 있을 때에 어느 종교단체의 병원에서 외과를 맡아보고 있는 구일이가 나타났다. 그는 양복지를 진열해 놓은 진열장 앞에서 그들을 보며 잠시동안 웃고 서 있다가 슬그머니 문을 밀고 들어섰다. 오래간만에 만난 연수와 구일이가 감격의 악수를 하고 있을 때에 뒤이어 환태가 문을 찰깍 열어젖히며 들어섰다.

"모두 모였구나."

환태는 문필생활을 하는만큼 옷차림도 터분한 채 아주 귀한 듯한 종이 봉투를 끼고 있었다. 연수가 악수를 하려고 손을 잡자

"가만 있어. 여기에 아주 귀한 것이 들어 있다니까."

"뭐인데?"

"본인의 원고."

하고 웃고 나서는 종이봉투를 탁자 위에다 놓고 일부러 익살을 부려

"원장님 그동안 찾아뵙지 못해 죄송합니다. 시굴 선생님과는 정말 뵈었던지가 아득하군요."

하고 구일이와 연수에게 악수를 했다.

"그래 요즘 다리는 어때?"

하고 구일이가 물었다. 그도 일선에 종군 나갔다가 뜻하지 않았던 파편으로 다리에 부상을 입었던 것이다.

"정말 네 덕분에 이제는 보는 바와 같이 지팡이와는 영 이별했네."

하고 환태는 지금까지의 익살도 쑥 들어가고 말았다. 그 말을 듣

고 있던 성원이가 말을 받아

"저 놈이야 죽으라고 제사를 지내보지, 죽나?"

하고 허물없는 조롱을 던졌다. 그러자 또한 환태도 가만히 있을 리가 없었다.

"이 녀석아, 장사를 해서 너무 돈만 모을 생각을 하지 말고 우리같이 가난한 친구에게 양복도 한 벌씩 해줄 줄 알란 말이야."

이 말에 성원이는 아무런 대꾸도 없이 싱글싱글 웃고만 있었다. 실상 성원이는 친구에 대한 단순한 동정이라기보다도 진정으로 우러나는 우정으로 환태에게 옷이라도 한 벌 지어주고 싶은 생각이었다. 그러나 정작 옷을 재자고 하면 저편에서 질겁이나 하듯 사양해왔다. 환태에겐 그가 지어준다는 옷보다도 그의 마음이 더욱 고마웠던 것이다. 실상 지금에 그런 이야기를 농담으로 꺼낸 것도 그의 우정을 친구들에게 알리고 싶은 때문이었다. 그러나 성원이가 아무런 대꾸도 없는데는 환태도 약간 열없어진 채,

"시골 선생님도 요즘 신학기를 맞이했으니까 주머니가 두툼했겠네 그려, 올라온 김에 양복이나 한벌 재고 가지."

하고 연수에게 말을 돌렸다.

"저 사람두 중학땐 제일 얌전하던 사람인데 그동안 소설을 쓴다더니 사람이 아주 고약해졌다니까."

"거야 그럴 것이 아닌가, 소설이 본시 거짓 소린 걸, 밤낮으로 거짓 소리만 생각하고 있으니 사람이 고약해 질 수 밖에 없는 것이지."

하고 성원이가 조롱댔다.

"저 사람은 양복만 지을 줄 아는 줄 알았더니, 소설두 이야기할 줄 알고 제법인데."

하고 지금까지 말없이 웃고만 있던 구일이가 웃고 나서

"저 사람도 학생 때엔 얌전했지만 병직이도 얌전했지."

하고 오랫동안 만나지 못한 병직이가 그리운 듯이 입을 열었다.

그 소리에 문득 생각난 듯이

"병직이가 오늘 안 오는 것은 아닌가?"

하고 연수가 걱정되는 듯 자기 팔목시계를 들여다 보았다.

"안 오다니 될 말인가, 그 사람은 온다고 했으면 꼭 오는 사람이니까."

하고 친구에게 싫은 소리를 하지 못하는 성원이는 언제나 친구의 변명이었다.

"정말 모두 모인다는 것이 꿈같은 소리 같기만 하다니까, 병직이도 환태도 구일이도 모두가 서울에서 활약를 하지 않나, 소설가루 방직회사 기사루, 의사루, 그리고 종로의 양복점 주인으로 모두가 자기 할 것을 하고 있는데 나 혼자만이 시굴서 썩고 있다니까."

"이 사람아, 교육자로 자처하던 자가 오늘은 왜 그렇게도 겸손해졌는가?"

이번에도 성원이가 그의 마음을 제일 먼저 알아채 주었다. 그러면서 평범한 그 말에서 자기네들도 이제는 어른이 될대로 되었다는 그 실감이 모두가 공통적으로 느껴지는 모양이었다.

"병직이가 늦어도 너무나 늦는데."

환태가 다시 괘종시계를 쳐다보며 말했다. 약속시간에서 이십분이나 지났다.

"후에 오면 알리기로 하고 우린 먼저 가기로 하지."

이런 말을 하고 있을 때에 작업복을 껴입은 병직이가 들어섰다.

"늦어서 미안하게 됐네."

그 얼굴을 보자 연수와 구일이는 자기들도 모르게 서로 얼굴을 쳐다보게 되었다. 생각과는 달리 너무나도 명랑한 얼굴이었기 때문이다.

기다렸던 듯이 구일이가 손을 내밀어 악수를 청하며,
"몇 년 만인가. 우리가 해방 전에 만나고선 처음이 아닌가."
하고 감개무량한 듯 눈을 섬벅거렸다.
병직이는 잠시 머뭇거리다가 악수하기가 어색한 왼손을 내밀었다, 그것을 보고 있던 네 사람의 가슴엔 순간에 이상스러운 것이 스며 올랐다.
"팔에 부상을 입었다지."
의사로서는 예사롭게 물을 수 있는 말이면서도 구일의 목소리는 몹시 조용했다.
"바른 팔이 마음대로 움직여지질 않는다니까. 근육이 끊어졌어, 이렇게 밖에."
하고 병직이는 바른 팔을 약간 굽혀보았다.
"몹시 불편하겠구만."
"그것두 처음엔 그랬지만, 왼팔만 늘 써 버릇하니 그렇게도 살 수 있다니까."
하고 병직이는 약간 쓸쓸한 웃음을 지었다.
"전기 치료도 받아 보았겠지."
"한 일년 계속 해 보았지만 그것도 나중엔 귀찮아지고 말던 걸."
"하여튼 우리 병원으로 한번 오게나."
"실상 나두 그런 생각은 벌써부터 있었지만 고치지도 못할 팔을 들고 다녀야 공연히 친구 걱정만 시킬 것 같아서."
"이 사람아, 그건 무슨 쓸데 없는 생각인가? 그래두 저 사람의 다리는 내가 고쳤다네."
하고 웃는 눈으로 환태를 보자
"이렇게도 다리를 들 수 있다지 않나?"
하고 환태는 병직에게 자기 다리를 들어 뵈였다.

그러자 그 이야기를 일부러 엎어뜨리기나 하듯 성원이가 입을 열어,

"자, 그럼 올 사람도 다 왔는데 어서 나갑세다."

하고 앞장을 섰다.

'유경'이라는 전골 전문인 술집에서는 예약한대로 그들을 위하여 방을 비워 놓고 기다리고 있었다.

전골이 끓기 시작하자 술잔이 돌기 시작했다.

"오늘의 술맛은 천금을 주고도 못살 술인데."

연수가 첫잔을 받아 마시고 나서 입맛을 다시며 말했다.

"음식도 다른 집보다는 푸근한 것이 실속 있다니까."

하고 구일이가 말을 받자,

"음식두 음식이려니와 이집 마담이 또한 대단한 미인이라네. 병직이는 몇 번 왔으니 잘 알겠지만."

성원이는 이 집을 안내한만큼 어깨가 올라가는 모양이었다.

"성원이두 몰랐더니 허투루 보지 못하겠는데."

"결국 우리는 이용 당한 셈 아닌가?"

"하여튼 성원이는 중학생 때부터 여학생 따라다니는 실력은 있었으니까. 지금도 여전하겠지."

"우리 같은 놈, 그런 재미도 없으면 무슨 재미로 살겠나?"

"그래 그건 네 말이 옳다 하고 어서 마담이나 불러와요. 가만 있어. 오늘은 마담이 누구에게 곱게 뵈려는지 지금 한참 화장을 하고 있다니까, 그러니 들어올 때까지 기다리기로 하고 오래간만에 모였는데 좀 더 진정한 이야기를 하는 것이 어때?"

"성원이도 때로는 쓸만한 이야기를 할 때도 있는데."

연수가 벌써 혀가 제대로 구르지 않는 말로 좌중을 웃기자 구일이가 먼저 정색한 얼굴을 들었다.

"육이오 동란을 체험한 우리들로서 무엇인가 일상생활의 '모럴'이 달라진 듯한 감이 느껴지지 않던가, 말하자면 남을 모략하거나 속인다는 것이 어이없게만 느껴지지 않느냐 말이야?"

"알 수 있는 말이야."

연수가 고개를 고덕이자 구일이는 다시 이야기를 계속했다.

"내가 지금 있는 병원은 자선사업의 병원인만큼 환자란 대개가 약값도 제대로 내지 못하는 가난한 사람들뿐이지. 그러나 나는 지금이 육이오 이전에 혼자서 병원을 경영하여 여유 있게 살던 그때보다는 솔직히 말해서 사는 보람이 더 느껴진다니까."

"옳은 말이라니까, 실상 나두 학교를 못 떠나는 것두 그 때문이지, 내가 사회에 나간다면 지금보다도 더 의의 있는 생활을 할 수 있는가 그것이 생각되거든."

"요컨대 그것이 모두가 진실하게 살겠다는 생각에서 오는 것이지. 그러나 우리의 생각과는 정반대로 지금 서울거리는 어떻게 변해가고 있는가, 비누 한 장을 써도 으레 양키 것을 써야 하는 줄 알고, 계집애나 끌고 다니며 댄스홀이나 찾아다니는 것을 무슨 큰 자랑으로 삼는 자가 얼마나 많은가 말이야. 나는 그런 부패 면을 보면 정말 눈에 횃불이 서서 견딜 수가 없단 말이야."

환태는 어느 정도로 흥분된 얼굴이었다.

"난 그것에 대해선 좀 이의가 있는데."

조용히 얼굴을 들은 것은 병직이었다.

"지금 환태가 서울이 부패해가고 있다고 했지만, 오히려 나는 그것을 부패라기보다도 서울이 너무나도 평화스러워졌기 때문이라고 생각해."

"그래, 너무나도 평화스럽다니까, 나는 그 너무나도 평화스러운 것에 때때로 화가 나서 견딜 수가 없단 말이야."

"그거야 안된 말이지, 서울이 평화스럽다는 것처럼 그렇게도 고마운 일이 어디 있는가? 좀 쑥스러운 이야기 같지만 내 팔 하나가 부자유스럽게 된 것도 지금의 서울이 평화스럽게 된 대가의 하나라고 생각하는 수밖에 없는 것이지, 그렇게 생각하면 오히려 그 부패면도 미소를 흘려가며 바라볼 수 있는 여유가 생긴다니까."

"물론 병직이의 그 기분을 나도 모를 리는 없는 거야, 더군다나 생산 면에서 일하고 있는 건전한 눈으로 볼 때에는 그렇게도 생각할 수 있겠지, 그러나 나는 문필생활을 하는 덕으로 너희들 보다는 좀 더 어지러운 역사의 움직임을 알고 있지, 물론 오늘의 서울에 벌어지고 있는 풍속도를 평화의 모습이라고 관대히 허용할 수도 있는 것이야, 그러나 내일은 어떻게 하냐 말이다. 어제 겪은 무서운 시련을 벌써 잊고 있는 오늘에 수만의 적이 닥쳐올지도 모를 내일을 어떻게 하냐 말이다?"

환태는 자신 있게 눈을 굴려 좌중을 둘러보았다. 그러자 병직이는 솔직히 자기의 순진성을 드러내며

"그런 의미라면 지금의 나의 말은 취소하지."

하고 술잔을 내어 환태에게 건네었다.

"그건 네 아름다운 감상이야. 그러나 병직이, 그런 감상이 무슨 쓸 데가 있냐 말이다. 네가 지금에 독신으로 고독하게 살고 있는 것도 그런 감상 때문이라고 생각해. 도대체 네가 독신으로 살겠다고 고집을 부리는 이유는 어디 있는가? 팔이 부자유스러운 때문인가, 그렇지도 않다면 이북에 두고 온 처자를 잊지 못해서인가?"

"그런 흥미 없는 이야기는 그만 두고 좀 더 흥미 있는 이야기로 화제를 돌립세."

하고 병직이는 어색한 듯이 얼굴을 쓸어가며 화제를 돌리려고 했다.

그러자 모두들 그 말을 듣고 나서며,

"아니야, 그것이 무엇보다도 제일 흥미 있는 말일세."

하고 병직이에게 화살을 던졌다.

그때에 지금까지 주인격으로 싱글싱글 웃고만 앉아 있던 성원이가 입을 열었다.

"실상 내가 오늘 우리 모임의 장소를 이집으로 택한 것은 '유경'이라는 우리들이 자라난 고향의 옛 이름이 그리워서 뿐만도 아니고, 좀 더 중요한 이유가 있는 것이지."

하고 의미있는 듯 슬쩍 병직이를 보고 나서

"병직이 뭐 우물쭈물 할 것 없지. 아직도 결정을 못 지었나?"

하고 병직이에게 불현듯 대들었다.

"무엇을 말이야?"

"무엇이긴 무어야, 마담 말이지."

"마담이……?"

"마담이 너만 좋으면 이 술집 같은 건 걷어 집어치워도 좋다니까."

그 소리에 좌중은 어리둥절해졌다. 그러자 성원이가 다시 설명을 하려 입을 열었다.

"사실은 내가 이집 마담이 너무 얌전하기에 병직이 중신을 나섰는데 병직이가 어디 고개를 끄덕해 줘야지."

그 소리에 좌석엔 갑자기 함성이 일어나고 손벽이 터졌다.

"이 사람아, 동무의 정성을 그렇게도 몰라줘서야 되겠나?"

"그래, 이 자리는 동창회가 아니고 병직이의 약혼자리가 되야 겠네."

이런 소리가 뒤섞여 야단치고 있을 때 미닫이가 가만히 열렸다. 거기에는 키가 늘씬한 중년부인이 부끄러움을 탄 얼굴을 외면한 채 서 있었다.

바 마담이 본 남성

스탠드 바 1
[뉴 스타 마담–김영희(金英姬)]

사내들 연극이 가관
여성독점의 타입도 여러 가지

'바'……

인젠 말만 들어도 진절머리가 납니다. 흔히 세상 사람들은 '바'라고 하면 '네온 사인'이 찬란스럽게 비치며, 유창스런 음악 곡조가 흐르며, 이곳을 찾아드는 온갖 사람들은 마음마저 편코, 호탕스런 군상(群像)들이라고 간주함은 거의 체념화 되었다고 봅니다.

내가 이제 말하고저 하는 점은 남이 어떻게 생각하며 어떻게 취급하든 간에 아랑곳하지 않으렵니다. 단지 '바'가 말하는 숱한 남성들의 이모저모를 말하여 볼까 합니다.

차라리 '바'를 가리켜 사회의 단면이라고 말한다면 저와 같은 여인은 타락한 여성들의 전형이라고 하여도 무방할 것입니다. 남달리 정상적인 인간생활에서 뒤떨어진 저의 생활양식에서는 이미 남성들을 정시(正視)할만한 사고력과 판단력을 가질 자격조차 상실한 듯합니다.

이따금 만취한 사내들의 술 행패를 받으면서도 다만 웃음과 아양으로서 슬쩍 넘겨 버려야 하는 나의 직업에 대하여 더없는 서글픔을 느끼곤 합니다. 구태여 남성들을 얘기하라니 주변 없는 말솜씨나마 취중남성들의 생태에 대하여 푸념이나 하여 볼까요.

허세파(虛勢派)

용모나 풍채를 보아 아래 위가 미끈합니다. 호주머니도 두둑합니다. 대략 이러한 조건을 겸비한 남성들에게는 으레 '서비스 걸'들이 달러 붙습니다. (대략 '티켓'제니까요) 이렇게 되면 상기한 사내들과 연극이 벌어집니다.

"선생님, 맥주 드려?"

"응, 더 가져와. 안주도(쯔끼다시)."

아직도 먹다 남은 술병에는 반 병 이상이 차 있지만 말 떨어지기가 바쁘다.

"애 맥주 올려 3번에……."

물론 아수한 눈치지만 조금도 주저하질 않고 고스란히 계산을 마친다.

이러한 이들은 십중 팔구가 '비즈니스'의 교제술이니까 천량 쓰고, 만량을 벌 구멍을 모색한다. 중심인물에게 '걸'들의 애교가 쏟아진다. 특이한 점은 그들의 기분에 안 맞는 '걸'이면 불평덩어리며, 기분에 맞는 '애'들이면 절대로 딴 곳으로 보내지 않는다. '바'에서도 이렇게 얄궂은 남성들의 여성 독점심리가 움직이는 것이다.

여흥파(餘興派)

이들은 선술집에 기분을 풀기 위하여, 취중 여흥을 위하여 오는, 말하자면 실속을 차리는 파들이다. 저와 같은 풋내기 마담으로서도 알 수 있을만치 막걸리 냄새가 풍긴다. 이들의 층은 대략 '샐러리맨'

들이 많다. 미리 호주머니와 토론하여 들어선다.

먼저 "맥주 한 병에 얼마죠?"

이렇게 값부터 따지고 본다. 그러나 차라리 이런 파의 술꾼들이 저희들에게는 훨씬 정이 가며, 친절감이 들게 됩니다. 술이 취하면 모두 어리광이라도 칠듯한 동심(童心)에 돌아가지만, 도대체 이들은 긴장한 그 대로이지 도무지 주정이든가 행패를 모르는 진실파들이라고 말하겠습니다.

정열파(情熱派)

젊은 청년층에 많습니다. 자기가 겪은 애련(哀憐)의 넋두리를 푸념하는가 하면 사뭇 정열을 토합니다.

"나는 말이요, 당신네들의 생활을 동정합니다. 오죽하면 이런 곳에……."

간통들이 꽤 큽니다. 통행금지 시간이 거의 다 되면 '택시'를 불러 고이 우리들을 집까지 모셔다 줍니다. 여기까지는 참으로 기특합니다. 그런데 이 순진한 정열파들에게 공연히 여자라는 이름의 자극을 주면은 한 차례, 두 차례 거듭할수록 친근하여 집니다. 그러다 마침내는

"○○씨, 저와 살림을 영원히……."

아주 딱 질색입니다(가만히 생각하면 사내로부터의 프로포즈니 영광도 느낍니다만). 절대로 영구하질 못합니다. 첫째 그들이 생활을 지탱해 나갈만한 경제력이 없으므로 자연 말없이 물러서게 됩니다. 내가 여러 번 보고 느꼈지만 예로부터 화류여성이라면 애정문제에 들어서면 참말로 순결합니다. 풋정이 진짜 정으로 옮기게 되면 육체적 다시 말하면 정욕에 얽매여 버린답니다. 이러다가 사내가 사라지면 애걸복걸 하소연을 늘어놓는 것입니다. 한두 차례 이런 시련을 겪음

에 따라서 우리들이란 자연 남성을 경멸하고 저주하게 됩니다. 이 심리의 작용은 반발적으로 오늘날의 만능이라고 흔히 일컫는 물욕으로 변하여 잠시나마 즐겁고 남들의 으뜸에서 날뛰려는 '허식자'를 환영하게 됩니다. 당장에 하루살이 같은 목숨을 호화스럽게 연장시키는 이들이기 때문일까요?

어깨파

가장 싫습니다. 꼭같은 입, 코, 눈, 손, 발 오장육부를 가지고서 무엇 때문에 남에게 미움을 받는지가 의심스럽습니다. 점잖게 들어와 앉습니다. 반드시 시간적(며칠 사이)인 순회입니다.

스탠드 바 2
[晩香 마담–김옥진(金玉鎭)]

사나이란 천태만상(千態萬象)
술이란 참 좋기도 하고

여성의 입장으로서 술을 마실 것을 절대로 권하는 것은 아닙니다만 때로는 술이란 참으로 좋은 것이라는 것을 절실히 느껴지는 때가 있습니다. 우선 그날 하루의 우울한 기분, 불쾌했던 감정을 몇 잔 술로서 시원히 잊어버리고 유쾌한 기분으로 집에 돌아갈 수 있다는 것은 오로지 술의 힘인 것입니다. 물론 술이 없어서는 못 견디는 정도로 중독이 되어서는 큰일입니다만 무슨 큰 원수나 되듯 이글거리던 사이도 술잔이 오고 가다 보면 마디마디 맺혔던 원한도 다 풀어지고 허심탄회한 기분으로 흉금을 털어놓을 수 있는 것이 역시 술의 힘이더군요. 그래서 술을 마시지 않는 사람은 융통성이 없고 빡빡하다는 말도 나오는 것이겠지요.

저희가 보는 남성들이란 모두가 조금도 꾸밈없는 발가숭이 그대로의 인간으로 돌아간 모습입니다. 직장에 나가면 사장이요, 과장이요, 집에 돌아가면 가장이고 엄격한 아버지일지라도 저희가 보는 남성의 모습이란 꼭 같은 사람들이랍니다. 그것을 생각하면 참 재미있고도 우습지요. 들어올 때는 점잖게 들어오지만 몇 잔만 술이 들어가면 그 점잖은 어디로 사라졌는지, 다 같이 유쾌하게 떠들고 노는 것입니다.

사람에 따라서 어떤 분은 조용히 앉아서 얌전하게 마시고 가고 또 어떤 분들은 마구 열변을 토해서 귀가 따가울 지경이며, 목놓아 우는 이도 때로는 있습니다. 이런 버릇은 술을 배울 때 길들이기 탓이라고 하더군요. 어떤 손님들은 아주 추근추근히 사람을 못 살게 굽니다. 그런 때는 술을 팔아주는 것도 다 귀찮고 그만 돌아가 주었으면 싶어요. 그러나 그 반면에 아주 점잖게 꾸밈없는 인간이 되어 한 인간으로서의 응답을, 교제를 요구하는 분이 계십니다. 이런 분들은 나중에 생각해도 인상이 뚜렷이 떠올라요.

대개 5,6잔씩 마시는데 혼자서 한병 정도 마시는 분도 계십니다. 평상시 유달리 얌전한 체 하시는 분들이 술에 취하면 몇갑절 더 엉망인 분들이 많답니다. 그러니까 저희들이 보는 남성들이란 재미있다는 것이지요.

이런 말을 들은 적이 있어요. 저희들이 참 사람이 나쁘다고요 죽어서 아마 천당에 못갈 거라는 거예요. 그 까닭은 들어올 때는 멀쩡한 사람을 또 점잖은 사람을 돌아갈 때는 꼭같이 형편없는 사람으로 만들어 놓는다는 거지요. 말 자체야 틀림없는 얘기지요. 그러나 훌훌이 털어버리고, 있는 그대로 자기 바닥을 드러낸 그 모습이 얼마나 좋습니까.

열이면 8,9명은 아마 집으로 돌아갈 때 유쾌한 기분으로 돌아갈 것입니다. 이것은 누구나 다 하는 얘기지만 아무리 곤드레만드레로 취하더라도 집에 못 돌아가고 주저앉는 사람은 없어요. 10시 반이 되면 으레 집으로 가야할 줄 알고 일어섭니다. 인간이란 아무리 정신을 잃어도 제 집만 바로 찾아가는가 봅니다.

요컨대 내가 여기서 내다보는 남성이란 다소간의 차이는 있을망정 대동소이한 인간들이더라는 것입니다. 거나하게 술이 취해오면 아무리 점잖을 빼던 사람이라도 그대로 그 자태를 버틸 수는 없는 것이거든요.

꼭 같은 인간으로 돌아가는 동시에 어린이들과 같은 마음으로 돌아가는가 봅니다. 옛말에도 술에 취하면 사촌 논 사주고 안 되는 일이 없다고 하듯이 무엇이든지 다 되고 자기가 잘났다는 것입니다. 아마 그렇게 마음이 커지는가 봅니다. 그리고 우겨대는데는 당할 수가 없어요. 번연히 틀리는 일이라도 그렇다고, 옳다고 해야지 그르다면 한사코 우겨대는 때는 철없는 어린이와 꼭 같다고 생각이 되어요. 그저 옳다고, 좋다고만 하면 좋아하지요. 그러고 보면 남성이란 참으로 단순해요. 또 취해서 하는 얘기는 대체로 취중진담이라고 거짓이 없어요. 다소 과장되는 일은 있어도 별로 거짓말은 하지 않는답니다.

그래서 평상시에 못하던 말도 술을 마시면 털어놓고 하며 용감하고 대담해지지요. 그러나 술이란 때로는 좋은 것이지만 지나치면 저희가 보기에도 걱정이 되어요. 술을 마시지 않고도 이와 같이 꾸밈없고 거짓없는 인간일 수 있었으면, 또 그와 같이 유쾌할 수 있었으면 하고 늘 생각합니다.

미로

퇴근시간이었다. 바로 버스가 정류소에 섰을 때 혼잡한 차 내에서 형식이는 멍하니 들창 밖을 보고 있다가 문득 회색 오버를 입은 뒷모양에서 정숙이를 보았다고 생각했다. 그는 불시에 가슴이 뛰는대로 막 떠나려는 버스에서 분주히 내렸다. 그러고는 뛰다시피 뒤따라가

"정숙씨 아닙니까?"

하고 불렀다. 그 소리에 얼굴을 돌린 정숙이는

"어머나, 정 선생?"

속소리로 놀래고 나서는 갑자기 눈물이 새어질 듯한 얼굴을 감추기나 하듯

"오래간만입니다."

하고 고개를 숙였다.

목소리가 떨리는 듯한 그 소리가 몹시도 가슴에 젖어들어 형식이도 눈시울이 뜨거워짐을 느껴가며

"서울엔 언제 올라왔습니까."

하고 그런 곳으로 자기 감정을 돌렸다.

"벌써 오래 됐어요. 일년도 더 되면서두."

정숙이는 말끝을 흐렸다. 다음 말을 계속하기를 망설이는 모양이었다.

그 말을 형식이가 받아

"그러면서두 한 번두 알리지 않는 법이 어디 있어요?"

"서울에 와 있다는 것을 정선생에게 알리기엔 너무나도 제 생활이 불행한 일만 있은 걸요."

"그렇다면 난 행복한 생활을 하고 있는 셈이 되는군요."

형식이는 조롱삼아 웃고 나서 찻집 문을 열었다. 레지에게 차를 청하고 나서

"그동안 집에 무슨 일이라도 있었습니까?"

다시 정색하여 물었다.

"제 주인이 지난 시월에 돌아갔답니다."

"네? 주인이……."

"심장마비루."

"젊은 분이 어떻게?"

"제가 불행을 짊어진 때문인지도 모르지요."

그 말에 형식이는 가슴에 무엇이 찔려지는 듯한 아픔이 느껴졌다. 그에게 그러한 불행을 오게 한 것은 자기인 것만 같이도 생각되었기 때문이었다. 정숙이와 자기가 결혼만 하였더라면 그에게 그러한 불행은 없었을 것이 아닌가. 그것을 생각하면 지금엔 자기의 경솔한 짓이라고 밖에 생각되지 않는 그것이 부끄럽다는 정도가 아니라 그의 앞에서 얼굴조차 들어지지 않는 일이었다.

부산으로 피난 내려가 있을 때 정숙이는 형식이가 근무하고 있는 회사의 타이피스트로 있었다. 그 회사가 지금도 형식이가 다니고 있는 외국인 상사 회사이다. 그때 아직 미혼이었던 형식이는 정숙이의 침착성 있는 기품과 부드러운 웃음을 대할 때마다 자기의 결혼 상대는 정숙이 밖에 없다고 생각했다. 그러는 사이에 동료들 사이에서도 점점 눈치를 채게 되어 조롱을 받게끔 되었다. 정숙이도 그런 조롱을 부끄러워는 하면서도 싫어하는 기색은 전혀 없었다. 이렇게도 그

들의 사랑이 바야흐로 익어가고 있는 무렵에 형식이는 정숙이가 전에 어느 외국인과 교제가 있었다는 것을 우연한 기회에 알게 되었다. 그러나 형식이는 처음엔 그것이 믿어지지 않았다. 일상생활에서 그렇게도 단정하고 순결한 그에게 그런 일이 있으리라고는 도저히 생각되지가 않았다. 그는 혼자서 번민하다 못해 정숙이를 어느 중국집으로 데리고 가서 그 사실을 밝혔다. 형식이의 물음에 정숙이는 대번에 얼굴이 새파랗게 질렸다. 그러면서도 자기의 그 사실을 감추려고는 하지 않았다.

"기회를 봐 그것을 정 선생에게 밝히려고 했지만 정 선생을 잃어버릴 것만 같은 것이 두려웠어요."

형식이는 정숙이의 눈물을 보자 그때까지 느껴보지 못하였던 애정이 느껴지면서도 그 반면에 세상에서 가장 추한 것을 보는 심정이었다.

그 후로 그는 가슴에 묻혀진 상처를 잊기나 하려는 듯이 술과 계집으로 방탕한 생활을 계속했다. 그러다가 그는 아이가 둘씩 있는, 전신이 기생인 지금의 아내와 같이 살게 된 것이었다.

형식이에게 배반을 당하게 되자 얼마 있지 않아 정숙이는 회사를 그만두었다. 회사 사람들로부터 동정이랄지 멸시랄지 분간할 수 없는 이상한 시선을 받는 것도 싫었지만 그보다도 형식이와 얼굴을 대하기가 견딜 수 없이 괴로웠다. 그리하여 자기의 운명이란 바람에 불리는 낙엽처럼 생각하고 이북에서 피난 나온 중학교 수학선생에게 자기의 몸을 의지해버리고 말았다.

그러한 남편을 잃어버린 정숙이의 이제부터 앞으로의 생활이 형식이로서는 남의 일같지가 않았다—그때 자기가 그의 허물을 용서해 줄 수 있는 관대한 마음이 있었더라면, 아니 좀 더 자기가 애정에 대하여 솔직하였더라면…… 그렇게 생각할수록 어떻게 해서든지

그를 도와주고 싶은 마음이다.

"그러면 앞으로 어떻게 하겠다는 생각은 있습니까?"

형식이는 담배를 꺼내 피우며 물었다.

"글쎄요, 제 생각은 다시 직장을 찾아볼 마음이지만 그것이 좀처럼 쉽지가 않군요."

정숙이는 마시려고 들었던 찻잔을 놓고서 말했다.

"그렇다면 저도 힘써 보겠습니다."

뜻하지 않은 자신 있는 말에 정숙이는 끌려들 듯 눈을 들었다. 그것에 형식이는 더욱 용기를 얻듯이

"팔을 걷구 나서볼 테니 안심해요. 되겠지요."

하고 웃음까지 웃어보였다. 그러고는 옛날 다정하던 그 시절을 머릿속에 그려보면서,

"어디 가서 저녁이나 먹을까요?"

하고 물었다. 벗어놓은 장갑을 만지고 있던 정숙이는 난처한 얼굴

로 잠시 무엇을 생각하는 듯이 있다가

"어서 가서 어린아이 젖두 주어야겠고……."

하고 낯을 붉혀 그런 궁색한 말로 사양했다. 그러나 그것보다도 실상 정숙이의 마음을 거리끼게 하는 것은 형식이네 가족들인 모양이었다. 그들을 위하여 형식이와의 이런 자리를 되도록 피하려고 노력하는 것이었다.

찻집을 나와 형식이는 차를 잡아 정숙이를 태워 주었다. 돈암동 방면이라면 자기와 같은 방향이면서도 어쩐지 그는 정숙이를 혼자 보내고 싶은 마음이었다.

정숙이와 헤어진 형식이는 그대로 집을 들어가고 싶은 마음이 없는 대로 술집을 몇곳 다녔다. 그러고서 좀 늦게 집으로 들어가자 아이들은 아직 깨어 있었다. 캐들거리는 소리가 담넘어 밖에까지 들렸다. 형식이가 현관에 들어서자 떠들어대던 소리가 뚝 끊어지고 아내인 일순이가 웃깃을 여미며 반기었다.

형식이가 돌아올 때면 언제나 이런 것이었다. 아이들은 아버지의 얼굴에 기가 죽어 갑자기 얌전해지고 만다. 남편의 아이가 아니라는 그런 점에서 아내가 꾸며대는 부자연스러운 장면이었다

어린 것들이 벌써부터 아버지의 눈치를 살피게 된다면 앞으로 어떻게 될 것인가? 좀 더 격이 없는 애정 속에서 아이들을 자라게 할 수도 있는 것이 아닌가 ? 그것을 생각할수록 모두가 거짓으로 꾸며지는 것만 같은 가정의 분위기가 형식이로서는 말할 수 없이 싫어지고 만다.

아랫목에 깔아놓은 이불 속에는 여섯살 영회와 네살 태연이가 가지런히 누워 있다.

"벌써들 자니?"

소리를 쳐도 대답이 없다. 태연이의 코를 흔들어 줘도 아버지를 반길 생각이 없이 이불을 둘러써버리고 만다.

"저녁상 들여올까요?"

아내는 그것만이 자기의 직분이라는 듯이 물었다.

"저녁은 먹고 왔어."

그러고 나서는 계속해서

"참, 집에 오는 길에 우연히도 정숙이를 만났어."

하고 아무 일도 아닌 듯이 태연스럽게 말했다.

"정숙이를요?"

순간 어지러운 빛이 아내의 얼굴에 그려졌다. 그러고는 아이의 이불을 고쳐주느라고 얼굴을 돌리고 나서

"그래서 그이와 같이 저녁을 했구만요."

하고 혼자말처럼 말했다.

그 말을 형식이는 예사롭게 받으며

"오래간만에 만난 걸."

하고 거짓말을 했다.

형식이와 정숙이의 관계는 이미 아내와 처음 알게 되던 그때부터 아내가 알고 있는 일이었다. 천성으로 흐리터분한 것을 가슴에 끼고 있지 못하는 형식이는 그 일까지도 아내에게 일일이 이야기하였던 것이다.

"몹시 기뻤겠구만요."

아내는 가슴에 느껴진 파동이 가라앉은 모양이었다.

"그렇지, 오래간만인걸."

형식이도 역시 무표정한 얼굴로 대답했다.

옷을 갈아입자 형식이는 베개를 베고 누워 석간을 읽기 시작했다. 그 틈을 타서 아내는 경대 앞에서 밤화장을 하기 시작했다. 이윽고

분냄새를 풍기며 봐 달라는 듯이 형식이 앞으로 다가와 앉았다.
"당신이 이렇게 예뻐질 때도 있었구만."
형식이는 신문에서 눈을 돌려 조롱만도 아닌 진정으로 놀려 줘 보았다. 오늘따라 아내의 화장이 진한 것이 눈에 띄었다. 그 진한 화장 속에서 아내의 감정이 너무나도 빤히 들여다보이는 것만 같았다.
"칭찬해 준 대신으로 내 좋은 것 드릴 게요."
아내는 부끄러운 듯이 웃음을 치며 찬장에서 비어(맥주)를 꺼내 놓았다.
"그건 웬거야?"
"당신 생각하구서."
형식이는 아내가 부어 주는 첫잔을 마시고 나서 멍하니 무엇을 생각하고 있었다. 그러자 지금까지 감춰보려던 질투심이 갑자기 되살아 오른 아내는
"정숙이를 지금 생각하고 있는 것이지요?"
하고 가만히, 그러면서도 춤이 마른 소리로 입을 열었다.
"불쌍하게두 그의 남편이 죽었다는구만."
눈을 감은 채 형식이는 말했다.
"그래요? 참 딱하게두 되었구만요."
진심으로 말할 수가 있었다. 그러면서도 뒤이어 남편의 기색을 살펴보려는 마음이 불시에 일어남은 어찌할 수 없는 일이었다.
"물론 아이도 있었겠지요."
그것은 여자로서 여자를 동정하는 말이면서도 남편을 위해서 하는 말이라고 생각했다.
"그러게 말이야. 당신도 그 사람 위해서 힘을 좀 써 줘요. 그러면 얼마나 기뻐할지."
그것을 말하면서 형식이는 눈시울이 뜨거워짐을 느끼고 당황해서

"그만 자지."
하고 일부러 피곤한 듯이 기지개를 켜 보았다.

요즈음에 충동적인 남편의 애정이 눈에 보이게끔 된 것은 무슨 일 때문인가 하고 아내인 일순이는 생각하게 된다. 아침 출근할 제 외투를 입혀주는 자기의 손을 잡아 안아보기도 하고 머리를 빗고 있는 등뒤로 와서 목을 얼싸안고 볼을 부벼주기도 한다. 전에 없던 일이었다. 정숙이를 만났다는 그날 밤부터 남편이 자기에 대한 애정이 분명히 달라진 것이었다. 그러고 보면 아이들을 위해서 과자를 들고 들어오던 일도 전에는 없던 일이다.

일순이는 문득 자기와 정숙이를 바꿔놓고 생각해 본다. 이 변화로 말미암아 자기는 지금까지 느껴보지 못한 남편의 애무를 받게 되는 것이 아닌가. 그렇게 생각해보면 그 변화에 형용할 수 없는 서글픔이 느껴진다.

그러나 그것이 남편의 일시적인 연극이라 해도 일순이는 모르는 척하고 그가 하는 대로 맡겨버리는 것이 행복하다고 생각한다. 그렇게까지도 남편의 애정에 목말랐던 자기라고 생각하며 지금은 그저 그러한 애정이나마 받을 수 있다는 것이 고맙다고 생각하게 되는 것이었다.

그렇게도 좋아라고 달라진 아내를 보게 되자 형식이는 무엇에 붙잡힌 듯 아내가 몹시 민망스러워졌다. 그러면서 그는 지금까지 아내에 대한 애정을 자연 반성하게 되며 지금까지의 꾸며진 것만 같은 자기들의 애정도 자기의 책임이라고 느껴졌다. 그러면서 애정의 진실을 찾으려고 노력하는 것이지만 그 노력을 하면 할수록 애정과 멀어지는 것만 같은 것은 또한 어찌할 수 없는 일이었다.

그러면서도 그는 일요일이면 가족들을 데리고 창경원이나 극장을 갔다. 무엇보다도 그것이 아내에 대한 애정을 단적으로 표시하는 것이라고 생각했기 때문이다.

새해가 들어서서부터 갑자기 일이 분주해져 오랫동안 가족들을 데리고 나가지 못해 마음을 태우고 있던 그는 이월달에 들어서 처음으로 날씨가 좋은 일요일 이른 아침부터 아이들을 깨워

"자, 오늘은 인천으로 바다 구경 가자."

하고 마음을 달뜨게 했다.

"좋아라, 아버지가 바다구경 시켜준다는 데 빨리들 일어나요!"

아내는 부산을 피워 아이들의 양복을 다리고 머리를 빗어 주었다.

준비가 끝난 아이들은 좋아라고 방안을 뛰어다녔다. 아버지의 헌 양복을 뜯어 해준 태연이의 양복이 결코 칭찬 받을 솜씨가 못되었다.

"딱 짱꼴라 같구나."

하고 형식이가 놀려대어 웃자 아내는

"나두 남처럼 돈들어 해 입힐 줄 모르는 것 아니에요."

하고 시무룩해져서는

"자기도 오바 한 벌 못해 입는 주제에."

남편을 나무라듯이 자기 변명을 했다. 그러고는 마루문들을 잠그고 나서 옷을 갈아입고 있을 때 벌써 뜰에 나가서 기다리고 있던 태연이가

"어머니, 편지야."

하고 편지를 갖고 왔다. 그것을 잘 보지도 않고

"아버지에게 가져다 줘요."

하고 말하고서는 경대 앞에서 옷맵시만 열심히 둘러보고 있었다.

"정숙에게서 속달이 왔어."

봉투를 뜯으면서 형식이가 소리쳤다. 순간 거울만 들여다보고 있

던 일순이는 갑자기 굳어진 얼굴이 되었다.

"정숙에게서요?"

혼잣말처럼 외이었다.

마루에서 읽고 있던 형식이는

"취직 일루 오늘 한시에 꼭 만나면 좋겠다구."

편지를 경대 앞에 놓아주었다.

"그러면 만나야겠구만요."

일순이는 태연스럽게 말하면서도 그것이 자기 말처럼 믿어지지 않았다.

"그러면 오늘 인천은 그만 두고, 있다가 아이들 데리고 구경이나 가지."

형식이는 외투를 입은대로 서 있다가 마루에 걸터앉아서 구두를 신기 시작했다. 아이들이 실망한 얼굴로 어머니 옆으로 달려와

"아버지 인천 간다는 것 거짓말이야?"

하고 물었다.

"응, 다음 일요일 데리고 가신다. 오늘 갑자기 급한 일이 생겨서."

하고 말하면서 가슴에 무엇이라 말할 수 없는 쓸쓸한 것이 안겨지며 전신에 맥이 풀어짐을 느꼈다.

아름다운 비밀

외출할 차비를 하고 있던 선희는 또 주춤하니 손을 멈추며
"당신도 같이 가시면 좋을 텐데…… 모처럼의 일요일을 당신더러 집보라구 해서, 나두 오늘은 그만 둘까."
하고 덕환이를 건너다 보았다.
"글쎄 내 걱정은 말고 어서 갔다 와. 유모 어머님 찾아 보겠다면서 내가 따라가서 뭘 해?"
"그렇긴 하지만 그럼 되도록 빨리 돌아올게요. 저녁 전까지는 꼭 오도록 하겠어요."
그래도 선희는 빈집에 뎅그러니 혼자 있을 남편의 일이 마음에 걸리는지 아까 한 말을 또 되풀이하는 것이었다.
"여자란 왜 저렇게도 잔 걱정이 많을까. 나야 저녁때가 되면 나가서 설렁탕 한 그릇 사먹구 와두 되는 거구."
"정말 제가 혹시 늦거든 그렇게 하세요."
"저런 저런, 그러구 보니 지금까지의 저녁 걱정두 당신이 지금 주워 바르고 있는 그 화장같이 겉치레였구려."
"어마 당신두, 그런 법이 어디 있어요."
"그대로도 예쁜데 그만 주워 바르구 어서 갔다 오란 말이요."
"네, 네. 참 냉장고에 맥주 세병 채워 둔 거 있어요."
"그래 그거 해롭지 않구만."
"그렇다구 다 마실 생각 하지 말구요. 또 탈나지 않게."

"배탈만 나지 않게 먹으면 되지 않아."

"글쎄 그런 말 말고 한 병만 잡수세요. 그럼 갔다 오겠어요."

그러면서도 선희는 혼자서의 외출이 과히 마음에 내키지 않는 모양으로 또 한참을 우물쭈물 하고서야 집을 나섰다.

덕환이는 그러한 아내에게 새삼스러운 애정을 느끼면서 골목길로 사라지는 아내의 뒷모습을 마루에 서서 바라보고 있었다. 그러자 남편이 뒤에서 자기를 지켜보고 섰는 것을 느낀 선희가 뒤돌아서며 빨간 파라솔을 한번 높이 들어 보였다.

'꼭 어린애 같군'

덕환이는 빙그레 웃음을 띄우며 그러나 이어 그 웃음은 우울한 어떤 생각으로 흐려지고 말았다.

'난데없이 생겨진 이 괴로움, 저렇게도 그늘 없는 아내에게 비밀을 가져야 한다는 것은 얼마나 견딜 수 없는 일인가'

실은 명숙이 일로 오늘 성배가 찾아오기로 되어 있었다. 이 근처에 볼일도 있고 해서 그 길에 들리겠다는 전화였다.

"그렇다면 우리 집 사람은 외출이나 시켜 놔야겠군."

어제 전화에서는 그렇게 웃으며 대답한 덕환이었지만 사실은 선희가 오늘 외출을 해 주지 않았다면 명숙이 일로 성배가 오느니만큼 딱한 일이 없는 것도 뻔한 사실이었다. 그럴수록 덕환이로서는 아무것도 모르는 선희에게 미안하지 않을 수 없었다.

그러니까 바로 삼년 전 덕환이는 명숙이라는 여성과 알게 되었다. 당시 명숙이는 결혼한지 얼마 안 되는 남편을 우연한 사고로 잃고 아직도 여학생 티가 가시지 않은 나이로 서울에 혼자 와서 양재 기술을 배우고 있었다. 이들은 어느덧 억제할 수 없는 애정으로 깊이 맺어지고 말았던 것이다.

현재의 행복한 선희와의 결혼으로 덕환이는 그 지난 날의 명숙이와의 기억도 멀리 사라진 듯 싶었으나 그러면서도 명숙이와의 그 반년 가까운 동서생활(同棲生活)의 추억은 애달프면서도 그윽한 여운 같은 것을 가슴에 안겨 주어 마음 아플 때가 한두 번이 아니었다.

"덕환이, 덕환이 있나?"

밖에서 성급히 불러대는 성배 목소리에 덕환이는 문득 잠에서 깬 기분이었다. 그러고 보니 그는 아직도 선회가 집을 나가던 때 그대로 마루 끝에 멍하게 서 있는 것만 같았다.

"아 성배가? 그러지 않아도 자네가 오지 않나 하고 이러구 있는 중이야."

"이제 오던 길에 자네 부인 만났지. 요즘에 더 예뻐졌던데. 어떻게 동부인 행차가 아니구!"

"이 사람, 실없는 소리말구 어서 올라오게."

"하긴 그런 좋은 부인을 걱정시킬 수 있어? 나두 자네 부인을 만나니 괜히 죄진 것같이 가슴이 덜컥하더군."

성배가 아내를 만났다는 한마디에도 덕환이는 또 가슴이 찔렸다. 정말이지 이제 와서 이렇게도 난데없이 명숙이가 나타날 줄은 몰랐던 것이다.

"그래 그후 또 명숙일 만났나?"

덕환이 말은 그의 침울한 심정대로 나즈막이 새어 나왔다.

그러나 성배는

"기운을 내게 이 사람. 그것도 다 여복을 타구 나서 그런 건데."

하고는 그 실박한 어깨를 들먹대며 껄껄 웃어댔다.

"자네까지 그런 말은 재발 말아주게. 나도 명숙이하고 장난으로 그런 건 아니야. 명숙이가 미망인이라구 집의 어른들이 야단치는 바람에 명숙이가 갑자기 자취를 감추었기 때문에 결국……그런 사실이야. 명숙이가 너무 마음이 예뻤기 때문에……."

그러자 성배도 진지한 얼굴이 되면서 덕환의 말을 받는 것이었다.

"과거의 일이란 누구나가 자기를 변명하고 싶어하는 거야. 그래두 자네가 진정이 있다는 건 그건 나두 잘 알구 있어. 그렇기에 저편에서두 자넬 잊지 못하구 삼년이나 지난 지금 다시 찾고 있는 것 아닌가."

"난 이렇게 생각하네. 명숙이와 내가 헤어진 것두 하나의 운명이라구!"

"그렇지, 운명이지. 자네가 여자 복을 탄 운명이란 말이야."

"제발 그런 농담은 말게. 이제 그 명숙이가 나타나면 우리 가정은 어쩌는 수 없이 파탄될 게 아닌가? 그렇게 되면 지금의 아내에게 또 죄를 짓게 되는 것 아니야. 그 때문에 난 요새 잠두 잘 못자."

"나두 자네 그 심정을 잘 알기에 처음 명숙이가 자넬 좀 만나게 해달라구 찾아 왔을 때 지금 지방에 연구 조사를 하러 갔다구 딴 소리 한 것 아니야."

"정말 고마워, 그런데 그 후로 어떻게 됐어?"

"또 찾아 왔었지. 그래서 자네는 아직 안 올라왔는데, 자네에게 할 이야기가 도대체 뭐냐, 그 사람은 결혼해서 얼마 안 되니 지금 만난대야 피차 난처한 일 밖에 있을 것이 없지 않느냐구 그렇게 이야기했지. 그랬더니 명숙씬 더는 한 마디도 않는 거야. 내가 좀 지나쳤나 싶어 지금 명숙씬 어떻게나 지내느냐고 친절히 물어 되도록 힘이 되어주겠다고 해도 여전히 입을 봉한 채 아무 말이 없잖아."

그러자 덕환이는 명숙이의 강인한 성격에 쩌릿하고 부딪친 것 같았다—그렇다. 명숙이는 그런 여자였다. 그때 자기가 주위의 사정을 용감히 물리치고 강렬한 애정으로 명숙을 맞아들일 것을 그녀가 요구했대도 그것은 조금도 무리한 요구는 아니었다.

"명숙인 그럴 여자야, 말없는 괴로움도 혼자 견디고 참는."

"지금도 그렇게 잘 이해하고 있는 걸 보니 두 사람이 다시 만난다면 위험하겠는데."

"사실 나두 그런 생각이 들어. 그래서 자네에게 모든 것을 부탁하는 것 아닌가?"

"재미는 혼자 보고서 싫은 건 내게 떠 맡기구."

"자네에게 그런 말을 들어두 할 수 없지. 그것이 사실인걸. 더욱이 명숙이에겐 안 된 일이지. 그러나 내가 지금 할 수 있는 물질적 원조만은 해줄 생각이니 그건 자네가 좀 잘 힘써 주게."

"그런 일쯤 내가 사양하겠나만 그러나 지금은 그런 일두 못하게 되었어. 다시는 명숙씨가 나타나지 않으니 말이야. 자네가 결혼했다는 말에 타격이 너무나 컸던 모양이지. 그래서 어제는 명숙 씨가 들어 있다는 여관에두 찾아가 봤는데 거기서두 나갔다지 않아."

성배의 마지막 이 한마디는 덕환이를 더욱 당황하게 했다.

"그렇다면 어떻게 된 셈이야? 난데없이 말없이 나타났다가 또 없어지니. 그래서 양심에 더욱 걸린다는 말이지?"

"사실 아무 요구도 없이 사라진다는 일은 어떠한 요구보다도 더 무서운 항의일는지도 몰라."
"정말이지 견딜 수 없이 괴로운 일이야."
덕환이는 정말로 못 견디겠다는 듯이 자기 머리를 감싸 안았다.
"그래서 자네가 전해 주라던 십만환 수표도 전할 길이 없어 그대로 가져 왔네. 이것으로 내 책임은 끝난 것으로 함세나."
덕환이는 성배하고 언제까지나 그런 침울한 이야기만 늘어놓을 수 없어 그들은 선희가 냉장고에 채워 놓았다던 맥주를 꺼내 마시고는 그날은 그대로 헤어졌다.

이러한 덕환의 괴로움을 알 바 없는 선희는 유모 어머니를 찾아가는 길에서도 그저
'지금쯤 남편은 혼자서 심심한대로 내 생각이나 하고 있을지도 몰라'
하고는 부지중에 행복한 미소를 흘리곤 하는 것이었다. 그러면서 남편이 이렇게도 자기를 사로잡고 있는 것에 놀라는 마음이기도 했다. 선희는 이제부터 유모 어머니와 주고 받을 여러 가지 화제를 그려 보면서 유모 어머니 집에 들어섰다.
"저, 유모어머니 계세요?"
그러나 대청마루에서 비쭉히 대문 쪽으로 내다 보고 있는 사람은 유모 어머니가 아닌 명숙이었다.
"아이구! 이게 웬일이야?"
그들은 서로 시선을 마주쳤을 순간에 이미 한 덩어리로 얼려서는 어쩔 줄을 몰라했다.
"이게 몇해만이야! 어쩜 이렇게 만나니?"
"그러게 널 여기서 만나다니, 그럼 넌 우리 유모 어머니 친척이었어?"

"아니야, 난 며칠 전에 이집 방을 얻어 들었어."

"아니 어쩜!"

선희와 명숙이는 여학교 때 동창이었다. 그리고 또 테니스 선수로 단짝이기도 했다. 졸업 후에 서로 소식을 모르고 지냈었는데, 그때 방안에서 어린아이의 울음소리가 들려왔다.

"올라가자, 선희야."

그제야 마당 복판에서 얼싸안고 법석을 떨던 두 사람은 서로 멋쩍은 웃음을 띄우며 명숙이가 들어 있다는 건넌방으로 들어갔다. 유모 어머니는 오늘따라 명숙에게 집을 맡기고 동네부인들과 같이 한강에 뱃놀이를 나갔다는 것이다.

방에는 선잠을 깬듯한 어린 것이 울고 있었다.

"너 어느새 결혼해서 애길 다 낳구……."

그러자 명숙이는 선희의 시선을 피하는 듯 하면서

"선희 넌 그래 언제 결혼했니?"

하고 물었다.

"뭐 몇 달 안 돼."

"그럼 신혼 맛이 아주 꿀같겠구나."

"너두 다 겪은 일인걸 뭐."

"그러는 걸 보니 참 행복한 모양이구나."

"그럼 뭐 결혼하구 처음에야 누구나가 다 그렇지. 그래 넌 행복하지 않아, 이런 예쁜 애를 다 낳니?"

"거야 내 얼굴을 보면 알잖니, 내가 행복한가."

"어마! 그럼 어떻게 됐다는 거야?"

"난 결혼에 실패했어."

"뭐? 너같이 얌전한 애가 어떻게?"

"오래간만에 만나서 네게 이런 이야기를 꺼내서 미안하다."

명숙이는 어린 것의 손을 더듬으면서 쓸쓸히 웃었다.
"어떤 분하고 결혼했었는데?"
"제약회사에 있던 분이었어. 실험실에서 뜻하지 않은 화상을 입구 서!"
"저런! 그래서 그만 이 애기만 물려받게 됐구나."
그러나 선희의 이 말에 명숙이는 또 한번 쓸쓸히 웃으면서 도리질을 했다.
"그럼?"
"참 기구한 운명이지. 난 그 사람을 잃구 서울에 와서 양재기술을 배우고 있을 때 고등학교 선생이던 어떤 남자를 사랑하게 되었어. 그러나 그 사람은 아직 미혼이구……."
"그런 거야 뭐 서로 사랑하면 문제되니?"
"그래두 우리네 가정에서야 그게 통하니? 그분이 나를 사랑한다는 것을 알면서두 결국 내가 희생을 당하고 말았지."
"어마 넌 그렇게도 마음이 너무나 예뻐서 탈이야. 그래 어느 고등학교에 나가던 분인데?"
"대성 고등학교."
"우리 주인두 그 학교에 있은 일이 있단다. 이름을 대면 서로 알지두 몰라. 우리 주인은 황덕환이라구. 지금은 경제연구소에 나가구 있지만."
그 순간 명숙이 얼굴빛이 싹 변했다. 그러나 행복한 아내일 따름인 선희는 명숙이의 이 순간적인 변화를 미처 눈치 채지 못했던 것이다.
"정말 그분 이름이 뭔데? 우리 주인한테두 물어볼게."
그러자 이어 마음의 동요를 가라앉히고 난 명숙이가
"그까짓 거 알아보면 뭐해? 실은 이번에 그 사람을 만나러 난 일부러 시굴서 올라 왔단다. 그래서 그이 친구를 내세워 어떻게 만날려구 했더니……."

여기에서 명숙이는 하던 말을 잠간 끊었다. 행여나 선희가 황덕환—그러니까 삼년 전에 어떤 여자하고 동서한 과거가 있는 남편—의 지난 날을 알고 있나 살피고자…….

그러나 선희는 아주 무심히 명숙이의 다음 말을 재촉하는 것이었다.

"그래서?"

"그 사람이 날 만나기가 싫어서 피하는구나."

"그런 법이 어딨어? 애까지 있는데 그 사람두 그건 알구 있겠지?"

"아이 그만두자. 그런 이야기 오래간만에 만나서 이런 이야기가 뭐야. 그전 여학생 때 너와 테니스 선수로 단짝이 되어 날리던 때가 그립다. 그때 이야기나 해요."

"참 우린 늘 쌍둥이같이 사이두 좋았는데, 그런데 넌 어떻게?"

"그러게 말이야."

명숙이가 서울에 올라 올 때는 물론 여러 가지 생각이 가슴을 오가고 있었다. 한때는 아이 있는 것까지 감추고 오로지 덕환이의 행복만 위해 자취를 감추고만 싶었던 명숙이었지만 이렇게 예쁘게 크는 어린 것을 보고는 그 아이를 위해서도 덕환이에게 어린 것을 한번 보여 주고 싶었다. 그래서 덕환이가 아직도 독신인 채 있다면, 하는 만일의 꿈을 꾸지 않은 것도 아닌 명숙이었다. 그러나 성배의 입을 통해 그가 결혼한 것을 안 순간 이제 와서는 모든 것을 깨끗이 단념하는 것이 옳다고 느낀 명숙이었다. 어설피 아이가 있다는 것을 덕환이에게 알려줌으로써 그로 하여금 더 복잡한 번민에 빠지게 하고 싶지는 않았다. 그래서 성배에게도 아이에 관해서는 한마디도 안하고 다시는 찾아 가지도 않았었는데……

하필이면 선희가 덕환이의 아내인 줄이야. 명숙이 가슴 속에는 다시금 어지러운 생각이 고개를 들기 시작했다. 그러면서 아무 그늘 없이 남편인 덕환이를 믿고 의지하고 있는 친구 선희의 해맑은 얼굴을 멍하게 바라보는 것이었다.

아무 것도 모르는 선희는 집에 돌아와 덕환에게 명숙이 이야기를 장황하게 늘어놓을 수 밖에 없었다.

"유모 어머닌 오늘따라 한강에 놀이 가고요. 그 집에 방을 얻어 들었다는 여학교 때 친굴 만나지 않았겠어요."

"그랬다면 뭐 이야기가 대단히 장황했겠구먼. 그래 얼마나 웃고 왔어?"

"그렇게 반가운 동무면서두 웃을 수가 없었어요. 미망인이 된 신세에 또 실연까지 하구 아이까지 맡아갖고 있는 걸요."

"그런 비극이야 세상에 얼마나 많다구. 그런 결관 대체루 경솔한 출발에서 오는 일이 많어. 그러니 그렇게 되는 여자란 또 그만큼 경박한 때문이지."

그러지 않아도 요즘 명숙이 일로 우울한 나날을 보내고 있던 덕환이로서는 반갑지 못한 그런 화제를 아내에게 주게 된 그 친군가 하는 여자가 얄밉기조차 한것이었다.

"내 동무 갠 결코 그런 여자가 아니에요. 얼굴두 예쁘거니와 성격두 너무 얌전해서 탈일 지경이지요. 남편이 죽은 후에 알게 된 남자하구는 서루 참 사랑했었나봐요. 얼마동안은 동서생활을 했는데 남자집에서 반대했다잖아요. 그앤 애정만을 믿구 살았다는 게 잘못이었다는 거지요. 남자란 주위 사정을 애정보다 더 중한 것이라구 생각하는 모양이지요?"

덕환이는 아내의 말을 듣는 중에 점점 마음의 동요를 억제할 길이 없었으나 그러면서도 그 마음의 동요를 아내가 눈치챌까봐 어색한 말대꾸나마 하지 않을 수 없었다.

"이상한 애정철학을 또 배워가지구 왔구만."

"게다가 그 남자가 당신이 있던 대성 고등학교에 있었다지 않아요."

덕환이는 다시금 등골에 찬물을 싹 끼얹힌 기분이었다.

"그래서 그분 이름을 물었더니 갠 그것두 그 사람의 체면을 위해서 감추는군요. 그런데도 그 남자는 명숙이가 일부러 만나려구 시골서 왔는데두 만나지 않고 피하기만 한다는 걸요."

"명숙이."

드디어 덕환이는 신음하듯 중얼거렸다. 그러나 명숙이에겐 아이가 있을 리 없다. 아니 그게 진정 삼년 전 그 명숙이라면 모든 사실을 아내에게 폭로할 것에 틀림없다. 이런 교묘한 복수가 또 어디 있을까? 덕환이는 운명의 실마리라든가 하늘의 섭리라든가 하는 것에 사람의 힘이 미치지 못하는 어떤 무서운 힘을 느끼게 했다.

"참 그렇게도 무책임한 남자가 어딨겠어요? 어찌나 안 되었던지 아는 양재점에 일자리나 좀 말해 줄까 해요. 갠 양재기술이 있다는군요."

"그런 불행한 과거를 가진 사람하군 되도록 가깝게 지나지 말아요. 공연한 당신까지 따라 기분이나 흐려질 일이지."

무심히 지껄이는 아내의 채찍질 같은 말에 덕환이는 내뱉듯 말했다.

"그런가요? 전 오히려 반대루 그런 불행을 알수록 우리의 행복이 얼마나 귀중하다는 것을 알 것 같은데요."

"그래 당신은 어떻게 하겠다는 거요?"

"동무 좋다는 게 다 이런 때 힘이 된다는 거겠지요."

자연 덕환의 어조가 무뚝뚝해졌음에도 선회는 여전히 생글거리며 이런 말을 하고 있었다.

그날부터 선희의 화제는 온통 명숙이 일뿐이었다. 그 후로도 명숙이를 몇차례나 만난 모양이다. 오늘도 또 명숙에게는 황덕환 씨 방, 임선희 앞이라 쓰인 두터운 편지가 배달되었다. 명숙인 그 겉봉을 어떤 마음으로 썼을 것인가?

겉으로 선희는 아무 것도 모르는 체 하지만 벌써부터 모든 것을 눈치채고 있으리라 생각하면 덕환이는 견딜 수가 없었다. 또 선희가 자기 아내인 것을 알면서도 선희를 가까이 하는 명숙의 심중도 덕환에게는 무서운 수수께끼이다.

"명숙일 양재점에 소개했더니, 지금은 자리가 없다지 않아요. 아마 아이가 있다구 꺼리는 모양이지요."

선희는 이런 보고를 하는가 하면,

"골목에다 조그만 가게나 얻구 미싱을 두면 명숙이 생활은 그럭저럭 되겠다는군요."

이런 말도 또 했다. 그러면서 선희 신변에서 손목시계며 가락지며, 그런 장식물들이 없어지는 것을 덕환이는 알 수 있었다. 그것은 덕환이로서는 견딜 수 없는 일이었다. 마음이 고운 선희가 덕환이를 대신해서 자발적으로 명숙에게 물질적 원조를 하고 있는 것인지, 그렇지도 않다면 명숙이가 마음 약한 선희를 은근한 수단으로 골려주고 있는 것인지, 보다 못해 덕환이는 오늘도 외출할 준비를 하고 있는 선희에게 말을 걸었다.

"또 어디 나가?"

"곧 다녀올게요."

"또 뭐 명숙이란 그 여자 때문이야?"

"아니, 잠깐 다녀온다니까요."

"친굴 돕는 일두 좋지만…… 당신 요즘 시계 안 차구 다녀?"
"시계가 서서 고치러 갖다 줬어요."
"당신 가락진 종시 안 나오구 말았지?"
그러자 아내는 당황한 얼굴이 되면서
"그러게 말이에요, 내 빨리 다녀올게요."
하고는 남편의 말을 피하듯 총총히 나가 버리구 말았다.
이제는 더 손을 벌리고 앉아 있을 수만도 없었다. 마침내 덕환이는 명숙이를 만나 보자고 마음먹게 되었다.

"참 오래간만입니다. 제 집사람 이름으로 명숙씨를 이런 곳으로 나오라고 해서 미안합니다."
다방에 먼저 와서 기다리고 있던 명숙이는 진정 뜻밖의 사람을 만났다는 듯이 의아한 얼굴로 덕환이를 쳐다보았다. 그러면서
"그럼 그 편지는 황 선생이?"
하고 물었다.
"네 그렇습니다. 아무래도 명숙씨를 한번 만나 봐야 할것 같아서……"
그러나 덕환이의 그 말에도 그 표정에도 옛날의 부드러움이나 애정같은 것이 조금도 남아 있지 않은 것을 본 명숙이는 웃음이 가신 그저 조용하기만 한 얼굴로 머리를 숙여 인사를 했다.
"괴로웠던 건 저 역시 마찬가지였습니다. 왜 그때 아이가 있었다는 것을 제게 알려주지 않았어요? 그것을 알았다면 지금 우린 이런 운명이 되지 않았을는지 모르지요."
"이제 와서 그런 소릴 한들 무슨 소용이겠어요."
"하긴 그렇지요. 그래두 전 명숙씨가 올라 왔다는 이야길 성배에게 듣구 어떻게 힘이 될라구 했는데 연락할 길두 없구."

"선생님이 결혼하셨다는 말을 듣고선 모든 것을 전 잊어버릴 생각이었어요."

"그건 또 명숙이가 날 오해한 모양인데, 사실 난 명숙이를 일부러 피하려던 것은 아니었어. 하여튼 그 때문에 명숙인 몹시 기분이 상했으리라는 건 나두 알 수 있지. 그렇다고 아무 관계두 없는 선희 너무 괴롭히지 말아요."

그러자 명숙이는

"네? 제가 선희를 괴롭혔어요?"

하고 날카롭게 반문했다.

"선희는 요즘 명숙이하구 접근하면서 나에게 숨기는 일이 많아졌어."

"그게 무슨 말씀이에요? 전 옛 친구로서 대했을 뿐인데."

"선희가 내 대신 명숙에게 성의를 보이기 위해서 자기가 아끼는 패물까지 팔아 명숙에게 바치고 있다는 것을 나는 알고 있소. 명숙인 내게 무슨 요구고 정정당당히 이야기 못하고 그런 비열한 행동으로 우리 가정을 파탄시키려는 거요. 난 그만한 말은 들을 수 있는 사람이고 아이두 내가 맡으라면 맡을 사람이요."

옛날에는 그렇게도 자기에게 부드러웠던 남자가 지금은 그 아내를 위해 자기에게 비열하다고 비난하는 것을 듣는 명숙이는 쓰린 가슴을 지그시 누르면서 조용히 입을 열었다.

"그건 황 선생의 오해에요. 그리고 자기 아내인 선희가 아직 어떤 사람인지도 모르고 하는 말이에요. 저도 선생의 부인이 옛날의 내 친구인 선희였다는 것을 알고 난 그 순간에는 막 속에서 불이 일어나는 것 같아서 당신들 행복을 방해하고 싶은 생각도 일어났어요. 그러나 선희의 내게 대한 태도가……."

명숙의 눈에 비로소 눈물이 번쩍였다.

"정말 너무나도 고마웠어요. 저두 처음엔 선희의 그런 태도가 혹시 우리의 일을 알구 그러는 연극이 아닌가 하고 불안스러운 생각도 들었습니다만, 결코 불순한 동기가 아닌 것을 알 수 있었지요. 그러기에 나중에는 그런 선희를 의심했다는 것조차 부끄러워졌어요."

"그럼 역시 선희는 아무 것도 모르고?"

"그래요. 그런 친구를 제가 어떻게 마음 아프게 할 수 있겠어요? 다행히도 전 이번에 재혼을 하게 되었어요. 그 이야긴 시골서부터 있었던 이야긴데, 아주 이번에 결심을 하고 말았지요. 그러니 이젠 선희가 저를 생각해서 양장점을 차려준다면 그 돈두 필요없게 됐지요. 선희에게 도루 돌려보내겠어요."

"아니 뭐 그렇게…… 앞으로 명숙에게도 돈이 필요할 텐데."

"결혼하려는 분이 지물상을 하는 분이니 뭐 어떻게 되겠지요. 그보다도 선희를 힘껏 아껴주세요. 전 그 밖에 더 바랄 게 없어요."

덕환이는 그만 할 말을 잃고 말았다. 그저

"어린 아이에 대한 책임은 나두 잊지 않겠소."

하고 간신히 한마디 했을 뿐이다.

순정의 청산

추억이 서린 길, 수많은 날의 이야기를 간직한 감나무 밑에서 그들은 행복하였으나…… 그의 소식은 비오는 날의 안개 속처럼 묘연해지고 말았다. 그러나 언젠가는 돌아올 것이라 믿는 까닭에……

오늘도 지루한 장맛비는 그칠 줄 모르고 하루 종일 내렸다.

은주는 '타이프 키'에 손을 얹은 채 멍하니 창밖을 보고 있었다.

비안개에 싸인 맞은편 '빌딩'들은 희미한 그림처럼 망막에 어른거린다. 그러면서도 들창에 구슬 같은 물방울이 줄줄 흘러내리는 것도 분명히 보인다.

그때 감색 양복에 '넥타이'까지 단정하게 맨 명수가 언제나 마찬가지인 신사 걸음으로 일어서 나가다가 은주를 슬쩍 돌아다보았다. 은주는 여전히 창밖에 눈을 두고 있었지만 명수가 방안을 나간 것도 또한 자기를 돌아다 본 것도 모두 알고 있었다. 은주는 그가 나가자

"왜 이렇게 오늘은 기운이 없는지 모르겠어."

하고 옆에서 열심히 '타이프'를 치고 있는 성희에게 웃었다. 정말 오늘은 아침부터 '타이프'에 '미스'만 생기는 것이 왜 이렇게도 울적한지 알 수 없는 일이었다.

"무엇인가 열심히 생각해야 할 문제라두 생긴 모양이구나."

하고 성희가 조롱댔다.

"글쎄, 그런 일이라두 있어서 그렇다면 좋지 않겠니. 날이 이러니까 필시 그런 모양이야."

하고 은주는 일어서서 창 옆으로 갔다. 그러고서는 가슴 속에 무엇인가 뿌옇게 서려 있는 것을 느끼며 안개에 흐려진 창을 손으로 닦았다.

길 건너편 가로수 옆에 우산 두 개가 서 있는 것이 보였다. 가지가지의 우산과 자동차들이 물결치는 그 속에 두 개의 우산은 무슨 이야기가 긴 모양으로 움직일 줄을 몰랐다. 검은 우산과 파란 우산, 검은 우산 밑에는 '에지프트'의 무늬가 그려진 '아로하'의 어깨가, 파란 우산 밑에는 빨간 '레인코트'가 눈에 띄었다.

높은 곳에서 내려다봄으로써 난쟁이처럼 이상스럽게 보이는 착각의 시선을 더듬거려 가며 은주는 안 볼 것을 본 것처럼 공연히 가슴이 설레고 있을 때,

"미스 리!"

하고 과장이 부르는 소리에 고개를 돌렸다.

"이리 좀 와요."

서류에 눈을 둔 채 손가락 하나를 까딱해서 불렀다. 김 과장이 기분이 좋지 않아서 부른다는 것을 대충 알 수 있는 일이다.

'타이프에 무슨 미스라도 낸 모양인가?'

그렇다 해도 이런 때 불리우는 일은 화가 나는 일이었다.

'뭐가 급한 일이라고 점심시간에 사람을 불러 대면서……'

은주가 그의 앞으로 가자

"이건 어떻게 된 거요?"

하고 과장인 원규는 서류를 가리켰다.

"네?"

"거기 '타이프'친 숫자를 좀 봐요."

하고 똑똑히 보라는 듯이 턱을 들어 보였다. 그러면서도 은주가 보기 전에

"정말 숫자가 틀리면 곤란한 일입니다. 내가 그런 것까지 일일이 신경을 써야 하니."

은주는 '7'자를 '8'자로 붉은 연필로 고쳐 놓은 것을 보고 그것이 자기의 잘못이라는 것을 이내 알았다. 그러면서도 가슴 속에서 반발심이 일어남은 과장의 담배연기 때문만이라고는 생각지도 않았다.

"앞으로 주의하겠어요."

하고 은주가 돌아서려고 하자

"외국에 보낼 것이니 다시 쳐요."

하고 과장은 '타이프' 친 것을 다시 내주었다.

은주는 그것이 어제 저녁에 춤을 추러 가자는 것을 거절한 복수라고 생각하니 지금까지의 울적한 기분이 약간 사라지는 듯이 오히려 상쾌한 듯한 기분이었다. 은주가 자기 자리로 돌아오자

"무슨 훈계를 하시니 제 꼴에……."

하고 성희가 치던 '타이프'를 떼면서 얼굴을 돌려 웃었다. 자기도 과장의 유인을 받은 일쯤은 있다는 그런 얼굴이었다.

"아까 사장에게 불려가서 무슨 이야기를 들은 모양이야. 때문에 너만이……."

은주는 그녀의 말을 받는 대신 웃고 나서 종이를 넣고 '시린다'를 돌렸다.

책상에 습기가 있었다. 생각지도 않은 그런 곳에 자기의 얼굴이 비쳐질 것만 같다. 이런 때에는 자긴 어떠한 얼굴을 하고 있을까.

'타이프' 소리가 기운이 없었다. 습기가 있는 때문인지 '잉크'가 뭉쳤다. 다시 종이를 끼우고 난 은주는 그것이 시운이의 얼굴이 방해하는 것이라고는 생각하고 싶지가 않았다. 그러면서도 안개 속에 사

무치는 그의 얼굴. 그 얼굴과 더불어 먼 기억이 눈앞에 벌어지는 것을 또한 어쩌랴.

뒤는 산으로 둘러쳤고 앞에는 시내가 흐르는 S읍. 그곳은 담배의 명산지로, 은주의 아버지는 전매청 직원이었다. 은주는 학교가 끝나면 매일같이 그와 한반인 정임이의 집에 놀러갔다. 병원인 정임이의 집은 학교 바로 옆이었으며, 뒷뜰에는 커다란 감나무가 있었다. 매년 감이 벌겋게 익으면 정임이의 오빠가 긴 장대를 들고 나와서 그들에게 감을 따주었다. 정임이와 은주는 서로 많이 줏는 내기를 했다.

뒷뜰 저편에는 갈밭이었으며 그곳을 지나면 자갈 위를 흐르는 조그마한 시내였다. 시내 저편 언덕은 아득하게 너른 논이었다. 갈밭과 시내는 그들 셋의 놀이터였다. 소학생이었던 그 둘은 숨박꼭질도 하고 종달새 둥지도 찾아내고 시내에서 돌을 제껴 가재도 잡았다.

정임이 오빠는 곧잘 은주와 편이 되어 누이동생을 울렸다. 그런가 하면 또한 은주와 정임이가 편이 되어 그를 떠밀기도 했다.

중학교에 들어가자 정임이 오빠는 갑자기 은주와 누이동생에 대해서 입을 열지 않고 별로 같이 놀지도 않았다.

그는 뒷뜰에서 그들이 재미나게 놀고 있는 것을 감나무가 무성한 잎 사이로 몰래 보곤했다. 길에서 은주를 만나도 그는 일부러 어른이 성난 듯한 얼굴을 하고서 모르는 척하니 지나쳤다. 은주는 그런 것들이 무섭기만 했다.

그러나 은주도 여학교를 들어가면서부터 그를 보는 태도가 확실히 달라졌다.

은주는 자기가 그를 좋아하는지 싫어하는지 그것도 모르면서 그를 길에서 보기만 하면 가슴이 두근거리는 것도 어쩔 수 없는 일이었다.

은주가 여학교에 들어가서 첫 여름방학이 지난 어느 날, 은주는 병으로 누워있는 정임이를 보러 갔다가 갈밭을 지나 개뚝으로 나갔다. 그리고는 얕은 개울 물속의 돌틈 사이로 가재들이 헤염치는 것을 보고 있었다.

뚝에 길게 서 있는 '포플러'에서 매미가 요란스럽게 울었다.

문득 보니 '포플러' 아래 정임이 오빠 시운이가 먼 벌판을 바라보고 서 있었다. 그의 얼굴은 왜 그런지 몰라도 쓸쓸한 얼굴이었다. 그는 은주가 그를 알아챈 것을 알자, 누구에게 꾸지람이라도 들은 것처럼 어색한 웃음을 웃고 나서는 손을 들어 오라는 시늉을 했다. 그 순간 은주는 목이 타오면서 자기의 얼굴이 하얘짐을 느끼었다.

"오라니까!"

이번엔 소리까지 지르며 오라는 손짓을 하자, 은주는 자기도 모르게 무엇에 밀리우듯이 그의 앞으로 뛰어갔다.

"동생한테 왔던 길이냐?"

그러나 은주는 대답을 못하고 땅만 보고 있었다.

"저리로 가요."

그는 쉰 목소리 같은 소리로 은주의 손을 끌었다. 은주는 손을 뽑아서 그대로 서 있었다. 그러자 그는 뒤이어 다시 은주의 손을 잡아끌었다. 은주는 공중에 둥둥 뜬 것같이 어청어청 끌려갔다. 그러고서 은주는 그 곳이 갈밭 속인 줄도 몰랐다. 모두가 뿌연 것이 그저 안개 속에 싸여 있는 것만 같았다.

그 후로 은주는 시운이가 싫은 것은 아니면서도 그와 만나는 것이 무서웠다. 은주는 정임이에게 놀러가지도 않았고, 길에서 그가 멀리 보여도 피해버렸다.

그러면서 그 이듬해 봄, 정임이의 집은 서울로 이사를 하게 되었다. 그때의 서러움이란…… 그러나 그 서러움도 세월이 흘러감을 따라 점점 엷어지면서 은주도 여학교를 나와 그곳 국민학교 교원이 되었다.

그러한 어느 여름 방학. 은주는 그림을 그리는 자기 사촌 오빠의 '아틀리에'에 놀러 갔다가 뜻하지 않았던 시운이를 다시 만나게 되었다.

사촌 오빠의 '아틀리에'는 산 밑에 있는 옛날 서원을 개조한 것으로 그는 언제나 그곳에 혼자서 그림을 그리고 있었다. 그러므로 은주는 그날도 별다른 생각이 없어 '노크'를 하였던 것이다. 그러나 그 안에서는 사촌 오빠가 아닌 다른 사나이의 목소리가 들려왔다.

"누굽니까?"

그 소리를 듣자 은주는 불시에 가슴이 두근거렸다. 그 소리는 은주의 가슴 한편 구석에 아직도 분명히 남아 있는 그 목소리였기 때문이었다.

"시운 씨 아니에요?"

은주가 문을 열었을 때, 시운이는 놀라운 얼굴로 맹맹하니 서 있었다.

"오래간만입니다."

은주는 귀밑이 빨개지는 얼굴을 감추듯이 고개를 숙여 인사를 했다. 그러나 시운이는 아무런 말이 없이 그대로 서 있을 뿐이었다.

"언제 오셨나요?"

그러나 그 물음에도 시운이는 대답이 없이 은주를 바라보고만 있었다. 은주는 그 얼굴을 마주보고 있을 수가 없어서

"오빠는 어디 갔나요?"

하고 그런 말을 또 물었다. 그제야 그는 겨우 입을 열었다.

"전 여기서 혼자 은주 씨가 오길 기다리고 있었지요. 몹시 보고 싶었던 걸요."

자기가 생각하던 것을 그대로 말함으로써 은주는 잠시동안 대답할 수가 없었다.

"저두……."

하고 말하고서는 말이 막혀버리고 말았다.

둘이서는 무슨 약속이나 한듯이 그곳을 나왔다. 그러고서는 말이 없이 수풀속을 걸었다. 그때도 매미소리가 요란스럽게 울어댔다.

길숲의 풀잎을 뜯어 물던 은주가 문득 웃으며 입을 열었다.

"우리 학교 가 봐요."

"학교?"

"우리들이 다니던 학교 말이에요. 운동장 한 옆의 커다란 자작나무에는 그네가 매어있지 않았어요? 그리고 철봉대 옆에 시운 씨는 곧잘 멍청하니 서 있었지요. 양복바지 주머니에 양손을 찌르고서요."

"……."

"그리고 시운 씨 집 뒷뜰엔 큰 감나무가 있었지요. 가을이 되면 전 매일처럼 집에 들렀던 걸요."

"그 감나무의 잎이 떨어지기 시작하면 새가 많이 날아 왔지."

"우리 그리로 가봐요."

그의 옆으로 다가선 은주의 어깨가 시운의 바른 팔을 스쳤다. 분주히 떨어져 걸었다.

"그래 그래, 그 감나무에는 내가 칼갖고서 내 이름을 새겼던 일도 있지."

"S·U라고 새긴 것 말이지요? 시운 씨가 중학교에 들어가 에이·비·씨·디를 배워가지고 그걸 우리들에게 가르쳐줬지요."

"그런 일도 있었던가?"

시운이는 문득 걸음을 멈추고 은주를 다시 한번 보면서

"우리가 컸다는 것이 새삼스럽게 느껴지는군요."

"네, 그래요."

"너무들두 지나치게 컸어요."

"정말 그런 걸요."

그러고서 둘이서는 무엇이 우스운지 웃었다. 그들은 어린 시절처럼 공연히 웃고만 싶었다.

"학교로 가요!"

"그래, 학교로 가 봅시다."

몇년이나 보지 못한 사이에 학교는 아주 달라졌다. 교사가 새로 지어졌을 뿐만 아니라 운동장도 전보다 배나 넓어졌고, 여러 가지 설비가 되어졌고, 솔밭과의 경계에는 가시줄 울타리가 쳐 있던 것이 지금은 철망으로 바뀌었다. 그 솔밭에는 가을 송이버섯이 많이 돋았는데 지금도 돋는지?

그들은 정문으로 들어가 여름방학으로 텅 빈 학교 뜰을 지나 뒷문으로 나왔다. 교사에서는 누가 치는지 풍금소리가 들려 왔다.

뒷문으로 나와 솔밭을 끼고 얼마큼 가면 옛날의 성터가 보이며 그 밑이 바로 시운의 옛날 집이었다.

은주는 앞서서 그 성터를 넘었다. 그러고는 감나무 밑둥을 손으로 쓸어만지며 무엇을 찾았다. 은주가 찾고 있는 것이 무엇이라는 것을 알았으므로 시운이도 웃으면서 그의 옆으로 가서

"있어?"

하고 물었다. 그러나 은주는 바른 손으로 그것을 감추고서 떼려고 하지 않았다. 그 밑에는 옛날 시운이가 칼로 새긴 글자가 분명 있을 터인데……

"어서 손을 떼구 보여줘요."

그러나 은주는 손을 떼려고 하지 않았다. 왜 그런지 얼굴이 빨개

가지고 왼손 마저 그것에 꼭 붙이고서 움직이질 않았다.

시운이는 은주의 마음을 알 수가 없었다. 장난을 치는 일이라면 너무나도 어린 짓이었다. 그러나 그 어린 짓이 또한 말할 수 없이 귀엽기도 했다.

"그러지 말구 나두 좀 봐요."

"보면 안돼요."

"왜?"

"글쎄, 안돼요."

시운이는 손을 내밀어 은주의 손을 떼려고 하다가 하얗고도 가는 손끝을 보고 불시에 몸이 굳어지며 손이 움츠려들고 말았다.

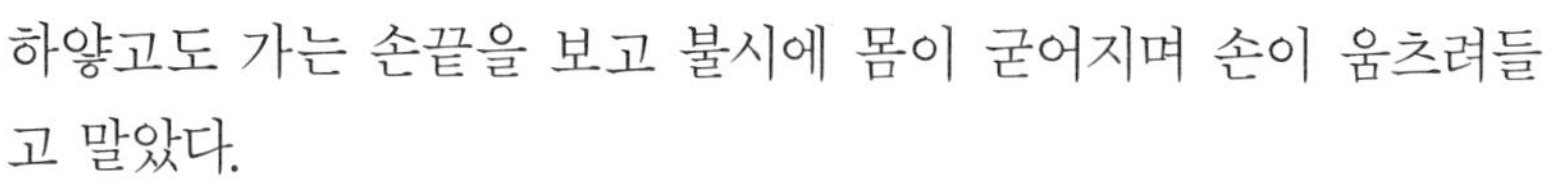

그 때에 은주는 아까보다도 더 부끄럼을 탄 웃음으로

"그럼 이것만……."

하고 손을 아래로 내려 밀었다. S · U라고 새긴 두 글자가 손가락 밑에서 보였다. 십년이나 되는 비바람을 겪은 글자는 넓이도 넓어진 듯 싶었지만, 그러나 안껍질이 부드럽게 내돋아 그것은 글자가 상했다기보다도 가는 철사로 장식을 한 듯이 보였다.

"바로 이것이 내가 새긴 것이야."

"그래요, 이거에요. 그리구……."

시운의 얼굴을 힐끔 쳐다보고 나서 은주의 손은 다시금 미끄러졌다. 그러자 Y · J라는 글자가 나타났다. 그 순간 시운이는 가슴이 짜릿했다. 그것은 은주의 머리글자가 아닌가! 자기는 분명 글자를 새긴 기억이 없는데도 그 글자는 자기가 새긴 글자와 마찬가지로 낡지를 않았는가? 그렇다면……

"그것은 은주 씨가 새긴 것인가?"

그러나 나무 밑둥에서 손을 뗀 은주는 대답이 없이 급기야 개뚝으로 뛰어가 버리고 말았다.

시운이도 뒤따라 은주 옆에 가 앉았다.

"시운 씨네가 서울로 이사 가버린 후에 나는 매일처럼 여기 나와서 앉아 있었답니다. 혼자서 언제까지나 저 물소리만 듣고 있다가 드디어 당신 이름 밑에 그 글자를 새긴 것이랍니다."

그 말을 듣고 난 시운이는 불시에 은주를 끌어안고 싶었다. 그러면서도 흘러가는 시냇물만 보고 있음은 그의 말대로 너무나도 성장한 때문인가. 그렇다면 그때는 너무나도 무섭게만 생각되던 은주는 지금에 그가 안아주지 않는 것이 안타까웠을는지도 몰랐다.

은주는 부끄러움에 못이겨 풀잎을 뜯고 있다가 문득 하얀 털로 방울처럼 핀 민들레 꽃이 눈에 띄는대로 그것을 꺾어 휙 하니 불었다. 민들레 씨는 하얀 연기처럼 왼편으로 흘러 날아가며 시운이 머리 위에 앉았다.

시운이는 돌아다 보며 웃었다. 그 웃음에 부끄럼으로 굳어졌던 은주도 어느 정도로 풀어져

"서울은 언제 올라가는 가요?"

하고 물었다.

"이 삼일 후엔 또 올라가야지요."

"그렇게두 빨리요?"

은주의 얼굴에는 분명히 실망의 빛이 흘렀다.

"전 이 여름방학은 쭉 이곳에서 지낼 생각으로 오신 줄 알았어요."

행복이 날아가는 새의 그림자처럼 휙 지나가 버린 듯한 감이었다.

"되도록 나도 이곳에 오래 머물러 있고 싶지만 구월달엔 외국에 가는 시험도 있고 해서……."

"그러면 구월달엔 해외로 유학 가시는 거에요?"

"그건 시험을 쳐봐야 알지요. 합격이 되어야 가는 것이니까."

"해외라면 미국인가요?"

"그렇지요."

그러자 은주는 무엇을 망설이듯 하다가

"실상 저두 서울을 갈 생각을 하고 있었어요. 그런데 시운 씨는 제가 서울 간다니까 미국엘 또 가시게 된다니 우린 서로 헤어져서 살아야 하는 모양인가 봐요."

"서울엔 뭣 하러요?"

"그동안 교원해서 번 돈으로 서울 올라가 야간 대학이라도 다닐 생각이었어요."

은주는 그에게 실망한 얼굴을 보이고 싶지 않아 고개를 숙이고 있었다.

그 때에 시운이는 문득 은주의 손을 끌어 잡아

"내가 미국을 간대도 기껏 삼년 이상 더 있겠소? 그땐 은주씨두 학교를 마치게 될 게고……."

하고 잡은 손에 더욱 힘을 주며 웃어 주었던 것이다.

그 웃음은 지금에도 은주의 눈 앞엔 분명하였지만, 미국으로 건너간 그의 소식은 날이 가며 뜸해지다가 지금은 비오는 날의 안개 속처럼 묘연해지고 말았으니……

그러면서도 그를 잊을 수 없는 안타까움이란……

그러한 기분에 잡혀 은주는 치던 '타이프'도 잊고 다시 비오는 들창 밖만 보고 있을 때 성희가

"왜 오늘은 정말 이상스럽게도 흐리멍덩해 있는 거야? 점심이나 먹으러 나가요!"

하고 소리쳤다. 은주는 친구의 그런 말이 고맙다고 생각하며 따라 일어섰다.

퇴근시간이 되자, 비가 그쳐 저녁 하늘은 아름답게 개이기 시작했다.

은주는 오늘 하루의 울적과 피곤에서 벗어나 가벼운 걸음걸이로 돌아오고 있었다. 그녀의 칙칙한 회색 옷이 오히려 화장을 하지 않는 맑은 살결을 더 한층 아름답게 보이게 했다.

은주가 '버스'에서 내려 골목으로 들어서려고 하자, 문득 명수가 나타났다. 그는 기쁜 얼굴을 드러낸 채 은주 옆으로 왔다. 그러나 전에도 이런 일은 몇 번 있은 일이므로 은주는 별로 놀랄 일도 없었다.

"실상 난 이곳에 친구가 있어서 그 집엘 가던 길인데……."

하고 명수는 어색하게 변명하고 나서

"이런데서 만났는데 그냥 헤어질 수가 있어, 어디가 차나 한잔 마셔요."

하고 끌었다. 은주는 주변없이 꾸며대는 그런 말이 우스운대로

"그래요. 어디 여기 다방이 있었는데……."

하고 다방으로 들어가 앉았다.

차를 시키고서 가만히 앉아 있던 그가 문득

"미쓰 리!"

하고 그의 가슴 속에 뭉쳐 있던 말을 털어 놓듯이 입을 열었다.

"이번 달루 회사를 그만 둘 생각이에요."

"회살 그만 둬요?"

은주는 의외로 지나치게 놀라는 자기를 느꼈다. 과장이 질투해서 자기에게 호의를 갖고 있는 명수를 내쫓는 것은 아닌가 하는 생각이 들었기 때문이었다.

"그래요."

하고 그는 말을 망설이다가

"사실 내겐 그런 '브로커'같은 회사가 성격에 맞지 않는 걸요."

하고 말했다. 성격에 맞지 않는다면 그처럼 정직한 청년에게는 맞지 않을는지도 모르는 일이었다. 그러나 그의 생활이 걱정되는 일이므로

"그렇다 해두 당장 어떻게 살아요?"

하고 물었다. 그러자 명수는

"그런 걱정이야 없지요. S물산회사에 가기로 다 약속되어 있으니까요."

하고 자신 있게 말하고서는 거기에 자신을 얻은 듯이

"미쓰 리 저와 결혼할 생각 없어요?"

하고 은주를 쳐다봤다. 은주는 너무나도 갑작스러운 말에 가슴이 먹먹해진 채 어쩔 줄을 모르다가

"싫어요, 결혼 같은 건…… 혼자가 제일 좋은 걸요."

하고 일부러 치를 떠는 흉내를 하여 조롱으로 얼버무렸다.

"그러면 미스 리는 일생 결혼을 안할 생각이요?"

"왜요, 결혼이야 하지요. 그러나 난 사십이 된 후에 아주 훌륭한 연애를 하고 결혼을 할 생각이에요. 그러니까 명수씨 보구서 그때까지 기다려 달랄 수는 없는 것 아니에요?"

"그런 농담이 아니구, 나는 진심입니다."

"저두 진심이에요. 사십이 되서 처음으로 연애를 한다는 것 얼마

나 훌륭해요. 그래서 난 그때까진 누가 연앨 하재두 모르는 척 할 생각이에요."

은주는 입에서 나오는 대로 아무렇게나 말한 것 뿐이었는데 문득 그 말이 자기 가슴을 찌르는 것 같기도 했다.

"무슨 이유로 그렇게도 원대한 계획을 갖게 된 것입니까."

"너무나들 연애, 연애하고 떠드는 것이 우스워서 그런지도 모르지요."

"미스 리는 역시 다른 데가 있어요."

"그래두 하는 수 없지요. 적적할 줄은 알면서도 그런 걸요. 그러면 일어서 볼까요."

하고 은주가 먼저 일어서 찻값을 내려고 '핸드백'을 열자, 명수가 분주히 그것을 막았다.

은주는 명수와 헤어져 하숙집이 있는 언덕으로 올라가면서 도대체 남자라는 것은 어째서 그렇게도 연애를 좋아하는 동물인가고 생각했다. 그러면서 지금까지 그런 경우를 하나 하나씩 정리한 것을 꼽아 보았다. 그러고는 그것이 시운이가 돌아오는 날이 있으리라는 확신을 갖기 때문이라고 생각하는 것이었으나 어쩐지 실제 문제에선 자꾸만 성숙해 가는 육체에 역 '코스'를 향해가는 것만 같이 허전하기가 한이 없었다. 그러한 마음이 암만해도 이대로는 하숙으로 들어갈 수 없는 듯싶어 걸음을 멈추고 잠시 머뭇거리다가 불시에 온 길을 뛰어 내려갔다. 헤어진 명수를 찾아서 구경이라도 같이 갈 생각이었다. 그러나 큰길까지 나와서 그를 찾아보았으나 보이지가 않았다. 은주는 하는 수 없이 혼자라도 구경을 갈 생각으로 '버스'를 기다리고 있자 문득 앞에 자동차가 멈춰 섰다. 차속에서는 생각지도 않았던 과장이 얼굴을 내밀며

"미쓰 리, 누굴 기다리고 있는 거야?"

하고 소리쳤다. 그 순간에 미스 리는 말 할 수 없이 반가운대로

"누굴 기다리긴, 과장님차 오기에 보구 있었지요. 좋은 데 가면 같이 가요."

하고 자기가 생각지도 않았던 말이 쑥 튀어 나왔다.

"그러면 어서 올라타요."

차는 가로수 앞을 스치며 구르기 시작했다.

"오늘 사무실에서 내가 이야기한 말에 기분 상하지 않았어?"

"과장님, 별 걸 다 생각하시네."

"오늘은 어제 저녁 내가 가자던 곳을 기어이 가고야 말테야."

"그곳이 어딘데요?"

은주는 시침을 떼 보이면서 앞창을 내다보았다. 차안에서 보는 저녁 하늘은 더욱 아름다웠다. 이제는 장마도 개인 모양인지……

벌쭉이 웃기만

이상한 직업

복덕방도 가지가지라고 할 수 있다. 타이프 한 장으로 팔자를 고치는 수도 있는 '오퍼'상도 따지고 보면 복덕방이나 다름이 없으며, 옆집에 사는 젊은 과부에게 바람을 넣어서, 어느 놈팡이와 붙쳐 주는 뚜쟁이 노파도 역시 복덕방과 비슷한 직업이라고 할 수 있다.

내가 여기서 이야기하려는 김인수도 이를테면 그런 일종의 복덕방의 직업을 가진 사나이다. 그러나 그의 직업에는 뚜렷한 이름은 없다. 억지로 붙인다면 여급 소개업이라고나 할까. 이 집 여급을 저 집 여급으로 돌려주고, 저 집 여급을 이 집 여급으로 돌려주는, 어떻든 '바'를 경영하는 마담이나 거기에서 일하는 여급들에게는 아주 편리한 일을 해주는 직업인 것만은 틀림없다.

그렇다고, 이 직업은 누구나가 손쉽게 할 수 있는 것은 아니다. 어깨들이 판치던 전보다는 아주 일하기가 수월해진 것은 사실이지만, 그러나 아직도 알아봐야 할 사람은 알아볼 줄 알아야 하고, 옷도 마담이나 여급들의 눈에 들게끔 입을 줄 알아야 하며, 이들의 비위를 맞추는 나긋나긋한 말도 할 줄 알아야 하고, 때로는 팔을 걷고 나설 약간의 용기도 있어야 하는 것이다. 뿐만 아니라, 명동에서 밥을 먹는 여자라면 그들의 연령과 경력까지 알 수 있는 두뇌와 근면성도 있어야 한다.

인수는 어느 댄스홀에서 클라리넷을 불고 있는 동안에 이런 곳에

눈이 뜨여지기 시작한 모양이다. 연령은 당년 스물일곱 살, 키가 후리후리한데다 얼굴이 마담이나 여급들이 좋아하는 '타이론 파워'형이니, 이런 직업엔 적임자다. 그의 수첩에는 명동에서 일하는 여급들의 이름과 연령, 그리고 용모와 기질 같은 것이 적혀 있다. 바에 있는 여자뿐만 아니라, '비어홀'의 서비스걸, 다방 레지, 극장 안내를 담당하는 귀여운 소녀들의 이름도 적혀 있다. 이것은 물론 바의 여급을 보충하기 위해서 준비로 적어둔 것이다.

그는 명동에서 가까운 조그마한 여관에서 하숙하면서 그 집 전화를 이용했다. 그에게 오는 전화는 대개 오전 열한 시부터 오후 세 시까지였다. 그것이 모두 바의 마담이나 여급에게서 오는 전화라는 것은 말할 것도 없다. 예를 들면,

"애를 보내 준다더니 어떻게 됐어? 나하군 별다른 감정이 있을 탓

도 없을 터인데."

"그렇기 말입니다. 나두 마담의 감정을 사지 않자니, 자연 그렇게 되는 것이지요."

"그런 입에 발린 이야길 누가 곧이들을 줄 알구. 어제 '모감보'에는 애를 둘씩이나 데려다 준 걸 누가 모르는 줄 아는가봐."

"그런 애들이라두 '오케'라면야. 그러나 그런 애들 데리구 가면 으레 마담이 노발대발할 걸."

"그야 물론 귀여운 애가 필요하니까 미스터 김(金)에게 부탁 아니야."

"나두 미스 태평양의 수준쯤은 짐작하고 있으니, 그렇게 아침부터 성화를 피우지 말아요. 이삼 일 내로 틀림없이 데리구 갈테니."

"또 저런 소리. 이삼 일이 뭐야, 당장에 문을 닫게 된 판이라는데 참 그 '싸진'(서전트)의 '온리'로 있던 애, 그 애 어떻게 끌어 낼 수 없나?"

이런 전화가 아니면,

"김 선생, 절 어떻게 봤어요?"

"왜?"

"왜가 뭐예요. 아무래두 저와 무슨 감정이 있는가봐."

"내가 미스 리하구 무슨 감정이야."

"그렇지 않구서야, 그런 거지 같은 곳엘 소개해 줄 리 없잖아요."

"그 집이 어떻다구. 그래두 명동에서……."

"그만둬요. 손님이며 여급들이 왜 그렇게 수준이 낮아요."

"그 대신 팁이 많잖아."

"난 팁만 보고 사는 여잔 아니에요."

"오, 대단하구만."

"저런 소리, 남은 막 화가 나서 말하는데 웃고만 있으니."

"그래서 미스 리가 하고 싶은 말은 뭐야?"
"그 집엔 있을 수 없다는 거죠."
"그러지 말구 며칠만 더 있어 봐. 마담은 미스 리가 만족인 모양인데."
"난 남의 자선사업 하자고 바에 나가는 건 아니에요."
이런 전화들이다. 그런 전화를 몇통 받고 나면 그 날의 일은 끝나는 것이고, 그것으로써 마음 내키는 대로 '빌리어드'(당구장)로 가서 당구도 칠 수 있으며, 자기가 좋아하는 계집을 '그릴'로 데리고 가서 고기도 먹을 수가 있다. 뿐만 아니라 바뀌는 영화를 보듯이 계집도 바꿔가며 즐길 수가 있다. 그러고 보면, 인수는 세상에서 좋다는 향락은 모두 즐겨가며 사는 셈이다.

괴상한 부탁

"미스터 김, 오늘 우리 집에 좀 들러줘요. 이야기가 있으니."
"무슨 이야기?"
"전화로 못 할 이야기야. 하여튼 들러줘요."
"마담의 명령을 제가 거역한 일이 있어요."
"되도록 오전에. 기다리고 있겠어요."
오늘은 명동에 있는 다방 '알프스'의 황 마담으로부터 이런 전화가 왔다. 한때 '소프라노' 가수로 이름도 날렸다는 황 마담은 이미 사십이 지났다. 그러나 살품이 알맞은 얼굴은 그런 나이라고는 생각할 수도 없으며, 손님을 대하는 솜씨가 유별나게 능숙하다. 이름난 정치가와 대학교수와 장사꾼들을 친구처럼 다루어, 대여섯 명이나 되는 소녀들이 차를 나르기에 쩔쩔 매게 하는 영리한 여자이다.
그러한 황 마담이 '레지' 때문도 아닌 이야기가 있다니, 인수는 약간 불안했다. 며칠 전에 그곳에서 일하는 은옥이란 귀여운 계집애를 꾀어 갖고서 인천 송도에 갔던 일이 있기 때문이다.

'설마 그 일이 마담의 귀에 들어 간 것은 아니겠지'

아직 열두시 전이라, 손님이 많은 '알프스'라 해도 홀 안은 텅 비어 있었다. 문 옆의 의자에 앉아 있던 은옥이가 인수를 보고 분주히 일어섰다. 인수가 오는 것을 알고 기다리고 있은 모양으로, 그녀도 불안한 얼굴이다. 그것을 인수는 일부러 모르는 척하고,

"마담이 나 찾는다지?"

"네, 이층에서 기다리고 있어요."

"월급도 주지 않는 사람을 왜 오라 가라 야단이야."

인수는 이런 말을 하면서 은옥이에게 한 눈을 찡긋 웃어 보이고서는 그대로 이층으로 올라갔다. 황 마담은 구석 테이블에서 담배를 피우며 부인잡지를 보고 있었다. 인수는 전에도 이 방엔 몇 번 들어와 본 일이 있지만, 언제나 으리으리한 가구에 안도감이 느껴졌다.

"오래서 미안해요."

황 마담은 극히 사무적인 표정으로 말하고서는, 그를 위해 레몬주스를 올려오라고 했다.

"오래서 오긴 했습니다만, 어쩐지 가슴이 두근두근하는 군요."

"그렇다면 무슨 죄진 일이라두 있는 모양이구만."

하고 황 마담은 웃고 나서,

"부탁이 있어요."

"무슨 부탁?"

"약간 어이없는 일이에요."

"어이없는 일?"

"그렇다고 손해 보는 일은 아니에요. 미스터 김처럼 미남이면 쉽게 할 수도 있는 일이고."

"그런 칭찬은 그만두시구 어서 이야기해요."

"내가 늘 신세지고 있는 어느 은행가가 있는데, 그 분의 아들이 어느 비어홀에 있는 계집애에게 반한 모양이야. 그것이 약간 정도가 아니고 도가 지나쳐서, 그 여자와 결혼을 하지 않으면 자긴 죽는다니 그의 부모가 이만저만 딱하겠어. 그 집에서 너무 순수파로 아들을 기른 것이 결국 이런 결과가 된 거지만, 그건 하여간에 그의 아버지가 울상이 되어 가지고 와서 그들 사이를 떼도록 해 달라고 날보고 부탁이 아니야."

"그래서요?"

"나두 처음엔 그 말을 듣고 약간 속으로 화가 났지. 부탁이 따로 있지, 나를 어떻게 보구 그런 부탁을 하느냐구. 그러나 지금까지 신세를 져 온 생각을 하면 모른다구만도 할 수 없던걸."

"그래서 결국은 그 부탁을 받기로 했다는 거군요?"

"응, 미스터 김이라면 쉽게 할 수 있는 일이라고 생각돼서 말이야."

"나두 화낼 줄은 알아요."

"예쁜 처녀와 연애하는 것으로 돈 생기겠다, 그러구도 남의 딱한 사정을 돕는 일인데, 뭐가 화낼 일이야?"

"그래, 그 비어홀이 어디래요?"

"소공동에 무슨 금강 비어홀이 있다두구만."

"아, 금강 비어홀."

그곳이라면 인수는 몇 번 가 본 일이 있어 잘 알고 있지만, 뛰어나게 예쁜 계집이 있던 것 같지는 않았다.

"그만한 집의 아드님이라면 '걸프렌드'로 여대생도 많을 터인데 그런 곳의 여자에게 반했다니, 무슨 영문인지 알 수 없는 일이 아뇨?"

"그렇지만 계집애 얼굴은 꽤 귀엽게 생긴 모양이에요. 그 집에서두 그 여잘 몰래 조사를 해본 모양인데, 전에는 어느 다방 레지로 있었다는 말두 있어요."

"그래서 제가 할 일은 뭡니까?"

"수단 방법은 아무래도 좋으니, 그들의 사이를 떼어만 놓으라는 거야. 물론 맡아 주겠지?"

"마담의 명령인데, 싫다고야 할 수 있어요."

"정말 그 말을 들으니 나두 한시름 놓겠어요."

황 마담은 책상 서랍에서 백 원 뭉치를 꺼내 삼분지 일쯤 떼어서 인수 앞에 내놓았다.

"이건 우선 맥주값으로 넣어요. 일이 잘 되면 그 집에서 따로 사례를 할 거에요."

인수는 흡족한대로 히죽 웃고서, 돈을 아무렇게나 바지 주머니에 넣었다.

그녀와 함께

쇠뿔은 단김에 뽑으란 말대로, 인수는 그날 저녁으로 비어홀을 찾았다. 맥주를 한참 마실 무더운 여름이면서도 손님이 없는 것은 맥주값이 비싼 때문이리라.

십여 명이나 되는 서비스걸들이 둘러앉아서 잡담을 하다가 모두 일어나 인수에게 제각기 시선을 돌렸다. 모두가 푸른 계통의 꼭 같은 원피스를 입었기 때문에 누가 누군지도 잘 구별할 수가 없었다. 그러나 인수는 그 속에서 은주라는 계집애가 어느 애라는 것을 첫눈으로 알아냈다. 얼굴도 반반한 편이지만, 몸맵시가 유달리 예쁜 애가 있었기 때문이다.

'알 수 있어. 저쯤 되면 어느 바에 소개해 주고 나서두 수모 받지야 않지' 인수는 자기의 직업적인 기준으로 그녀를 평가했다. 그러나 이 정도의 애라면 구태여 이런 곳에서 찾지 않아도 얼마든지 찾을 수 있는 노릇이다.

그날 밤은 그녀가 옆에서 맥주를 부어 주는대로 두 병을 마시고 인수는 얌전히 돌아왔다. 다음 날도 같은 시간에 그는 그 비어홀을 찾았다. 그가 들어서는 것을 보자, 그녀의 얼굴빛이 갑자기 달라지는 것을 분명히 알 수 있었다. 저 사람이 오늘도 또 왔어, 하는 그런 얼굴빛이었다.

인수는 물론 그날도 그녀의 테이블로 가서 맥주를 마셨다. 맥주는 어제보다 한 병 더 마셔 세 병을 마셨으나, 그날도 역시 별다른 말은 없었다. 사흘 연달아 가고 나서야 인수는 비로소 그녀에게 이름을 물었다. 그러나 그녀는 그런 일엔 조금도 꺼리는 기색이 없이

"박은주예요."

하고 간단히 대답했다. 이런 곳에 오는 사람은 누구나가 이름을 묻는 모양으로, 그런 데에는 만성이 된 모양이다.

인수는 다음 말로서

"내가 왜 이 집엘 사흘씩이나 연달아 오는지 알아?"

하고 넌지시 웃음을 띄어보였다.

"맥주 마시러 오시지요."

이런 말로 받아 넘기면서도 얼굴이 붉어진 것을 보면 싫어하는 기

색은 아니었다. 순간적으로 그것을 판단하고 난 인수는 계속해서
"집이 어디야?"
하고 물었다.
"마포에요."
"마포라면 나하구 방향이 같구만."
그러고는 시계를 보고 나서,
"이제는 갈 시간도 되지 않았어. 오늘은 나와 같이 차타구 들어가."
"열한 시가 돼야 우린 갈 수 있어요."
"그렇다면 한 십분 남았구만. 조선호텔 앞에서 기다리고 있을 테니, 그리로 와요."
아주 자연스럽게 말했다. 그녀는 아무 대답 없이 웃기만 했다. 인수는 자기 말이 좀 빨랐다는 감이 없지 않아 있었으나, 하여튼 그곳에 가서 기다려 보기로 했다. 전 같으면 그 곳은 어두운 담을 끼고서 양공주들이 죽 서 있던 곳이다. 그런 곳에서 대단치도 않은 여자를 기다리고 있는 생각을 하니 인수는 자기 신세가 가여운 생각도 들었다. 그러나 실은 그런 생각보다도 그녀가 이리로 오지 않을 것만 같은 것이 불안했다. 자기가 싫으면 반대쪽으로 돌아갈 것이 분명했기 때문이다.

그렇게 생각하고 보면 그녀는 자기를 좋아할 이유가 하나도 없었다. 은행가의 아들이 죽는다 산다 하는 판이라면, 그녀도 그만큼 그 사나이에게 열중했으리라고 생각됐기 때문이다.

그러나 열한 시가 조금 지나서 그녀는 인수가 기다리고 있는 곳으로 걸어왔다. 그러고는 아무 것도 모르는 척하고 그의 앞을 지나 시청 쪽으로 걸었다.

'요것 봐!'

인수는 여자에게 이런 괄시를 받기는 처음이라는 듯이 혀를 차고 나서 분주히 걸어 말없이 어깨를 같이 했다. 그러자 그녀는 얼굴을 돌리고 나서,

"어마, 난 누구시라구."

깜짝 놀란 듯이 숨을 내리쉬었다.

"남을 기다리게 하고서 그대로 지나가는 법이 어디 있어."

"전 공연히 웃는 말인 줄만 알았어요."

은주는 힐끔 쳐다보며 미소를 띄었다. 자기 편에서 오히려 유인하는 그런 미소라고도 할 수 있었다.

'그것으로 네 소행도 알 수 있는 일이다'

인수는 자신이 생기는대로 차를 잡았다. 그러고는 차장에게 S호텔로 가자고 했다.

"어마."

그녀는 약간 놀라는 모양이었으나, 그렇다고 싫은 기색은 아니었다. 인수는 일이 너무나도 수월스럽게 되는 바람에 지금까지의 긴장이 갑자기 꺼지는 것 같은 기분이었다.

'뒤에서는 이런 짓을 하면서도, 그 남자하고 결혼할 생각을 하고 있을는지도 모르는 것이 아닌가'

그 후로 그 둘은 며칠 동안 쭉 계속해서 호텔에서 잤다. 그녀를 막상 안아 보니, 생각 이상으로 포근한 데가 있었다. 은주도 그에게 아주 마음이 쏠린 모양이었다. 그러면서 일주일쯤 지난 어느 날 아침, 은주한테서 전화가 왔다. 할 이야기가 있으니 명동에 있는 X다방으로 좀 나와 달라는 것이었다. 인수가 달려가 보니, 은주가 구석 자리에 풀이 죽어서 앉아 있었다.

"무슨 일이야?"

"난처한 일이 생겼어요. 김 선생 좀 도와줘요."

"뭐를 도와줘?"

"전 지금 어느 동무네 하숙에 붙어 있어요. 전부터 따라다니는 자가 있어 그곳에 가서 숨어 있던 것이지요. 그런데 그 사나이에게 또 발견된 걸요. 전 그 사나이 보기만 해도 지긋지긋해요."

은주는 치를 떨어댔다.

"도대체 어떤 사나이인데."

"못난 자식이지요."

"집엔 돈냥이나 있는 자식이야?"

"그건 대단한 모양이에요. 그의 아버지가 P은행의 은행장인 모양이니까요."

"그렇다면 정말 대단하구만."

인수는 아주 감탄하듯이 말하고 나서

"언제부터 은주를 못 살게 따라다녀?"

"일 년은 거의 됐을 거예요. 내가 광화문의 다방에 있을 때부터니까요."

"그 친구, 약간 이렇게 된 친구 아니야?"

인수는 손을 쳐들어 머리 위에 동그라미를 그려봤다.
"그렇진 않아요."
"그렇지두 않으면 왜 싫다는 거야? 결혼하지."
"어마, 저런 소리."
은주는 밉지 않은 눈총을 쏘았다.
"미스 리는 돈이 싫은 모양이구만?"
"저라구 왜 돈을 싫어하겠어요. 그러나 부잣집 시집가서 노리갯감 되고 싶지는 않아요. 그러니까 전 일생 고생을 하면서 살아야 할는지도 모르지요."
귀여운 눈썹을 깜빡이고 있는 것을 보니, 진심으로 그 청년이 귀찮은 모양이었다. 이것으로서 자기가 맡은 일은 잘 된 셈이라고 생각하며, 인수는 다시 입을 열어,
"그래서 나보구 도와달라는 것은 뭐야?"
"아파트를 하나 얻어달라는 거예요. 그러면 우리가 호텔 가는 비용은 없어질 것 아니에요."
아무리 인수라고 해도 아침부터 다방에서 이런 이야기를 들으니 얼굴이 약간 붉어지지 않을 수가 없었다. 그러자 뒤이어 이런 귀여운 소녀라면 얼마동안 동거생활을 해도 좋다는 생각이 들었다.
"그러지 뭐."
"정말 얻어 주겠어요?"
그녀의 눈은 갑자기 빛났다.
"사나이가 공연한 말할 리 있어."
"고마워요. 그 대신, 힘껏 서비스해 드릴께요. 당신 하라는대로……."
"그야 물론 그래야지."
인수는 히죽거리며 말했다.

"김 선생이 절 조롱하는 걸 모르는 건 아니에요. 그래두 난 김 선생에게 홀딱 반한 걸 어떻게 해요."

은주는 어지러운 눈을 들어 웃었다. 그 얼굴을 보니, 인수는 자기가 그녀에게 홀딱 반한 것 같은 생각이 들었다.

"하여튼 마땅한 아파트가 있나 구해 봐."

인수는 은주와 헤어진 길로 '알프스' 다방으로 가서 황 마담을 만났다. 그러고서 그 일에 대해서는 안심해도 좋다고 먼저 말하고 나서 지금까지의 경과보고를 했다. 그러고 나서는

"그것을 보장하기 위해서 그녀와는 당분간 동거생활을 할 생각입니다. 그래서 아파트를 얻을 보증금이 필요하기 때문에……."

하고 이야기를 꺼냈다.

"미스터 김은 어쩌면 그렇게도 좋은 재간을 갖고 있어."

일이 너무나도 간단히 처리된데는 감탄할 뿐인 모양으로, 황 마담은 언젠가 인수에게 돈을 꺼내 준 서랍을 열어 보증수표를 하나 꺼냈다.

"이것이면 둘이서 즐길 수 있는 아파트는 얻을 수 있을 거에요. 그러나 그 집에서 보내 온 사례금이 이것뿐이라는 것은 알아야 해요."

황 마담은 이러한 사무적인 이야기도 잊지 않았다.

다음날 은주한테서 전화가 또 왔다. 서대문에 마참한 아파트가 하나 났으니 보러 가자는 전화였다. 인수는 불편한 여관생활도 벗어날 수 있다는 즐거운 생각으로 달려갔다. 그러나 그 아파트를 가보고서 놀랐다. 가구까지 달려있는 대단한 아파트였다. 보증금 삼만 원에 방세 삼천 원이라고 했다.

"아주 훌륭하지요? 전망도 좋아요."

은주는 어린애처럼 기뻐서 어쩔 줄을 몰랐다. 방이 아주 마음에 드는 모양이었다. 인수는 관리인도 있는 그러한 자리에서 찌뿌듯한

얼굴을 할 수가 없었다.
"참 좋구만."
"내가 여기서 사는 걸 김 선생 이외엔 아무도 알려주지 않겠어요."
벌써 방을 얻어 놓은 것처럼 말했다. 인수는 하는 수없이 황 마담에게서 받은 이만 환과 모자라는 것은 자기 당좌에서 수표를 떼어 줬다. 관리인이 절을 굽신하고 나가자, 은주는 인수에게 달려들어 입술을 물어뜯었다.
"왜 이래?"
인수는 자기가 바보 같은 짓을 하고 있다는 생각 끝에 문득 이런 말이 나왔다. 은주는 불시에 풀이 죽은 얼굴이 되며,
"제가 싫어요?"
"그런 의미가 아니야."
"그런데 왜요?"
"날 진정 좋아하면 그러지 않는 법이야."
"어마, 그런 법이 어디 있어요."
은주는 더욱 세차게 달려들어 인수의 목을 쓸어안았다. 인수는 은주의 힘을 당할 수가 없는 듯이, 그대로 끌려 더블베드 위에 쓰러졌다. 두 육체가 움직이는 동안에 들창에는 푸른 하늘만이 보일 뿐이었다.

누가 배반 당했나?

그러한 생활이 보름쯤 계속되었다. 그러면서 인수가 은주를 더욱 좋아하게 된 것도 사실이었다. 그것이 인수로서는 이상하기도 했다. 여태까지 한 여자를 이렇게까지 좋아해 본 일은 없었기 때문이다. 그런데 어느 날 아침, 인수가 은주의 아파트에서 자고 돌아올 생각으로 거울 앞에서 넥타이를 매고 있는데, 은주가 문득 생각한 모양

으로,

"앞으로 우리가 이렇게 만나지 못할지도 모르겠어요."

"뭐?"

인수는 넥타이를 묶던 손을 멈추고 얼굴을 돌렸다. 자기도 놀라리만큼 목소리가 날카로웠다.

"내가 싫어졌다는 거야?"

"그런 건 아녜요. 좋은 건 역시 전에나 마찬가지예요. 그렇지만……."

"그렇지만 왜?"

"전 머지않아 결혼하게 될는지도 모르니 말예요."

"결혼?"

인수는 전신의 피가 한꺼번에 머리로 올라오는 것 같았다.

"결혼을 누구하고 한다는 거야? 은행가의 아들이라는 그 청년하구?"

"그런 사람 아니예요."

은주는 힘껏 머리를 흔들었다.

"그럼?"

"비어홀에 가끔 오는 철공소 직공이예요."

"그렇다면 노동자가 아닌가. 그런 자가 나보다도 좋다는 거야?"

"그런 건 아니지만, 역시 나는 그런 사람이 맞을 것 같애요."

"어째서?"

"언젠가두 말하지 않았어요. 전 어렸을 때 고생했다구. 그 사람두 고생한 사람인걸요. 둘이서는 결혼을 해두 서로 이해가 될 것 같아요."

"그런 논법이 어디 있어."

인수는 고등학교 일학년에 집을 뛰쳐나와 결국 이런 생활을 하게 되었지만, 그의 집에서는 지금도 시골서 농사를 짓고 있다. 말하자면 은주와 가정환경이 조금도 다를 바가 없다. 그러나 그런 말이 그의 입에서 그대로 나오지를 않았다.

"그래서 은주는 애정도 없는 그런 사나이를 좋아할 수 있다고 생각하는 거야?"

"그래요. 하여튼 김 선생은 여태까지 한 번도 결혼하자는 말을 해본 일이 없지 않아요."

이런 말을 태연히 하는 은주의 마음을 인수는 알 수가 없었다. 그는 지금까지의 그녀와의 생활이 결혼생활이나 다름이 없다고 생각했기 때문이다.

"그러나……."

"더는 말할 필요 없어요. 김 선생은 한 번도 결혼하자는 말을 하지 않은 걸요. 결국 그 때문이지요."

무엇이 결국 그 때문이야. 그러나 인수는 은주가 그런 말을 남의 일처럼 말할수록 결혼하고 싶은 마음은 더욱 끓어올랐다.

"그렇다면 그건 내 잘못이라고 하고, 우리의 결혼은 내일이라도 해요."

"이미 늦었어요."

"늦었어?"

"그 말을 사흘 전만이라도 했으면 제 마음은 달라졌을지도 몰라요."

"사흘 전?"

"그러니까 우리는 깨끗이 헤어져요. 우리들의 지금까지의 일을 아름다운 추억으로 남기고서요."

인수는 이미 은주와의 거리가 아득히 멀어졌다는 감이 느껴졌다. 그럴수록 가슴에 남는 것은 미련뿐이었다,

"난 이렇게 헤어질 수 없어."

"싫어두 할 수 없는 거예요, 지금 와선."

은주는 인수와 이런 말을 주고받기도 귀찮다는 얼굴인 체 외면했다. 그러나 인수는 그날 밤 후로 그것은 은주가 자기의 애정을 등떠보는 하나의 연극에 지나지 않는다는 것을 알았다. 그 후로도 그들의 그런 생활은 아무런 이상이 없이 계속되었기 때문이다.

일주일 쯤 지나서 인수는 다짐을 받기 위하여,

"은주가 만일 딴 녀석하고 결혼한다면 내버려 두지 않을 테야."

은주는 말없이 벌쭉 웃기만 했다. 그러나 그 다음 날로 은주는 종적을 감췄다. 물론 아파트 보증금도 빼갖고 나갔다.

"그년을 그대로 내버려 둘 순 없다. 내 돈까지 떼먹고 갔으니."

인수는 극도로 화가 났다. 더욱이 은주에게 매력을 잃은 생각을 하면 가슴이 찢어지는 것처럼 아프기도 했다.

"그년을 그저 잡기만 해 봐라."

그러나 그런 말이 입에서 떨어지기 전에 아파트 사무실에서 연락해오는 전화벨이 울려졌다. 인수는 분주히 수화기를 들었다. 혹시 은주에게서 전화가 오지 않았는가 하는 생각에서였다. 그러나 그것은 의외에도 '알프스'의 황 마담한테서 온 것이었다.

"미스터 김, 어떻게 일하는 거예요. 떼어 놓으라는 사이를 뒤에서 붙여 놓고, 도망치게까지 해 놨으니……."

성이 독같이 난 황 여사의 목소리가 수화기에서 울려지자, 인수의 눈은 급기야 둥그레지지 않을 수가 없었다.

명동풍속

육이오를 겪고 난 서울거리의 변모란 대단한 것이지만 그 중에서도 명동거리처럼 아주 달라진 거리도 없을 것이다. 전란을 치른 명동거리는 중국대사관의 담과 국립극장, 성당만이 남았을 뿐으로 완전히 폐허가 되었던 것이다. 그러나 이제는 집도 들어 설대로 들어섰고 공원도 생기고, 길도 포장하여 옛날의 모습보다도 훌륭한 그야말로 글자 그대로 밝은 거리를 이루고 있다. 명동거리를 둘러보면서 걸어보면 바나 호텔, 댄스홀, 비어홀도 제 자리를 차지했고, 레스토랑, 곰탕집, 중국요리, 일식요리, 양장점, 양품점, 미장원, 이발소, 식료품상, 빵집, 꽃집, 새집, 당구장, 파친코까지가 모두 골고롭게 들어 앉았다. 이제는 이대로 이 모양으로 별로 달라질 것도 없이 몇 십 년은 지날 것 같다.

그러나 명동은 역시 매일 조금씩은 달라지고 있다. 어느 한 구석, 어느 한 모퉁이에서 달라지고 있다. 마치도 바의 여자나 다방 레지들의 입술 아래 검은 기미가 어제는 없던 것이 오늘은 생겨나고, 오늘은 바른 쪽에 있던 것이 내일은 왼쪽으로 옮겨지듯이 눈에 띄지 않는 그런 변화가 매일 일어나고 있는 것이다.

아무리 사람이 많이 다니는 명동거리라 해도 거기에 있는 장사가 모두 잘 될 리는 없기 때문이다. 그러므로 간판은 그대로 붙어 있으면서도 수시로 경영주가 달라지는 집도 많다. 물론 이것으로 영업이 잘 되고 못 되는 집도 미루어 짐작할 수 있는 일이지만 하여튼 명동거리가 이렇게도 매일 조금씩 달라지는 일이 생기는 것만은 사실이다.

그 중에서도 경영주의 변동이 심한 것은 바나 다방이다. 여급이나 바텐더는 그대로면서 경영주만이 한 달이 멀다하고 바뀌는 바도 있고, 다방 벽의 빛깔이 두달도 못 되어 달라지며 마담도 달라지는 신기한 풍경도 흔히 볼 수 있는 일이다. 이러한 변화가 우리들에겐 별로 관심사가 될 리 없는 일이지만 그러나 세상이란 참 묘하게 된 것으로 이런 일이 자꾸 생김으로써 덕을 보는 사람들도 있다. 예를 들면 복덕방이 그렇고 변호사 역시 마찬가지이다. 다방이나 바의 권리금이 대체로 삼백만환 이상이므로 부정매매의 온상이 되기가 쉬운 노릇이므로 시퍼런 돈을 내고서도 권리를 헛사는 일도 많은 것이다. 하기는 '권리'라는 것은 애당초부터 눈에 보이지 않는 것이므로 헛사기도 쉬운 것이다. 그러므로 복덕방을 믿어보게 되는 것이지만 복덕방을 믿었다가도 사건이 생기게 되면 변호사를 찾을 수밖에 없는 노릇이다. 이 변호사와 복덕방들은 어엿한 명칭을 갖고서 덕을 보는 사람들이지만 이밖에도 명칭을 무엇이라 붙여야 할지 알 수 없는 사람들도 많다. 이를테면 종진이도 그런 부류의 한 사람이다.

종진이의 장사 명칭을 억지로 붙인다면 여급 알선업이라고나 할까, 이 집 여급이나 댄서나 레지를 빼어 저 집으로 돌려주고, 저집 여급이나 댄서나 레지를 이 집으로도 빼어 돌려주는 밑천 들지 않는 장사로서 언제나 매끈히 차리고 다닐 수 있는 것이다. 그렇다고 이 직업은 누구나가 손쉽게 할 수 있는 것은 아니다. 명동의 알아볼 사람도 알아볼 줄 알아야 하고, 용모도 머리에 기름을 발라 어울리게쯤은 생겨야 하는 것이고, 여급들의 비위를 맞춰주는 삽삽한 말도 할 줄 알아야 하지만 때로는 팔을 걷고 나설 약간의 용기도 있어야 한다.

종진이는 사변 통에 법과대학을 집어치게 됨에 따라 '댄스홀'에서 색소폰을 불고 있는 동안에 어느듯 이런 장사에 눈을 뜨기 시작하여 지금은 명동의 여자라면 연령과 경력까지를 대개 꿰뚫고 있었고, 명동에서도 가까운 퇴계로에 아파트를 얻고서 직통 전화까지 갖고 있었다. 그에게 오는 전화는 열두시의 사이렌이 울릴 때부터 대개 오후 세시까지였다. 물론 전화는 마담이나 여급에게서 오는 것이었다.

"애를 보내 준다더니 어떻게 된 셈이야. 나와는 틀어진 감정도 없을 터인데."

"나두 감정을 사지 않게 하자니 그런 것 아니요. 이상한 것 데리구 갔다가는 노발대발 할 것이구……."

"거야 물론 귀여운 애가 필요하니까 자기에게 부탁하는 것이지, 그렇지 않다면야."

"그러자니 역시 시간이 걸리니까 그렇지, 불이 나게 전화를 걸지 않아두 생각하구 있으니 안심하구 있어요."

"저런 또 태평한 소리 하구 있지. 어제 줄리렛까지 어느 놈팽이하구 경주에 가서 아주 문을 닫게 된 판이라는데."

이런 전화가 아니면

"박선생 정말 저와는 무슨 감정이 있는가봐. 나를 그런 곳에다 소개해 준 것을 보니."

"그 집이 어때서?"

"어때서가 뭐에요? 계집애들을 어떻게 그런 거지같은 것들만 모아놨어요."

"왜?"

"왜라니요? 이건 게걸병이 든 계집애들인지 손님의 안주를 나오기가 무섭게 먹어 치우는 걸요."

"그래야 주인이 좋아할 것 아니야."

"주인이 좋아해두 분수가 있지요. 이 편의 체면이란 전혀 모르는 것들인 걸, 날 찾아온 손님인데 어찌나 창피하던지."

"그런 것쯤이야 자기가 이야기해 주면 될 일 아니야."

"그것들이 이야길 해줘서 알기나 할 것들이 아니라구요. 하여튼 난 그곳에 못 있겠어요. 다른 데로 돌려줘요."

이런 종류의 전화이다. 이런 전화를 몇 통만 받게 되면 그것으로서 그날의 일은 끝난 셈이고 또한 그것으로 충분히 생활도 할 수가 있어 마음이 내키는대로 빌리어드로 가서 당구도 칠 수 있고, 자기가 좋아하는 계집을 데리고 그릴을 찾아가서 맛난 음식도 먹을 수 있고 뿐만 아니라 영화가 바뀌듯이 계집도 바꿔가며 살 수 있었다. 그러고 보면 종진이는 세상에서 좋다는 일은 모두 즐기면서 사는 셈이었다.

그러한 종진이가 요즘은 매일 저녁녘에 한가한 틈을 타서 다방 '베르누이'에 나타나곤 했다.

불어로 아름다운 밤이라는 '베르누이'는 명동 다방 치고서도 첫 손가락을 꼽히는 큰 다방이다. 언제 가보나 늘 손님이 차 있어, 십팔구세의 대여섯 명이나 되는 계집애들이 차를 나르기에 쩔쩔매고 있었다. 국회의원을 비롯해 대학교수니 영화인이니 하여튼 이름난 자는 모두 모여드는, 손님의 질도 제일 좋은 다방이었다.

이렇게도 다방이 번창하려면 커피 맛도 물론 좋아야 할께고, 실내 설비도 그렇게 해야 하는 것이지만 또한 마담의 수완이 이만저만 하지않고서는 어림도 없는 노릇이다.

'베르누이'의 마담인 백 여사는 한땐 우리 악단에서 이름도 날려본 소프라노 가수였다. 미군 고급장교에게 붙었다가 차여도 보고, 놈팡이에게 붙어서 속아도 본 하여튼 산전수전도 겪을대로 겪은 관록 있는 마담이다.

그쯤되면 종진이가 매일 저녁 그곳에 나타나는 속셈이 무엇이라는 것을 첫 눈으로 간파하지 못할 리도 없는 일이었다.

"네 녀석이 우리 집 애를 뽑아만 냈단 보아라."

백 여사는 잔뜩 벼르면서 종진이의 기색을 살피고 있는 동안에 자기 집에서도 제일 귀여운 은주에게 그가 눈독을 들이고 있다는 것을 알게 되었다.

가을비가 부슬부슬 내리는 어느 날 저녁 백 여사는

"은주, 나하구 저기 좀 가자."

하고 은주를 불렀다.

"마담, 어디 가는 거예요?"

은주는 추운 듯이 어깨를 움츠려 양손으로 팔을 싸안으면서 따라나섰다.

"어디 가는 것 아니구 맞은편 집 가서 호두 케이크 먹자는 거야."

"난 어딜 간다구."

웃으면서 다른 애들을 돌아다 봤다. 은주는 자기 말로는 스무살이라고 하지만 이렇게 마주앉고 보니 한두 살은 감춘 얼굴이라는 것도 알 수가 있었다. 그러나 호두 케이크에 잼을 발라 혀로 핥아먹는 것을 보면 아직도 어린애다. 그러면서도 은주의 눈을 보면 요즘 한국영화의 의미 모를 별의 의미도 알 수가 있을 것만 같다. 백 여사는 은주의 그런 귀여운 얼굴을 무심히 바라보고 있다가

"참, 네게 좀 물어 볼 말이 있는데."

하고 문득 생각한 듯이 입을 열었다.

"무슨 말을요?"

은주는 잼을 핥던 것을 멈추고서 눈이 동그래진채, 끈적거리는 손

을 치마에 문질렀다.
“별 이야기가 아니라, 우리 집에 저녁마다 늘 들리는 박이란 사람 말이다. 그 사람이 네게 던지는 눈길이 이상하지 않아?”
“그래요? 마담.”
하고 은주는 생각지 않은 말을 들었다는 듯이 눈을 동그랗게 떴다.
“그런 얼굴로서 새침을 떼려는 것, 나두 그만한 것은 알고 있단다.”
“정말 그렇게 이야기하니 그 사람 나를 이상스럽게 보던 것 같기도 하군요.”
“그래두 모르는 척 할라고?”
은주도 깜직스럽게 구는 것을 보니 모두 알고 있는 모양이라고 생각하니 마담은 구태여 말을 돌려 할 필요도 없다고 생각되는대로
“넌 그렇게 느끼지 못했다 해도 그 사람이 네게 눈길을 주고 있는 것만은 사실이지. 하기야 집에 오는 손님들이 다소나마 누구나 너희들에게 관심을 가지는 것은 사실이지만, 그 박이란 사람은 너두 잘 아는지 모르지만 정말 곤란한 사람이니 말야. 그에게 걸려든 여자치구서 울지 않은 사람이 없단다.”
“보기엔 아주 얌전한 사람 같은데요.”
“그렇기에 여자들이 잘 걸려들어서 자기 신세를 망치는 것 아닌가, 그가 우리 집에 나타나기에 누굴 뽑아 낼 생각으루 오는 줄 알았더니 그게 아니구 네게 딴 마음을 갖고서…… 그래서 너도 정신을 차려야 한다구 알려주는 거야. 알겠지?”
“알겠어요, 저두 주의하겠어요.”
하고 은주는 솔직한 자기의 심정대로 고맙다는 말을 하면서도 그 순간에 어지럽고도 그늘진 얼굴이 되었다. 사실을 말한다면 은주는 백 여사로부터 지금에 그런 말을 듣기 전에 종진이하고는 다방이 쉬

는 날을 이용해 어디로 놀러가기로 벌써 약속이 되어 있었기 때문이었다. 그러나 은주는 그 말을 마담에게 이야기 해야 할지 안해야 할지 모르고 망설이다가 기회를 놓쳐 버리어 결국은 자기 가슴 속에 묻어두는 수밖에 없게 되었다.

은주는 눈을 가만히 내려 뜬 채 혼자서 생각했다. 어쨌든 그런 약속은 자기가 무시해 버리면 되는 것이 아닌가 하고. 그러고 나서야 은주는 겨우 마담의 손에서 반짝이는 반지를 바라볼 수 있는 여유를 가질 수가 있었다.

사실 종진이는 백 여사의 이야기대로 여자에 대해서는 정말 대단한 사나이다, 한달을 두고서 여자를 매일 갈아댄 기록도 있다하니 그의 재간이 얼마나 비상하다는 것도 알 수 있는 일이다. 그러나 이와 달리 알 수 없는 것은 그런 직업의 여자들의 심리이다. 입으로는 품행이 단정하고 건실한 사나이가 좋다면서도 실제로 끌려드는 것을 보면 기름 단지에서 기어나온 종진이와 같은 사나이에게 끌려 들어 나중에는 울고불고 야단을 치니 말이다.

백 여사는 은주가 귀여우니만큼 으레 누가 장차 손을 대게 되리라는 것은 알고 있었지만 그러나 그것이 종진이라는 데는 자기의 영업에도 관계가 되는 일이고 하여튼 가만히 보고만 있을 수가 없는 일이었다.

그리고 며칠이 지난 어느 날 밤 문도 거의 닫게 되어 백 여사는 다방에 달린 뒷방에서 전표를 정리하고 있을 때 은주가 시무룩한 얼굴로 들어왔다.

"어떻게 하면 좋아요?"

"뭐를?"

"미스터 박이 지금 소사(素砂)까지 차로 데려다 준다는 걸요."

"소사까지?"

하고 백마담은 은주의 말을 따라 하다가 알겠다는 얼굴을 했다. 은주의 집은 인천 가는 도중인 소사이므로 어느 날은 다방에서 자고 월요일마다 한번씩 집에 다녀오는 것으로 되어 있었다.

백 여사는 그래서 오늘이 월요일이라는 것을 알게 되었다.

“거야 소사까지 가는 길에 차를 태워 준다니 잘 된 일이지만 그래, 자신 있니?”

백 여사는 일부러 흐린 얼굴을 지어 보였다.

“뭐가 말이에요?”

“미스터 박이 차를 태워 준다는데두 다른데 들리지 않고 집까지 직행할 수 있나 말야.”

“그래서, 그 사람 그럴 것만 같지가 않아서 마담에게 묻는 것 아니에요.”

“넌 그래, 그 사람이 진정으로 좋아서 그런 거야?”

“어머나, 내가 그런 사람 좋아할 게 뭐에요.”

“그러면 싫다고 하면 그뿐 아니야.”

“그렇지만 나를 두 시간이나 기다리고 있었던 걸요. 어떻게 그런 말 하겠어요. 마담이 나가서 이야기 좀 해줘요.”

“날 보구? 너두 철이 없지 내가 어떻게…… 그 사람두 이 집 손님인 걸.”

“그러면 난 어떻게 하면 좋아요.”

은주는 진정으로 난처한 얼굴을 하고 있었지만 실제로 그것쯤 어떻게 처리 못할 백 여사도 아니었다.

“네가 정 걱정된다면 내가 나서서 잘 처리해 주지.”

백 여사는 세어서 묶어 논 돈을 핸드백에 집어넣고 나서 일어섰다.

차는 어두운 경인도로를 달리고 있었다. 추석이 삼사일 지난 늦게

뜬 달은 그들의 드라이브의 흥을 더한층 돋우었다.
"차가 시원히 잘두 달린다. 무슨 음악이 있거든 틀래요?"
백 여사는 은주를 사이에 두고 앉은 종진이를 넘겨다보며 말했다.
"음악이요?"
종진이는 운전사의 어깨를 툭툭 쳐 라디오를 틀라고 했다. 운전사가 라디오 '스위치'를 넣자 불시에 귀에 익은 달콤한 멜로디가 흘러나왔다.
"오후의 연정의 주제가야."
은주는 손벽을 칠 듯이 좋아했다. 백 여사는 쿠션에 기대어 그 멜로디에 취해 보면서 밤의 드라이브도 그러고 보니 오래간만이라는 것을 느꼈다. 차는 신길동 앞을 지나서 여의도 비행장의 불빛이 바라보이는 언덕을 넘어 영등포 거리를 달리고 있었다.
"마담."
이번에는 종진이가 은주를 사이에 두고 백 마담을 넘겨다보았다.
"정말 소사까지 가는 것입니까?"
"정말 가지 않구. 처음부터 그런 약속 아니었어!"
"그렇지만 소사까지 갔다가 돌아오게 되면 아주 늦을 것입니다."
"좀 늦으면 어때? 집엔 누가 기다리고 있는 사람이 있는 것도 아니고, 미스터 박이 어떤 호의를 베풀어 주는 드라이브인데."
"물론 소사까지 드라이브해 준다면야 고맙지만……."
종진이는 백 여사에게 미안해 하는 듯한 어조이면서도 속심으로 늙은 여우 같은 할미 때문에 오늘 밤의 일은 다 글렀다고 쓴 침을 삼키고 있었다. 그것이 백 마담의 방해공작이라는 것을 종진이는 너무나도 잘 알고 있었기 때문이었다.
이러는 동안에 차는 영등포 공장 거리를 벗어나 어둠을 헤쳐주는 헤드라이트 불빛에 양 옆으로 논밭이 드러나기 시작했다.

"이쯤 나오니까 서울을 완전히 벗어난 기분이구만."

백 여사는 역시 드라이브에 흥이 겨운 듯 내다보며 말하자 은주가 말을 받아

"그렇지요. 이제는 오류동도 지났으니까요."

하고 말했다. 집이 소사이니만큼 은주는 밤중에 달리는 차속에서도 이곳의 지리만은 환하게 알 수가 있는 모양이었다.

그 때에 뒤에서 오던 차가 그들의 옆을 쏜살같이 스쳐 지나갔다. 젊은 여자가 중년 신사의 품에 안겨 있는 풍경이 뒷창으로 빤히 들어다 보이었다.

"미스 리두 잘 봐둬. 저런 심각한 장면은……."

종진이가 은주의 옆구리를 쿡 치면서 말했다.

"어머나 어쩌면……."

중년 신사가 여자 얼굴에 볼을 갖다대고 비벼대는 데는 어쩔 수 없이 은주는 그만 외면한 채 마담의 무릎을 흔들어댔다. 백 마담은 웃는 얼굴 그대로 그것을 바라보면서

"저러구서야 틀림없이 송도로 직행하는 수밖에 없겠지."

그 말에 차안엔 웃음이 터지었다.

"운전수, 스피드를 내서 앞차 뒤에 갖다 대요."

종진이는 웃으면서도 몸이 달아 견딜 수가 없는듯이 소리쳤다. 엔진 소리가 갑자기 높아지며 휑하니 달리었다.

그러나 앞의 차는 뒤에서 차가 따라오는 줄 알자 더욱 속력을 내어 까맣게 달아나 버리고 말았다. 그 바람에 웃음치던 흥이 식어버린 듯

"운전수 이 찬 어떻게 된 차요? 허울만 좋으니……."

하고 종진이가 운전수를 조롱댔다.

"우리 차가 허울만 좋은 것이 아니라 앞차가 너무나도 좋지요. 세

당인 걸요."

운전수는 웃으며 솔직한 고백을 했다.

"하여튼 그놈의 차 때문에 기분 잡쳤는데."

"그렇기에 자기 차 없는 사람이 드라이브할 생각을 누가 하라는 거야."

백 여사가 운전수의 말을 대신하여 종진이에게 침을 주었다.

은주는 그런 말을 듣고 있다가 문득 보니 차는 어느 사이에 소사의 거리를 들어서고 있다.

"어머나 벌써 다 왔어."

놀라는 은주의 말에 백 여사도 눈을 들어 보니 몇 번 지나다녀 본 소사의 거리에 전등불들이 눈에 들어왔다.

"그러면 은주 여기서 내리고 미스터 박과 나는 이대로 차를 돌려서 서울로 다시 들어가야겠구만."

백 여사의 입에서는 알 수 없게도 그런 말이 불쑥 나왔다. 그러자 종진이가 불시에 말을 받았다.

"거야 그럴 수밖에 없는 일이지요. 이대로 인천까지 가봤댔자 마담하구서야……."

"그래, 마담하구선 어쨌단 말야?"

하고 백 여사는 은주 등뒤로 손을 돌려 종진이의 목덜미를 꼬집어 줬다.

"내 눈엔 자기가 젖 떨어진 간난애처럼 생각되는데 그걸 전혀 생각지는 못하는 모양이지."

"그러니 마담 앞에선 젊은 자랑두 할 수가 없구만요."

"물론이지."

백 마담은 그런 대답이면서도 어쩐지 속이 비는 듯한 그런 기분이었다. 그때에 열심히 밖을 살피고 있던 은주가

"여기서 차를 세워줘요."

하고 소리쳤다.

"여기서 내려?"

"그래요. 저 골목으로 들어가요."

하고 은주는 차에서 내리고 나서는

"뛰어 가서 엄말 불러 올테니 마담이 만나 줘요."

하고 어린애처럼 정말 달려갈 태세를 하고 있었다. 그것을 백 마담은 밤도 늦었다는 핑계로 다음 기회로 미루고 어서 들어가 보라고 했다.

"정말 오늘 밤 일은 잊을 수가 없어요. 그럼 조심히 돌아가세요."

내일 아침이면 다시 만날 그들이면서도 은주는 섭섭한 이별 같은 얼굴로서 어두운 골목 안으로 사라졌다.

차는 다시 서울로 돌아가기 위해서 돌리었다.

"미스터 박, 당신도 대단한 수고군요. 비싼 차삯을 치르면서 여기까지 여자에게 친절을 베풀다니."

차가 돌아서 달리기 시작하자, 백 여사는 옆에 앉은 종진이의 체온이 의식되는대로 이런 조롱을 또 꺼내었다.

"그거야 백 여사두 마찬가지의 일이지요. 젊지두 않은 여사께서 이런 밤중에 필요하지도 않은 드라이브를 한다는 용기를 내셨다는 것이……."

"그러나 난 미스터 박의 덕으로 이렇게 유쾌한 걸."

백 여사는 일부러 커다란 엉덩이를 부비적거려 그의 옆으로 다가앉았다. 그러나 종진이는 옆에 앉았던 은주가 내리고 나니 백 여사에 대한 가슴 속에 숨어 있던 부화가 더욱 부풀어지는 모양이었다.

어두운 길이면서도 연달아 어기치던 차가 뜸해진 것을 보면 이제는 밤도 어지간히 늦은 모양이었다. 그러자 차는 갈 길이 바쁜 듯이

풀 스피드를 내었다. 어느덧 차가 한강 인도교를 건너기 시작하자
"백 여사."
그때까지 시부룩하니 앉아 있던 종진이가 문득 입을 열었다.
"왜 그래?"
"실상 미스 리에 대한 이야기를 좀 하고 싶은데요."
"미스 리에 대한 이야기?"
"그래요. 이건 전부터 백 여사에게 한번 이야기해야겠다고 생각하면서도 기회가 없어서."
"또 미스 리를 어디로 빼내겠다는 이야긴 아니야? 그런 이야기라면 들을 필요도 없어."
백 여사는 일부러 시침을 떼 봤다.
"설마 그런 소릴 백 여사에게 할라구요. 그것과는 전혀 성질이 다른 아주 중요한."
"그런 이야기라면 또 모르지만……."
백 여사는 무엇을 찾듯이 인도교 난간에 걸핏거리는 어두운 들창 밖을 내다 보고 나서
"그러나 중요한 이야기라면 이런 차안에서 좀 불편한데 어디구 차에서 내려 들어가 앉을까?"
"내리자구요?"
종진의 눈이 번쩍 떠지는 것 같았다. 그러자 백 여사는 젖가슴 쪽을 한번 꼬고서는 운전수가 들으면 안될 말이나 되는 것처럼 작은 목소리로
"그래 내려요. 통행시간까진 아직두 사십분은 남은 걸요."
"그럴까?"
"그래요. 운전수, 다리를 건너가 무슨 일식 음식점이 있었지요. 그 앞에서 멈춰줘요."

그리하여 그들은 생각지도 않았던 그런 일로 그 부근의 호텔에서 밤을 밝히게 되었다.

이튿날 아침, 아침이라기보다는 열두 시가 거의 가까운 그런 시각에 백 여사는 더블베드에 걸쳐앉은 채 콤팩트를 꺼내들고 화장을 하다가 그 손을 잠시 멈추고서

"자기 오늘 별일 없지?"

하고 아직도 베드에 누워 있는 종진에게 눈을 돌리었다.

"나야 일년 내내 노는 팔잔걸, 그보다도 마담은 가게에 나가야지 않나요?"

"마담두 때로는 샤보타주를 하고 싶은 것이지. 그럼 영화나 보러 갈까?"

"참 지금 국제서 하는 것이 좋다더구만요. 이름이 뭐드라"

"그래 그것 보러 가요. 그러면 어서 일어나 옷을 입어야지"

백 여사는 종진이의 허리 밑에 손을 넣어 꼬집어 주었다.

"아야 아야"

그러나 종진이는 일어날 생각보다도 먼저 그 팔을 끌어 백 여사의 목을 끌어 안으면서 백 여사의 입술을 찾았다.

사랑은 밝은 곳에

버스를 내렸다. 태양은 머리 위에 있었고, 햇살도 꽤 강했다. 한참 무르익은 봄날씨였다.

은숙이는 발소리도 상쾌하게, 보도를 곧바로 걸어갔다. 벌의 날갯소리 같은 부드러운 음향이 사방에 꽉 차 있었다. 가슴을 벌려 깊이 숨을 들이 마시면서 은숙이는 이유도 모를 행복에 젖어들었다. 언제나 이 계절이 되면 은숙이는 행복감을 느낀다. 몸의 환희라고나 할까, 그런 것이 몸속에 퍼져 오는 것이었다. 블록 담이 계속 되었다. 은숙이는 블록 담이라는 것을 좋아하지 않았다.

은숙이가 자란 시골에는 돌담이 많았다. 잡석과 흙으로 쌓아 올린 그 돌담이 은숙이는 퍽 좋았었다. ……

은숙이는 블록 담이 쭉 계속되는 이 골목을 벌써 삼년째, 한달에 한번은 꼭 다녀야 했다.

그것은 삼년 전의 어느

날, 은숙이 부친이 죽은지 얼마 안되어서부터의 일이다. 부친의 친구인 전학구 씨를 찾아가자 전학구씨는 이렇게 말했던 것이다.

"은숙인 이제부터 어떡할 테야?"

은숙이는 대답을 안했다. 할 수가 없었다. 실상은 그 때문에 전학구씨를 찾아왔던 것이다.

"계획이 서 있나?"

"없어요."

은숙이는 솔직하게 대답했다.

모친은 사변 중에 돌아가셨고, 이번에 부친마저 여의고 보니, 은숙이는 천하 고아가 되고 만 셈이다.

"없어요라니……."

전학구 씨는 은숙의 얼굴을 새삼스레 쳐다보았다.

"일가 친척두 별로 없다고 들었는데."

"네."

은숙이는 전학구 씨로부터 시선을 돌리면서 말했다.

"전 영어공부나 했으면 해요."

"영어?"

전학구 씨는 꽤나 놀란 듯 약간 언성을 높혔다. 부친을 잃고 오갈데가 없이 됐으면서 느닷없이 영어공부를 하고 싶다니 이런 태평이 어디 있을까, 전학구 씨의 어조 속에는 그런 뜻이 포함되어 있었다. 그러므로 은숙이도 시선을 돌린 채 묵묵히 앉아 있었다. 잠깐 침묵이 계속되었다.

"영어공부를 하고 싶다지?"

드디어 전학구 씨가 먼저 입을 열었다.

"네."

은숙이는 시선을 바로 돌리면서 분명히 대답했다.

"이젠 저 혼자인만큼 무엇이든 몸에 붙이고 싶어요."

"그것두 그렇지."

전학구 씨는 가볍게 대답했다.

"당분간은 내가 생활비를 내 주도록 하지. 그리고 아버지 일의 뒷처리 같은 것두 모르는 것이 있으면 언제든지 와서 물어라."

그때부터이다. 은숙이는 매달 한번씩 이 골목을 걸어 전학구씨한테 가서 생활비를 타온다. 벽돌담이 나타났다. 그 집이 바로 전학구 씨 댁이다.

'벽돌담이 그래도 블록 담보다 좋아'

은숙이는 그런 생각을 하면서 손수건으로 이마에 솟은 땀을 닦았다.

"돌아가셨다구요?"

은숙이는 그만 큰 소리로 반문했다. 현관에서 초상객을 접대하고 있던 낯선 사나이는 딱한 듯이 머리를 끄덕였다. 은숙이는 돌아설 수밖에 없었다. 전학구 씨의 부인조차 은숙이는 몰랐다. 전학구 씨와 은숙이 사이의 생활비 건은 극히 사적으로 이루어져 왔다. 매달 첫 일요일에 찾아가면 전학구 씨는 기다리고 있다가 봉투에 넣은 돈 삼천 오백원을 주었다. 방에 올라가는 일도 없이 이 사무는 현장에서만 이루어졌다.

그러면서도 은숙이가 무조건 전학구 씨한테 생활비를 타러가는 데에는 전학구 씨로 하여금 그만한 원조는 할 의무가 있다고 생각했기 때문이었다. 은숙이 부친도 갑자기 죽었으므로 자세한 이야기를 들은 일은 없지만, 사업상으로 전학구 씨는 은숙이 부친에게 채무가 있었을 것이었다. …… 그러나 저러나 전학구 씨 마저 죽은 다음에는 그 분명치 않은 셈을 어디에도 가서 밝혀볼 길은 없게 되었다.

은숙이는 아까 걸어 온 길을 되돌아가고 있었다.

여전히 태양은 머리 위에 있었다. 햇살도 여전히 강했다.

그러나 지금은 발소리도 질질 땅에 끌리는 것만 같고, 전차, 버스, 사람의 물결, 천지에 가득 찬 소음에 현기증만 더해 갔다. 가다가는 문득 서버리고 다시 걸음을 옮기고, 오늘 받아오는 생활비로는 당장 하숙비를 내야했지 않은가, 지금까지도 하숙비를 제하고 나면 천 원도 안 되는 나머지 돈으로 한 달을 살아야 했다. 그러면서도 대학 삼학년까지 계속해 온 학교를 지금 그만두기는 죽기보다 더 싫었다. 대학만 나오면, 그녀는 학과 성적도 나쁘지 않았고 따라서 고등학교나 중학교의 영어교사는 될 수 있다. 관청이나 무역회사 같은 데도 취직할 수 있다. 어쨌든 얌전한 직장을 구해서 여자 혼자의 힘으로도 떳떳이 살아갈 길이 생기는 것이다. 이제 2년, 지금 같은 처지에서는 긴 것 같으면서도 그 2년만 참고 견디면……

그러나 전학구 씨가 죽고 난 지금에 누가 나머지 2년간의 학비를 낸단 말인가? 은숙의 생각은 한걸음 한걸음 걸어갈수록 더 어두어질 뿐이었다.

동대문행 버스를 타려고 은숙이는 길을 가로질렀다. 그러면서 제 정신이 아니던 모양이다. 횡단보도도 아닌 차도를 두세 발자국 내딛는 순간에

"정신 차려!"

남자의 커다란 고함소리가 귀청을 때렸다.

아차 하며 바른쪽을 보았을 때는 이미 늦었다. 동대문쪽에서 달려오던 자동차 한 대가 무슨 짐승처럼 달려들었다. 당황할 틈조차 없었다.

'치인다!'

그 생각이 정신을 전율케하면서 마음속까지 새파래지고 말았다.

동시에 몸은 차체(車體) 앞쪽에 부딛치면서 모로 쓰러졌다.

끽……! 차는 급브레이크를 밟으며 보도쪽으로 돌아서면서 급정거를 했다. 그때 앞바퀴 위의 차대(車臺)가 가로수에 부딪는 소리가 들렸다.

은숙이는 그때까지도 쓰러진 채였다. 별로 다친 곳은 없는 모양이었다. 그러나 허리를 부딪쳤을 때의 아픔보다도 갑작스러운 놀라움에, 그만 정신이 아찔해서 일어서는 것조차 잊은 얼굴이었다.

난폭하게 자동차의 문을 열고 스물 일고여덟쯤 난 청년이 질린 얼굴로 운전대에서 뛰어나왔다.

"정신이 있어, 차가 오는 것도 안 보고 차도로 뛰어나오다니!"

청년은 화가 잔뜩 나서 소리를 쳤다. 화가 나는 것이 당연한 일이다. 사람이라도 친다면 그 운전수는 어떻게 되는 것인가.

은숙이는 아직도 엉덩방아를 찐 채로 쓰러져 있었다.

그녀는 자기에게 고함을 치고 있는 청년이 너무나 단정한 사나이다운 얼굴을 하고 있는 것을 보고 내심 무척 놀란 것이다.

'남자들이란 화를 내면 저렇게도 아름다운 얼굴이 되는 것일까?'

"어딜 부딪쳤어?"

청년은 급기야 걱정되는 빛을 띄우며 팔을 내밀어 은숙이를 안아 일으키려고 했다.

"아니, 괜찮아요. 혼자 일어날 수 있어요."

은숙이는 분주히 머리를 흔들었다. 자기도 모르게 얼굴이 빨개졌다. 젊은 남자의 손이 자기 몸에 닿는 것을 본능적으로 피하려 했던 것이다.

청년쪽에서도 그것을 보고는 멋적은 듯이 그대로 팔을 내리고 말았다.

"괜찮소? 일어 날 수 있어?"

"괜찮아요."

은숙이는 일부러 아무렇지 않은 듯이 일어나 보이려고 했다. 그러나 허리가 그대로 아팠으므로 할머니같이 꾸물거리며 일어났다.

청년은 약간 쓴 웃음을 지었다.

은숙이는 자기도 우수운대로 히죽 웃어버렸다.

"몹시 부딪힌 모양인데."

"그렇지도 않아요."

"사양 말구 아푼 델 말하시우?"

"아깐 좀 아펐지만, 지금은 아무렇지도 않아요."

그것은 사실 그렇기도 했다.

"그럼 걸을 수 있소?"

"걸을 수 있어요. 걸어 볼까요?"

"걸어 봐요."

청년은 아직도 마음이 안 놓이는 모양이었다.

"그럼 걸어 볼께요."

은숙이는 두 서너 걸음 걸어 보였다.

그러고는

"아무렇지도 않지요?"

"다행이요. 그래도 그만해서."

청년도 그제는 마음이 놓이는지 그런 말을 하고 나서는

"그렇긴 하지만, 좀 조심하시오. 어린 애두 아니겠다."

"미안합니다."

자기가 잘못했으니 은숙이는 미안해할 수밖에 없었다. 그러면서 그녀의 시선은 자연 망가진 앞쪽 차대로 쏠렸다. 그곳은 가로수에 부딪치면서 그렇게 되었던지 커다랗게 우그러져 있었다.

그 차는 아주 새 것으로 연회색 빛깔이었다. 그것을 보면 이 차도

택시인 모양이었다. 은숙이가 그런 생각을 하고 있는데

"어쨌든 차에 올라타요."

청년은 좀 어조를 고치며 재촉하듯 말했다.

은숙은 그만 놀라 청년을 쳐다봤다. 청년은 우그러진 차대의 배상을 은숙에게 하려는 것이 아닐까. 여기서는 가타부타 할 수 없으니 아무튼 차를 타고 가자는 것이 아닐까.

이쪽에 잘못이 있으므로 배상도 해야 할 것인지 모른다. 그러나 그녀에게는 돈이 없다. 당장 오늘 지불해야 할 하숙비조차 없는 판인데……

"미안합니다."

은숙이는 솔직하게 사과하는 수밖에 없었다.

"그렇지만, 전 가진 돈이 없어요."

"돈?"
청년은 영문을 물라 반문했다.
"돈이라니, 무슨 돈?"
"저 차가 저렇게 우그러졌으니."
그 말을 듣자, 청년은 더욱 놀란 얼굴이 되었다가 다음 순간에는 유쾌한 듯
"하하…… 무슨 소린가 했더니, 그건 당신 탓이 아니요."
"그렇지만……."
"아무튼 차에 오르시오. 안심하구."
"그렇다면 절 어디로 데려 갈려구?"
"의심 많은 아가씨로군. 당신은 학생인가요?"
"글쎄요."
은숙이는 그저 웃고 대답을 피했지만 그녀야말로 청년에게 '당신은 운전수?' 하고 물어보고 싶었다. 택시를 운전하고 있었으니 운전수임에는 틀림없을 것이었다. 그렇다고는 하지만, '새미'잠바를 아무렇게나 걸친 이 청년이 아무리 보아도 단순한 운전수 같아 뵈지는 않았다. 지금까지의 태도에도 택시 운전수로만 보기에는 수긍치 못할 몸에 밴 교양이 엿보였다.
"빨라 타요. 사람들이 모여들지 않아."
청년의 말을 듣고 둘러보니 어느덧 길가에는 호기심에 찬 행인들이 십여명 그들을 지켜보고 있었다.
은숙이도 그들 구경꾼들의 대상이 되는 일은 질색이었다.
"그렇다면 타겠어요."
은숙이가 동반석에 오르자, 청년도 운전석으로 돌아왔다. 차는 을지로 쪽으로 방향을 돌렸다.
"정말, 절 어디로 데려갈 생각이세요?"

은숙이는 다시 물었다. 그러나 상대방에 불안한 감을 느낀 때문은 아니었다.

"병원이지요."

청년은 대수롭지 않게 말했다.

"병원에요? 뭐하려요?"

"당신 허리에 금이라도 갔으면 어떡하겠소. 그러니 지금 가서 엑스레이나 찍어 보자는 거지요."

"어마나, 그런 생각이시라면 필요 없어요. 이제는 아푸지도 아무렇지도 않은 걸요."

"정말이요?"

"정말이예요. 그러니 이젠 내리겠어요."

"정 그렇다면 병원에 가는 건 그만 둡시다. 그 대신 엉덩방아를 찧게 한 대가로 집 있는 곳까지 그냥 모셔다 드리지요."

"그럴 필요도 없어요."

"사양할 것 없이, 갈 곳을 말하세요. 집엘 가던 길이요? 아니면 다른 곳?"

"그럼 데려다 주시겠어요?"

은숙이도 그만 가벼운 웃음을 띠면서 중얼거렸다. 그러고 보니 아까만해도 그렇게 우울했던 자기의 기분이 이 청년의 차에 부딪힌 뒤로 어느덧 깨끗이 씻기고 말았다.

"저, 동무 집에 가던 길이었어요."

그 말은 사실이었다. 은숙이는 아주 슬플 때나 아주 기쁠 때면 꼭 만나고 싶어지는 친구가 하나 있었다.

그 친구는 이경희라고 하는, 큰 양품점의 외동딸이었다. 은숙이와 경희는 여중·여고를 쭉 같이 다녔다. 이런 때에는 경희 밖에 더 찾아갈 곳이 없는 은숙이었다.

"그렇다면 그곳까지 모셔다 드리지요."
하고 청년은 속도를 줄이면서 말했다.
"어디지요, 그 친구 집은?"
"그렇지만 좀 멀어요. 을지로 사가까지만 데려다 주세요."
"멀다니 어딘데?"
"혜화동이에요."
"그것이 뭐이 멀다고."
청년은 벌써 차의 방향을 돌려 전찻길을 내달았다. 시간은 오후 두시경이나 됐을까. 밝은 봄 햇살에 반짝이는 플라타너스의 새싹이 한없이 신선해 보였다.
"참 아름다워요!"
"뭣이?"
"플라타너스의 새싹이."
"아깐 무슨 생각을 하고 있었소? 차 앞으로 건들건들 나왔을 땐 정말 놀랐는데."
"그저 멍해 있었던 모양이에요."
은숙이는 창피하기도 한 김에 조그만 소리로 대답하고는
"이상한 걸 묻습니다만……."
내친 김에
"선생님. 진짜 운전수세요?"
"아닌게 아니라 이상한 질문이로군."
청년은 웃었다.
"택시를 운전하고 있느니만큼 운전면허를 가진 틀림없는 운전수지요."
그 면허라는 말에 은숙이의 시선은 좌석 앞에 붙은 운전수의 명찰을 찾았다. 거기에는 '한일웅'이라고 쓰여 있었다.

'그렇다면 이 사람의 이름은 한일웅일까?'

하고 은숙이는 생각했다.

차는 대학병원 옆을 달리고 있었다.

"혜화동 어느 근처입니까?"

"초등학교 있는 쪽으로 가다가 바른쪽인데요."

은숙이가 이르는 대로 차는 주택가로 굽어 들어갔다. 이윽고 언덕진 곳을 지나자 경희네 커다란 양옥집 지붕이 보였다.

은숙이는 그 어구에서 차를 세워 달랬다. 그러자

"자아."

하고 청년은 팔을 내밀어 도어를 열어 주면서

"아가씨의 친구 집이 바로 저 집이었어요?"

좀 뜻밖인 듯한 얼굴을 했다.

"어마, 선생님도 아시는 댁이었어요?"

은숙이가 묻자,

"아니."

청년은 애매하게 말을 끊고 왠지 의미 있는 웃음을 띠며
"그럼, 또 뵐 기회가 있을지 모르겠습니다."
차를 돌릴 차비를 했다.
"오늘은 정말 미안했습니다."
은숙이도 황급히 인사를 하면서 문득, 이분을 언제 또 다시 만나볼까 하는 부질없는 생각이 들었다. 그러면서 이대로 헤어지기에는 서운하고 애석한 것 같은…… 그 마음이 그대로 얼굴에 드러나 그만 붉어지는 것 같은—
"안녕히 가세요."
은숙이가 가볍게 손을 흔들자, 청년은 눈으로만 대답하고 지금까지 온 길로 차를 몰고 나갔다.
무언지 꿈이라도 꾼 것같은 마음으로 그 차가 골목을 빠져서 아주 보이지 않게 되자, 은숙이도 걸음을 돌려 경희네 돌대문에 붙은 벨을 눌렀다.

경희는 다행히도 집에 있었다. 은숙이가 온 것을 알자, 현관으로 뛰어 나왔다.
"은숙이 오랜만이구나, 왜 그새 통 오지 않았니? 어서 어서 올라와요."
손이라도 잡아끌듯이 수선을 피웠다. 생활의 걱정이라는 것을 조금도 모르는 경희의 인상은 그야말로 양가의 영양(令孃)이었다. 성격도 활발하며 활동적이지만 그 반면에 눈물도 잘 흘리는 감상주의자였다.
"은숙아 뭘 우두커니 서 있어, 빨리 올라 오라는데두."
아직도 현관에 서 있는 은숙을 보자 갑갑스런 듯이 재촉했다.
"경희의 맘보 스타일이 너무나 멋져."

"암 그럴테지."

경희는 장난스레 눈을 찡긋해 보이고는 작은 목소리로

"실상은, 이놈의 맘보 때문에 엄마하구 투쟁이야. 다 큰 계집애가 저게 뭐냐구."

둘이서는 그 어머니의 마음을 알 수 있는대로 호호거리며 웃다가,

"너 요즘 참 예뻐졌구나."

은숙이는 또 한번 경희를 보고 칭찬했다.

"정말?"

"응!"

"은숙이가 수사학(修辭學) 학점도 따는 모양이야."

"천만에."

다시금 웃음이 터지다가 그제사 은숙이는 현관에서 올라섰다.

"오늘은 엄마두 외출이셔, 덕분에 우리 오늘은 진탕 놀아."

그러나 경희와 마주앉자 은숙이는 저도 모르게 우울해지는 것을 어쩌는 수 없었다. 경희도 그러한 은숙의 기분을 눈치채지 못할 리가 없었다.

"너 무슨 걱정이라도 있는 모양이구나."

은숙이는 대답 대신 씁쓸하게 웃었다

"무슨 일인데 그래?"

"……."

"이야기 해 주렴."

"사실은 참 우울한 일이야."

"무슨 일?"

"……."

"아이 갑갑해."

"경희야, 나 학교를 그만 두게 될지도 몰라."

"왜?"
경희의 눈은 점점 더 둥그래졌다.
"왜 그래? 여태까지 애써 다닌 학곤데."
"낸들 학교가 싫어져서 그럴까."
은숙이의 미소는 점점 더 슬퍼 보였다.
"그렇지만 너도 알다시피 내 학비를 아버지 친구분이 대 주지 않았어."
"그런데?"
"그분이 돌아가셨어."
"어마!"
"그러니 어떡해."
경희도 졸지에 대답할 말이 없는 모양이었다. 그저 둘이 다 한참이나 마주 보고만 있다가,
"우리 아버지만 좀 더 이해를 하면 네 학비쯤 어떻게 해 보잖아."
"그런 말 하지두 말어, 그런 말 듣자구 내가 너희 집에 온 줄 아니?"
"그렇지만 너무나두 아깝잖아, 이제 와서 그만 두게 되면."
"아니야, 차라리 이번 기회에 그만 두는 것이 좋을지도 몰라. 이제부터 바로 취직이나 해 보지 뭐."
"그 취직이 쉽나? 나 같은 거야 글쎄 집에서 먹여주니, 우리 아버지 말대로 대학같은 덴 안 가두 될지 모르지만 넌 실상 대학 간판이 필요한 애야. 취직을 해야 할 처지일수록 그렇잖아. 게다 머리 좋겠다, 공부를 좋아하겠다……."
"……."
"무슨 길이 없을까."
경희는 분주히 머릿속에서 여러 생각을 해 보는 모양이었다. 그러

다가 문득 머리를 들고,
"나두 무슨 방돌 생각해 볼게, 이삼일 후에 다시 만나."
"무슨 방도?"
"글쎄, 혹 길이 있을지도 모르니 말이야. 아무튼 어떻게 해서든지 공부를 계속해야 할 것 아냐. 그러니 이삼일 후에 다시 꼭 만나."
경희의 간곡한 말에 움직여
"만나는 거야 언제든지 만나지만, 그렇지만 무슨 방도가 있겠다구? 이젠 남한테 학비를 얻어다 쓰는 건 정말 싫어. 불안하구 비굴하구."
"그런 걱정은 말어. 은숙이가 불안해지거나 비굴해지는 일은 하지 않을 테니."
경희는 아주 자신이 있게 말하고 나서
"돈이란 경우에 따라서는 참 재미있는 거야. 없는 사람에겐 없어도 너무 많아서 처치에 곤란한 사람도 더러 있는 법이야."
알듯 모를 듯한 말을 한마디 더 덧붙였다.
차니 과일이니 은숙이가 대접을 받고 돌아오려고 할 때,
"나두 같이 가."
경희도 스프링코트를 걸치고 따라 나섰다.
"나두 좀 갈 데가 있어, 종로까지만 같이 가."
그러면서도 어디로 간다는 것은 설명하지 않았다. 그럴수록 아까 말하던 '무슨 방도'와 관계되는 일로 외출하는 것 같기도 했다. 그렇다면 은숙이로서는 "어딜 가는데?"하고 예사로이 묻기가 더욱 거북했다.
"은숙아, 이 삼일 후에 우리 집으로 다시 한번 더 와줄래?"
경희는 그런 소리를 했다가는
"아니, 그럴 것 없이 다음 일요일에 내가 네 하숙으로 갈게. 일요일

엔 집에 있지?"

무슨 즐거운 계획이나 있는 사람같이 부지런히 발을 옮겼다. 밖으로 나오자 오후의 태양이 길 가득히 비치고 있었다.

그로부터 약 사십분 후. 은숙이와 헤어진 경희는 종로에 있는 신한물산의 사장실에 와 앉아 있었다. 경희와 마주 앉아 있는 신사는 서른 한 두살의 영국 신사 같은, 정확히 말하면 신한물산 사장 강인수였다.

"어쩐 일입니까. 경희 양이 우리 사무실로 다 나오시고."

"봄바람 탓일까요?"

경희는 사뭇 정색한 얼굴로 대답했다가 그만 웅석이 되어

"실상은 부탁이 있어요."

"무슨 부탁?"

"인수 씬 깨끗한 낭만을 좋아하시죠?"

"낭만?"

강인수는 그만 쓴 웃음이 지어지는 모양이었다.

강인수와 경희네는 집안끼리 아주 절친한 사이다. 그러나 요즘에 와서는 두 사람 사이가 좀 미묘한 관계에 놓이게 되었다. 인수 모친이 상처한 아들의 신붓감으로 경희를 점찍어 놓고 있기 때문이다. 경희 모친에게 그런 기색을 비친 것은 물론 인수 자신도 경희를 좋아하고 있는 것은 두말 할 것도 없었다. 그러나 인수가 경희를 좋아하는 만큼, 경희도 인수를 좋아하는지 여부는 아직 분명하지 않았다.

"나는 이미 낭만이니 하는 그런 세계와는 거리가 멀어진 사람인데요."

"그렇게도 젊으신데?"

"첫째, 요즘 세상에 깨끗한 낭만이라는 것이 있을까요?"

"있으니 하는 말 아니에요? 그래서 또 부탁도 드리는 거구요."
경희는 전에 없이 열띤 얼굴로 의자에서 나 앉으며,
"인수 씬 굉장한 부자죠?"
"글쎄요, 요즘은 사방팔방 다 불경기라 머리가 쪼개지게 아픈 실정인데요."
"그래도 인수 씨 용처에서 한 달에 삼천 원쯤 희사하는 것은 아무것도 아니지요?"
인수는 그제야 정색한 얼굴이 되며
"대체 무슨 일인데 그래요?"
"사실은 어떤 얌전한 여학생 하나를 도와 주십사고……."
"……."
"그 여학생은 현재 K대학 영문과 삼년에 재학중이에요. 두뇌도 좋지만 참 아름다워요. 그 아버지 이름을 대면 인수 씨도 아실만한 집안의 딸이지만. 지금은 부모를 다 여의고 고아나 다름없어요. 지금까지는 돌아가신 아버지의 친구분이 학비를 대 주었지만, 그분마저 며칠 전에 죽었다나 봐요. 그래서 학교를 그만두고 취직을 하나 하고, 지금 고민하고 있는 중이에요."
"말하자면 그 학비를 나더러 대 달라는 거군요."
"그래요. 대 주세요, 네? 부탁해요. 그래도 거기엔 조건이 또 있어요."
"어떤 조건?"
"한마디로 말해서 무상으로 대 주십사 하는 거예요. 그 때문에 현재는 물론 미래에도 거기에 대한 부담을 느끼지 않게 해달라는 거지요. 돈을 그냥 버리는 셈치고, 불행한 한 여성의 앞길을 터 주시는 마음에서."
"그런 조건이기에 아까 깨끗한 낭만이라고 했군요."

젊은 사장은 그저 부드럽게 웃었다. 그러나 약간 맥빠진 얼굴이기도 했다.

"그 조건을 구체적으로 말하면 이래요. 첫째는 매달의 송금은 절대 무기명으로 하실 것. 말하자면 누가 보내는 돈인지를 밝히지 않는 거지요. 그리고 또 하나는 상대방을 알려는 호기심 같은 것을 절대 일으키지 마시라는 것, 이 두 가지에요."

경희는 마지막으로

"건방지다고 욕하지 마세요."

하고 덧붙였다.

"그렇지만 경희 씨, 그 이야기는 분명 깨끗한 낭만에는 틀림없습니다만, 그러나 난 그런 소녀취미는 없는데요."

"어마, 그런 소리 마시고, 어떻게 좀 해 주세요. 그만한 돈, 인수 씨에겐 아무 것도 아니잖아요. 정말 버리는 셈 치고 가엾은 여학생 하나를 도와주세요."

"그분이 경희 씨 동문가요?"

"그건 아무래도 좋잖아요."

"그 사람은 정말로 마음이 착한 좋은 분입니까?"

"그런 건 왜 새삼스레 물어요?"

"아니 이건 사업하는 놈의 나쁜 근성일지는 모릅니다만, 어쩐지 경희 씨가 그분한테 이용당하고 있는 것 같아서요."

"이용이라면?"

"경희 씨가 말하는대로 그런 착한 좋은 마음씨를 가진 사람이라면, 곡절 없는 남의 돈으로 공부를 하려고 할까요?"

"어쩌면 인수씬!"

경희는 말문이 막힌다는 듯이 얼굴이 부어서 돌아가려고 했다.

"아니, 그러지 말고 내 말을 좀 더 들어 보아요."

"좋아요, 이젠 더 부탁드리지 않겠어요. 제 친구를 모욕하는 것은 저를 모욕하는 거나 다름없는 거예요."

"호, 그럼 역시 경희 씨 친구였군요. 그렇다면 나쁜 분은 아니겠지요."

"물론이지요."

인수는 잠깐 생각해 보다가

"이삼일만 여유를 주시오. 그동안에 결정지을 테니."

"지금 당장 결정지을 수는 없나요?"

"속단(速斷)이 졸단(拙斷)이 될 수도 있으니 이삼일만 여유를 주시오."

"그렇다면 기다리는 수밖에 없구만요."

경희는 깨끗이 양보하고 나서 준비해 갖고 온 흰 봉투를 핸드백에서 꺼냈다.

"이 봉투 속에 그 사람의 이름과 주소가 적혀 있어요. 인수 씨의 결정이 '노'일 경우에는 이 봉투는 뜯지도 말고 그냥 버려주세요. '예스'일 때는 아까 말한 그 두 가지 조건을 꼭 지켜 주실 것. 약속해 주시지요?"

"알았어요. 어떻든 맡아 두지요."

인수는 봉투를 받아서 책상 서랍에 넣었다.

"그럼 전 가겠어요. 안녕히 계세요."

"벌써 가십니까."

"사장님의 귀중한 시간을 방해한 걸요."

"아직도 화가 풀리지 않았나요?"

"글쎄요. 그건 이삼일 후에 대답해야겠어요."

인수가 바래다주려고 일어서자 방에서 나서려던 경희는 약간 주저한 끝에

"저…… 인식 씨도 요새 안녕하세요?"
그냥 인사치레처럼 물었다.
"동생 말입니까, 네 그저 여전합니다."
그러고 나서
"이젠 형의 신세도 안 진다면서 하루 종일 차를 몰고 다니며 택시 운전수 노릇을 하는 모양입니다."

중학교에서 고등학교, 그리고 대학까지 같은 학교를 쭉 같이 다닌 일웅이와 인식은 군대까지 전후해서 제대하자, 둘이서는 금후(今後) 방침에 대해서 여러가지로 의논했다.
"남의 밑에서 밤낮 눈치나 살피며 한 치 한 치 출세나 해 보자는 따위 생활, 난 정말 그런 짓은 못하겠는데."
하고 인식이가 말하면
"나두 그건 질색이야. 그렇지만 빌빌 놀고먹는 것도 역시 싫고."
하고 일웅이가 대답했다.
"어때? 둘이서 새 사업을 한번 시작해 보면?"
"그 어떤 사업이 문제니 말이야."
그들이 사실 이런 팔자좋은 소리를 하고 있을 수 있는 것도 그들의 가정이 비교적 윤택하기 때문이라고 할 수 있었다.
인식이의 형은 앞에서도 말한 것 같이 신한물산이라는 든든한 기업체를 가지고 있었고, 일웅이네도 영등포에 큰 제사(製絲)공장이 있었다. 그러므로 그들은 자기네 회사나 공장에 들어가도 되었지만, 그런 가족관계로 취직을 하는 일 역시 싫었다.
두 사람은
'자기가 경영하고 자기가 일하는 그런 사업'
이라는 모토로 여러 날을 연구한 끝에,

"인식이, 택시업은 어떨가?"
"택시?"
"택시업은 앞으로도 점점 유망해질 거야."
"그래서 어떻게 하자는 건가?"
"처음에는 우리 둘이서 차를 굴려요. 그러다가 차를 한 대 두 대 늘리면서 훌륭한 사업체가 될 것 아냐."
"흠, 그거 재미 있겠는데."
일웅이는 인식이 생각에 감심하다가,
"그렇지만 자본이 대단하겠는 걸, 설마 남의 차를 굴릴 수야 없잖아."
하고 걱정하자
"그것도 문제없다. 빚 좀 내면 되잖아."
"누구한테?"
"물론 우리 형님이나 자네 부친한테서 다달이 이자를 꼬박 꼬박 물어 준다면야 안 주고 견딜 수 있어."
"자넨 과연 경제학과 출신이네."
사회학과 출신의 일웅인 연방 감심만 할 뿐이었다。
그러나 인식의 형도 일웅의 부친도 처음에는 이들을 상대도 해주지 않았다.
"대학까지 나와서 하필 운전수가 뭐람."
"취직시험이 겁나서 사내대장부가 운전순가."
놀리기도 하고 어이없어도 했지만, 그러나,
"아버지, 그런 고루한 생각은 버려요. 커다란 사업을 목표삼고, 내 힘으로 일을 붙잡아 보겠다는 것이 뭣이 잘못입니까."
"형님은 그렇게 밖에 생각 못하니 답답하다는 거예요. 그래 몇푼 되지도 않는 월급에, 신사복이나 빼입고, 구두나 빤작거리며 다니는

월급쟁이가 좋아 뵈요? 운전수, 운전수 하지만 실상 운전이란 것은 일종의 스포츠요, 자기 온 기능을 발휘해서 일하는 하나의 직장이란 말이요. 잘 되면 어디까지 발전할지 알 수 없는 큰 운수회사의 기틀이요, 못돼두 택시 하나 남아나는 것이지요. 너무 구둘 구둘하지 말고 택시 하나씩 사 줘요."

처음에는 상대도 하지 않던 일이지만, 그러나 차차 생각해 보면 그들의 계획이 허무맹랑한 것이라고 만도 할 수 없었다. 아니 어떻게 생각해 보면 지금의 젊은 청년들이 직업의 귀천을 가리지 않고 그런 방향으로 발전한다는 것은 오히려 건설적인 생활태도일지도 몰랐다.

"그렇다면 너희들 말대로 택시 한대씩만 사 줄테니 그것으로 장가 밑천, 생활 밑천 다 삼고, 본전까지 깨끗이 청산할 것을 잊어서는 안

된다."

이리하여 택시 두 대가 제공되었다. 그들의 하나는 사장이요 회계요 운전수요, 또 한 사람도 전무요 서무요, 역시 운전수였다. 이밖에 여중을 갓 나온 나이 어린 사무원 하나가 또 있기는 했지만.

이런 생활이 시작된 지 반년이나 됐을까, 일웅이는 며칠 전 정신없이 길을 가던 은숙이를 칠 뻔했던 것이다.

안방에서 들려오는 시끄러운 라디오 소리에 은숙이는 문득 읽던 책을 접고는 멍청하니 앉아 있었다. 라디오 소리가 시끄러웠던 것도 사실이었지만, 지금의 은숙이의 머릿속은 열 갈래, 스무 갈래로 분열되어 있었다.

그러고 보니 창밖 훈풍도, 목련화 피는 소리 같기만 한 화창한 봄의 분위기도, 지금의 은숙이에게는 아무런 흥취도 돋아주지 못했다. 이런 날이 계속되기 벌써 며칠째던지……

은숙이는 오늘 찾아 온다던 경희를 그렇게 기다린 것도 아니면서, 그러나 역시 경희의 일을 생각하고 있었다. 경희가 자기도 이삼일 생각해보겠노라고 하던 그 학비건—그것을 은숙이가 믿고 있은 것은 아니었다. 아니, 그보다 경희가 아무리 선의(善意)로 학비 건을 걱정해 준다 해도, 알지도 못하는 남에게 학비를 타 쓴다는 것은 은숙이로서는 도저히 할 수 없는 일이었다.

은숙이는 실상 경희가 오늘 찾아오거던

"그 이야긴 이제 그만 두기로 하자."

하고 더 끌지 않기로 할 작정이었다.

그러나 온다던 경희는 오지 않았다. 여태까지 안 온 것을 보면 오늘은 오지 않을 것이 분명했다. 그럴수록 오기로 약속한 친구가 오지 않는다는 것은 마음에 걸렸다.

'무슨 일이 있었을까?'

그런 생각도 해 보고,

'아니 그 약속을 잊었는지도 몰라'

하는 미소가 떠오르기도 했다.

차라리 경희가 그 이야길 잊어 주는 편이 좋을지도 몰라…… 하는 생각에 뒤이어, 완전히 학비의 출처가 끊기었다는 어쩔 수 없는 사실이 은숙이의 머리를 꽉 억눌러 놓았다.

'나는 이제 어떻게 할 것인가…….'

그만 은숙이가 이마를 짚고 있는데 주인집 아저씨가 이를 쑤시며 방에서 나왔다. 지금 막 저녁을 먹은 모양인지,

"학생 좀 이야기가 있는데."

은숙이는 섬뜩했다. 하숙비라고는 여태 한 번도 밀려 본 일이 없는 은숙이다. 이번에 처음으로 삼사일 늦었는데 벌써 그 독촉인가 싶어 은숙이는

"하숙비 이야기세요?"

그러자 주인아저씨도 우물쭈물,

"아니 글쎄……."

잠깐 말이 막혔다가

"그 이야기도 있지만, 그것 뿐만도 아니고 다른 의논도 좀 있어서."

애매하게 말끝을 흐렸다.

"여기에라도 앉으세요, 아저씨."

은숙이는 툇마루를 가리켰다

"그러지."

주인아저씨는 눈이 부시기나 한 듯이 은숙이를 보고 있다가

"다른 이야기가 아니구, 내가 아는 집에 몸이 좀 불편한 애가 있단 말이야."

"……."

"그래서 가정교사를 구하는데……."

"몸이 아프다니 몇 살쯤 되는 앤데요?"

"열 둘인가 셋인가 병은……."

아저씨는 좀 이야기하기가 거북한 듯이 우물거리다가,

"지랄병이라는데, 노상 발작이 일어나는 것도 아니고……."

"아저씨두, 지랄병이 노상 일어나면 어떡해요."

은숙이는 그만 웃을 수밖에 없었다.

"그렇지, 어쩌다 일어나는 병이구 말구, 그렇지만 지랄병은 역시 지랄병이라 학교엔들 혼자 내보낼 수야 있어. 그래서 학교에도 데리고 다닐 겸 가정교사야."

"그걸 나더러 하란 말씀이죠?"

"세끼 먹고 월급이 삼천원이라면 괜찮지 않아."

"그렇지만 아저씨, 그렇게 되면 전 학교엔 못나가지 않아요."

그러자 아저씨는 분주히 손을 꼽아보면서

"밥은 얻어먹겠다, 월급 삼천원은 고스란히 남는 거야, 일년이면 삼만 육천 원, 오 년이면 에또 십팔 만원, 십년이면 자그만치 삼십육 만원……."

듣고만 있으면 그 계산은 언제 끝날지도 몰랐다.

"아저씨두, 자기 생활까지 다 희생하면서 그렇게 돈만 모으면 뭣해요."

"돈이 있어 해로울 거야 있나?"

"아저씨두 아니겠다. 돈만 모아 봐야."

"내가 무슨 돈을 모아."

"그래도……."

은숙이가 좀 의미 있게 웃자

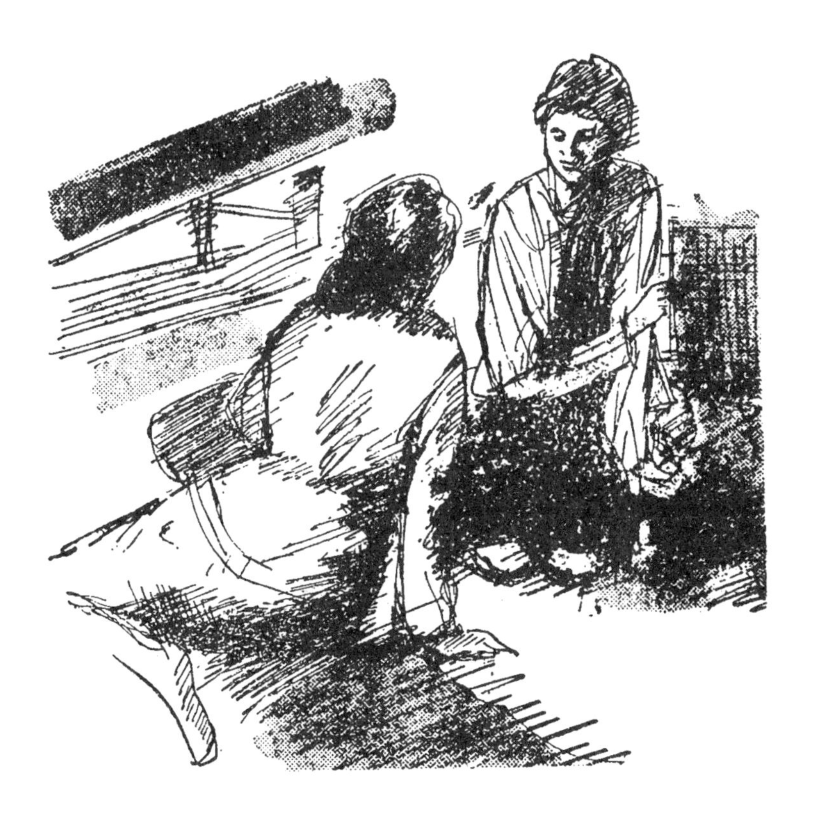

"그런 소리 누가 해? 하숙이나 해서 무슨 돈을 모아?"

아저씨는 점점 더 당황해 했다.

"아저씨두 참 우습네요. 그야말로 돈이 있어 해로울 것 있어요?"

"글쎄, 그런 말은 순 뜬소문이고, 하여튼 우리가 예축이 있다는 것은 좋은 일이야. 뭣뭣해도 사람은 돈이 떨어지고 보면 병신이거든. 나는 사실이지 솔직히 말해서 학생이 공부한다는 일이 여간 불안해 뵈지가 않아. 그래가지고 어떻게 학교를 계속한단 말이야?"

"알았어요, 그래서 그런 가정교사 자리라도 가란 말이군요."

"글쎄, 난 어디까지나 학생을 위해서 하는 소리야. 이런 불안한 생활을 하기보다는 차라리……."

"알았어요. 그렇지만, 아저씨, 난 아직도 젊어요. 그러니 어떻게 될 법도 한 일 아니에요?"
"그 그게 탈이란 말이야."
아저씨는 정말 야단났다는 얼굴로 툇마루에서 일어서며 말했다.
"그게 불안하다는 거야. 젊다는 것이 무슨 힘이 되냐 말이야."

주인아저씨가 돌아간 후, 은숙이는 자리를 펴고 드러누웠다. 잘 시간은 아직 안 되었지만, 아무 생각도 않고 자보자는 것이었다.
은숙이는 눈을 감았다. 그리고 중얼거렸다.
'이제부터 나는 내 힘으로 살아야한다'
그러면서 어느덧 잠이 든 모양이었다. 몇시쯤 되었을까, 문앞에 와서 멎는 자동차의 클랙슨 소리에 문득 은숙이는 눈을 떴다. 옆방의 태실이가 돌아온 모양이었다.
그녀도 모 여대 학생으로 인물이 똑똑하고 명랑했으나, 밤의 생활만은 짐작할 수가 없었다. 자기 말로서는 다방을 경영하는 일가 언니를 도와 밤에만 카운터를 맡아 봐 주고 있다는 말을 했지만, 그 이야기도 의심하려면 얼마든지 의심할 수가 있었다. 언니네 다방이 어디라는 것을 절대로 알리지 않는 것도 그랬지만, 다방에서 얼마만한 보수를 받는지 생활도 지나치게 풍족했다. 그러한 태실이가 오늘 밤에는 무슨 생각이 들었던지,
"은숙이 자?"
하고는 살그머니 미닫이를 열었다.
"아니, 왜?"
"들어가두 돼?"
"들어 와."
은숙이는 자리에서 일어나 앉았다.

"지금 들어오는 길이야?"
"음."
태실이는 피곤한 듯 다리를 쭉 뻗고 앉으면서
"은숙이는 팔자두 좋아, 학비 딱딱 대 주는 사람 따로 있고."
은숙이는 때가 때였던만큼 어이가 없어서
"남의 속두 모르는 소리 말어."
"왜?"
말이 나온 김에 은숙이는 그간의 이야기를 간단히나마 하지 않을 수 없었다.
"그래, 난 그런 줄도 모르고 은숙인 팔자가 늘어졌다고만 생각했지."
태실이는 갑자기 심각한 얼굴을 하고 있다가,
"그래서 어떡할 테야?"
제 일처럼 안타까워했다.
"아직은 아무 생각두 없어."
"그렇지만 당장에 곤란할 것 아니야."
"그야 그렇지 뭐."
"그렇다면……."
태실이는 무엇인가 골몰히 생각하고 있다가
"내가 나가는 델 같이 나가 볼까?"
"다방엘?"
태실이는 대답이 없이 애매한 웃음만 지었다.
"이야기를 꺼내 놓고 웃기만 하는 게 뭐야."
"그럼 이건 정말 비밀이야."
은숙이는 대답 대신에 머리를 한번 크게 끄덕였다.
"은숙이에게 처음으로 하는 이야기야. 아무에게도 말을 안 한걸."

태실이는 이런 말로 자꾸 망설이고 나서,

"난 사실 다방에 나가는 것이 아니란다."

"그렇다면?"

"미군 캬바레에 나가고 있어요."

"……."

"놀랬지?"

"응……."

"다방 같은 델 나가서 무슨 학비가 되겠어, 그것두 밤의 몇시간쯤 가지구."

"하긴 그렇지."

"나두 처음에는 망설였지만, 그곳은 우선 별천지 같아서 좋아요. 손님이라고는 모두가 미군 아냐. 그러니 비밀이 보장돼요."

"그렇지만……."

"아니야, 모든 것은 생각하기에 따른 거야. 첫째 직업에 무슨 귀천이 있어. 어디서나 자기만 정신을 똑똑히 차리면 그걸로 실수는 없는 거야. 그리고 그 세계도 알고 보면 우리 같은 학생이 얼마나 많다고, 어쨌든 석달만 벌면 일년 학비는 되니 안 그렇겠어?"

"그거 정말이야?"

"학생들이 많다는 것?"

"응……."

"그럼, 학생일수록 직업의식이 강하고 몸가짐이 단정하다구 가게마담은 학생만 소개하라는 걸."

"그러다가 학교에 알려지게 되면 어떡하자구."

"학교에 알려질 리가 있어. 손님은 미군이겠다, 우리도 가명(假名)으로 신분을 숨기고 들어가는데 우리가 학생인 걸 누가 알아. 하기야 그런 것을 짐작한다 해도, 그런 것을 고자질하고 다닐 속이 좁은 땐서는 하나도 없어요. 사람은 고생한 사람일수록 남의 사정을 잘 알아준단다."

"그건 그럴지도 모르지만."

"그런 것은 조금도 염려할 일 아냐. 나두 처음엔 살얼음 위를 걷는 것처럼 불안하기만 했지만, 이제 한 보름만 더 다니다가는 그만 둘래. 거진 일년치 학비는 모였으니 말이야."

"얼마 동안에 그렇게 됐어?"

"난 신통치 않아. 넉달이나 걸려서 겨우 그거야."

"어마 그게 어디니."

"하긴 다른 일보다는 수월한 것 같애. 가정교사라는 직업 좀 봐. 사람이 얼마나 비굴해지고 불쌍한가, 그러면서도 학비나 되면 또 좋지, 그것도 안되잖아. 그런 생각을 하면 조금도 망설일 것 없어요. 부모 돈으로 못된 짓만 하고 다니는 학생들에 비한다면, 제 힘으로 당당히 노동 댓가를 받는 땐서가 뭣이 나빠. 요는 자기 마음속에 신념만 생기면 되는 거야."

"……."

"더구나 넌 영문과 아냐, 남은 돈을 써 가면서까지 회화를 못 배워서 안달인데 학비를 벌면서 영어공부까지 하는 직장이 어디야. 나 같으면 공부하는 뜻에서도 한번 나가 보겠다."

"글쎄, 그렇게 보면 그렇기두 하지만."

"학교를 계속하느냐, 그만 두느냐 하는 단계인데 망설일 것 없어요. 딴 도리가 없으면 결국은 학교를 그만 두게 될 것 아니야. 그럴 바엔 캬바레로 나가다가 말썽이 생겨서 그만 두게 되면 그때 가서 그만둬두 늦을 것은 없어요. 괜히 지금부터 그만 둘 필요는 없잖아."

"그건 그렇기도 해."

"그러니 너만 좋다면 내가 있는 곳에 내일로라두 소개해 줄게. 캬바레라지만 테스트가 까다롭단다. 영어두 어느 정도는 해야 하구."

태실이는 은숙이가 소극적으로나마 갈 의사를 표시한 것이 좋았는지

"마담두 너만하면 두말없이 오케 할거야."

아까의 피곤도 잊은 듯이 열심히 그곳의 설명을 해 주었다.

은숙이는 캬바레 '로터리클럽'으로 결국 나가게 되었다. 그곳으로 나가게 된지 사흘이나 되었을까, 한통의 편지를 받아 놓고 은숙이는 아주 우울한 얼굴로 하숙방에 앉아 있었다.

그 편지 사연은 다음과 같았다.

> 은숙씨에게.
>
> 금후로 매달 이천원을 은숙 씨의 학비로서 졸업때까지 송금할 터이오니, 아무 거리낌없이 자유로히 사용해 주십시오. 송금인(送金人)에 대해서두 궁금히 생각하실 것입니다만 그런 점에는 과히 신경쓰지 마시고 유용하게 써 주시면 보낸 보람을 느끼겠습니다.
>
> H생

이런 사연이므로, 대구로 되어 있는 송금인 주소가 가공의 주소라는 것도 잘 알 수 있는 일이었다. 그러므로 은숙이로서는 이 이천원이라는 돈을 누가 부쳐주었는지 전연 짐작이 있을 까닭이 없었다.

경희가 이 돈과 관계가 있는 것은 아닐까? 전번에 만났을 때의 경희 이야기로 미루어 보아서 그런 억측도 가는 일이었다. 그러나 경희라면 이런 수수께끼같은 방도로 돈을 부쳐 올 리는 없었다. 개방적

인 그녀의 성격으로 미루어 보아서 이런 거치장스러운 짓을 할 경희가 아니었다. 그렇다면 도대체 그 H생이 누구란 말인가. 어디서 은숙의 곤경에 빠진 것을 알고 이런 돈을 보내 줬단 말인가.

'어쨌든 출처가 애매한 돈을 쓸 수는 없는 일이다…….'

은숙이는 송금환(送金換)을 서랍속에 집어넣고 쇠를 잠궈 버렸다. 그러고는 부지런히 외출준비를 하고 밖으로 나왔다.

모든 사람들이 집으로 돌아가기 바쁠 시간에 은숙이는 그들과 반대로 출근하는 것이었다. '서시요'의 교통신호로 길가에 우두커니 서 있으면서도 제발 학교 친구를 만나지 말았으면, 하는 생각뿐이었다. 왜냐하면 평소에는 화장을 하는 일이라고는 전혀 없는 그녀가 지금은 분도 바르고 루즈도 칠하고 있기 때문이다. 이런 화장도 직업상 할 수없이 하는 일이었지만, 그럴수록 은숙이는 더욱더 아는 사람올 피하고 싶었던 것이다.

교통신호가 '가시오'로 바뀌면서 은숙이가 차도 위에 한발자국 내디딜 그때였다. 갑자기 자동차의 행렬 속에서 클랙슨이 빵빵거리면서 멎지를 않았다. 은숙이는 아무 생각도 없이 그 빵빵거리는 차쪽을 보았다. 그러자 빨간 신호로 한없이 늘어선 차도위의 택시 한대가 요란스럽게도 빵빵거리고 있는 것이었다. 그 택시 운전수를 보았을 때

'어머나!'

은숙이는 그만 차도 위에 서버리고 말았다.

그 운전수는 전날의 이상한 청년 운전수 그 사람이었던 것이다.

'바로 그분이야. 또 만났어…….'

그와 동시에 차속의 청년과 은숙이는 둘이 다 미소를 짓고 있었다.

청년은

이게 겨우 아셨어요?'

하는 듯이 눈인사를 보냈다.

은숙이도 웃으며 인사를 보냈다. 그러면서 그대로 차도를 건너가 버릴까 어쩔까 하고 망서리고 있는 순간, 청년은 은숙이의 그 기색을 곧 알아챘던지

'가만 계세요, 저쪽에다가 차를 델 테니'

하는 듯이 그 앞의 주차 지점을 눈으로 가리켰다.

'어떡하나?'

은숙이가 아직도 그런 망설임 속에 있을 때에 어느덧 교통신호는 바뀌면서 청년의 택시는 은숙이 앞을 지나 바로 거기 주차구역에 차를 세웠다.

은숙이는 하는 수 없이 그쪽으로 걸어 가면서

'정말 어떡해…….'

하고 다시 한번 중얼거렸다.

그것은 무엇을 어떡하자는 것인지 은숙이 자신도 알 수 없는 망설임이었다. 얼굴에 아련히 미소가 피어있는 것을 보면 그 청년을 피하고 싶어서의 망설임도 결코 아니었다. 은숙이가 택시 옆으로 가자

"또 만나 뵙군요."

청년은 운전대에서 반가운 듯이 말했다.

"전번에는 고마웠습니다."

은숙이도 상냥하게 인사를 하자,

"그 뒤 별일 없으셨어요?"

청년은 전날에 은숙이가 차에 치인 것을 말하는 모양이었다.

"어마, 그때 그 일 말이에요?"

은숙이는 엉덩방아를 찧던 자기의 모습을 생각하고

"아무렇지도 않아요."

얼굴을 붉히며 웃었다.

"다행이었군요."

청년도 아주 밝은 웃음을 웃었다. 그러자 이번에는 은숙이가 좀 이상한 얼굴이 되어서

"이거 그때의 찬가요?"

택시를 가리키며 물었다.

"네, 그건 왜 묻습니까."

"그렇지만……."

은숙이의 시선은 차의 앞바퀴 있는 곳으로 갔다. 가로수에 부딪친 곳을 찾았던 것이다.

"아……."

청년이 웃었다.

"그때 부딪친 곳 말입니까, 그건 내가 곧 수리를 했어요. 이만하면 솜씨 좋지요."

“그러세요.”

은숙이도 다시금 웃는 낯이 되었다.

그러나 지금의 은숙이는 청년을 다시 만난 기쁨보다도 로터리 구락부로 나갈 시간이 바빴다. 그러나 청년은 은숙이의 그러한 마음은 알 까닭이 없는대로 택시의 시트를 가리키며

“앉으세요.”

하고 말했다.

은숙이가 당황한 얼굴이 되자,

“어딜 가는 길입니까. 모셔다 드리지요.”

청년은 여전히 예사롭게 말했다.

‘아무리 보아도 이 사람은 보통 운전수는 아니야…….’

은숙이는 전번에 느꼈던 생각을 다시금 되풀이하며

“오늘은 괜찮아요.”

손을 저어 사양했다.

“사양하실 것 없어요. 빈 찬데요. 어서 타시죠.”

“아주 가까운 곳에 가는 걸요.”

“가까운 곳이 어딘데?”

청년의 친절한 마음이 그대로 느껴지므로 은숙이는

‘저는 로터리 클럽이라는 바에 나가고 있어요. 지금도 그리로 나가는 길이랍니다’

하고 대답하고 싶었지만 그렇게 말하면 이 청년이 어떤 얼굴을 할 것인지, 은숙이는 역시 이 청년에게 그렇게 말할 용기가 없었다.

“전 정말 다 왔어요.”

“그러세요.”

청년은 은숙의 말을 의심할 까닭도 없이

“그렇지만, 이렇게도 우연히 다시 만났는데, 그대로 헤어질 수야 있

어요. 우리 회사 차고가 바루 이 근처랍니다."

집들이 꽉 들어찬 저쪽을 가리키고 나서

"학교에는 잘 나가십니까."

"학교라니요?"

"학생이시죠?"

청년은 전번에도 묻던 말을 다시금 되풀이 물었다.

"학생같아 뵈요?"

"그렇지요. 아무리 보아도 대학생이지요."

"……."

은숙이가 대답 대신에 웃기만 하자,

"그렇지만 미쓰……."

청년이 은숙이의 이름을 몰라 말이 막힌 것을 보자,

"저, 서은숙이라고 합니다."

"미쓰 서, 미쓰 서는 혼자 걸을 땐 왜 그렇게도 슬픈 얼굴을 하고 있습니까."

"제가요?"

"요전에도 그랬었는데, 오늘도 또 슬픈 표정을 하고 있더군요."

"……."

"아깐 무슨 생각을 하면서 걸으셨습니까."

"하찮은 일."

"비밀입니까."

"한일웅 씨가 진짜 운전사인지 아닌지도 비밀인가요?"

은숙이가 화제를 돌려 엉뚱한 말을 묻자,

"내 이름은 어떻게 아십니까?"

일웅이는 눈을 크게 떴다가

"아, 차속의 명찰을 보셨군요."

제풀로 그 비밀을 알아맞혔다.

"잘 맞히셨어요."

은숙이는 그와 마주서서 이야기하는 것에 말할 수 없는 즐거움을 느꼈으나 그러나 바의 시간도 바빴다. 손목시계를 힐끗 보고 나서

"전 그만 실례해야겠어요."

"그럼 이번에도 또 우연히 만나기나 해야겠군요."

그들은 서로 무엇인가 아쉬운 마음을 느끼면서도 러시아워의 사람들 물결치는 거리에서 그냥 헤어져 버렸다.

경희는 안방에 온 손님이 누구라는 것을 알면서도 인사도 않고 자기 방에 틀어박혀서 전축만 돌리고 있었다. 그러자 마루를 걸어오는 어머니의 발소리가 들렸다. 문이 열리면서

"넌 손님이 오신 걸 알면서 왜 인사도 안 올리니?"

"손님이 오셨다구요, 누구신데."

"강사장 어머니가 오셨지 않니."

"그래요."

시치미를 딱 떼고 모른 척했다. 어머니는 어이가 없어
"그 마님이 우리 집엘 왜 부지런히 오시는지는 너도 잘 알지 않니?"
"왜 오시는 거에요?"
"이 봄 안으로 혼사를 아주 작정해 버리자는구나."
"혼사요? 누구 혼사?"
"또 저런 딴청을 하지."
어머니는 골이 난듯이 딸을 노려 보고나서
"그만한 자리가 그리 쉽겠다구 질질 끌어?"
"……."
"너두 강사장과는 모르는 처지가 아니고, 둘이서 가끔 만나는 일도 있는 눈치면서 왜 말을 딱 정해버리지 않아?"
"……."
"이제는 좋으면 좋구, 나쁘면 나쁘다고 잘라 이야기를 해드려야겠다. 그러니 네 생각은 어떠냐?"
어머니의 얼굴은 어느새 간곡한 표정을 짓고 있었다. 그러고 보면 경희도 잠자코 있을 수만도 없는 듯이,
"나두 결혼을 하고 싶을만큼 마음에 들지는 않으니 그렇잖아요."
"인물이 부족하니?"
"인물은 그만하면 잘났데요."
"그럼 재산이 없어서? 학벌이 변변찮아서?"
"재산이야 왜 없어요. 신한물산의 쟁쟁한 젊은 사장님이신데, 학벌두 당당히 대학을 나왔구."
"그렇다면 이 애미 생각에는 뭣이 부족한 게 별로 없는 것 같은데."
경희는 웃으면서 일부러 농말 비슷하게 했다.
"어머니두, 사랑이 부족하지 않아요."

"강사장은 꼭 네가 아니면 장가 안 간대드래."

"그래요? 나한텐 한번두 그런 말이 없었는데두요."

"그것이 그분이 점잖은 때문이 아니겠니."

"점잖은 사람은 그런 말두 못하구, 자기의 결혼 말을 자기 어머니한테 부탁해야 하나요."

그것은 사실 강사장에 대한 경희의 불만이었다.

그 사람은 여자를 사랑한다는 말이 자기의 체면 손상이나 된다고 생각하는지 경희를 만나서도 그저 무관한 말만 했지, 그 이상은 조금도 자기의 감정을 드러내 놓는 일이 없는 사람이었다.

그렇다면 애정이 선행(先行) 조건도 아닌 이 결혼을 상대방에 재산이 있고 무엇이 무엇이 좋다고 경희가 혹할 것은 없지 않은가.

그러나 부모들은 그렇지 않으니, 경희도 딱한 노릇이었다.

"그러니 이젠 그만 끌구, 약혼이나 하겠다구 하지."

아직은 결혼까지 생각하고 있지 않아요, 하고 경희가 어머니의 비위를 상하게 할 대답을 하려는데,

"저 친구 분이 오셨어요."

식모가 분주히 알려 주었다.

"누군데?"

"그 학생, 은숙이라는 학생."

"어마, 은숙이가?"

경희는 대번에 얼굴이 밝아지며

"어머니두 어서 손님한테 가 보세요."

하고는 현관으로 달려 나갔다.

"은숙이 잘 왔어."

그들은 바루 며칠 전에두 만났으면서 십년 해후나 되는 것처럼 반갑게 손을 마주 잡았다.

"이 아가씬 내가 와야만 만나니."

"그러게, 요전에는 미안하게 됐어. 약속까지 해놓구 안 갔으니, 기다렸지?"

"그럼 기다리지 않구."

"미안해서 어떡해."

"아니, 그런 것보다 오늘은 너한테 꼭 한 가지 물어보구 싶은 일이 있어서 왔어."

"무슨 일인데."

"나한테 말야, 학비에 보태쓰라구 이름도 없는 사람이 돈 이천 원을 보내왔구나."

"어마, 그래."

경희는 가슴이 뜨금했다. 그렇다면 강 사장이 그 부탁을 이행해 줬구나—그 사람과의 혼사 이야기를 지금 바로 하고 있었는데……

그러나 경희는 그러한 자기의 마음속을 은숙이한테 조금도 알리지 않기 위해,

"세상에는 별일두 다 있구나."

아주 놀란 체했다.

"그리구 편지에는 앞으로도 다달이 이천 원씩 보내겠다는 거야."

"그렇다면 네 사정을 잘 아는 사람 아냐?"

"그래서 이상하다는 거야. 내 사정은 너밖에 모르는데."

은숙이는 경희의 얼굴을 조심스럽게 살피고 나서

"혹시 네가 누구한테 부탁한 건 아니니?"

"내가 뭘?"

"요전에 네가 이상한 말을 했기에 말이야. 나를 위해서 학비를 보태 줄 사람을 찾아 보겠다더니."

"그거야 나두 답답해서 한 이야기지만 그런 일이 그리 쉽게 돼."

경희는 어디까지나 모른 체 할 수밖에 없었다.

"그렇다면 누가 보내 준 돈일까?"

은숙이가 머리를 갸웃거리고 있는 것을 보자, 경희는 강사장의 호의에 가슴이 흐뭇해졌다. 그분도 이런 멋진 일을 할 줄 아는구나, 하고.

그러나 머리를 갸웃거리고 있던 은숙이가 뜻밖에도

"그러니 경희야, 누가 보낸지도 모를 그런 돈을 내가 쓸 수 있니?"

엉뚱한 소리를 했다.

"쓰지 않으면 어떡해, 그야말로 누가 보낸지도 모르는 돈, 돌려 보낼 수도 없는 일 아냐?"

"그걸 알아 내야지. 그래서 돌려 보낼래."

"그렇지만 그럴 것까지는 없잖아."

경희 생각은 사실 그랬다.

"보내 준 사람이 누군지는 알 수 없지만, 하여튼 그 사람은 네가 쓰라구 보내준 거 아냐. 그리구 너는 또 그 돈이 필요한 사람이고."

그 돈을 은숙이가 쓰지 않는다면 경희가 한 일은 정말로 공연한 짓이었다.

그때에 다시금 대문 밖에서 자동차 소리가 나며

"강 사장님이 오셨어요."

식모애가 경희를 불렀다.

"어머나!"

경희는 눈이 휘둥그레졌다. 오늘은 무슨 날이기에 손님이 한꺼번에 나타났으며, 이리저리 관계된 사람들이 한곳에 모이게 된단 말인가. 그리고 은숙이가 있는 이 자리에 강 사장을 들어오게 하는 일도 공교로운 일이 아닌가.

"그분 어머니를 만나러 온 것 아니니?"

경희는 식모애한테 물었다.
"아주머닌 안 계셔요. 아까 오신 손님하고 같이 나가셨어요. 그리구 강 사장님이, 오늘은 아가씨를 만나 뵙겠다는데요."
"……."
"그렇다면 나는 그만 갈게."
"아니야, 아니."
경희는 분주히 은숙이를 붙잡고 나서
"마침 잘 됐는지도 몰라, 나하고 결혼 얘기가 있는 사람이야. 네가 슬쩍 인물 테스트해 주는 것두 좋은 일 아냐."
경희와 결혼 얘기가 있는 사람이라는 말에는 은숙이도 흥미가 생긴 모양이었다.
"그렇다면 나두 선을 봐 두는 것이 좋을지도 몰라."
"그래요. 그래, 좀 잘 봐줘."
두 아가씨가 이런 이야기를 하고 있는 판에 강인수는 나타났다
"아, 손님이 계셨군요."
그도 은숙이를 보자 약간 주저하는 빛이 보였다.
아침에 그 모친이 혼사 이야기로 다녀간 뒤인만큼, 그로서는 오늘 자기가 직접 경희에게 프로포즈를 할려고 이렇게 찾아온지도 모를 일이었다.
그러나 경희는 그러한 강 사장의 주저에는 조금도 구애하는 빛이 없이
"두 분 소개할게요, 제 친구 서은숙."
서은숙이라고 듣는 순간 강 사장의 얼굴에는 적잖은 경악의 빛이 흘렀으나 그는 재빨리 그것을 감추고,
"강인수라 합니다."
점잖게 머리를 숙였다. 그러고 나서 강 사장은 자리에 앉으면서,

"서은숙 씨라구요?"

다시 한 번 그 이름을 확인하듯이 경희에게 물었다.

"네, 왜 듣던 이름인가요?"

"아닙니다."

경희한테 약속한 일이 있으므로—만일 자기가 은숙이의 학비를 보태준다고 해도 자기의 정체를 은숙이에게 알리지 않는다는—가볍게 머리를 흔들었다.

"그렇다면 은숙이가 너무나 예뻐서 놀라신 게로군요."

그러한 물음에는 역시 신사답게 강 사장은 웃을 뿐이었다. 그러나 경희는 강 사장이 자기가 돕고 있는 은숙이를 우연히나마 이렇게 만나 본 이상에는 은숙이에 대한 좋다던지, 나쁘다던지 하는 인상을 한마디라도 들어보고 싶었다.

"강 사장님."

"……."
"오늘 처음 만나 보시기는 했지만, 제 친구 어떻습니까."
"지금 방금 만나 본 분에 대해서 어떻다고 말씀드리긴 곤란하지 않습니까."
"그렇지만 백합같이 깨끗한 여성이라는 것만은 틀림 없지요?"
"네, 그렇습니다."
뜻밖이라고 생각하리만치 강 사장은 분명히 말했다.
"그렇다면 됐어요."
경희는 아주 유쾌한 듯이 큰소리로 웃었다. 은숙이는 경희를 위해서 인물 테스트를 해 주겠다던 자기가 오히려 반대로 테스트를 받는 것만 같아서,
"그럼 경희야. 난 그만 가야겠어."
하고는 일어섰다.
"더 놀다 가."
경희가 붙잡는 것을
"아니, 다른 데두 가봐야 할 곳이 있어."
사실로 은숙이는 로터리 클럽으로 나갈 시간도 가까워진 것이다.
"그래, 그렇다면 할 수 없구나. 그럼 또 곧 만나."
은숙이는 온후한 신사라는 인상을 느끼면서 강 사장에게도 인사를 나눴다. 시간이 아직 일렀으므로 은숙이는 혜화동에서부터 슬슬 걸어 보았다. 창경원 돌담을 끼고 걷는 길은 역시 홍취가 있다고 느끼면서 천천히 걸음을 옮기고 있는데,
"헬로우."
G·I가 탄 지프차가 옆에 와 멎으면서 기억에도 없는 병사의 얼굴이 불쑥 나타났다. 그 미군은 덮어놓고 은숙이더러 차를 타라는 것이었다. 로터리 클럽까지 데려다 주겠다는 것을 보면 그곳으로 놀러

온 일이라도 있는 미군인 모양이었다. 그러나 은숙이는 그럴수록 더 곤란했다.

미군은 은숙이가 안 탄다고 하자, 자기는 친절이라도 베푸는 마음에서인지, 차에서 내려서 은숙이를 안아 올릴듯이 서두르는 것이었다.

한 사람은 차에 끌어 올리려고 하고 한 사람은 안 타겠다 하고, 그런 실갱이를 하는 그 광경이 행인들에게는 이상하게 보였던지, 여기저기서 걸음을 멈추고 그들을 지켜보고 있는 것이었다. 철없는 꼬마들이

"양갈보다, 양갈보야."

은숙이에게 손가락질하며 야단을 떨었다.

그때에 낯선 젊은 청년이 한 사람, 실갱이를 하고 있는 그들을 보다 못해 딱했던지 가뿐가뿐 그들 앞으로 걸어왔다. 그러고는 유창한 영어로 미군에게 말했다.

"이분은 내가 모셔다 드리겠어요."

미군은 젊은 청년의 유창한 영어에 압도됐던지 어리벙벙한 얼굴로 청년을 쳐다보고 있다가

"이 여자는 로터리 클럽에서 사귄 나의 친구요."

하며 젊은 청년에게 맞섰다.

"그렇지만 이 여자는 나의 애인이요."

"그래요? 당신 애인이요?"

미군은 새삼스러 놀랬다는 표정을 해 보이고는 '오케'하고 순순히 은숙이 옆에서 물러섰다. 애인이라는 한마디는 그렇게도 그들에게 있어 절대적인 것인 모양이었다.

미군이 지프차를 몰고 사라진 후, 청년은 은숙이를 행인의 호기심으로부터 지켜주듯이,

"자, 어서 갑시다."

자기가 앞장을 서 걸음을 옮겼다. 그제야 은숙이도 겨우 침착을 되찾은 듯,

"지금은 참 고마웠습니다."

낭패한 경우를 도와준 그에게 진심으로 인사말을 했다.

"오히려 실례나 된 것은 아닙니까."

청년은 어디까지나 진중한 태도를 보였다.

"실례될 리가 있어요?"

그리고 보니 은숙이는, 그 미군이 왜 자기를 지프차에다 태우려고 한길에서 팔을 잡아끄는 그런 짓을 했는가 하는 설명을 하지 않을 수 없었다. 이 청년도 분명히 아이들이 쑤군거린 '양갈보'라는 말을 들었을 것이 아닌가.

"사실은 저는 아까의 그 미군을 전연 기억하지 못하지만, 저편에서는 저를 알고 있는 모양이에요."

"……."

"전 미군을 상대로 하는 로터리 클럽에 나가고 있으니까요."

청년은 짐짓 놀라며

"댁에서 클럽에 나가십니까."

"네."

"그런 분 같아 뵈지 않는데요."

새삼스레 은숙이를 돌아보며 말했다. 은숙이는 서글픈 웃음을 띠운 채,

"그런 데로 나갈 사람이 따로 있겠습니까?"

낯선 사나이에게 조용히 말했다.

"아, 정말 실례했습니다. 저는 강인식이라고 합니다."

은숙이 머리에 번득 경희네 집에서 소개 받았던 신한물산의 강인

수라는 이름이 떠올랐다. 강인식과 강인수라는 이름이 혹시 형제지간이나 되지 않나 하는 마음이 들었기 때문이다. 그러나 이어 그러한 추측은 없어지고

"전 서춘희라고 해요."

자기를 클럽의 댄서로 소개한 이상 이름도 클럽에서 쓰고 있는 '춘희'로 대답했던 것이다.

"미쓰 서구만요. 그렇지만 내가 보기에는 꼭 학생같아만 보이는데."

"그러세요?"

은숙이는 문득 그에게 오빠와 같은 친밀감을 느끼면서

"사실은 학생이랍니다."

정직한 대답을 했다.

"역시 제 짐작이 맞았구만요."

"네……."

"그런데 어떻게 클럽에?"

"전 고학해야 할 입장이에요. 그래서 마침 권하는 친구가 있는 로터리 클럽에 들어가게 된 거에요. 남이 생각하기에는 학생으로서 할 고학의 길이 아니라고 비난할는지 모릅니다만, 저로서는 만일의 경우에는 퇴학을 각오하고 들어간 곳이지요. 어떤 고학의 길도 우리에게는 중단될 불안과 모욕감이 뒤따르게 마련이 아닌가요. 그래서 일종의 모험하는 마음으로 그 직장에 나가게 된 것이지요."

"네, 알겠습니다."

청년은 깊이 머리를 끄덕이고 나서,

"그만한 마음의 준비를 갖고 있다면 누구나 반드시 인생에서 무엇인가 얻고야 말 것입니다. 자기 소신을 굽히지 마시고, 생활과 잘 싸워 나가십시오."

"고맙습니다."

"실례만 되지 않는다면 미쓰 서의 직장까지 모셔다 드릴까요?"
"그렇지만……."
"아니, 미쓰 서 같은 누이동생이나 있었으면 하는 생각으로 하는 이야깁니다. 과히 실례가 아니라면……."
은숙이는 그만 처음 만난 이성에 대한 경계심 같은 것을 잊고 저도 모르게 미소로 대답했다.
그들이 지나가는 택시를 잡아 나란히 타고 가는 모습을 길 건너 다과점에 앉아 있던 경희가 우연히도 보게 되었다.
'어머나, 저건 인식 씨와 은숙이가 아닌가?'
다과점에서 달려 나왔을 때는 차가 이미 굴러간 뒤였다.

지금의 경희에게는 모든 것이 수수께끼였다. 은숙이가 인식이를 알고 있는 사실도 수수께끼요, 인식이가 경희에게 품고 있는 감정도 수수께끼였다. 실상 인수와의 결혼담이 일어났을 때 경희로서는 어딘가 마음 한구석이 비는 기분이었다. 그 기분은 곧 경희가 인식이를 사모하고 있었다는 공교로운 사실을 경희에게 깨닫게 했다.
그렇다면 인수와의 결혼 이야기가 있은 뒤로 인식이가 경희를 멀리 하려고 하는 태도의 본심은 무엇일까, 인식이가 경희에게 대해서 전연 관심을 갖고 있지 않기 때문일까. 그렇지도 않다면 그토록 사이좋은 형제간에 인식이로서는 그렇게 밖에 할 수 없었던 것일까? 그러한 모든 것이 경희로서는 수수께끼였다.
그러나, 그런 것도 저런 것도 아닌 인식에게 다른 애인이 있다면? 애인이 만일 경희의 가장 친하고 아끼는 은숙이었다면?
경희의 머리는 생각할수록 어지러울 뿐이었다.
'그럴 것이 아니라 은숙이를 만나보는 것이 제일 분명한 길이야'
마음을 정하고 나니 경희의 행동은 즉각적이었다. 고민의 하룻밤을 보내고 아침 햇살 밑에 밖이 소란해지기 시작하자, 밥도 먹지 않고 차를 은숙이 하숙으로 몰았다.

직장에서 돌아오는 시간이 늦으므로 자연히 늦잠을 자게 되는 은숙이는

"이놈의 잠뽀야."

하고 경희가 들이닥치는 바람에 눈이 휘둥그레져서 일어나 앉았다.

"무슨 잠을 여태 자고 있어?"

"무슨 바람이 불어 이 첫새벽에 찾아 왔을까?"

"지금이 몇 신데 첫새벽이야."

그러면서도 경희는 너무나 일찍이 달려 온 자신이 부끄러웠고, 은숙이는 밤 직장을 갖고 있는 것을 경희에게 숨기고 있는 사실이 괴로웠다.

"간밤엔 늦게까지 공부한 게로구나."

"그런 것도 아니지만."

"그렇다면 그이와 시간 가는 줄을 모르고 거리라도 쏘다닌 모양이구나."

"그이가 어디 있어서?"

"그래도 나는 본 걸."

경희는 아주 자연스럽게 이야기의 실마리를 끄집어냈다.

"보긴 뭘 봤다는 거야? 아닌 밤중에 홍두깨 격으로……."

"그럼 택시를 잡아 드라이브 안 했다는 거야?"

은숙이는 그만 대답이 막히고 말았다. 강인식이라는 청년과 함께 차를 타고 가는 것을 경희가 본 것이 분명했다.

그렇다면 그 청년을 만나게 된 우연은 경희에게 어떻게 설명해야 할 것인가? 사실대로 말하자면 자기가 클럽에 나가고 있는 것을 경

희에게 말해야 한다. 그것은 역시 싫은 일이었다. 자기가 그 직장을 그만 두었을 때, 지난 이야기로써 그 사실을 털어 놓는다면 또 몰라도 지금에 그 사실을 말하기는 정말 싫었다. 그렇게 친한 사이면서도 역시 싫었다. 그러니 은숙이는 말이 막히는대로 다시 다른 말로 둘러댈 수밖에 없었다.

"그 사람이 어떻게 그이냐, 남자면 다 그인가?"

"정말 그 이 아니야?"

"실없는 소리 마."

"그럼 어떻게 되는 사람이야? :

경희로서는 사모하고 있는 상대인만큼 추궁이 집요할 수밖에 없었다.

"언젠가 내 말했지 않아? 길에서 차에 치일 뻔 했다는 이야기."

"응, 그런 이야긴 들은 일이 있었던 것 같아."

"그 청년이 바로 그때의 운전수야."

"뭐?"
경희가 너무나도 눈이 휘둥그레지기에
"웬 일이야?"
"사실은 나도 그분을 알고 있으니 말야."
이번에는 은숙이가 눈이 휘둥그레질 차례였다. 그래서 경희가 그토록 그 청년에 대해서 알고 싶어 했구나. 그럴수록 은숙이의 말은 조심스러워지지 않을 수가 없었다.
"어마, 세상에는 별 일이 다 많구나."
"그러기 말야. 그래서 어젠 그분하구 어딜 간 거야?"
"길에서 우연히 만나, 전번엔 미안했다면서 부득부득 집에까지 데려다 준대지 않니, 그래서 할 수 없이 저 앞에까지 차를 타고 왔단다."
그 이야기를 듣자 경희는 인식이와 은숙이가 아무렇지도 않은 사이라는 것이 기뻤던지
"그인 정말 젠틀맨이야."
저도 모르는 사이에 인식이의 칭찬을 해버렸다.
그러나 은숙이도 눈치가 빠른 여자인만큼,
"그분하고 경희는 어떤 사이야?"
싱글싱글 웃으며 역습을 했다.
"네가 날 좀 도와준다면 모든 걸 이야기 할게."
"돕다 뿐이야."
경희도 겨우 결심이 된 듯이 얼굴을 붉히며 입을 열었다.
"사실은 그이하구 신한물산 강 사장과는 형제분이란다."
"어머나!"
"우린 어려서부터 다 한 집안 같이 지냈어. 그러다가 결혼이야기가 났는데 상대가 강 사장 아냐. 그 집에서는 순서로 따져서 그렇게 된

지 모르지만, 그러나 사람의 감정이야 순서가 있어. 강 사장에 대해서 무엇인가 차지 못하는 것을 느꼈을 때, 난 비로소 내가 인식 씨를 사랑하고 있었다는 사실을 깨달았구나. 그렇지만 나 혼자서 인식 씨를 좋아해야 무슨 소용이야. 왠지 그 분은 나를 피하고만 있는 걸."

"……."

"그러니 나로선 여러 가지 경우를 생각하게 될 거 아니니, 그래서 어제도 너와 그분이 함께 가는 걸 우연히 보고서는 은숙이 같은 애인이 있기에 나 같은 건 거들떠 보지도 않았구나 했지."

"당치도 않은 소리."

"정말 그렇지 않다니 난 얼마나 기쁜지 몰라."

그 명랑한 경희의 눈에는 눈물이 빛났다. 은숙이는 그만 가슴이 뭉클해지면서,

"그렇게 혼자서만 생각할 게 아니라, 그분을 만나 속 시원히 마음을 털어 놓을 일이지."

"그렇지만 인식 씨의 마음이 그렇지 않을 땐, 난 어떻게 해야 하는 거야?"

"지성이면 감천이란 말이 있는데."

"그런 바보 같은 소리말구."

"바보 같은 소리는 누가 하고 있는데? 그래서 그 진실을 아는 것이 두려워서 언제까지나 혼자서 속으로만 끙끙 앓고 있겠다는 거야?"

"……."

"용기를 내, 용기를…… 그 까짓 거, 무엇이고 알고 볼 일 아냐? 사실 남자들은 이런 땐 여자들보다 더 보수적이야. 그분도 실상은 경희가 좋으면서도 자기 형과 경희가 좋아하는 줄만 알고 피하고 있는

지도 몰라. 마음씨가 고운 사람이면 고운 사람일수록 그럴 수가 있는 거야."

"정말 그럴까?"

경희의 가슴에는 불시에 따뜻한 희망의 등불이 비치기 시작한 모양이었다. 자기 자신의 일에는 언제나 소극적이라고 할만큼 생각이 깊고 침착한 은숙이도 친구의 일에 대해서는 물불을 가리지 않는 적극성을 띠었다.

"오늘이라도 찾아가서 만나 볼 일이야. 인생에서 중하다 해도 결혼 문제처럼 중대한 일이 또 있어? 조금도 우물쭈물 할 일이 아니야."

경희는 은숙이의 선동이 고마우면서도 또 한쪽에서는 두려운 모양이었다.

"그렇지만 내가 어떻게 직접……."

"그럼 간접으로 꾸불탕꾸불탕 여우길처럼 복잡하게 만들 테야?"

"앤 왜 이렇게 수다야?"

"아이 갑갑해, 이제부터 찬이 없는 밥이지만 우리 하숙집 밥을 둘이서 나누어 먹고 거리로 나가자. 내가 그분 있는 곳까지 바라다 줄게."

"그렇지만!"

"또 그렇지만이야?"

"아니, 거긴 그이 친구 분도 있고."

"거기라니?"

"그이 사무실에 말이야."

"그런데?"

"내가 거기에 가기보다 네가 좀 가줘."

"내가 왜? 또 간접적으로?"

"그런 게 아니구 난 적당한 곳에서 기다리고 있을 테니, 그분을 그

곳으로 내보내 줘."

"정 그렇게 해 달라면 글쎄, 어려운 일은 아니지만."

"그렇게 해 줘, 부탁이야. 열두 시쯤이면 그인 반드시 사무실에 한 번 다녀 가니까 꼭 만날 수 있을 거야."

결국 은숙이는 경희가 적어 주는 약도를 갖고, 강인식이라는 청년이 차고 겸 사무실로 쓰고 있는 D동에 찾아갔다.

그러나 경희의 뜻하지 않은 애정 고백으로 은숙이도 적잖이 흥분을 했던 탓인지 자기가 둘러댄 이야기대로 인식이가 진짜 택시 운전수였다는 우연의 일치도 별로 깊이 생각해 보는 일 없이 경희 심부름을 떠났던 것이다.

경희가 가르쳐 준대로 은숙이는 광화문에서 버스를 내렸다. 은행 골목을 끼고 왼쪽으로 돌았다. 약 백미터 가량 가서 경희 말대로 커다란 차고가 나섰고, 그 한편에 조그만 사무실이 달려 있었다.

은숙이가 사무실 쪽을 가까이 가는데, 마침 사무실 도어가 안으로부터 열리면서, 담배를 입에 문 키가 큰 청년이 걸어 나왔다. 무심코 그쪽을 보고 있던 은숙이는

"어머나!"

깜짝 놀랐다. 그러자 그쪽에서도

"어쩐 일입니까?"

하고 아주 놀란 음성이 튕겨 나왔다. 그 청년이야말로 진짜 은숙이를 칠 뻔했던 한일웅 그 사람이었던 것이다.

"이게 웬일입니까, 은숙 씨를 여기서 뵙게 되다니."

일웅이는 무척 반가운 듯이 밝은 표정이 되면서

"어떻게 이 사무실로 오게 되셨습니까."

아무리 생각해도 이상한 듯이 물었다. 그러나 은숙이로서는 이만

저만한 놀라움이 아니었다. 강인식이를 찾아온 장소에서 일웅이를 만나리라고는 상상도 못했던 일이었다. 이 이상의 뜻밖의 사태가 또 있을 수 있을까?

은숙이는 당황한 마음을 수습 못 한대로 일웅이를 쳐다 보다말고, 다시금 사무실 쪽으로 시선을 돌렸다.

인식이를 찾아온 자리에서 일웅이를 만났다는 것은 그들이 같은 운전수이며 그것도 보통 운전수가 아닌 것 같은 인상으로 미루어 보아, 말하자면 이곳이 그들의 공동 사무실이 아닐까 하는 추측을 겨우 하게 되었다. 그러면서 다른 때면 일웅이를 만나면 이상스럽게도 가슴이 뛰기만 하던 은숙이도 지금은 가슴이 뛰기는커녕 철렁하고 내려앉는 것이었다.

지금 이 장소에 인식이만 뛰어들면 은숙이는 그만 대학생 은숙이가 아니고 클럽 여급으로써 일웅이 앞에 그 비밀을 다 드러내놓게 되는 판이었다. 그것은 자기가 호의를 품고 있는 남성 앞에 참으로 괴로운 일이 아닐 수 없었다. 될 수만 있으면 은숙이는 경희에게 자기의 현재를 감춘대로 일웅이에게도 클럽의 여급이라는 것만은 숨기고 싶었다. 더구나 일웅이가 은숙이의 인상을 청결한 여성이라고 말해준 일이 있는 만큼, 그것 또한 숨기고 싶은 사실이었다. 그만큼 은숙이는 또 일웅이에게 깊은 애정을 느끼고 있었다고도 말할 수 있는 것이 아닐까?

은숙이는 점점 더 당황해질 수 밖에 없었다. 그러자 일웅이도 점점 더 알 수 없다는 얼굴이 되며

"정말 어떻게 이곳으로 오셨습니까. 난 도무지 기적이 일어난 것만 같아서……."

기적—만일 이 일을 기적이라고 한다면 은숙에게 이토록 슬픈 기적이 또 있을 수 있을까? 그렇다고 언제까지나 은숙이는 말을 안 하

고 서 있을 수도 없었다. 또 아무 말이나 줏어대어 얼토당토않은 거짓말을 할 수 있는 은숙이도 아니었다.

은숙이는 겨우 마음을 다잡으며 입을 열었다.

"정말 뜻밖이에요. 여기가 일웅 씨의 사무실인 줄은 꿈에도 몰랐어요."

이제는 모든 것을 털어 놓을 수밖에 없다고 생각한 모양이었다.

"실상은 제 친구의 일로 누굴 좀 만나려고 여기 온 거에요."

"누굴 만나러?"

"강인식씨라고 혹시 여기 계시지 않는가요?"

이젠 어쩌는 수 없이 자기의 정체가 드러나게 됐다고 은숙이는 생각했다. 만일 이 자리에 인식이가 뛰쳐 나와서

"전번에 만났던 서춘희 씨가 아닙니까?"

하면 일은 다 끝나는 것이 아닌가.

이러한 은숙이의 심중 갈등을 알 리 없는 일웅이는

"인식이 여기 있지요."

밝게 웃고

"그런데 지금은 사무실에 없답니다."

"안 계세요?"

없다는 소리에 은숙이는 한숨이 저절로 흘러 나왔다. 어쨌든 이 당장에 은숙이의 정체가 드러날 우려는 없어졌다.

그러자 이번에는 일웅이와 인식이의 관계가 궁금해졌다. 그들은 도대체 어떤 사이로 이 사무실에서 함께 일하고 있는 것일까?

"일웅 씨는 인식 씨와 친하세요?"

은숙이가 묻자,

"그렇지요. 우린 학교도 같이 다녔지만, 지금은 또 동업자간이기도 하지요."

일웅이는 어디까지나 솔직하게 대답했다.

"은숙씨한테만 실토하는 이야깁니다만, 우리는 둘이서 장차의 대기업을 꿈꾸고 있지요. 지금은 각자가 차 한대씩을 몰고 다니지만 일선 공무원 노릇이나 하는 것보다는 훨씬 마음도 편하고 포부도 건강하지요. 인식이는 사장 겸 운전수, 저도 전무 겸 운전수, 어떻습니까. 일할 보람이 있겠지요?"

"어마 그러시구만요."

은숙이가 감탄과 함께 혼잣말처럼 뇌이자,

"네, 뭐라구요?"

일웅이가 되물었다.

"제 첫인상에 말이지요."

"종로에서 미쓰 서를 칠 뻔했던 그때 말이지요?"

"네, 그때부터 보통 운전수 같게 보이진 않았었어요."

"버젓한 운전면허를 가진 운전수인데도요?"

"그렇지만……."

둘이서는 서로 쳐다보며 즐겁게 웃었다.

그러나 그러한 즐거움도 결코 언제까지고 계속되는 것은 아니었다.

"그런데 친구의 일로 인식이를 찾아 오셨다니, 어떤 일로?"

"저……."

하고 은숙이는 다시금 말이 막혀 버렸다. 그것은 그렇게 한마디로 설명되는 일도 아니거니와, 또 할 수도 없는 일이었다.

일웅이는 그러한 은숙이의 태도에는 조금도 의심을 품는 일이 없이 자기 일이 바쁜대로,

"그럼 별로 급한 일이 없으시면 사무실에서 기다리세요. 점심시간도 되고해서 곧 올겁니다."

그러고는 팔뚝시계를 들여다 보며

"다른 약속이 없었더라면 차라도 한잔 살 것인데."

매우 섭섭해했다. 그러나 은숙이는 도리어 그것을 다행으로 생각하고

"어서 가 보세요. 이제 사무실도 알았으니 다시 놀러 오겠어요."

일웅이에게 일을 가 보라고 권했다. 일웅이는 하는 수 없는 듯, 그러나 은숙이에게 다짐이나 받으려는 듯이 말했다.

"꼭 다시 들려주세요. 기다리겠습니다."

"네."

일웅이는 또 한번 밝은 미소를 던지며 차를 몰고 밖으로 나갔다. 일웅이를 보내고 난 은숙이는 남몰래 한숨을 또 짓는다.

그러나 저러나 인식이를 기다리나 어쩌나 하고 은숙이가 망설이

고 있을 때 여사무원이

"어서 들어와 기다리세요."

하고 빈 사무실로 들어오기를 권했다.

그러나 사무실로 들어가 기다리고 있을 동안에 인식이보다 일웅이가 더 빨리 돌아오면 난처하긴 또 마찬가지 아닌가. 편지라도 써두고 갈까, 오늘 저녁에 로터리 클럽에라도 와 달라고 할까? 그러다 그 편지를 일웅이가 보게 되면 어쩌나, 그러면서도 결국 편지나 써 놓고 갈 양으로 은숙이가 여사무원한테 봉투와 편지지를 빌리려고 할 때였다. 밖에서 경적소리와 함께 택시 한대가 굴러 들어왔다. 운전대에 앉은 사람을 보니 다행히도 강인식이었다.

"강 선생님!"

하고 은숙이가 무척이나 반가워하며 달려가자, 인식이는 이상한 얼굴을 하고서

"아니, 미쓰 서가 아니요?"

여길 어떻게 알고 왔는지 알 수 없다는 얼굴이 되었다.

"강 선생님을 만나 뵈려고 기다리고 있었어요."

"나를?"

"네, 선생님께 꼭 여쭙고 싶은 말이 있어서요."

"그래요?"

은숙이의 태도로 그것이 심각한 이야기라는 것을 짐작했던지, 잠깐 침묵 끝에

"어디 가까운 다방에라도."

하면서 사무실 여사무원한테 몇마디 하고는,

"그럼 가 볼까요?"

앞에 서서 걸음을 옮겼다. 인식이는 몇 발자국 떼어 놓다가 다시금 이상한 얼굴이 되며

“그런데 저 사무실은 어떻게 알고 오셨지요?”

“…….”

“누구한테 들었습니까?”

그래도 은숙이는 그저 애매하게 웃는 수 밖에 없었다.

인식이는 대답이 없는 은숙이에게 더 추궁하는 일도 없이 어느 아담한 다방 문을 밀고 들어섰다.

은숙이와 마주 앉은 인식이는 차를 주문하자 이어

“미쓰 서가 무슨 일로 오셨는지, 그것부터 우선 들을까요?”

“어제는 참 고마웠습니다.”

은숙이는 전날의 인사부터 차리고 나서 말머리를 어떻게 끄집어 내나 하고 또한번 망설였다. 그러나 결국은 솔직히 터놓을 수밖에 없다고 생각했다.

"실은 경희 일로 찾아 왔어요."

"경희?"

인식이는 깜짝 놀라면서

"경희 양은 어떻게 아십니까?"

"학교 동창인 걸요."

"그래요."

새삼스레 머리를 끄덕이는 것이었다.

"경희와는 다시 없이 친한 사이에요. 그런데 제가 강 선생 일로 경희한테 오해를 샀구만요."

"무슨 오해?"

"선생님과 제가 어떤 사인가 하는……."

"겨우 어제 알게 된 미쓰 서하고요?"

"그러기 말입니다."

인식이는 점점 더 알 수 없다는 얼굴이 되었다.

"어제 선생님과 제가 차를 타고 가는 것을 경희가 보았던 모양이에요."

그 말에 인식이는 더욱 더 눈이 둥그레지며

"서울이 넓은 것 같으면서도 좁구먼. 알았습니다. 그래서 미쓰 서가 당치도 않은 오해를 받게 되셨군. 미안하게 됐습니다."

오해를 받은 것을 은숙이가 항의하러나 온 것처럼 송구해 했다. 그것을 보는 은숙이는 저런 인품에 경희가 이 남자를 사랑하게 됐구나 하는 혼자 생각을 하면서

"그런데 경희가 요즘 어떤 분하고 결혼 이야기가 있는 모양이에요."

"그래요."

인식이는 짧막한 대답으로써 다음 말을 재촉하는 눈길이었다.

"집에서는 대단히 좋은 자리라면서 성사를 시키려고 하는 모양입니다."
"흠……."
"그 때문에 경희가 지금 난처하게 됐어요."
"왜?"
"물론 그럴 만한 이유가 있어서겠지요."
"상대방이 싫어서!"
"싫다기보다 좀 더 복잡한 모양이에요. 그래서 그 이야기를 들은 제가 선생님한테 의논하러 온 거랍니다."
"나와 무슨 의논?"
인식이는 불시에 당황해하면서
"그런 중대한 문제에 내가 무슨 의논 상대가 됩니까?"
"그렇지만 미욱한 제 생각에도 선생님 밖에 의논할 만한 분이 없던 걸요."
뜻있는 말을 비치면서 은숙이는 인식이의 표정을 슬쩍 살폈다.
"아니, 안돼요."
인식이는 은숙이의 동정 같은 것은 조금도 알아차리지 못하고 손까지 내저으면서
"그런 일은 질색이야. 그것만은 정말 용서해 줘요."
"그렇지만 지금의 경희에게 이래라 저래라 이야기해 줄만한 분은 선생님 밖에 없을 것 같은데요."
"……."
"그래야만 될 이유까지 설명해야겠어요. 사실은 경희의 중대한 비밀입니다만, 아마 경희에겐 사랑하는 사람이 있나 봐요."
"……."
"지금 결혼 이야기가 있는 분도 참 훌륭한 분이라 해요. 그렇지만

경희 생각으로서는 자기 마음에 따로 사랑하는 사람이 있는 이상 오로지 그 분만을 생각하는 것이 옳지 않겠냐는 것이지요."

"……."

"선생님 생각에는 어떠세요? 경희 생각이 옳지요?"

"글쎄요. 난 그런 이야기는 도무지 경험이 없어서, 뭐라 대답할 수도 없구만요."

"그렇지만 제삼자의 입장에선 말할 수 있잖아요."

"……경희 양의 생각이 옳겠지요. 그렇지만 한마디로 뭐랄 수는 없는 겁니다. 따라서 이런 일은 남의 의견을 묻기보다 자기 생각대로 나가는 것이 가장 옳은 일이겠지요."

"참으로 냉정한 분이구만요. 그런 분이 어떻게 어제는 저한테 그렇게 친절하게 해줄 수 있었을까요?"

"난 별로 내가 냉정한 사람이라고 생각지 않는데."

인식이는 꼭 어린아이같이 입이 뾰죽해졌다.

은숙이는 그러한 태도에 힘을 얻어

"그럼 분명히 이야기하겠어요."

몸가짐을 가다듬으며

"아까, 지금의 경희에게 이러라 저러라 이야기해 줄만한 분은 선생님 밖에 없다고 했는데, 그건 경희가 선생님을 사랑하고 있기 때문이에요."

그 순간 인식이의 얼굴에는 분명히 동요의 빛이 흘렀다. 동시에 깊은 고뇌의 그림자도 스쳤다. 그러나 그의 입에서 나온 말은 지극히 냉담했다.

"안 돼요. 그건 안 돼요."

"왜요? 그럼 선생님은 경희를 좋아하지 않는단 말인가요?"

은숙이는 필사적이었다.

"이 이야긴 이제 그만 둡시다."

그렇게도 이 이야기를 피하려고 하는 것이 오히려 은숙이에게 모든 것을 깨닫게 하였다. 마음 착한 아우가 형을 위해서 자기의 사랑을 희생할 각오를 하고 있는 것을……

은숙이는 친구를 위해서 감사하는 마음을 가득히 가지면서, 그러나 화제는 백팔십도로 전환해서

"그런데 선생님, 이번에는 제가 청이 하나 있어요."

망설이던 말을 마침내 터놓았다.

"무슨 청?"

"이상한 부탁입니다만, 혹시 제 이야기가 나더라도 어떤 장소에서 어떤 분하고 만나더라도 제 일은 일체 모른다고 해 주실 수 없을까요?"

인식이는 이상한 얼굴이면서도

"좋습니다. 그쯤 부탁이야."

서슴지 않고 대답해 주었다.

"꼭 약속해 주시지요?"

"틀림 없습니다."

"감사합니다."

은숙이는 겨우 마음을 놓고 밝게 웃었다.

"그럼, 오늘 선생님을 찾아 온 여자는 어디의 누군지 전연 모르는 여자로 해 주시지요?"

"알겠어요."

"다시 한번 감사합니다."

아니나 다를까 그날 저녁 사무소에서 만난 일웅이는 인식이를 붙잡고

"인식이, 오늘 여기 온 여자 말이야."

아주 즐거운 표정으로 말했다.

"바로 그 여자야, 언젠가 내가 종로에서 칠뻔 했다던 여자가."

"그래, 그 여자야?"

"그런데 넌 어떻게 그 여자를 알아? 무슨 일로 찾아오구? 어떤 집 딸이야?"

일웅이는 그런 것들이 퍽 궁금했던 모양으로 숨도 돌리지 않고 물었다. 인식이는 그러한 일웅이를 놀라운 얼굴로 보고 있었으나 문득 은숙이와 약속했던 일이 생각나는대로

"난 오늘 처음 만난 여자야. 친구의 부탁을 받고 날 찾아왔더군."

모른다고 시치미를 뗐다.

일웅이는 인식이의 말이 미덥지 않은 모양이었다.

인식이와 헤어진 은숙이는 그길로 그냥 '로터리 클럽'으로 나갔다.

경희와는 내일이라도 만나서 오늘의 경과보고를 할 참이었다.
"그분도 틀림없이 널 사랑하고 있어."
하고 은숙이가 확신을 가지고 말하면 그 해바라기 같은 아가씨가 얼마나 좋아할까? 그러면서도
"그들 형제는 상당히 의가 좋아요. 그러니 설사 인식 씨가 날 좋아한다고 해도 별 수 없을지 몰라."
경희는 이런 걱정도 할는지 모른다.
"바보같은 소리 말어. 자기 일생을 지배하는 애정문제를 그쯤 일로 흐지부지 할 사람이 어딨어. 너만 마음을 꿋꿋히 한곬으로 정하고 나가면 되는 거야."
라고 아주 자신있게 위로해 주어야지. 그렇다, 세상만사 남의 일에는 옳은 판단도 쉽게 내려지고 충고도 하기가 쉽다. 그러면서도 자기 일에 대해서는 왜 그렇게도 주저되고 결단성이 없어질까? 남의 일에는 그토록 적극적이며 확고한 판단을 내릴 수 있는 은숙이도 자기와 일웅이 일에는 그저 안타깝고 마음만 씌니……
은숙이가 이런 생각을 하며 걸음을 옮겨 놓고 있는데,
"춘희!"
하고 부르는 소리가 들렸다. 뒤돌아보니 한 직장의 바바라라고 불리는 여자였다. 바바라는 전에 없이 다정한 웃음을 활짝 띠우고 어깨를 나란히 하고 걸으면서,
"춘흰 언제봐두 예뻐."
진정 감탄하는 얼굴이 되면서
"춘희가 나오고서부터 손님이 훨씬 늘었어요."
은숙이의 기분에 영합하려는 듯 슬쩍 곁눈질을 했다.
"이 직장이 어때? 재미있어?"
"재미야 뭐 있겠어."

은숙이는 솔직하게 대답했다.

"그래두 마담은 춘희 같은 예쁜 사람이 왔다고 대단히 좋아하던데…… 그렇지만 춘희, 고기두 흐린 곳에 모인다는 말대로 이곳에선 자기만 약게 돌면 돈도 쉽게 잡을 수 있어요. 특히 춘희처럼 예쁜 사람은 그것이 쉽다니까. 그러니 이런 곳에선 빨리 돈을 잡고 빨리 그만둬야 하는 거야."

엉뚱한 소리를 했다.

"빨리 돈을 잡다니 어떻게?"

이런 곳에 어수룩한 은숙이는 알 수 없는 이야기를 듣는다는 듯이 바바라에게 되물었다.

"춘흰 참 고지식해, 다른 애들이 어떻게 돈을 벌고 있는지 통 모르겠어?"

"난 여기 나온 지가 얼마 안 되구 해서……."

"하긴 이런 데 경험이 없으면 모를 거야. 그렇지만 춘희도 곧 베테랑이 될 걸 뭐."

"……."

"우린 가끔 미군 파티에 나가는 아르바이트가 있어요."

"미군 파티?"

"그래, 미군들이 파티를 열게 되면 파트너가 있어야 할 것 아니야. 그래서 우리가 그곳으로 출장 나가는 셈이 되지 뭐."

"그땐 누구나 다 가야 하니?"

은숙이는 그 말을 대단한 말처럼 더듬거리며 물었다.

"아니, 강제적으로 보내진 않아. 모두가 가지 못해서 야단인데 억지로 보낼 리가 있어. 왜 춘희는 그런 곳엔 안 나갈 테야?"

"……."

"그런 것 이런 것을 가릴 테면 애초부터 G·I 상대의 이런 데를 왜 오겠어?”

바바라는 도리어 비웃으며 말했다.

“빠·걸 소리를 듣기는 일반인데, 실속두 못 차리구 얌전한 체 할게 뭐냐, 누가 그걸 알아준대, 그 보다두 내가 춘희라면, 미군 파티 같은 것을 이용해서 코쟁이 사령관쯤 하나 잡겠어. 그래가지구 영리하게만 돌면 단번에 팔자를 고치게 될텐데 뭐.”

은숙이는 자기가 무서운 구렁텅이 속에 빠져드는 것을 느끼며 묵묵히 걸음을 옮겨놓았다. 그러나 바바라는 그 침묵을 어떻게 해석했던지,

“춘흰 그저 내가 시키는대로만 한번 해 봐. 틀림없이 큰놈이 물릴테니, 그것들두 다 사람을 알아 봐요. 우리 같은 것은 아무리 꼬리를 쳐봐야 별 수 없지만 춘희쯤이면, 손 하나 까딱하지 않구두 사령관은 문제 없어. 그렇게 되면 누가 달래서 주나, 저편이 몸이 달아서 싫다는 것두 막 안겨 줄 텐데 뭐, 손 한번 쥐지 않구두 그만한 건 수단으로 된단 말이야. 어때, 춘희?”

침방울을 튀기며 열심히 말했다.

돈이 필요한 자에게 돈줄이 보인다는 것은 얼마나 유혹인지 알 수 있는 일이다. 여러 가지 변명을 둘러대며 그 유혹에 넘어가게 마련인 것이 인간의 약점이기도 하다.

바바라에게 미군 파티에 관한 이야기를 들은 바로 그날로 이 유혹은 은숙이를 괴롭혔다. 로터리 클럽이 문을 열자마자, 미군 부대에서 보낸 스리쿼터가 여자들을 실으러 왔던 것이다. 그것도 인원에 제한이 있은 까닭에 마담은 누구 누구라고 일일이 이름을 불러가며 이십 명만 추려서 파티로 나가게 했던 것이다. 그 지명을 받은 여급들은 좋아라고 달뜬 웃음을 던지며 스리쿼터에 올라탔다. 은숙이도 무의식중에 돈벌이라는 막연한 기대를 가지고 이십 명의 여자들 틈에서 붐볐다. 그러나 마지막 순간에 가서 번개처럼 스치는 이성으로 자기 행동에 브레이크를 넣었던 것이다. 즉 차가 막 떠나기 직전에 그들 틈에서 빠져 나와 환락의 세계를 등진 밤길을 걸었다. 전조등이 은숙이를 정면으로 비췄다. 그 속에 핸들을 쥐고 있는 사람이 꼭 일웅이 같게만 보였다.

'일웅 씨…….'

은숙이는 꿈에서 깬 사람처럼 새삼스레 사방을 휘둘러 보았다. 전조등 행렬이 은숙이를 비춰 주고는 달아나곤 했다. 그렇다, 일웅이를 만나자. 지금엔 자기의 솔직한 심정을 호소할 사람은 일웅이 밖에 없었다.

'여태껏 나는 왜 그분한테 내 일을 숨겨 왔을까, 왜 나는 있는 대로의 나를 그분에게 들어내지 않았을까, 빠 걸이라는 것이 드러나는 일이 두려워서? 그렇다면 얼마나 비겁한 일인가. 사실 오늘도 나는 인식 씨를 만나러 간 자리에서 뜻하지 않은 일웅 씨를 만나고는 경희와의 약속도 잊고, 내가 누구라는 것을 아무에게도 밝히지 말아 달라는 그런 부탁이나 하고 오지 않았는가. 생각하면 생각할수록 비겁하고 부끄러운 일이다.

오로지 배우고 싶은 마음에, 본의 아닌 바걸을 하고 있다. 그것이 사실인 이상에는 듣는 사람도 그 사실은 이해해 줄 것이다. 뭐이 부끄럽단 말인가. 그것을 숨기기 위해 오히려 더 거짓말을 하게 되며, 마음에도 없는 괴로움을 받게 된다. 이처럼 무의미한 일이 어디 있을까.

그렇다, 지금 이 길로 가서 그분에게 모든 것을 솔직히 이야기하자. 그럼으로써 나라는 여자를 보다 정확히 보다 정직히 그분에게 알리자.'

그렇게 마음을 정하고 나니 은숙의 마음은 얼마나 가벼운지 알 수 없었다. 이제 은숙이는 아무 주저도 없이 D동을 향해서 부지런히 걸음을 옮겼다.

한편 인식이를 찾아 온 은숙이와 변변히 이야기도 나누지 못하고 헤어진 일웅이는

'무슨 일로 찾아 왔을까, 인식이는 혹시 그 여자가 어디 사는지 아는 것이 아닐까…….'

생각하면 생각할수록 일이 손에 잡히지 않았다.

'에라 모르겠다. 한번 가서 속시원히 인식에게 물어야지.'

일웅이가 사무실로 돌아왔을 때 인식이는 기다리고나 있었던 것처럼 밖으로 뛰어 나왔다.

"돌아 왔나?"

그러나 일웅이는 딴청으로

"이봐 인식이."

밝은 표정으로 말했다.

"아까 널 찾아온 아가씨가 있었지?"

"응, 그래, 왜?"

“언젠가 내가 말했지, 종로에서 여잘 하나 칠뻔 했다구, 그 여자가 바로 아까 그 미인이야.”
“그래, 그것 또…….”
“그런데, 무슨 일로 온 거야? 넌 그 여잘 어떻게 알아? 어떤 집의 딸이야?”
숨도 쉬지 않고 연거푸 묻는 일웅이의 얼굴을 인식이는 어안이 벙벙해서 보고만 있었다. 그리고 대답을 하려던 다음 순간에 방금 전에 은숙이와 한 약속을 생각했다. 그렇다, 자기는 은숙이와 초면이었다. 약속은 어디까지나 약속이다. 지켜야 한다.
“난 전연 모르는 여자야. 누구 심부름으로 날 만나러 온 것뿐이야.”
인식이는 시치미를 떼고 대답했다.
“정말이니?”
일웅이는 미덥지 않은 얼굴이었다.
몇 번이고
“정말 모른단 말이야?”
거듭 묻고는
“그렇다면 경희라는 그 아가씨의 심부름으로 온 건 아닌가.”
어디까지나 추궁했다.
“그건 또 왜?”
인식이는 경희 이름이 나오는 바람에 적잖이 놀라면서 반문했다.
“음, 사실은 말이지, 그 여자를 칠뻔 했던 그날에 그댁에까지 아까 그 아가씨를 모셔다 드렸거든.”
“아, 그래서.”
인식이도 겨우 납득할 수 있었다. 그렇다면 그녀들은 여간 친한 사이가 아니구나.
“그렇지만, 그녀 부탁으로 온 건 아니야.”

그러자 일웅이는 점점 더 알 수 없다는 얼굴을 했다. 그러나 굳이 누구의 심부름으로 왔냐고 따지지는 않았다. 상대방이 말하지 않는 이상 남의 일을 캐물을 수는 없었기 때문인지 모른다. 다만 그는 무엇인지 석연치 않은 얼굴로 또 다시 거리로 나갔다.

사람들은 간혹 어느 순간에 자기의 운명을 거는 마음이 되는 수가 있다. 어떤 절박한 심정일 때 짝수(數)면 살고, 홀수면 죽는다던지, 무슨 꿈이면 재수가 좋고, 무슨 꿈이면 나쁘다는 가지각색의 경우가 있다. 지금 일웅이를 만나러 가는 은숙이도 말하자면 그런 절박한 마음이 되어 있었다.

'사무실에 그분이 계실까, 안 계실까?'

그러나 사무실 앞까지 가서 살펴도 차고에는 아무 것도 없었다. 밤이 되어서 여사무원도 가버렸는지 사무실 속에는 아무도 없었다.

'재수가 없는 거야. 그것이 즉 내 운명이 될지도 몰라……'

모처럼 큰 마음을 먹고 왔던만큼 낙심도 컸다. 사무실 문에 한참 기대어 있어 보았으나, 골목의 밤이 어두워 갈 뿐이었다.

은숙이는 자기와 일웅이의 인연을 마음속에서 끊어 버리면서 지금 걸어온 길을 되돌아 나왔다

거리를 빙빙 돌다 보니, 인식이의 차는 어느덧 혜화동의 경희네 집앞에 멎어 있었다. 인식이는 잠시 망설이다가 전에도 몇번 눌러본 그 집의 벨에 손을 가져갔다.

이어 식모 아이가 나왔다.

"경희 양은?"

"계셔요."

현관에서 기다렸다. 다른 때 같으면 어디선가 뛰어나오는 경희의

발소리가 오늘따라 좀체 들리지 않는다. 경희도 역시 오늘은 마음이 가볍지 않은 모양이군.

은숙이를 자기한테 보내면서 애정을 호소한 경희, 생각해 보면 피차 가슴 아픈 일이 아닐 수 없다. 그제사 다른 때와는 딴판으로 싫은 걸음이나 걷는 것처럼 경희가 천천히 걸어서 나왔다. 얼굴 빛도 어딘가 무거운 것이 시선을 피하는 눈치였다. 그러나 그 태도와는 딴판으로 눈동자의 깊은 곳에는 건드리면 터질 것만 같은 폭풍같은 감정이 담겨 있었다.

"인식 씨가 우리 집엘 다 오시구, 혹시 잘못 오신 것 아니세요?"

경희는 아주 딴청을 부렸다.

"아주머닌?"

"어머닌 어디 가셨어요. 우리 어머니 보시러 오셨어요?"

"아니, 경희 양 보러."

"저를요?"

"내 차를 타고 드라이브나 할까?"

"드라이브?"

경희는 마음이 움직인 모양이었으나

"어머니도 안 계신데?"

인식이의 마지막 그 한마디는 경희로선 결코 무심히 들어 넘길 수 없는 말이었다,

"그러시다면 차라리 올라오세요. 집이 더 좋아요."

"그렇게 하지."

인식이는 드라이브를 더 권하지는 않았다.

경희는 자기 방으로 인식이를 안내했다. 하늘색 커튼이 산들바람에 잠자리 날개처럼 나부꼈다.

그러나 인식이와 경희는 마주앉은 채 언제까지나 이야기가 없

었다.

인식이는 본인을 직접 만나서 분명히 이야기할 마음으로 찾아 왔건만, 말은 나오지 않고 가슴만 답답할 뿐이었다. 그러므로 화제를 돌려서

"서춘희라고 알아요?"

은숙의 이야기부터 끄집어냈다.

"서춘희?"

경희는 이상한 얼굴을 했다. 그러면서 인식이가 은숙이 말을 묻고 있다는 것은 곧 알아차렸다. 그러나 은숙이를 자기가 인식이한테 보낸 것까지 실토하기는 싫었다.

"그런 사람 저는 모르는데요."

"그래? 분명히 경희 친구일 텐데."

"그렇지만 서춘희라는 친구는 없었는 걸요."
"요즘 이집에두 분명히 온 일이 있는 사람인데."
"이름을 잘못 아신 것 아니에요?"
"아니, 분명히……."
거기까지 말하다가 인식이는 하마터면 아차, 할 뻔했다. 춘희는 그녀의 진짜 이름이 아닐지도 모른다 — 그렇다면 굳이 그 이름을 추궁할 일도 아니라고 생각했다. 그보다도 자기들에게는 더 중대한 일이 있지 않은가.
"그런데 경희, 내가 할 이야기라는 것은……."
인식이가 정색해서 이야기를 꺼내자 경희도 따라서 얼굴색이 변하도록 긴장이 되었다.
"나는 오늘까지 우리 사이에는 이런 이야기가 필요하지 않다고만 생각했는데……."
"무슨 이야기인지 분명히 말씀해 주세요."
"난 사실 경희가 싫다는 것은 아니야. 아니 그 반대일는지도 모르지. 그러나 그것이 우정을 벗어나도록 깊은 것이라고도 생각지 않아요. 경희도 아마 그럴 거야."
경희는 아니라는 말도 못하고 그저 조각처럼 꼼짝 않고 앉아 있었다.
"이렇게 분명치 않은 상태에서는 우리가 가끔 잘못 생각할 수가 있어요. 먼 데 것을 동경하는 것 같은, 말하자면 자기의 행복을 과소평가하기 쉽다는 거야."
"……."
"추상적인 말은 그만두고, 우리 형이 얼마나 좋은 사람인지 그걸 알아 달라는 거야."
"좋은 분이라는 걸 누가 몰라요?"

경희는 온몸으로 항의하듯이 말했다.

"이건 외람된 말인지 모르지만, 형의 꿈을 깨트리지 말아 주어요. 경희를 정말 사랑하고 있다니까. 제발 형의 구혼을 받아주어요."

"그만 두세요!"

경희는 두 손으로 얼굴을 감싸면서 부르짖었다.

"겨우 저한테 할 이야기가 그건가요? 형님의 구혼을 받고 안 받고는 제가 결정할 문제예요, 인식 씨의 지시는 안 받아요!"

경희의 말은 하나하나가 바늘처럼 매서웠다. 혹시나 했던 기대가 산산이 부서지는 순간이었다.

그 순간은 인식에게도 마찬가지였다. 남몰래 사랑해 온 경희를 형인 인수도 사랑하고 있다는 것을 알게 된 그 순간의 결심, 그 순간에 자기는 남자로서의 결정을 분명히 지었다고 그는 생각하고 있는 것이다.

이윽고 경희는 눈물 젖은 얼굴을 들고 인식이를 똑바로 보며 말했다.

"이왕 이야기가 났으니 저도 솔직히 말하겠어요. 인식 씨는 아까 우리 같은 분명치 않은 상태라고 말하셨지만, 제 마음은 이제나 그제나 조금도 다름이 없어요. 아무나 받아 들일 수 있는 그런 흐미한 것이 아니었어요."

다른 때의 경희였으면 이러한 애정의 고백을 본인을 놓고 쉽사리 할 수 있었을 리 없었다. 그러나 은숙에게서 자기 애정에 충실하며 솔직해야 한다는 소리를 들은 뒤라, 경희는 회의와 자존심을 다 버리고 솔직히 말할 수 있었던 것이다.

"그러니 인식 씨도 다른 사람을 결부시킬 것 없이 저를 조금도 사랑하지 않는다고 그것만 분명히 말해 주세요. 그러면 저도 알아듣겠어요."

"……"

"이렇게 묻는 제가 어리석을까요? 그래도 솔직히 한 번만 이야기해 주세요. 그 한마디만 분명히 들으면 더는 괴롭히지 않겠어요. 저는 사실 제 운명을 결정할 그 한마디를 들을 두려움으로 혼자만 괴로워 했어요. 그러나 그런 중대한 일일수록 오해가 없게 사실을 알아야 한다는 어떤 친구의 충고로써 오늘은 이렇게 이야기를 끄집어낼 용기가 생긴 거예요."

그 친구가 은숙이라는 것은 인식이도 쉽사리 짐작할 수가 있었다. 오해가 없게 사실을 알아야 한다는 것—그것은 얼마나 자기 생활에 충실하려는 것인가. 만일 진실을 외면한 결과를 가져오는 자기희생이라면 그것은 얼마나 어리석은 오산인가. 이런저런 생각으로 인식이가 대답을 못하고 있자

"전 인식 씨가 제 말을 알아듣지 못하도록 어리석다고는 생각지 않아요. 지금까지의 침묵이 무엇을 뜻하는 것인지 이젠 분명히 알았으니 그만 돌아가 주세요."

한마디마다 피를 토하는 마음으로 말했다. 그러고는 자기가 먼저 방에서 나가 버렸다.

"경희……"

하고 인식이는 불러 보는 것이었으나 그것은 어디까지나 말이 되지 않은 말이었다.

하릴없이 집으로 돌아온 은숙이는 대문을 밀고 마당으로 들어섰다. 웬일인지 태실이 방에 불이 켜 있었다. 로터리 클럽에서 벌써 돌아왔을 리도 없는데……, 미군 부대 파티로 나갔다면 더구나 돌아왔을 리가 없는데…… 그러고 보니 은숙이와 태실이는 같은 집에서 같은 곳으로 나가고 있으면서 좀체 얼굴을 대하는 일이 드물다. 그것

은 은숙이가 의식적으로 그런 기회를 피한다느니 보다 두 사람이 얼굴을 맞대면 어쩔 수 없이 화제가 로터리 클럽으로 돌아가고, 그럼으로써 자기들의 분위기마저 클럽의 연장 같은 속으로 몰아넣게 되었다. 은숙이는 그것이 싫었다. 사람들이 흔히 무의식중에 지니게 되는 직장 냄새만은 풍기고 싶지 않았다. 그러니 자연 태실이와도 어울리지 않고 무슨 고행의 십자가나 진 사람처럼 묵묵히 혼자서 행동하는 것이었다.

'그렇지만 웬일로 오늘은 저 방에 불이 켜져 있을까?'

은숙이는 방문 앞을 지나다가 툭툭 노크해 보았다.

"누구세요?"

태실이 목소리였다.

"태실이가 웬일이야? 벌써 와 있으니."

태실이가 문을 드르륵 열었다.

"넌 웬일루?"

둘이 다 꼭 같은 말을 묻고 있는 것이다. 그러다가 어느 쪽이라고 할 것 없이 그만 같이 웃어 버리며,

"내 방으로 들어와."

"그럴까?"

은숙이는 방문 앞에다 신을 벗어놓고 태실의 방으로 들어갔다.

"넌 안 갔었니?"

물론 미군부대 파티 이야기다.

"안 갔어."

"나두 빠지구 말았어."

둘이 다 얼마동안 말이 없었다.

"아무래두 그곳은 그만둬야 할까봐."

"태실이가 왜 갑자기 그런 소리야?"

"가끔 생각해 보면 나 자신이 두려울 때가 있어. 이런 생활이 그만 타성 같이 되면 어떻게 되겠어? 넌 미군 부대 파티의 내막두 상세히는 모를 테지만……."

"모르긴 왜, 돈벌이가 있다던데."

은숙이는 일부러 가볍게 말했다.

"은숙인 눈치가 빠르기도 해."

"뭐, 미군 장교 하나쯤 붙잡으면 수지가 맞는다면서?"

"어머나, 모르는 게 없구나."

"그래서 나더러두 기회를 놓치지 말구 돈벌이를 하라구 귀띔해 준 사람이 있으니 말이야."

"그래, 은숙인 그렇게 해서 돈을 벌구 싶어?"

"그렇게가 어떻게야? 실상 나는 아직 그렇게의 진상을 모르는 걸."

"양공주님이 되라는 것."

"양공주님은 왜?"

"그럼 누가 공짜루 돈을 바치겠니?"

"……."

"그 담엔 미군과 짜구 PX 물건을 내다 팔아야 해요."

"……."

"그리구 돈이 생길라니 유치장 신세두 각오해야 하구."

"뭐, 유치장?"

"그야 신문통계로는 양공주들이 벌어들이는 달러를 무시할 수 없다지만 실제로는 미풍양속을 깨뜨리는 무리라구 잡아넣잖아. 그것이 제일 골치야."

태실이는 마치 유치장 신세를 진 경험이나 있는 듯이 말한다. 그렇다구 은숙이가 그것을 따져 물을 수도 없는 대로 태실의 얼굴을 쳐다보고 있었다.

"난 아직 미군 부대 파티에까지 진출한 일은 없지만 언젠가는 그 속에 휩쓸려 들 것 같은 위험을 느껴요."

하염없이 실토를 하고나서,

"그만 학교는 집어 칠까봐."

자기 자신에게 물어 보듯이 중얼거렸다.

태실의 그 한마디는 은숙이의 고민거리이기도 했다.

"정말 나두 학교를 그만 둬야 할려나 봐."

태실이가 문득

"세상엔 돈이 주체 못하게 많은 사람두 있을 텐데 우린 왜 요 모양일까? 하늘에서 보물단지라도 뚝 떨어졌으면 좋겠다."

한숨 쉬듯이 말했다. 그 소리를 다 듣고 은숙이는 느닷없이 수수께끼의 돈 생각이 났다.

"그 소리를 듣고 보니 세상에는 이상한 일이 없는 것두 아니야."

"뭔데?"

"생면부지의 사람한테서 돈이 부쳐 왔으니 말이야."

"그래?"
태실이는 대번에 호기심이 동한 모양이었다. 지금까지의 우울하던 얼굴에 갑자기 생기가 돋으며
"그런 행운이 어딨니? 어떻게 된 일인데?"
"사실은……."
은숙이는 이야기가 난 김이라 이상한 편지와 함께 받은 그 돈 이야기를 했다. 그러나 고지식하게도 은숙이가 그 돈에는 여태 손도 안 대고 있다는 이야기를 듣자 태실이는 어이가 없는 듯
"그 돈을 안 쓴다면 부쳐준 이의 호의를 전적으로 무시하는 것 아니야?"
자기가 분개해서 따졌다.
"그렇지만 어떻게 알지도 못하는 사람의 돈을 쓰니?"
"그 사람은 너를 잘 알기에 부쳐주었을 것 아니야?"
"그렇대두 그걸 어떻게 쓰니?"
"왜?"
"우선 기분부터 나빠. 도깨비한테 홀린 것 같은 기분이기두 하구."
"별 소리 다 하네. 남의 돈 속혀먹는 세상이기도 한데 쓰라구 보내준 돈을 왜 못써?"
"그래두."
"나중에 기분 나쁘게 굴 놈이 있을까봐?"
"그런 것 보다두……."
"그 행운을 네가 받기 싫거든 나한테나 물려주렴. 나중에 뭐래는 놈 있으면 내가 깨끗이 처리할 테니."
"……."
"나 먹기두 싫구 남 주기두 싫구나."
은숙이가 그저 웃자,

"웃긴…… 그보다 그 편지 좀 가져와요. 어떤 독지가가 보낸 것인지 내 감정을 해 볼게."

그래도 은숙이는 웃고만 있었다.

"가져 오래두. 난 냄새만 맡아 보아두 그 인물을 짐작할 수가 있어. 정말로! 어떤 독지가의 선의의 행원가 또는 악의의 함정인가."

은숙이는 태실이가 보채대는 김에 할 수 없이 자기 방으로 가서 그 수수께끼의 편지를 찾아가지고 왔다. 태실이는 속 내용부터 훑어보며

"이게 왜 단서가 없는 편지야?"

겉봉에 주소가 씌어 있는 바로 전날에 온 두 번째 편지를 들이대며 물었다.

"그렇지만 그게 진짜 주소겠니?"

"진짜 주소가 아닐지도 모르지만 진짜 주소일 수도 있지."

"설마……."

"뭐가 설마냐? 진짜 주소가 아니라도 그렇지, 사람이라는 것은 무의식중에도 어떤 단서라는 것을 반드시 남기고 마는 거야. 이 가짜 주소가 진짜 주소를 찾아내는 어떤 길잡이는 될 수 있다는 거야."

"그럴까?"

"그렇다니까."

태실이는 아주 자신있게 대답하고 나서

"은숙인 그저 얌전하기만 해서 틀렸다는 거야. 이상한 사람한테서 이상한 돈이 부쳐 왔으니 쓰지나 말자구 그래, 보관이나 해 두면 순가? 지금 세상에 그런 소극적인 사고방식으로 어떻게 살겠어? 알아볼대루 알아봐서 무관한 돈이면 쓰는 거지. 그것이 우리가 로터리 클럽으로 나가 양갈보로 타락하느니보다 얼마나 좋은 길이야. 안 그래?"

어딘지 모순이 드러난 이야기이긴 해도 눈앞에 팬 유혹의 구덩이에만은 빠지지 않으려는 태실이의 태도에 은숙이는 호감이 갔다.
"그럼 어떻게 할까?"
"내가 그 주소로 찾아가 볼테야. 그래서 기어이 뭣을 알아가지고 올 테니까."
은숙이가 반대를 않고 웃는 것으로 그것은 동의가 된 셈이었다. 태실이는 새 사업이나 시작한 사람처럼
"이 사람이 정말로 사심이 없는 멋진 신사라면 얼마나 좋겠어."
소녀 같은 꿈마저 그리며 내일이 되기를 초조히 기다리는 것이었다.

태실이가 찾아 간 주소에는 '동성빌딩'이라는 삼층 건물이 서 있었다. 크지도 작지도 않은 그 콘크리트 건물 속에 과연 그녀가 찾는 이문섭이라는 사람이 있을 것인지……
'이 빌딩의 어디로 가서 이문섭을 잡아 내나…….'
그것도 가공인물인지 실존인물인지도 모르는 사람을 가지고……. 태실이는 은숙이 앞에서 큰소리는 치고 나왔지만 지금엔 추리소설의 탐정같은 호기심도 이미 반은 줄었다.
'그대로 돌아가 버릴까?'
그렇지만 빌딩만 쳐다보다가 돌아간다는 것도 멋적은 일이었다. 이 일은 처음부터 그렇게 막연한 놀음이 아니었던가. 그렇기에 은숙이도 입가에 미소만 머금고 쓸데없는 일 좋아도 한다는 얼굴로 차리고 나서는 자기를 보고 있었겠다.
'밑져야 본전이지'
태실이는 다시금 용기를 북돋우며 건물 안으로 걸음을 옮겼다. 아래층은 이발소와 다방이었다. 이층으로 올라가 보았다. 병원이 있고

회사 간판이 나붙어 있었다—남북사, 태양산업, 미술프린트사…….

삼층으로 올라갔다. 당구장이었다. 젊은 청년이 창가에 서서 담배를 피우면서 콧등의 땀을 수건으로 닦고 있었다. 어디로 가서 이문섭을 찾아 볼 것인가. 태실이는 이층으로 도루 내려왔다.

복도에서 좋은 생각이 나지 않는 대로 잠시 걸음을 멈추고 있는데 문이 열리면서

"그럼, 안녕히 계십시요!"

"또 만납시다!"

그 굵직한 목소리의 주인공을 보았을 때

"어머나!"

태실이는 깜짝 놀랐다. 손님을 보내고 난 그 사나이도
"이게 웬 일이야, 미스……."
태실의 이름이 잘 생각나지 않는 모양이었다.
"미스 신이에요."
태실이는 아는 사람을 만난 것이 그저 신기했다. 다른 때 같으면 캬바레에서 알게 된 남자는 대체로 외면해 버리는 태실이었지만.
"미스 신이 어떻게 여길 왔어?"
"좀 만날 사람이 있어서요."
"그래?"
그 사나이는 벌쭉 웃고 나서
"내가 차 한잔 사지."
누굴 만나러 왔다는 말에는 아랑곳도 않고 그런 소리를 했다.
이름도 분명히 모르는 이 사나이는 미군을 따라 종종 로터리 클럽으로 술을 마시러 오는 손님의 하나였다. 한국 사람보다 미군이 더 많이 드나드는 그곳에서는 한국 손님이 더 기억에 남는다. 그리고 그들의 대부분은 미군 물자를 뒷구멍으로 빼돌리는 위험한 장사를 하고 있는 한국 사람들이었다. 댄서들은 그들을 덮어놓고 사장님이라고 불렀다. 그렇게 불러 주면 얼굴을 붉히면서도 그들이 좋아하는 것을 잘 알고 있었기 때문이다.
"차 사 주시는 것두 좋지만, 사장님 혹시 이문섭이란 분 모르세요?"
"뭐?"
삼십 오륙 세쯤 난 그 사나이는 눈을 휘둥그레 뜨고 어이없게 입을 딱 벌렸다가
"앗 하하……."
하고 웃음을 터뜨렸다.

“왜 웃으세요?”
“이런 법이 어디 있나?”
“어마, 왜 그러시는데요?”
이번에는 태실이가 어리둥절해졌다.
“나두 아가씨 이름을 기억 못하고 있었지만 이건 너무한데.”
“그럼 혹시…….”
“그래, 내가 이문섭이야.”
“어머나, 이를 어째.”
태실이도 그만 당황했으나 그러나 생각해 보면 묘하게도 잘 된 일인지 모른다. 우선 이문섭을 이렇게도 쉽게 찾아냈다는 것은 제일단계로서 대성공이라 할 수 있었다. 태실이는 당황했던 얼굴에 금시 희색을 되찾으며
“그렇다면 정말 잘 됐어요. 사장님, 우선 차나 사주세요.”
“어떻게 된 일이기에?”
“차나 마시며 이야기 하겠어요.”
태실이가 앞서서 걷기 시작하자 이문섭도 하는 수 없이 따라 내려오면서 아래층 다방 문을 열고 들어섰다. 창밑에 자리를 잡고 나자
“사장님은 대단한 분이셔.”
태실이는 이문섭을 조롱할 마음의 여유도 생겼다.
“그게 무슨 소리야?”
“사장님은 대단한 휴머니스트라는 말이에요.”
“무슨 소린데? 도대체.”
“보기와는 다른 박애주의자구요.”
태실이는 모든 것이 다 짐작이 간 것 같았다. 이문섭은 로터리 클럽에 나오기 시작한 은숙이를 보고 마음이 동한 것이다. 그래서 은숙의 사정을 알아 가지고 이런 능청스러운 수단으로 세상 모르는

여대생의 환심을 사려했다. 그야말로 양의 가죽을 쓴 이리의 짓이 아닌가.

"사장님은 그렇게도 은숙이가 좋았던가봐."

태실이가 생글생글 웃으며 조롱댈수록 이문섭은 점점 더 어정쩡한 얼굴이 되어서

"무슨 소린지 통 알 수 없는 걸."

그리고는 호주머니 속에서 명함 한 장을 꺼내 보이면서

"난 사장이 아니야. 아무데서나 막 사장이라구 떠들어대면 창피하잖아."

내민 명함에는 남북사 전무 이문섭으로 되어 있었다.

"그렇다면 전무님 이걸 보세요, 시치미만 떼지 마시고."

태실이는 핸드백 속의 수수께끼의 그 편지를 이문섭의 앞에다 내놓는다.

"무슨 편진데?"

"아직도 저러셔. 전무님두 소년같이 순진하시네."

이문섭은 순진하다는 말에 또한 얼굴을 붉히고 나서 책상 위의 편지를 뒤지락거렸다. 다음 순간 그 얼굴에 별안간 의아한 표정이 흐르며

"이 편지 내가 봐두 괜찮겠어?"

태실이에게 물었다.

"그걸 저한테 물을 필요가 있어요? 아직두 연극을 하실려나봐."

이문섭은 편지를 꺼내서 펼쳐 보았다. 그 얼굴에 그만 야릇한 웃음이 퍼지고 나더니

"세상엔 별 일두 많아."

어이없는 듯이 중얼거렸다.

"전무님의 그런 비밀을 제가 어떻게 알았을까 싶어 기분이 상하셨

지요? 그렇지만 은숙과 저는 한 하숙에 있는 걸요. 게다가 제가 전무님의 성함을 몰랐던 것처럼 은숙이도 전무님의 얼굴은 알고 있는지 모르지만 이름은 몰랐었지요. 그래서 이 돈을 어떻게 해야 좋겠냐구 저더러 의논하더군요. 그앤 그렇게도 깨끗한 애예요. 전무님도 물론 그걸 아셨으니까 은숙이한테 이런 로맨틱한 일을 하셨지만……."

"아니 이봐……."

"글쎄, 다 알아요. 로터리 클럽의 서춘희라면 손님치고 눈독을 들이지 않는 분이 없으니까요. 그렇지만 전무님의 수완에도 탄복했는 걸요. 서춘희의 본명이 은숙이라는 걸 조사하고 집안 일까지 알아냈으니 그만하면 전무님이 은숙이한테 얼마나 혹했는지 알고도 남음이 있어요. 그렇지만 은숙이도 이문섭씨가 전무님이라는 걸 알면 깜짝 놀랄 거예요."

시냇물이 흐르는 듯 태실의 말은 거침이 없었다. 처음에는 그야말로 어리둥절했던 이문섭도 차차 일의 전말을 알아차린 모양이었다. 이제는 굳이 태실의 말을 막으려 하지도 않고 그녀의 억측이 엉뚱한 오해라고 손을 내저으려고 하지도 않았다. 누군지 자기의 이름을 빌어 은숙이라는—춘희라는 이름으로 로터리 클럽의 댄서를 하는—그녀에게 돈을 부쳐주고 있는 것이다.

'스라소니 같은 자식, 내 이름은 왜 빌려다 쓰는 거야…… 그렇지, 이름을 빌려 쓴 대가는 받아야지. 이 세상에 공짜가 어디 있담?'

엉뚱한 생각을 하게 된 이 전무는 벙글벙글 웃으면서 태실이의 다음 말을 기다린다.

"그래서 전무님은 은숙일 어떻게 할 생각이세요?"

"어떻게라니?"

"아이 참, 돈을 보냈을 때엔 그만한 목적이 있었을 것 아니에요. 덮어놓구 언제까지 몰래 보내자는 것도 아니었지요?"

"그야 그렇지만……."

어물어물이다.

"그러기 다음 계획은 어떻게 하자는 것이었어요?"

"그런 것도 다 이야기 해야 하나?"

아주 적당히 능청을 부린다.

"그래서 제가 억지로 알고 싶다는 것은 아니에요. 그저 조건에 따라서는 전무님에게 협력할 수도 있어서 하는 이야기랍니다."

"그렇다면 오늘 나를 찾아 온 것도 은숙이와 의논이 된 일인가?"

"글쎄요, 의논이 됐다면 된 거고, 안 됐다면 안 됐다고도 할 수 있지요."

"그렇게 말하면 알쏭달쏭이 아닌가?"

"전무님이 절 신임하지 않는 이상 저도 털어놓고 말할 순 없어요."

"그러지 말고 함께 의논 하자구."

"제 말도 그 말이라니까요."

태실이는 묘하게 몸을 꼬며 생긋 웃는다.

이 전무는 양손에 웬 떡이냐 싶었다. 은숙이한테는 보내 주지도 않은 돈을 보내준 것으로 되어 있고, 태실이는 태실이대로 괜히 아양을 떨고 있다.

"그래서 은숙이는 그 돈을 요긴하게 잘 쓰고나 있나?"

이 전무는 가면이 드러나지 않게 조심스레 맞장구를 쳐줬다.

"쓰는 게 다 뭐예요, 알지도 못하는 사람이 부쳐 준 돈을 덮어놓고 쓸 수 있냐면서 손도 안 대고 있는 걸요."

"그래?"

"그래서 전무님……."

태실이는 다시금 생긋 웃으며

"전무님의 본뜻이 뭐인지는 알 수 없지만, 은숙이는 좀해서 함락이 안 돼요. 그래도 좋아요?"

"딴 뜻이 뭐이 있을라구."

"그러세요, 그러면 전무님이 절 이용하실 일도 없고, 제가 은숙이에 대한 보고를 할 필요도 없군요."

태실이는 옷매를 고치며 자리에서 일어서려는 듯이 몸을 움직인다. 그러자 이 전무가 약간 당황해졌다. 시일이 지나면 그 돈을 부쳐 준 사람이 자기가 아니라는 것이 어차피 밝혀질 것이다. 그러면 지금에 자기가 보낸 체 한 이 연극이 그때 가서 얼마나 쑥스러울 것인가. 제 발로 걸려든 두 아가씨를 요리하려면 그것은 시일이 빠를수록 좋은 것이다. 이렇게 어물어물하다가 태실이를 돌려보낸다는 것은 사업인으로서도 제로인 것이다. 모험을 해 보자, 모험.

"아니, 미스 신."

이 전무는 점잖게 태실이를 불렀다.

"조건에 따라선 협력도 한다는데, 그게 어떤 조건이지?"

"거 보세요, 전무님. 본심을 드러내셨네요."

"본심이랄 거 없지. 난 처음부터 은숙이에게 힘이 되어 주려고 한 일이니, 어디까지나 은숙이를 도와주고 싶다는 거야."

"어떤 동기로?"

"도와주고 싶다는 동기라지 않아."

"그럼 전무님도 혹시 전에 은숙이 아버지와 사업관계로 빚이 있는 건 아니에요?"

태실이는 자기가 앞질러서 은숙이네 사정을 자꾸 가르쳐 주고 있다. 그것도 잘 알지도 못하면서, 그저 이전에 은숙이가 아버지 친구의 돈으로 학비를 대고 있었다는 이야기를 어렴풋이 들은 기억이 남아 있었기 때문이다.

"그쯤 알아 두면 되잖아."

이 전무는 그 대답도 적당히 얼버무린다.

"그 동기가 중요한 거예요. 동기가 순수해야 상대에 대한 경계심이 없지요. 동기가 위험해 봐요, 은숙이가 까딱이나 할 줄 아세요?"

"그래서 미스 신 생각에는 어떻게 해야 나의 이 순수한 동기를 은숙에게 이해시킬 수 있을 것 같애?"

이 전무가 벌쭉 웃자,

"아—주."

태실이도 조롱 섞인 웃음을 띠며 이 전무를 흘긴다.

다음 날 오후, 은숙이는 이문섭이와의 약속대로 태실이와 함께 K 다방으로 나갔다. 핸드백 속에는 두 차례에 걸쳐 이문섭이가 보내준 사천 원이 들어 있었다. 태실이가 이문섭을 만나고 온 뒤에 로터리 클럽에 나타난 그가

"나는 언제까지나 제삼의 사나이로 있을라고 했는데요."

하면서 그답지 않은 농을 걸었을 땐 은숙이도 적이 놀랐다. 이 사람이 나에게 돈을 보내오다니, 그야말로 생면부지의 이 사람이…… 그러나 다시 생각해 보면 그렇게도 엉뚱한 사람이 보내 온 돈이기에 자기는 기분이 나빠서 그 돈에는 손도 못 댔던 것이다. 돈을 보내줬다는 장본인이 눈앞에 나타날수록 은숙이는 그 돈을 안 쓴 것을 정말 잘했구나 하고 생각했다. 태실이 말로는 그 사람과 아버지가 이전에 사업관계가 있는 것처럼 말했지만 그렇다고 해도 그 뒤에 무슨 함정이 패여 있을지 누가 알 일인가?

태실이가

"그 돈이 그렇게도 짐스러우면 깨끗이 돌려 버리렴."

하고 권한 대로 은숙이는 태실이와 이렇게 이문섭을 만나게 된 것이다.

K다방에 들어서자, 이문섭이 먼저 와 기다리고 있었다.

"자, 여기 앉으시오."

의자를 권하는 태도도 은숙에게는 어디까지나 정중했다. 마치 어느 대가집 딸이나 대하듯이.

몇 마디 대수롭지 않은 말이 오간 뒤에 은숙이는

"이런 말씀 여쭙긴 참 죄송합니다만, 이 돈은 역시 선생님께 돌려드려야겠어요."

하며 핸드백 속의 돈봉투를 이문섭 앞으로 밀었다. 이문섭은 아주 낭패한 듯이 머리를 빽빽 긁으며

"이러셔야겠습니까, 이건 너무 하시는데요."

자기가 보내지도 않은 돈을 자기 앞으로 내미니 낭패하기도 할 일이었다.

"그렇지만 저로선 선생님의 도움을 받을 아무런 이유도 없어요."

은숙이는 부드럽게, 그러나 단호히 따잡았다. 이문섭은 그 말이 아주 귀에 따갑기나 한 듯이 얼굴을 수그리며

"정 그러시다면 할 수 없지요. 제가 그만큼 부족한 모양이군요."

순순히 돈봉투를 호주머니 속에 꾸겨 넣었다.

그 순간, 태실이는 근질거리는 웃음을 겨우 참았지만, 아무 것도 모르는 은숙이는 약간 안 됐다는 생각이 들었다. 그러므로 식사나 나누자는 말에 순순히 따라 나섰다.

이문섭이 안내한 곳은 문간의 화분들이 행인의 눈을 끄는 식당이었다. 식당 안은 토요일 오후라서 그런지 손님이 붐볐다. 스타급 장성인지, 외국 사람과 외국 군인들도 더러 눈에 띄었다.

태실이가 은숙의 팔을 툭툭 치며,

"이왕 대접을 받을 바엔 최고급으로 한번 먹어 보자."

쑥덕거려서 가져오게 한 것은 정식 런치였다.

식사가 끝난 뒤 차를 마시고 있는데 이문섭이 외국 군인 한명을 끌어와서 합석케 했다. 어느 미군 부대 부대장이라는 것이었다.

미군은 별로 수다도 떨지 않고 점잖았다. 그는 일행이 자리에서 일어설 무렵, 워커힐에나 가보지 않겠냐는 제의를 했다.

"워커힐?"

이문섭은 영어도 꽤 통하는 모양으로 두 아가씨의 얼굴을 돌아다봤다. 하기야 미군의 뒤를 따라 다니며 그 구멍의 일로 수지를 맞추고 있는 그로서는 영어가 하나의 무기일는지도 모른다.

"워커힐?"

태실이도 꼭 같은 말을 되받으며 눈이 둥그래졌다. 적잖이 호기심이 동한 얼굴이었다.

"어떠십니까, 가 보실 생각 없습니까? 저 사람은 길잡이로나 쓰고."

이문섭이 곧 은숙이의 의견을 물었다. 그러자 대답은 태실의 입을 통해서 나왔다.

"가 봐요. 워커힐엔 외국 사람이나 따라가지 않으면 못 들어간다죠?"

"글쎄요, 그렇다고도 합디다만……."

그러자 태실이가 은숙에게 바짝 다가서며

"가 보자 얘, 이런 기회에 가 봐요."

어린애 조르듯 했다. 미군도 주말에만 따로 계획이 없어 심심하니 될 수만 있으면 동행해 주었으면 좋겠다는 것이었다. 그도 역시 어린애처럼 동행해 주시기만 하면 쇼도 보여 드리고 수영을 하고 싶다면 풀에도 안내하겠다는 것이었다.

"그곳의 오락시설은 제각기 입장료를 따로 받으니까요."

이문섭도 그곳의 호화판은 한번쯤 구경해 두라는 얼굴이었다.

태실이와 같이 있다는 것이 은숙이로서는 마음 든든했다. 결국은 약간 주저한 끝에 택시를 불러 워커힐로 달리게 된 것이다.

'이곳이 신문지상에서도 밤낮 떠들썩하던 워커힐이구나…….'

은숙은 산기슭을 깎아 세운 집들과 눈 아래 흐르는 한강 줄기를 두루 살피면서 무엇인가 살풍경한 것을 느꼈다.

무엇이 부족할까? 산도 있고 물도 있고 수만금을 쳐 넣었다는 현대건물도 즐비하건만 무엇인가 모자라는 느낌이다. 무엇이 모자랄까? 그렇다, 나무다. 수림이 없다. 이곳이 울창한 나무로 들어차 있다면 얼마나 풍치를 돋아줄 것인가? 그렇다, 나무다.

은숙이는 그 살풍경을 나무가 없다는 이유로 돌리면서 맨 첫어귀의 민속관부터 구경했다. 미군은 여러 번 와본 일이 있는지, 그 곳의 건물에는 별로 관심이 없이 쇼나 빨리 보자고 독촉이었다. 그 속에서만 돌아다니는 택시를 다시 잡아 그들은 오락시설이 갖추어져 있다는 큰 건물로 달렸다.

머리가 내리 눌리는 듯한 로비로 들어서자, 영어를 지껄여대는 보이들이 쇼가 시작되고 있는 이층의 무대 앞자리로 안내해 주었다.

빙빙 돌며 올라갔다 내려갔다 하는 무대 위에서 아무리 보아도 몸매가 빈약한 우리 무희들이 춤을 추고 있었다. 저것은 캉캉이라던가? 마실 것이 나왔다. 무대는 자꾸자꾸 돌아가며 프로가 바뀌었다. 머리 위에서는 꽃수레를 탄 가희(歌姬)들이 미끄러져 다니며 노래를 부르고 있었다. 그것도 상당히 머리를 짜낸 시설이긴 했지만, 놀랍다는 마음은 없었다. 그렇긴 하지만, 무대 앞자리에서 미국 본바닥의 음료수를 마시며 음악에 귀를 기울인다는 것도 결코 싫은 일은 아니었다.

로터리 클럽으로 나갈 시간이 다가오자 은숙이는 마음이 조급했

지만 태실이는 태평으로,

"그까짓 거 하루쯤 쉬어버리지 뭐, 뭐이 그리 알량한 직장이라구."

그러자 이문섭도 한마디 거들었다.

"때로는 자기 자신의 즐거움에도 취해 보시오."

어느덧 아래층 '플로어'에는 무대의 노래와 반주에 맞추어 경쾌한 스텝을 밟는 몇 쌍도 있었다.

주말이라서 그런지 손님이 비교적 많다는 것이었다.

이문섭은 은숙에게 춤을 추자고 손을 내밀지 못했지만, 미군은 가볍게 손을 내밀었다. 은숙이 대신 태실이가 '플로어'로 내려갔다.

그렇게 얼마를 보냈던지 밖에는 어둠이 내리고 있었다.

보이가 석잔 째 컵을 날라 왔다. 태실이가 주문한 진피즈였다. 어느듯 그들도 나이트클럽의 분위기에 휩쓸려 드는 모양이었다.

'플로어'에서 돌아온 태실이가 한숨을 들여마시듯 진피즈 잔을 비웠다. 그러면서 옆의 은숙이를 슬쩍 엿보았다. 은숙이도 마시고 있다. 태실이가 한 자리에 있다는 것에 모든 경계심을 풀고……

그러나 이런 모든 것이 이문섭과 태실이의 계획된 행동이었다. 은숙이를 미끼로 미군의 환심을 사가지고 그 미군 부대의 건축 청부를 맡자는 것이 이문섭의 목적이었다. 그것이 성공했을 때, 은숙에게는 공사이익 총액의 5퍼센트를 수수료로 준다는 말에 태실의 귀가 번쩍 뜨였던 것이다. 5퍼센트 수수료라면 어떻게 되는가, 이 가난한 여학생들에게는 거진 천문학적 숫자가 아닌가. 그 돈이면 그들 둘은 대학을 마치고도 유학쯤 갈 수 있을지도 몰랐다.

"로터리 클럽같은 흙구덩이 속에서 손가락질을 받으며 일하느니보다 이편이 얼마나 간단한 길인가, 이왕 은숙이가 바걸이나 할 바엔 말이야."

"그렇지만 은숙일 설득하기는 어렵겠는걸요."

하고 태실이가 머리를 갸웃거리자,

"어려우나 마나 현재도 바걸을 하고 있잖아. 타락할 위험성은 얼마든지 있는 거야. 더군다나 현재의 직장이 학교측에 알려져봐, 그나마 학교나 계속할 수 있나, 그건 태실이도 마찬가지가 아니야?"

그렇게 말하면 그렇다고도 할 수 있었다.

"그러니 결과적으로는 은숙에게도 득이 되는 일이야. 한번 투자로 학비를 벌어 놓으면 이같이 간단한 일이 어딨어? 하긴 나도 다달이 이천 원씩 감질나게 도와주느니보다 함께 손을 잡고 일을 만든 후에 그 보수로 한몫 척 떼어 주는 것이 피차에 좋을 것 같애, 태실이 생각에는 어때?"

"그러니……."

"내가 하라는 대로만 하면 돼요."

그리하여 K다방으로 은숙이를 끌고 나오게 한 것도 이문섭의 지시였고, 그곳에서 다시 국제호텔로, 그리고 미군과 어울려서 워커힐에까지 오게 된 것이 그들 사이에는 모두가 계획된 일이었다.

태실이는 술기운에 밝그스레해진 얼굴을 들고

"은숙아, 덥지 않아? 난 가슴이 답답해 죽겠구나, 밖엘 좀 나가자."

그러자 은숙이도 제 정신이 든 듯,

"그래, 이젠 집에 가기도 해야지."

하며 따라 일어섰다.

은숙이는 의자에서 일어나면서 문득 손길을 느꼈다. 미군이 의자를 당겨 주면서 은숙이 어깨에다 손을 올려놓았으나 은숙이는 모른 체 했다. 태실이는 아무 주저함이 없이 이문섭과 팔을 끼고 방안에서 나가고 있었다. 그들 뒤를 따르는 은숙이도 자연 미군이 내민 팔을 뿌리칠 수가 없었다.

여자들이 밖으로 나오고도 이문섭과 미군은 한참 보이들과 무슨 이야기를 하고 있었다. 은숙이는 셈을 하고 있거니만 여겼다. 그러나 두 사나이들은 다른 교섭을 하고 있었던 것이다. 산기슭에 방갈로 식으로 따로따로 떨어져 있는 방을 두고서 교섭을 하고 있었던 것이다. 이 속은 모두가 연쇄반응적(連鎖反應的) 상법에 의해 있다. 전화 하나로 제각기 떨어져 있는 모든 건물로 연락이 되었으며, 계약만 되면 스무스하게 모든 건물의 문이 그들 앞에 열리는 것이었다. 현관 앞으로 와 닿은 택시에 올랐을 때도

"이왕이면 이 속을 골고루 구경하고 가자."

는 태실의 말을 은숙은 조금도 의심하지 않았다. 택시는 호텔인 큰 건물이며 독채로 얻어 쓸 수 있다는 작은 건물을 골고루 안내해 주었다. 그 중의 어느 독채집 앞에서

"이왕이면 집 속까지 구경하자."

하며 차에서 뛰어내렸다.

"장차 이집으로 신혼여행이라두 오게 될지 누가 알아, 내부장치가 아주 근사하다니 들어가 보자."

은숙이를 억지로 끌었다. 은숙이는 안으로 들어섰다. 으레 태실이가 뒤쫓아 오려니 하며 방문 하나를 더 열고 다시 안쪽으로 들어섰다.

침실이었다. 침대가 두 개 나란히 놓여 있었다. 무의식중에 얼굴이 확 달아오르는 것을 느끼며 친구를 찾았다.

"태실아!"

그러나 미군이 방문의 걸쇠를 잠그고 있었다.

◇ 줄거리 ◇

학비와 생계문제 때문에 로터리 클럽에 댄서로 나가고 있는 은숙은 한창 무르익은 여대생이었다. 친구인 경희의 도움을 받

고 있는 형편이나 돈의 출처를 몰라 간직해 두었던 것을 같은 바걸로 있는 태실이의 꾐에 빠져 워커힐까지 가서 우연히 만난 것으로 된 미군과 한방에 갇히는 셈이 되었다. 방문이 찰칵 잠기자 태실이의 꾐에 빠진 은숙은 핏기가 싹 걷혔다. 미군은 미소를 머금은 채 태연하게 소파에 앉아 쉬기를 권한다. 다짜고짜로 덤벼들려는 늑대 같은 행동은 취하지 않는다. 그도 그럴 것이 그는 직업적인 한국 여성을 많이 대해 왔기 때문에 여성 쪽에서 헤엄쳐 오기를 기다리면 되는 것이다. 좀 더 즐기고 싶으면 한 푼 더 던져주면 되는 것이다. 미군은 자신 있고도 여유 있는 강자의 걸음으로 차츰 다가온다. 은숙은 자기가 빠져든 함정을 이제 똑똑히 보게 된 것이다. 어깨에 닿는 억센 팔의 감촉을 느끼자 사나이의 가슴을 떠밀고 잠긴 방문에 몸을 던졌다. '쾅' 이젠 미군도 뜻밖이라는 듯 연극이 아닌 필사적인 것을 알자 벌쭉 웃음과 함께 늑대의 본능이 고개를 쳐든 것이다. 가쁜 숨을 몰아쉬며 쫓는 자와 목숨을 걸고 피하는 자의 대결이 벌어진 것이다. 억센 팔길이 허리에 감기자 지금까지 탈출구를 찾으며 조용했던 은숙의 상반신은 깎아 세운 듯한 창밖으로 미끄러져 나갔다. '앗' 외마디 소리는 미군의 입에서 튀어 나왔다. 은숙의 두 다리를 잡은 그는 보내주겠다고 외쳤다. 은숙이 죽음을 각오한만큼 미군도 필사적이었다. 내민 미군의 손에 쥐어져 있는 열쇠를 부리나케 빼앗아 방문을 열고 택시에 신짝마냥 몸을 처박았다. 손님을 태우고 옆을 지나던 일웅이가 은숙을 발견했으나 심상치 않은 불길한 예감에 경희를 찾아 은숙의 주소를 물었지만 다음날 일웅이가 근무하는 D사무실에서 만나기로 하고 헤어졌다. 아침 일찍 경희는 은숙을 찾았으나 학비 보태준 분을 찾아갔다는 말에 흠칫한 그는 인식을 찾아 멋모르는 그에게 모든 걸 이야기하고, 그의 형인 강 사장을 찾아 물었으나 그 또한 초문의 일이었다. 돈을 보낼 때 겉봉 주소를 이문섭의 것을 빌려쓴 데서 비롯된 착오와 은숙이란 여성을 알았을 뿐이었다. 말없이 문밖을 나서는 강 사장을 따라 인식도 나섰다. (《사랑》 잡지 연재, 10회 줄거리)

은숙이를 둘러싼 모든 선의(善意)의 사람들이 은숙이의 행방을 몰라 궁금해 하고 있을 즈음 장본인인 은숙이는 무엇을 하고 있었을까?

아침 일찍이 태실과 말다툼을 하다 그녀는 거리로 뛰쳐나왔다. 워커힐에 미군과 자기만을 남겨놓고 이문섭과 함께 사라져 버린 태실의 행동을 은숙이는 도저히 용서할 수 없었던 것이다.

"넌 계획적으로 나를 그런 곤경에 몰아넣었구나."

"그게 무슨 소리냐? 우린 어차피 바걸이 아니야. 돈으로 백번 당할 오욕을 한번에 청산해 버리자는 것이 잘못된 생각이냐? 그것도 너와 나만이 아는 비밀이고, 나는 그 비밀을 영원히 지켜 줄 우정도 있단 말이야."

태실이가 이렇게 나오는 데는 은숙도 더 할 말이 없었다. 결국 각자의 윤리관이 다른 것이다. 우정도 이렇게 이용되면 서로 사는 세계가 다른 것이다.

이문섭—그 사람의 일도 생각하면 생각할수록 어이가 없는 정도로 악의적(惡意的)이었다. 그래, 불쌍한 여대생에게 두어 번 송금해 준 선행(善行)의 대가가 이런 엄청난 모함이었단 말인가? 어젯밤만 같아도 은숙은 태실과 따지고 그 길로 문섭을 만나 볼 생각이었다. 그래서 그에게 양심이라는 것이 티끌만큼이라도 남아 있다면 불러 일으켜 볼 생각이었다.

그러나 따져본들 무슨 소용이랴. 내 창피를 내가 되씹고 있는 것

뿐이니. 은숙은 하숙을 뛰쳐나온 대로 마냥 걸었다. 어깨를 늘어뜨리고 마냥 걸었다. 길을 가다가는 우두커니 거리의 큰 간판을 쳐다보기도 하고, '가시오'의 파란 불에 부지런히 횡단로를 건너가기도 했다.

'은숙아, 이제부터 어떡할 참이냐?'
'글쎄…….'
'기운을 내. 그리고 머릿속을 정돈해. 왜 자기를 알아주는 사람들은 멀리하고, 자기를 이용하려는 사람들과는 어울리는 거야?'
'내 생활이 떳떳치 못한 탓이겠지.'
'그럴수록 따가운 충고와 참다운 격려가 필요한 거야. 네가 버리지 못하고 있는 자존심은 알 수 있지만, 그래도 그 자존심을 버리고서라도 의지하고 싶은 사람이 한 두 사람쯤은 없어? 응, 은숙이 너에겐 그런 사람도 없어?'
'가만, 가만…….'
'그럴 때가 아니야. 그렇게 우물쭈물할 때가 아니라니까.'
'그렇지만…….'
'그렇지만 뭐야?'
'……난 우선 내 생활을 정돈해야겠어. 그리고선 빼저린 하나의 경험담으로서 내 생활을 공개해야겠어. 사실, 뼈아픈 경험이었던걸. 그래, 이미 지나간 경험이야.'
'그럼 바는 그만 둔다는 거지?'
'그래야지, 그래야겠어.'
은숙이는 머리를 한번 흔들고 시선을 곧바로 전면에 고정시킨 채 힘있게 한 걸음, 두 걸음 내디뎠다.
그러나 그날 저녁에 그녀는 또 한번 당치도 않은 변을 당해야 했다. 바에서 입고 있던 옷가지며, 그간 신세를 끼친 마담에게나마 그만두겠다는 인사 마디나 하려고 여느 때보다 일찌감치 '로터리 클럽'에 들렀더니 뜻하지 않은 형사들이 대기하고 있었던 것이다. 그들은 불문곡직하고 출근해 오는 여급들을 트럭에다 주워 실었다. 미군을 상대로 매춘(賣春)을 했다는 혐의였다. 사실 그런 혐의를 받을 만한 여급들이 대부분이었으니 트럭에 실려 가는 은숙은 자신의 결백을 증명할 길이 막연했다. 그리하여 그녀가 오욕의 하룻밤을 경찰서에서 지새우고 있는 동안에 밖에서는 은숙의 행방을 둘러싸고 경희와 일웅, 인식과 강 사장 등이 제각기 초조한 하루를 보내고 있었던 것이다.

다음 날 아침

"왜 그래?"

경희는 '언니!'하고 불러대는 식모아이의 목소리에 이맛살을 짚으며 되물었다.

"전화에요."

"누구한테서?"

"강 사장님이래요."

"무슨 일로 이렇게 일찍이……."

"글쎄, 모르겠어요. 뭐 친구분의 일로 이야기할 게 있다나요."

"내 친구?"

"네."

순간 경희의 머리에는 은숙이의 일이 번개쳤다. 은숙이의 행방이라도 알게 됐다는 것일까.

"그럼 갈께."

경희는 곧 일어나 응접실로 갔다. 수화기를 들자

"경희 양이요?"

"네."

"아직 자고 있은 모양인데 너무 일찍부터 실례했소."

"자고 있는 게 아니에요. 좀 쉬고 있었을 뿐이에요."

"그렇다면 됐어. 그런데 말이지요, 난 지금 사무실에 나와 있는데 경희도 이미 알고 있다면 별문제지만, 아직도 모른다면 알려줘야 할 것 같아서 전화를 건거요."

강 사장의 어조는 까다롭고도 신중했다. 그러자 경희는 까닭도 모르면서 불안한 마음이 솟아올랐다.

"무슨 이야긴데요?"

경희가 되묻자

"경휜 조간을 봤어?"
하고 강 사장이 묻는다.
"아니요, 아직……."
"그렇다면 모르겠군."
"뭘요?"
"아니, 나도 깜짝 놀랐지만 경희의 친구 있지요? 이름은 서은숙이라고 기억하는데."
"네, 은숙이가 왜요?"
"조간을 보면 알 수 있지만, 나두 경희집에서 그 여성을 한 번 본 일이 있는 만큼 도무지 믿어지지 않는군요."
"은숙이에게 무슨 일이라도 있었어요?"
급기야 경희는 조급하게 물어댔다.
"글쎄, 그 기사가 사실이라면…… 이거 참 난처하군요. 설명하기가 거북한 일이라……."
강 사장도 경희에게는 알리는 것이 좋으리라는 생각으로 전화를 걸긴 했지만 막상 설명하려니 말하기가 거북한 모양이었다.
"괜찮으니 말씀하세요. 무슨 이야기든지, 어서요."
"사실은 그분이 어느 미군 관계의 바에 나가고 있었던 모양입니다. 알고 있었소?"
"아니오, 전연 몰랐어요. 그게 정말일까요?"
"그런가 봅니다."
"그래서요?"
"그런데…… 상세한 것은 직접 조간을 보십시오. 역시 내 입으로 설명하긴 거북해요."
"……."
"그보다는 경희, 내가 좀 불안스러워진 것은 그녀가 경희 생각대로의 그런 진짜 순진한 아가씨였을까?"

그 말을 듣자,

"그런 실례의 말이 어디 있어요!"

경희는 불시에 화를 벌컥 내면서

"그런 말씀을 어떻게 함부로 하세요? 은숙이가 어떤 아인데, 그런 말씀을 하세요? 실상 은숙이가 어떤 아르바이트를 하고 있는지 그건 모르겠어요. 그렇지만 은숙이가 몸가짐을 함부로 할 아이는 절대 아니에요. 그건 제가 책임지고 말할 수가 있어요."

"그건 저도 믿고 싶어요. 그렇지만 이문섭이와의 워커힐 사건이며 오늘 아침 신문기사며……."

"워커힐 사건은 강 사장의 잘못이에요. 그 때문에 은숙이가 뜻하지 않은 변을 당할 뻔한 것은…… 그래요, 은숙이는 터무니없는 곤경에 지금 빠져 있을 거에요. 그 생각은 안 해주시고……."

경희는 흥분한 나머지 더 말을 잇지 못하고

"그만 실례하겠어요."

조간 기사라는 것을 빨리 보고 싶은 마음도 있어서 그만 수화기를 잘칵하고 놓아버렸다.

그녀는 부리나케 안방으로 가서 두 종류의 조간신문을 찾아 들고는 자기 방으로 돌아왔다.

방에 들어서자 선 채로 신문을 펼쳐 들었다. 처음 신문에는 아무것도 눈에 띄지 않았다. 그러나 다음 신문의 사회면을 보았을 때 그만 경희 입에서는

"어마!"

하는 부르짖음이 새어 나왔다.

"거짓말이야, 거짓말. 이럴 리 없어, 절대 이럴 리 없어!"

경희는 큰소리로 소리쳤다. 그리고 다시 한 번 신문의 은숙이의

이름이 나 있는 곳을 읽어내려 갔다. 그러나 역시 믿을 수가 없었다. '로터리 클럽'이라는 바에서 여급 노릇을 한 것은 정말일지 모른다. 학비 이야기가 났을 때, 은숙이는 자기도 어떻게 해 보겠다고 했으며, 그 후에 만났을 때도 이제는 걱정을 하지 말라는 말도 한 일이 있으니.

그렇지만 은숙이가 매춘 행위를 하고 있었다니, 그것은 하늘과 땅이 바뀌는 한이 있어도 있을 수 없는 일이었다. 절대로 있을 수 없는 일이었다. 경희는 그렇게 믿고 있으며 누구 앞에서도 그것을 맹세하는데 주저치 않으리라.

'그렇지만 내게만이라도 의논해 줬더라면…….'

한 가닥 그런 섭섭한 마음이 없는 것도 아니었지만, 그러나 지금은 그런 생각보다 은숙이가 경찰에서 부당한 심문을 당하고 있을 일이 무엇보다도 안타까웠다.

'가엾게도 얼마나 기가 막힐까?'

그런 생각을 하자 잠시도 가만히 있을 수 없게 마음이 조급했다.

'그렇다. 지금 곧 경찰에 달려가서 은숙이는 결코 그런 여자가 아니라는 증언을 해야지. 내가 가자, 내가 직접.'

그녀는 일어섰다. 그러나 집을 나설 때는 자기가 직접 갈 생각이었으나 거리에 나와 흥분된 머리를 식히고 보니, 경찰서 같은 곳에는 젊은 여성인 자기가 혼자 가느니보다 역시 사회적으로 지위가 있는 사람을 앞세우고 가는 것이 유리할 것 같았다.

'그렇다면 누구하고 같이 가 달랠까?'

처음에는 인식이의 얼굴이 문득 떠올랐지만, 인식이보다는 역시 강 사장의 이름이 사회적으로 부게가 있다는 것을 다시금 생각하지 않을 수 없었다. 아까는 강 사장에게 괜한 골을 냈지만 그런 일쯤으로 경희의 부탁을 마다할 강 사장도 아니므로 경희는 서슴지 않고

차를 신한물산으로 몰았다. 강 사장은 경희의 얼굴을 보자,

"웬일이시오? 골만 내더니……."

역시 어른답게 웃으며 맞았다.

"저도 조간신문은 보았지만, 은숙이만은 그럴 리 없어요."

경희가 말하자,

"네, 알았어요."

강 사장도 머리를 끄덕이며

"아까 전화로는 그렇게 말했지만 나도 그분은 한번 만나 본 일이 있잖소? 그러니만큼 그 기사가 실상 믿어지지 않았어요. 전화도 그 때문에 건 거지요."

"그렇게 말씀해 주시니 고마워요. 그래서 부탁이 있는데 저하고 같이 경찰서에 가 주실 수 없겠어요?"

"같이 가 드리지요."

강 사장은 이어 경희의 말뜻을 알아차리고는 두말없이 동행해 주었다. 그러나 그들이 경찰서에 이르렀을 때, 은숙은 이미 그 곳에 없었다. 증거불충분으로 약 한 시간 전에 석방됐다는 것이다.

"증거불충분이라니요? 꼭 피의자 다루 듯하는군요. 어이가 없어, 증거 불충분이 뭐에요, 사실무근이지. 게다가 신문에까지 기사가 실렸으니 은숙이는 어떻게 되는 거예요?"

"그 점은 나도 따져 물었지요. 그랬더니 그분은 동료들이며 경영자의 증언으로 사실무근이라는 것이 증명이 되어 석방되었다는 겁니다."

"거 보세요, 사실무근이죠. 그렇다니까요."

"경찰에게 친구가 아침 기사를 보고 분개해서 달려와 밖에서 기다리고 있다니까, 그들도 신문에 보도된 것은 정말 안 됐다고 하더군요."

"은숙이에겐 그것이 치명적인 걸요. 학교에서도 결국 알게 될 것 아니에요."
"이젠 다 소용없는 말이지만, 그분이 아르바이트라 해도 바를 택한 것은 잘못이었어."
"그렇지만, 그애로선 조금이라도 수입이 좋은 곳을 택한다는 것이 그만 그렇게 됐을 거예요."
"그런데 신문사도 기사를 소홀하게 다루었지, 조사 결과를 기다리지도 않고 그러한 결정적인 기사를 싣다니, 더구나 본명을 그대로."
"정말 그래요."
"이왕 나선 김에 신문사에도 가서 정정기사를 내도록 교섭해 보지."
"강 사장님이요?"
"응."
"어머나, 고마워, 정말 고마워요. 꼭 그렇게 되도록 해 주세요."
정말로 이렇게도 좋은 사람이 있을 수 있을까. 경희는 강 사장이 자기에게 구혼하고 있다는 사실과는 별도로 진정 감사하는 마음으로 그의 단아한 옆모습을 쳐다보는 것이었다.
신문사로 가는 강 사장과 헤어진 경희는 그 길로 다시 은숙이의 하숙으로 찾아갔으나 은숙이는 여직 돌아오지 않았다는 것이었다.
은숙이가 경찰서 문을 나선 것은 오전 열시쯤이었을까.
이처럼 비참하고 불쾌하고 굴욕적인 마음이 되어 보기에는 난생 처음이었다. 혐의는 벗었다. 당연한 일이다. 그러나 하룻밤 사이에 받은 마음의 상처는 어떻게 씻어 버릴 것인가?
아무리 학비를 벌어야 할 처지였다고는 해도 역시 바 같은 곳에 나가는 것은 아니었다. 지금에는 그 일이 울고 싶도록 후회가 됐다. 그러면서 은숙이는 경찰서 문을 나서자 견딜 수 없이 마음에 간직

되었던 한 남성이—일웅이가 보고 싶어서 견딜 수 없었다. 지금엔 누가 푹 자기를 감싸주는 사람이 필요했다. 그 마음은 은숙이 자신이 놀라도록 간절하고 진실했다.

나의 모든 허식과 허물을 벗고 그이 앞에 애정을 갈구하는 한 여성으로서 나서자. 그것에 대한 보답이 무엇이든, 설사 경멸로서 종말이 지어질지라도 진짜 서은숙을 드러내 보이자.

'그렇다. 무엇을 주저할 것인가. 나는 나대로의 가치로써 그이 앞에 나서면 되는 것이다. 그것이 제일 진실된 길이다.'

은숙이는 D동 쪽으로 걸음을 옮겼다.

"조간 ○○신문이요!"

하고 신문팔이 아이가 앞을 달렸다. 그녀는 섬뜩하니 걸음을 멈췄다.

'로터리 클럽' 일로 무엇이 신문에 난 것이나 아닐는지, 묘한 예감이었다.

그녀는 조간을 샀다. 인파가 붐비는 보도에 우두커니 서서 그것을 펼쳐 들었다. 그러자 눈앞이 깜깜해지며 그대로 쓰러질 것 같았다.

이처럼 참혹한 기사가 또 있을 수 있을까? 그녀의 본명이 그대로 실린 지난 밤의 일이, 그것도 그녀가 그런 행위를 진짜로 하고 돌아다닌 것처럼 실려 있지 않은가?

'다 틀렸어, 학교에서도 문제가 될 거야.'

절망으로 그녀는 발을 가눌 수가 없었다. 지금까지의 일웅이를 만나고 싶다던 마음도 어디엔가 사라져 버렸다. 이대로 하숙으로 돌아가 이불이라도 뒤집어 쓰고 있을까. 그러나 그 하숙에도 지금은 돌아가고 싶지 않았다. 차라리 아무도 모르는 먼 곳에라도 가 버리고 싶었다. 그러나 마음 한구석에서는

'기운을 내요. 네가 무슨 짓을 했다고 그러는 거야? 조금도 남부끄

러워 할 일은 없잖아. 기운을 내요, 그리고 자신을 가져야지.'
하고 속삭이는 소리가 들렸다.
'그렇다, 역시 일웅 씨를 만나보자.'
그러나 그녀가 D동 사무실 앞에 이르렀을 때 안에서는 싸우는 듯한 두 남자 목소리가 어지러이 새어 나왔다.
"너두 참 바보구나."
그것은 인식이의 목소리에 틀림 없었다.
"신문에 났다고 해서 그것이 반드시 진상이랄 수는 없잖아."
"알고 있어, 그쯤은 나도. 그보다 나는……."
일웅이의 목소리였다.
"그 여자를 믿으란 말이야. 로터리 클럽에 나가고 있은 것은 사실이야."
"학비를 벌려고 그랬다는 거지? 나는 사실 그런 걸 문제시하는 게 아니야. 요는 자기를 속이고 있는 게 견딜 수 없다는 거야. 그런 정신을 나는 용서할 수 없어. 두 번 다시 그런 여자는 보고 싶지도 않다는 거야."
조용히, 그림자와도 같이 파리한 얼굴로 머리를 떨군 은숙은 지금 막 온 길을 되돌아섰다.
어디로…… 그것은 자신도 알 수가 없었다.

은숙이가 문밖에 섰다가 돌아간 줄은 꿈에도 알 턱이 없는 일웅이와 인식이는 아직도 말다툼을 계속하고 있었다.
"넌 그렇게 말하고 있지만,"
하고 인식이는 말을 이었다.
"그렇다면 너는 서은숙 양을 사랑하지 않는단 말이야?"
"……."

일웅이는 마음속 괴로움을 억누르듯 묵묵히 대답이 없다.
"왜 대답이 없어?"
인식이는 거듭 묻는다.
"사랑하고 있지 않단 말이야? 사랑한 일이 없단 말이야?"
"사랑하기야 했지."
일웅이는 겨우 입을 열었다.
"사랑하고 있었기 때문에 장차 결혼할 생각까지 하고 있었지."
"그렇기에 말이야."
인식이는 히죽 웃었다.
"사랑하고 있은 건 틀림없는 사실 아냐?"
"그렇지만 그건 이미 지난 이야기다. 그 여자가 그런 거짓말이나 하는 여잔줄 안 지금엔 그저 환멸을 느낄 뿐이다."
"넌 별난 놈이구나."
인식이는 그만 이맛살을 찌푸렸다.
"그 여자가 거짓말을 했다지만 너한테 무슨 거짓말을 했다는 거야? 그걸 분명히 말해봐. 어떤 여자고간에 자기가 바에 나가서 아르바이트를 하고 있다는 것을 광고하고 다닐 여자가 어디 있어?"
"……."
"그렇지만 너한테야 그 사실을 감추려고 감춘 거야 아니겠지. 말할 기회가 필요했을 거야. 그 기회가 없어서 그냥 말을 못하고 지났겠지."
"넌 이상스럽게도 그 여잘 두둔하는구나."
"암 두둔하고말고. 난 그 여자가 순결한 좋은 아가씨라는 걸 확신하고 있어. 오늘 아침에 난 신문기사 같은 것은 믿지도 않아."
"그렇지만 인식이,"
하고 일웅이는 친한 친구의 얼굴을 불쾌한 듯이 노려보았다.

"그렇다면 그 여자가 너한테 자기가 바에 나간다는 것을 절대 이야기하지 말라고 부탁했다는 것은 어떻게 되는 이야기야? 분명히 그런 부탁을 그 여자가 했기 때문에 넌 여태까지 그 여자 일은 모르는 것처럼 시치미를 떼 왔다고 아까 나한테두 말했지? 내 말이 틀리나?"

"아니, 그건 분명히 그래."

"그렇다면서두 그 여자가 자기 정체를 속이지 않았다구 말할 수 있어? 너한테 미리 침을 놓아서까지 거짓말을 하고 다닌 그 여자를 말이야."

하고 일웅이는 고민에 찬 듯한 얼굴을 들었다.

그러나 인식이는 조금도 당황하는 빛이 없이

"그렇게 볼 수도 있겠지."

한 마디로 머리를 끄덕이고 나서

"그렇지만 그렇게만 본다는 것은 네가 사랑하는 여자에게 너무도 아량이 없는 소리야."

하고 날카롭게 말했다.

"뭣이 아량이 없어?"

일웅이는 입으로는 자꾸 은숙이를 나무라면서도 인식이 사리를 따져서 은숙이를 두둔하는 말을 들으면 마음에 구원을 느끼는 모양이었다. 그것이 또한 사랑하는 자의 약점인지도 모른다.

"그거야 생각해 보면 알 일 아닌가. 그 여자가 왜 너한테 바에 나가고 있다는 것을 알리고 싶지 않았을까도 두말 할 것도 없이 널 사랑하고 있었기 때문이지. 사랑하고 있었기 때문에 그 말을 하기가 더 거북했던 거야. 그럴 것 아닌가?"

그 말에는 일웅이도 반박할 말이 없는 모양이었다.

"그런 여자의 마음도 몰라주고 환멸을 느꼈느니 어쨌느니, 그 여자

가 그런 말을 들었으면 얼마나 슬퍼하겠나?"

인식이는 다시 말을 이었다.

"그보다도 네 태도야말로 사내답지가 않다. 그 여자에 대해서 알고 싶은 점이 있으면 만나서 정정당당히 물어 보고 또 너도 하고 싶은 말이 있으면 속시원히 마음을 털어놓는 거야. 그렇다면 이번의 이런 오해도 없었을 것이고 괴로워 할 일도 없잖아?"

"……."

그래도 일웅이는 석연치 않은 얼굴로 입을 봉하고 있자,

"그보다도 지금은 이러고 있을 때가 아니야. 더 중요한 일이 있는데……."

하고 불시에 일어섰다.

"일웅이, 나하고 같이 가자구."

"어딜?"
"경찰에 말이야. 무엇보다도 은숙 양을 데려 내 와야 할 것 아닌가?"
"혼자서 가봐 줘."
일웅이는 무엇이 그렇게도 못마땅한지 머리를 내흔들며 잔뜩 이맛살을 찌푸리고 있었다.
"하여튼 나는 아직 그 여자의 얼굴을 보고 싶지가 않아. 혼자 좀 있게 해줘."
"뭐, 그렇다면 혼자서 싫도록 생각해 보게."

경찰에서는 열 시 안에 석방되었다는 은숙이가 열두 시가 넘어도 돌아오지 않았다.
'웬일일까?'
경찰에서는 하룻밤을 꼬박 뜬눈으로 새웠을 것이므로 그런 경우에는 으레 집으로 돌아와서 우선 한숨을 돌릴 것인데도 돌아오지 않는다는 것은 무슨 까닭일까? 어디로 갔을 것인가? 경희는 어쩐지 자꾸 불안해지기만 했다.
은숙이는 똑똑한 아이니만큼 아무리 신문에 그런 사실무근의 기사가 실렸다고 해서 그것 때문에 경솔한 행동을 할 리는 없으리라고 생각하면서도 그러나 그 점이 자꾸 마음에 걸렸다. 생각하면 생각할수록 그 점이 불안했다.
'혹시 우리 집으로 나를 찾아간 것은 아닐까?'
그렇다면 하숙집에 이러고 앉아 있을 것이 아니라 집으로 돌아가 봐야겠다고 생각한 경희는 하숙집 아주머니에게
"미안하지만 아주머니, 은숙이가 돌아오면 저희 집에 곧 전화를 좀 걸어 달라고 이야기해 주세요. 꼭 부탁해요."

하고 집으로 되돌아 왔다.
그러자 연이어 전화가 걸려왔다. 경희는 분주히 수화기를 들었다.
"여보세요, 경희 양입니까?"
전화의 목소리는 인식이었다.
"경희 양도 미스 서의 사건을 아시겠지요?"
아침에는 강 사장에게서, 또 지금엔 인식이로부터, 두 형제가 같은 일로 전화를 걸어준 것이 우연이라면 우연이랄까?
"네, 알고 있어요. 그렇지만 그건 전연 사실무근의 사건인 걸요."
그러자 인식은
"그건 나도 알아요. 무혐의로 아침 일찍이 경찰에서 풀려 나온 것도 알고 있어요."
"어마, 그것까지 알고 계셔요? 그래서 제가 그 사건을 모를까봐 전화를 걸어 주셨구요?"
"그것도 있지만 그보다 더 걱정되는 일이 있어요. 내가 괜한 참견이지만 미스 서가 그 사건으로 얼마나 쇼크를 받았겠소. 그러니 만나서 위로나 해드리라구요."
"어머나!"
마음이 약한 경희는 그 말만 듣고도 그만 감동해서 목이 메었다. 인식에게서 받은 마음의 상처도 그 순간만은 잊어버렸다. 형인 인구나 아우인 인식이나 어쩌면 하나같이 다 좋은 사람들일까. 정말로 눈물겨운 선인들이었다.
"고마워요, 참 좋은 말씀 해주셨어요."
그녀는 솔직하게 말하고 나서
"사실은 인식 씨,"
잠시 말을 끊었다가
"강 사장님하고 같이 저도 경찰에두 가보구 은숙이 하숙집으로도 가봤어요."
"뭐, 형님하구?"
인식이는 뒤이어
"그래서 미스 서를 만났어요?"
다급히 물었다.
"그런데 이상해요. 아무리 기다려도 은숙이가 돌아오지 않아요. 어딜 갔을까요?"
"뭐, 돌아오지 않는다구요?"
인식이의 목소리가 약간 높아졌다.
"그렇다면 야단이군요. 저도 그래서 걱정하고 있는 중인데요……. 그렇지만 은숙이야 똑똑한 애니까."
"그렇긴 해도 좀 걱정되는 일이 있어요. 아마 몹시 비관하고 있을 것 같아요. 여러가지 일이 겹쳐서."
"뭐, 마음에 짚이는 일이라도 있으세요?"
"사실은 내 친구와의 연애사건도 있어서요."
"아, 그이와의……."
"그 이야긴 나중에 천천히 하기로 하고, 하여튼 미스 서한테서 무슨 연락이라도 있거든 우리 사무실로 곧 알려 줘요, 부탁합니다."
은숙이가 하숙으로 돌아온 것은 오후 두 시쯤 되어서일까. 마치도 그림자같이 대문간으로 들어섰다.
"아니, 은숙이 아니야?"
하숙집 아주머니는 쫓아 나오면서
"웬일이야 어젯밤은?"
하다가 이마를 짚으며
"웬일이야 그 얼굴이?"
"왜요, 제 얼굴이 어때서요?"

은숙이의 목소리는 아주 조용했다.

"얼굴빛이 말이 아니니, 어디 아프기라도 해?"

은숙이는 미소로 대답했다. 그렇건만 그 미소는 한없이 쓸쓸한 것이었다.

"경희라는 아씨가 방금 아까까지도 은숙이를 기다리고 있었어."

"경희가요?"

"은숙이가 돌아오거든 곧 전화를 해달라구 신신부탁하며 갔어."

"……"

"어제는 태실이두 집에 안 돌아 왔잖아. 참, 웬일들이야?"

그러나 은숙이는 아무 대답도 않고 자기 방으로 들어갔다.

경희가 방금 다녀갔다면 저녁에라도 또 다시 찾아올지 모른다. 그녀도 틀림없이 그 기사를 보았을 테니.

'곧 나는 이 서울을 떠나 버리자. 착하게 살아 보려고 애썼건만 아무 보답도 없었던 서울, 아니 오해와 치욕으로 보답해 준 서울, 우정도 애정도 다 흘려버리고 나는 새로운 천지를 찾아 나서자.'

학교를 그만두고 일웅이와의 애정까지 잊고 만다면 은숙이로서는 구태여 있고 싶은 서울이 아니었다. 아니 그 치욕의 생활을 잊기 위해서도 지금은 멀리하고 싶은 서울이었다.

은숙이는 방안의 짐을 대강 챙겨서 하숙비와 함께 하숙집에 맡겼다. 어디 가느냐고 시끄럽게 묻는 하숙집 아주머니께는

"고향엘 잠깐 다녀오겠어요."

하고 아무 말이나 둘러댔다.

"그럼 그 친구한테라두 좀 이야기하구 떠나지."

"걱정마세요. 나가서 전화하겠어요."

은숙이는 조그만 여행가방 하나만을 들고 하숙집을 나섰다. 동네 약방 옆에 잇닿은 공중전화에 들어가서 경희를 찾았다.

"은숙아, 어떻게 된 거야?"

경희의 염려와 안도가 뒤섞인 다급한 목소리가 전화통을 통해서 튀쳐 나왔다.

"하숙집에까지 와 주었다구? 참 고마워."

"그런 소리하고 있을 때가 아니야. 너 어디에 있니? 내가 곧 그리 갈까, 네가 우리 집에 와 주련?"

은숙이는 약간 머뭇거리다가,

"경희야, 사실은 나 며칠만 부산을 다녀와야겠어. 그래서 지금 출발하면서 너한테 전화를 걸었어."

"뭐, 부산엘? 언제?"

"지금 나 역에 와 있어."

은숙이는 거짓말을 했다. 그래야 이야기가 간단히 끝날 것 같았다. 그러자 전화는 뚝 끊기고 말았다. 그만 경희가 끊어 버린 것인지 저절로 끊어져 버린 것인지. 아니다, 경희는 그야말로 어떤 불길한 예감에 사로잡혀서 이제 자기 힘으로는 어떻게 해볼 수 없는 친구의 일을 분초(分秒)를 다투어서 인식에게 보고했던 것이다.

"미스 서가 부산으로 간다구요?"

인식이는 전화통을 붙잡고 큰 소리를 쳤다.

"그렇다나 봐요. 빨리 역으로 나가봐 줘요."

그 말은 인식에게 한 말인지 또는 은숙이와 연애관계에 있다는 그 어떤 남자에게 한 말인지 분간할 수 없었다.

"알았소!"

전화통을 내던진 인식은 성난 목소리로,

"사나이로서 자기 행복을 놓치고 싶지 않거든 그녀를 붙잡는 거야."

"?"

"미스 서는 서울을 떠날 모양이야. 이제 놓치면 그녀를 어디 가서 다시 찾아보겠어?"

"응, 알았네."

일웅이는 비로소 무거운 입을 열었다.

'그렇다, 내가 진정 그녀를 사랑한다면 이번 사건으로 모진 타격을 받고 있을 지금에야말로 그녀를 격려하고 위로해줘야 할 것이다.'

일웅이는 더 주저하는 일없이 밖으로 뛰어 나왔다. 인식이가 뒤따랐다.

그들은 묵묵히 차를 몰아 서울역으로 향했다. 거리는 이날따라 더욱 복잡해 보였다. 일웅이는 급한 마음에 손바닥에 땀이 배도록 핸들을 부여잡고 넘치는 인파를 노려보고 있다.

서울역 광장에도 인파는 넘쳐 흘렀다. 은숙이는 이미 떠나버린 것일까? 이 인파 속에 호젓이 서 있을 것인가? 일웅이는 차를 세워놓고 분주히 뛰어내렸다. 어디로 가서 은숙이를 찾을 것인가? 성급한 마음에는 시야에서 어른거리는 모두가 은숙인 것만 같았으나 실상 가까이 가보면 은숙이와는 아주 딴판인 낯선 얼굴이었다. 개찰구 앞에 줄지어 늘어서 있는 사람들의 얼굴도 대충 살펴보았으나 은숙이는 없었다.

'이미 홈으로 들어간 것일까?'

일웅이는 입장권을 사러 달려갔다. 그러자 눈앞에 은숙이가 홀로 서서 시간표를 쳐다보고 있는 것이 아닌가.

"은숙 씨!"

자기를 부르는 소리에 은숙이는 깜짝 놀라며 사방을 살폈다. 일웅이가 다가오고 있었다.

"어머나!"

일웅이는 종로네거리에서 처음 은숙이를 칠 뻔했던 그때와 꼭 같은 마치도 화난 사람의 얼굴 같은 표정으로 그녀를 똑바로 보면서 걸어오고 있었다.

"여기엔 왜 오셨어요?"

"그런 설명이 필요 있소? 그냥 나하구 같이 돌아갑시다."

"싫어요!"

"싫어도 좋아! 난 기어이 은숙 씨를 끌고 갈테니까."

"그렇다면 일웅씬 절 용서한다는 건가요? 거짓말쟁이인 저를……."

"?"

"전 일웅 씨가 저 같은 거짓말쟁이 여자는 싫다는 말씀, 일웅 씨를 찾아갔다가 그만 사무실 앞에서 엿듣고 말았어요. 그런 거짓말쟁이인 저를 용서하시겠다는 것인가요?"

은숙이가 그 이야기를 들었단 말인가? 그래서 모든 희망을 버리고 어디엔가로 가버릴 마음이 생겼단 말인가? 순간 일웅이의 마음은 괴롭고도 아팠다. 그럴수록 은숙이에 대한 애처로움이 샘솟듯 했다.

"지금은 그런 걸로 다툴 때가 아니요. 하여튼 나하고 같이 가요. 나는 은숙 씨를 놓아주지 않을 테니."

은숙이는 말없이 일웅이를 쳐다보았다. 이윽고 그 눈에는 눈물이 방울졌다. 역을 나서자 아까 그 자리에 차가 기다리고 있었다. 인식이의 모습은 보이지 않았다.

"자, 타요."

"어딜 가자는 거예요?"

"어디라도 좋아. 서울 장안을 가솔린이 다 떨어질 때까지 달립시다!"

지금은 은숙이의 얼굴에도 슬픔이나 괴로움은 가시고 방긋 미소가 피어 올랐다.

"여기에 앉아요!"

일웅이는 운전대 옆에 은숙이를 앉혔다. 차가 종로로 들어서자 은숙이가 말했다.

"처음으로 일웅 씨를 만난 곳도 이곳이었어요."

서로 주고받는 미소. 일웅이는 핸들만 잡고 있지 않으면 힘껏 은숙이를 껴안고 싶은 충동을 지긋이 참았다.

이들이 역전 광장을 떠나는 것을 멀리서 바라보고 있던 인식이와 경희는 겨우 한숨을 돌리며 걸음을 옮겨 놓았다.

사랑의 아름다움이 흐뭇하게 젊은 두 사람의 가슴으로 파고들었다.

말없이 그들도 걸었다.

어느덧 두 사람의 어깨는 나란히 인파 속으로 파묻혔다.

김이석 연보

1914년 평안남도 평양 출생

1933년 평양 광성중학교 졸업

1936년 서울 연희전문학교 문과 입학

1937년 〈환등(幻燈)〉 발표

1938년 연희전문학교 중퇴. 〈부어(腐魚)〉 동아일보 입선

1939년 문학동인지 《단층(斷層)》 발간

1940년 〈공간(空間)〉 〈장어(章語)〉 발표

1951년 1·4후퇴 때 월남

1952년 문학예술에 〈실비명(失碑銘)〉 발표. 문학예술 편집위원. 〈악수〉 〈분별〉 등 발표

1954년 〈외뿔소〉(신태양) 〈달과 더불어〉 〈소녀태숙의 이야기〉(문학예술 3)

1955년 〈춘한(春恨)〉 (문학예술 7)

1956년 〈추운(秋雲)〉 (문학예술 1) 〈학춤〉(신태양 9) 〈파경(破鏡)〉. 단편집 《실비명》 출판. 제4회 아시아자유문학상 수상

1957년 〈광풍속에서〉(자유문학 창간호) 〈뻐꾸기〉(문학예술 5) 〈발정(發程)〉 (문학예술 11) 〈비풍(悲風)〉 (신청년 2) 〈아름다운 행렬〉을 조선일보에 연재

1958년 〈한일(閑日)〉(신태양 1) 〈풍속〉(자유문학 1) 〈화병〉(희망 1) 〈한풍(寒風)〉(신청년 2) 〈어떤 여인〉(자유세계 2) 〈청포도〉(신태양 7) 〈동면(冬眠)〉(사상계 7, 8) 〈종착역 부근〉 〈잊어버리는 이야기〉(사조 9) 〈이러한 사랑〉(소설공원 10)

1959년 〈적중(的中)〉(자유문학 3) 〈세상(世相)〉 〈기억〉 〈해와 달은 누구를 위해〉(새벽에 연재)

1960년 〈지게부대〉(현대문학 8) 〈흐름속에서〉(사상계 8) 〈흑하(黑河)〉를 10월부터 민국일보에 연재

1961년 〈밀주〉(자유문학 10) 〈허민선생〉(사상계 12) 〈창부와 나〉(자유문학) 발표. 《문장작법》 출판

1962년 〈관앞골 기억〉(자유문학) 〈난세비화(亂世飛花)〉를 한국일보에 11월부터 연재

1963년 〈장대현 시절〉(사상계) 〈편심(偏心)〉. 〈사랑은 밝은 곳에〉 〈사랑사, 사랑에 연재〉

1964년 〈교련과 나〉(신세계 3) 〈탈피〉(사상계 5) 〈금붕어〉(여상 8) 〈리리 양장점〉(여원 8) 〈교환조건〉(문학춘추 10) 〈재회〉(현대문학 10) 〈신홍길동전〉을 대한일보에 5월부터 연재. 단편집 《동면》 《홍길동전》 《해와 달은 누구를 위해》 출판. 9월 18일 급서(急逝). 제14회 서울시문화상 수상

1970년 《난세비화》 출판

1973년 《아름다운 행렬》 출판

1974년 《김이석 단편집》 출판

2011년 《한국문학의 재발견 김이석 소설선》 출판

2018년 《김이석문학전집》(총8권) 출판

김이석(金利錫)
평양에서 태어나 평양 광성중학교 졸업 연희전문학교 문과 수학. 1938년 《부어(腐魚)》가 〈동아일보〉에 당선. 전위적인 성격 순문예동인지 〈단층〉 창간 멤버. 1·4 후퇴 때 월남해 1953년 〈문학예술〉 창간 편집위원, 1956년 《실비명》으로 아세아 자유문학상. 1958년 박순녀와 결혼. 〈한국일보〉에 역사소설 《난세비화》 〈민국일보〉 《흑하(黑河)》를 연재 사회적 인기를 얻었다. 문학적 업적으로 서울시문화상에 추서되었다.

김이석문학전집 6
세월이여 시간이여
김이석 지음

1판 1쇄 발행/2019. 3. 1
발행인 고정일
발행처 동서문화사
창업 1956. 12. 12. 등록 16-3799
서울 중구 다산로 12길 6(신당동 4층)
☎ 546-0331~6 Fax. 545-0331
www.dongsuhbook.com
*

사업자등록번호 211-87-75330

ISBN 978-89-497-1704-3 04810
ISBN 978-89-497-1687-9 (세트)